Aesthetics and Poetics

美学与诗学

——张晶学术文选

张晶 著

第一卷

中国社会科学出版社

图书在版编目(CIP)数据

美学与诗学：张晶学术文选：全 6 卷 / 张晶著. —北京：中国社会科学出版社，2017.5

ISBN 978 – 7 – 5161 – 6184 – 5

Ⅰ.①美…　Ⅱ.①张…　Ⅲ.①古典诗歌 – 诗歌研究 – 中国 – 文集②美学 – 中国 – 古代 – 文集　Ⅳ.①I207.22 – 53②B83 – 092

中国版本图书馆 CIP 数据核字(2015)第 117585 号

出 版 人　赵剑英
责任编辑　曲弘梅
责任校对　张晓东
责任印制　戴　宽

出　　　版　中国社会科学出版社
社　　　址　北京鼓楼西大街甲 158 号
邮　　　编　100720
网　　　址　http://www.csspw.cn
发 行 部　010 – 84083685
门 市 部　010 – 84029450
经　　　销　新华书店及其他书店

印刷装订　北京君升印刷有限公司
版　　　次　2017 年 5 月第 1 版
印　　　次　2017 年 5 月第 1 次印刷

开　　　本　710×1000　1/16
印　　　张　195.5
字　　　数　3595 千字
定　　　价　498.00 元（全六卷）

自　序

攀援在美学与诗学的道路上

张　晶

时值岁暮，马上就要进入 2015 年了。岁月匆匆，不想自己已经满一个甲子了。回首自己走上学术道路 30 多年，七七八八写了不少文字，现在把它们收拾一下，又加以沙汰，选出较有代表性的东西按照内容编排这样几册文选。本拟请学界好友为序，友人说你自己作序，最能道出其中三昧。于是我便遵从其意，自己为这个《美学与诗学》的学术文选写篇"自序"。

一

之所以把这部文选名之为"美学与诗学"，是因为其中所选的内容都在美学和诗学的范畴之内。我从少年时便喜欢读诗写诗，当个"诗人"曾经是我的梦想。上大学时和同学组织诗社，编印《赤子心》诗刊，也曾是"朦胧诗"中的一员。我的同窗好友徐敬亚、王小妮、吕贵品、邹进等，都是蜚声诗坛的杰出诗人，我们当时是以"言志诗社"的名义活跃在朦胧诗时代的诗坛的。本科时教我古代文学必修课和选修课的老师，都是以诗学著称的著名学者，如张松如（公木）、郭石山、喻朝刚、赵西陆、王士博等先生，他们对中国古典诗词的透辟理解和精彩阐释，使我对中国诗学产生了强烈的兴趣，毕业前就考取了唐宋文学的研究生，研习的还是唐宋诗词。硕士论文选的是宋诗研究。研究生毕业后分配到辽宁师范大学中文系任教，给学生讲授古代文学课也是以诗词为主。1995 年我考取了复旦大学中文系文学批评史方向的博士生，师从著名文学批评史学者顾易生教授，也还是从事古代诗学批评研究。这 30 多年来，自己的研究工作，从最早（20 世纪 80 年代初期）发表的论文开始到今天，大都是在诗史和诗论范围内的。

对美学的兴趣也是从本科时便开始的。77 级是在 1978 年的春天进入大学校门的。同年年底召开的党的十一届三中全会，标志着我国历史的一个重大转折，清算了"两个凡是"的僵化思想，拉开了改革开放的序幕，思想解放的劲风吹遍了中国大地。我们如饥似渴地吸吮各种思想理论的要义精华，尤其是对于来自于西方的美学哲学理论感到非常新鲜，饱读那些经典之外还经常自发组织研讨和讲演。尼采、叔本华、弗洛伊德、海德格尔成了我们饭后和睡前经常争论的内容。那时中文系没有开美学课，但大家对美学的热情却如火如荼。研究生毕业后，成为中文系一名古代文学专业的教师，却又秉承了几位导师如公木、喻朝刚、王士博等先生的理论优长，考虑学术选题基本上都是从理论的视点出发的。1984年到辽宁师范大学之后，收到全国第一次严羽学术研讨会的邀请函。严羽的《沧浪诗话》是以诗学理论价值在文学批评史上占有重要地位的。我因为第一次收到全国学术会议的邀请，非常认真地准备参会论文，写出了《诗与禅：似与不似之间》的文章提交给会议，后来收进了《严羽学术研究论文选》中。为了这篇文章，我对美学和佛学都下了很大功夫，从而也成了我在这之后研究诗学理论的契机。1990年系里调我到文艺学教研室，因为文艺学是当时辽宁师范大学的重点学科，研究生导师都是年资很高的著名学者，下面缺少年轻教师，我欣然愿往，于是便成了文艺学的导师。专业方向是中国古代文论，而对美学的兴趣则成了专业研究的必要条件。从美学角度来透视中国古代文论，可以从中得到许多新的感悟。在我的研究视域中，美学也许并不仅是作为一个学科，更多的是一种方法，是一种视角，乃至是把握世界的一种方式吧。

这部文选，是从这30多年的研究文字中筛选出来的，还有相当大的部分没选进来。书只选了4种，即《辽金元诗歌史论》、《辽金诗学思想研究》、《禅与唐宋诗学》和《神思：艺术的精灵》，其他还有多部没有入选。文章是只选学术研究的，其他方面如诗赋、散文等都不在其内。学术文章也尽量精选。尽管没有精确统计，这些年来发表的文字总共应有800万字左右，这里选入的约是300万字。很多内容上有交集的也就都割爱了。合著的诗史著作如《中国山水诗史》（凤凰出版社）、《中国诗学》（第一卷，东方出版中心），主编的《中国古代文学通论·辽金元卷》（辽宁人民出版社）、《中国诗歌通史·辽金元卷》（人民文学出版社），诗人的传记《苏轼传》（吉林文史出版社），禅学方面的小册子《佛禅精神之光》（沈阳出版社），这些著述也没有进入编选的视野。

辽金元诗学研究，是我早些年的一个主要研究方向。20世纪80年代中期，由一个偶然契机，我开始接触金诗，觉得这是一个研究的"富矿"。当时做这方面研究的学者尚少，查检那时的研究索引，看到许多作家作品还是有待于"开垦"的，在整体上，也缺少史的框架。在我之前，辽诗的研究专家米治国先生、金诗的研究专家周惠泉先生已经发表了一些成果，但在整个中国文学史的研究中还是相当薄弱的环节。我从阅读辽金诗学文献开始，参照若干史学大家如邓广铭、陈述、漆侠、张博泉等先生的宋辽金史研究著述，感受到了辽金诗歌与宋诗的联系与独特之处。从民族文化和史的角度来探寻辽金诗的发展轨迹。那时没有电脑，复印既贵也不方便，于是便坐在辽宁省图书馆的线装库抄卡片。陆陆续续抄了好几年，抄写的卡片有几大袋子。我最早的辽金文学研究专著《辽金诗史》，就是从这些卡片中"建立"起来的。抄卡片解决的可不仅是资料问题，而是使我对辽金诗史、辽金文化等有了越来越深的理解与认识。辽金诗人的艺术个性，某个时期的诗坛走向，诗史的发展轨迹，都渐次在我的脑海中清晰起来。我先是撰写并发表了一系列个案研究论文，如关于王庭筠、周昂、赵秉文、李纯甫、元好问、王若虚等诗人都有论文问世。同时，我又从民族学、文化学的角度来考察辽金文化与汉文化的关系问题，从诗词作品的风格特征中发现其民族文化的基因，发表了如《论辽代契丹女诗人的创作成就及其民族文化成因》（《民族文学研究》1993 年第 4 期）、《试论金代女真民族文化心理的变迁》（《中央民族学院学报》1988 年第 4 期）、《论金代教育的儒学化倾向及其文化功能》（《教育研究》1994 年第 3 期）、《金诗的北方文化特质及其发展轨迹》（《江海学刊》1991 年第 1 期）、《金代女真与汉文化》（《中州学刊》1989 年第 3 期）、《试论金代女真文化与汉文化的融合与排拒》（《社会科学辑刊》1991 年第 2 期）等从民族文化关系的视角来观照辽金诗歌的文章。通过大量的个案研究，我对辽金诗歌不同阶段的风貌有了较为清晰的把握，也对不同的诗人群体或流派进行了研究，于是从文学史的发展角度来提出诗史的分期，如发表在《文学评论》上的《论金诗的历史进程》（1993 年第 3 期）。关于诗人群体和诗歌流派，我写出了《从李纯甫的诗学倾向看金代后期诗坛论争的性质》（《文学遗产》1990 年第 2 期）、《论金诗的国朝文派》（《文学遗产》1994 年第 5 期）等。至于元代诗学研究，是辽金诗学研究的自然延伸。对于元代诗学，我也是先作了一些个案研究，如刘因、耶律楚材、戴表元及元代中期的"四大家"：虞集、杨载、范梈、揭傒斯。之后对元诗的发展历程作了整体性的考察，发表了《元代诗歌发展的历史进程》（《吉林大学社会科学学报》2005 年第 5 期）、《四大家：元代诗风的主要体现者》（《文史知识》2000 年第 4 期）、《元代后期诗风的变异》（《文史知识》2001

年第 8 期）等。关于辽金元的诗学，我也注重从文学批评的角度进行个案和整体性的研究。有的是探查诗人或诗论家的诗学思想，有的则是整体性的把握。前者如《金代诗人赵秉文诗论刍议》（《社会科学辑刊》1987 年第 5 期）、《论元好问的诗学思想》（《山西师范大学学报》1993 年第 2 期）、《朱弁体物的诗学思想与其诗歌创作》（《河北大学学报》2001 年第 2 期）、《王若虚诗学思想得失论》（《辽宁师范大学学报》1997 年第 2 期）、《论周昂的诗学思想》（《社会科学辑刊》1999 年第 6 期）、《论戴表元的诗学思想及其在宋元文学转型中的历史地位》（《内蒙古师范大学学报》1998 年第 3 期）、《李纯甫的佛学观念与诗学倾向》（《中国诗学研究》第三辑，上海古籍出版社 2004 年版）等；后者如《辽代诗学思想论衡》（《江苏大学学报》2005 年第 5 期）、《金代文学批评述论》（《社会科学辑刊》1997 年第 3 期）、《关于元代文学批评的几个问题》（《文史知识》1997 年第 12 期）。元代理学盛行，理学思想对元代的诗学影响非常广泛，而元代的理学家又大都是杰出的文学家，如许衡、刘因、吴澄等，我对这种现象作了系统的考察，发表了《元代正统文学思想与理学的因缘》（《文学遗产》1999 年第 6 期）的长文。

在大量个案研究的基础上，我先后撰写和出版了辽金元诗学方面的专著，如：《辽金诗史》（东北师范大学出版社 1994 年版）、《辽金元诗歌史论》（吉林教育出版社 1995 年版）、《辽金诗学思想研究》（辽海出版社 2006 年版）、《辽金元文学论稿》（北京广播学院出版社 2002 年版）等。因为这几种书的内容上也许会有一些交集之处，我在这部文选中只选了其中《辽金元诗歌史论》和《辽金诗学思想研究》这两部。这几年我又参与了傅璇琮先生主持的国家社会科学基金重大项目《中国古代文学通论》和赵敏俐先生主持的国家社会科学基金重大项目《中国诗歌通史》，分别任子项目负责人，主编了《中国古代文学通论》丛书中的"辽金元卷"（辽宁人民出版社 2005 年版），主编了《中国诗歌通史》丛书中的"辽金元卷"（人民文学出版社 2012 年版），我撰写了这两种书的大纲、绪论和相当一部分章节。这些没有进入这部文选。

关于中国古代诗学的研究，从 20 世纪 80 年代开始，到现在一直在不间断地思考和写作。学术研究是我这 30 多年的所有乐趣所在，须臾不可离开。我对中国诗学的研究，没有固守在哪个断代，而是以问题为切入点的。而在几十年的研究过程中，也形成了若干在研究方法上的特色。如从中国哲学的角度、从美学的角度，或者是从西方理论的角度来观照中国诗学中的一些现象。这也就为我的诗学研究带来了某种新的格局和新面目。在我的诗学研究中，美学和诗学、哲学是通贯为一体的，而以诗学为其本体。这部文选所选的论文，有相当一部分是从哲学角度来观照诗学现象和诗论的，当然也包括佛教哲学。盛行于唐宋时期的禅宗思想，对于当日的士大夫影响至为普遍，在我看来更多的是一种心灵哲学，而没有多少宗教的色彩。其他诸如魏晋玄学、宋明理学等哲学观念，也是在中国诗学中都有深层的印痕。文选中《陶诗与魏晋玄学》（《文学评论》1991 年第 2 期）、《禅与唐宋诗人心态》（《文学评论》1997 年第 3 期）、《禅与唐代山水诗派》（《社会科学战线》1996 年第 4 期）、《宋诗的活法与禅宗的思维方式》（《文学遗产》1989 年第 6 期）、《诚斋体与禅学的姻缘》（《文艺理论家》1990 年第 4 期）、《诗禅异同论》（《辽宁师范大学学报》1992 年第 2 期）、《诗与公案的因缘》（《文学遗产》1992 年第 5 期）、《禅与个性化创造诗论》（《北方论丛》1995 年第 1 期）、《皎然诗论与佛教的中道观》（《文学遗产》2007 年第 2 期）、《陈献章哲学与其诗歌美学的逻辑联系》（《中国文化研究》2010 年第 3 期）等文章都体现出这样的特色。也有从自觉的理论方法意识出发来探讨文学史与哲学关系的论文，如《文学史的哲学视角观照》（《社会科学战线》1991 年第 3 期）、《文学理念对古代文学研究之意义》（《中国文化研究》2002 年第 1 期）这样一些文章。

　　我对词学没有系统的研究著述，但也将其纳入到诗学理论的角度论述过一些相关的问题。如《关于词的起源》（《文史知识》1990 年第 4 期）、《论花间派在词史上的地位》（《辽宁师范大学学报》1991 年第 3 期）、《山谷词初论》（《辽宁师范大学学报》1992 年第 1 期）、《论遗山词》（《文学遗产》1996 年第 3 期）、《乾坤清气得来难——试论金词的发展与词史价值》（《学术月刊》1996 年第 5 期）、《金代女真词人创作的文化品格》（《民族文学研究》1989 年第 2 期），等等。

　　我是学习古代文学专业出身的，自己的学术研究，也是从作家作品研究开始的，文选中有对作家风格或某个时期的文体研究，也有对某位诗论家的诗学思想的考察。如较早发表在《文学遗产》上的《豪犷哀顿与冷峻沉著》（1985 年第 2 期）是研究北宋诗人苏舜钦的诗歌风格的。《妙悟新识》（《宁夏社会科学》1987 年第 2 期）则是论述南宋诗论家严羽《沧浪诗话》的核心范畴"妙悟"说的理论内涵的。还有《李白乐府因革探》（《社会科学丛刊》1983 年第 6 期）、《因难以见巧：黄庭坚的诗美追求》（《辽宁师范大学学报》1988 年第 5 期）、《绮而有质 艳而有骨——初唐歌行体略论》（《中州学刊》1987 年第 6 期）、《试论苏轼贬谪时期的思想与创作》（《中州学刊》

1990 年第 6 期）、《诚斋体与宋诗的超越》（《文史知识》1993 年第 4 期）、
《历史的回音：唐代金陵怀古诗》（《古典文学知识》1991 年第 5 期）、《乐
府的变异：曹植诗的抒情主体》（《云南师范大学学报》1993 年第 5 期）等
文章。

二

　　从美学的价值观和方法论来考察中国古代诗学中的一些问题，在文选
中占有相当大的比重。我的美学研究显得不那么"纯粹"，体现在研究中
是以美学为方法论或价值尺度，对中国古代的诗学现象或诗论进行考察，
从而呈现出独特的诗歌美学景观，或建构出某种美学理念。相关的文章如
《审美价值与社会价值的交融》（《文学评论》1987 年第 5 期）、《论中国
古典诗歌中"理"的审美化存在》（《文学评论》2000 年第 2 期）、《中国
古典诗词中的审美回忆》（《文学评论》2001 年第 5 期）、《中国古典诗词
中的内在视像之美》（《社会科学战线》2007 年第 2 期）、《中国古代诗论
的美学品性及美学学理建构意义》（《文学评论》2009 年第 6 期）、《中国
古典诗词的神秘之美》（《北京大学学报》2011 年第 3 期）、《惊奇的审美
功能及其在中国古典诗词中的呈现》（《文学遗产》2004 年第 3 期）、《晚
唐五代词的装饰性审美特征》（《文学评论》2005 年第 3 期）、《中晚唐怀
古诗的审美时空》（《北方论丛》1998 年第 4 期）、《论王夫之诗歌美学中
的"神理"说》（《文艺研究》2000 年第 5 期）、《"兴象"的审美特征》
（《解放军艺术学院学报》2011 年第 2 期）、《谢榛诗论的美学诠解》（《北
京大学学报》2012 年第 5 期）、《偶然与永恒——中国诗学的审美感悟之
一》（《北京大学学报》2013 年第 5 期）、《中国古代诗学中"偶然"论的
审美价值意义》（《文学评论》2013 年第 4 期）、《精微之笔与广大之
势——中国诗学的审美感悟之二》（《北京大学学报》2014 年第 4 期）
等。给《北京大学学报》撰写的其实是一个系列，即"中国诗学的审美
感悟"系列，还将继续写下去。相关的还有发表在《江海学刊》2014 年
第 3 期的文章《审美感兴与艺术媒介》等。这些文章都是从美学的角度
来阐发诗学，也是以诗学的内涵来充实美学。
　　文选中还有相当一部分的文章超出了诗学的范围，而是从文学艺术的综
合高度上提炼、整合一些中国美学的范畴命题。它们有着深厚的中国文化基
础，在中国传统艺术的作品与理论中有广泛的呈现，同时，也是表现在中国

文学艺术的发展变化之中的。而从美学的学理性价值来看，这些经过提炼整合后的范畴或命题，具有非常重要的理论意义和活力。如《透彻之悟：审美境界论》（《江海学刊》1988 年第 3 期）、《宗炳绘画美学的佛学底蕴》（《学术月刊》1990 年第 10 期）、《墨戏论》（《学术月刊》1992 年第 7 期）、《现量说：从佛学到美学》（《学术月刊》1994 年第 8 期）、《审美感兴论》（《学术月刊》1997 年第 10 期）、《中国古代美学中的"体物"说》（《天府新论》1999 年第 6 期）、《中国古典美学中的"感物"说》（《大连大学学报》1999 年第 1 期）、《远：超然之美》（《社会科学战线》2000 年第 3 期）、《入兴贵闲——关于审美创造心态的一个重要命题》（《吉林大学社会科学学报》2000 年第 1 期）、《自得：创造性的审美思维命题》（《哲学研究》2001 年第 8 期）、《"逸"作为审美范畴在唐宋时期的迁替》（《吉林大学社会科学学报》2001 年第 4 期）、《审美物化论》（《求是学刊》2004 年第 3 期）、《感兴：情感唤起与审美表现》（《文艺理论研究》2008 年第 2 期）、《神思：艺术创作思维的核心范畴》（《解放军艺术学院学报》2013 年第 4 期）、《天机论的历史脉络与美学品格》（《天府新论》2001 年第 6 期）、《逸与墨戏：中国绘画美学的主体价值升位》（《中国文化研究》2002 年第 3 期）、《论董逌的绘画美学思想》（《中国文化研究》2004 年第 4 期）、《"神不灭"论与魏晋南北朝文艺美学中的"重神"思想》（《社会科学辑刊》2004 年第 3 期）、《佛性论之于南北朝美学观念》（《中国文化研究》2006 年第 4 期）、《宗炳绘画美学思想新诠》（《江淮论坛》2010 年第 3 期）、《形神论的现象学之思》（《江西师范大学学报》2010 年第 5 期）、《中国美学的宇宙生命感及空间感》（《社会科学辑刊》2010 年第 2 期）、《以品论画：中国古代绘画审美观念的变迁》（《艺术百家》2011 年第 4 期）、《审美主体：感兴论的价值生成前提》（《复旦学报》2011 年第 3 期）、《中国古代文艺理论中审美关系的特征》（《社会科学战线》2011 年第 8 期）、《中国画论中的"四时"》（《艺术百家》2012 年第 3 期）。此外，我认为中国古代美学对于当代文艺学有重要的建设资源作用，发表了《中国古代美学之于中国当代的文艺学学理建构》（《文艺理论研究》2007 年第 4 期）、《中国美学的生态论思想观照》（《江苏社会科学》2011 年第 2 期）等文章。

　　这些年来对于美学研究，我也有相当一部分是融会中西美学、提炼出一些普遍性的美学范畴或命题，也许它们不是现成的美学体系中的既定组成，而是带着我的个人色彩的理论发现，但它们是从大量的审美现象中进行抽象而提出来的，具有较为鲜明的时代印痕，也呈现出较为独特的美学景观。文选中如《审美惊奇论》(《文艺理论研究》2000 年第 2 期)、《审美回忆论》(《文艺理论研究》2000 年第 5 期)、《审美静观论》(《吉林大学社会科学学报》2003 年第 2 期)、《审美化境论》(《中国美学》第二辑,商务印书馆 2004 年版)、《审美观照论》(《哲学研究》2004 年第 4 期)、《美学的创化:在中西阐释之间》(《解放军艺术学院学报》2005 年第 1 期)、《人生审美哲学论》(《社会科学辑刊》2005 年第 2 期)、《审美经验迁转论》(《社会科学辑刊》2006 年第 3 期)、《论审美享受》(载《美学》第二卷,南京出版社 2008 年版)、《论审美构形能力》(《社会科学战线》2005 年第 4 期)、《审美境界与道德境界》(《伦理学研究》2007 年第 3 期)、《再论审美构形》(《文艺理论研究》2009 年第 2 期)、《审美情感·自然情感·道德情感》(《文艺理论研究》2010 年第 2 期)、《灵性与物性》(《社会科学战线》2006 年第 2 期)、《论审美抽象》(《哲学研究》2007 年第 8 期)、《艺术语言在创作思维中的生成作用》(《艺术百家》2009 年第 6 期)、《自然进入艺术的美学反思》(《解放军艺术学院学报》2010 年第 3 期)、《艺术语言作为审美创造的媒介功能》(《文艺理论研究》2011 年第 1 期)、《审美经验的历史性变异》(《新华文摘》2011 年第 12 期)、《论审美抽象的生成形态》(《解放军艺术学院学报》2013 年第 4 期)、《化境:艺术创作中审美价值的极致》(《社会科学战线》2014 年第 3 期)、《审美对象的特殊呈现——文学的艺术语言探赜》(《现代传播》2014 年第 3 期)、《艺术媒介论》(《文艺研究》2011 年第 12 期)、《艺术媒介续谈》(《现代传播》2014 年第 8 期),等等。

　　文选中还有相当数量的论文是对当代的审美文化及文艺美学的关注和研究。这大概也是我从 2000 年工作变动到中国传媒大学之后,在研究方向上很自然产生的新的关注吧,当然也还有直面重要理论问题的学术自觉。我于 2000 年 9 月从辽宁师范大学被国家广电总局作为"人才引进"调入北京广播学院广电文学系任教,翌年 3 月增补为广播电视艺术学专业文艺美学方向的博士生导师,并于当月招收广播电视艺术学的博士生。当代的审美文化问题与媒介的联系至为密切,由于教学和学术研究的需要,很自然地将研究方向转向当代的审美文化和文艺美学等方面。近年来我在审美文化和文艺美学研究方面发表了一系列文章,做了理论性的建构工作。如关于审美文化,文选中收入了《审美文化的历史机遇》(《解放军艺术学院学报》2007 年第 3 期)、《作为美学新路向的审美文化研究》(《现代传播》2006 年第 5 期)等。在当代审美文化这个视域中,图像、视觉文化及与传媒的关系等问题,都从不同的侧面深化了有关审美文化的研究,如文选中的《图像的审美价值考察》（《文学评论》2006 年第 4 期）、《图像的审美价值与传媒艺术功能剖判》（载《传媒与文艺》，人民文学出版社 2006 年版）、《传媒艺术的审美属性》（《现代传播》2009 年第 1 期）、《电视艺术的审美文化尺度》（《现代传播》2010 年第 3 期）、《论电视崇高感及其在传媒文化中的历史性功能》（《现代传播》2011 年第 1 期）、《视像的深度与现象学的本质直观》（《现代传播》2013 年第 3 期）、《电视崇高感的美学价值》（《中国电视》2013 年第 9 期），等等。

关于文艺美学，我认为是当代美学研究的主要生长点之一。文艺美学之所以能够作为学科性的存在，在于其有着超越文艺学的当代性。以往的文艺学，其实主要是文学理论，而文艺美学则是打通文学与其他艺术门类，研究其共有的审美规律与特征。在我看来，尤其是文学所具有的艺术属性。对于文艺美学，我认为真正能体现其当代性的应该是在传媒文化的时代条件下，文学与艺术的关系及其审美规律。在视觉文化成为主要的文化模式的今天，文学的功能与命运究竟如何？有人认为文学在图像的挤压之下，已经没有什么生存空间了。美国的米勒教授有一篇长文《电信时代文学还会存在吗？》，译文发表在《文学评论》2000 年第 1 期上。这篇文章在中国引起了学术界的轩然大波，对这种观点提出强烈的反驳。我则认为在当今之世文学的存在方式虽然发生了很大变化，但对传媒艺术来说却是非常重要的支撑。在我发表的关于文艺美学的文章中，成为其中的基本观点。在这方面有《文学与传媒艺术》（《现代传播》2008 年第 2 期）、《视觉文化时代文学何为？》（《求是学刊》2005 年第 3 期）、《数字化语境中文艺学的观念转换》（《河北学刊》2007 年第 2 期）、《文艺学的处境与进境》（《社会科学辑刊》2008 年第 4 期）、《图像时代：文艺学的突破之维》（《湖南文理学院学报》2009 年第 1 期）、《电子文化语境与文学类型化趋势》（《江西社会科学》2009 年第 2 期）、《在文学与艺术的融通中拓进文艺美学》（《北方论丛》2009 年第 5 期）、《文学的审美特性与视觉文化的提升》（《江海学刊》2010 年第 1 期）、《文艺美学的当代建构及其意义》（《安徽大学学报》2012 年第 2 期）、《中国文艺美学的学科特性及其价值取向》（《河北学刊》2013 年第 2 期）、《文艺美学的当代转折》（《解放军艺术学院学报》2014 年第 1 期），等等。

2012 年北京市委宣传部在北京市几个院校和社会科学院建立了 5 个研究基地，与中国传媒大学共建了北京市美育与文明研究基地，由我出任主任并兼首席专家。基地的任务是承担北京市下达的研究课题，为首都精神文明建设提供参考咨询服务。我对基地工作的指导思想是，一方面通过深入调研完成市里交给基地的课题，一方面锻炼一支高素质的科研团队，使若干青年学术骨干教师尽快成熟起来。基地成立三年来，在大家的共同努力下，完成了几项北京市重点研究课题，都是与美育、艺术教育、市民文明修养相关的。如去年完成结项的《观赏文明研究》，既是对当前市民观赏文明现状的梳理，也是对观赏文明作为一个理论命题的破解与建构。在美育与观赏文明等研究话题上，我先后撰写并发表了《大众传媒在国家美育工程中的社会担当》（《现代传播》2010 年第 7 期）、《社会美育与大众传媒的艺术性要求》（《社会科学辑刊》2012 年第 5 期）、《观赏文明：当代美育理论的学科增长点》（《杭州师范大学学报》2013 年第 4 期）、《观赏文明的理论价值与现实意义》（《现代传播》2013 年第 11 期）等。在美育领域，我提出并较为深入地论述了"社会美育"的理论命题，同时，也将"观赏文明"作为一个新的审美命题加以建构。"观赏文明"这样一个理论命题的破解，一方面是民众精神文明建设的具体落实，一方面又是美育领域中关于"社会美育"的一种理论发展。这个命题得到系统的研究，可以认为是美育的一个重要发展。有关"观赏文明研究"作为课题的结项，凝聚了我和我们基地学术团队的劳动，成果已形成了颇为厚重的一部著作。

三

　　中国古代的诗学理论似乎已是不可再生的，那么，我们这些从事古代文论研究的人，是否就无所作为了呢？我从来都不这样来看。中国古代的诗论或诗学思想，有着鲜明的经验性质，往往就是诗人或诗论家的"夫子自道"。这种在当时具有鲜活个性的理论资源，在很大程度上也是与今天的文艺创作相通的。我对这些文献的理解和阐释，有着明显的当代理论的思考角度。很多时候，是有意识地将古代诗学与当代问题打通起来考虑的。学术界有这样一种认识，即认为，中国古代文论或诗学，其性质主要是直观的、感悟的，也就是说缺少思辨、缺少系统性的；我却主张，中国古代的诗学或美学思想同样是有系统的，有很高的抽象程度的，而且有着渊深博大的哲学背景。关于这个问题，我在《中国古代文论的当代价值及其实现》中有这样的阐述："在我们看来，中国古代文论有其贯穿性的体系，如果就某一位文论家来说，可能其所表现出的体系性远不如西方文学理论家的理论观点那么明显，因为西方的美学家和文学理论家大都是有系统的哲学观点的，如柏拉图、亚里士多德、德国古典哲学时期的康德、黑格尔和谢林，乃至于 20 世纪的海德格尔、德里达、詹姆逊等，都是以其独树一帜的体系性见称的。但是中国的古代文论，是不是没有体系性了呢？情况远非如此！在我看来，中国的哲学、美学乃至于文学理论，恰恰是有着以中国文化背景为其根基的、贯穿的、流变的体系性的。从个体来看，这种体系性并不明显，而从整体以观，中国古代文学理论的体系性却是体现在两千多年来的文艺思想的诸家论述和流变之中的。这是我们认识问题的一个基点。"（载《文学理论前沿》第二辑，第268页）这种看法，也是我主张古代文论或诗学可以进入当代文艺美学建构的前提。可以说，我是基于当代文艺美学的立场上来感悟中国古代的诗学思想的。在我看来，这些古代诗学的材料和观点，都是活着的，都是有温度的，如同与我晤谈一般。我对那种动辄宣称自己"填补了空白"的说法颇不以为然。在以古代的理论文献为研究对象的文史哲学科里有那么多"空白"可以填补吗？那些被某些学者拈在手上沾沾自喜的东西，果真是空白吗？恐怕更多的是人们觉得没有什么学术价值视而不见的吧？我更愿意对一些重要的理论问题进行直面的叩问，从当代的理论关注角度来发掘其意义所在。

中国诗学的资源"储量"可说是无比丰富，它们的存在方式又是多种多样的，除了如《文心雕龙》、《诗品》、《原诗》、《文史通义》等有明显理论构架的著述，还有为数众多的诗话、词话、曲话、序、跋、书信、记乃至碑、铭等形式。还有大量的作品中蕴含着诗学思想，而像论诗诗就更为直接地表达出作者的诗学观念。无论怎样，它们还是以"古典"的方式存在着的。如果要把它们"转换"为具有当代意义的理论形式，依我看，关键在于学者作为研究主体的能力。这其中包括对这些研究对象的理解和阐释能力、抽象与整合能力等。古代的诗学文献是以汉语的语言形式存在的，近则一二百年，远则一二千年，那些留存下来的诗学文献，有当时的语境、话语方式，把它们作为研究对象，就要客观地、准确地理解和阐释它们所包含着的内涵。但这就很难做到百分之百地切近原意，或曰"还原"，而只能是最大限度地"逼近"原意。如果望文生义，很可能是"失之毫厘，差之千里"。因此，要研究中国古代的诗学理论，扎实的古文功底（包括汉语史、音韵学、训诂学和校勘学等相关学科的基本功夫）、严谨求实的治学态度和准确透彻的阐释语言，对一个学者来说都是相当重要的。有些文献注释的著作，大家都能懂的注得很是详尽，而一些真正难以索解的话语却付之阙如，可真是"选注"啊！我自己基本上不做这种文献整理注释的工作，但要经常凭借这些文献注释的书籍来作为我的研究工具，却发现一些重要的语句或段落是缺少必要的注释的。这说明什么呢？我以为是除了有的学者功力不足之外，还有就是缺乏严谨求实的态度和攻坚克难的精神。另一种情况是学者拘泥于文献的字词本义，而没有理解全文的通体意旨，所作的阐释扞格不通。这种情况看上去似乎是客观认真的，实则也还是影响了对文献的准确理解和把握。有的名家著述中这种情况也在所不免。这对于准确阐释诗学文献来说，也还是有相当距离的。

在准确理解和阐释文献基础上的抽象与整合，对于发掘古代诗学的当代价值来说显得尤为必要。古代诗学的内蕴中有相当丰富的活性因素，但它们的存在形态是散在的，话语方式上也与现代的理论系统有相当的距离。前些年学术界提出的"现代转换"，就存在着这样一个方法论的问题。在我的观念里，"转换"并不是以学者的话语权为目的，而是如何能使古代诗学的活性因素真正成为当代美学和文艺理论的有机部分，并为之增添新鲜的血液。抽象与整合，是必经的途径和可操作的方法。抽象是从具体的文献资料中提取出理论的范畴、命题；整合则是将杂多的材料统一到某一个角度或理念之下。因为要使那些林林总总的古代诗学文献材料成为当代文艺学美学建设的有机部分，为当代学者们所接受、所运用，仅是将它的原来形态呈现出来，与当代学术发展的需要还是有相当大的距离的。

抽象和整合，说来容易做起来难，因为这特别需要学者本身的高度思辨能力。如果没有主体的批判，没有主体的角度作为前提，抽象与整合都是谈不到的。2007年我为《内蒙古师范大学学报》主持一个"人文科学方法论"的栏目时曾就"文学研究的新思维"问题，提出了"以主体视角为聚光点的整合"的命题，表述了这个意思。主体的思辨能力、批判能力和理论建构能力，对于致力于将古代诗学资源升华为当代美学体系之有机成分的学术宗旨来说，就显得尤为必要，也同样是难能可贵的。

这种主体的思辨能力、批判能力和理论建构能力从何而来？是生而知之的吗？依我的体会，不是。很多朋友可能觉得，学术研究的能力是与生俱来的，是不能后天而致的。我从自己的切身体会出发，认为这种想法是并不正确的。我本来是喜欢搞创作的，当年考入吉林大学中文系，也是因为招生简章写的是"文学专业"。当时我们班很多同学都是奔着这个"文学专业"来的，以为是专门培养作家的，后来发现中文系并不是以培养作家为目标的。上大学后自己也写了不少作品，只是没有留下什么像样的东西。读研究生学习写学术论文，靠习惯于创作的形象思维是路数不对的。一开始写的文章文采很是斑斓，但内在的逻辑却很是混乱，被导师批得"淋漓尽致"。后来下决心对自己进行思维训练，主要是阅读西方的哲学经典。研究生毕业后，若干年内在德国古典哲学经典著作方面下了不小的功夫，如黑格尔的《小逻辑》、《精神现象学》，康德的《纯粹理性批判》、《判断力批判》等，觉得真是收获不小。当然还有其他学科的发展史和代表性著作，哲学的、美学的、心理学的、文化人类学的，等等，都对提升自己的思辨能力、批判能力和理论建构能力助益甚大。而有意识地从思维训练的角度来进行阅读与思考，会使自己在学术研究能力上有更快的提高。

面对古代诗学的文献资源所作的思辨与抽象，不是仅在概念的圈子里打转，不是仅靠着形式逻辑得出结论。因为中国古代诗学的资源是非常丰富的，也是充满活力的，它们来自于不同时代、不同地域、不同人群的日常生活。即便是那些理论性很强的诗论，也与当时的时代及创作，有着密不可分的联系。在从中国古代诗学到当代美学理论的这种提升的研究中，抽象是对许多鲜活的具体现象所作的抽象；整合也是面对广泛而杂多的材料的整合。它的逻辑力量，就在这个过程之中。而通过这个过程所提升出的范畴、命题等，既有理论的思辨性，也有内涵的丰富性。这也是我 30 多年一直徜徉乎其间而乐此不疲的原因所在。

"却顾所来径，苍苍横翠微。"回顾这 30 多年的学术跋涉之路，自然是感慨良多。这套文选，是我学术生涯的一个剪影，映现出我的学术道路的轨迹。如果天假我年，也许多年后还会有这么一套文选面世。那就是以这个甲子之年为分界之后的著述了。

这篇自序完成，已进入 2015 年了，果真已到了"羊年"。我这么一头"羊"，还要向美学和诗学之巅攀援，希望看到更远处的风景，还有更丰茂的草场。

2015 年 1 月 5 日

目　录

（第一卷）

辽金元诗歌史论

第三编　元代诗歌

辽金诗学思想研究

辽金元诗歌史论

绪　论

一

这是一方有许多宝藏却尚待开垦的土地！它呼唤着人们的目光、期待着人们的耕耘，它已经寂寞得太久。

在中华诗歌的宝库中，最受人们青睐的，无疑是诗经、楚辞、唐诗、宋词以及南北朝诗歌、汉乐府等等。研究论著、普及读本倘用汗牛充栋来形容那是并不过分的。即便是从诗史的视界来研究中国古典诗歌，人们的兴奋点也还是在上述那些范围内，辽金元诗歌，一直是受冷落的，这是论者们的"触角"罕至的地方，在以往文学通史的皇皇巨著之中，有关辽诗、金诗、元诗的论述，加在一起能有几页呢？人们很少正眼看它一下，这是一个"被遗忘的角落"。

但是，这方土地绝非人们想象的那样贫瘠，并不是一片"黄毛白苇"的盐碱滩，相反，却是含有相当丰富的储量的。辽诗数量很少，不足百篇；金诗就有数千首之多；元诗现存有 13 万 2 千余首（据杨镰先生编《全元诗》统计）。就是仅从数量上看，这也是笔不小的"遗产"。

就辽金元诗歌的特质来说，数量并不占有特别重要的位置，甚至诗的艺术成就也不是决定的因素。而至关重要的，是这三代诗歌在中华诗史上所具有的独特作用，换言之，是它为中华诗史的发展历程增添了哪些新质？这只有站在中国诗歌发展史的高度，纵览中国古典诗歌的动态发展状况，才能看清辽金元诗歌的重要意义所在。也只有如此，才能更为深刻地认识元遗山等北方诗人的伟大价值所在。

随着近年来古代文学研究的大规模拓进，有关于辽诗、金诗、元诗的专题研究论文比以往增加了几十倍。研究者们开始以更加丰富的知识结构、更为深邃的研究目光、更为独到的切入视角来发掘这方土地中的瑰宝，探索那些不为人们熟知的诗人们的成就，使辽金元诗歌研究进入了一个新的历史阶段。但是，现在需要站在史的高度来鸟瞰辽金元诗歌，概括它的全貌，把握它的基本走向，为它在中国诗歌发展史上找到它的位置——真正属于它的位置。这是文学史研究给我们提出的任务，一个不容推卸的任务。如果不是由我来承担，势必会有一位更为胜任的人来完成它，因为这是历史赋予的。《中国诗歌史论丛书》的编纂提供了一个非常宝贵的契机，使辽金元诗歌能够在史的聚焦点下呈示它的整体状貌。不唯如此，《辽金元诗歌史论》与其他断代诗歌史论的同时面世，就使我们真正能在中华诗歌发展的历史长河中来认识辽金元诗歌的特殊状貌及其历史定位。显然，对于辽金元诗歌研究来说，无疑是一大幸事！而对于笔者来说，是一个激起兴奋却又惴惴不安的任务。因为，要承担这个任务，既需要综合，又需要草创。在一些具体研究上可以有所借鉴，在整体框架上却又一无依傍啊！是在充满荆棘的山野中开出一条路，纵然使出浑身解数，也只是略辟草莱而已。

二

将辽金元诗歌合为一部撰述，决非仅是出于容量与篇幅的考虑，从主观上看，这体现了丛书主编高屋建瓴的学术眼光，从客观上看，这是合乎于诗史发展的实际状况与辽金元诗歌的特质的。这意味着相对于其他断代诗史来说，辽金元诗歌有某些共同的性质，从某种意义上，可以视为一个整体。

只有从历史文化的视野中来看辽金元诗歌，才能认识它的诗史价值所在。与其他断代诗史相比，它荷载着更多的文化容量。它向我们昭示着民族文化的融合，乃是诗歌发展生机的源头所在。

辽、金、元三个朝代，都是北方游牧民族所开创的。辽为契丹，金为女真，元为蒙古。在时间上互相衔接。辽与五代、北宋相始终，金与南宋并存，元灭金、宋，统一中华版图，成为第一个少数民族贵族为统治核心的一统帝国。契丹、女真、蒙古，固然有着各自的民族特征，但是作为北方游牧民族来说，又有相当明显的共性。首先是豪爽勇武的民族性格，这是北方游牧民族的突出特点。生长于草原、大漠的游牧民族，如果没有十分强悍、坚韧的性格，是难以生存和发展的。相对而言，南人文弱，北人剽悍，这种大致上的气质之别，是久已被人们认可的了，用不着多加论证。这种勇武豪爽的性格气质，不仅使北方游牧民族常常成为军事上的征服者，而且非常广泛地渗透在诗歌创作之中。魏征所言"江左宫商发越，贵于清绮；河朔词义贞刚，重乎气质"① 是具有普遍意义的。郝经论遗山诗所谓"歌谣跌宕，扶幽并之气，高视一世"②，其实也道出了这种北方民族豪放慷慨的气质，当然是指表现于诗歌篇什中的这种气质了。不仅是少数民族诗人创作，而且，北方汉族士人的创作，也往往以雄放慷慨相尚。他们生长于北地，本来就濡染于这种文化氛围中。加之少数民族军事贵族（如金朝的女真猛安、谋克）的好尚所在，必然使他们的创作多"伉爽清疏"之气，激昂感荡之调。金朝的一些猛安、谋克乐于罗致文士，与汉族文士交游；那么，与这些起起武夫交游的汉族文士，一方面不免要投合这些女真军事贵族的口味，另一方面，他们必然会自觉不自觉地受后者那种勇悍气质的影响。因而，从整体上来说，辽金元诗歌与其他断代诗史相比，就更多地具有阳刚之美。

再则，辽金元诗歌本身就是民族文化融合的产物。契丹、女真、蒙古这些北方游牧民族，在没有形成统一的民族之前，文化上处于原始阶段，不用说成熟的诗歌形式，连本民族的文字也未产生。契丹在太祖耶律阿保机之前，"本无文字，惟刻木为信"③。契丹文字的创造，是在太祖神册五年（920）以后。女真的情形与之相仿佛，"太祖（完颜阿骨打）伐辽，是时未有文字"④。《金志》也记载女真人没有文字时的情形："与契丹言语不通，而无文字。赋敛科发射箭为号，事急者三射之。"蒙古人如何呢？在成吉思汗建国以前，蒙古人尚无文字，"凡所命令，遣使往来，止是刻指以记之。"⑤ 这都说明了这些游牧民族在其自在阶段文化上的原始性。在没有形成统一的民族，尤其是在没有创立王朝之前，在文化上处于蒙昧状态之中。与高度发达的汉族封建文化相比，不啻霄壤之别。

当这些游牧民族超越了部落联盟的阶段而形成了统一的强大民族之后，以往那种原始的文化形态远远不能适应民族的发展。文字的创造是文化发展的最重要的契机。契丹、女真、蒙古先后创造了自己的文字。契丹字、女真字、蒙古字的创造，都是借鉴了汉文字及其他文字的产物。而当这些游牧民族建立了王朝之后，都必须实行社会制度的变迁，跨越奴隶制阶段向封建制转化。而在这个转化过程中，汉民族的封建文化，为其发展提供了可资借鉴

---

① （唐）魏征等：《隋书》卷76《文学传》，中华书局1975年版，第1730页。

② （元）郝经撰，秦雪清点校：《郝文忠公陵川文集》卷35《遗山先生墓铭》，山西人民出版社2006年版，第478页。

③ （宋）王溥：《五代会要》卷29，上海古籍出版社1978年版，第349页。

④ （元）脱脱等：《金史》卷84《耨盌温敦思忠传》，中华书局1975年版，第1881页。

⑤ （宋）赵珙：《蒙鞑备录》，引自韩儒林主编《元朝史》，人民出版社1986年版，第91页。

的文化模式。接受、融合汉文化，是辽朝、金朝、元朝迅速封建化的头等重要条件。辽、金、元作为统治核心的契丹、女真、蒙古这些少数民族，都程度不同地走着汉化的道路。一方面他们力图保有不失本民族特色的一些文化元素。另一方面，在政治制度、典章文物、文学艺术等许多方面，大量吸收汉文化元素，这样很快地走上封建化的道路。辽金元三代的文化演进完全证实了马克思的名言："野蛮的征服者总是被那些他们所征服的民族的较高文明所征服，这是一条永恒的历史规律。"①

在文学上对于汉文化的融合与吸收更是显而易见的。辽、金、元三代有许多颇有成就的少数民族诗人，如萧观音、元遗山、完颜璹、萨都剌、贯云石等都是其中佼佼者。这些少数民族诗人都是用汉文学的语言形式来进行创作的，他们使用汉文写作，他们运用的诗歌样式、句法、格律等形式要素，都是地道的汉诗；他们在诗中所运用的典故，所继承的思想传统，也都是属于汉文化系统的。那些少数民族统治者所作的诗歌也同样如此。如辽道宗、金海陵王、金章宗等人的诗歌创作也都是汉诗。因此，辽金元诗歌是中华诗史不可分割的重要环节。但同时，这些少数民族诗人的独特文化心理，势必要在创作中反映出来，形成某种特殊的风貌。他们的创作又因诗人的地位、声望等因素，对诗坛产生很大影响，使得诗歌的发展充实填进某些新质。

中国古典诗歌有着悠久的历史，它所负荷的文化积淀是相当深厚的。格律、句法、意象系统等等诗歌要素，都积累了非常丰富的经验，虽然有些是无形的，却在创作过程中，起着相当大的制约作用。中国诗歌越来越加圆熟，艺术表现也越来越细致，以至于圆熟得缺少生机，缺少那种朴野的生气。唐诗虽有千般之好，但它的圆熟妥溜，也使人感到缺少审美上的刺激感；宋诗想在这方面补弊救偏，不同于唐诗的圆熟平滑，但它过多地依赖文化积累，有更多的书卷气。而辽金元诗歌（尤其是辽诗和金诗）往往以自然朴野的气息，为诗史注入了新的生机。尤其是那些少数民族诗人，也许只是还没有在更深的层次上完全汉化，也许是不屑于拘守于某种诗学畦径，也许正是那种豪放伉爽的民族性格决定，他们以其本色天然之语、朴野明快之风，给人以新鲜的审美感受，给诗坛带来了一股生新朴野的新活力。这是诗史向前发展的一个新契机。看上去也许艺术上并不那么成熟或者说不那么圆熟，但它们往往带着来自于草原、来自于大漠的豪荡与朴野，闯进了诗坛，使你感到为之一震，感到一种冲荡和撞击，读着契丹女诗人萧观音的《伏

---

① 《马克思恩格斯选集》第2卷，人民出版社1965年版，第181页。

虎林待制》及女真诗人完颜亮的几首诗词，都会有这种感受。也许，这种现象并非个别的，在辽金元诗歌中是带有一定普遍性的。正是以其朴野本色为诗史注入了新的生机。我们说辽金元诗的意义不仅在数量，也不全在艺术成就，而更在于其诗史价值，就是这个意思。

<h1 style="text-align:center">三</h1>

《辽金元诗歌史论》分为三编，辽诗、金诗、元诗各为一编，当然是把它们作为各自独立的单元来论述。不仅仅是依据于断代作如此划分，还因为它们各自有其特点及其发展规律。然而，辽金元诗又有着十分密切的内在联系，有"血缘之亲"在其中，同时，又是依次层递发展的，不能全然割开来看。

辽诗存篇不多，恐怕当时创作就很少吧。在辽诗中最有成就的是契丹诗人，如萧观音、寺公大师等。汉族士人的诗传下来的很少，又不见更为鲜明的特色。契丹诗人的创作，更明显地体现出豪放清疏的特点，同时也可看出，契丹人对汉诗的掌握并未完全深入腠理。现存的契丹诗人创作中几乎没有近体律绝，说明了他们对于近体诗的严密格律还不能运用自如，这样说恐怕是不违背实际情况的。

金诗承绪宋诗与辽诗，但有了很大变化。金诗数量较多，元好问编金诗总集《中州集》，不包括他自己在内，选录了249位诗人的作品共数千首之多。加之《遗山诗集》以及其他几位诗人传下来的别集，那就更多了。金诗的数量已构成一代之诗的规模，而且出现了元好问这样杰出的大诗人以及像赵秉文、李纯甫、王若虚、完颜璹、王庭筠这样一些艺术上成熟、具有自己风格的优秀诗人。元好问足以代表金诗的成就，是"国朝文派"的最大代表，就是与中国诗史上一些"大家"如陶、谢、李、杜、白、陆等相比，也是各有千秋、自领风骚的，完全可与"大家"之列。遗山诗的成就也足以说明辽金元诗歌何以能在中国诗史上占有一席重要地位。

元诗现存13万多首，规模宏阔，而且出现了如"虞（集）、杨（载）、范（梈）、揭（傒斯）"和杨维桢、萨都剌这样一些重要的诗人。元代的诗歌成就是十分可观的。与此相比，以往的元诗研究就显得过于薄弱了。尽管与唐宋诗相比较，元诗没有那样鲜明的特色，但是，在艺术的成熟上，是远轶辽、金的。元诗的主要创作倾向是宗唐复古，鼎盛时期的延祐诗坛，许多作品表现出缥缈超逸的风格，非常含蓄蕴藉，缺少那种源于社会深层的令人感荡的力量，却被视为"盛世之音"，实际上却难与唐诗同日而语。这种现象的背后，是否有着足资深思的原因呢？我们以为，这些"盛世之音"，恰恰潜藏着汉族士大夫在暴戾的元蒙贵族统治下一种"如履薄冰"的心态。而后期"铁崖体"的崛起，则打破了延祐诗坛的诗学模式，使元诗出现了新的局面。

理学盛兴于元，成为官方哲学。元代理学成为宋明理学之间的中介环节。很多诗人又是理学家，如刘因、许衡都是元代硕儒。程钜夫、虞集等人也都是理学人物。元代理学之兴盛，不能不影响诗歌创作，不过元代理学家并没有那种"文以害道"、否定文学价值的腐儒观念，也不在诗中谈经论道，写那些"语录讲义之押韵者"，绝没有导致"堕于理窟"的现象。相反，元代诗人对于宋诗中某些"尚理而病于意兴"① 的倾向是相当反感的。元诗更多的是清绮流丽之风，与宋诗判然不同，这说明理学对宋诗与元诗的影响是不甚相同的。我们以为，理学对元诗的影响，首先是儒家"雅正"观念对元代诗论与创作的深远影响，我们在后面的论述中详细论述了"雅正"观念在元代诗学中的主导作用；其次是理学家轻视事功而重视心性的思想传统，使元代诗词曲有着普遍性的对于现实政治的离心倾向，视功名事业为虚空诞幻，而大量歌颂隐逸遁世，成为元代诗词曲普遍的思想内涵。元代诗人心目中的英雄不是刘邦、项羽，不是诸葛亮，而是泛舟五湖的范蠡、不仕光武的严光与挂冠躬耕的陶渊明。这些隐逸人物是元代诗人的价值认同所在。这里一方面有全身远祸的动机在内，另一方面，来自理学轻视事功思想传统的影响。元诗更多的是抒写创造主体的内心世界，而很少直接反映动荡的现实风云，也不能不说是来自于理学的深层影响。

金元诗歌的发展，都表现为不同的阶段性。以往的论者，对金诗和元诗提出了大致相同的分期法。一般来说，是把金诗分为前、中、后三期，把元诗分为两期。这种分期自然是有相当充分的理由的。而本书参照着以往的这种分期法，仔细考察了金元诗史的发展流变过程，提出了新的诗史分期。本书将金诗分为四个阶段，一是金初诗坛，也称"借才异代"时期；二是金诗的成熟时期，主要是大定、明昌诗坛；三是金诗的繁荣时期，时间上是从"贞祐南渡"到元兵围汴之前；四是金诗的升华时期，时间上主要是金亡前后。这种分期法主要的依据是诗歌发展的自身过程，而不同于更多依赖于史学分期的"三分法"。从思想方法上而言，我们主要是受马克思主义创始人

---

① 郭绍虞：《沧浪诗话校释》，人民文学出版社 1961 年版，第 148 页。

提出的"艺术生产同物质生产的发展是不平衡的"重要命题的直接启示，从诗歌的内在演变轨迹出发而提出的。史学分期只是一个时序上的参照系，关于元诗我们提出前期、中期、后期的分法，不同于以往以延祐为断限分为两期的观点，其出发点，同样是在于元诗的内在流变转折，思想方法与金诗分期是一致的。

"诗歌史论"中"诗"的内涵是广义的，包括了词、散曲这样诗歌的种类在其中，因而本书的论述也兼及了金元词与元代散曲。但从以往的研究状况看，辽金元三代之诗，研究最为薄弱的还是狭义的"诗"，迄今为止，尚未有一部有关辽诗、金诗、元诗的断代诗史，那么，本书的重点是放在狭义的"诗"上面的。为辽金元之诗立一部草创之史，是笔者的心愿。因而书中论述的主脉，在于狭义之诗的流变。那么，给词和散曲以很少的篇幅，其用心就需要读者的体谅了。金元词有相当数量，也有一定特色，而出于本书的考虑，只作了粗略的勾勒，尤其是元词更为简单，也许是令读者大为不快的。但元词的成就确实无法跳出宋词范围之中，无甚开拓性，篇幅之少，也算是体现了笔者的看法吧。至于元代散曲，作为一种新的诗歌形式，给诗史打开了一片新的天地；散曲的成就足以使元代文学增价数倍，在某种程度上，散曲更能体现元代文学的特色。如果说"一代有一代之文学"，宁举元曲而不举元诗。但元曲已有相当深入之研究，非常丰富之著述，本书又侧重于诗的流变，因此，只是侧重于探索了散曲的本体特征与诗史价值，对于非常丰富的散曲创作，采取了动态扫描的方法，以见其一斑，"人多言之，我寡言之"，如是而已。

从辽金元诗歌的独特风貌与文化负载着眼，本书更多地是从民族文化的角度来透视这三代诗史的走向与风貌。笔者力图以马克思主义的文化学、民族学的一些思想方法来作为研究的出发点和理论构架的支撑点，尤其是辽诗与金诗两编着重贯穿了这种理论祈向，这是由于研究对象的特质所决定的。民族文化的互相融合，确实是辽金元诗歌独特风貌的一个重要基因。

作为一部"史论"，既要大致勾勒出辽金元诗歌的轮廓，又要站在今天的高度给予价值评价、理论剖析。然而，这部初辟草莱的著述在辽金元诗史的研究方面还是刚刚起步，难以达到理想境界。既然是"史论"，笔者就不致力于论述所有的诗人，而只是在史的轨迹上论及一些有代表性的诗人及其创作，因而，这部书又不敢全称为史，只是立起一个史的框架而已。而从论的角度来看，笔者在一些重要问题上是以自己的观点和研究角度来构造本书的框架的，但辽金元诗史的草创性质又决定了本书必须作一些基本情况的介绍，这就不同于唐诗史论、宋诗史论等为人们所熟知的领域，可以摆脱这些考虑，在更高的层次上展开思想的翅膀；在这个人们相对生疏的领域中，首先是应该使读者对辽金元诗歌的发展流变，有一个概括性的了解，然后方能进入更深的理论探索。这种情形，不能不给本书带来某种局限。这也是需要得到读者体谅的。

耕耘刚刚开始，收获自然是可以期待的。这块土地是丰饶而广袤的，决非一人之锄犁可以捧出累累硕果的。本书以一己之"锄犁"虽然投下耕耘之力，但必须汇入众人的合力中方见涓滴之功。前此，后此，都有诸多学者的辛勤劳作，大获之期，当不远矣！

笔者愿以不乏勤苦却又笨拙的劳作，来分享收获时的喜悦。

第一编　辽代诗歌

第一章　辽诗生长的文化土壤

辽朝，曾经是中华历史上占据北中国广袤土地的一个强大的王朝，它随着唐朝的结束，崛起于唐朝版图的北部与东北部，与五代、北宋相始终，成为又一个"北朝"。在中国历史上这是一个不可忽略的重要历史阶段，而辽代的文学也足以引起文学史界的重视。辽代文学尽管所存留的作品篇什不多，但从民族文化融合的角度看，却有非常重要的意义。

这是一块极少有人垦殖过的土地。在我们的文学史著作上，辽代文学的地位实在是再低不过了，篇幅也是再少不过了。当然也谈不到深入的研究与评价。近年来有关辽代文学的研究有所进展，已有若干文章对辽代文化以及某些作家作品进行了较为深入的探索，这是一个极好的开端，而我们在这里所要做的，是从诗歌史的角度系统论述辽诗的成就与地位，并从文化的视角来认识辽诗的特征。

第一节　辽诗与北方文学的特质

辽诗留存至今的篇什确乎很少，总共有 70 余首，都包括在陈述先生所编的《全辽文》之中。我们的考察，只能就现有的资料进行开掘。辽朝是以契丹民族为核心的北方王朝，契丹是一个典型地体现着北方少数民族共同特点的民族。在建立国家政权之后，不断地吸收中原汉文化，逐渐地由奴隶制社会转化到封建制社会，在这样一个过程中，契丹文化与汉文化不断地进行交融，而辽诗正是这种文化交融的产物。因此，辽诗的意义与价值不能仅从数量上进行估计，也不能仅从一般概念上的艺术成就这个角度进行评价，而应该注重辽诗作为北方文学为中国诗史所注入的生机。

辽诗的价值超越了一个历史时期的文学断限，它表征着北方文学成熟期的开端。南北诗风的融合，孕育了风骨遒上而又神韵悠远的唐宋诗。接踵而来的宋诗，则是思想清峻，渐老渐熟，另是一番姿态。辽诗，则是以北方民族纯朴质野的文化心态，接受唐诗滋育、同时在某种程度上受宋诗熏染的产物，作为北方民族的文学传统，对金元诗歌产生了不容忽略的深远影响。辽金元三代，同是北方少数民族所建立的王朝，文学上有某些共同的地方，辽金元诗歌，有内在的承绪性，辽诗是其源头。

辽诗如以作者分类的话，大致有这样几类：一是契丹诗人之作，二是汉族士人之作，三是民间谣谚。这几类诗作，有着各自的特点。而最能代表辽诗成就的，应是契丹诗人的创作。有关问题，将在下一章里深入论述。如果以体裁分的话，有四言、五言、七言、骚体，而这些体裁的运用，在辽诗中显得较为生拙，不如唐宋诗的细腻圆熟。如以风格而论，辽诗从整体上看，是颇为质朴刚健的，鲜明地体现着北方文学的特色。

辽诗无论是契丹人的作品还是汉人的作品，都可以视为契丹文化与汉文化融合的结晶，同时，也是北方民族文学传统的继承与发展。北方少数民族在其发展过程中，呈现着一种动态的变化趋势，不断地分化而又不断地融合，因此往往是你中有我、我中有你的。一个民族往往是多源的，而其分化也往往是多种流向的，因此，北方各少数民族的族源是十分复杂的。各个民族有不尽相同的文化形态，但它们之间又有许多共同的地方。甚至可以说，北方各民族之间的共同文化元素不少于不同的文化元素。北方各民族在没有接受中原汉族的农业生产方式之前，大多数都以游牧或游猎为其生产方式的，他们过着流徙不定的生活，广漠的草原或深山丛林造就了剽悍粗犷的性格，北方民族共有的文化心理便是勇敢豪犷而又质朴直率，这便造就了北方民族文学的刚健质朴的风格与率直奔放的表情方式。著名的《敕勒歌》正可以作为北歌的代表。金代大诗人元好问十分自豪地以"慷慨歌谣绝不传，穹庐一曲本天然"（《论诗绝句》第七首）来称扬它的雄浑和粗犷。这其实可以看作是对北方歌谣的总体评价。南北朝之乐府民歌，最为鲜明地表现出南北诗风的差异。正如刘永济先生所说："一则苍凉悲壮，多存质厚之风；一则婉娈哀思，弥极妖淫之致。虽曰时运使然，抑亦方风难改也。"[1]（重点号为笔者所加，下同。）南朝乐府如《清商》《西曲》等，极为柔婉缠绵。如"前丝断缠绵，意欲结交情。春蚕易感化，丝子已复生"（《子夜歌》），"朝登凉台上，夕宿兰池里。乘月采芙蓉，夜夜得莲子"（《子夜夏歌》），尽缠绵燕婉之致，与北歌截然不同。北歌则粗犷泼辣。同是写男女爱恋相思，北歌则曰："腹中愁不乐，愿作郎马鞭。出入揽郎臂，蹀座郎膝边。"

---

① 刘永济：《十四朝文学要略》，中华书局 2007 年版，第 180 页。

（《折杨柳歌辞》）"门前一株枣，岁岁不知老。阿婆不嫁女，那得孙儿抱"（《折杨柳枝歌》），真够大胆泼辣的了。歌颂尚武精神的作品就更为雄豪："放马大泽中，草好马著膘。牌子铁裲裆，鉅鉾鸐尾条。"（《企喻歌辞》）如此之类甚多。《宋书·乐志》中说："观《乐府诗集》所载吴声西曲体制，大抵短章，与北歌《企喻》、《捉搦》相同，特情辞婉娈哀思异之耳。"① 明确地将"吴声西曲"与"北歌"加以比较区别。

辽诗是"北歌"不断发展的产物。契丹与鲜卑、奚、靺鞨、室韦等族同属"北狄"，其族源互相参杂。关于契丹的族源有起源于匈奴说、起源于鲜卑说、起源于匈奴与鲜卑融合说等。这些说法的分歧，实际上正说明契丹与这些主要的北方民族的渊源关系。在文化样式上也与鲜卑等十分相近。如契丹之髡发，即与鲜卑相同。而在土风音乐方面，更是都属于"北歌"的范围之内。辽诗的根源，正在于这个北方文学的传统之中。

这里所谓"北方文学"，主要是指北方土风歌诗，也即"北歌"，这是有很久远的源流的。《隋书·音乐志》引北齐祖珽表云："魏氏来自云朔，肇有诸华，乐操土风，未移其俗。至道武皇始二年（397）破慕容宝于中山，获晋乐器，不知采用，皆委弃之。"② 这是拓跋魏时期的情形，足见"北歌"自成一体，有着鲜明的北方文化特色。《旧唐书·音乐志》述"北狄乐"说："北狄乐，其可知者，鲜卑，吐谷浑，部落稽三国，皆马上乐也。……后魏乐府始有北歌，即《魏史》所谓《真人代歌》是也。代都时（按：魏先世称代），命掖庭宫女，晨夕职之。……今存者五十三章，其名目可解者六章：《慕容可汗》、《吐谷浑》、《部落稽》、《钜鹿公主》、《白净王太子》、《企喻》是也。其不可解者，咸多可汗之辞，此后魏所谓《簸罗回》者也。其曲亦多可汗之辞。北虏之俗，呼主为可汗。吐谷浑又慕容别种，知此歌是燕赵之际，鲜卑歌也。其词虏音，竟不可晓。"③ 这里记载的乃是"虏音"即鲜卑语等北方民族语言吟唱之歌，而以汉语所为的"北歌"（"北狄乐"）大都保存在《梁鼓角横吹曲》中。虽是汉语，但仍是地道的"北歌"，其雄豪粗犷之风宛然可见。其中的《企喻歌》、《琅琊王歌》、《地驱乐歌》等都是典型的"北狄乐"。所谓《梁鼓角横吹曲》者，实皆北歌，而非梁歌。歌中有"遥看孟津河，杨柳郁婆娑。我是虏家儿，不解汉儿歌"

① （南朝）沈约：《宋书》卷93《隐逸传》，中华书局1975年版，第2278页。
② （唐）魏征等：《隋书》卷14《音乐志》中，中华书局1975年版，第313页。
③ （后晋）刘昫等：《旧唐书》卷29《音乐志》2，中华书局1975年版，第1071页。

（《折杨柳歌辞》），足证其为北方少数民族所吟唱。歌中表现了鲜卑等游牧民族的风情与勇悍雄豪的民族性格。如"放马两泉泽，忘不著连羁。担鞍逐马走，何得见马骑"，"健儿须快马，快马须健儿，跸跋黄尘下，然后别雄雌"（同上），即可作为代表之作。《梁鼓角横吹曲》属《鼓吹曲辞》，是军中之乐。宋人郭茂倩云："横吹曲，其始亦谓之鼓吹，马上奏之，盖军中之乐也。北狄诸国，皆马上作乐，故自汉以来，北狄乐总归鼓吹署。"① 这些"北狄乐"，当是包含着契丹一份的。

"北歌"的质朴雄莽，迥异于南方乐府的清绮柔婉，这是人们早有共识的。肖涤非先生从民族性格来论南北乐府之别："北朝本以朔虏入主中华，崇尚武勇，习于征战，由其民族性之所近，故《横吹曲》独盛，而与南朝繁淫之《清商曲》分道扬镳焉。""读其乐府，悲壮豪迈，尚武之气，充溢行间"②，可作为这种共识的代表。

辽诗是渊源于这种"北歌"传统的，尤其是契丹族诗人的创作有着质朴雄豪之气，不能不令人想到那些充满生命强力的北方乐府民歌即所谓"北狄乐"。读一下著名女诗人萧观音的《伏虎林待制》，那种雄猛刚健之风，令人不敢相信是出于巾帼之手。但辽诗决非北歌的简单重复，而是契丹文化与汉文化相融合的产物，把北方文学向前大大推进了一步。辽诗不再如北朝乐府那样纯任自然，全系天籁，而是吸收了汉诗成熟的艺术形式，更多地采纳了汉诗的意象系列与语言表现习惯，更多地具有了审美色彩，经历了由质而文的转变，为金、元诗的发展，开拓了一条道路。与唐宋诗相比，不能不说辽诗还是颇为粗糙的，较为质实的，但是，北方的草原与大漠，契丹民族的粗犷性格以及北歌的传统，都赋予了辽诗那种原生态的强劲生命力，给中华诗史注入了新的气息。

第二节　辽代文化的动态演进

要对辽诗有较为深切的认识，就不能不了解辽诗赖以生长的文化土壤。而一个时代的文化形态总是处在不断变化的动态演进过程之中的。尤其是辽代文化，是一个很复杂的结构。契丹族作为主要民族，使契丹文化成为主要成分。但由于社会发展的需要，契丹统治者不断地吸收汉文化，以适应契丹

---

① （宋）郭茂倩：《乐府诗集》卷21，中华书局1979年版，第309页。
② 萧涤非：《汉魏六朝乐府文学史》，人民文学出版社1998年版，第273页。

社会由奴隶制向封建制的变迁。因此，辽代文化中文化变迁的痕迹也是较为明显的。而总的来说，辽代文化是契丹文化与汉文化的融合体。

契丹是我国北方主要的少数民族之一，是在与鲜卑、奚等民族的长期交融离合过程中逐渐形成的一个游牧民族。关于契丹族的由来，主要的看法认为契丹原是鲜卑的一部。《辽史·世表》说："庖牺氏降，炎帝氏、黄帝氏子孙众多，……盖炎帝之裔曰葛乌菟者，世雄朔陲，后为冒顿可汗所袭，保鲜卑山以居，号鲜卑氏。既而慕容燕破之，析其部曰宇文，曰库莫奚，曰契丹。"① 《新唐书·契丹传》也说："契丹，本东胡种。其先为匈奴所破，保鲜卑山。魏青龙中，部酋比能稍桀骜，为幽州刺史王雄所杀。众遂微，逃潢水之南，黄龙之北。至元魏，自号为契丹。地直京师东北五千里而赢，东距高丽，西奚，南营州，北靺鞨、室韦，阻冷陉山而自固。"② 这是最有代表性的观点。按此种说法看来，契丹乃是鲜卑的一部。到元魏时，已形成独立的一族。

契丹在唐初形成了以大贺氏为首的部落联盟，这是契丹发展的重要转折。部落联盟是国家产生的前奏。《契丹国志》载："初契丹有八部，族之大者曰大贺氏。后分为八部，部之长号'大人'，而常推一人为王，建旗鼓，以统八部。每三年则以次相代，或其部有灾疾而畜牧衰，则八部聚议，以旗鼓立其次而代之，被代者以为元约如此，不敢争。"③ 其他文献的记载大同小异。这便是大贺氏联盟时期的情形。大贺氏联盟衰败以后，继之而起的是遥辇氏部落联盟。《辽史》记载说："遥辇氏承万荣、可突于败散之余，更为八部。"④ 在大贺氏时期，联盟首长由三年一任的世选制产生，轮换担任；遥辇氏后期，世选制便逐渐走向世袭制。辽太祖耶律阿保机原来担任遥辇氏的军事首长，他通过对外战争大大发展了自己的政治权力，被拜为于越，地位仅次于可汗，"总知军国事"⑤，又取代了遥辇氏而成为契丹的有力领袖。阿保机继而废除了三年一改选的世选制，"益以威肃，诸部而不肯代"⑥，建立了世袭制的可汗地位。阿保机镇压了守旧势力的"诸弟之乱"，又以权力统一的契丹各部，征服了许多周边的邻族，建立了契丹人的第一个国家，宣

---

① （元）脱脱等：《辽史》卷63《世表》，中华书局1975年版，第949页。
② （宋）欧阳修等：《新唐书》卷219《契丹传》，中华书局1975年版，第6164页。
③ （宋）叶隆礼：《契丹国志》卷23《併合部落》，齐鲁书社2000年版，第171页。
④ （元）脱脱等：《辽史》卷32《营卫志》，中华书局1975年版，第376页。
⑤ （元）脱脱等：《辽史》卷1《太祖纪》，中华书局1975年版，第2页。
⑥ （宋）欧阳修：《新五代史》卷72《四夷附录》，中华书局1975年版，第886页。

告了辽王朝的诞生，使契丹社会由原始时期进入到奴隶制时期，开辟了一个新的纪元，而后，辽王朝又不断地向封建制靠拢、迈进。

政治的变更离不开文化的变迁。辽朝的每一步发展，都伴随着文化的迁替。契丹本是鲜卑系的一支，而且是文化上较为落后、发展较缓的一支。契丹是一个游牧民族，原有的生产方式即是流徙放牧，畜牧业是其最主要的产业。《辽史》述契丹的地理环境说："辽国其先曰契丹，本鲜卑之地，居辽泽中；去榆关一千一百三十里，去幽州又七百一十四里。南控黄龙，北带潢水，冷陉屏右，辽河堑左。高原多榆柳，下隰饶蒲苇。"①　正是水草丰茂的草原地带，适合于游牧生产方式。游牧的生产方式没有固定的居所，随着季节变换而流徙不定。这是鲜卑、契丹、匈奴、奚等北方民族所共有的特点。史乘载契丹"逐寒暑，随水草畜牧。有征伐则酋帅相与议之，兴兵动众合符契"②。契丹的风俗与靺鞨、突厥、奚等族都非常接近乃至基本相同。奚人的生活，"逐水草畜牧，居毡庐，环车为营……余部散山谷间，无赋入，以射猎为资"③。契丹的生活方式与此大致相同。

北方游牧民族都有着十分强悍勇武的民族性格，他们骑马驰骋在草原上，粗犷豪放，充满着尚武精神。"新买五尺刀，悬著中梁柱。一日三摩娑，剧于十五女。"（《琅琊王歌》）对于宝刀的喜爱，竟然超过对妙龄少女的喜爱，十分形象地表现出他们的勇悍气质。这种勇悍气质的另一方面则是某种野蛮的掠夺性。阿保机建立辽朝前后以及太宗耶律德光时期，都曾四处征讨掳掠，俘获了大量的中原汉人及其他各族人民以及大量的牲畜财物，来增加这个奴隶制国家的实力。在契丹作为一个自在的民族时，他们是没有什么礼仪观念的，决不会以掳掠侵扰他族为耻，相反的，却是以掳掠之多为荣。其实，相邻的奚、靺鞨、室韦等北方民族都是如此，如奚人"善射猎，好与契丹战争"④，靺鞨"尤称劲健；每恃其勇，恒为邻境之患"⑤，"此群狄诸种，不识德义，互相侵盗"⑥，都以蛮勇好战而著称。《辽史》述契丹风俗说："契丹旧俗，其富以马，其强以兵。纵马于野，驰兵于民，有事而战，旷骑介夫，卯命辰集，马逐水草，人仰湩酪，挽强射生，以给日用。糗

①　（元）脱脱等：《辽史》卷37《地理志》，中华书局1975年版，第437页。
②　（唐）魏征等：《隋书》卷84《契丹传》，中华书局1975年版，第1882页。
③　（宋）欧阳修等：《新唐书》卷219《奚传》，中华书局1975年版，第6170页。
④　（后晋）刘昫等：《旧唐书》卷199《奚传》，中华书局1975年版，第5354页。
⑤　（后晋）刘昫等：《旧唐书》卷199《靺鞨传》，中华书局1975年版，第5358页。
⑥　（北齐）魏收等：《魏书》卷100《豆莫娄传》，中华书局1975年版，第2222页。

粮刍荛，道在是矣。"① 这是一个概括的描述。

辽国未立之前，契丹文化是相当落后的，处于原始文化阶段。没有文字，只好以"刻木之约"而纪事。也没有任何关于音乐、舞蹈的记载。原始民歌《焚骨咒》"夏日向阳食，冬时向阴食。使我射猎，猪鹿多得"是契丹未建国前的全部"文学遗产"。只有当阿保机建立了国家之后，为了更好地统治汉人奴隶及汉人地区，改革生产方式，健全国家体制，才倚靠汉族文士，吸收汉文化元素，使辽代文化有了很快的发展。《新五代史》载："至阿保机，稍并服旁诸小国，而多用汉人，汉人教之以隶书之半增损之，作文字数千，以代刻木之约。又制婚嫁，置官号。"② 这是契丹人吸收汉文化的开端。

在人类文明发展史上，中国作为"四大文明古国"之一，其文化形态在历史上处于非常先进的地位。在封建社会这个很长的历史时期中，中国的封建文化是相当发达的，令当时的世界诸国欣羡不置。而中国文化的核心是高度发达的汉族封建文化。而少数民族的发展，有待于接受、吸收较为先进的汉文化，这是已为历史所证明了的。史实又向我们揭示了这样一个规律：少数民族在他们只是作为边鄙少数民族的时候，很难接受先进的汉文化；只有作为征服者乃至于入主中原的时候，才能真正吸收融合汉文化，使其社会形态很快跃迁到封建制。北魏、辽、金、元等少数民族建立的王朝都说明了这一点。辽代文化实践，也正说明了这个情况。"野蛮的征服者总是被那些他们所征服的民族的较高文明所征服。"③ 中华文明的发展史有力地证实了马克思这段名言的真理性。

阿保机在建国之初，趁中原之乱，攻掠中原汉地，俘获了大批汉人作为契丹贵族的生产奴隶。据《阴山杂录》载："梁灭，阿保机帅兵直抵涿州，时幽州、安次、潞、三河、渔阳、怀柔、密云等县，皆为（契丹）所陷，俘其民而归。"④ 契丹本是以游牧为生产方式，现在对于大量掳来的汉人，必须采取新的统治方法，于是便模仿中原的州县制来管理汉人，史称，阿保机趁中原多乱之机，"乘间入塞，攻陷城邑，俘其人民，以唐州县置城以居之"⑤。新置的州县名称即用其原所属州县名称，汉人以农耕为生产方式，

---

① （元）脱脱等：《辽史》卷59《食货志》，中华书局1975年版，第923页。
② （宋）欧阳修：《新五代史》卷72《四夷附录》，中华书局1975年版，第888页。
③ 《马克思恩格斯全集》第9卷，人民出版社1960年版，第247页。
④ （辽）赵志忠：《阴山杂录》，见厉鹗《辽史拾遗》卷1，中华书局1985年版，第14页。
⑤ （宋）欧阳修：《新五代史》卷72《四夷附录》，中华书局1975年版，第886页。

他们被掳流入契丹后，依然从事农业生产。他们给契丹社会带来了汉地的耕种方法，也包括技术与工具。这使契丹的经济结构发生了很大变化，由单一的牧业向半农半牧转化。

为了加强对于汉人的统治，阿保机注重吸收汉文化，倚重汉族士人，学习中原王朝的管理经验。当时最受阿保机倚重的，是韩延徽、韩知古等。如韩延徽本是幽州士人，曾为刘守光的幕府参军，后来出使契丹。"太祖怒其不拜，留之，使牧马于野。延徽有智略，颇知属文，述律太后言于太祖，曰：'延徽能守节不屈，此今之贤者，奈何辱以牧，宜礼用之。'太祖召延徽语，悦之，遂以为谋主。举动访焉。"① 阿保机倚重韩延徽，采用他提出的许多办法来管理汉人，这些办法都是来自于汉文化中的制度文化方面。"延徽始教太祖建牙开府，筑城郭，立市里，以处汉人，使各有配偶，垦艺荒地。由是汉人各安生业，逃亡者益少。"② 阿保机采纳韩延徽的这些方略，有效地控制了掳来的汉人。这些方略，实际上都是汉文化的移入。而客观上为契丹社会向封建制过渡奠定了基础。延徽又辅助阿保机建立封建等级制度，规定君臣名分，"凡营都邑，建宫殿，正君臣，定名分，法度井井，延徽力也"③，使辽朝走向封建制迈开了关键的一步。

阿保机倚重韩延徽，实质是向汉族士人学习汉文化，以便适应新的形势。国家建立伊始，庶事草创，而契丹旧俗是不适合于一个专制帝国的建立与发展的，而中原王朝高度发达的封建制度提供了很好的借鉴。韩延徽曾一度逃奔晋王，"晋王欲置之幕府，而掌书记王缄疾之，延徽不自安，求东归省母。"④ 他实际上是要再回契丹。当他途经真定，住在乡人王德明家中时，王问他的打算，韩答道："当复诣契丹。"王担心他这是自寻死路，"叛而复往，得无取死乎？"韩延徽心里很清楚阿保机对他的倚重之深，十分自信地说："彼自吾归，如丧手目。今往诣之，手目复完，安肯害我？"果然，延徽复归契丹，"太祖闻其至，大喜，如自天而下，拊其背曰：'向者何往？'延徽曰：'思母，欲告归，恐不听，故私归耳。'太祖待之益厚。及称帝，以延徽为相，累迁至中书令"⑤。阿保机所重用的汉族士人还有韩知古、康默记诸人。韩知古是蓟州玉田人，"善谋有识量"。"太祖召见与语，贤之，

① （宋）叶隆礼：《契丹国志》卷16《韩延徽传》，齐鲁书社2000年版，第128页。
② 同上。
③ （元）脱脱等：《辽史》卷74《韩延徽传》，中华书局1975年版，第1232页。
④ （宋）叶隆礼：《契丹国志》卷1《太祖纪》，齐鲁书社2000年版，第2页。
⑤ （宋）叶隆礼：《契丹国志》卷16《韩延徽传》，齐鲁书社2000年版，第129页。

命参谋议。神册初，遥授彰武军节度使，久之，信任益笃，总知汉儿司事，兼主诸国礼仪。时仪法疏阔，知古援据故典，参酌国俗，与汉仪杂就之，使国人易知而行。"① 在文化上的贡献，主要是他参酌中原王朝的礼仪制度制定辽朝的礼仪制度。对于原来"仪法疏阔"的契丹社会来说，这是文化上的很大进步，也是走向封建制不可缺少的条件。康默记，本名照，"少为蓟州衙校，太祖侵蓟州得之，爱其材，隶麾下。一切蕃、汉相涉事，属默记折衷之，悉合上意。时诸部新附，文法未备，默记推析律意，论决重轻，不差毫厘。罹禁网者，人人自以为不冤。顷之，拜左尚书。神册三年，始建都，默记董议，人咸劝趋，百日而讫事"②。由此可见，康默记在辽朝初创时的功绩主要是草创法律与营建都城。太祖在这些工作上任用汉族士人，当然是为了吸收汉文化中这些方面的元素，使契丹国家形成更为完备的体制。在辽初草创时期，"凡营都邑，建宫殿、正君臣、定名分"这些关系到国家奠基的大计，阿保机都倚重汉族士人，足见在契丹社会发展紧要关头，契丹统治者模仿学习中原王朝模式的渴求。"二韩一康"，均拜佐命功臣，说明了汉族士人所起的重要历史作用。

辽朝草创时期，对于汉文化的吸收与融合侧重于制度文化方面，如君臣礼仪、官制（辽朝官制采取"双轨制"，即南面官、北面官两套机构并行。南面官治理汉人，北面官管理契丹军政事务。南面官皆用中原王朝汉制）、都邑等等。而随着辽朝逐步走向封建制的需要，在教育、科举、思想等领域，进一步吸收、融合汉文化元素。太祖时期参酌汉字，创制了契丹大字，契丹小字的创制在大字之后。契丹字的主要来源是汉字，王溥撰《五代会要》载："契丹本无文纪，惟刻木为信，汉人之陷番者，以隶书之半加减，撰为胡书。"③ 欧阳修的《新五代史》也有类似的记载："至阿保机，稍并服旁诸小国，而多用汉人，汉人教之以隶书之半增损之，作文字数千，以代刻木之约。"④《辽史》记载，太祖"神册五年正月乙丑，始制契丹大字"，九月"壬寅，大字成，诏颁行之"⑤。见于《辽史》记载参与创制契丹字的契丹人有突吕不、耶律鲁不古、迭剌等人，而综合历史文献来看，契丹创字过程是汉人与契丹人共同参与、并且是参照汉字制成的。再从契丹字本身来

① （元）脱脱等：《辽史》卷74《韩知古传》，中华书局1975年版，第1233页。
② （元）脱脱等：《辽史》卷74《康默记传》，中华书局1975年版，第1230页。
③ （宋）王溥：《五代会要》卷29，上海古籍出版社1978年版，第349页。
④ （宋）欧阳修：《新五代史》卷72《四夷附录》，中华书局1975年版，第888页。
⑤ （元）脱脱等：《辽史》卷2《太祖纪》下，中华书局1975年版，第16页。

考察，契丹大小字中有不少直接借用汉字的字形。即便是与汉字不相同的字，其形体特征、笔画走向，也是套取汉字而来，很像汉字的偏旁部首。契丹大字与汉字关系尤为密切，有的是直接借用汉字的形、音、义，如"皇帝"、"太后""太王"等；有的是借用汉字的形和义，如"一""二""五""十"等；有的是借用汉字的字形，如"仁""住""弟""田"等（这些字的音、义有待于探讨）。可见，汉字是契丹大字的直接之源。从契丹造字的史实不难看出汉文化对于兄弟民族文化的深刻影响及各民族间文化交流的悠久传统。

从辽太祖阿保机开始，契丹统治者颇为重视儒学，并以此来吸引汉族士人，加强对汉族人民的统治，同时，也使契丹及其他族人民增强封建纲常意识。太祖神册三年（918）五月，"诏建孔子庙、佛寺、道观"①。顺带而言，辽朝崇佛不亚于儒学，"辽人佞佛尤甚"②。道教也很普遍，述律皇后和耶律倍曾"分谒佛寺、道观"。③ 儒、道、释都是从中原汉文化中引进的。阿保机的长子、东丹王耶律倍，更尊崇儒学，他曾对阿保机说："孔子大圣，万世所尊，宜先。""太祖大悦，即建孔子庙。诏皇太子（倍）春秋释奠。"④ 有辽一代，"尊孔崇儒"成为既定国策，历代君主都"好儒术"。契丹贵族往往通过儒家思想熏陶而成为真正的儒者，如耶律倍、萧韩家奴、耶律宗政等。而汉族儒士始终受到契丹统治者的信赖任用，进入最高决策核心的汉士也有很多。除太祖时期的韩延徽等三人外，后来的室昉、韩德让、郭袭、刘慎行、邢抱朴、韩制心等都位至使相。这些汉族儒士根据孔子"士志于道"、孟子"用夏变夷"等儒家理论，通过契丹统治者的政令，间接地改造契丹民族的经济、政治、生产方式、习俗以及文化心理素质等，为辽代社会的发展发挥了重要作用，而他们的"武器"，主要就是以儒家为核心的思想文化传统。

契丹民族接受汉文化，又是通过科举取士这个渠道进行的。契丹立国之前的文化形态，与科举取士相距不啻十万八千里。而立国以后，随着契丹封建化的需要以及汉官势力的增长，科举取士的问题提到了日程上来。自景宗时始以科举取士，保宁八年（976）十二月，"诏南京复礼部贡院"⑤。这是

① （元）脱脱等：《辽史》卷1《太祖纪》上，中华书局1975年版，第13页。
② （元）脱脱等：《金史》卷46《食货志》1，中华书局1975年版，第1033页。
③ （元）脱脱等：《辽史》卷2《太祖纪》下，中华书局1975年版，第15页。
④ （元）脱脱等：《辽史》卷72《义宗倍传》，中华书局1975年版，第1209页。
⑤ （元）脱脱等：《辽史》卷8《景宗纪》上，中华书局1975年版，第96页。

一个"前奏曲"。圣宗时期是契丹社会全面实行封建化改革的时期，科举是封建化改革的重要组成部分。从圣宗开始，采"用唐之制"正式开科取士。统和六年（988），诏"开贡举，放高举一人及第"①。从统和二十四年（1006）起，进士人数猛增。当年就有"进士杨吉等二十三人及第"。考试科目，圣宗时"止以词赋、法律取士，词赋为正科，法律为杂科"②，后来又增明经、茂才等科。圣宗以后，辽代科举只以诗赋和经义两科，分别取士。科举制度的实行，大大刺激了辽代社会的文化气氛。不仅汉人趋之若鹜，而且被禁令不得应试的契丹人也十分向往之。兴宗时，耶律庶箴因让儿子应考受到处分，可见科举的吸引力所在了。以诗赋为考试正科，也就必然刺激人们学习诗赋写作，对于辽诗的发展起着积极的作用。

契丹民族吸收、融合汉文化，大大提高了契丹文化的品位，而并未废弃契丹文化的自身特点，并未失去"自我"，这一点与女真的逐渐汉化有所不同。辽朝统治者一直实行南、北两套官制，北面官制全然保存契丹特点。在"国服"仪卫方面，"于是定衣冠之制，北班国制，南班汉制，各从其便焉"③。墓铭与碑文，多用契丹文字书写；宫廷画苑，多绘本国人物；君臣吟唱，好用本族语言。契丹统治者不许契丹人参加科举考试，是为了使契丹人保留、弘扬那种勇悍尚武的民族性格。历代君主虽"好儒术"，又往往都"善骑射"，不失契丹本色。辽代文化的演进，是以契丹文化为本位，吸取融合汉文化而不断提高的。契丹民族并不在先进的汉文化脚下自愧夷狄，一方面积极吸取汉文化元素来加速自己社会的发展；一方面又以强盛饱满的民族自信来统摄这种文化融合。清宁三年（1057）八月，道宗（耶律洪基）"以《君臣同志华夷同风》诗进皇太后"④。"华夷同风"就是文化上实现邦内统一。道宗原诗已佚，而懿德皇后萧观音的应制属和之诗尚在，诗云：

> 虞廷开盛轨，王会合奇琛；
> 到处承天意，皆同捧日心。
> 文章通谷蠡，声教薄鸡林。
> 大寓看交泰，应知无古今。

---

① （元）脱脱等：《辽史》卷12《圣宗纪》2，中华书局1975年版，第133页。
② （宋）叶隆礼：《契丹国志》卷23，见《二十五别史》第16册，齐鲁书社2000年版，第175—176页。
③ （元）脱脱等：《辽史》卷56《仪卫志》，中华书局1975年版，第905页。
④ （元）脱脱等：《辽史》卷21《道宗纪》1，中华书局1975年版，第255页。

萧观音的这首诗应该是与道宗的观念一致的。辽王朝决无"夷狄"的自卑感，而视其立国为"承天意"。诗中力排唯以中原汉族为正统来区分"华夷"的偏见，自视辽朝可为堂堂华夏的正统之主。道宗又曾说过："上世獯鬻、猃狁，荡无礼法，故谓之夷，吾修文物彬彬，不异中华，何嫌之有？"① 道宗的话是很有道理的。所谓"夷夏之辨"主要在于文化的差异，而辽朝文化吸纳汉文化的有益元素进入契丹文化系统，使契丹文化有了极大幅度的提高，自然是"不异于中华"了。

辽朝的"尊孔崇儒"、开科取士，使社会风化向往文明，而诗文之道成为必要的文化修养，这不能不刺激诗的创作。许多汉族士人受到契丹统治者的信赖与重用，这些汉族士人多以能诗称。自唐以来，诗遍华夏。开科取士，亦以诗赋为主，从某种意义上说，士人也都可称"诗人"。辽廷中的汉士如马得臣"好学博古，善属文，尤长于诗"②，王鼎更是辽代著名文学家。《辽史》记其诗思敏捷云："时马唐俊有文名燕、蓟间，适上巳，与同志被禊水滨，酌酒赋诗。鼎偶造席，唐俊见鼎朴野，置下坐。欲以诗困之，先出所作索赋，鼎援笔立成。唐俊惊其敏妙，因与定交。"③ 这些士人都有较高地位，如马得臣官翰林学士承旨，王鼎也"累迁翰林学士。当代典章多出其手"④。他们对于契丹人的文化心态是有一定影响的。而且契丹不只是从辽朝汉士那里得到诗的影响，而在接受汉文化典籍同时，也就接受了诗的熏陶。《诗经》为"六经"之一，诗教乃是儒家教化的主要之途，儒学之传播是离不开诗的。契丹贵族中多有能诗者。东丹王耶律倍即是修养醇深的诗人。圣宗耶律隆绪"幼喜书翰，十岁能诗"⑤，"又喜吟诗，出题诏宰相以下赋诗；诗成进御，一一读之，优者赐金带。又御制曲百余首"⑥。在契丹诗人中，圣宗算是"高产作家"了。统治者倡风于上，臣下势必热衷于此道了。辽代女诗人的创作成就十分突出。后妃中的萧观音、萧瑟瑟都留下了成就很高、个性鲜明的诗词作品（将在下章中论及）。著名汉士邢抱朴的母亲陈氏便是擅长诗赋的女才子。"陈氏甫笄，涉通经义，凡览诗赋，辄能诵，

---

① （宋）洪皓：《松漠纪闻》上，吉林文史出版社1986年版，第22页。

② （元）脱脱等：《辽史》卷80《马得臣传》，中华书局1975年版，第1279页。

③ （元）脱脱等：《辽史》卷104《文学传》，中华书局1975年版，第1453页。

④ 同上。

⑤ （元）脱脱等：《辽史》卷10《圣宗纪》1，中华书局1975年版，第107页。

⑥ （宋）叶隆礼：《契丹国志》卷7《圣宗纪》，齐鲁书社2000年版，第58页。

尤好吟咏，时以女秀才名之。"①耶律常哥也是有名的女诗人，"幼爽秀，有成人风。及长，操行修洁，自誓不嫁，能诗文，不苟作。……时枢密使耶律乙辛爱其才，屡求诗，常哥遗以回文。乙辛知其讽己，衔之"②。契丹贵族中还有许多人能诗，如耶律倍之子、平王耶律隆先"博学能诗，有《阆苑集》行于世"③。耶律孟简"六岁，父晨出猎，俾赋《晓天星月诗》，孟简应声而成，父大奇之。既长，善属文。……及闻皇太子被害，不胜哀痛，以诗伤，作《放怀诗》二十首"④。耶律谷欲"兴宗命为诗友，数问治要，多听匡建"⑤。可见，有辽一代是有着越加浓厚的诗风的。契丹先世的《焚骨咒》作为唯一的"诗歌遗产"是何其朴陋，而到后来寺公大师用契丹文字作的《醉义歌》又是何其成熟而壮阔，这期间的跃进幅度之大令人难以置信。如果没有较为普遍的诗歌创作基础，是不会出现这样杰出的诗作的。

　　辽诗留存下来的篇什很少，就整体成就而言也难与金诗相比，金诗的巨大成就确实是令人瞩目、值得深入研究的。就其高度和丰富性来说，金诗是超过辽诗许多的。但是，如果没有辽诗的开辟草莱，就不会有金诗的声色大开。同时北方少数民族所建立的王朝，辽、金是有着内在的连续性的。对于北方民族的文化来说，辽朝文化是一次大的起飞，它的意义是非同寻常的。辽诗所取得的成就，其根源必须在辽代社会的文化土壤中去探寻。没有辽代文化的发展演进，文化层位的大幅度提高，辽诗的特色与成就都是难以想象的。这也便是我们在诗歌史论中描述文化形态的原因。

---

① （元）脱脱等：《辽史》卷 107《列女传》，中华书局 1975 年版，第 1471 页。
② 同上书，第 1472 页。
③ （元）脱脱等：《辽史》卷 72《平王隆先传》，中华书局 1975 年版，第 1212 页。
④ （元）脱脱等：《辽史》卷 104《文学传》，中华书局 1975 年版，第 1456 页。
⑤ 同上书，第 1457 页。

第二章　辽诗成就及其在诗史上的地位

辽代诗歌，存留至今的篇什确乎不多，与规模宏阔的唐诗、宋诗相比，不可同日而语，即使与金诗、元诗相比，也显得颇为单薄。这是个无法更改的事实。但是，认识辽诗的价值与成就，不能仅从数量着眼，而应该看到辽诗的独特之处，更重要的是要看到，辽诗为中华诗史所吹嘘进的清新之气、带来的生机，应正确评价辽诗在中华诗史上的地位。

第一节　辽代契丹诗人的诗歌创作

辽诗的作者主要是契丹人与汉人，他们的创作，都是中华民族诗歌传统的继承与发展。而在辽诗中，无论是契丹人还是汉人的作品，都体现出文化融合的特点。

客观地说，最能展示辽诗的成就与风貌的，不是汉人的诗，而是契丹诗人的创作。在契丹创作中，流传至今的，多数是出自契丹贵族手笔的。而辽诗中最长、成就最高的诗作，乃是契丹族僧人寺公大师的《醉义歌》（将另列一节论述）。除此之外，也有流传于契丹百姓间的民谣，如《国人谚》、《臻蓬蓬歌》等等。

在契丹贵族中，较早的诗人是阿保机的长子、东丹王耶律倍（小字突欲）。耶律倍在辽初的契丹贵族中，是最有文化修养的一个，他非常向往汉族封建文明，"幼聪敏好学"，他虽然身为太子，却好学不倦。"初市书至万卷，藏于医巫闾绝顶之望海堂。通阴阳，知音律，精医药、砭焫之术。工辽、汉文章，尝译《阴符经》。善画本国人物，如《射猎》、《猎雪骑》、《千鹿图》，皆入宋秘府。"[1] 确实是一位博学多才的学者、才子。他与一般

---

① （元）脱脱等：《辽史》卷72《义宗倍传》，中华书局1975年版，第1211页。

的契丹贵族有所不同，"性好读书，不喜射猎"①。（当然，他的身上仍不乏契丹奴隶主贵族的残忍本性。《辽史·本传》说他"刻急好杀，婢妾微过，常加剖灼"，王妃夏氏惧而求削发为尼。）对于诗歌创作，有浓厚的兴趣与爱好。他非常喜爱唐代大诗人白居易，诗风亦受元白一派影响。《尧山堂外纪》载："东丹王有文才……博古今，习举子。每通名刺云：'乡贡进士黄居难字乐地'以拟白居易字乐天也。"② 可见他对白居易的仰慕之情。

耶律倍现存诗作仅见《海上诗》一首，诗云：

小山压大山，大山全无力。
羞见故乡人，从此投外国。

这首诗表达了诗人的孤危境遇以及流亡国外的悲苦心情。耶律倍早在神册元年（916）就被立为皇太子，本应继承皇位。但阿保机死后，皇后述律平执掌朝政。述律后想要立其次子，也就是耶律倍的弟弟耶律德光。她预先授意于朝中大臣，在表面上又要使德光继位合法化。《资治通鉴》记载："述律后爱中子德光，欲立之，命与突欲俱乘马立帐前，谓诸酋长曰：'二子吾皆爱之，莫知所立，汝曹择可立者执其辔。'酋长知其意，争执德光，遂立之。"③ 耶律德光手握兵权，任"天下兵马大元帅"，在阿保机的对外战争中"所向皆有功"④，政治实力、军事实力都很强。而耶律倍不过是书生而已，没有实力与德光争夺皇位，于是，便让位给德光，这便是辽太宗。太宗即位后，对耶律倍仍不放心，不断进行监视。史载："太宗既立，见疑，以东平为南京，徙倍居之，尽迁其民。又置卫士阴伺动静。"⑤ 耶律倍此时的境遇，与被魏文帝曹丕所煎迫的曹子建十分相似。他回到封地后，起书楼于西宫。作《乐田园诗》，无非是抒发无可奈何的叹惋。后唐明宗闻之，遣人跨海持书密召倍。在这种情况下，耶律倍决定流亡后唐，他对左右说："我以天下让主上，今反见疑；不如适他国，以成吴太伯之名。"⑥ 于是，因

① （宋）叶隆礼：《契丹国志》卷14《东丹王传》，齐鲁书社2000年版，第121页。
② （宋）蒋一葵：《尧山堂外纪》卷64，见《续修四库全书》第1194册，上海古籍出版社2003年版，第593页。
③ （宋）司马光：《资治通鉴》卷275，古籍出版社1956年版，第8993页。
④ （元）脱脱等：《辽史》卷3《太宗纪》上，中华书局1975年版，第27页。
⑤ （元）脱脱等：《辽史》卷72《义宗倍传》，中华书局1975年版，第1210页。
⑥ 同上。

于海岸立木为碑，刻下这首有名的《海上诗》。

这首诗流露出耶律倍作为政治斗争失败者的复杂心情。"山"在契丹小字中是"汗"的意思，北方少数民族鲜卑、匈奴、蒙古等，都称君主为"汗"。"小山压大山，大山全无力"，利用汉字山的意象与契丹字"汗"的意思的一种巧合，使诗富有鲜明的意象感，同时，又有深微的隐喻义，二者互为表里，意蕴颇为丰富，无怪乎清人赵翼称赏此诗说："情词凄婉，言短意长，已深合风人之旨矣。"①

辽朝君主如圣宗耶律隆绪、兴宗耶律宗真、道宗耶律弘基都以能诗称。圣宗深受汉文学濡染，"幼喜书翰，十岁能诗"，②圣宗为诗也师法白居易，其《题乐天诗佚句》云："乐天诗集是吾师"，又曾"亲以契丹大字译白居易《讽谏集》，召诸臣读之"③。据说圣宗曾作诗五百余首，惜乎绝大多数篇什都散佚不传了，只有《传国玺诗》等一、二篇什流传。《传国玺诗》云："一时制美宝，千载助兴王。中原既失守，此宝归北方。子孙皆慎守，世业当永昌。"这首五言诗只有六句，并非近体，也非成熟的古体。此诗紧扣"传国玺"来写，有很强的政治性。同时，也表现出一个有作为的帝王的远大目光。从艺术上来说，这首诗语言质朴而凝练，诗意极为明确却不嫌枯槁，不事铅华而风骨内蕴。把这首诗和耶律倍的《海上诗》联系起来看，辽代中期以前，对于汉族文化的接受，对汉族诗歌传统的继承，还是较为粗浅的，处在较为质朴的形态之中，由此也不难看出，契丹的文化层积较薄，与后来女真诗人的创作相比，就显得较为生糙了。

兴宗耶律宗真也颇喜作诗，他常与大臣们唱和，向臣下赐诗。兴宗佞佛，"尤重浮屠法，僧有正拜三公、三师兼政事令者，凡二十人。贵戚望族化之，多舍男女为僧尼"④。正因如此，他对僧人十分礼遇。尝以司空大师不肯赋诗，以诗挑之："为避绮吟不肯吟，既吟何必昧真心。吾师如此过形外，弟子争能识浅深。"（《以司空大师不肯赋诗，以诗挑之》）可见兴宗对诗歌创作的热忱。兴宗对这位司空大师自称"弟子"，作为皇帝，足见其如何佞佛了。这首诗更具有绝句的特色，更为成熟，灵动流畅。

在几位皇帝中，要数道宗耶律弘基最精于诗道，诗的艺术造诣最高。其

---

① （清）赵翼：《廿二史札记》卷27，中国书店1987年版，第368页。

② （元）脱脱等：《辽史》卷10《圣宗纪》1，中华书局1975年版，第107页。

③ （宋）叶隆礼：《契丹国志》卷7《圣宗纪》，齐鲁书社2000年版，第57页。

④ （宋）叶隆礼：《契丹国志》卷8《兴宗纪》，齐鲁书社2000年版，第66页。

诗赋集为《清宁集》，今佚。现存诗作以《题李俨黄菊赋》最富韵味。诗云："昨日得卿黄菊赋，辞剪金英填作句。袖中尤觉有余香，冷落西风吹不去。"李俨即耶律俨，其父李仲禧于清宁六年（1060）被赐姓耶律，并封韩国公。史称："俨仪观秀整，好学，有诗名，登咸雍进士第。授著作佐郎，补中书省令史，以勤敏称。"[1] 李俨甚得道宗恩宠，迁知枢密院事，赐经邦佐运功臣，封越国公。这首诗是道宗赐予他的宠臣李俨的。侯延庆《退雅斋闻录》亦记此诗："（李处能）谓（刘）远曰：'本朝道宗皇帝好文，先人（指李俨）每荷异眷。尝于九日进《菊花赋》，次日赐诗答批一绝句云：（略）。"[2] 这首诗在艺术上很高妙，不用直露的语言，而是以含蓄优美的意象来表现李赋之佳。诗人以菊花的"余香"来形容李赋的魅力，颇富神韵。

契丹族还有许多能诗者，虽然未见作品留存至今，但从某些记载中，亦可见出辽代诗坛的一般情形。我们不妨看一下赵翼的论述："其他宗室内，亦多以文学著称。如耶律国留，善属文，坐罪，在狱赋《瘯痳歌》，也竞称之。其弟资忠亦能诗。使高丽被留，有所著，号《西亭集》。耶律庶成善辽汉文，尤工诗。耶律富鲁（旧名蒲鲁）为牌印郎君，应诏赋诗，立成以进。其父庶箴，尝寄戒谕诗，富鲁答以赋，时称典雅。耶律韩留工诗，重熙中，诏进《述怀诗》，帝嘉叹，耶律辰嘉努（旧名陈家奴），遇太后生辰进诗，太后嘉奖，皇太子射鹿，辰嘉努又应诏进诗，帝嘉之，解衣以赐。耶律良重熙中从猎秋山，进《秋猎赋》，清宁中，上幸鸭子河，良作《捕鱼赋》，尝请编御制诗文，曰《清宁集》。上亦命良诗为《庆会集》，亲制序赐之。耶律孟简六岁能赋《晓天星月诗》，后以太子濬无辜被害，以诗伤之，无意仕进，作《放怀诗》二十首。耶律谷裕（旧名谷欲）工文章，兴宗命为诗友，此皆宗室之能文者。"[3] 赵翼的论述是从《辽史》中钩辑出来的，可知当日契丹人中能诗者是很多的。

契丹诗人中最有成就、最有特色的是萧观音、萧瑟瑟等几位出色的女作家。唐宋等朝也不乏出色的女诗人、女词人，如鱼玄机、李清照、朱淑贞等。但与男性作家相比，还只是凤毛麟角，而且也未必足以代表一代文学的成就。辽代诗坛则不同。辽代女诗人的创作，就现有作品来看，无论是数量或高度，都超过了男子，占有十分突出的地位。说"巾帼压倒须眉"，在辽

① （元）脱脱等：《辽史》卷98《耶律俨传》，中华书局1975年版，第1415页。
② 蒋祖怡、张涤云：《全辽诗话·道宗》，岳麓书社1992年版，第14页。
③ （清）赵翼：《廿二史札记》卷27，中国书店1987年版，第368—369页。

代诗坛上是"货真价实"、信非虚语的。毫不夸张地说，最能代表辽诗成就与特色的，应该是几位女杰。

契丹女诗人中，尤以萧观音最为杰出。萧观音（1040—1075），是钦哀皇后之弟、枢密使萧惠之女，道宗封燕赵国王时纳为妃，清宁初年立为懿德皇后。萧观音是位多才多艺而又品德贤淑的宫廷女性，"姿容冠绝，工诗，善谈论。自制歌词，尤善琵琶"①。在统治阶级的内部倾轧中，萧观音被诬赐死，成了政治斗争的牺牲品。萧观音所生皇子耶律濬，于咸雍元年（1065）册封为皇太子。太康元年（1075）六月，皇太子濬兼领北南枢密院事，"始预朝政，法度修明"②。当时在朝中专权擅政的奸相耶律乙辛受到阻碍，为了废太子，于是制造了懿德皇后的冤案。耶律乙辛嗾使宫婢诬告皇后与伶官赵惟一私通，皇后被诬赐死，族诛赵惟一。直至耶律乙辛奸党败露被诛，冤案才得洗雪。乾统初，追谥宣懿皇后。

这位道宗皇帝的懿德皇后，是一位富有个性的女诗人。她的诗作风格多样，有雄豪隽爽、颇见北地雄风的篇什，也有委婉深曲的风雅之辞。前者如《伏虎林应制》一诗：

> 威风万里压南邦，东去能翻鸭绿江。
> 灵怪大千俱破胆，那教猛虎不投降。

这哪里像是出自宫廷女性的手笔，气势不亚于曹孟德的"酾酒临江，横槊赋诗"。与金代海陵王完颜亮的绝句"自古车书一混同，南人何事费车工。提师百万临江上，立马吴山第一峰"，风格上也相类似。这首诗的雄豪气势，自然与狩猎的环境气氛有关系，但同时也是出于诗人的高远目光与不凡襟怀。王鼎《焚椒录》载："清宁二年（1056）八月，上猎秋山，后率嫔妃从行在所。至伏虎林，命后赋诗，后应声赋此。上大喜，出示群臣曰：'皇后可谓女中才子。'次日，上亲射猎，有虎突林而出。上曰：'朕射得此虎，可谓不愧后诗。'一发而殪，群臣皆呼万岁。"③ 这便是《伏虎林应制》一诗的由来。这首诗并非一般的应制诗只是奉承媚上，而是包含着很强的政治意识，所涉并非仅是猎事。头两句以极为雄奇宏阔的意象，弘扬辽王朝的威

---

① （元）脱脱等：《辽史》卷71《后妃传》，中华书局1975年版，第1205页。
② （元）脱脱等：《辽史》卷110《耶律乙辛传》，中华书局1975年版，第1484页。
③ 蒋祖怡、张涤云：《全辽诗话·懿德皇后萧氏》，岳麓书社1992年版，第17页。

势与民族自信。诗为狩猎而赋，不离狩猎又不拘于狩猎，而是大处落墨，气象不凡。后两句落到射猎上，又显示出征服一切的气概。这首诗决非一般女性所能为，非胸臆博大、立足高远者绝难办此。联系《君臣同志华夷同风应制》一诗，就更可看出这位女诗人的政治意识。这两首诗都有帝王诗中所具有的特殊气象，着眼点在于王朝时政，这在女性诗词中是极有特点的。

萧观音又有《回心院词》十阕，表现出很高的艺术造诣，也表现出其作品风格细腻柔婉的一面。词云：

（一）扫深殿，闭久金铺暗。游丝络网尘作堆，积岁青苔厚阶面。扫深殿，待君宴。

（二）拂象床，凭梦借高唐。敲坏半边知妾卧，恰当天处少辉光。拂象床，待君王。

（三）换香枕，一半无云锦。为是秋来转展多，更有双双泪痕渗。换香枕，待君寝。

（四）铺翠被，羞杀鸳鸯对。犹忆当时叫合欢，而今独覆相思袂。铺翠被，待君睡。

（五）装绣帐，金钩未敢上。解却四角夜光珠，不教照见愁模样。装绣帐，待君贶。

（六）叠锦茵。重重空自陈。只愿身当白玉体，不愿伊当薄命人。叠锦茵，待君临。

（七）展瑶席，花笑三韩碧。笑妾新铺玉一床，从来妇欢不终夕。展瑶席，待君息。

（八）别银灯，须知一样明。偏是君来生彩晕，对妾故作青荧荧。别银灯，待君行。

（九）燕薰炉，能将孤闷苏。若道妾身多秽贱，自沾御香香彻肤。燕薰炉，待君娱。

（十）张鸣筝，恰恰语娇莺。一从弹作房中曲，常和窗前风雨声。张鸣筝，待君听。

萧观音对于道宗多所规谏，表现出对朝政的关心。道宗常常入山驰猎，萧后对此十分忧虑，一是忧其耽于畋猎而不思朝政，二是恐其身遇不测之祸，于是上《谏猎疏》。《谏猎疏》云："妾闻穆王远驾，周德用衰，太康佚豫，夏社几屋，此游佃之往戒，帝王之龟鉴也。顷见驾幸秋山，不闲六御，特以单骑纵禽，深入不测。此虽威神所届，万灵自为拥护，倘有绝群之兽，果如东方所言，则沟中之豕，必败简子之驾矣。妾虽愚，窃为社稷忧之。惟陛下尊老氏驰骋之戒，用汉文吉行之旨。不以其言为牝鸡之晨而纳之。"可谓苦口婆心了。但是，道宗个性倔强，刚愎自用，不但未听劝谏加以节制，反而疏远冷遇了萧后，多时不曾"驾幸"。萧后内心幽怨，又盼夫妻能够欢爱如初，于是作《回心院词》十阕以达其情。词作缠绵哀怨，情愫款曲，深合风人之旨。这十阕词是一个整体，反复咏叹自己内心的痛苦及对君王的殷切企盼。女诗人从宫室的各个角度来写自己孤独寂寞的心态，反映出宫廷女性不得眷顾的悲剧命运。女主人公扫殿、拂床、换枕、铺被、装帐等等，来表达对君王的期盼，同时，也写出了独处冷宫的凄苦，把被君王冷落的心态写得十分真切细致，又给人以回环往复、一唱三叹之感。在辽代诗词中，确乎是难得的佳构。清人徐釚评云："回心院词怨而不怒，深得词家含蓄之意，斯时柳七之调尚未行于北国，故萧词大有唐人遗意也。"[①]

萧观音又有《怀古》绝句一首云：

> 宫中只数赵家妆，败雨残云误汉王。
> 惟有知情一片月，曾窥飞燕入昭阳。

据《焚椒录》记载，耶律乙辛为了制造皇后私通赵惟一的"证据"，"命他人作《十香淫词》，用为诬案"。萧后善书法，耶律乙辛便嗾使衔恨于萧后的宫婢单登以《十香词》乞后手书。单登以《十香词》欺骗萧后说："此宋国忒里蹇所作，更得御书，便称二绝。"萧后读后，即手书一纸，纸尾又书自己所作《怀古》一绝。耶律乙辛得到萧后手迹后即以此为"证据"而铸成这件冤案。实际上，这首《怀古》诗，是针对《十香词》所下的针砭。诗中对于赵飞燕姊妹蛊惑汉成帝，误国败政的行为予以讽刺，表达了诗人的史识。在艺术上也颇为成熟，含蓄微婉，诗意深刻，决非一般宫词可比。

萧观音被赐死之前，写下骚体的《绝命词》一首，诉说自己蒙受的奇冤，剖白了自己无辜的心灵，诗云：

> 嗟薄祜兮多幸，羌作俪兮皇家。承昊穹兮下覆，近日月兮分华。托

---

① （清）徐釚著，唐圭璋校注：《词苑丛谈》，中华书局 2008 年版，第 189 页。

后钧兮凝位，忽前星兮启耀。虽茀累兮黄床，庶无罪兮宗庙。欲贯鱼兮上进，乘阳德兮天飞。岂祸生兮无朕，蒙秽恶兮宫闱。将剖心兮自陈，冀回照兮白日。宁庶女兮多惭，遇飞霜兮下击。顾子女兮哀顿，对左右兮摧伤。共西曜兮将坠，忽吾去兮椒房。呼天地兮惨悴，恨今古兮安极。知吾生兮必死，又焉爱兮旦夕。

这是一首以血泪写就的绝命诗，其动人心魄不亚于蔡文姬的《悲愤诗》。诗中淋漓尽致地抒写了诗人的怨愤之情。诗人是清白芳洁的，因而她"剖心自陈"，宣称自己是"无罪兮宗庙"的。诗采用了骚体六言的形式，语句短促急切，十分适合于这种极为怨愤心情的喷薄。诗的后半部，更使这种悲愤之情达到高潮，"忽吾去乎椒房，呼天地兮惨悴，恨今古兮安极"等句，实际上已经跨越出一己的悲哀，而表现了许多宫廷女性的共同悲惨命运，带有一种深沉的历史感。《绝命词》是萧观音的最后一首诗，又是最为动人心弦的一首诗。

在辽代诗人中，萧观音留下的篇什最多，体裁与风格也各有不同。这些诗作表现出诗人丰富而深邃的精神世界，也印记着诗人的命运与心路历程。

辽代宫廷女性还有一位诗人，就是萧瑟瑟。萧瑟瑟（？—1121），是天祚帝（耶律延禧）文妃。她是国舅大父房之女，"幼选入宫，聪慧闲雅，详重寡言。天祚登位，生晋王"[1]。天祚帝昏庸无道，不恤国事。女真族领袖完颜阿骨打起兵反辽，而天祚帝却仍然"游畋无度"，朝政日益腐败。而在诸皇子中，晋王敖卢斡最贤，"素有人望"，元妃兄萧奉先深忌晋王。文妃姊嫁耶律挞曷里，妹妹嫁耶律余睹。萧奉先诬告余睹欲立晋王，尊天祚为太上皇，"帝于是戮挞曷里并其妻，文妃与晋王相继受诛"[2]。文妃就这样死在天祚帝手里，与萧观音的命运十分相似。萧瑟瑟善于诗歌创作，又有较为深刻的政治见解。现存篇什《讽谏歌》、《咏史》，都指陈时政，规箴天祚，写得英拔不凡。

《讽谏歌》云：

勿嗟塞上兮暗红尘，勿伤多难兮畏夷人。不如塞奸邪之路兮选取贤臣，直须卧薪尝胆兮激壮士之捐身，可以朝清塞北兮夕枕燕云。

---

[1] （宋）叶隆礼：《契丹国志》卷13《后妃传》，齐鲁书社2000年版，第118页。
[2] 同上书，第119页。

这是一首激壮而深刻的政治讽谕诗。史载，"女真乱作，日见侵迫，帝畋游不恤，忠臣多被疏斥。妃作歌讽谏"①，即指此诗与《咏史》而言。这首诗指出了辽朝所面临的危难局面，力劝天祚不可佚逸亡国，而应振作起来，励精图治，卧薪尝胆，任用忠良，摒塞奸侯，这样方能力振朝纲，永镇漠北。那么，"夷人之乱"也就无足畏惧了。诗以杂言长句的骚体形式来表达自己的情感，长句达十二三个字，十分剀切激壮。犀利深刻的政治见解与至诚之情、磅礴之势融在一起，读之令人感慨再三。再如《咏史》一首：

> 丞相来朝兮剑佩鸣，千官侧目兮寂无声。养成外患兮嗟何及，祸尽忠臣兮罚不明。
>
> 亲戚并居兮藩屏位，私门潜畜兮爪牙兵。可怜往代兮秦天子，犹向宫中兮望太平。

这首《咏史》是咏叹秦二世时宰相赵高擅权专政，横行跋扈，终至倾覆秦朝社稷的，但实质上喻指天祚时权相萧奉先的。萧奉先因其妹元妃为天祚所宠爱，累官至枢密使，封兰陵郡王。他在朝中逢迎媚上，玩弄诡计，陷害忠良，晋王与文妃皆为他所诬害。这首诗假史事以喻时政，笔法十分巧妙。表层是写赵高之弄权，深层处处皆是痛斥萧奉先之误国，明眼人是一望而知的。诗的结尾两句尤为警醒，不啻是对天祚帝宠信邪佞、亡国在即的响亮棒喝。但昏聩无道的天祚帝非但毫无省察，反而"见而衔之"②，记恨于文妃。而此诗正是天祚帝朝政的生动写照。作为一名皇妃，萧瑟瑟并不满足于后宫享乐，而是以强烈的政治责任感来指摘朝政之非，充分表现出她的远见卓识。这两首诗都是为讽谏目的而作，立意高远明确，见解深刻，情感十分激切，又都以骚体写成，直接继承了屈原所开创的诗歌传统，充满了一种力度感与"九死未悔"的忠悃精神。这在女性诗作中，确实是十分罕见的。

通过对萧观音、萧瑟瑟这两位契丹女诗人作品的认识，使我们看到了辽代女诗人的共同特点。她们的诗作以豪犷雄健的北方民族性格为底蕴，而又融之以至情，成就一种刚柔相济的风格特征，语言极富力度感而又不流于粗糙疏荡，明快凝练而又不失之于直白枯槁，具有较强的艺术张力。尤为突出的，从这两位女诗人的作品中表现出的强烈的政治意识与卓越的政治见解，

---

① （元）脱脱等：《辽史》卷71《后妃传》，中华书局1975年版，第1206页。
② 同上书，第1207页。

映现她们高远博大的胸臆。这既不同于那些只以粉黛媚上，"扬蛾入宠"的一般嫔妃，也不同于那些操纵朝政、顺昌逆亡的"太后"之流，而是以国事为怀，有远见卓识的宫廷女性。而辽代女诗人的这种特点，又是与契丹民族的社会文化有深刻联系的。

北方游猎民族的豪爽性格，在女性中体现得尤为明显。汉族女性由于"男耕女织"的生产模式，被囿于家庭生活之中。又深受儒家"三纲五常"封建礼教的严酷束缚，只能作为男子的附庸，极少能直接参与社会生活。汉族女性本来就有着较为柔婉腼腆的特点，加之"礼"的长期教化，就表现出更多的依附性。而北方游猎民族的女性，其本族文化没有纲常名教的观念与行为的羁束，能够得到较为自然的生长。由游猎民族的生产方式与生活方式决定，她们与男性一样以"鞍马为家"。因而，在北方游猎民族的女性身上，一样表现出尚武精神与豪爽特点。北朝乐府中的《李波小妹歌》，很典型地表现出北方女性的尚武气质。"李波小妹字雍容，褰裙逐马如卷蓬。左射右射必叠双。妇女尚如此，男子安可逢？"正如萧涤非先生所言："北朝妇女，亦犹之男子，别具豪爽刚健之性。与南朝娇羞柔媚暨两汉温贞娴雅者并不同。"[①] 契丹女性亦不无此种性情。《伏虎林应制》就是北方女性所特有的产物。《辽史》论辽朝后妃时说："辽以鞍马为家，后妃往往长于射御，军旅田猎，未尝不从。如应天之奋击室韦，承天之御戎澶渊，仁懿之亲破重元，古所未有，亦其俗也。"[②] 辽朝后妃在政治生活中发挥着远轶他朝的作用，出现了如述律平、萧燕燕这些非一般帝王所能比的女政治家，不是偶然现象，而是在契丹的社会文化土壤中生长出来的。"古所未有，亦其俗也"，正说明了辽代政治文化中，女性所占的突出地位与其民俗之间的渊源关系。

契丹女诗人作品中的政治意识，与后族在朝廷政治中所起的重要作用不无关系。辽朝皇族的婚姻范围限定很严，"王族唯与后族通婚。更不限以尊卑；其王族、后族二部落之家，若不奉北主之命，皆不得与诸部族之人通婚"[③]。皇族与后族的互相通婚，正是借联姻以加强政治势力，正如恩格斯所指出的："对于骑士或男爵，以及对于王公本身，结婚是一种政治的行

---

① 萧涤非：《汉魏六朝乐府文学史》，人民文学出版社1998年版，281页。
② （元）脱脱等：《辽史》卷71《后妃传》，中华书局1975年版，第1207页。
③ （宋）叶隆礼：《契丹国志》卷23《族姓原始》，齐鲁书社2000年版，第170页。

为，是一种借新的联姻来扩大自己势力的机会。"① 有辽一代，皇室一直是
与后族通婚的，后族因此而获得了相当多的政治权力。实际上，皇族与后族
共同执掌政权，"辽之秉国钧，握兵柄，节制诸部帐，非宗室外戚不使"②，
"辽之共国任事，耶律、萧二族而已"③。这便使后族能更多地参与机要，而
作为后族代表的后妃，自然有着更强的政治责任感或与使命感。辽朝历史上
出现过不止一个太后执政的时期，前有述律后，后有萧燕燕，都导演了许多
有声有色的历史活剧。而萧观音、萧瑟瑟诗中所表现出的强烈的政治责任
感，似乎可以认为契丹皇族婚制曲折地反映于文学中的效应吧。

第二节　论契丹长诗《醉义歌》

在契丹人的诗歌创作中，篇幅最大、成就最高的，莫过于《醉义歌》。
《醉义歌》是辽朝寺公大师用契丹文写的一首歌行体长诗，是辽朝流传至今
唯一的一首长诗。契丹文原作已佚，我们所见到的是元初著名诗人耶律楚材
的译作。现传汉文译诗最早见于耶律楚材诗文集《湛然居士文集》卷八。
全诗长达 120 句，共 842 字。

《醉义歌》是辽诗中最为杰出的作品，它表征着辽诗在艺术上的成熟
化。虽无文献可资考证，但可猜测是作于辽代社会后期。没有契丹文的高度
成熟，是难以出现这样浑然一体的长篇巨制的。为了使我们能对这首长诗有
一个全面的了解，这里引出诗的全文：

> 晓来雨霁日苍凉，枕帏摇曳西风香。
> 困眠未足正展转，儿童来报今重阳。
> 吟貌苍苍浑塞色，客怀衮衮皆吾乡。
> 敛衾默坐思往事，天涯三载空悲伤。
> 正是幽人叹幽独，东邻携酒来茅屋。
> 怜予病窜伶仃愁，自言新酿秋泉曲。
> 凌晨未盥三两卮，旋酌连斟折栏菊。
> 我本清癯酒户低，羁怀开拓何其速。

① 《马克思恩格斯全集》第 4 卷，人民出版社 1960 年版，第 69 页。
② （元）脱脱等：《辽史》卷 114《逆臣传》，中华书局 1975 年版，第 1517 页。
③ （元）脱脱等：《辽史》卷 106《卓行传》，中华书局 1975 年版，第 1467 页。

愁肠解结千万重，高谈几笑吟秋风。
遥望无何风色好，飘飘渐远尘寰中。
渊明笑问斥逐事，谪仙遥指华胥官。
华胥咫尺尚未及，人间万事纷纷空。
一器才空开一器，宿醒未解人先醉。
携棋挈樀近花前，折花顾影聊相戏。
生平岂无同道徒，海角天涯我遐弃。
我爱南村农丈人，山溪幽隐潜修真。
老病尤耽黑甜味，古风清远途犹迤。
喧嚣避遁岩路僻，幽闲放旷云泉滨。
旋舂新黍爨香饭，一樽浊酒呼予频。
欣然命驾匆匆去，漠漠霜天行古路。
穿村迤逦入中门，老幼仓忙不宁处。
丈人迎立瓦杯寒，老母自供山果甜。
扶携齐唱雅声清，酬酢温语如甘澍。
谓予绿鬓犹可需，谢渠黄发勤相谕。
随分穷秋摇酒卮，席边篱畔花无数。
巨觥深斝新词催，闲诗古语玄关开。
开杯属酒谢予意，村家不弃来相陪。
适遇今年东鄙阜，黍稷馨香栖畎亩。
相进斗酒不浃洵，爱君萧散真良友。
我酬一语白丈人，解译羁愁感黄耇。
请君举盏无言他，与君却唱醉义歌。
风云不与世荣别，石火又异人生何。
荣利傥来岂苟得，穷通夙定徒奔波。
梁冀跋扈德何在，仲尼削迹名终多。
古来此事元如是，毕竟思量何怪此。
争如终日且开樽，驾酒乘杯醉乡里。
醉中佳趣欲告君，至乐无形难说似。
泰山载斫为深杯，长河酿酒斟酌之。
迷人愁客世无数，呼来稻耳充罚卮。
一杯愁思初消铄，两盏迷魂成勿药。
尔后连浇三五卮，千愁万恨风蓬落。

胸中渐得春气和，腮边不觉衰颜却。

四时为驱驰太虚，二曜为轮辗空廓。

须吏纵辔入无何，自然汝我融真乐。

陶陶一任玉山颓，藉地为茵天作幕。

丈人我语真非真，真兮此外何足云。

丈人我语君听否？听则利名何足有。

问君何事从劬劳，此何为卑彼岂高。

蜃楼日出寻变灭，云峰风起难坚牢。

芥纳须弥亦闲事，谁知大海吞鸿毛。

梦里蝴蝶勿云假，庄周觉亦非真者。

以指喻指指成虚，马喻马兮马非马。

天地犹一马，万物一指同。

胡为一指分彼此，胡为一马奔西东。

人之富贵我富贵，我之贫困非予穷。

三界唯心更无物，世中物我成融通。

君不见千年之松化仙客，节妇登山身变石。

木魂石质既我同，有情于我何瑕隙。

自料吾身非我身，电光兴废重相隔。

农丈人，千头万绪几时休，举觞酩酊忘形迹。

这首长诗以重阳饮酒为抒情契机，抒发了诗人对于人生的感慨。他深感人世的短暂与无常，于是欲在醉乡中忘却尘世的忧烦，得到精神的解脱与超越。诗中所表达的思想是颇为复杂的，熔儒、道、释于一炉，而又构成一个有机的整体。诗人寺公大师是一位僧人，具体的生平却因文献之阙如而无从查考。关于《醉义歌》，仅有的线索无非是耶律楚材的译序。序文说："辽朝寺公大师者，一时豪俊也。贤而能文，尤长于歌诗；其旨趣高远，不类世间语，可与苏、黄并驱争先耳。有《醉义歌》，乃寺公之绝唱也。昔先人文献公尝译之。先人早逝，予恨不得一见。及大朝之西征也，遇西辽前郡王李世昌于西域，予学辽字于李公，期岁颇习，不揆狂斐，乃译是歌，庶几形容其万一云。"这个序文并未涉及寺公的生平事迹，也许耶律楚材对这位契丹诗人的生平就不甚了了。序文主要是高度评价了《醉义歌》，也说明了译诗的缘起。"寺公大师"很明显是对诗人的尊称。"寺公"的法号也未必是寺公。《湛然居士文集》中有许多与僧人往还的诗文，提到的僧人如"奥公禅师"

"湘公上人"、"容公和尚"等，其中"公"字乃是对禅师的尊称，而前面一字方是法号中的一个字。那么，"寺公大师"正是与此相同的尊称。关于诗人的生平虽然所知甚少，但其所作"绝唱"《醉义歌》，却为我们提供了有关辽代思想史的一个生动的范本，一个诗化的剪影。

全诗大致可分四节，每三十句成一节。第一节 写重阳之际、诗人客居天涯，黯然神伤，自叹幽独。"吟貌苍苍"、"客怀衰衰"，正是抒发了诗人的羁旅愁怀。"东邻携酒"来看望诗人，充满真挚亲切的友情。"东邻""怜予病窜伶仃愁"，于是以"新酿秋泉曲"与诗人共饮。诗人在友人的慰解与酒的陶醉中，摆脱了"天涯三载空悲伤"的抑郁情结，而变得旷达、超脱了，"愁肠解结千万重，高谈几笑吟秋风"，"羁怀"得以迅速"开拓"。而诗人以之自解的思想方法，既有儒家的人格修养信条，也有佛家的"人生如梦"的观念。中国古代士大夫，重视人格的高尚芳洁，这也便是儒家的"修身"之说。《大学》中提出"修、齐、治、平"的伦理政治学说，以"修身"为"齐家"、"治国"、"平天下"的起点。在此之前，孟子便提出"富贵不能淫，威武不能屈，贫贱不能移"的人格观，对中国士大夫的立身行事有深远影响。战国时的伟大诗人屈原以"内美"为其人格理想，在《离骚》中写道："老冉冉其将至兮，恐修名之不立。朝饮木兰之坠露兮，夕餐秋菊之落英。""秋菊"的意象，便成为高洁人格的象征。陶渊明的"采菊东篱下，悠然见南山"，实际上也正是诗人洁身自好的艺术表现。此诗中"凌晨未盥三两巵，旋酌连斟折栏菊"，"携棋挈榼近花前，折花顾影聊相戏"，正是诗人不同流俗、志行高洁的意蕴所在。诗人并未直接表白，但在吟咏之中处处流露出孤高芳洁的志趣与襟怀。"正是幽人叹幽独"，并非只是"伶仃之愁"，而是有着"幽人自赏"的味道在内。正如杜甫诗中的"佳人"："绝代有佳人，幽居在空谷"，"天寒翠袖薄，日暮倚修竹"，正是孤高芳洁的人格化身；苏轼《卜算子》词中的"幽人"："谁见幽人独往来？缥缈孤鸿影"，"拣尽寒枝不肯栖，寂寞沙洲冷"，也是如此。自叹"幽独"，是包含着高洁人格的自期的。诗人又借佛家空观来解脱自己，"华胥咫尺尚未及，人间万事纷纷空"。既然万事皆空，人生如梦，那么"天涯三载"也就可以释怀了。

从"我爱南村农丈人"，到"解译羁愁感黄耇"，可为诗的第二节 。诗人满怀感激之忱，写了这位"农丈人"诚挚的友情，对"南村"的纯朴古风，发出由衷的赞叹。这位"农丈人"也许并非地道的农家老翁，而是一个陶潜式的躬耕隐逸之士，"山溪幽隐潜修真"、"喧嚣避遁岩路僻，幽闲放旷云泉滨"，是一副放逸林泉的"隐士风度"。而这位"农丈人"又非纯粹的"隐士"，有着颇为淳朴的农人性格，诗中的描写有着浓郁的村俗气息。"旋春新黍爨香饭，一樽浊酒呼予频。""穿村迤逦入中门，老幼仓忙不宁处。丈人迎立瓦杯寒，老母自供山果酤。"何等热情纯朴的农家待客之风。这些描写是颇为亲切感人的。诗中颇有陶诗、孟诗、杜诗的影子，陶潜的《移居》其二："春秋多佳日，登高赋新诗。过门更相呼，有酒斟酌之。农务各自归，闲暇则相思；相思则披衣，言笑无厌时。"孟浩然的《过故人庄》："故人具鸡黍，邀我至田家。绿树村边合，青山郭外斜。开轩面场圃，把酒话桑麻。待到重阳日，还来就菊花。"杜甫也有《遭田父泥饮，美严中丞》一首，描写农家"田父"热情邀请诗人饮酒的情形："步屧随春风，村村自花柳。田翁逼社日，邀我尝春酒。……朝来偶然出，自卯将及酉。久客惜人情，如何拒邻叟？高声索果栗，欲起时被肘。指挥过无礼，未觉村野丑。月出遮我留，仍嗔问升斗。"这些诗作无疑是给《醉义歌》以很深影响的。这个"南村农丈人"，是诗人心目中多少有些理想化的人物，属于长沮、桀溺一流，既是"幽闲放旷"、超凡脱俗的，又是古道热肠、淳风真意的。而对于村中情景的描写，又有"桃花源"的影子在其中。

　　第三节，从"请君举盏无言他"到"藉地为茵天作幕"，诗人抒写醉中忘怀世事之乐。指出人生无常，犹如电光石火。世间荣华富贵，如风云之飘散，人生如同电光石火，转瞬即逝。这里又是以佛家思想来观照人生，而获得思想上的超脱。佛教认为一切事皆由"因缘"而起，由因缘和合而成，都生于因果关系。"佛言，云何名缘起，初谓依此有故彼有，此生故彼生。"① 因此，任何事物都是无自性的。那么，佛教又是怎样认识人自己呢？同样地，佛教认为人生本身就是虚幻的，佛教强调不仅要破"法执"，而且要破"我执"。破"法执"，就是否定事物的真实存在，也称"法无我"，即破除对任何事物的执着。而破"我执"，是连人自己存在的真实性都加以否定，这就叫"人无我"。佛教有个著名的观点就是人是"五蕴聚合"而成。"蕴"，是积聚、类别、集合体的意思。"五蕴"指构成人的五种要素——色、受、想、行、识。在佛教看来，"人我"不过是"五蕴"的暂时和合，唯有假名，并无实体。因此，人生是"无常"的。"电光石火"就是佛教常用比的喻象。如《维摩诘经》中所说："是身如影，从业缘现。是身如响，属诸因缘。是身如浮云，须臾变灭。是身如电，念念不住，是身无我

---

① （唐）慧立、彦悰：《玄奘传》，中国社会科学出版社 2003 年版，第 235 页。

为如火，是身无寿为如风。"① 这些都是比喻人生之无常。《新论》说："人之短生，犹如石火，炯然以过。"② 白居易诗中说："蜗牛角上争何事，石火光中见此身。"都是出自佛教人生观的。《醉义歌》取此以自我开解。"荣利傥来岂苟得，穷通夙定徒奔波"，又是以宿命论来劝慰自己的。"醉中佳趣"以下数句，抒写了在醉乡中所得到的一种"至乐无形"的体验。在醉乡之中，诗人觉得自己与天地万物融而为一，"自然汝我融真乐"，这正是庄子哲学中"天地与我并生，万物与我为一"③ 的至高境界。

从"丈人我语真非真"到"举觞酹酊忘形迹"，为诗的第四节，也就是最后一节。诗人借用庄子哲学的"齐物"思想来认识人生与世界，同时又把它与佛学思想融通起来。"问君何事从劬劳？此何为卑彼岂高"，正是从齐物思想出发来否定尊卑观念，庄子以相对主义的方法论来认识事物，认为一切事物都无所谓贵贱大小。"以道观之，物无贵贱；以物观之，自贵而相贱；以俗观之，贵贱不在己。以差观之，因其所大而大之，则万物莫不大；因其所小而小之，则万物莫不小；知天地之为稊米也，知毫末之为丘山也，则差数睹矣。"④ 把天地与稊米、毫末与丘山等量齐观，抹杀了大和小的差别。这种"齐物"思想，正是《醉义歌》的作者用来解脱自己的烦恼的。这种"齐物"思想与佛教空观非常和谐地融为一体，构成了《醉义歌》后半部分的主调。"蜃楼日出寻变灭，云峰风起难坚牢"，是佛教"假有性空"观念的意象化表现。佛教认为一切事物都由因缘和合而成，故而无自性，所以也就是虚幻的。现象界并非全然虚无，但不过是一种"幻化"而已。佛经中常说事物"中无有坚"，如"是身如芭蕉，中无有坚。是身如幻，从颠倒起。是身如梦，为虚妄见"⑤，都是说万法虚幻，并无实在。"芥纳须弥亦闲事，谁知大海吞鸿毛"，是用佛教语言来表述齐物思想，同时也体现了"理事无碍"、"事事无碍"的华严思想。"梦里蝴蝶"数句，把庄子的"齐物论"与佛教的"不真空论"非常巧妙地融而为一。"庄周梦蝶"是《庄子》中极有名的寓言，用来表现庄子的"物化"思想。庄周梦为蝴蝶，醒后不辨真假，诗人以"般若中观"的观点加以贯通。著名佛学大师

① 赖永海、高永旺译注：《维摩诘经·方便品》，中华书局2010年版，第29页。
② （北齐）刘昼：《刘子·惜时》，见吴玉贵、华飞主编《四库全书精品文存》14册，团结出版社1997年版，第130页。
③ 陈鼓应：《庄子今注今译》，商务印书馆2007年版，第88页。
④ 同上书，第487—488页。
⑤ 赖永海、高永旺译注：《维摩诘经·方便品》，中华书局2010年版，第29页。

僧肇曾著《不真空论》，倡导一种"非有非无"的本体论，在僧肇看来，"万象虽殊，而不能自异。不能自异，故知象非真象；象非真象，故则虽象而非象"①，所以，"空"非虚无，而是"不真"；"有"非实有，而是幻相。"然则万物果有，其所以不有；有其所以不无。有其所以不有，故虽有而非有；有其所以不无，故虽无而非无。虽无而非无，无者不绝虚；虽有而非有，有者非真有。"② 这就是"非有非无"的"中观"。而诗人以此来泯灭差异，为了获得一种心灵的平衡与自由。"天地犹一马，万物一指同"，是来自于庄子的《齐物论》中"天地一指也，万物一马也"之说，同样是为了泯灭事物的差异。

《醉义歌》的思想内涵是很复杂的，其中有儒家的人格理想，有佛家的"无常"与"中观"，有道家的"齐物论"。这三者的融合所形成的并非全然是消极出世的思想，而是有着对高洁人格的认同，对真淳之风的向往，诗人通过释道思想得到一种对于痛苦的稀释与解脱，进入"世中物我成融通"的境界！

由《醉义歌》可见，在契丹社会中，儒、道、释思想深入人们的心灵，成为人们处理人生的思想工具，而且，三者的融合不是停留在表层，而是达到浑融一体的境界。在诗的后半部，佛教的"无常"与"不真空论"，会同道家的齐物哲学，融通得水乳交融，难分彼此。而前半部儒家人格理想与道家对真朴社会的追求同样是融合得十分自然的。儒、道、释三家思想在这位契丹诗人所构写的诗境中，竟然得到了如此浑融的诗化表现，代表了契丹民族接受汉文化传统的最高水平。从这点看来，《醉义歌》应该是出现在辽朝后期，辽朝早期无论在思想上、艺术上都难以产生如此成熟的传统之作。

《醉义歌》在艺术上是相当成熟的，代表着辽诗的最高成就。诗人以七言歌行的体裁，淋漓酣畅地抒写诗人的思想感情。在歌行体的艺术方面，可以毫不夸张地说，超过了一般的初盛唐歌行。初盛唐时期，是歌行体诗歌十分昌盛的时期，辞采斐然，音律谐婉、骈偶性强，是初盛唐歌行的共同特点。《醉义歌》很明显地超越了这个阶段。它有唐代歌行那种气势充沛、淋漓酣畅的特点，语言极为流畅生动，富有强烈的艺术感染力，但却超越了骈偶性的甜熟之质，而是在流畅中寓跌宕，诗中已经很少有纯粹的对偶句，但很明显呈现着超越于一般骈偶后的更高的境地。无疑地，《醉义歌》更多的是谈人生

---

① （后秦）僧肇：《不真空论》，见《肇论》，中国社会科学出版社 1985 年版，第 23 页。
② 同上书，第 31 页。

哲理，却全然避免了堕于理窟之嫌。诗中包含了丰富的哲学思想，也不无议论成分，却决不令人觉得"理过其辞，淡乎寡味"，而是以优美的意象，表象化的艺术语言加以表现，决无枯燥说理之感。在这点上，又非宋人一般的歌行体诗可及。在某种意义上说，《醉义歌》是兼得唐、宋诗之长的。

第三节　辽诗中的汉人之作及民歌谣谚

辽诗中除契丹诗人的创作而外，还有一部分汉人所作的诗歌。与契丹人的创作相比，汉人之诗数量较少，也无长篇，仅是几首律、绝。相对而言，也不如契丹诗人创作那样富有特色。但其中仍然不乏能够体现辽诗特征的佳构。譬如赵延寿的《失题》，就有较为鲜明的北国色调。赵延寿（？—948），本姓刘，恒山人，被沧州节度使刘守文的部将赵德钧收为养子。赵延寿少美容貌，好书史，能为诗文。唐明宗以女妻之，拜驸马都尉、枢密使。后降契丹，为幽州节度使。太宗耶律德光代晋，延寿为先锋，封为魏王。世宗即位后，以翊戴之功，授枢密使。《失题》是他留下的唯一一首诗。诗云：

> 黄沙风卷半空抛，云重阴山雪满郊。
> 探水人回移帐就，射雕箭落著弓抄。
> 鸟逢霜果饥还啄，马渡冰河渴自跑。
> 占得高原肥草地，夜深生火折林梢。

这首诗很明显是作于军旅之中，是倚马而就的篇什。诗中描写辽地景物与军旅生活，具有北国特色。首联两句渲染出阴山一带苍凉雄莽的特有景象。颔联通过将士的活动表现出军旅生活之艰苦和军队的勇毅精神。颈联则以鸟、马来侧面烘染军旅生活的苦寒。尾联则进而摄取夜中生火的场景，深化诗的主题。北国的独特景色与军旅的艰危苦寒在诗中融为一体，而军中将士的英雄本色自然意在言外了。《太平广记》引《赵延寿传》说："延寿将家子，幼喜武略，即戎之暇，时复以篇什为意，亦甚有雅致。尝在虏廷赋诗，南人闻者，往往传之。……此诗描写契丹景色、习俗，为南人所称道宜也。"[1]可见，赵延寿于戎马倥偬中所吟之诗，还是颇为流传的。

---

① 《太平广记》引《赵延寿传》，见（宋）薛居正等撰《二十四史·旧五代史》，中华书局2000年版，第915页。

道宗时，辽廷派起居郎、知制诰马尧俊出使高丽，贺高丽王王徽生辰。马尧俊有《献高丽王诗》一首：

> 始从钩裂海东天，世世英雄禀自然。
> 掌上宝符钤造化，胸中神剑画山川。
> 太宗莫取龙州道，炀帝难乘鸭绿船。
> 真是金轮长理国，岂论八万四千年。

此诗赞颂高丽国王业长存，江山雄丽，无论是唐太宗还是隋炀帝都无法征服。诗作本身气象雄壮，用典浑成，语言十分凝练恰切。无怪乎高丽王王徽阅后大喜，"以锦绸八百匹为谢"①，的确是一首佳作。

辽诗中亦有几首较好的五、七言绝句，如天祚时枢密使虞仲文所作《雪花》一首五绝：

> 琼英与玉蕊，纷纷落前池。
> 问著花来处，东君也不知。

咏叹雪花的洁美飘逸，颇有神韵，给人以无尽联想。再如天祚时进士王枢的七言绝句：

> 十载归来对故山，山光依旧白云闲。
> 不须更读元通偈，始信人间是梦间。

此诗抒发诗人多年羁旅在外而一朝回到故乡后的感慨，其中不无"人生如梦"的叹惋，而诗艺精熟，意境清淳，虽为短章，也可见出诗人有很深的创作功力的。

辽代还有若干民歌流传，最能见出时政得失与民心向背。如原始祝词《焚骨咒》："夏时向阳食，冬时向阴食。使我射猎，猪鹿多得。"反映了契丹人求庇于父母魂灵的巫文化心理。史载："契丹比他夷狄尤顽傲，父母死，以不哭为勇，载其尸深山，置大木上。后三岁，往取其骨焚之，酹而咒

---

① （宋）庞元英：《文昌杂录》，商务印书馆1936年版，第40页。

曰云（略）。"① 这首《焚骨咒》自然是民俗的产物，也从侧面了解了契丹民族的射猎的生产方式。《轩渠录》中收有《寄夫诗》一首，也是一首民歌："垂杨寄语山丹，你到江南艰难。你那里讨个老婆，我这里嫁个契丹。"这正是契丹贵族奴隶主大肆掳掠中原人民的生动写照。在契丹军队的掳掠屠杀中，多少人家破人亡，妻离子散。无数夫妇在逃难中离散，女子更是掳掠的对象。这首民歌是十分典型的缩影。通俗的民间口语，非常真切地传达出被掳的中原人民的心曲。天祚帝时朝政腐败，君臣昏庸无能，而女真人则势如烈火，辽王朝正在走向灭亡。当时有《国人谚》曰："五个翁翁四百岁，南面北面顿瞌睡。自己精神管不得，有甚心情杀女真。"这是何等深刻的讽刺呵！《契丹国志》载："天祚亲征败绩，中外归罪萧奉先，于是谪奉先西南面招讨，擢用耶律大悲奴为北枢密使，萧查剌同知枢密院使。间有军国大事，天祚与南面执政吴庸、马人望、柴谊等参议。数人皆昏谬不能裁决，当时国人谚云云。"② 这首民歌为朝中这班昏朽大臣作了极为生动的画像，有很强的讽刺艺术效果。民歌、谣谚是中国诗史中的一部分珍贵遗产，最能生动地反映出历史的活面目。越是在社会动荡、朝政废弛之时，民谣往往应运而生，甚至有神奇的预言效应。这是因为人民最能透辟地洞察历史的走向。而且，民歌谣谚也是文学中最为生动、最有生命力的成分，无论是形象抑或语言，都深受人民群众所喜爱。辽诗中的这几首民歌谣谚，在为数不多的辽诗篇什中，就显得更有价值。

在辽诗中，汉人的创作数量较少，也没有成就突出者，既远逊于金、元汉族诗人的斐然成就，也无法与当时的契丹人的创作相抗衡，其中原因何在？应该说，契丹统治者对汉士是较为倚重的，这主要是富有政治谋略与才干的汉士，如韩延徽、韩知古、张砺、韩德让等人。而契丹统治者之所以倚重汉士，主要是需要他们有关封建政体的知识、统治汉人的经验等，也就是尤其需要他们的政治才能。契丹贵族夺取了燕云十六州等大面积汉区，对于大批被他们掳来做奴隶的汉人，以及大量统治区域中自由人身份的汉族平民，缺少统治经验、管理方法。汉人的文化素质、水准都高于契丹，而且有着以农耕为主的生产方式，这些都不同于逐寒暑、随水草，放牧射猎、鞍马为家的契丹人。要有效地统治汉人，必须依靠汉族士人中有政治谋略、才识者，而契丹贵族要尽快建立愈加健全的封建体制。使契丹社会有较大、较快

① （宋）欧阳修：《新五代史》卷72《四夷附录》，中华书局1975年版，第888页。
② （宋）叶隆礼：《契丹国志》卷10《天祚纪》上，齐鲁书社2000年版，第89页。

的发展，也必须依靠这类汉士。契丹统治者并不急于需要点缀升平的文人墨客，而是急需辅佐他们建立封建国体的政治家。因此，有辽一代靠舞文弄墨获得契丹统治者重用的文士几乎没有。那么，专力作诗作词的文学家自然也就寥若晨星了。这恐怕是辽诗中汉人创作较弱的重要原因。

第四节　　辽诗的历史地位

辽诗数量不多，但在中国诗歌史上有着较为特殊的地位。辽诗继承与发展了"北歌"的传统，又从唐诗中得到了许多滋养，如《醉义歌》，倘若没有唐代歌行体的高度发展和灿烂成就，涌现了一大批像《春江花月夜》、《长安古意》、《燕歌行》、《白雪歌》、《梦游天姥吟留别》、《丹青引》等杰出的歌行佳作，是不会有《醉义歌》所达到的这种令人瞩目的艺术高度的。而辽诗以契丹诗人的创作最有成就，最有特色，显示了北方游猎民族文化与汉文化融合所创造的文化瑰宝。这些契丹诗人的创作，当然不如唐诗、宋词那样精细圆熟，但另一方面，它们又冲破了诗歌传统中过多的文化层积，摆脱了那些甜熟的诗歌蹊径，而呈现出生新质朴的艺术形态。契丹作为北方游猎民族的那种豪放粗犷的民族性格，成为辽诗的底蕴，为中国诗史注入了一股雄强的生机。

诗歌发展史的历程说明，要使诗史成为一支源头活水，有着常新的生命力，在形式上是体裁的更迭与嬗变，四言、五言、七言，后来近体诗又在唐代崛起，到宋代，又有新的诗歌品种——词达到全盛，在元代，又有散曲的昌达，……诗史也是这样一个诗歌体裁代兴更迭的历程。从内在因素上来看，文化融合，是诗史上新质产生的源泉。《诗三百》之后，楚辞的产生便是中原文化与楚文化融合的产物。文化的融合与变迁，使诗歌内部的旧质蜕变，萌生新质，从而突破旧有的模式而出现新的生机。辽诗正是在这方面具有重要意义的。尤其是契丹人的创作，更为诗史注入了雄劲的北国之风！

无可否认，唐诗是中国诗史上登峰造极的黄金时代，亦是世界文学宝库中的璀璨明珠。唐诗富有浑融完整的意境之美，"其妙处透彻玲珑，不可凑泊，如空中之音，相中之色，水中之月，镜中之象，言有尽而意无穷"①。但唐诗的过于圆熟形成了一种模式，影响是极为广泛的。宋诗在唐诗之后，"开辟真难为"，要寻求一条新径，冲破唐诗的甜熟套路，代之以生新奇峭。

---

①　郭绍虞：《沧浪诗话校释》，人民文学出版社 1961 年版，第 26 页。

但宋诗更多的是在自身的文化系统中寻求"生新"之材，缺少与异质文化交换能量所产生的新质。辽诗则正是北方游猎民族文化与中原汉文化交融的产物。因而在中国诗歌史的长河中，注入了由异质文化交融而带来的生机。它不是在有意地寻求生新，而是以"穹庐一曲本天然"的纯真风貌带来一种新的生命力的。对于金、元诗歌，辽诗是一个源头，是一个不同于唐、宋的源头，在某种意义上来说，金、元诗歌是辽诗的赓续与发展，它们又一次给中国诗史带来了新的生机。辽诗的特殊地位正在于此。

第二编　金代诗歌

第三章　金代诗词的独特成就及其文化基因

第一节　金代诗词的独特成就

与辽代相比，金代文学显然是更加丰富、更加成熟了。这种丰富与成熟，主要表现在诗词创作上。不仅在数量上远远超过了辽代，而且完全形成了金源文学自己的特色。与金代诗词所取得的成就形成很大反差的是，金诗、金词的研究显得过于薄弱。给人们留下的印象是，在中华这样一个诗的民族、诗的国度里，在中国诗史的浩瀚诗流中，金诗似乎是无足轻重的。在通行的《中国文学史》中，金代文学所占的篇幅尚且不到一章，而仅就金诗、金词而言，恐怕就更少得可怜了。在新时期的古代文学研究中，研究视野、研究领域得到了极大的开拓，其中，金代文学研究的拓宽与深化，便是重要的表征之一。

金源立国 120 年，时间上衔北宋，与南宋同处一个历史时期，在空间上与南宋并峙。在文化上深受宋朝影响是显而易见的事实，尤其是诗词创作，更是与宋代的诗词有非常密切的联系，无论在体制、风格，还是规矩法度上，都能看到金代诗词与宋代诗词的血缘关系。北宋大诗人苏轼、黄庭坚对金诗的影响更为明显。金代著名诗人李纯甫称赞王庭筠的诗："东坡变而山谷，山谷变而黄华（按：庭筠号为黄华山主），人难及也。"① 意思是说，黄华诗的风格是承祧苏、黄一脉加以发展的。清人翁方纲《读元遗山诗》云："遗山接眉山，浩乎海波翻"，都可见苏、黄诗风对金源诗坛的影响。金诗论者往往根据这些来判定金诗缺少自己的特色，只是北宋文学的延续。这是在金诗研究领域中极有影响的权威性观点。

对此问题，我们的看法不依于是。我们认为，金代文学（主要是诗

---

① （金）刘祁：《归潜志》卷 10，中华书局 1983 年版，第 119 页。

词），一方面深受唐宋文学的影响、乳育，可以说，没有唐宋文学也就没有今天我们所能见到的金代文学状貌。金代文学越走向成熟，这种影响也就显得越加深刻。另一方面，由于女真社会的政治、经济、文化等方面的条件制约，由于女真人的民族文化心理与北方士人文化心理的互相交织渗透，金代文学在其不算很短的历史发展中，逐步形成了自己的特色，取得了颇为可观的成就，可以毫无愧色地作为一代文学在中国文学史占有相当重要的地位。《金史·文艺传序》云："金用武得国，无以异于辽，而一代制作能自树立唐、宋之间，有非辽世所及，以文不以武也。"① 这段话说得概括而又较为允当。所谓"一代制作"，指文学创作，重点是诗词，也包括散文。"能自树立唐、宋之间"，是说有既不同于唐、又不同于宋的一代文学成就，金代文学的地位是远远超过辽的。

金诗的发展，在很大程度上得益于辽、宋，但不久便逐步成熟，形成了自己的特色，沿着一条独特的轨迹向前发展，直至发展到元好问这样一个风光雄丽的高峰。按照金诗发展在不同时期的状况，金诗大致可以分为四个阶段。一是金初诗坛，或可称为"借才异代"时期。这个时期的主要诗人，如宇文虚中、吴激、张斛、蔡松年、高士谈、施宜生等，是由宋入金的士大夫，还有一些是由辽入金的汉族文士，如韩昉、左企弓、虞仲文等。他们入金的情况各有不同，但有一点是相同的，他们都是写作成熟的汉文诗词，成为汉文化与女真文化的重要媒介者，他们的创作在金诗发展中起了奠基作用，使金代诗词创作有了一个相当高的起点。也正是由于这个原因，金诗在这个时期，尚未形成属于自己的独特的时代风格，还没有成熟。第二阶段是金诗的成熟时期，在时间上大致是大定、明昌前后。这个时期，金诗形成了自己的特色，史称"国朝文派"。这个时期出现了一批体现金诗成熟期特点的诗人，如党怀英、王庭筠、周昂、王寂等。第三个阶段，可称为金诗的繁荣时期，在时间上主要是"贞祐南渡"以后。这个时期金朝国势衰微，蒙古大举南逼，而诗坛却并不冷寂，创作十分繁荣，并且形成了以赵秉文、李纯甫为代表的两大文学流派。这个时期的重要诗人除赵、李而外，还有杨云翼、雷希颜、王若虚、李经等人，形成了蔚为大观的诗歌创作局面。而且，文学思想的分歧与争论在这一时期表现得尤为突出。不同的文学观念的互相撞击，促进了金代文学的深化与品位的提高。第四个阶段，可称为金诗的升华时期，时间上主要指金末丧乱时期，主要诗人是元好问。元好问以雄浑苍

---

① （元）脱脱等：《金史》卷 125《文艺传》上，中华书局 1975 年版，第 2713 页。

劲之笔，写国破家亡之痛。情感之沉挚，风格之悲壮，笔力之沉雄，实系中国诗史所未有，与李、杜、白等大家差可比肩，使金诗在其末期达到了伟岸的高峰。这不仅是金诗的升华，也是中国诗史的升华。

想要简单而又确切地概括这120年间的诗歌发展史是极为困难的，而且也是不明智的。任何一个历史时期的诗歌史都是非常丰富的、复杂的，体现着各种审美取向，决非铁板一块。想用简单的几个字来涵盖它，自然是天真的想法。不过，一个时代之文学，确实又有不同于其他时代的特点，这是从直观的审美鉴赏就可以感知的。唐诗与宋诗的不同风貌，就是人们所公认的。至于二者的具体差异究属如何，这自然是可以见仁见智的，但承认二者的不同，却是大家都可首肯的。金诗可以参照比较的，主要是宋诗。宋诗与金诗之同，是人们所多言的，我少言之；宋诗与金诗之异，人少言之，我在这里约略言之。由于文化心理、自然环境以及其他一些方面的原因，金诗与宋诗相比，显得更为质拙，诗中的文化积淀也显得不如宋诗。宋诗颇重用典，金诗较少用典，即便用，也少僻典。宋诗多有理性思致，在意象中显现人生哲理，金诗却是很少这种倾向的。金诗在语言句法上，也没有浓重的"以文为诗"的趋势，艺术形式上的突破较少，然而，金诗有着更多的清劲刚方之美，更为浓郁的朴野气息，给诗歌发展充实进新的活力。

金诗之所以形成自己的文学风貌，是有着多方面的因素的。但我们认为，北方民族的文化心理及其与汉文化的互渗，是产生金诗风貌的决定性因素。这种文化心理的形成，又是受政治、经济、环境等多方面条件制约的。而且，女真人的民族文化心理与北方士人文化心理的互相渗透、影响，直接影响着诗歌创作的风格。我们不妨就此追溯，来分析一下金代诗词独特风貌的形成机制。

第二节　金代女真文化与汉文化的互渗

这里论述金代社会的民族文化关系，目的是认识金诗特征的形成基因。我们以为，一个时代、一个社会的文学"风会"，在很大程度上是可以从该时代、该社会的文化心理中找到它的存在与生长的根据的。丹纳在《艺术哲学》中以种族、环境、时代为决定艺术品的根本原因，并以风俗习惯与时代精神看作一种"精神"的气候，成为艺术品的基本条件，其实，风俗习惯与时代精神说到底，要融贯内化到文化心理之中。

像辽金这种社会形态，在中国历史上很有一点特殊性。作为一个少数民族贵族所建立的政权，这个民族固有的文化心理、思想意识系统，必然要在社会文化中起着重要的支配作用。但如契丹、女真这些少数民族文化与高度发达的汉族文化相比，落后与原始是显而易见的。而这些少数民族对于先进的汉文化都颇为羡慕，很快加以接受，因此，使本民族社会很快由奴隶社会跃迁到封建社会。在辽、金这样的社会文化结构中，本民族文化与汉文化的关系，始终是一个关键性问题。

民族文化不是一成不变的凝结物，不是一个封闭性系统，而是一个开放性系统。从历时性来看民族文化，是一个动态的发展流程。一方面，它有着该民族文化之所以为该文化的自身传承性；另一方面，又呈现出不间断的变革性。民族文化传统从来都是历史性的流迁过程，在流迁过程中又保有它的自身基质。这种流迁，其总体趋势，是对先进的文化元素的吸收、融合，对固有的、较为落后的文化元素的否定、扬弃。正是这样一种文化传统自身的不断运动，才使之不停地更新"血液"，从低级形态进化到高级形态。

从共时性来看民族文化，一个特定时期的文化形态，总是处在与其他民族文化的碰撞、交汇之中。那么，两种彼此交汇、碰撞的文化形态之间的输入与接受，是不是等位的呢？这与相关的两种民族文化的层位密切联系。如果二者的层位相等或相近，那么，彼此间的交流可能是等位的，此一文化对彼一文化的吸收，大抵上是局部的。某一种或某几种文化元素，因另一文比系统相对缺乏这些元素而"流入"；如果两种文化层位高下悬殊，"落差"很大，则一般呈现为"水往低处流"的态势。先进的文化形态较为全面、迅速地渗透进相对落后的文化形态。在金代女真文化与汉文化的关系中，鲜明地呈现出这种态势。汉文化作为高度发达的封建文化，在当时的确是处于世界各民族前列的，而女真文化在其尚未大量吸收汉文化元素之前，基本上处于原始文化形态，一旦历史为女真民族提供了全面接受汉文化的契机，汉文化的诸多元素，便十分迅速地"流入"女真文化的土层之中。高层文化对于低层文化的这种贯注力在这里表现得尤为明显。

民族文化关系在彼此吸收、融合的同时，还有着一种易于为研究者所忽略的逆反趋向：就是在某些文化元素上的彼此排拒。作为一个大系统的特定的民族文化，有着属于此一系统特有的结构、功能与系统质，对于外来文化的吸收，要受到这些因素的选择。在外来文化大量涌入，以至于使原有的民族文化特征受到被覆盖的威胁时，它必然会在某些文化元素上，起而排拒外来文化的大量渗透，以维护该文化的基本特质，使之不至于失却自己的本来面目。一种民族文化对于其他民族文化元素的吸收决非无条件的，而必然有一个度的限制，即是：一方面最大限度地提高本民族文化层位，另一方面，必须维护、保有本民族文化的基本特征，民族文化正是在这种前提下吸收外来文化的。超越了度的限定，必然会受到来自本民族文化传统内部的抵抗与排拒。如果客观情势不能——也就是说无力排拒大量外来文化元素的饱和渗透，该民族文化的民族特征就面临着被"淹没"的危险。在能够自行调节、控制文化内部机制的前提条件下，民族文化正是以这种既融合又排拒的动态历程不断演进的。一方面，不断地充填进来自其他民族文化系统的富有生命力的新文化因子，淘汰那些不能适应时代需求的衰朽文化因子；另一方面，则又努力维护某些本民族特有的文化因子，以保持其鲜明的民族特色。求变——吸收外来文化；固本——维系民族特征，这两种倾向所形成的张力，可以从金代女真文化和汉文化的相互关系中得到印证。

金王朝建立之前，女真人（包括其前身肃慎、挹娄、勿吉、靺鞨等）先以氏族部落的形式存在，到献祖绥可时期发展为部族制，至金太祖阿骨打时期，方始统一了女真各部族，有了共同语言、共同地域、共同的经济生活。更主要的，是具有了作为一个民族凝聚力的共同心理素质，形成了民族统一体。金源王朝的建立，是离不开这样一个坚实的基础的。

在此之前的漫长历史行程中，女真文化的发展演进是极为缓慢的。与汉民族高度发达的封建文化相比，是颇为原始的。灭辽侵宋，入据中原，是女真社会由奴隶制向封建制进化的肇始，也是女真文化全面吸收汉文化元素的开端。在军事上，女真人以其"进取和好战的性格"（格罗塞语），凭着铁骑劲弩，成为不可一世的征服者；而在文化上，女真非但没有强迫有高度文明的汉民族"俯就"转为原始的女真文化，反而心悦诚服地拜倒在汉文化脚下，有意识地、大量地吸收汉文化元素进入女真文化系统。在这样一个异质文化融合的过程中，女真民族极大地改变了本民族文化的原有构成，迅速提高了民族文化的层位；从另一方面讲，由于女真人大量濡染汉文化，逐渐趋向于崇尚文弱儒雅，偃武修文，愈来愈丧失了女真民族原有的那种纯朴刚健的民族性格。女真统治者有鉴于此，不断采取措施，抵制与排拒某些汉文化元素，竭力保存女真固有的某些文化基质，以免使女真的民族精神渐至澌泯。这两方面的动势离合纠葛，形成了金代社会文化结构和独特风貌。

了解这样一个动态的文化演进过程，对我们认识金诗的特征是深有裨益的。这种动态过程的起点，当是女真民族的原始文化形态。

金王朝建立以前，女真人的生活方式（这是文化的一个重要方面）有着明显的原始性。如服饰与发饰，典型地显示出原始民族的特征。"金俗好衣白桥，发垂肩，……自灭辽侵宋渐有文饰"①，"俗编发，缀野豕牙，插雉尾为冠饰，自别于别部"②。这与澳洲、非洲一些原始民族用狩猎得来的兽角、骨、牙作为装饰人体之物，处于同等文化层位。

女真人的原始艺术也是很粗糙的，譬如音乐，大抵只是模仿一些自然界的音响："其乐惟鼓笛，其歌惟鹧鸪曲，第高下长短如鹧鸪声而已。"③ 女真舞蹈主要是直接模仿战斗或狩猎的场景。隋文帝时，勿吉派使者朝拜，就宴前为文帝起舞："使者与其徒皆起舞，曲折多战斗容。"④ 这种艺术是原始而粗糙的。

女真文字的创造，是很晚的事情。在灭辽战争期间，尚无女真文字。史籍载："太祖伐辽，是时未有文字。"⑤《大金国志》记述女真人没有文字时的情形："与契丹言语不通，而无文字。赋敛科发射箭为号，事急者三射之。"不过是处在类似于"结绳记事"的阶段。女真文字的创造，据载是太祖时期的完颜希尹完成的。"金人初无文字，国势日强，与邻国交好，遂用契丹字。太祖命希尹撰本国字，备制度。希尹乃因汉人楷字，因契丹字制度，合本国语，制女真字。天辅三年（1119）八月，命颁行之。"⑥ 可见，直至 12 世纪初叶，女真民族才有了自己的文字，而且是参照汉、契丹文的产物。

在未走上封建化道路之前，女真人君臣、君民之间，没有明确的尊卑观念，没有森严的等级秩序，也谈不上什么典章礼仪。宋人洪皓记述女真人质朴淳厚的君民关系："胡俗旧无仪法，君民同川而浴，肩相摩于道。民虽杀鸡，亦召其君而食，炙股烹脯，以余肉和蓁菜，捣臼中糜烂而进，率以为常，吴乞买（太宗）称帝，亦循故态，今主（按：指熙宗）方革之。"⑦ 这种朴野随易、尊卑不分的君臣、君民关系，与女真文化的其他元素相一致，都表现出作为原始文化形态的表征。这种文化形态与封建文化距离尚远；而与低下的生产力发展水平、贫乏的物质生活相适应。

---

① （金）宇文懋昭：《大金国志》卷 39，见崔文印《大金国志校证》，中华书局 1986 年版，第 552 页。

② （宋）欧阳修等：《新唐书》卷 219《北狄传》，中华书局 1975 年版，第 6175 页。

③ （金）宇文懋昭：《大金国志》卷 39，见崔文印《大金国志校证》，中华书局 1986 年版，第 551 页。

④ （唐）李延寿：《北史》卷 94《勿吉传》，中华书局 1975 年版，第 3125 页。

⑤ （元）脱脱等：《金史》卷 84《耨盌温敦思忠传》，中华书局 1975 年版，第 1881 页。

⑥ （元）脱脱等：《金史》卷 73《完颜希尹传》，中华书局 1975 年版，第 1684 页。

⑦ （宋）洪皓：《松漠纪闻》上，吉林文史出版社 1986 年版，第 33 页。

　　正因为女真文化处于较为原始的形态，才有较强的接受性。在诸多少数民族中，女真人接受汉文化的速度、幅度、深度，都是令人惊讶的。女真民族之所以很快从奴隶制社会进入封建社会，对汉文化的吸收与融合是其首要条件。

　　"靖康之变"，随着北宋王朝的倾覆，徽、钦二帝的被掳，大量的中原文物如典籍、仪仗、礼器、鼓乐等尽入女真铁骑的囊橐。中原皇帝端居九重、威仪万方的尊贵，汉族士人诗礼蔚然、儒雅风流的气度，中原都市的楼台阁榭、弦歌笙曲的繁华，……这些汉文化的结晶品，使那些本"不解汉儿歌"的女真人深深为之倾慕了。他们非但没有把中原文明付之一炬，反而主动地接受汉文化的渗透，对于女真文化中那些阻碍社会向封建化发展的元素，进行革故鼎新的改造。

　　科举与教育。金代科举，一开始便是参酌汉制，再结合本朝的特点创设的。无论是科目设置还是考试内容，都充满了汉文化精神。

　　金代科举设科，始有词赋、经义、策试、律科、经童等科。大定十一年（1171）又创设了女真进士科。明昌初，又设宏词科。这些科目除"女真进士"外，都是仿效辽宋科举而设立的。而"辽起唐季，颇用唐进士法取人"[1]，"金承后，凡事欲轶辽世，故进士科目兼采唐、宋之法而增损之"[2]。

　　金代科举的考试内容，与唐宋科举基本一致，都是汉文化中的经史典籍，词赋诗文，如正隆元年（1156）的科举考试，即"命以五经三史正文内出题"，女真进士与其他科目的不同，仅在于是以女真大、小字应试，内容则无甚差异，仍是"五经三史"等汉文化中的经典。

　　女真统治者对于教育的重视远远超过了前此任何一个少数民族政权，建立了上下一体、遍及全国的教育网络。中央—府—州，都有官办学校，而且规定统一的教学内容，形成了较为完备的教育体制。教学内容完全是汉文化的经典。各级学校的规定教材，如经学，《易》则用王弼、韩康伯注，《书》则用孔安国注，《诗》用毛苌注、郑玄笺，《春秋》、《左传》用杜预注……这些典籍的注疏本，都是经学中的权威之作。

　　典章礼乐。在女真民族的原初形态中，根本谈不上什么典章礼乐。侵宋以后，女真统治者从汉文化中汲取了许多典章礼乐，以建立、完备本朝制度。史载："金人之入汴也，时宋承平日久，典章礼乐粲然备具，金人既悉

---

① （元）脱脱等：《金史》卷51《选举志》1，中华书局1975年版，第1129页。

② 同上。

收其图籍，载其车辂、法物、仪仗而北，时方事军旅，未遑讲也。既而，即会宁建宗社，庶事草创，皇统间，熙宗巡幸析津，始乘金辂，导仪卫，陈鼓吹，其观听赫然一新，而宗社朝会之礼，亦次第举行矣。"[1] 世宗则参酌唐宋，制定本朝礼制，以理论形态固定下来。"世宗既兴，复收向所迁宋故礼器以旋，乃命官参校唐、宋故典沿革。开'详定所'以议礼，设'详校所'以审乐，……至明昌初书成，凡四百余卷，名曰《金纂修杂录》。"[2] 从文献上看，金源礼制愈加繁缛，如郊祀、宗庙等都是如此，而其基本参照系是唐宋礼制。

乐制情形大致相同。女真在侵辽战争中获得了汉乐，为其所用。"初，太宗取汴，得宋之仪章钟磬乐，挈之以归。皇统元年，熙宗加尊号，始就用宋乐。"[3] 到章宗时代，开始注意参照唐宋乐制，从理论上规定本朝乐制："明昌五年（1194），诏用唐宋故事，置所，讲仪礼乐。"[4] 在音乐观念上，女真人接受了儒家"中和之美"的思想。章宗曾论乐道："尝观宋人论乐，以为律主于人事，不当泥于其器，要之在于声和而已。"[5] 力求和谐，乃是汉文化系统中"中和"美学思想的濡染。

女真人之于汉文化，吸收、融合是一种主导倾向，没有对大量汉文化元素的吸收、融合，女真的迅速封建化是不可设想的。但女真人的汉化带来了一个不可忽视的后果，就是使这些勇武剽悍的"猛安谋克"，逐渐变得文弱儒雅起来，女真人赖以起家的"法宝"——勇悍刚强的民族精神——正在逐步沦丧。女真统治者愈来愈看到，汉文化的大量涌入、渗透，在使女真民族文明起来的同时，给女真民族精神带来的威胁。因此，在吸收一些根本性的文化元素如政治制度、伦理思想、经史坟典的同时，对一些他们认为会侵蚀女真人纯朴风格的元素不断地进行排拒。

在这方面，金世宗主张最力。他对汉文化的吸收是有甄别，有选择的。对于儒家政治思想、伦理观念等，他不遗余力地加以提倡，并力图使之成为女真民族的精神支柱。然而，他又一贯提倡保存和弘扬一些女真旧俗，视如家珍，而对与之对应的汉文化元素进行排拒。他认为："女真旧风最为纯直，虽不知书，然祭天地、敬亲戚、尊耆老、接宾客、信朋友，礼意款曲，

① （元）脱脱等：《金史》卷28《礼志》1，中华书局1975年版，第691页。

② 同上。

③ （元）脱脱等：《金史》卷39《乐志》上，中华书局1975年版，第882页。

④ 同上。

⑤ 同上书，第883页。

皆出自然，其善与古书所载无异，汝辈当习学之，旧风不可忘也。"① 在世宗看来，女真民族淳朴自然的旧风，不但不与儒家伦理观念相悖谬，反而十分契合，因此要加以弘扬，用这种"女真旧风"，来实践儒家的伦理理想。世宗还力图通过艺术途径，给"女真旧风"打"强心剂"。大定二十五年（1185）四月，在一次宗室宴会上，世宗感慨于多时未闻有人唱"本曲"（即本朝乐曲，指与外来乐曲相区别的女真乐曲），亲自歌之。"上曰：'吾来数月，未有一人歌本曲者，吾为汝等歌之。'命宗室子弟叙坐殿下者皆坐殿上，听上自歌。其词道王业之艰难，及继述之不易，至'慨想祖宗，宛然如睹'，慷慨悲激，不能成声，歌毕泣下。"② 世宗亲歌本曲，自然不是什么酒后豪兴，其目的主要在于通过这种民族之音，唤回渐趋汉化的女真人的民族意识。大定十二年（1173）四月，命歌者歌女真词，并对皇太子说："朕思前朝所行之事，未尝暂忘，故时听此词，亦欲令汝辈知女真醇直之风，至于文字、语言或不通晓，是忘本也。"③ 这就更为明确地道出了女真统治者通过本朝乐曲来维护女真旧俗的政治意图。女真统治者还屡次敕令："禁女真人不得改称汉姓，学南人衣装，犯者抵罪。"④ 以法律的形式抵御排拒这类汉文化元素的侵蚀，说明了当时女真人汉化倾向之严重，同时也表明，在需要对某些汉文化元素进行排拒时，女真统治者是不遗余力的。

　　女真统治者十分珍视那种淳朴刚健的民族精神，唯恐失去这些东西，会使女真民族堕于萎靡。于是，一面吸收汉文化的深层元素，一面又力图保持女真淳朴刚健的旧俗，意在得二者之长而兼之，使女真民族既如以往的孔武剽悍，又得汉人的高度文明，尤其是仁义忠孝的伦理观念、君君臣臣的封建秩序、繁礼缛节的宫廷排场……他们是必欲得之的。实际上，这种"鱼与熊掌得兼"的想法，只是一种理想化而已。

　　说到此处，女真文化与汉文化关系的主要趋向已经阐明。也许，它们并非多余的赘笔。金代社会文化的这种动态演进，对于金代诗词的发展以及独特的风貌，有着深刻的关系。由这种社会文化的动态结构，我们可以进窥女真作家与汉族士人的文化心理，从而体察金代诗词之不同于唐宋诗词的特征。

---

① （元）脱脱等：《金史》卷 7《世宗纪》中，中华书局 1975 年版，第 163 页。
② （元）脱脱等：《金史》卷 8《世宗纪》下，中华书局 1975 年版，第 189 页。
③ （元）脱脱等：《金史》卷 7《世宗纪》中，中华书局 1975 年版，第 159 页。
④ （元）脱脱等：《金史》卷 8《世宗纪》下，中华书局 1975 年版，第 199 页。

第三节　儒雅与粗犷：两种文化心理取向的交汇

金代诗词从风格上说也是很复杂的。有宇文虚中那样哀怨深曲，也有蔡珪《野鹰来》的那种雄健奇矫；有完颜亮《书壁述怀》那样的粗犷雄豪，也有金章宗完颜璟《宫中绝句》的富艳妩媚；有赵秉文的工稳细致，更有元好问那样的雄浑苍莽。……金代诗词的面目绝不是整齐划一的，而是风格各异。构成了一曲多声部的交响乐。然而，很多情形又似乎可以得到文化心理的解释。

在未接受汉文化之前，女真人只能算是处于"前文学"状态。除了没有见之于文字记载（因为在建国前女真人压根就没有文字）的民间歌谣（想必是有的，但无证据），再就谈不上文学创作了。而在金源立国以后，金代文学却成熟得很快，取得了令人瞩目的成就，其间的原因是很值得琢磨的。

首先，"借才异代"奠定了很高的起点。这些由辽、宋入金的文人，颇有在诗词创作上卓有成就者。如宇文虚中，在宋代就是著名诗人，诗的技巧是相当圆熟的。吴激在词史上是很有地位的，颇得许多词论家的称许。他们的创作，都已经具有了自己的独特风格。由他们来开创金代文学，一开始便树立了一个很高的楷模。

其次，金继辽世，在以北方少数民族作为统治核心而建立北方政权这一点上，金、辽是共同的。从某种意义上讲，金是在辽的基础上发展起来的。在辽朝，契丹贵族对于汉士颇为尊重，言听计从，同时，也吸取了许多汉文化元素来发展契丹社会的文化形态。在这方面，契丹统治者积累了不少经验。辽代文学，是尚未得以充分发展、成熟的一代文学，打个比方，如同一个植物没有很好地长开。但是，它至少提供了北方游猎民族以汉文学的语言形式进行创作的范本，为金代诗词提供了很好的借鉴。金初作家，又颇有一些由辽入金的汉族文士。金代文学可以说正是在辽代文学的"肩膀"上登上更高的峰峦的。

与此密切相连的，金代文学所取得的灿烂成就，与作为统治核心的女真贵族汉化深度甚有关系。契丹贵族任用汉士、接受汉文化元素，更多的是在于制度文化方面。如耶律阿保机推崇汉士韩延徽，用韩的方略来安置汉俘。"延徽始教契丹建牙开府、筑城郭、立市里，以处汉人，使各有配偶，垦艺荒地，由是汉人各安生业，逃亡者益少。"① "凡营都邑，建宫殿，正君臣，定名分，法度井井，延徽力也。"② 契丹贵族统一了整个北中国，但作为游猎民族，如何统治新征服的、有较高文明的汉人区域，他们是缺少经验的。他们重用汉士侧重于建立一套逐步适应封建性生产关系的体制，是首当其冲的。继辽而兴的女真贵族，在这方面有许多现成经验、模式可供参考，因此，他们对汉文化的兴趣，在于更深一层的精神文化方面。他们更多的是欣羡于汉文化中琴棋书画、诗酒吟咏这一套儒雅风流。本来是最能体现女真人勇武精神的"猛安谋克"（本来指女真特有的军事组织，也指那些世袭武职的"猛安谋克"户），却很快地丧失了勇武本色，沉溺于儒雅的追求。许多世膺武职的猛安谋克，竟然宁可抛掉这种本来是非常荣耀的头衔，竞相参加进士考试，弃武从文，可见当日女真社会价值观念转换之一斑。章宗朝元老宿臣徒单克宁于此颇为忧虑，他说："承平日久，今之猛安谋克其材艺已不及前辈。万一有警，使谁御之？习辞艺，忘武备，于国弗便。"③ 这些女真贵族以与汉族文士交游为时髦、为高雅。"南渡后，诸女真世袭猛安谋克往往好文学，喜与士大夫游。"④ 再看著名的女真诗人密国公完颜璹，南渡以后，"家居止以讲诵，吟咏为乐。时时潜与士大夫唱酬"，"一室萧然，琴书满案，诸子环侍无俗谈，可谓贤公子矣。乃出其所藏书画数十轴，皆世间罕见者"⑤，俨然一个隐居辋川的王摩诘。完颜璹在女真贵族中是很典型的，代表了女真人文化心理变迁的一个取向。再举一二例。"术虎邃士玄，先名玹，字温伯，女真纳邻猛安也。虽贵家，刻苦为诗如寒士，喜与士大夫游。"⑥ "完颜中郎将陈和尚，字良佐，兄斜烈，毕里海世袭猛安也。……性好士，幕府延致文人。"⑦这是很普遍的现象。"猛安谋克"们以诗酒唱和、琴棋书画为风流，说明了女真人对汉文化的兴趣侧重在精神文化上，这势必刺激文学创作走向更细腻的抒情，更多的文化意味，更具有审美价值。

但这只是问题的一面。另一面，作为以勇悍起家的游猎民族，其民族文

---

① （宋）叶隆礼：《契丹国志》卷16《韩延徽传》，齐鲁书社2000年版，第128页。
② （元）脱脱等：《辽史》卷74《韩延徽传》，中华书局1975年版，第1232页。
③ （元）脱脱等：《金史》卷92《徒单克宁传》，中华书局1975年版，第2052页。
④ （金）刘祁：《归潜志》卷6，中华书局1983年版，第63页。
⑤ （金）刘祁：《归潜志》卷1，中华书局1983年版，第4页。
⑥ （金）刘祁：《归潜志》卷3，中华书局1983年版，第25页。
⑦ （金）刘祁：《归潜志》卷6，中华书局1983年版，第62页。

化心理是淳朴而粗犷的。《金志》中说女真人"俗勇悍，喜战斗，耐饥渴苦辛"①，《三朝北盟会编》记载女真"其人戆仆勇鸷，不能辨生死，女直（真）每出战，皆被以重铠，令前驱，名曰硬军。种类虽近，居处绵远，不相统属，自相残杀，各争雄长"②，都指出女真人的粗犷勇悍。在灭辽战争中，女真人充分表现出勇鸷猛悍的民族性格。在以女真人为统治核心的金代社会里，这种文化心理对于全社会无疑是有广泛的渗透力的。

金代诗坛作家的构成，一部分是女真族诗人，大部分是汉族士人，还有一些属于其他北方少数民族。最主要的是前两种人。女真人粗犷淳朴的文化心理，在创作中是不能不有所映现的。如海陵王完颜亮那些雄杰犷悍的诗作，就很鲜明地映现出女真贵族的心态（参见另章详论）。

汉族诗人多出北方，他们的创作大都有着北方文化的特征，多有慷慨豪荡之气。南北文化的差异，在中国古代文学的地域风格中表现得颇为突出。"铁马秋风塞北，杏花春雨江南"，这副名联，正可作为南北文化差异的形象写照。"江左宫商发越，贵于轻绮，河朔词义贞刚，重乎气质。"这种概括，久已为南北朝乐府歌诗等文学现象所一再证实，为文学史界所认同。在金代诗坛上，如李纯甫、雷希颜、李汾、李经等一批北方士人，尤能代表北方士大夫的豪爽性格，他们的诗风大都奇崛豪肆、雄放不羁。

女真贵族与汉族士大夫的广泛交往（已如上述），对于金代文学产生了很微妙的影响。这些女真贵族，大都是金戈铁马、勇悍雄鸷的"猛安谋克"，很多人都是勇猛的战将，如完颜陈和尚、完颜斜烈，都以忠义勇敢著名。夹谷德固"勇悍，在军中有声"③。这些人却又偏偏喜欢与士大夫交游，在幕府中罗致文士。由于这些"猛安谋克"对于汉文化的好尚，形成了汉族士人对女真军事贵族依附的情形。由此产生了双向的效应：一方面，女真人从汉士那里得到文化的熏陶，逐渐习染风雅；另一方面，他们那种勇悍质朴的民族精神对汉士的诗文创作必然产生很深刻的影响。女真贵族是幕主，依附于他们的汉士是幕僚，其诗文投合女真贵族的口味，尽量将诗写得骨力健劲，具有朴野之风，乃是很自然的事情。

本章论述了金代女真文化与汉文化彼此融合、互渗同时也彼此排拒的动

---

① （金）宇文懋昭：《金志·初兴风土》，见王云五主编《丛书集成》初编，商务印书馆1939年版，第5页。

② （宋）徐梦莘编：《三朝北盟会编》甲，大化书局1979年版，第22页。

③ （金）刘祁：《归潜志》卷6，中华书局1983年版，第63页。

态演进过程，以此说明金代文学所赖以产生的文化土壤。女真人以一个原始性的游猎民族夺取了中原，大量吸收了汉文化元素，尤其是濡染于艺文。正如清人赵翼论史所说："惟帝王宗亲，性皆与文事相浃，是以朝野习尚，遂成风会，金源一代文物，上掩辽而下轶元，非偶然也。"① 女真民族原有的那种勇悍豪迈的民族性格与中原文化的融合，遂形成了金代诗词的独特风貌。

---

① （清）赵翼：《廿二史札记》卷28，中国书店1987年版，第389页。

第四章　借才异代：金诗的发轫

金朝立国之前，文化形态处于原始阶段，谈不到什么文学，也谈不到什么艺术。"其乐惟鼓笛，其歌惟鹧鸪曲，第高下长短如鹧鸪声而已。"① 这也就是从文学记载中所能见到的全部的文学艺术。可以说是一片空白。然而，一百二十年的金王朝，在文化上并非是"黄茅白苇"的"盐碱地"，而是有了长足的发展。金代诗歌就取得了不容忽视的成就。从原始的文化形态起步，产生了如此飞跃，似乎令人感到诧异，实际上也是很容易理解的。女真人对汉文化的欣羡与吸收，女真文化与汉文化的融合，乃是金代文学发展的强大动力。而且，活跃在金代文坛上的作家主要是汉族士大夫，女真作家人数不多，篇什亦少。金代科举取士，对于金代诗词的繁荣，应该说起了很大作用。金代科举考试科目列"词赋"一科，"凡词赋进士，试赋、诗、策论各一道"②。金代士人普遍热心于科举，连许多世袭猛安谋克都参加进士考试，诗赋作为规定的主要考试内容，对金代诗风的刺激作用当是很强的。金诗有较大成就的另一个重要原因，便是"借才异代"的历史现象使金代文化、金诗有了一个较高的起点。"借才异代"这个命题出自于清人庄仲方的《金文雅序》，他说："金初无文字也，自太祖得辽人韩昉而言始文；太宗入宋汴州，取经籍图书，宋宇文虚中、张斛、蔡松年、高士谈辈先后归之，而文字焆兴，然犹借才异代也。"③ "借才异代"这个提法，很准确地概括了金初文化、金初诗坛的性质。金初诗坛的诗人们，基本上都是由宋入金和由辽入金的汉族文士。由宋入金的文士主要有宇文虚中、吴激、张斛、蔡松年、高士谈等；由辽入金的文士主要有韩昉、左企弓、虞仲文等人。以

---

① （金）宇文懋昭：《金志》卷39，见崔文印《大金国志校证》，中华书局1986年版，第551页。

② （元）脱脱等：《金史》卷51《选举志》1，中华书局1975年版，第1134页。

③ （清）庄仲方：《金文雅·序》，江苏书局1891年版，第1页。

诗而论，金初诗坛成就大、影响广泛的是以宇文虚中为代表的由宋入金的文士们。

第一节　"借才异代"诗人们的心曲

在由宋入金的诗人中，成就最高的当首推宇文虚中，这是个在宋金两朝都文名显赫的人物。但他仕金以后心情却十分沉郁悲凉，尽管官位很高，却仍心系宋朝，他的情形，与南北朝的大诗人庾信颇为相似。宇文虚中（1079—1146），字权通，成都人。与兄粹中，弟时中，俱仕于宋。虚中在北宋大观三年（1109）三十岁时登进士第，历官州县；政和五年（1115），入为起居舍人，国史院编修官；建炎二年（1128），宋高宗诏求能使绝域而迎还两宫者，虚中上表自荐，出使金国，为祈请使；天会七年（宋建炎三年）正月，金朝遣宋使归，宇文虚中觉得自己未能完成使命，"奉使北来，祈请二帝，二帝未还，虚中不可归，于是独留"①。因为宇文虚中有才艺，久负盛名，金人留之，加以官爵，与韩昉等俱掌词命。累官翰林学士知制诰，封河内郡开国公，金人号为"国师"。虚中虽在金朝高官厚禄，穿朱戴紫，却一直心系故国。金人每欲发动南侵战争，虚中便以"费财劳人，远征江南荒僻，得之不足以富国"②为理由加以劝阻。据说皇统初年，上京被掳的宋人密谋奉虚中为帅，夺兵杖南奔，事情败露，宇文虚中被捕。平素虚中恃才傲物，"凡见女真人辄以矿卤目之，贵人达官往往积不平"③。此时这些达官贵人借机罗织罪名，必欲杀之。最后，终被金人所杀害。在民族文化融合以及女真社会由奴隶制向封建制转化的过程中，宇文虚中起了非常重要的作用。他利用自己在金朝获得的较高地位，将华夏文明带给女真社会，《大金国志》记载说："初，宋使宇文虚中留其国，至是受比朝官，为之参定其制。"④可见，宇文虚中在金朝封建制的建立过程中与力大焉！金人李聿兴云："本朝目今制度并依唐制，衣服官制之类，皆是宇文相公共蔡太学并本朝十数人相与评议。"⑤说明不仅是宇文虚中，包括蔡松年等由宋入金

---

① （元）脱脱等：《宋史》卷371《宇文虚中传》，中华书局1975年版，第11528页。

② 同上。

③ 同上书，第11529页。

④ （金）宇文懋昭：《金志》卷9，见崔文印《大金国志校证》，中华书局1986年版，第136页。

⑤ （宋）徐梦莘编：《三朝北盟会编》，上海古籍出版社1987年版，第1177页。

之士，都对女真社会的封建化立下了汗马功劳。

宇文虚中在宋朝已是颇有名气的诗人，然其现存作品基本上是入金以后之作。元好问所编金诗总集《中州集》，收其诗作 50 首。此外尚有 3 首未录。宇文诗以抒写去国怀乡、忧思故国为基本主题，抒写出被羁北朝、志业难成的郁愤，同时，也透露出迫不得已身仕金廷的难言之隐。如《己酉岁书怀》：

> 去国匆匆遂隔年，公私无益两茫然。
> 当时议论不能固，今日穷愁何足怜。
> 生死已从前世定，是非留与后人传。
> 孤臣不为沉湘恨，怅望三韩别有天。

这首诗是诗人由使金被羁而又不能完成使命所生的"穷愁幽恨"。当时诗人自愿请行、肩负重任，要迎回徽、钦二帝，岂知二帝是那么容易迎回的吗？徽、钦二帝的被掳，是金人控制南宋的重要资本，自然不会轻易放归。诗人非但未能完成使命，自己又身仕北朝，他的心情是颇为复杂的。他心系南方，忧怀故国，却又接受了金廷授以的高官厚禄，心中自然有惭愧之感。但又要隐忍一时，以为将来有所作为。这种心境，恐怕很多节义之士，在不了解内情的情况下，对诗人会不无鄙视的。如南宋使金的洪皓，对于宇文虚中就颇为鄙视。虚中心里自然是十分苦恼的，但他心里自信是不忘故国的，因而吟道"是非留与后人传"。在《又和九日》这首诗中，诗人又十分真挚地抒写了家国之悲：

> 老畏年光短，愁随秋色来。
> 一持旌节出，五见菊花开。
> 强忍玄猿泪，聊浮绿蚁杯。
> 不堪南向望，故国又丛台。

在重阳佳节，菊花盛开之时，诗人翘首南望，眷恋故国之情是无法抑制的。又如《中秋觅酒》，也是佳节思亲的悲郁情怀：

> 今夜家家月，临筵照绮楼。
> 哪知孤馆客，独抱故乡愁。

感激时难遇，讴吟意未休。

应分千斛酒，来洗百年忧。

中秋佳节，倍加思念故乡与亲人，羁留北朝，身为孤客，怎能不忧从中来。值得指出的是，诗人心中所系，并非一己的乡愁，而是有着颇为深广的时代内容。诗人的伤时忧国之情，是超越了个人的忧戚的。因此，这样的篇什，在内容与风格上，都颇似杜甫的那些"沉郁顿挫"之作。

宇文诗中的故国之思，决非泛泛之言，冠冕堂皇的门面话，而是勃发于内心之中的，因而有着很大的情感强度，诗人那种浓挚强烈的故国之思，羁臣之悲，可以说是力透纸背的。如宇文虚中的一首五古：

穷愁诗满箧，孤愤气填胸。脱身枳棘下，顾我雪窖中。

竟日朋合簪，论文一樽同。翻然南飞燕，却背北归鸿。

人生悲与乐，倚伏如张弓。莫言竟愦愦，作书怨天公。

这首诗是能够强烈地拨动着人们心弦的。诗人的穷愁孤愤，在诗中勃然而出，无可遏制，是诗人心潮的奔迸。这首诗有一个极长的题目，是云："郑下赵光道与余有十五年家世之旧，守官代郡之崞县。闻余以使事羁留平城，与诸公相从，皆一时英彦，遂以应举自免去，驾短辕下泽车，驱一僮二驴，扶病以来相聚，凡旬日而归。昔白乐天与元微之偶相遇于夷陵峡口，既而作诗叙别，虽憔悴哀伤，感念存没，至叹泣不能自已，而终篇之意，盖亦自开慰。况吾辈今日可无片言以识一时之事邪？因各题数句，而余为之叙。夜将半，各有酒，所语不复锻炼，要之皆肺腑中流出也。"与其说是诗的标题，毋宁说是诗序。它道出了此诗的写作缘由，更重要的，是描述了诗人当时的真切心态，诗是仓促间喷薄而出的，不复锤炼加工，全是心中所思，皆是肺腑中流出。这种极为真切、强烈的情愫，是诗作之所以感人的首要因素。

不仅是这些诗作，还有许多篇什都是抒发这种羁留异朝、心系故国的悲郁之情的。从诗人的经历来看，绝似于庾信，但是有意味的是，诗人从来不以庾信自喻，而却多次以苏武乃至屈原来自比，这当然也是一种表白，但也说明宇文心中是以民族气节、爱国之志来自我激励的。

吴激、高士谈、蔡松年等人，也多有眷恋南方、忧怀故国之作，形成了这一时期诗坛的一个重要主题。吴激（？—1142），字彦高，自号东山，建州（今福建建瓯市）人，父吴栻，宋进士，官终奉朝郎、知苏州。吴激是宋朝著名书画家米芾的女婿。奉宋廷之命使金，金人慕其文名，羁留不遣，命为翰林待制。"皇统二年（1142），出知深州，到官三日而卒。"① 吴激有多方面的艺术才能，诗词书画都颇精诣。史书称其"工诗能文，字画俊逸得芾笔意"。当时有《东山集》十卷行于世，现在能见到的，仅有诗词三十余首。

吴激之诗，也多故国之思、故园之恋，萦绕着一片对江南河山的眷怀。然而，吴激诗的风格和宇文虚中不同，他往往是以饱蘸深情的彩笔来描写南国风光，来寄托自己情牵梦绕的故国之恋。如《岁暮江南四忆》（选二）：

> 天南家万里，江上橘千头。
> 梦绕阊门迥，霜飞震泽秋。
> 秋深宜映屋，香远解随舟。
> 怀袖何时献，庭闱底处愁。

> 吴淞潮水平，月上小舟横。
> 旋斫四腮鲙，未输千里羹。
> 捣斋香不厌，照箸雪无声。
> 几见秋风起，空悲白发生。

吴激不仅是诗人，而且是画家，他的诗体现出"诗中有画"的特征。他以明丽的笔触描画了江南风物，寄托了无限的思念。在记忆中的江南山水更增添了无限妖娆，实际上也带有某种理想化的倾向。越是遥远，就越觉得美好，记忆中的江南风物，是如此的多姿多情。而诗人身羁北朝，待从美好的记忆中回到现实，又充满了羁身异朝的悲凉。"几见秋风起，空悲白发生"，虽是暗用张翰的典故，但它的现实内涵，它的历史感，却远远超过了张翰见秋风而思归的典故意义。

吴激的诗作，看似平缓，而实际上透露出颇为深沉的感伤。诗人有时故作旷达之语，但仍掩抑不住悲慨之情。譬如《过南湖偶成》：

> 杏山松桧紫坡陀，湖面无风亦自波。
> 绿鬓朱颜嗟老矣，落花啼鸟奈春何。

---

① （金）元好问：《中州集》卷2，中华书局1959年版，第12页。

> 诗人未必皆憔悴，世事从来有折磨。
> 列坐流觞能几日，知谁对酒爱新鹅。

这首诗似乎并不是悲郁沉重的，倒有几分随缘自适的旷达超脱。但是透过这种表层的旷达超脱，我们是不难感受到诗人那颗忧伤之心的。诗人的忧郁，是在一种与命运认可的无可奈何中流溢出来的。再看《山中见桃花李花》：

> 锦里春风遍海棠，别时无计奈红芳。
> 山中桃李浑疑晚，犹有残红断客肠。

恐怕绝非偶然，诗人为什么专门拈出令人伤感的"残花"意象呢？诗人又面对"残花"而伤情，无疑是在"残花"中寄寓了自己的"一片伤心"。实际上正是诗人自叹零落，有如残花。这不是一般的身世之叹，而是一种将个人命运与故国之思融为一处的伤怀。

高士谈（？—1146），字子文，一字季默，宋韩武昭王高琼之后，宣和末年任忻州户曹。入金后，仕为翰林直学士。皇统六年（1146），宇文虚中以谋复宋罪被杀，高士谈牵连进此案而同时遇害。高士谈是由宋入金的早期作家，其故国之思尤为浓挚，诗风明丽凄清。诗人往往触物伤怀，处处引发故国之思、故园之恋。如《梨花》一诗：

> 中原节物正，梨花配寒食。黄昏一雨过，满地披狼藉。
> 塞垣春已深，花事犹寂寂。朝来三月半，初见一枝白。
> 烂漫雪有香，珑松玉仍刻。芳心点深紫，嫩芽载轻碧。
> 懒慢不出门，双瓶贮春色。殷勤遮老眼，邂逅慰愁勺。
> 一樽对花饮，况有风流客。酒闲思故乡，相顾空叹息。

这首诗借梨花写故乡之思，曲尽梨花之神态，就中饱含了诗人对故乡的深情。诗人不是抽象地、空洞地抒发情感，而是睹物兴情。在与景物的偶然遇合中，触发了自己的故园之恋，在对梨花曲折尽致的描写中，流泻着诗人的心曲。《秋晚书怀》一诗，也是颇为感人的：

> 肃肃霜秋晚，荒荒塞日斜。
> 老松经岁叶，寒菊过时花。

> 天阔愁孤鸟，江流悯断槎。
>
> 有巢相唤急，独立羡归鸦。

诗人在苍凉的暮色中，看到归巢的鸟儿，忽然感到了自己作为一个"江南游子"的孤独，充满了一种飘零感。映入眼帘的苍茫秋色，兴发了诗人作为一个羁臣的愁绪，他是多么想飞回到自己的故土呵！"归鸦"正是唤醒了埋藏在心田里的回归意识。诗人也常用白描手法来直接抒写故国之思，如《不眠》：

> 不眠披短褐，曳杖出门行。
>
> 月近中秋白，风从半夜清。
>
> 乱鸡惊昨梦，漂泊念平生。
>
> 泪眼依南斗，难忘故国情。

这首诗颇有老杜神韵，洗练素朴却蕴含极深，"故国情"可谓跃然于纸上了。

施宜生也是由宋入金的诗人，本名逵，又名方人，建炎年间进士，曾参加范汝为的农民起义军，兵败被捕，后逃至伪齐，改名宜生，齐废后入金，官至翰林侍讲学士。正隆四年（1159）冬为金正旦使，出使南宋，因泄露金朝南侵的机密，北归后被烹死。

施宜生存诗很少，《中州集》收录其诗 4 首，元好问称其诗"颇得苏门沾丐"。施宜生的诗作也深切地抒写了故国之思，如《题平沙落雁》一诗：

> 江南江北八九月，葭芦伐尽洲渚阔。
>
> 欲下未下风悠扬，影落寒潭三两行。
>
> 天涯是处有菰米，如何偏爱来潇湘？

这首诗借寒潭雁影来象征人的飘零。雁虽处处可以觅食却偏爱潇湘，暗喻诗人自己虽在金朝，官位颇高，却仍然心驰故国。雁的意象寄托了诗人的爱国之情。

张斛与宇文虚中等人的情况恰好相反，他本是北人，仕宋为武陵守。金初北归，官秘书省著作郎。他的诗中也多有怀念故国之作，不过他是身在南方，怀念北国。如《南京遇马丈朝美》一诗：

浮云久与故山违，茅栋如存尚可依。

行路相逢初似梦，旧游重到复疑非。

沧江万里悲南渡，白发几人能北归。

二十年前河上月，尊前还共惜清辉。

诗中充满了对北国故乡的怀念。颈联写得尤为沉挚感人。虽然和宇文虚中所怀念的故国"南辕北辙"，但是这种对于故国的深厚情愫，同样构成了金初诗坛"故国之思"这样一个主旋的一个声部。

在由宋入金的诗人中，蔡松年却不像宇文虚中等人，苦吟思念故国的"夜曲"、抒写眷怀故园的情愫，而是似乎漫不经心地哼着"归田乐"，颇有一点看破红尘的隐逸情趣。

蔡松年（1107—1159），字伯坚，自号萧闲老人。父蔡靖，曾是宋朝将领，北宋末年守燕山，后来降金，蔡松年也随之而入金。在金朝官运亨通，仕至尚书右丞相，加仪同三司，封卫国公。蔡松年仕金颇为显达，而其诗却多咏"萧闲"之趣。他一再表示要买田归隐，远离尘嚣。他欣羡陶翁的"超然"："北窗谈清风，慨望羲皇时。道丧可奈何，抱琴酒一卮。"（《淮南道中》）他深谙官场的险恶，慨叹人们难以理解他的内心奥秘："尘土走岁月，秋光浮宦情，欲语个中趣，知音耿晨星。世途古今险，方寸风涛惊。封侯有骨相，使鬼须铜腥。誓收此身去，田园事春耕。"（《漫成》）

诗人觉得风波险恶，宦海艰危，因而要收身归田，笑傲林泉。诗人一再表白自己是"倦游客"，厌倦了仕途追逐、宦海风涛，把"归田"作为一种理想来追求，"归田不早计，岁月易云徂"（《闲居漫兴》）。"莫忘共山买田约，藕花相间柳荫荫。"（《西京道中》）实际上，诗人不过把"归田"作为一个"乌托邦"，作为心中的一块"绿洲"，他不会真的这样去做。他羡慕陶渊明，但不可能去做真的陶渊明。

一面是与世推移，和光同尘，一面又要保持超尘脱俗，风节磊落，诗人常常抒写自己内心的耿介之怀，动辄以"嵇阮"自期，"安得如嵇阮，相从兴不孤"（《闲居漫兴》）。其诗的意象也多暗喻自己品格的高洁超俗，如《庚戌九日还自上都，饮酒于西岩，以野水竹间清，秋岩酒中绿为韵》：

去年哦新诗，小山黄菊中。

年年说秋思，远目惊高鸿。

再如《秋日》一诗：

> 风萤开阖度松阴，松下飘然倦客心。
> 几点清光照凉夜，何时远寺得幽寻。

这类诗都是以环境的清幽来衬托诗人的高洁，给人的感觉如同苏东坡所写的"孤鸿——幽人"的形象。

对于蔡松年诗中所剖白的这种心迹，用不着过于"书生气"地加以认同，但这毕竟是他心灵矛盾的产物。他当然不会抛舍高官厚禄去买田归隐，去资营三径，与白鸥为盟，但从这些诗中也可以看出，诗人心中并不平静。身在宦途，官高位重，却努力地想在心海中保持一块绿洲，一方亮色。他也常以出处大节来警励自己："出处士大节，倚伏殊茫茫。绝交苟不作，自足存嵇康。哲人乃知机，曲士迷其方。顾我类社栎，匠石端相忘。"（《庚申闰月从师还自颍上，对新月独酌》第十一首）一则是为了内心的净化，一则也为了避祸，诗人是想把二者结合起来。

蔡松年诗中的这种"归田"之想、"自适"之趣，在由宋入金的诗人中虽不普遍，但对以后的诗坛却影响较为广远。这自然与他的思想性格有密切关系，同时，也与当日的社会政治有或明或暗的联系。金朝初期，维护女真旧制与进行封建改革两派政治势力的搏击，最高统治集团内部争夺帝位的铁血残杀，都会使诗人觉得不寒而栗。因此，在超尘脱俗的背后，有许多看不见的暗影。而在大定诗坛上许多诗人也以高蹈自适为趣尚，不能不说是沾濡了蔡松年的遗泽！

金初诗坛的创作，有很明显的主旋律，那便是故国之思，这是一个很有意思的现象，它给金代的诗史带来了不同寻常的风貌，也有着值得挖掘的文化意义，这些，都留待下一节来加以品味了。

第二节　"借才异代"的文化价值及诗歌史意义

金初诗坛以"借才异代"开其端绪，似乎已为人们所熟知，没有更多的奥妙可言。但是仔细想来，这"借才异代"作为一种特殊的文学现象出现在金代初期，在文化上有着很大价值，在诗史上也有特殊意义。这是很值得探讨一番的。

《金史·文艺传》说过，金代文化"一代制作能自树立唐、宋之间，有非辽世所及，以文不以武也"①。此言不虚，金代在文化上超过了辽代。尽管立国时间短于辽朝，但在文化的各个方面都取得了很可观的成就。

金代文化超越辽代文化的表现主要在于哪里呢？我们认为主要在精神文化方面。契丹社会也注意接受汉文化中的一些元素，以建立封建制的国家，但是契丹人对于汉文化的接受，主要是在制度文化方面。他们借重汉族士人，主要是赖之进行体制方面的改革，以适应征服汉族地区进行统治的需要。在历史的进程中，契丹文化与汉文化的融合不断深入，但总的来说，在精神文化上远逊于金朝。

精神文化是人类的文化心态及其在观念形态上的对象化，它包含着人们的文化心理和社会意识诸形式。社会意识形态包括政治思想、法律思想和道德伦理学说以及艺术、宗教和哲学。而后三者是意识形态中的更深层部分。黑格尔把人类认识最高真理的发展分为三个阶段和三种形式。"这种认识的第一种形式是一种直接的也就是感性的认识，一种对感性客观事物本身的形式和形状的认识，在这种认识里绝对理念成为观照与感觉的对象。"这种形式便是艺术。而"感性观照的形式是艺术的特征"，"第二种形式是想象（或表象）的意识"，也即宗教，这是"最接近艺术而比艺术高一级的领域"。宗教意识"离开艺术的客体性相而转到主体的内心生活，以主体方式呈现于观念，所以心胸和情绪，即内在的主体性，就成为基本要素了"。"最后第三种形式是绝对心灵的自由思考"。在哲学这里，"主体性经过净化，变成思考的主体性了"②。这是黑格尔对艺术、宗教、哲学这三种意识形态成分的阐述。

在中国传统文化中，有这样一个特点，就是伦理意识成为诸种意识形态的核心与灵魂，中国的文学艺术是离不开（或明或暗，或浓或淡）伦理意识的，美必与善偕行，方可得到认可；中国的宗教也必屈从于伦理的魔棒，以佛教而言，一开始还要保存"沙门不拜王者"自尊，后来也不得不向忠孝观念献媚了；中国的哲学更是一种伦理化了的哲学，可以理学为典型的例子。这恐怕是中国化的意识形态特色。

女真统治者在意识形态方面下了很大功夫，目的是推进封建化的进程，建立文明程度较高的中央集权制。这与统治者文化素质的提高有很大关系。而诗词创作的高度与成就，对社会文明的提高大有益处，对于女真统治者的

①　（元）脱脱等：《金史》卷 125《文艺传》上，中华书局 1975 年版，第 2713 页。

②　[德] 黑格尔：《美学》第 1 卷，朱光潜译，商务印书馆 1979 年版，第 133 页。

文化修养的提高，也同样起了不可低估的作用。

请以熙宗为例来说明诗词等审美文化形态对女真封建化进程的影响。熙宗完颜亶是金朝第三个皇帝，他在接受汉文化、推进女真社会的封建化进程方面，有着很大的历史贡献。"熙宗自为童时聪悟，适诸父南征中原，得燕人韩昉及中国儒士教之，后能赋诗染翰，雅歌儒服，分茶焚香，弈棋象戏，尽失女真故态矣。视开国旧臣，则曰：'无知夷狄！'及旧臣视之，则曰：'宛然一汉户少年子也'。"① 女真人原来没有君臣尊卑的观念，"盖女真初起，阿骨打之徒为君也，粘罕之徒为臣也，虽有君臣之称，而无尊卑之别，乐则同享，财则同用，至于舍屋车马衣服饮食之类，俱无异焉"②。熙宗自幼接受汉文化教育，向往中原天子那种端居九重威福万方的尊贵，于是改变了女真旧俗，建立等级森严的君臣关系，实际是封建化的君臣关系。"左右诸儒日进谄谀，教以宫室之壮、服御之美，妃嫔之盛，燕乐之侈，乘舆之贵，禁卫之严，礼义之尊，府库之限，以尽中国为君之道。今宜出则清道警跸，入则端居九重，旧大功臣非惟道不相合，仍非时莫得见，瞻望樨阶迥分霄壤矣。"③ 从君臣之间尊卑不分到如隔霄壤，这种关系的变化，正是封建化的一个过程。而韩昉等汉士的深刻影响起了巨大作用，濡染诗赋，对于女真统治者的文化心理的变迁，有着潜移默化的作用。"文治有补于人之家国，岂一日之效哉。"④ 诗赋作为审美文化对金人文化心理的渗透是不可忽视的。

作为精神文化的集中体现，"借才异代"时期的诗歌创作，有着很高的艺术造诣，又由于这些诗人大都有很高的地位，在朝野上下有广泛的影响。宇文虚中被尊为"国师"，蔡松年官至宰相，吴激、施宜生等也都担任翰林学士等要职，韩昉更是熙宗的老师。因此，他们的诗作自然成为诗坛的标准、范本，同时，也使人们的审美鉴赏力一开始便得到相当的提高。

"借才异代"的现象，在诗歌史上也有特殊的意义。如果说庾信的诗体现着南北诗风的融合，那么，金初的"借才异代"可以使我们再一次得到相类的启示。这些来自南方的诗人，他们的创作是中华诗歌长河的几簇浪花，经过了无数代的文化积淀，尤其是在宋代这样一个中华文化的灿烂时期

---

① （金）宇文懋昭：《金志》卷12，见崔文印《大金国志校证》，中华书局1986年版，第179页。

② （宋）徐梦莘编：《三朝北盟会编》丙，大化书局1979年版，第395页。

③ （宋）徐梦莘编：《三朝北盟会编》，上海古籍出版社1987年版，第1197页。

④ （元）脱脱等：《金史》卷125《文艺传》上，中华书局1975年版，第2714页。

中的熔冶，诗作本身便是唐宋以来诗歌传统的结晶，而且有着较高的文化品位。这些诗人都是丰富的创作经验与圆熟的创作技巧的。如宇文虚中的作品，用笔洗练，抒写细致，用典恰切，意象也颇为清新，如这样的篇什：

> 旧日重阳厌旅装，而今身世更悲凉。
> 愁添白发先春雪，泪着黄花助晚霜。
> 客馆病余红日短，家山信断碧云长。
> 故人不恨村醪薄，乘兴能来共一觞。

不难看出，这是一篇相当不错的七言律诗，无论是语言运用还是意象创造，都显示了诗人的工力所在。中间两联显得更为精警动人。吴激、蔡松年等人的诗作，也都是有很高的艺术造诣，形成了个人的艺术风格了的。

　　但是，"橘越淮而为枳"。这些诗人到了北方的土壤上，创作自然而然地要发生相应的变化。因此，这些作为发轫之作的篇什，一开始便已露出其不同于宋诗的某种端倪，诗中少有议论说理成分，而是以意象来寄寓情感。用典不是很多，而且很少用僻典，这些，都已不同于宋诗的一般风貌。

　　北国大漠的风尘，北国河山的雄壮，北国风习的粗犷，作为一种环境和氛围，都给诗人的创作带来某种不易明察的影子，具体一些说，是使作品染上了某种苍凉的色调，更加具有了内蕴的风骨。

　　纵观中国诗史，不难看到这样一种似乎有点规律性的现象：一个朝代开国伊始，由于社会走向安定与繁荣，也由于统治阶级的心理需求，开国之初的诗坛，往往出现追求典丽浮艳，吟咏歌舞升平的诗风，在唐初有宫体之诗，在宋初有西昆体。这种诗风往往要经过反复的斗争方才得以拨转。金初则不然。"借才异代"的诗坛，出现了那么多忧怀故国的诗作，甚至成为这个时期诗坛的一个主旋律，因而，诗风深沉凝练而悲郁感人。这就使得金初诗歌创作，既有较高的艺术成就，同时，又没有那种在开国之初容易产生的浮靡诗风，金代诗坛这样一个独特的开端，这在中华诗史上不是提供了一个很有探讨价值的范本吗？

第五章　"国朝文派"与大定明昌诗坛

　　"借才异代"作为金诗发展的源头，在金代初叶起了积极的作用，从太祖、太宗到熙宗、海陵时期的诗坛，基本上都是"借才异代"的诗人。但是诗史的发展是不会停留在这个层次上的。进入金代中叶，也就是世宗大定、章宗明昌这段历史时期，是金王朝最好的时光。南北休战，人民得以休养生息，社会趋于稳定繁荣，社会文化素质得以普遍提高，诗坛上也异常活跃，产生了一些颇有影响的诗人，形成了金源文学自己的特色，史称"国朝文派"。

第一节　适于诗歌生长的时代文化氛围

　　大定、明昌时期，是金源历史的黄金时代，也是文治灿烂的时代。金世宗、金章宗都十分重视文化建设，社会上"偃武修文"蔚成风气，这就为诗词创作的繁荣造成了十分温润的文化氛围。当然，大定与明昌相比较，也还有各自的特点；然而，以文治国，却是世宗、章宗的共同之处。

　　世宗完颜雍在位29年，只用"大定"这一个年号，因此，"大定"也即世宗时代。完颜亮在南侵战争中身亡，世宗即位，他改变了完颜亮那种穷兵黩武的政策，主张与南宋和平共处。大定三年（1163），南宋发动北伐战争，被金人击败，符离战役，金人取得决定性胜利。大定五年（1165），宋金达成和议（即"隆兴和议"），宋金双方开始了很长一段时间的划疆自守的时期。宋金和议达成以后，"南北讲好，与民休息"①。世宗把主要精力用于稳定社会、安抚四边、发展生产上，使金代社会在这时期出现了一派生机。史书称其"于是躬节俭，崇孝弟、信赏罚，重农桑，慎守令之选，严廉察之责，却任得敬分国之请，拒赵位宠郡县之献，孳孳为治，夜以继日，

---

　　① （元）脱脱等：《金史》卷8《世宗纪》下，中华书局1975年版，第203页。

可谓得君之道矣。当此之时，群臣守职，上下相安，家给人足，仓廪有余，刑部岁断死罪，或十七人，或二十人，号称'小尧舜'，此其效验也"①。这些评价也许不无夸张成分，但世宗时代确乎是金源历史上最好的光景。《金史》的作者又非本朝人，用不着多加阿谀之辞。史书上能得到这种评价的帝王也是寥若晨星的。

金世宗重视文治，造成社会上普遍的重文之风，他所任用的重臣，多是淹博饱学之士，如世宗最为信赖的右丞相石琚，"生七岁，读书过目即成诵，既长博通经史，工词章，天眷二年，中进士第一"②。唐括安礼"好学，通经史，工词章，知为政大体"③。世宗本人也喜欢赋诗与臣下唱酬，臣下也常赋诗奉呈于世宗。史志有这样一段记载：大定十七年（1177）"四月三日，国主与太子、诸王在东苑赏牡丹，晋王允猷赋诗以陈，和者十五人。完颜兀术子伟探知其意，直前顿首言曰：'国家起自漠北，君臣将帅皆以勇力，战争雄略，故能灭辽、灭宋，混一南北，诸番畏惧。自近年，多用辽、宋亡国遗臣，以富贵文字坏我土俗。先臣昔在顺昌，为刘锜所败，便叹用兵不如天会时，皆是年来贪安，渐为人侮。今皇帝既一，向不说著兵，使说文字人朝夕之侧，遗宋所传之主，于是有志报复。今朦骨（按：即蒙古）不受调役，夏人亦复侵边，陛下舍战斗之士谓其不足与语，不知三边有急，把作诗人去当得否？'主默然，左右皆骇目相顾"④。完颜伟的这番话，道出了世宗朝重文轻武的事实。他从一个女真武将的眼光来看世宗的举措，不平且又忧心忡忡。世宗身边多是词臣，诗赋唱和，这在完颜伟这样的武将来看自然是萎靡积弱之象。而世宗作为一代英主有着这样的趋向，不能不使整个社会都热衷于文辞之学。

世宗重视对汉文化元素的吸收，对于儒家政治思想、伦理观念等，不遗余力地加以提倡，并力图使之成为女真民族的精神支柱，他命译经所翻译《易》、《书》、《论语》、《孟子》、《老子》、《扬子》、《文中子》、《刘子》及《新唐书》等经史典籍，并对宰臣说："朕所以令译五经者，正欲女真人知仁义道德所在耳。"⑤ 命颁行之。世宗还非常重视科举与教育，大定四年

---

① （元）脱脱等：《金史》卷8《世宗纪》下，中华书局1975年版，第203页。
② （元）脱脱等：《金史》卷88《石琚传》，中华书局1975年版，第1959页。
③ （元）脱脱等：《金史》卷88《唐括安礼传》，中华书局1975年版，第1963页。
④ （金）宇文懋昭：《金志》卷17，见崔文印《大金国志校证》，中华书局1986年版，第240页。
⑤ （元）脱脱等：《金史》卷8《世宗纪》下，中华书局1975年版，第184页。

（1164），世宗"贝勒宰臣，进士文优则取，勿限人数"。大定十八年（1178），"谓宰臣文士有偶中魁选，不问操履，而辄授翰苑之职"①。采取这些措施，大大刺激了士子追求更高的文学境界、提高写作水平的积极性，同时，也使社会上进一步掀起尚文之风。世宗第二子、未曾继位的宣孝太子完颜允恭，尤重艺文，究心学问，这一点对于其子章宗以及社会上的尚文之风影响颇大。尽管未执皇柄，但他的儒雅风范是为世所瞩目的。允恭立储较早，世宗即位第二年（1162）即被立为皇太子，立储时间长达 23 年之久，在朝野上下，自然是受到广泛注视的。允恭"专心学问，与诸儒讲议于承华殿"②。学问、人品都很为人称道，从史乘记载中也能看出他的文采儒雅。大定"十四年四月乙亥，世宗御垂拱殿，帝（指允恭）及诸王侍侧。世宗论及兄弟妻子之际，世宗曰：'妇言是听而兄弟相违，甚哉。'帝对曰：'《思齐》之诗曰：'刑于寡妻，至于兄弟，以御于家邦。'臣等愚昧，愿相励而修之。因引《棠棣》华萼相承、脊令急难之义，为文见义，以戒兄弟焉"③。允恭随手拈来《诗经》，很恰当地回答问题，可见他的文学修养之一斑了。这种儒雅风范对于文士们有很大的影响力，同时也使社会更加崇尚艺文之风了。

　　大定之后，便到了明昌时期，明昌是金章宗完颜璟的年号，从 1190 年到 1196 年章宗所用年号不仅有明昌，还有承安、泰和，前后共在位 19 年，章宗是世宗的嫡孙，其父允恭先于世宗在大定二十五年而薨，章宗便承祖业当了皇帝。章宗本人颇具文学才能，可以说是一个很成熟的诗人。关于章宗的创作，在女真作家那一章里另有论述，这里侧重于阐述章宗朝的艺术氛围、文化导向。

　　章宗朝较之世宗朝，文风浸盛，人们更重辞艺之美，而忽略武功。正如顾命老臣徒单克宁所忧虑的："习辞艺，忘武备，于国弗便"④，可在当时，重文之风不仅盛于汉人之中，许多世袭武职的女真人也都吟诗弄赋，参加科举考试，这些都与章宗本人的倡导力行有相当密切之关系。

　　在章宗身边也有一些词臣，与之酬唱赓和。"主之登极也，尊礼大臣，事不自决。召朝臣文学者及礼学官于宫宴会，令以经义相质，手笔指问，酒

---

① （元）脱脱等：《金史》卷 51《选举志》1，中华书局 1975 年版，第 1135 页。
② （元）脱脱等：《金史》卷 19《世纪补》，中华书局 1975 年版，第 410 页。
③ 同上书，第 413 页。
④ （元）脱脱等：《金史》卷 92《徒单克宁传》，中华书局 1975 年版，第 2052 页。

酬，各赋诗，尽欢"①。这是章宗朝廷中君臣赋诗的情景。

章宗进而把诗词等审美文化与儒家经义教育结合起来，在世宗、章宗等女真统治者看来，这些都是汉文化的精华，本来就是一体化的东西。"承安四年（1199）二月，诏建太学于京城之南，总为屋七十有五区，西序置古今文籍，秘省新所赐书，东序置三代鼎彝、俎豆、敦盘、尊罍，及春秋释奠合用祭器，于是行礼于辟雍，祀先师孔子，召郡国学生通一经以上者居之。公卿以下子孙并入学受业，每季临观，课其优劣，学徒甚盛，诸生献诗颂及赋者四百人。国主博学工诗，曾于云龙川、泰和殿赏牡丹咏诗，时五月初也。诗云：'洛阳谷雨红千叶，岭外朱明玉一枝。地力发生虽有异，天工造物本无私。'"② 章宗对汉文化表示全面的接受、认同，并以儒家文化的正统继承人自居。此时，他的文化心理已不再是北方少数民族贵族首领的，而俨然是一个中原王朝的正统皇帝。他已经全然没有那种自外于汉文化的心态，而是力图把汉文化和女真本俗融合起来，而把汉文化作为女真社会发展的必备条件。而在接受汉文化、使女真文化与汉文化融合的过程中，章宗侧重于诗词等审美文化的倡导力行，通过改变人们的审美心理来全面地接受汉文化中的忠孝道德观念。这就形成了社会上对诗赋的高度重视以及诗坛的活跃、诗人的涌现、创作水平的提高，等等。

刘祁在《归潜志》中对于大定、明昌的时政有一段综合评价，很有参考价值，他说："世宗天资仁厚，善于守成，又躬自俭约以养育士庶，故大定三十年几致太平。所用多敦朴谨厚之士，故石琚辈为相，不烦扰，不更张，偃息干戈，修崇学校，议者以为有汉文景风。此所以基明昌、承安之盛也。宣孝太子最高明绝人，读书喜文，欲变夷狄风俗，行中国礼乐如魏孝文。天不祚金，不即大位早世。章宗聪慧，有父风，属文为学，崇尚儒雅，故一时名士辈出。大臣执政，多有文采学问可取，能吏直臣皆得显用，政令修举，文治斓然，金朝之盛极矣，然学止于词章，不知讲明经术为保国保民之道，以图基祚久长。又颇好浮侈，崇建宫殿，外戚小人多预政，且无志圣贤高躅，阴尚夷风；大臣惟知奉承，不敢逆其所好，故上下皆无维持长世之策，安乐一时，此所以启大安、贞祐之弱也。"③ 这段批评是很中肯的。描

---

① （金）宇文懋昭：《金志》卷 19，见崔文印《大金国志校证》，中华书局 1986 年版，第 258 页。

② 同上书，第 275 页。

③ （金）刘祁：《归潜志》卷 12，中华书局 1983 年版，第 136 页。

述了大定、明昌间的文治之功，同时也指出这种做法埋下了积弱的种子。

大定、明昌这段历史时期，是金王朝最值得夸耀的时期，文治灿烂，是这个时期的最大特点。"宇内小康，乃正礼乐，修刑法，定官制，典章文物粲然，成一代治规。"① 而又越来越重视诗词等审美文化在社会生活中的地位，人们也就乐于以诗词为好尚。许多世袭猛安谋克喜爱文学，与士大夫交游，"作诗多有可称"②。统治者鼓励人们参加进士考试，世宗、章宗都曾诏命，进士取士可以突破人数限制，"会试毋限人数，文合格则取"③。这又如何能不改变人们的价值观念呢？弃武从文，成了一时风尚。进士考试又以词赋为主，这就不能不大大刺激了人们对诗赋的兴趣，在这方面多下功夫。

这样一种文化氛围，是非常适合于诗的生长的。大定、明昌间，"一时名士辈出"，诗人丛生，是不足奇怪的。金代诗坛，以"借才异代"而发轫，也就是说，金代初叶的诗歌创作，还不能算是真正的"金诗"。到了大定、明昌之际，情况可大不一样了。一批有成就的、有个性的诗人在诗坛上展露风姿，为金代诗史大壮声色。更重要的是形成了金代文学、金代诗歌自己的特色，也就是所谓"国朝文派"。"一代有一代之文学"，不仅唐、宋、元、明、清的学是如此，辽、金也是如此。它们有自立于中华文学史、中国诗史的资格，这个资格就是属于它们自己的特色。这不是属于某一位作家的，而是属于这个朝代的。我们完全有理由说，金诗并非北宋的孑遗，也非南宋的附庸，我们也不尽赞同说"金与南宋诗词是在南北不同地区具有同一时代特色的产品，只是在内容上因人、因事、因地而有不同"④。金代诗词与宋代诗词尽管有千丝万缕的联系，然而却有着整体特色上的差异，这绝不是具体内容的区别。"国朝文派"的概念，给了我们很大的启示。

从"借才异代"到大定、明昌间的诗歌繁荣，必以大定、明昌的文化氛围作为自己的土壤，如前所论列，世宗、章宗的文化导向，提供了这种土壤，也生长出了繁茂的诗的枝条。文学是不可能与社会割裂开来的。只有考察了这个时期的社会文化心理，才能说明这个时期的诗坛繁荣。而要说清楚"国朝文派"的问题，同样离不开社会文化心理的考察。

---

① （元）脱脱等：《金史》卷 12《章宗纪》4，中华书局 1975 年版，第 285 页。
② （金）刘祁：《归潜志》卷 6，中华书局 1983 年版，第 63 页。
③ （元）脱脱等：《金史》卷 51《选举志》1，中华书局 1975 年版，第 1137 页。
④ 张博泉：《金史简编》，辽宁人民出版社 1984 年版，第 377 页。

第二节　"国朝文派"的探询

"国朝文派"的提出，见诸《中州集·蔡珪小传》：

> 国初文士如宇文大学、蔡丞相、吴深州之等，不可不谓之豪杰之士，然皆宋儒，难以国朝文派论之。故断自正甫为正传之宗，党竹溪次之，礼部闲闲公又次之。自萧户部真卿倡此论，天下迄无异议云。[1]

元好问这段话正式提出了"国朝文派"的命题，并以蔡珪作为首开"国朝文派"的诗人。由此还可看出，是金代中叶诗人萧贡（真卿）最早提出的，并已得到评论界的认同。这段话又说明了金代的诗人、诗论家们对于"国朝文派"是有自觉的意识和理论准则的。

"国朝文派"的命题，在蔡珪这里提出，当然是以蔡珪为界限、为代表。"国朝文派"究竟是以什么来划分的呢？首先是诗人本身是不是地道的"国朝"人。宇文虚中、蔡松年、吴激等，都是宋儒，由宋而入金，故而不能称为"国朝文派"。在元好问看来，他们都不是真正的金源作家。蔡珪则不同了，蔡珪是蔡松年之子，他是成长在金源的土地上，是金朝科举出身的，因而，是地道的金朝自己的文士。这是"国朝文派"的一个标准，这是相对于"借才异代"的那些诗人而言的。然而，这并非"国朝文派"的全部含义。出身与地望，只是一个标准，一个外在的标准，还有更为重要、更为根本的标准，就是诗作所具有的属于金源文学自己的风骨、神韵，它们是真正地从塞北的黑土地中生长出来的，与"借才异代"的那些诗人的篇什判然有别。元好问说"断自正甫为正传之宗"，很明显，这是指诗的内在气质，而并非仅指诗人的出身与地望。

对于"国朝文派"的内涵，不能主观臆断地下结论，说它应该是怎样的风格，怎样的状貌，这些都应该是从对具体作品的感受中得到直观的认识。我们读了蔡珪的诗，就知道他确实不愧是"国朝文派"的代表，他的创作，带着塞北的雄风，气骨峭健不凡。论起诗艺的圆熟来，他赶不上宇文、吴激、蔡松年，但他发出的是，北国男儿的豪犷之音，雄健奇峭，气骨峥嵘，是蔡珪诗的风格特征。我们不妨来看一下蔡珪诗作所表现出的雄健之

---

[1] （金）元好问：《中州集》卷1，中华书局1959年版，第33页。

风，如《野鹰来》：

> 南山有奇鹰，置穴千仞山。网罗虽欲施，藤石不可攀。鹰朝飞，耸肩下视平芜低，健狐跃兔藏何迟，鹰暮来，腹肉一饱精神开。招呼不上刘表台。锦衣少年莫留意，饥饱不能随尔辈。

这首诗描写了"野鹰"的雄健形象。野鹰勇猛矫厉，俯视平芜，不同于凡庸之辈，也不吃别人的"嗟来之食"。诗人通过"野鹰"的形象，表现了他自己的胸襟怀抱；有高远的理想志向，而又不受名利之羁勒。《中州集》曾论述蔡珪云："珪字正甫，大丞相松年之子，七岁赋菊诗，语意惊人。日授数千言，天德三年进士擢第后不赴选调，求未见书读之。其辨博为天下第一。"[①]

从这里我们不难看出，蔡珪不是那种目光短浅的名利之徒，他是有较为远大的抱负的。在进士及第后"不赴选调"这种举动，就不同凡俗，他要进一步丰富、充实自己，以期有更大的发展。《野鹰来》表现了诗人那种高远的志向，以及睥睨凡俗的心态。

从艺术上看，《野鹰来》句式参差变化，适于表现诗人慷慨豪宕的性格、气质，意象奇矫生新，带着一种原生态的生命感。这对于圆熟平滑的诗歌创作风气来说，无疑注入了一股生命的活水。

蔡珪诗作意象雄奇，力辟平熟，给人以力的崇高感，的确体现着"国朝文派"那种异军突起的美学特质。如《医巫闾》一诗：

> 幽州北镇高且雄，倚天万仞蟠天东。
> 祖龙力驱不肯去，至今鞭血余殷红。
> 崩崖暗谷森云树，萧寺门横入山路，
> 谁道营丘笔有神，只得峰峦两三处。
> 我方万里来天涯，坡陀缭绕昏风沙。
> 直教眼界增明秀，好在岚光日夕佳。
> 封龙山边生处乐，此山之间亦不恶。
> 他年南北两生涯，不妨世有扬州鹤。

---

① （金）元好问：《中州集·甲集》，中华书局 1959 年版，第 33 页。

这首诗描写辽西名山医巫闾的雄伟巍峨之状，意象雄奇壮丽，气势磅礴，充分发挥了七言歌行的体裁特长。明人胡应麟在论及金诗时指出："七言歌行，时有佳什"①，并举蔡珪《医巫闾》诗为例，这是很有眼力的。

蔡珪诗语言生新拗峭，富有力度。如："船头傅铁横长锥，十十五五张黄旗。百夫袖手略无用，舟过理棹徐徐归，吴侬笑向吾曹说，昔岁江行苦风雪。扬锤启路夜撞冰，手皮半逐冰皮裂。"（《撞冰行》）"夏氏不无衅，作孽生妖龙。苍姬丁衰期，玄鼋游后宫。天心未悔祸，坠此文武功。靡弧漏天网，哲妇鸱枭同。"（《读史》）在语言上都使人感到生新峭健，不流于平滑。

与前面所论的那些"宋儒"相比，蔡珪的诗充分体现出"国朝文派"的美学特征，确实是独创一种风格，为金诗发展走自己的道路打下了一个坚实基础。元人郝经称赞蔡珪云："不肯蹈袭抵自作，建瓴一派雄燕都。"② 是说其诗能摆脱模仿，戛戛独造，开创北国雄健一派。

"国朝文派"的产生不是孤立的，蔡珪作为其代表作家昭示了它的诞生，而与蔡珪诗风相近，都有着雄健诗风、苍劲气骨的，是一个诗人群体，形成了一种创作风气。如朱自牧、刘迎、任询等的诗作，都是苍劲有骨，能够体现"国朝文派"的特点的。

朱自牧（？—约1161），字好谦，棣州厌次（今山东惠民）人。皇统年间（1141—1149）南选登科，大定初，以同知晋宁军事卒官。朱自牧在当时以诗擅场，诗风在工稳洗练中见苍劲，风骨内蕴，如《冬日拟江楼晚望》：

> 万里长空淡落晖，归鸦数尽下楼迟。
> 山如骇浪高低涌，天似寒灰黯淡垂。
> 紫塞西横连统万，黄河东下接汾睢。
> 此邦形势雄今古，只与羁人百不宜。

这首诗写登楼晚望的河山景象，境界十分雄阔苍茫，在雄阔苍茫中不无寥落之感，尤其是抒写了"羁人"的愁怀，雄阔与苍凉融为一体，富有力度。再如《自鄜州归至新市镇，时方渡险，喜见桑野》：

---

① （明）胡应麟：《诗薮》，上海古籍出版社1958年版，第331页。
② （元）郝经撰，秦雪清点校：《郝文忠公陵川文集》卷9《书〈蔡正甫集〉》，山西人民出版社2006年版，第109页。

> 阗山自天降为田，洛水自瀑舒为渊。
> 山川险尽鞍马稳，昔居桔槔今乘船。
> 三年官业无毫发，万里装囊更萧瑟。
> 归来何以谢乡闾，细说艰难为土物。

这首诗似律而实古，似对而非对，句法也较为特殊，造成生新的审美感受。诗人用以抒写宦海漂泊的羁旅情怀，十分适合表情达意的需要。

再如这个时期的一位重要诗人刘迎的诗歌创作，也颇以气骨见称，更为鲜明地体现着"国朝文派"的特点。

刘迎（？—1180），字无党，号无诤居士，东莱（今山东莱州）人。初以荫试部椽，大定十三年（1173），因荐书对策为当时第一，明年登进士第，除幽王府记室，改太子思经。宣孝太子对他特别爱重。大定二十年（1180）从驾凉陉，以疾卒。有诗文集《山林长语》，《中州集》录其诗75首。

大定年间金与南宋没有发生大的战争，所谓"南北讲和，与民休息"，对比来说，社会较为安定。诗坛上也渐滋艳冗之语，吟咏升平。但是相对的安定，并不等于社会矛盾的消弭。实际上，"南北讲和"的重要原因之一，是因为金朝国力较为贫乏，内部矛盾较为尖锐，无力南侵，而"讲和"乃是一种手段，用以休养生息，积累力量，有朝一日国力强大、足以吞并南方时，金人是不会永远满足于南北分治的。世宗朝多有各地人民的起义反抗，足以说明当时的阶级矛盾是很尖锐的。

在大定诗坛上，刘迎是较有眼光的一位诗人。他的诗作表现出对国家、对民生的关切，时时流露出忧国忧民的襟怀。刘诗题材颇为广泛，而触处可见其感时悯物之忧。他对当时的社会矛盾颇为关注，并且形诸诗笔。如《修城行》：

> 淮安城郭真虚设，父老年前向予说：
> 筑时但用鸡粪土，风雨既摧干更裂。
> 祇今高低如堵墙，举头四野青茫茫。
> 不知地势实冲要，东连鄂渚西襄阳。
> 谁能一劳谋永逸，四壁依前护砖石。
> 免令三岁二岁间，费尽千人万人力。

这首诗揭露了城防建设中的弊端，从战略的眼光，表现了极大的忧虑。淮安城郭以鸡粪筑之，等同儿戏，风雨摧打，很快便残缺不全了，一旦有警，何以御之？诗人对于城防工作提出了积极的建议："谁能一劳谋永逸，四壁依前护砖石。"用诗的形式提出了具体的固城方案，以为长远之计。

诗人长于歌行之体，语言质朴，风格刚劲，而结构动荡开阖，《修城行》等篇什，把诗歌与现实生活结合得十分密切，用诗歌来干预生活，表现出诗人忧念国事的情感。刘迎的歌行体篇什，意象雄奇苍劲，很见气势，颇可体现出"国朝文派"的北方文化特征。如《沙漫漫》：

> 沙漫漫，草斑斑，南山北山相对看。我行乃在山之间。行人仰不见飞鸟，树木足知边塞少。沙漫漫，草斑斑，我行欲趁西风还。仆夫汝莫愁衣单，我但着衣思汝寒。

再如《摧车行》：

> 浑河汹涌从西来，黄流正触山之崖。
> 山崖路窄仅容过，小误往往车轮摧。
> 车摧料理动半日，后人欲过何艰涩。
> 深山日暮人已稀，食物有钱无处觅。
> 何时真宰遣六丁，铲此叠嶂如掌平。
> 憧憧车马山西路，万古行人易来去。

从诗歌传统来看，刘迎的诗作更接近于杜甫。与金初诗坛的诗人们相比，刘迎诗的主体情感，进一步越出了一己之悲欢，表现出了"推己及人"的博大襟怀。这是继承了杜诗的精神特质的。杜甫诗有着非常真挚深厚的人道主义精神，己饥己溺却念及天下苍生的寒苦。如人们所熟知的"安得广厦千万间，大庇天下寒士俱欢颜！风雨不动安如山。呜呼！何时眼前突兀见此屋，吾庐独破受冻死亦足！"（《茅屋为秋风所破歌》）"安得壮士挽天河，净洗甲兵长不用"（《洗兵马》）等，都表现出诗人仁物爱民、推己及人的博大襟怀。这并不仅仅是从儒家"仁爱"观念出发的，在很大程度上超越了"仁爱"观念，而是一种博大深厚的人道主义精神。

杜诗的这种精神特质是难能可贵的，并非在诗史上随处可见，却在刘迎诗中找到了有力的嗣响。诗人从现实生活中生发出真切的感受，然后又以推己及人的联想，使诗进入一个更高的境界。"五云飞过芙蓉城，洞天冷落云间笙。妾身有愿化春草，伴君长亭仍短亭。"（《楼前曲》）以思妇的口吻，表达了对征夫的关切。"时节春已夏，土寒地无禾。行路不肯留，奈此居人何，作诗无佳语，以代劳者歌。"（《出八达岭》）自己羁旅行役，却又忧念八达岭附近"居人"的劳苦。"高谈泥古不须尔，且要筑堤三百里。郑为头，沛为尾，准备他时涨河水。"（《河防行》）漫步河滨，想到筑堤，以防他日河患。这些都是超越了一己悲欢，念及他人，念及天下苍生的广博胸襟，它们又不是从观念出发的，而是在现实生活中生发的感触，读来真挚感人。

刘迎诗气骨苍劲，"真体内充"，充溢着一种阳刚之美。如："人生险阻艰难里，世事悲歌感慨中。白发媚亲倚门处，梦魂千里付归鸿。"（《莫州道中》）"朔风朝来放云叶，纷纷吹落龙沙雪。山河大地同一如，变化须臾亦奇绝。"（《连日雪恶，用聚星堂雪诗韵》）"胸次有怀空块垒，人间何处不崎岖。扶摇安得三千里，应见真成百亿躯。"（《数日冗甚，怀抱作恶，作诗自遣》）这些诗都表现出气骨苍劲的风格特征。明代诗论家胡应麟认为他"差有老成意"，"格苍语古，即宋世二陈不能过"[1]，陶玉禾也称刘迎诗"气骨苍劲，体制最高"[2]，都给予较高的评价。

金代中叶，诗坛上的"国朝文派"逐渐成熟，使金诗走上了一条独特的发展道路，在初始阶段，蔡珪、刘迎是其当之无愧的代表诗人。

第三节　　幽独襟怀与清雅诗境

大定、明昌时期，诗坛颇为活跃，出现了一些重要诗人，在金代诗史上，是值得重视的重要时期。而在诗歌发展趋向上，出现了多元化的态势。蔡珪、刘迎这类气骨苍劲的诗风，在诗坛上仍有发展，另一方面，在章宗诗风的引导下，浮艳尖新的风气在这个时期也很有势力，这也许是统治者大量吸收汉文化元素给诗坛带来的必然产物。然而，这种浮艳诗风并未成为主要导向，也未能持久风靡，只是金诗发展长河中的几簇浪花而已。刘祁记述说："明昌、承安间，作诗者尚尖新，故张翥仲扬由布衣有名，召用。其诗

---

① （明）胡应麟：《诗薮》，上海古籍出版社1958年版，第330页。

② （清）顾奎光辑：《金诗选》卷1，见徐丽华主编《中国少数民族古籍集成（汉文版）》第18册，四川民族出版社2002年版，第282—284页。

大抵皆浮艳语，如'矮窗小户寒不到，一炉香火四围书。'又'西风了却黄花事，不管安仁两鬓秋。'人号'张了却'。刘少宣尝题其诗集后云：'枫落吴江真好句，不须多示郑参军。'盖讥之。"① 刘祁的记载给我们提供了很有价值的标本。在人们公认为"浮艳"的诗人创作中，我们可以看出一些问题。就刘祁所举的诗例来看，这些诗句放在中华诗史的长河中纵横比较，虽然气骨较弱，却算不得如何"浮艳"。而在金代诗论家的眼里，却算是"浮艳"诗风的样板了。在当时以及稍后的时间里，已经受到人们的讥弹了。这说明了什么呢？我们以为，恰恰说明了金代诗界是以雄健刚方的诗美作为主导的审美理想的。正因为崇尚慷慨豪健的阳刚之美，对于稍乏气骨的作品便认为是"浮艳"。

无论怎么说，大定、明昌这个时期，诗坛上是越来越追求诗歌艺术本身的精致、典雅了。"浮艳"是一种趋向，而在另外一些诗人中，也同样表现出对诗歌艺术形式美感本身的追求。党怀英、王庭筠、赵沨等在明昌年间大振其声的诗人，一方面在诗中表现了幽独、淡泊的精神世界，另一方面，在诗中创造了更为完整的意境，追求一种超轶、清雅的审美境界，艺术上更为细腻、典雅。

党怀英是金代中叶的重要诗人，在很长一段时间内主盟文坛。他的诗作对于当时和后世都有很大影响。

党怀英（1134—1211），字世杰，号竹溪，是北宋太尉党进的十一代孙，原系陕西冯诩（今陕西大荔）人，后其父官于泰安，怀英随之，父卒于任所，怀英遂留在泰安。党怀英年少时十分颖悟，"日授千余言"。曾与宋代大词人辛弃疾同学于刘岩老门下。辛弃疾后来南渡，成为一代伟大词人；党怀英留在金源，成为金源中叶的文坛盟主。大定十年（1170）进士及第，曾官成阳军事判官，汝阴令。入为史馆编修，应奉翰林学士，又出为泰定军节度使，后召为翰林学士承旨。大安三年（1211），年七十八岁，卒于家中。

党怀英有多方面的艺术成就，在文坛上声望甚高。文章、书法为当时第一。诗词创作也有很高造诣。赵秉文评价他说："故翰林学士承旨党公，天资既高，辅以博学，文章冲粹，如其为人。当明昌间，以高文大册，主盟一

---

① （金）刘祁：《归潜志》卷8，中华书局1983年版，第85页。

世。"① 论其诗云："诗似陶谢，奄有魏晋。"②《中州集》存其诗 65 首。

党怀英诗风较为清淡，如赵秉文所说，有些类于陶谢之诗，但这只是一个很笼统的概括。在笔者看来，党诗善于以较为细致曲折的诗笔，曲尽事物情态，勾画一个较为完整的诗歌意境，而含蓄地表现出诗人那种幽独而洒落的情怀。如《昫山驿亭阻雨》：

> 脱叶萧萧山木稠，连樯飘泛海蓬秋。
> 浪回昫岛冯夷舞，云暗苍梧帝子愁。
> 欲往未行淹仆马，乍来还去羡鸥鹜。
> 景疏楼下无边水，暂濯尘缨可自由。

这首诗写秋雨的景象，把细致的体物与壮阔的境界融为一体，把景物刻画与主体意向冶为一炉。作为一首七言律诗是很见工力的。而在这种氛围之中，又表达了诗人那种向往超轶绝尘的意趣。另一首《书因叔北轩壁》，进一步袒露了诗人厌弃凡俗的幽独情怀：

> 生涯自分老林泉，欲止还行信有缘。
> 未许纶竿归醉手，且教烟水入吟鞭。
> 云山聊欲追聱叟，风腋何妨借玉川。
> 独卧北轩元不寐，竹间寒雨夜琅然。

诗人描绘了一幅十分清寂的境界，是为了寄托自己的林泉之想。"独卧北轩"暗用了陶渊明"北窗下卧，遇凉风暂至，自谓是羲皇上人"③ 的意思，以陶渊明的风范为自己的理想。

党怀英善于体物，写景颇为细致，但他的目的不在于刻画物象，而在于以之表现诗人的幽独情怀。如《昫山道中》其三：

> 海路东南万壑倾，青山孤起压重城。
> 驿亭春半余寒雪，墙角无人草自生。

---

① （金）赵秉文：《滏水文集》卷 15，中华书局 1985 年版，第 205 页。
② 同上书，《滏水文集》卷 11，第 164 页。
③ 逯钦立校注：《陶渊明集》卷 7《与子俨等疏》，中华书局 1979 年版，第 188 页。

短短的一首七绝，有崔嵬雄奇的青山万壑，有墙角无人的早春小草，诗人把它们组合在一起，形成了很大的艺术张力。诗人以敏锐的艺术感受抓住了墙角之草，把它变成了审美意象，其中正是灌注了诗人的幽独意绪。

党怀英的五言古诗，尤能表现出以清寂的物境表达幽独情怀的特点。如《夜发蔡口》、《西湖晚菊》、《西湖芙蓉》、《浪溪别吴安雅》等诗，都在意象之中明显地寄寓了诗人的襟抱。以《西湖晚菊》、《西湖芙蓉》为例：

> 重湖汇城曲，佳菊被水涯。高寒逼素秋，无人自芳菲。
> 鲜飚散幽馥，晴露堕余滋。路荒绿苔合，采采叹后时。
> 古瓶贮清泚，芳樽湔尘霏。远怀渊明贤，独往谁与期。
> 徘徊东篱月，岁晏有余悲。

> 林飚振危柯，野露委荒蔓。孤芳为谁妍，一笑聊自献。
> 明妆炫朝丽，醉态羞晚困。脉脉怀春情，悄悄惊秋怨。
> 岂无桃李媒，不嫁惜婵媛。悠哉清霜暮，共抱兰菊恨。

这两首诗的风格、旨趣是全然一致的。诗人借晚菊与芙蓉的意象，来寄托自己孤独而高洁的情怀。体物与抒怀难以分开。从这两首诗中看出诗人所仰慕的人格理想是陶渊明式的，"无人自芳菲"，"孤芳为谁妍"，都表达了诗人的高洁与幽独。也是诗人的"孤芳自赏"吧！菊花等花卉，在中国传统文化中有较为特殊的意义，被士大夫们赋予了高洁的象征，因而在文人画中，墨竹、墨梅、墨菊等题材特别多，文人画家在画面形象中寄托着自己的人格理想。党怀英在"晚菊""芙蓉"的形象中所灌注的正是这样的意蕴，胸襟高洁，不同流俗而又不被人们理解，于是，只好顾影自怜。诗人在诗中常常写出这类幽独清寂的境界，可以看出诗人所追求的高洁、清雅的意趣。赵秉文评价党诗所云"晚年五言古体，兴寄高妙，有陶谢之风；此又非可与夸多斗靡者道也"[①]，主要是指这些篇什。

不能孤立地看这种文学现象。从当时的一些诗人的创作来看，抒写幽独的襟怀，追求高洁清雅的境界，在诗坛上并不是偶然的、个别的，表现出这个时期的一种审美理想以及人格价值取向。党怀英年轻时"不以世务婴怀，

---

① （金）赵秉文：《滏水文集》卷15，中华书局1985年版，第205页。

放浪山水间，诗酒自娱，箪瓢屡空，晏如也"①，说明了党怀英的人格特点。而金代中叶诗人多有这种思想倾向与审美追求，则说明了汉文化对金源社会的浸润愈来愈深。我们从王庭筠的创作中同样可以得到很充分的证明。

王庭筠（1151—1202），字子端，自号黄华山主，金盖州熊岳县（今辽宁盖州市熊岳城）人。出身于渤海望族，文学世家。父王遵古，正隆五年（1160）进士，曾任翰林直学士，人称"辽东夫子"。王庭筠少时便聪颖过人，"七岁学诗，十一岁赋全题"②。大定十六年（1176）进士及第，授恩州军判，后调馆陶主簿。馆陶秩满后，遂隐居黄华山（在今河南林县境内），前后长达十年之久。山居期间，创作了许多诗文佳品。明昌三年（1192），召为书思局都监，后迁翰林修撰。明昌六年，坐赵秉文上书案下狱。承安二年（1197），贬为郑州防御判官。泰和元年（1201），复为翰林修撰，二年十月卒。

王庭筠是一位有多方面成就的艺术家，诗、文、书、画均负盛名。赵秉文在诗中比喻王庭筠的风度与成就："李白一杯人影月，郑虔三绝画诗书。"③ 元好问推崇他说："子端诗文有师法，高出时辈之右。"④ 近人金毓黻先生评价王庭筠在金代文化史上的地位说："金源一代文字之彦，以黄华山主王子端先生为巨擘，诗文书画并称卓绝。同时作家如党承旨怀英、赵滏水秉文、赵黄山沨、李屏山纯甫、冯内翰璧，皆不之及也。"⑤ 金先生的评价或许失之偏高，但可以说明王庭筠的文学成就是令人瞩目的。据金毓黻先生辑录，收入《黄华集》中的诗作有44首。

黄华诗也在诗中抒写幽独的心境。就内容而言，多为即景抒怀之作。诗人往往在高朗明净的审美境界中投射深沉的人生感慨，在看似萧散恬淡的诗句里，透射出心灵世界孤独幽黯的折光。诗人在许多诗作中，所投射的是一种深沉苍茫的幽独意识，世无知音，独往独来的情调，萦绕于其间。如这样一些篇什：

　　　　闲来桥北行，偶过桥南去。

---

① （金）元好问：《中州集》卷3，中华书局1959年版，第130页。
② （元）脱脱等：《金史》卷126《文艺传》下，中华书局1975年版，第2730页。
③ （金）赵秉文：《滏水文集》卷7，中华书局1985年版，第94页。
④ （金）元好问：《中州集》卷3，中华书局1959年版，第146页。
⑤ 罗振玉：《黄华集》叙目，见金毓黻《辽海丛书》第6集，辽沈书社1985年版，第1815页。

寂寞独归时，沙鸥晚无数。
　　　　——《孙氏午沟桥亭》

极目江湖雨，连阴甲子秋。
青灯十年梦，白发一扁舟。
　　　　——《忆洰川》

隔竹微闻钟磬音，墙头修绿冷阴阴。
山迎初日花枝靓，寺里清潭塔影深。
吾道萧条三已仕，此行衰病独登临。
简书催得匆匆去，暗记风烟拟梦寻。
　　　　——《超化寺》

　　这类情调的诗作不止于这几首，在《黄华集》里带有一种倾向性，诗的意象清幽冷寂，诗人那种孤独的心境，在这些诗里得到了和谐浑融的映现。寂寞独归，形单影只，唯有无数沙鸥在暮色中陪伴着孤寂的心灵。而"沙鸥"的意象又是"白鸥为盟"原型意象的化用，所表现的是诗人摒弃机诈的纯净之心。江湖夜雨，白发扁舟，萦绕着不堪回首的梦境；"吾道萧条，衰病独登"情怀的落寞是可想而知的。把这些意象贯通起来观照，我们所看到的，是如苏东坡在《卜算子》词中所刻画的缥缈孤鸿般的"幽人"形象。这种投射着幽独意识的意象固然使人感到冷寂，却又使人感到几分峻洁、几许苍凉，一种与尘俗世界的抗衡。

　　诗人为什么会产生这种深沉浩茫的幽独意识呢？这其中也许不无原委。诗人的仕履并非"春风得意马蹄疾"，而是多所坎坷。中进士时，虽是才大名重，却被授以"奔走风尘"的俗吏，因而"殊不自聊"。馆陶秩满便挂冠而去，隐居黄华，这个行动本身就可说明他的抑郁心境。明昌六年，诗人因受赵秉文上书案牵连而下狱，对诗人刺激更大，更感到心灵的孤独与灰冷。他在狱中曾吟萱草道："……晚雨沾濡之，向我泫如诉。忘忧定漫说，相对清泪雨。"（《狱中赋萱》）又咏燕云："笑我迂阔触祸机，嗟君底事入圜扉。落花吹湿东风雨，何处茅檐不可飞。"（《狱中见燕》）透出诗人当时的凄苦心情，可见，诗人的幽独意识是有些来由的。

　　在这种幽独意识的投射下，诗人创造出的审美境界是明净清冷而又高洁寂寥的。《超化寺》、《偕乐亭》、《孙氏午沟桥亭》等诗，都有着这种境界！

再如《中秋》一诗：

> 虚空流玉洗，世界纳冰壶。
> 明月几时有？流光何处无？
> 人心但秋物，天下近庭梧。
> 好在黄华寺，山空夜鹤孤。

这首诗所创造的审美境界明净高朗、澄澈寥廓，正如宗白华先生所说的："冰清玉洁，脱尽尘滓。"① 这并非黄华诗的全部，而只是其中的一个重要的侧面，但基本上可以反映出黄华诗的特征，尤其是在金诗流变中黄华诗的作用。

这个时期的重要诗人中，赵秉文的诗歌创作也常流露出这种倾向。赵秉文主盟文坛数十年，对于金诗来说是一个十分重要的人物，在明昌、承安年间以及南渡后的诗坛，他都是诗坛的领袖人物之一，他的创作倾向也非单一的，对赵秉文的诗歌主张及创作成就，将在本章及下一章里分别加以评述。

赵秉文（1159—1232），字周臣，号闲闲，磁州滏阳（今河北磁县）人。赵秉文自幼即十分颖悟，读书若夙习。大定二十五年（1185）登进士第。任应奉翰林直学士，官至礼部尚书。赵秉文在金代文坛上有非常重要的地位，著述也十分丰富。著有《易丛说》10 卷，《中庸说》10 卷，《扬子发微》1 卷，《太玄笺赞》6 卷，《文中子类说》1 卷，《南华略释》1 卷，《列子补注》1 卷，删集《论语》、《孟子解》各 10 卷，《资暇录》15 卷。诗文合为《闲闲老人滏水文集》30 卷，现存诗 600 余首。《中州集》录其诗63 首。

关于赵秉文的文学艺术方面的成就，元好问曾有综合评价，他说："大概公之文，出于义理之学，故长于辨析，极其所欲言而止，不以绳墨自拘，七言长诗笔势纵放，不拘一律。律诗壮丽，小诗精绝，多以近体为之。至五言大诗，则沉郁顿挫学阮嗣宗，真淳简淡学陶渊明，以它文较之，或不近也。字画则有魏晋以来风调，而草书尤警绝，殆天机所到，非学能至。"② 可见赵秉文在诗、文、书、画等领域都有突出的艺术成就。

诚如元好问所论，赵秉文于诗歌创作风格多样，兼长诸体，是一位较为

---

① 宗白华：《论文艺的空灵与充实》，见《艺境》，商务印书馆 2011 年版，第 213 页。
② （金）元好问：《中州集》卷 3，中华书局 1959 年版，第 152 页。

全面的诗人。赵秉文在诗论中也主张风格的多样化（这将在下章详论），而就其风格的主导倾向而言，是清新淡雅的，更接近魏晋时期的陶谢及唐代的王、孟、韦、柳一脉，以清淡冲和的风格来抒写孤高的情怀。赵秉文诗中多有拟和前代诗人之作，如《仿王右丞独步幽篁里》、《和渊明拟古》、《和渊明饮酒》、《和韦苏州秋斋独宿》、《拟兵卫森画戟》等等，由此可以看出，他所仰慕的诗人，基本上是陶、谢、王、孟这一派，而在诗歌传统上，也是继承了山水田园诗派的艺术精神的。这是闲闲诗的主要倾向。诗人常常描绘出十分清幽空寂的审美境界，来寄托自己的意趣所在。

　　　　独坐幽林下，谈玄复观易。西日隐半峰，返照林间石。
　　　　石上多古苔，山花间红碧。花落人不知，山空水流出。
　　　　　　　　　　　　　　　　　——《仿王右丞独步幽篁里》

　　　　寒梅雪中春，高节自一奇。人间无此花，风月恐未宜。
　　　　不为爱冷艳，不为惜幽姿。爱此骨中香，花余嗅空枝。
　　　　影料清浅处，香度黄昏时。可使饥无食，不可无吾诗。
　　　　　　　　　　　　　　　　　——《同粹中师赋梅》

　　　　幽居淡无事，雅志了玄经。眼花憎文字，悠悠意无成。
　　　　中夜起不寐，披衣起寒更。梅竹散清影，素月流广庭。
　　　　孤鹤闷逸响，切切寒虫鸣。捫卷长叹息，慨慷恻中情。
　　　　　　　　　　　　　　　　　——《和渊明饮酒》其七

这类篇什，在其诗中有许多。诗人以空灵而清新的笔致，创造着幽淡高洁的境界，表达诗人自己不同流俗、超轶绝尘的美学理想与人格价值取向。因此，诗人才一再追和陶渊明、王维、韦应物的诗作，表现出对这些诗人的仰慕与人格认同。尘外之趣，遗世之心，在其诗中是到处泛溢的。写独宿的幽寂："冷晕侵残烛，雨声在深竹。惊鸟时一鸣，寒枝不成宿。"（《和韦苏州秋斋独宿》）写心境的空明："惊湍泻石崖，百步无人迹。爱此静中喧，聊步安禅席。水无激石意，云何转雷声。仁者自生听，达士了不惊。心空境自寂，澹然两无情。"（《和听嘉陵江水声代深师答》）这些渗透着禅意、禅趣的篇什，进一步说明了赵秉文是以王孟一派幽闲古淡的风格为自己的诗学趣尚，以超俗绝尘为自己的志趣的。由此也进一步说明，金代中叶诗坛上，表现诗人幽独心态与追求清雅的诗歌境界，是陶、谢、王、孟一派审美倾向在金代诗坛的倾向。

也许不仅是脱俗的潇洒、淡远的闲适，赵秉文诗里常常流溢出阮籍《咏怀》式的苦闷与凄迷，这又与陶潜式的淡远与摩诘式的空灵糅为一体。诗人借"白雁"的形象来诉心曲："波净影逾白，霜清鸣更哀。乾坤霜鬓老，风雪一声来。林迥隐犹见，天长去复回。物情嫌太洁，莫使羽毛摧。"（《白雁》）这与阮嗣宗的"夜中不能寐"不是一样"颇多感慨之词"① 吗？不能不说很有一点阮嗣宗《咏怀》的神韵。诗人还用诗来直接表达了对阮籍的追怀："渺渺西风去翼轻，长林风叶动秋声。嵩邙竞秀容多可，河洛交流忌独清。广武山川迷故垒，成皋草木闷空城。凭高一掬英雄泪，寄与穷途阮步兵。"（《寄陈正叔》）难道不也是有着阮步兵式的精神苦闷吗？赵秉文的诗，往往是在幽淡之中注入了阮籍式的沉郁。这一时期，另一位著名诗人赵沨的创作，也表现出类似的审美倾向。

赵沨（？—约1196），字文孺，号黄山，东平（治所在今山东东平）人。大定二十二年（1182）进士，官襄城令，明昌末年，官至礼部郎中。赵沨的诗歌与书法艺术都名重一时。赵秉文称赞他的书法艺术成就说："黄山正书体兼颜苏，行书备诸家体，超放又似杨凝式，当处黄鲁直、苏才翁伯仲间。党承旨篆、阳冰以来一人而已，而以黄山配之，至今人谓之'党赵'。"② 在诗歌创作方面，黄山诗也深受赵秉文的推重，"诗最称赵文孺沨"③。赵沨诗文有《黄山集》，今佚。《中州集》录其诗30首。

黄山诗风格冲和淡远，常在写景抒怀中流露野逸脱俗的意趣。如这样一些篇什：

> 松门明月佛前灯，庵在孤云最上层。
> 犬吠一山秋意静，敲门时有夜归僧。
> ——《晚宿山寺》
> 迥野饶秋色，高台半夕阳。
> 鸥眠沙渚静，鸟没岭云长。
> 薄宦违幽兴，浮生更异乡。

---

① （南朝·梁）钟嵘著，陈延杰注：《诗品注》卷上，人民文学出版社1961年版，第23页。

② （金）元好问：《中州集》卷4，中华书局1959年版，第186页。

③ （金）刘祁：《归潜志》卷10，中华书局1983年版，第119页。

　　　　岁华成白首，丘壑愈难忘。
　　　　　　　　——《郊外》
　　　　颇觉小眠快，便知秋意真。
　　　　清风论世旧，老圃得时新。
　　　　移竹观君子，翻书访古人。
　　　　可人陶靖节，随意葛天民。
　　　　　　　　——《新凉》

这类篇什在黄山诗中很有典型性。诗风清新冲淡，着墨不浓，写出诗人那种超然尘外的洒落襟怀。元好问称诗人"性冲淡，学道有得"①。这种冲淡的性情在诗中是多有表现的。赵沨最为仰慕的前辈诗人是陶渊明和王绩。而陶与王都是在田园生活中找到自己的精神归宿的，也就是说，他们都是把田园生活视为精神的净土，歌颂田园之乐乃是为了得到一种回归与解放。陶渊明于"北窗下卧"，遇凉风暂至，便自谓是"羲皇上人"，又以"无怀氏之民，葛天氏之民"为自己的向往。陶渊明所向往的，都是"日出而作，日入而息，凿井而饮，耕田而食，帝力于我何有哉"的上古时代，说穿了，是对没有精神枷锁的心灵解放的憧憬。东皋王绩，在田园生活中所追求的，也是一种摆脱世俗羁绊、得到精神解放的境界。因而，只有山林田园还不够，还时时在醉乡中来体验这种精神的超越。"百年长扰扰，万事悉悠悠。日光随意落，河水任情流。礼乐囚姬旦，诗书缚孔丘。不如高枕上，时取醉消愁。"（《赠程处士》）这是很能说明王绩归隐田园的心态的。赵沨以陶潜、王绩为心灵的"可人"，也无非是要得到精神的超越。他在诗中写道："数篇东皋诗，引我北窗睡。林泉久隔阔，尘土作憔悴。但有适人适，何尝事吾事。一贫既忘怀，所好无不遂。世无陶靖节，何人知此味。"（《秋日感怀》）"李膺定已回仙棹，王绩无由入醉乡。"（《用仲谦元夕诗韵》）"呼儿且沽酒，浩歌豁秋怀。醉中得妙理，逸兴何悠哉？"（《立秋》）这些足以表明，黄山诗在冲和淡远之中寄寓精神超越的追求。
　　以上所论述的几位诗人，仍是举例性质的。其他诗人的创作也多有这种倾向。在大定、明昌诗坛上，表现诗人的幽独超迈的情怀，继承发展陶谢王孟一脉冲和淡远的诗风、追求清雅高逸的审美境界，成为一种主导的倾向，至少可以从客观上得到这个印象。

────────────

　　① （金）元好问：《中州集》卷4，中华书局1959年版，第186页。

　　追求高洁的人格境界，以超轶脱俗为美，是中国古代士文化中的重要内容。所谓"魏晋风度"，无非是一种超然绝俗的风神之美。魏晋士人取一种超功利的生活态度，且以之为人物品藻的审美标准。孙绰自我评价说："托怀玄胜，远咏老庄，萧条高下，不与时务经怀，自谓此心无与让也。"① 王戎对王衍的评价："太尉神姿高彻，如瑶林琼树，自然是风尘外物。"② 以玄远不与时务为人物之美。魏晋士人极力标榜这种超乎尘俗、功利的人生态度，"孙长乐作王长史云：余与夫子交非势利，心犹澄水，同此玄味"③。这种玄学人物的人生态度与审美价值观念，对后世有很深影响。追求人格的高洁，不染尘俗，乃是中国士文化发展的一个重要趋势。陶渊明的人格理想中就很有这种成分。"采菊东篱下，悠然见南山。"（《饮酒》其五）"青松在东园，众草没其姿。凝霜殄异类，卓然见高枝。"（《饮酒》其八）"三径就荒，松菊犹存。"（《归去来兮辞》）这松、菊，很明显都是高洁人格的象征。唐代大诗人杜甫曾以"佳人"自喻自己品格的高洁孤秀："绝代有佳人，幽居在空谷。……摘花不插发，采柏动盈掬。天寒翠袖薄，日暮倚修竹。"（《佳人》）王、孟一派诗人，有着更为突出的幽独意识，在诗中抒写摆脱尘俗、幽隐林泉的志趣。如王维的"晚年唯好静，万事不关心。自顾无长策，空知返旧林。松风吹解带，山月照弹琴。君问穷通理，渔歌入浦深"（《酬张少府》）；孟浩然的"北山白云里，隐者自怡悦。相望试登高，心随雁飞灭"（《秋登万山寄张五》）；韦应物的"疏澹下林景，流暮幽栖情。身名两俱遣，独此野寺行"（《昙智禅师院》）；柳宗元的"发地结青茅，团团抱虚白。山花落幽户，中有忘机客"（《禅堂》）；刘长卿的"自从飞锡去，人到沃洲稀。林下期何在，山中春独归。踏花寻旧径，映竹掩空扉。寥落东峰上，犹堪静者依"（《过隐空和尚故居》），都是以远离尘俗的幽栖者形象，来寄托诗人的人格理想。当然，对这些诗句所表白的并不能全然信赖，在很大程度上，它们是产生于世俗的思想矛盾的产物，是为了摆脱心灵烦恼而开辟的一方净土，诗中的净土，说它们是审美"乌托邦"并无不可！然而，它却又是中国士大夫文化心理中不可忽视的客观内容。我们所举的例子是有代表性的，可又是同类诗作中的"九牛一毛"！

　　到了宋代，这种人格理想与审美倾向更为明确，成为士大夫文化中的主

① 余嘉锡：《世说新语笺疏》，中华书局 1983 年版，第 618 页。

② 同上书，第 508 页。

③ 同上书，第 990 页。

流。这在苏轼、黄庭坚这样一些大诗人、大艺术家的作品与言论中表现得尤为明显。东坡的《卜算子》词："缺月挂疏桐，漏断人初静，谁见幽人独往来？缥缈孤鸿影。惊起却回头，有恨无人省。拣尽寒枝不肯栖，寂寞沙洲冷。"无疑是东坡人格理想的具象化与内心世界的剖白。黄山谷更以超轶绝尘，"无一点尘俗气"作为审美评价标准。他论此词说："语意高妙，似非吃人间烟火语。非胸中有万卷书，笔下无一点尘俗气，孰能至此。"① 他又称赞苏诗"彼其老于文章，故落笔皆超轶绝尘耳！"② 他评价书画也以"无俗气"为上乘。论书法云："蔡明远帖笔意纵横，无一点尘埃气。"③ 论画："胸中俗气一点无，健妇果胜大丈夫。"他这样赞扬其姨母李夫人所画的墨梅，可见，他是以"超轶绝尘"作为最高艺术境界的。宋代文人画勃兴，渐居画坛主流，而院体画反居其次。文人画最重要的审美观念乃是"去俗"。苏轼作为著名的文人画家，黄庭坚作为著名书法家及艺术鉴赏家，他们的审美观念对当时及后世都产生了深远影响。在宋代以后文人画的发展脉络中，尚雅反俗，一直是文人画审美观念的精核，就是这种传统的汩扬。

　　说到此，我们不难把金代中叶这种表现幽独情怀、追求清雅境界的诗风，与前面所论的文化心理传统联系起来了。无疑地，党怀英、赵秉文、王庭筠、赵沨等诗人的这种创作倾向，是属于这种传统之中的。无论他们个人有什么主观方面的因素，客观上他们都是这种文化心理的体现者，至于为什么会在大定、明昌期间形成一种创作倾向，这还没有足够的材料可以加以强有力的论证。依笔者猜测，这其中有必然的也有偶然的因素。就偶然因素来说，是某一位诗坛领袖如党怀英的创作影响所致，诗人们以此为尚，形成一种风气；就必然因素而言，恰是在这种较为承平的历史阶段，诗人们易于遁回个人的精神天地。盛唐时期的隐逸之风可为参照。另外可以猜测的是，在与女真人的交往中，汉族士大夫一方面要趋奉女真贵族，因为后者毕竟是统治者；另一方面，内心又多一种文化上的优越感，这就形成了一种心理反差。这可以从金初的宇文虚中那里得到一种类似的启示。宇文虚中虽然受到女真人的尊重，但其内心有很强烈的文化优越感，他对女真贵族的文化层次低，有"夷狄之风"很看不上，经常嘲笑他们。到因"夺兵仗南奔，事觉

①　（宋）黄庭坚：《山谷题跋》卷2《跋东坡乐府》，中华书局1985年版，第15页。

②　（宋）黄庭坚：《山谷题跋》卷2《跋子瞻醉翁操》，中华书局1985年版，第15页。

③　（宋）黄庭坚：《山谷题跋》卷5《跋洪驹父诸家书》，中华书局1985年版，第42页。

系诏狱"时，"诸贵先被叔通嘲笑，积不平，必欲杀之"①。可见，汉族士人的这种文化优越感是客观存在的。到大定、明昌这个时期，文化上的差距小了许多，汉族士人与女真贵族之间也更相融洽。但女真贵族毕竟是统治核心，对于汉族士人在某种程度上是一种利用关系，尽管金代女真统治者对待汉士的政策，要比后来的元朝统治者开明得多，但在相当程度上，对汉文化和汉士抱有戒备心理是正常的、客观的。从金世宗乃至章宗对于汉文化既吸收又排拒的一系列做法，足以说明这一点。不承认这种情形，是脱离历史实际的。

在这种情形下，这些汉族士人有较强的文化优越感，是可想而知的，由此而产生的幽独意识，便不是个别的了。为了摆脱在世俗生活中招致的苦恼，便在诗歌创作中开拓一方清幽高雅的审美天地，来寄托自己的志趣与愿望。在实际生活中未必能够脱俗，反之在诗歌创作这个属于自己的领地，便构织这种超轶绝尘、远离世俗的世界。

第四节　本期其他诗人

在大定、明昌诗坛上，还有一些重要的诗人，并不趋同于第三节中所述的诗学倾向，或者说在主导倾向上不同于上述诗人，而体现出自己的特点。

这些诗人中成就较高、影响较大的是周昂、王寂等。他们不仅作品数量较多，而且也都有着自己的风格。对当时及后世诗坛来说，都是令人瞩目的作家。

周昂（？—1211），字德卿，真定（今河北省正定县）人。年二十一进士及第。曾任南和簿、良乡令、监察御史、六部员外郎等职，后随参知政事完颜承裕从军。大安三年（1211），承裕军被蒙古军击溃，周昂与其侄周嗣明同死于难。

周昂对于诗歌创作有明确的理论主张，并且这种主张产生了很广泛的影响。他最著名的诗学言论有这样几条，一是："文章以意为主，以字语为役。主强而役弱，则无令不从。今人往往骄其所役，至跋扈难制，甚者反役其主。虽极辞语之工，而岂文之正哉？"② 这段话是有很强针对性的，即为明昌年间诗坛上的尖新浮艳之风而发。所以他的外甥王若虚说："可谓深中

---

① （金）元好问：《中州集》卷1，中华书局1959年版，第3页。
② （金）王若虚：《滹南诗话》卷上，郑文等校点，人民文学出版社1962年版，第59页。

其病矣。"① 这段话的意思很明确：诗文创作主要是要表现作者之"意"，文辞是为达意而服务的。如能以意为主，语言形式很好地服从于意的需要，才能写出好的作品；反之，只重文辞之工，而不顾及达意的需要，这绝非创作的正途所在。这种主张算不得新鲜，唐代杜牧就强调："凡为文以意为主，以气为辅，以辞彩章句为之兵卫，未有主强盛而辅不飘逸者，兵卫不华赫而庄整者。……是以意全胜者，辞愈朴而文愈高；意不胜者，辞愈华而文愈鄙。是意能遣辞，辞不能成意；大抵为文之旨如此。"(《答庄充书》)周昂的主张显然是继承了这种观点。但周昂在明昌年间提出这种主张，有较为鲜明的现实意义。

另两条言论是："文章工于外而拙于内者，可以惊四筵而不可以适独坐，可以取口称而不可以得首肯。""以巧为巧，其巧不足；巧拙相济，则使人不厌。唯甚巧者乃能就拙为巧，所谓游戏者。一文一质，道之中也。雕琢太甚，则伤其全；经营过深，则失其本。"② 把这些言论联系在一起，可以见出周昂诗论的基本面貌了。周昂所指出的"工于外而拙于内"，从鉴赏的角度立论，意思是那些只顾文辞之美而缺乏充实内容的作品，只能哗众取宠，而耐不住品味咀嚼，可以得到人们的口头赞赏而不能得到内心的肯定，缺乏真正的艺术魅力。"巧拙相济"这一条，是讲诗歌创作巧与拙的辩证法。一味求巧，雕琢过甚，便失去了本真之美。应该是巧拙相济，文质相辅，才是合乎创作的艺术规律的。周昂的诗论，在金代文学思想史上是占有一席地位的。

周昂在继承诗歌传统方面，十分推崇杜甫，自幼师法杜诗，并以继承杜诗的真精神自任。他不满于黄庭坚继承了杜甫的说法，对黄庭坚与江西诗派颇有微词。王若虚在《滹南诗话》中记载说："史舜元作吾舅（周昂）诗集序，以为有老杜句法，盖得之矣；而复云'由山谷以入'，则恐不然。吾舅儿时便学工部。而终身不喜山谷也。若虚尝乘间问之，则曰：'鲁直雄豪奇险，善为新样，固有过人者；然于少陵初无关涉，前辈以为得法者，皆未能深见耳。'"③ 而周昂的诗歌创作，也趋于平实沉郁，继承杜诗的传统。李纯甫曾评价他说："德卿以孝友闻。又喜名节，蔼然仁义人也。学术醇正，文

---

① （金）王若虚：《滹南诗话》卷上，郑文等校点，人民文学出版社 1962 年版，第 52 页。

② 同上。

③ 同上。

笔高雅，以杜子美、韩退之为法，诸儒皆师尊之。"① 可见周昂在当时文坛上是非常受人尊崇的。周昂曾有《常山集》行世，丧乱后不复见，后因其甥王若虚的记诵得传 300 余首。《中州集》录其诗 100 首。

周昂的诗作，沉郁凝练，气骨苍劲，以十分洗练的笔触，写出了塞北风物的特征，尤其是北方边塞凝重苍凉的气氛，就中表现了诗人的胸中块垒。在这些篇什中，尤以五言律诗见长。如：

> 边月弓初满，山城角尚孤。
> 中天看独立，永夜兴谁俱。
> 未觉风生晕，空怀斗转隅。
> 含情知白兔，欲下更踟蹰。
> ——《边月》
> 击柝邻居静，开门宿鸟惊。
> 西风秋半急，北斗夜深明。
> 独立乾坤大，徐行杖屦轻。
> 遥怜汉宫阙，重露湿金茎。
> ——《夜步》
> 返阄看平野，斜垣逐慢坡。
> 马牛虽异域，鸡犬竟同窠。
> 木杵春晨急，糠灯照夜多。
> 淳风今已破，征敛为兵戈。
> ——《边俗》

这些篇什仅是其中略有代表性的几首，而它们却有老杜五律的神韵，由于是写北方边塞的风物，就显得更为苍凉凝重。这些诗语言工稳，极见锤炼，有很强的艺术表现力。而北方文学的慷慨豪放之气，在这里内敛为苍劲的格调。

周昂的诗，意象博大雄浑而又蕴蓄深邃，就中表达了诗人那高远不凡的襟怀，使人感受到诗人"与天地为一"的浩茫的主体世界。如这样一些诗句："野破群山惊破碎，云低沧浪认微茫。"（《登绵山上方》）"净空含宇大，卧斗带星长。"（《秋夜》）"星稀白水阔，雾重黑山高。"（《丘家庄早

---

① （金）元好问：《中州集》卷 4，中华书局 1959 年版，第 167 页。

发》）"塞迥云接地，溪平水接天。"（《送客》）"雁声寒日夜，秋色老乾坤。"（《得家书》）"落日明西极，高云暗朔方，楼台分照耀，宇宙一苍茫。"（《晚阴不成》）。这类诗句在周昂诗中甚多，它们所呈现的意象，果真是"眉睫之前，卷舒风云之色"的。中国哲学意识中一个很重要的观念是"天人合一"，从某个角度而言，可以理解为人与宇宙的交融。周昂诗中这些博大浩茫的意象又不是浮泛的、肤廓的，似乎来自宇宙的深微之处，从某种意义上来看，毋宁说是"天人合一"的艺术体现。

不仅如此，周昂诗还有着深沉的历史感。周诗虽然多有写景之句，但并非纯然的景物描写，意象之中渗透着很强的社会因素与历史感。这在他的怀古诗里表现得最为明显。如《谒先主庙》：

> 暗粉陈丹半在亡，短垣残日共悲凉。
> 不须古碣书绵竹，自有荒村记葆桑。
> 尘土衣冠曾系马，岁时歌舞亦称觞。
> 不应巴蜀江山丽，能使英灵忘故乡。

再如《宋文贞公庙》：

> 开元四荒不动尘，柱石中原有老臣。
> 襄土一丘松柏暗，长安三日荔枝新。

这些诗作并不限于对某一个历史人物的吊怀与评价，而是假此而兴发自己对历史兴亡的感喟。这种历史感并不在于一般议论，而是通过深沉的意象通向历史的深处，融兴亡沧桑于笔墨之中。

其实，并不是在这种历史怀古诗中才有历史感，更多的是在一般的写景抒情之作中处处泛溢着诗人的一种历史感。这种历史感是泛化的，但又是深沉的，它使读者进入一个更为深远的境界。"苍茫尘土眼，恍惚岁时心，流落随南北，才华阅古今。"（《晓望》）这样一位独立苍茫的诗人形象，本身不就在绵长广远的历史氛围之中吗？"郁郁孤城隘，飘飘绝塞游。短衣忘远步，高兴会清秋。白水深樵谷，黄云古戍楼。居人半毡毯，横管暮生愁。"（《晚步》）诗人漫步在这暮色迷茫的边地绝塞，多少古时征戍在思绪中掠过。而"居人"的横管中飘出了多少说不尽的愁怀呵。"地拥山河壮，营关剑甲重。马牛来细路，灯火出塞松。刁斗方严夜，羔裘欲御冬。可怜天设险，不入汉提封。"（《翠屏口》其二）在这隘口之上，诗人兴发了多少历史的感怀呵！这种深沉的历史感，使周昂诗显得分外厚重。

周昂的诗，不仅表现为人与宇宙的会通，同时，又表现为诗人强烈的主体意识。这并不是互相矛盾的。正是因为有了这种自为的主体意识，才有真正的"与万物为一"的境界！周诗中有着一个很清晰的抒情主人公形象，独立于万物之中。"中天看独立，永夜兴谁俱。"（《边月》）"独立乾坤大，徐行杖屦轻。"（《夜步》）"放歌游远目，箕踞得高原。"（《山家》）"洒落高秋气，飞腾壮士心。"（《水南晚眺》）诗人独立于天宇之下，乾坤之中，似与天地万物相抗衡，很有老杜"乾坤一腐儒"的苍茫气势！正因如此，周昂诗并不满足于对客观物象的摹写，而是以强有力的主体精神来融摄客体，创造出更富意蕴的审美意象。如："老侵长路鬓，春荡故国心。"（《早春》）"音书云去北。烽燧客愁西。"（《晚望》）"伤心看塞水，对面隔华风。"（《翠屏口》其三）"眼平青草短，情乱碧山多。"（《翠屏口》其五）等等，都以主体融摄客体，更富有力度感。

周昂的诗继承杜诗精神而又有所发展，在沉郁中有苍劲，在金源诗坛上，确是一支劲旅。元好问选其诗100首入《中州集》，是入选篇什最多的一位诗人，足见周昂在金中叶诗坛上的地位以及元好问对他的重视。

王寂在大定、明昌时期也是一位负有盛名的诗人。王寂（1128—1194），字元老，蓟州玉田（今河北玉田）人。父亲王础，是金初名士。王寂于天德三年（1151）登进士第，以文章政事显于世，官至中都路转运使，死后谥为"文肃"。王寂于诗歌创作用力甚多，元好问称他"专于诗"。王寂有诗词集《拙轩集》传世，存诗190首，词35首。金代诗人有集传世的寥寥无几，王寂是其中一位，弥可珍贵。《四库全书总目提要》评拙轩诗云："寂诗境清刻镌露，有戛戛独造之风。在大定、明昌间，卓然不愧为作者。"[1] 这个评价还是颇为客观公允的。

王寂诗风格拗峭，气骨苍劲，确有"戛戛独造之风"。七律如《日暮倚杖水边》：

　　　　水国西风小摇落，撩人羁绪乱如丝。
　　　　大夫泽畔行吟处，司马江头送别时。

---

① （清）永瑢等：《四库全书总目》卷166《集部·别集类》一九《拙轩集》部分，中华书局1965年版，第1420页。

尔辈何伤吾道在，此心惟有彼苍知。
苍颜华发今如许，便挂衣冠已是迟。

这首诗是诗人被贬蔡州时所作，充满忧愤之情、勃郁之气。颔联用典恰切，不仅暗示了自己遭贬的境遇，而且也表白了自己的人格。颈联更显块垒峥嵘，揭示出诗人被贬是为人所构陷。诗人自信无辜，“此心”唯有苍天可鉴。这首诗很能体现王寂诗那种风骨嶒崚的特点。

王寂的七言古诗更能见出造语拗峭、奇突不平。如《客中戏用龙溪借书韵》：

太行西北云横月，一日九回肠断续。舍官就养诚所愿，百口煎熬食不足。逆行倒置坐迂阔，相负此生惟此腹。兹行远去父母国，恋恋不同桑下宿。山长水远苦愁人，不觉秋风惊鬓绿。平生拙宦失捷径，兰蕙当门为谁馥。文章既不一钱直，五经安用窗前读。东涂西抹竟何有，坐叹马鞍消髀肉。公家无补一毫发，鼠窃太仓饕寸禄。既无里妪谁乞火，未有先客莫投玉。天涯怀抱为谁开，尽写穷愁入诗轴。

这首诗描写自己的穷愁之状，抒发了心中的抑郁不平。诗人把歌行体的壮阔豪宕与江西派的生新拗峭融为一体，使人读之既感到峥嵘不平，而又不失慷慨之气。这种诗格，较为生新，易于造成“陌生化”的审美效应。

这个时期还有其他一些诗人，如刘昂、王磵、路铎、师拓、郦权等。他们的诗歌创作也都形成了各自的风格，产生了一定的影响。这些诗人共同开创了大定、明昌时期诗坛的彬彬之盛的局面，使金诗得到了全面的繁荣与发展。继“借才异代”的金初诗坛之后，金代中叶诗坛形成了属于金源自己的创作队伍，同时，也造就了金诗独特的整体风格。这两方面的内涵合之方称为“国朝文派”。

在金诗内部，诗人们有着各自不同的艺术个性与个人风格，而与唐诗、宋诗相比较，金诗已经形成了自己的整体特色。蔡珪、刘迎等诗人，既是“国朝文派”的开创者，也是最为突出的体现者。党怀英、王庭筠、赵秉文、赵沨等诗人，虽然更多的是以超轶绝尘为审美理想，致力于清雅诗境的创造，但仍体现了金源文学自己的特色，诗中都有一种清劲的特质。周昂、王寂等诗人则更突出地展现出气骨苍劲的风貌。这些，都为南渡以后金诗的进一步发展，奠定了一个更为深厚的基础。

第六章 南渡诗坛：金诗的振起

以金宣宗完颜珣贞祐南渡、迁都南京为转折点，金源社会进入后期。在南渡到金亡这段时间里，金王朝如同一个一病不起的病人，进入全面的衰朽阶段。内外交困，经济凋敝，朝政腐败。元兵不断进攻，金军处处败退，军事上完全处于被动状态。而人民起义的烈火遍地燃烧，严重地动摇了金王朝的统治。用"风雨飘摇，江河日下"来形容南渡以后的金王朝是不为过分的。

诗坛的情形却不与政局相同。在南渡前的明昌、承安年间，由于统治者崇尚美文，诗坛上曾出现过较为"尖新、浮艳之风"。而到南渡之后，这种风气却得以转拨，诗的主流趋于质朴雄健。现实的危机与困境，士大夫们受到压抑的心态，使诗人洗褪了怡和浮艳的诗风，诗作呈现出更为雄奇矫厉的风格。

在这个时期，金诗没有走向衰落萎败，反之，却涌起了新的高潮。南渡以后活跃在诗坛上的诗人很多，而且像李纯甫、王若虚、杨云翼、雷希颜等诗人，都是在这一时期进一步成熟，产生了更为令人瞩目的成就。从诗歌发展来说，金诗进一步得到了淬炼，艺术上也更为成熟。金诗的特色也更为鲜明。

如果说，在大定、明昌时期诗坛上出现了不同的创作倾向，而在南渡后的诗坛上，又进一步出现了不同的诗歌流派。可以认为，以赵秉文、王若虚为代表的一些诗人，与以李纯甫、雷希颜为代表的另一些诗人，有着各自的诗学主张，在创作上也都形成了各自的流派风格，形成了"二水分流"的诗歌流派。这也是金诗更加成熟，达到一个新高度的标志。

南渡以后的金诗发展，很典型地证明了马克思阐述的"物质生产与艺术生产的不平衡关系"的艺术哲学论断。马克思在《政治经济学批判》导言中指出："关于艺术，大家知道，它的一定的繁盛时期决不是同社会的一般发展成比例的，因而也决不是同仿佛是社会组织的骨骼的物质基础的一般发展成比例的。"① 这个论断对我们辩证地、客观地认识金诗的发展历程具有深刻的指导意义。南渡以后，金源社会滑向灭亡的泥淖，经济政治都逐渐衰败下去。这是谁也无法否认的历史事实。而作为艺术生产的诗歌创作则出现了新的高潮，金诗有了长足的进步，这也是事实。因而，我们认为南渡诗坛，非但不是金诗的没落，反而是金诗的振起的阶段。

第一节　南渡政风下的士人心态

南渡诗坛不因时局之衰而衰，但二者之间又有着深刻的内在联系。南渡诗风的形成，是可以在时政中找到间接的原因的。而其间的媒介，在于士大夫们的心态。

继承章宗帝位的，是慵懦无能的卫绍王完颜永济。卫绍王"柔弱鲜智能"②，一切由"贪残专恣"③的佞臣纥石烈执中（胡沙虎）擅权。胡沙虎为所欲为，把朝政搞得一团糟。卫绍王在位期间，已呈败乱之象。"卫绍王政乱于内，兵败于外，其灭亡已有征矣。"④ 后来，卫绍王被胡沙虎所弑，宣宗于贞祐元年（1213）即皇帝位。

宣宗即位后，拜胡沙虎为太师、尚书令、都元帅，封泽王。一个弑君的逆臣受到如此隆遇，可见金廷纲纪之乱。而后来擅政于宣宗朝的术虎高琪，因为"屡战不利"，害怕"军法从事"，杀了胡沙虎，"持执中首诣阙待罪，宣宗赦之，以为左副元帅"⑤。卫绍王也好，胡沙虎也好，其死都不足惜，但杀人者为了个人目的而擅加杀害，却又受到皇帝的恩遇，这不能不说明朝政之紊乱，政风之败坏。

宣宗即位以后，也想有所作为，力挽颓势。他以世宗朝的举措为样板，"谕尚书省，事有规划者皆即规划，悉依世宗所行行之"⑥。又曾征询直言："朕即大位，群臣凡有所见，各直言勿隐。"⑦ 但是，宣宗的治国之才是无法与世宗比拟的。加之任用乱臣，使术虎高琪擅权专政，跋扈一时，一些敢作

---

① 《马克思恩格斯全集》第 2 卷，人民出版社 1960 年版，第 223 页。
② （元）脱脱等：《金史》卷 13《卫绍王纪》，中华书局 1975 年版，第 290 页。
③ （元）脱脱等：《金史》卷 132《纥石烈执中传》，中华书局 1975 年版，第 2833 页。
④ （元）脱脱等：《金史》卷 13《卫绍王纪》，中华书局 1975 年版，第 298 页。
⑤ （元）脱脱等：《金史》卷 132《纥石烈执中传》，中华书局 1975 年版，第 2838 页。
⑥ （元）脱脱等：《金史》卷 14《宣宗纪》上，中华书局 1975 年版，第 301 页。
⑦ 同上书，第 302 页。

敢为的正直之臣都遭迫害，朝政日非。宣宗朝的所为与宣宗的初衷是南辕北辙的。《金史·宣宗纪赞》的分析很有道理："宣宗当金源末运，虽乏拨乱反正之材，而有励精图治之志。迹其勤政忧民，中兴之业盖可期也，然而卒无成功者何哉？良由性本猜忌，崇信嬖御，奖用吏胥，苛刻成风，举措失当故也。"① 作为一般原因的分析，还是很能切中弊端的。我们不妨再引述张博泉先生的论述，来看宣宗朝的政风："宣宗处于金朝内外交困的衰落时期，在内政上不能及时拨乱，维护封建纲纪，相反的，他信用乱臣，欲达'图治'之功，是不可能的。宣宗在许多做法上都与世宗背道而驰。世宗面对女真族向封建制转化中的现实，当时对内对外都处于相对缓和之中，而宣宗面对的是女真族及金朝已开始腐化堕落的现实，北有蒙古南侵，内有红袄军大起义。世宗以仁为主兼行吏事，宣宗则'奖励吏胥，苛刻成风'；世宗与宋和议，宣宗则妄开宋衅，发动对南宋战争，世宗以海陵为鉴，拨乱反正，宣宗则继卫绍王之衰，举措失当；世宗有大度，善于用人，宣宗则猜忌，崇信嬖御，近臣奸恶者得逞，等等。宣宗时，虽然金之余威尚未丧尽，然衰落之势已成，因此，他无法用维持现状来达到统治之目的，必须进行有效的改革。事实相反，宣宗并未这样做，而是变本加厉推行弊政，一失再失，把金朝社会更进一步推向衰落，金朝衰亡已不可挽救。"② 这是对宣宗朝政的一般性概括，很有参考价值。

宣宗朝政治的一个重要特点是奖用胥吏，排斥打击士大夫。又兼任人唯亲，以民族偏见对汉人侧目而视，使大多数汉族士大夫心灰意冷或郁愤不平。刘祁曾经指出："宣宗立于贼手，本懦弱无能，性颇猜忌，惩权臣之祸，恒恐为人所摇，故大臣宿将有罪，必除去不贷。其迁都大梁可谓失谋。向使守关中，犹可以数世，况南渡之后，不能苦心刻意如越王勾践报会稽之羞，苟安幸存以延岁月。由高琪执政后，擢用胥吏，抑士大夫之气不得伸，文法梦然，无兴复远略。大臣在位者，亦无忘身殉国之人，纵有之，亦不得驰骋。又偏私族类，疏外汉人，其机密谋谟，虽汉相不得预。人主以公治天下，其分别如此，望群下尽力，难哉！故当路者惟知迎合其意，谨守簿书而已。为将者，但知奉承近侍以偷荣幸宠，无效死之心。佞臣贵戚，皆据要职于一时，士大夫一有敢言、敢为者，皆投置散地。此所以启天兴之亡也。"③

---

① （元）脱脱等：《金史》卷16《宣宗纪》下，中华书局1975年版，第370页。
② 张博泉编著：《金史简编》，辽宁人民出版社1984年版，第283—284页。
③ （金）刘祁：《归潜志》卷12，中华书局1983年版，第136页。

由此可见士大夫在宣宗朝的境遇了。术虎高琪本人出身于胥吏，文化修养很差。一朝大权在握，专横跋扈，顺我者昌，逆我者亡。尤其是对敢于言事的士大夫横加迫害。正如完颜素兰所说："高琪本无勋望，向以畏死擅杀胡沙虎，计出于无聊耳。妒贤能，树党与，窃弄威权，自作威福。去岁（指贞祐元年），都下书生樊知一诣高琪，言乱军不可信，恐生乱，高琪以刀杖决杀之。自是无复敢言军国利害者。"① 可见术虎高琪对于敢言军国利害之事的士大夫是如何"残酷打击"的。

　　南渡后有一定地位的士大夫，大多数都是在章宗朝进士及第步入仕途的。而章宗朝崇尚文治、优礼士人的风气，使士大夫们关心国事，敢于直言。比较而言，心情也较为舒张。加之北方士人很有一点慷慨之气，乐于效命于国家。一时"士气"很盛，文坛、政界都颇有点"热劲儿"。章宗朝重用士大夫。"大臣执政，多有文采学问可取，能吏直臣皆得显用，政令修举，文治烂然，金朝之盛极矣。"② 时隔不久，到了宣宗朝，情形大变，有敢言国事、指陈时政者，免不了要遭术虎高琪的迫害。这对士大夫来说，无疑如一盆冷水兜头泼下，寒心彻骨。在心理上引起的反差也太大。刘祁曾经议论过："士气不可不素养，如明昌、泰和间崇文养士，故一时士大夫争以敢言、敢为相尚。迨大安中，北兵入境，往往以节死，如王晦、高子杓、梁询谊诸人皆有名。而侯挚、李英、田琢辈皆由下位启奋于兵间，虽功业不成，其志气有可嘉者。南渡后，宣宗奖用胥吏，抑士大夫，凡有敢为、敢言者，多被斥逐。故一时在位者多委靡，唯求免罪，罟苟容。迨天兴之变，士大夫无一人死节者，岂非有以致之欤？"③ 这个对比是很明显的。

　　在术虎高琪擅政的宣宗朝，吏人得势，对士大夫横加排挤、贬黜，直言时政者动辄得罪。这方面例子很多，如陈规、许古、高廷玉等，都曾因言得罪。陈规，字正叔，弱冠擢第。南渡，为监察御史，上宣宗"十事"，直言当时得失，"出为徐州帅府经历官"④。许古，字道真，河间人，"公少擢第。南渡，为侍御史。时相术虎高琪擅权，变乱祖宗法度，公上章劝之，上知其忠，常庇翼之，凡有奏下尚书省，辄去其姓名，然竟为高琪所中，贬凤翔府"⑤。刘天规，字元正，咸平人。少擢第，"南渡，为侍御史。时术虎高琪

---

① （元）脱脱等：《金史》卷106《术虎高琪传》，中华书局1975年版，第2342页。
② （金）刘祁：《归潜志》卷12，中华书局1983年版，第136页。
③ 同上。
④ （金）刘祁：《归潜志》卷4，中华书局1983年版，第36页。
⑤ 同上。

为相，擅权，公数抗言事，争殿上，出同知武昌军节度使事，后为户部郎中，行部河中，坐事斥"①。高斯诚，大兴人，至宁元年（1213）经义进士第一。"读书有学问，与王从之、李之纯游。为诗文恬淡自得。初，调凤翔府录事，为行部檄监支纳陈州仓，因忤郡魁吏，构之下狱，几死。"② 士大夫因言事而遭贬获罪者很多，这里所举，仅是其中几例。这些士大夫都是在章宗朝擢进士第，往往以意气相许，直言敢谏，如陈规、许古等都以忠见称。在术虎高琪当权之时，却因言事而遭迫害。他们的心态是忧怀国事却又因不遇于时而忧愤难平的。忠言获罪，直道难行，士大夫们不能不感到心灰齿冷了。

不仅如此，而且由于术虎高琪喜吏恶儒，对士大夫们防范很严，猜忌疑虑，使士大夫感到十分压抑。就连密国公完颜璹，贵为公侯，又是世宗之孙，喜与士大夫交游，却又不敢公开往还。"宣宗南渡，防忌同宗，亲王皆有门禁。公以开府仪同三司奉朝请。家居止以讲诵、吟咏为乐。时时潜与士大夫唱酬，然不敢彰露。"③ 可见当政者对士大夫的防范、猜疑。南渡后有位士大夫王彧因遁入佛门，还受到朝廷的监视。"王彧子文，洛州人。少擢第，南渡为省椽。睹时政将乱，一旦弃妻子，径入高山，剪发为头陀，自号照了居士，改名知非，字无咎。居达摩庵，苦行自修。朝廷初疑焉，遣使廉之，知其非矫伪，乃止。"④ 可见宣宗朝士大夫的境遇是怎样的了。

南渡以后的这种"喜吏恶儒"的政风，把许多有才华、有个性的士大夫摒于仕进之门以外。颇有一些以诗文著名而个性狂放的士子，累举不第，仕进无门，其心态也是郁闷穷愁的。最有名的算是李经。"李经天英，锦州人，少有异才，入太学肄业，屏山见其诗曰：'真今世太白也。'盛称诸公间，由是名大震。字画亦绝人。再举不第，拂衣归。"⑤ 再如张伯玉在当时也颇有诗名。"为人豪迈不羁，奇士也。初入太学，有声。……雅尚气任侠，不肯下人。再举不中，遂辍科举计。"⑥ 高永，字信卿，渔阳人。"倜傥尚气，轻财好交游。颇读书，喜谈兵。文辞豪放，长于论事。……累举不

① （金）刘祁：《归潜志》卷5，中华书局1983年版，第51页。

② 同上书，第44页。

③ （金）刘祁：《归潜志》卷1，中华书局1983年版，第4页。

④ （金）刘祁：《归潜志》卷5，中华书局1983年版，第46页。

⑤ （金）刘祁：《归潜志》卷2，中华书局1983年版，第12页。

⑥ 同上。

第，家甚贫。"① 胡权，字直卿，衡州人。"南渡，有诗声，累举不第。"② 看来这种情形并非偶然，在很大程度上说明了一些积极用世的士大夫在宣宗朝所遭受的冷遇。

面对这种"喜吏恶儒"的政风，士人们普遍感到压抑、郁愤。直言足以获罪，那些如陈规、许古的朝廷重臣尚且不免，那么，一般士人就只好噤若寒蝉了。但是金代士大夫基本上出身于北方，性格较为豪放。我们读《归潜志》、《中州集》等史料中，对很多士人都有狂放尚气的记述，看来，金源的士大夫确实多有豪宕慷慨的气质秉性。加之，章宗朝的崇文养士之风，更使士人言所欲言、吐所欲吐。而到了宣宗朝，"冷热"悬殊，造成这么大的心理反差，又不敢属文申志，心中的郁愤无处宣泄，必须有一个抒泄的渠道，不然的话，心中的重压是无法承受的。那么，这个渠道便是诗。诗歌是以意象化的方式荷载诗人的情感，很少具体指实某事，而只是将诗人的情感或情绪，赋之以审美形式。如果不是刻意罗织的话，危险性较文章小多了。像金源这些女真族吏人（以术虎高琪为代表的胥吏阶层）文化层次很低，极少就诗来罗织罪名，而主要是就直言进谏而治之以罪。就目前所见资料，尚未发现南渡后士人因诗而得祸的例子。

士人们于是在诗中发抒自己的压抑与郁愤，当然也很少具体指实某事，而是对于宣宗朝的整体气氛的抑郁不平。诗人们把胸中的郁气蟠曲于诗中，使南渡诗坛的创作，流溢着一种勃郁昂藏之气，有一种雄强健举的风概。试读陈规的《送雷御史希颜罢官南归》："五事前陈志拂劘，屹如砥柱阅颓波。一麾共惜延年去，三黜何伤柳季和。运蹇仕途如我老，激昂衰俗在君多。扁舟南去知难恋，万顷烟波一钓蓑。"这岂是一般的送别诗？诗人胸中块垒勃然而发，而又念念不忘国事。其耿介风骨令人读之肃然。再如李通也是南渡后名士。也曾因直言知府之恶而受迫害，"先以非罪诬染之，几至不测。虽有以自解，竟坐是仕宦不进"③。他在诗中写道："士道雕丧愁天公，阴霾惨惨尘濛濛。三冬不雪春未雨，野桃无恙城西红。春光为谁作骀荡，造物若我哀龙钟。数行墨浪合眼死，一包闲气终身穷。中山公子文章雄，雅随童稚为雕虫。祢衡不过孔文举，坡老懒事陈元龙。唯之与阿将无同，乾坤万里双飞蓬，飘飘南北东西风。"（《赠中山杨果正卿》）充满着对"士道凋丧"的世

① （金）刘祁：《归潜志》卷3，中华书局1983年版，第27页。

② 同上。

③ （金）元好问：《中州集》卷5，中华书局1959年版，第253页。

风的愤懑，同时又有着"豪气不除"的骨鲠之风！再如赵元，也是落拓失意，而其诗益加跌宕突兀。"元字宜之，定襄人，经童出身。举进士不中，以年及调巩西簿，未几失明。"[①]　"自号愚轩居士，高才能诗。……居西山下，止以吟咏为乐，名士无不与游，赵、李诸公甚重之。"[②]　愚轩诗也多勃郁之气，如《读乐天无可奈何歌》："凫胫苦太短，蚿足何其多。物理斩不齐，利剑空自磨。老跖富且寿，元恶天不诃。伯夷岂不仁？饿死西山阿。天意寓冥邈，人心徒揣摩。不如且饮酒，流年付蹉跎。酒酣登高原，浩歌无奈何。"对于善恶颠倒、世道不公，诗人发出了愤愤的指责，尽管归之于无可奈何，但却风骨遒劲。当时的诗坛渠帅李纯甫对愚轩诗非常赞赏，写诗称扬："先生有胆乃许大，落笔突兀无黄初。"（《赵宜之愚轩》）道出愚轩诗奇突昂藏的特点。

实际上，最能代表南渡后士人心态的诗人莫过于李纯甫。李纯甫在承安年间中进士，颇有经世之志，因上疏深受章宗赏识，任职翰林。南渡后不满于术虎高琪的擅权霸道，以母老为由辞去官职。在南渡后，李纯甫"愤然于政风败坏，不遇于时。度其道不行，益纵酒自放，无意仕进"[③]。于是，将自己的郁愤不平蟠曲入诗中，写出了如《怪松谣》、《雪后》、《灞陵风雪》等奇险突兀的诗作，这正是不平之气的意象化表现。关于李纯甫，后面还要详论，此处只是简略涉及。

文学发展有自己的独特规律，有自己的发展脉络，不能等同于社会发展史，在很多情形下，文学与社会之间存在着不平衡关系。而文学的演进最终不能脱离社会，相反地，它的根子是深深地扎在社会土壤之中的。宣宗南渡以后的时局、政风，对士大夫的心态有直接的刺激。由于章宗朝到宣宗朝的明显变化，尤其是对待士人的态度，给士人心态造成的反差更大。这种反差造成了南渡后诗人们那种压抑不平的心态特征，而南渡后的诗歌创作，正是这种心态的表现。

第二节　南渡诗坛的诗学观念之争

南渡诗坛上，形成了两个诗歌流派：一派以赵秉文、王若虚为代表，一

---

① （金）元好问：《中州集》卷5，中华书局1959年版，第256页。
② （金）刘祁：《归潜志》卷2，中华书局1983年版，第15页。
③ 同上书，卷1，第6页。

派以李纯甫、雷渊（希颜）为代表。他们都致力于扭转诗坛上的不良风气，把诗歌创作引向质朴健康的轨道。但这两派之间，在诗学观念上有很大分歧，常常互相辩难，使这一时期的文学思想不断深化，而且显得异常丰富。要了解南渡诗坛的创作倾向，是不能不了解本时期文学思想的争鸣情况的。

南渡诗坛扭转了明昌、承安年间尚尖新、多艳靡、拘声律的风气，诗歌创作的主流趋向质朴刚健，赵秉文、李纯甫的逆挽之功是不可忽视的。刘祁说："南渡后，文风一变，文多学奇古，诗多学风雅，由赵闲闲（秉文号闲闲老人）、李屏山（李纯甫号屏山居士）倡之。"① 可见，赵李二人在诗风转变中与力大焉。

同样是反对艳靡与拘律，但李、赵之间存在着明显的诗学分歧。作为当时的诗坛领袖，他们都提出了自己的诗歌主张。虽然形成了明显的两种观点，但他们交游密切，相与论诗，在辩难中使各自的观点愈加成熟。有关论争双方的各自观点，在与赵、李二人都过从较密的刘祁所撰《归潜志》中有较为集中的记述，此处略为撷举，以见当时情形：

> 李屏山教后学为文，欲自成一家，每曰："当别转一路，勿随人脚跟"，故多喜奇怪。然其文亦不出庄、左、柳、苏，诗不出卢仝、李贺。晚甚爱杨万里诗，曰："活泼刺底，人难及也。"赵闲闲教后进为诗文则曰："文章不可拘一体，有时奇古，有时平淡，何拘？"李尝与余论赵文曰："才甚高，气象甚雄，然不免有失支堕节处，盖学而不成者。"赵亦与余曰："之纯文字止一体，诗只一句去也。"又，赵诗多犯古人语，一篇或有数句，此亦文章病。屏山尝序其《闲闲集》云："公诗往往有李太白、白乐天语，某辄能识之。"又云："公谓男子不食人唾，后当与之纯、天英（李经）作真文字。"亦阴讥云。②
>
> 赵闲闲论文曰："文字无太硬，之纯文字最硬，可伤！"
>
> 兴定、元光间，余在南京，从赵闲闲、李屏山、王从之、雷希颜诸公游，多论为文作诗。赵于诗最细，贵含蓄工夫；于文最粗，止论文象大概。李于文最细，说关键宾主抑扬；于诗最粗，止论词气才巧。……若王，则贵议论文字有体致，不喜出奇，下字止欲如家人语言，尤以助词为尚，与屏山之学大不同。尝曰："之纯虽才高，好作险句怪语，无

---

① （金）刘祁：《归潜志》卷8，中华书局1983年版，第85页。

② 同上书，第87页。

意味。"

　　正大中，王翰林从之在史院领史事，雷翰林希颜为应奉兼编修官，同修《宣宗实录》。二公由文体不同，多纷争，盖王平日好平淡纪实，雷尚奇峭造语也。①

这里是有关论争的较为集中、直接的材料。有些地方是论文，但与诗相通，故而都纳入诗学视阈之中。下边引用的材料也作如是观。对于两种诗学观念的论争，作如何的认识与评价，是值得探讨一番的。在这方面有一种较有影响的观点，认为李纯甫等人忽视内容，以奇险新巧为尚，走向形式主义；而赵秉文、王若虚与李纯甫、雷渊的论争，是反形式主义的斗争。质言之，赵秉文、王若虚是现实主义诗论的代表，而李纯甫则是形式主义的代表。不言而喻，前者与后者的论争，显然是正确对于谬误的斗争了。这种观点很普遍，也有权威性，但未必是客观的、正确的。我们以为，应该全面地、客观地分析论争双方的有关资料，才能得出更加切合实际的认识。

　　从上引材料中，我们至少可以看到双方有这样几点分歧。在继承与创造关系上，赵秉文主张取诸家之长，转益多师，以多方继承古人为尚；李纯甫更强调摆脱畦径，自成一家，勿随人脚跟。在诗歌风格上，赵主张风格的多样化，不拘于奇古或是平淡，而不满于李纯甫只有一种面目，"文字止一体"。但实际上，赵是力主含蓄平淡的艺术风格，而明确反对李的奇险风格。在创作论上，赵更重学养工力，因此，论诗最细，多讲规矩方圆；李更重天资才气。因此，论诗颇粗，只论词气才巧。在文学与现实的关系上，赵这一派重在纪实，此以王若虚为代表。李纯甫一派则重主观抒情，抒写峥嵘胸臆，因而造语奇峭。这是李纯甫、雷希颜、李经等人的共同之处。

　　以上只是提炼出双方论争的几个主要之点，下面不妨就赵秉文、王若虚、李纯甫等人的诗学主张做一些展开，使我们能够更为客观、全面地认识本时期的文学思想的基本状况。

　　先看赵秉文的诗学观念。在文学原理论上，赵秉文认为，"诚"是文学的根本，而作品是"情动于中而形于言"的艺术呈现。他说：

　　　　文以意为主，辞以达意而已。古之人不尚虚饰，因事遣辞，形吾心之所欲言者耳。问有心之所不能言者，而能形之于文，斯亦文之至乎！

————————

① （金）刘祁：《归潜志》卷8，中华书局1983年版，第89页。

譬之水不动则平，及其石激渊洄，纷然而龙翔，宛然而凤蹙，千变万化，不可殚穷，此天下之至文也。亡宋百余年间，唯欧阳公之文不为尖新艰险之语，而有从容闲雅之态，丰而不余一言，约而不失一辞，使人读之者亹亹不厌。盖非务奇之为尚，而其势不得不然之为尚也。①

这段话是赵秉文的诗学观念的正面阐述与集中表现。其中所言之"文"，指包括诗文创作在内的文学创作，非谓狭义的文体之"文"。因此，正可以"诗学观念"论之。赵认为文学创作乃是心灵的表现，因而要"以意为主"，而不应该虚饰浮华。语言表现要根据内容的需要，"因事遣辞"，不能舍本逐末，把语言修饰放在首位。由此出发，他赞赏欧阳修的创作态度与特点，而不满于"尖新艰险之语"，尤其是反对"务奇之为尚"，很明显，赵秉文的这些话都是有所指的，干脆可以看作是对李纯甫一派创作倾向的旁敲侧击。赵氏主张"以意为主"，与周昂的诗论同一机杼，而"不尚虚饰，因事遣辞"的观点对王若虚又有重要影响。王若虚所说的"以文章正理论之，亦惟适其宜而已！"② 与秉文此论是完全一致的。

再看赵秉文的文学创作论。在创作上，赵秉文力主师法古人，主张由模仿大家入手，他在写给李经的书信中全面阐述了他师法古人的主张。他对李经的评价："足下天才英逸，不假绳削，岂复老夫所可拟议，然似受之天而不受之人。"③ 言语内外，颇有微词，暗讽李经只恃才气，缺少师承。赵秉文又较为系统地阐发了他师法古人的主张：

足下立言措意，不蹈袭前人一语，此最诗人妙处。然亦从古人中入，譬如弹琴不师谱，称物不师衡，上匠不师绳墨，独曰师心，虽终身无成可也。故为文当师六经及左丘明、庄周、太史公、贾谊、刘向、扬雄、韩愈；为诗当师三百篇、离骚、文选、古诗十九首，下及李杜；学书当师三代金石、钟、王、欧、虞、颜、柳，尽得诸人所长，然后卓然自成一家。非有意于专师古人也。亦非有意于专摈古人也。自书契以

①　（金）赵秉文：《竹溪先生文集引》，见《闲闲老人滏水文集》卷15，中华书局1985年版，第205页。

②　（金）王若虚：《滹南遗老集》卷36《文辨》，见胡传志、李定乾《滹南遗老集校注》，辽海出版社2005年版，第412页。

③　（金）赵秉文：《答李天英书》，见张金吾编《金文最》卷43，中华书局1990年版，第780页。

来，未有摈古人而独立者。若扬子云不师古人，然亦有拟相如四赋。韩退之"惟陈言之务去"，若《进学解》则《答客难》之变也，《南山诗》则子虚之余也。岂遽漫汗自师胸臆，至不成语，然后为快哉！然此诗人造语之工，古人谓之一艺可也。至于诗文之意，当以明王道、辅教化为主。六经吾师也，可以一艺名之哉！①

从这篇文章中，我们可以看到赵秉文的"师古论"与李经的"师心论"的分歧。李经原信已佚，但从赵的复信中可以间接看出李经的主张。李经认为，写诗应该"不蹈袭前人一语"，"独自师心"，自写胸臆，这样方能独成一家。这实际上是李纯甫一派的共同主张。赵秉文则持相反的看法，他认为学诗当从古人中入，多方师法模仿，否则便"终身无成"。虽然他也说"然后卓然自成一家"，实际上他的侧重点在于"尽得诸家之长"。强调师法古人，是赵秉文诗论的一个特点。

赵秉文的这种观点，是带有很明显的复古色彩的。赵秉文的创作本身，很多篇什都有模仿的痕迹，诗人是有意拟作的，风格上酷似所拟诗家，但平心而论，赵诗是缺少一点独创性的。这不能不说是这种诗学观念的实践与体现。

赵秉文主张师法古人，与他的儒家文艺观是直接联系的。赵秉文以儒家文统继承者自命，他的学术领域基本在经学之内。他认为"诗文之意，当以明王道，辅教化为主"②，是典型的儒家文艺观。在儒家看来，"六经"是文学万世不移的典范，因此，"宗经"乃是儒家文论的一个根本点。既然"宗经"是必须恪守的信条，那么，复古、拟古便是儒家文论的必然祈向。纵览文学思想发展历程，大张"复古"之帜者，都是以儒家道统、文统自任的。赵秉文的"师古"主张，也正是产生于儒家教化论基础上的。而李纯甫等人之所以反对师古、复古，也是由于思想基础的不同。这当在后面有所分析。

王若虚是金代著名的文学批评家和诗人，对金代后期诗坛有很大影响。其诗论著作《滹南诗话》在诗论史上有较重要的地位。

王若虚（1174—1243），字从之，号慵夫，又号滹南遗老。藁城（今河

---

① （金）赵秉文：《答李天英书》，见张金吾编《金文最》卷43，中华书局1990年版，第781页。

② 同上。

北石家庄市附近）人。章宗承安二年（1197）经义进士。曾任管城令、门山令、国史院编修官、左司谏等职，官至翰林直学士。金亡不仕，隐居于镇阳，闲居十余年而终。现存诗文集《滹南遗老集》四十六卷。

王若虚的文学思想颇为丰富，而其基本观点又深受其舅周昂的影响。他曾拜周昂与刘正甫二人为师，而又自幼从周昂学诗，因此深得周昂诗论的真髓，同时，又有很大的发展与开拓。他的文学思想与赵秉文大体一致，尤其是在反对奇险诗风上结成了同盟，但又很有不尽一致之处。

在文学原理论方面，他以"真"为文学创体之本，这是其一系列文学主张的出发点。这个"真"，作为文论范畴，在创作主体方面，指性情之真，在客体方面，指符合事物的本来面目、客观规律。在王若虚的诗论中，"真"的内涵，是这二者的统一。他说："……夫文章唯求真而已，须存古意何为哉？"① 从这个观点出发，他对一系列经史坟典进行了认真分析，写下了《论语辨惑》、《孟子辨惑》、《史记辨惑》、《诸史辨惑》等充满批判精神的论著，不以古人之是非为是非，这与赵秉文的"师古"论有很大差异。

他认为文学创作应该表现创作主体的真情实感，如从肝肺间流出一样。他赞扬《归去来辞》"本是一篇真率文字"②，《醉翁亭记》"虽涉玩易，然条达迅快，如肝肺间流出，自是好文章"③。这是强调作品应该从作者的真性情中流出，而反对那种虚情假意、无病呻吟的矫揉造作之什。

同时，他认为"真"又应是表现事物之"真"。关于作品所表现的事物之"真"，从王若虚的诗论看来，既包括内在的"真"，又包括外在形貌的"真"，他认为应是二者的有机融合。他有这样一段议论："东坡云：'论画以形似，见与儿童邻；赋诗必此诗，定非知诗人。'夫所贵于画者，为其似耳，画而不似，则如勿画。命题而赋诗，不必此诗，果为何语！然则，坡之论非欤？曰：论妙在形似之外，而非遗其形似，不窘于题，而要不失其题，如是而已耳。世之人不本其实，无得于心，而借此论以为高。画山水者，未能正作一木一石，而托云烟杳霭，谓之气象；赋诗者，茫昧僻远，按题而索之，不知所谓，乃曰格律贵尔！一有不然，则必相嗤点以为浅易而寻常。不求是而求奇，真伪未知，而先论高下，亦自欺而已矣。岂坡公之本意也

<hr />

① （金）王若虚：《滹南遗老集》卷34《文辨》，见胡传志、李定乾《滹南遗老集校注》，辽海出版社2005年版，第383页。

② 同上书，第388页。

③ 同上书，第409页。

哉！"① 王若虚从他自己的观点出发，重新解释了苏轼"论画以形似，见与儿童邻"的美学命题，其实，倒是他未必合乎东坡的"本意"（苏轼这个命题牵涉到美学史上的一系列问题，这里无法展开，笔者另有专文论列），但他本人的意思倒是再也清楚不过了。这段话的核心意思是艺术创作必以形似为前提。从批评的角度说，首先是辨真伪，然后方能论高下。东坡是王若虚倍加推崇的人物，在《滹南诗话》里，王若虚处处扬苏而抑黄。这里对苏轼这几句诗的解释是为了给东坡留面子的曲解，倘换了别人说这几句话，王若虚说不上有多尖刻的语言来讽刺呢！

由求性情之真，王若虚大倡"以意为主"，对于周昂的这个命题，他是完全继承而又有所发展的；由求事物之真，他主张艺术创作要"随物赋形"、"因事陈辞"。这就进入到他的创作论。王若虚看来，"性情之真"与"事物之真"都是在动态变化的，因此，诗文创体不能蹈袭陈规，而应随意所适，不主故常，因而也就没有"定法"。他说："夫文岂有定法哉？意所至则为之，题意适然，殊无害也。"② 他认为性情之真与事物之真的动态融合，应该是浑然天成，曲尽物态的。"乐天之诗，情致曲尽，入人肝脾，随物赋形，所在充满，殆于元气相伴。至长韵大篇，动数千百言，而顺适惬当，句句如一，无争张牵强之态。岂捻断吟须、悲鸣口吻者之所能至哉！"③ "乐天之诗，坦白平易，直以写自然之趣，合乎天造，厌乎人意，而不为奇诡以骇末俗之耳目。"④ 这是王若虚心目中最为理想的艺术创作范型。

由这些议论我们不难看出，王若虚主张发乎情性，不主故常，而反对拘于绳墨，雕琢镂刻，务为奇险的创作倾向，尤其是反对奇险的审美趣尚。在风格论上，他力主平实而大反奇险，这是其诗论一个突出特征。他说："凡为文章，须是典实过于浮华，平易多于奇险，始为知本末。世之作者，往往致力于其末，而终身不返，其颠倒亦甚矣！"⑤ 这是他的关于风格论的一个根本观点。尽管他也赞同陈师道所说的"善为文者，因事而奇"，但通观王若虚诗论，是力排奇险诗风的。

---

① （金）王若虚：《滹南诗话》卷中，郑文等校点，人民出版社 1962 年版，第 68 页。

② （金）王若虚：《滹南遗老集》卷 36《文辨》，见胡传志、李定乾《滹南遗老集校注》，辽海出版社 2005 年版，第 415 页。

③ （金）王若虚：《滹南诗话》卷上，郑文等校点，人民出版社 1962 年版，第 58 页。

④ 同上书，第 68 页。

⑤ （金）王若虚：《滹南遗老集》卷 37《文辨》，见胡传志、李定乾《滹南遗老集校注》，辽海出版社 2005 年版，第 427 页。

　　由这些观点出发，在批评论中，他处处褒扬苏轼而力诋黄庭坚，其根据大抵是苏诗豪放杰出，唯意所适，而黄诗讲究句律绳墨，务为奇峭。扬苏抑黄，在《滹南诗话》中随处可见。"山谷之诗，有奇而无妙，有斩绝而无横放，铺张学问以为富，点化陈腐以为新；而浑然天成，如肺肝中流出者，不足也。"① "鲁直论诗，有'夺胎换骨，点铁成金'之喻，世以为名言。以予观之，特剽窃之黠者耳。"② "东坡，文中龙也。理妙万物，气吞九州，纵横奔放，若游戏然，莫可测其端倪。鲁直区区持斧斤准绳之说，随其后而与之争，至谓'未知句法'。东坡而未知句法，世岂复有诗人！……鲁直欲为东坡之迈往而不能，于是高谈句律，旁出样度，务以自立而相抗，然不免居其下也。"③ 等等。应该说，王若虚对于苏、黄的评价是基本上抓住了他们的特征的，有相当的合理性。但他把这种观点推向极端，把苏、黄全然对立起来，完全否认黄诗的成就及在诗史上应有的地位，其思想方法是很偏执的。而且，他的这种观点产生了广泛影响，多年来对黄庭坚诗的研究一直受这种观点所左右，这是不尽科学的。黄诗在很大程度上代表着宋诗的发展趋向，有独特的成就，未可全然否定（笔者曾有《因难以见巧：黄庭坚的诗美追求》专文论述，见《辽宁师范大学学报》1988 年第 5 期）。王若虚尽管在金代文学思想上有很大贡献，但在这个问题上的片面性，是必须指出的。

　　王若虚一再批评奇峭诗风，并不仅仅是对黄庭坚等前代诗人而发，锋芒所向是针对李纯甫一派的诗风与诗学主张，旁敲侧击，指此言彼，话里话外都刺着李纯甫、雷希颜等人。前面所引的材料中，有王若虚对李纯甫的讥刺："之纯虽才高，好作险句怪语，无意味。"④ 王若虚与雷希颜在修史过程中的纷争也是由于王主"平淡纪实"，雷主"奇峭造语"。于是，"雷所作，王多改革"。彼此之间的矛盾随之而尖锐化、公开化。"雷大愤不平，语人曰：'请将吾二人所作，令天下文士定其是非！'王亦不屑，尝曰：'希颜作文，好用恶硬文字，何以为奇！"⑤ 可见，王若虚是坚决反对诗文创作中的尚奇倾向的。以上，是王若虚诗学观念的主要之点。

　　下面谈李纯甫的诗学观念。有关李纯甫，虽然前面略有涉及，但是尚无正面的介绍。此处略加补充。

---

① （金）王若虚：《滹南诗话》前言，郑文等校点，人民出版社 1962 年版，第 40 页。
② 同上书，第 86 页。
③ 同上书，第 71 页。
④ 同上书，第 85 页。
⑤ （金）刘祁：《归潜志》卷 8，中华书局 1983 年版，第 89 页。

李纯甫（1177—1223），字之纯，号屏山居士，弘州襄阴（今河北阳原）人。承安二年（1197）经义进士，曾入翰林，仕至尚书右司都事，年四十七卒于汴。屏山幼时即颖悟异常。初学词赋，后读《左氏春秋》，大爱之，于是更为经义之学。为文师法庄周、左氏，所以其词雄奇简古。屏山有经世之志，喜谈兵。泰和南征时，两次上疏，策其胜负，章宗颇感诧异，给送军中，后多如所料。宰执奇其文，荐入翰林。宣宗南渡后，再入翰林。后因术虎高琪擅权，辞去职务，待术虎高琪诛死后，再入翰林，连知贡举。

李纯甫在南渡后是当时的文坛领袖，士望归之。尤为乐于奖掖荐拔人才。"天资喜士，后进有一善，极口称推，一时名士，皆由公显于世。又与之拍肩尔汝，志年齿相欢。教育、抚摸、恩若亲戚。故士大夫归附，号为'当世龙门。'尝自作《屏山居士传》，末云：'雅喜推借后进。'如周嗣明、张伯玉、李经、王权、雷渊、余先子姓名刘从益、宋九嘉，皆以兄呼。"①"然屏山在世，一时才士皆趋向之。"② 可见李纯甫在士林中的威望与地位。

从论争材料中我们不难看出，李纯甫论诗不主张师法古人，而力主创新，"自成一家"、另辟新径，"勿随人脚跟"。在创作上以奇峭为尚，这也正是赵秉文、王若虚等所集中抨击的倾向。关于李纯甫的诗论材料所存极少，除《归潜志》所载的零散言论外，可见的主要材料只有李纯甫为金代中叶诗人刘汲《西岩集》所作之序，这个序文较为全面地表达了他的诗学观，不妨录之于次：

> 人心不同如面，其心之声，发而为言。言中理谓之文，文而有节为之诗。然则诗者，文之变也，岂有定体哉！故《三百篇》什无定章，章无定句，句无定字，字无定音。大小长短，险易轻重，惟意所适。虽役夫室妾悲愤感激之语，与圣贤相杂而无愧，亦各言其志也已矣。何后世议论之不公邪！齐梁以降，病以声律类俳优然。沈宋而下，裁其句读，又俚俗之甚者，自谓灵均以来，此秘未睹。此可笑者一也。李义山喜用僻事，下奇字，晚唐人（按：当为宋初人）多效之，号"西昆体"，殊无典雅浑厚之气，反晋杜少陵为"村夫子"。此可笑者二也。黄鲁直天资峭拔，摆出翰墨畦径，以俗为雅，以故为新，不犯正位，如参禅着末后句为具眼。江西诸君子，翕然推重，别为一派。高者雕镌尖

---

① （金）刘祁：《归潜志》卷1，中华书局1983年版，第6—7页。
② 同上书，第87页。

刻，下者模影剽窃。公言韩退之以文为诗，如教坊雷大使舞。又云学退之不至，即一白乐天耳。此可笑者三也。嗟乎！此说既行，天下宁复有诗邪！比读刘西岩诗，质而不野，清而不寒，简而有理，澹而有味，盖学乐天而酷似之。观其为人，必傲世而自重者。颇喜浮屠，邃于性理之说。凡一篇一咏，必有深意，能道退居之乐，皆诗人之自得，不为后世论议所夺，真豪杰之士也。①

这个序文的确是较为系统地表达了李纯甫的诗学观。值得注意的是，李纯甫与王若虚的诗论有一个契合点，就是"文无定体"与"文无定法"，王若虚说文无定法，"意所至则为之"，而李纯甫也讲"唯意所适。"在这个问题上，双方的观点是基本一致的。赵秉文的"文以意为主，辞以达意而已"，"不尚虚饰，因事遣辞"，意思也是完全一样的。即主张文学创作以"意"为本，而要以形式因素服从"达意"的需要，不能舍本逐末，把形式因素（体、法或语言修饰等）作为根本来加以追求。在这个问题上的共识，使他们对于尖新浮艳的诗风，同样起到了有力的扭转作用。"南渡后，文风一变，文多学奇古，诗多学风雅，由赵闲闲、李屏山倡之。"② 他们的倡导，目的都在于使文学创作能够摒弃"伪体"，上承风雅，走上健康的道路，而并不存在一个正确、一个谬误的问题，他们之间存在的分歧，只是审美趣尚的不同。

然而，往深一层探寻，在这个契合点后面却有着不同的根据。王若虚提倡"文无定法"的根据在于文学表现内容的"真"——包括性情之真与事物之真，就是"求是"，很明显是倾向于客观真实；李纯甫主张"诗无定体"的根据在于"诗为心声"，心声发而为言，言中理便是文，文有节便为诗，诗是文的变体，也就是"心声"的表现，这就是李纯甫的"文学原理"论。李纯甫特别强调"人心"之间的差异，"人心不同如面"，那么，"心声"自然是千差万别的，由此导出的论点是，诗应该是充分表现自我，应该具有鲜明个性的。王若虚的"文无定法"，归宿在于"平淡纪实"，李纯甫的"诗无定体"，归宿则在于"自成一家"，"勿随人脚跟"，也就是艺术的独创性。

论争双方的思想基础之不同，也是产生分歧的重要因素。赵秉文以儒家

① 　（金）元好问：《中州集》卷2，中华书局1959年版，第77页。
② 　（金）刘祁：《归潜志》卷8，中华书局1983年版，第85页。

的功利主义文学观为思想基础，他所说的"文以意为主"的"意"，并非是创作主体的个体思想感情，而是"当以明王道，辅教化为主"，以诗为荷载道统之具，那么，他不主张诗的独创性，不满于"文字止一体"，而倡导模仿古人，"六经吾师"，把儒家经典视为典范，也便是宜乎其然的了。赵秉文评党怀英诗文曰："文章仿六经"①，实际上全是他自己的主张。在《商水县学记》中，他以"圣道"继承者自任："今之学者，则异于古之所谓学者矣；为士者钩章棘句、骈四俪六，以圣道为背时而不肯学，敝精神于塞浅之习，其功反有倍（按：通背）于道学而无用。入官者急功利，趋期会，以至道为背时而不足学，其劳反有病于夏畦，而未免为俗儒，尽弃其前日之学，此道之所以不明也……"②他对浮艳文风的批判，是以"圣道"，为出发点的。

　　既以儒道为己任，赵秉文是主张"温柔敦厚"的诗教说的。以诚为本，以"中和"为美学理想，是体现在他的言论之中的，"一伪丧百诚，中和为士则"③，意思是很清楚的。他反对"尖新艰险之语"而倡"从容闲雅之态"，也正是从"中和"的理想出发的。王若虚的论诗标准也渗透着这种"中和"之美的观念。他不满于奇峭矫激之风格，便是因其伤于"和气"，也即不合于"中和"之道，他不喜柳宗元的诗文，说："柳子厚放逐既久，憔悴无聊，不胜愤激，故触物遇事，辄弄翰以自托。然不满人意者甚多。若《辨伏神》、憎王孙、骂尸虫、斩曲几、哀溺、招海贾之类，若无义理，徒费雕镂，不作焉可也。黔驴等说，亦不足观。"④对于这些发愤之作，他是颇为不满的。为什么？原因便在于"少和气"。他曾直接表露过这个观点："子厚才识不减退之，然而令人不爱者，恶语多，而和气少耳。"⑤这不是说得非常清楚了吗？他对李纯甫、雷希颜等人创作倾向的不满，也同样主要是这种观念在起作用。

　　李纯甫的思想基础则异于是。尽管他自称"儒家子"，但他的思想在很大成分上是崇尚佛老之学的，尤其是以佛教为先。并且，他有着以佛教思想来统合儒、道二家的倾向。他尝自叙云："偶于玄学似有所得，遂于佛学亦

---

　　①　（金）赵秉文：《滏水文集》卷3，中华书局1985年版，第37页。

　　②　同上书，第188页。

　　③　同上书，第37页。

　　④　（金）王若虚：《滹南遗老集》卷35《文辨》，见胡传志、李定乾《滹南遗老集校注》，辽海出版社2005年版，第404页。

　　⑤　同上。

有所入。"并认为"学至佛则无可学者，乃知佛即圣人；圣人非佛，西方有中国之书，中国无西方之书也。吾佛大慈，皆如实语，发精微之义于明白处，索玄妙之理于委曲中。学士大夫犹畏其高而疑其深，诬为怪诞，诟为邪淫，惜哉！"① 这里正面表达了屏山崇佛的思想倾向。他虽不反儒，但认为佛高于儒，佛可包容儒道，而儒道不能包含佛教，"佛即圣人，圣人非佛"，崇佛而抑儒的意思是明白无误的。

李纯甫的诗学观念不源于正统儒家，这点也是很明显的。因而，他不主张"宗经""征圣"，而主张"诗为心声"，他举《三百篇》为例，不同于一般儒家诗论，而只是取其"大小长短，险易轻重，唯意所适"。儒者论诗，主于"言志"之说，强调"温柔敦厚"。认为诗的功能主要是教化、讽谕，要合于"中庸"之道。孔子讲"诗可以怨"，但汉儒力倡"温柔敦厚"的诗教说，侧重发挥孔子"乐而不淫，哀而不伤"的中和思想，反对怨刺过激。《毛诗序》所提出的"主文而谲谏"，对儒家诗教传统影响甚为深远。"怨而不怒"，是一个根本性的前提。孔颖达阐释说："温谓颜色温润，柔谓情性和柔。《诗》依违讽谏，不指切事情，故云'温柔敦厚诗教也。"② 这也正是儒家诗教的核心内容。

李纯甫一不强调"征圣""宗经"，二不主张"温柔敦厚"。他高度肯定"役夫室妾"的"悲愤感激之语"，并把它与"圣贤相杂而无愧"，给"诗言志"完全赋予了新的内涵。"役夫室妾"自然是最为微贱的普通人，"悲愤感激之语"自然不是什么"温柔敦厚"，而正是在儒者看来不合"诗教"的过激之音，这才是屏山诗论的出发点，抒愤为诗，这全然是与赵秉文、王若虚的诗论大异其趣的。"何后世论议之不公邪！"是对汉儒以还的诗教传统的否定，可谓"截断众流"！

李纯甫等崇尚奇险、奇峭的诗美倾向，不是为奇而奇，而正是建立在"悲愤感激之语"的基础上的。这是必须阐明的。

从"人心不同如面"而诗为心声的观点出发，李纯甫力倡"自成一家"，强调独创性，不满于模拟古人，师法多方，虽然不无偏颇之处，也是有一定合理性的。他推重黄庭坚"天资峭拔，摆出翰墨畦径"，而鄙薄江西

---

① （金）李纯甫：《重修面壁庵记》，见（金）刘祁《归潜志》卷1"附录"，中华书局1983年版，第7—8页。

② （汉）郑玄注，（唐）孔颖达疏：《礼记正义》卷50，见李学勤主编《十三经注疏》，北京大学出版社1999年版，第1598页。

末流，正是赞赏黄山谷那种"我不为牛后人"的创新精神。

以上就赵秉文、王若虚、李纯甫诸家诗论展开论析，力图给读者以一个较为全面的印象。在以往的权威论述中，把赵、王与李纯甫、雷希颜等人的诗学论争，说成是现实主义反对形式主义的斗争，这是不合适的。他们都是扭转不良诗风的主将，都起了积极作用，但他们的出发点和思想基础不尽一致，因而，形成了不同的诗学观念。在金代文学思想史上，都有着重要价值，也都有局限性。

第三节　尚奇的诗歌创作倾向

在对南渡诗坛的诗学观念论争做了初步的探索之后，我们再来考察诗坛的创作情况，便有了很充实的依据。

作为当时的一位诗坛领袖，李纯甫名重一时。他又善于奖掖后进，为他人延誉。当时一些有影响的诗人，多半出于他的门下，或者与他过从甚密，与之游。在这方面，他的威望超过了赵秉文。刘祁曾说："李屏山雅喜奖拔后进，每得一人诗文有可称，必延誉于人。……屏山在世，一时才士皆趋向之。至于赵所成立者甚少。……至今士论止归屏山也。"[1] 在李纯甫旗帜下所聚集的诗人们，在性格上多有着豪放超迈、刚直任气的特点，而在诗歌创作上多喜奇峭造语。尚奇，是这一诗歌流派的共同美学倾向。这方面，尤以李纯甫的诗歌创作最有代表性。

李纯甫的诗作存留不多，《中州集》录其诗 28 首。即使是在这为数不多的篇什中，屏山诗的奇险特征也得到了充分的显示。屏山诗的意象狠重奇险，峥嵘怒张，结构上也奇突不平。在体裁上以七言古诗见长，充分发挥了七古那种动荡开阖、易于表现慷慨豪放的情感的优势，而且有意地避免唐代歌行体的骈偶化倾向。以单行散句造成一种突兀跌宕的气势。试读《怪松谣》一诗：

> 阿谁栽汝来几时，轮囷臃肿苍虬枝。鳞皴百怪雄牙髭，拏空天矫蟠枯枝。疑是秋魔岩中老傀物，旱火烧天鞭不出。睡中失却照海珠，羞入黄泉蜕其骨。石钳沙锢汗且僵，埋头卧角正摧藏。试与摩挲定何似，怒我挃触须鬣张。壮士囚缚不得住，神物世间无着处。堤防夜半雷破山，

---

① （金）刘祁：《归潜志》卷 8，中华书局 1983 年版，第 87 页。

尾血淋漓飞却去。

这首诗的意象果然是十分奇险狠重的。如果要用"平淡纪实"来衡量它，自然是不合标准的，但它确实是一篇有强烈的艺术感染力的好诗！这首诗写"怪松"，看似咏物，实际上有强烈的抒情性。诗人笔下的"怪松"，决非一般松树的形似刻画，而是奇崛不凡的个性表现。与其说是写"怪松"形象，毋宁说是在吐弃胸中的勃郁不平之气。诗人将自己的个性；情怀都投射到"怪松"的形象之中。看它"伤痕累累，瘢迹重重"，长就一副峥嵘怪相，却又充溢着一种怒张飞动的生命力。为了在诗中投射自己的峥嵘胸臆与傲然个性，诗人用"苍虬"作为喻体，使怪松的形象充满了生命感。诗中充满了奇特的夸张与想象，显得颇为奇突怪绝，但它们正是生长于诗人的个性之中的，虽然是奇险，但它决非无病呻吟，决非故作其态，而是诗人自我的艺术表现。

再如《雪后》一诗，也并非风雪世界的客观描摹，毋宁说是诗人内在宇宙的外化：

> 玉环晕月蟠长虹，飞沙卷土号阴风。黄云幂幂翳晴空，屋头唧唧鸣寒虫。天符夜下扶桑宫，玄冥震怒鞭鱼龙。鱼龙飞出沧海底，咄嗟如律愁神工。急拘北斗卷云汉，凌澌卷入天瓢中。椎璋碎璧纷破碎，六华剪出寒珑璁。翩翻作穗大如手，千奇万巧难形容。恍如堕我银沙界，清光缟夜寒朦胧。肝肠作祟耿无寐，试把往事闲追穷。男儿生须衔枚卷甲臂雕弓，径投虎穴策奇功。不然羊羔酒涨玻璃钟，侍儿醉脸潮春红。谁能蹇驴驮看灞陵东，骨相酸寒愁煞侬。屏山正吐黄荠气，笑倒坐间亡是公。

诗人创造了那么多超越现实的奇幻意象，重构了一个怪异、幻化、狂戾的宇宙，就意象的奇特来说，甚至要超过李白的诗。诗人并没有脱离狂风暴雪的物象特征，相反，却是把这种特征表现得更为生动。然而，诗人并没有停留于物象刻画，而是从中生发出十分奇丽的想象。这种想象的旨归，并不在于风雪世界，而是用以表现诗人的内在世界。诗中的意象瑰丽雄奇，又充满了动态。怒张中显沉郁，飞动中含博大。它不像"明月照积雪，朔风劲且哀"，在静寂琼洁中潜沉着伤慨，也不像"燕山雪花大如席，片片吹落轩辕台"那样，在无边的苍茫中寓凄苦万分。它似乎是造物主狂怒的产物，诗人亢烈而不安的灵魂躁动于其间。这些意象对我们的审美观照来说，不是"媚人的魅力"，而是"生命力的因而更加强烈的喷射"（康德语）。

李纯甫善于表现士大夫的豪犷不羁的精神世界，表现人物的神态与性格，用他的诗笔为金代后期的士人们写照。实际上，也是抒写自己的内心世界和性格命运。如《送李经》这首诗，便活画出李经、张伯玉、周嗣明这些"奇士"的风貌：

> 髯张元是人中雄，喜如俊鹘盘秋空。怒如怪兽拔枯松，老我不敢婴其锋。更着短周时缓颊，智囊无底眼如月。斫头不屈面如铁，一说未穷复一说。勍敌相扼已铮铮，二豪同军又连衡。屏山直欲把降旌，不意人间有阿经。阿经瑰奇天下士，笔头风雨三千字。醉倒谪仙元不死，时借奇兵攻二子。纵饮高歌燕市中，相视一笑生春风。人憎鬼妒愁天公，径夺吾弟还辽东。短周醉别默无语，髯张亦作冲冠怒。阿经老泪和秋雨，只有屏山拔剑舞。拔剑舞，击剑歌，人非麋鹿将如何！秋天万里一明月，西风吹梦飞关河。此心耿耿轩辕镜，底用儿女肩相摩。有智无智三十里，眉睫之间见吾弟。

借送别场面的描写，写出了李、张、周三位豪杰之士的风貌。这实际上反映李纯甫这一派诗人的共同的性格特征。豪犷不羁、纵饮高歌，而又有着深沉的悲慨。这便是南渡后诗人的特定写照。诗人用了许多奇特的意象，来形容这几位"瑰奇天下士"，而且通过戏剧化的场景刻画，使几个人的个性跃然纸上，如闻音声。而贯通全诗的是雄豪悲慨之气。其他篇什如《灞陵风雪》、《赵宜之愚轩》等篇，都是以人文意象的创造，来表现士大夫的性格与命运。在风格上，都突出地表现出一个"奇"字。

屏山诗笔触狠重，意象奇突险怪，通过前面的引述，我们可以认同这一点。然而，如果把"形式主义"的帽子给李纯甫戴上，可就未必合适了。屏山诗的奇险来自于情感的郁愤、激越与焦灼，发于中心，不得不尔！而且，在他的诗学观念中，诗就应该是抒发"悲愤感激之语"的。在屏山诗中，意象之奇正是适合于表现情感的激越：李纯甫曾"求经济之术"，要实现经世匡时、大济天下的理想，除在宣宗朝两上策疏外，后来又"由小官上万言书"，建言国事，然而，却被忌恨士大夫的执政者抛在一边。"当路者以迂阔见抑，士论惜之。"① 以他那种豪放不羁、心气高远的个性，遇到如此时运，如此挫抑，其勃郁不平的心境不是完全能够理解的吗？在这种境遇下，他"益纵酒自放，无仕进意。得官未尝成考，旋即归隐。居闲，与禅僧、士子游，惟以文酒为事。啸歌祖袒，出礼法外，或饮数月不醒，人有酒见招，必往，往辄醉。虽沉醉，亦未尝废著书，至于谈笑怒骂，灿然皆成文理。"② 这些记载足以说明他心情的抑郁忧愤以及性格的豪放不羁。屏山诗的奇险风格的情感因素正在于此！平淡词语，庸常意象，是难于表达出诗人的胸中块垒的。这种情感是在现实的困厄焦灼中产生的，它不仅是个人的穷达得失，而且是一代士人的悲剧性命运。透过屏山诗那种奇突不平的风貌，难道不是可以感受到它后面的时代氛围吗！倘若是"形式主义"，为奇险而奇险，则只能写出苍白羸弱的篇什，纵然炫人眼目，也只能是略无生气的纸花。而屏山诗的强度、力度、时代感，都是令人感到震撼的，有着倔强的、充沛的艺术生命力，是不能与"形式主义"同日而语的。

无须讳言，屏山诗的奇险风格，也与他的染佛颇有关系。关于李纯甫崇尚佛教，前面已有介绍。而佛教的某些思想方法，对屏山诗的风格形成是不无影响的。唐宋之际，正是中国化的佛教禅宗盛行之时。金朝士大夫之染佛者，也多笼罩于禅风之中。从李纯甫所作的《重修面壁庵记》来看，屏山之喜佛，也主要是醉心于禅。屏山在记中发挥"教外别传"的"顿悟"之说："梁普通中，有菩提达摩大士自西方来，孤唱教外别传之旨，岂吾佛教外复有所传乎？特不泥于名相耳。真传教者非别传也，如有雅乐，非本色则不成宫商；如有甲第，非主人则不知户庭。自师之至，其子孙遍天下，多魁闳磊落之士，硕大光明，表表可纪。剧谈高论，径造佛心。渐于义学、沙门，波及学士大夫，潜符密契不可胜数。……虽奸夫愚妇，可以立悟于便旋顾盼之顷，如分余灯以烛冥室，顾不快哉！道冠儒履皆有大解脱门，翰墨文章亦为游戏三昧，此师之力也。"③ 这里很明显地把翰墨文章与达摩的"祖师禅"联系起来了，启示我们通过他的禅宗思想来理解其诗的风格特征、创作倾向。禅宗以"教外别传"自任，力倡"以心传心，不立文字"，并以

---

① （金）刘祁：《归潜志》卷1，中华书局1983年版，第6页。
② 同上。
③ （金）李纯甫：《重修面壁庵记》，见（金）刘祁《归潜志》卷1《附录》，中华书局1983年版，第8页。

"顿悟成佛"之说立宗。禅宗的悟解方式，破弃逻辑理念，废除规矩方圆，而以随机即境、拳打棒喝为悟解方式。所谓禅家机锋，是以废弃规矩、匪夷所思为特点的。因此，读禅宗公案，颇有奇外出奇之感。这种以奇制胜、不蹈常轨的思维方式，对屏山诗的险怪奇特之风，不能没有影响。宋代诗论中有"以禅喻诗"的一脉传统，也就是用参禅的体验来比喻诗歌创作之理。"以禅喻诗"的诗论，都是主张破除窠臼、出之以奇的。如吴可的《学诗诗》云："学诗浑似学参禅，头上安头不足传。跳出少陵窠臼外，丈夫志气本冲天。"主张破除"少陵窠臼"，贵在独创。而龚相的《学诗诗》则有异曲同工之致："学诗浑似学参禅，几许搜肠觅句联。欲识少陵奇绝处，初无言语与人传。"意思是杜诗之"奇绝"，正在于无法言传的独得之会，当然是不在于规矩法度间可得的了。屏山以翰墨文章为"游戏三昧"，深得禅宗之髓，超越正常的思维惯式，奇外出奇。屏山诗冲破儒家诗教倡导的"中和之美"，也有意扬弃前人的诗歌艺术表现模式，出之以"奇"。意象奇特，出人意料。如形容张伯玉："喜如俊鹘盘秋空，怒如怪兽拔枯松。"形容赵宜之："羿穷射杀金毕逋，老卢碟杀玉蟾蜍。朝夕相避昆仑墟，忍见天公一目枯。"（《赵宜之愚轩》）语言句法奇，有意突破唐代歌行中运律入古、浏亮圆美的范型，如"屏山参透此一机，髯弟皤兄何见疑。此理入玄人得知，髯弟恐我滄却西山秀"（《为蝉解嘲献》），"肺肠愤痒芒角出，顾泻长句如翻盆。怪汝胸中云梦大，老我眼皮危塞破"（《虞舜卿送橙酒》），十分奇突不平。

这样奇崛险怪的创作倾向，如果不是情感匮乏，为奇而奇，是很难扣上"形式主义"帽子的。无疑地，在南渡诗坛上，形成了这样一种尚奇的审美思潮，其社会文化原因已经在前面有所论析。虽然在鉴赏上增加了一定难度，形成了如英国美学家鲍桑葵所说的"艰奥的美"，但也使欣赏者得到更为振拔的审美感受。

这派诗人中雷渊的创作也是以奇著称的。在金诗发展中雷渊也是一位很有特色的诗人，在南渡诗坛上声名尤著。

雷渊（1184—1231），字希颜，别字季默，应州浑源（今山西浑源）人。至宁元年（1213），登词赋进士第，官至监察御史。雷渊"为人躯干雄伟，髯张口哆，颜渥丹，眼如望羊。遇不平，则疾恶之气见于颜，间或嚼齿大骂不休。虽痛自摧折，然猝亦不能变也。……平生慕孔融、田畴、陈元龙之为人，而人亦以古人期之。故虽其文章号一代不数人，而在希颜仍亦余事耳。"① 从元好问的记载中，足以见出雷渊的刚直豪侠之风。他虽然以诗人名世，但在当时确是一个刚肠疾恶的豪杰！雷希颜很早就"从李屏山游，遂知名"②。在文学创作上，"博学有雄气，为文章专法韩昌黎，尤长于叙事。诗杂坡、谷，喜新奇"③。与王若虚同领史院，之所以发生分歧，就是因为王若虚不满于他的奇峭造语。

雷希颜的诗作意气高迈，格调清新，有卓荦不平之致。希颜诗并非一味豪放，而是在清新独特的意象之中，寓含着高远雄旷的主体情志。如《洛阳同裕之钦叔赋》：

> 日上烟花一片红，崧邙西峙洛川东。
> 才闻候骑传青盖，又见牵羊出绛官。
> 事去关河不横草，秋来陵寝但飞蓬。
> 书生不奈兴亡恨，斗酒聊浇块垒胸。

这首诗充满着一种悠远深沉的历史感。看起来并非是雄豪放肆的，但在清新独到的意象中表现了诗人纵观历史兴亡的见识，抒发了峥嵘高远的胸怀。再如七古《爱诗李道人若愚崧阳归隐图》：

> 我家崧前凡再期，诗僧骚客相追随。春葩缤纷香涧谷，夏泉喷薄清心脾。霜林置酒曳锦障，雪岭探梅登玉螭。重阳夜宿太平顶，天鸡夜半鸣喔咿。整冠东望见日出，金轮涌海光陆离。神州赤县入指顾，风埃未靖空嘘唏。穷探机览不知老，泉石佳处多留题。简书驱出踏朝市，期会迫窄愁鞭笞。襟怀尘土少清梦，齿颊棘荆真白痴。叩门剥啄者谁子？道人面有熊豹姿。披图二室忽当眼，贯珠编贝多文辞。我离山久诗笔退，摹写岂复能清奇。再三要索不忍拒，依依但记经行时。道人爱山复爱诗，嗜好成癖未易医。山中诗友莫相厌，远胜薰酣声利乾没儿。

这首诗就《归隐图》写起，把崧阳景致写得十分奇伟壮丽，有似于太白的《庐山谣寄卢侍御虚舟》、《梦游天姥吟留别》等篇什的雄奇多姿。而且诗人

---

① （金）元好问：《雷希颜墓志铭》，载《中州集》卷6，中华书局1959年版，第314页。
② （金）刘祁：《归潜志》卷1，中华书局1983年版，第9页。
③ 同上书，第87页。

也创造了许多超现实的意象，来表现山的奇丽风貌。面对大自然的宏阔怀抱，诗人兴发了风尘坎坷的感慨，以及对于山林归隐的向往之情。诗中那种奇丽光怪的境界，也透露诗人胸臆的奇崛不凡。另外，如"寒侵桃李凄无色，雪压池塘惨不波"（《赠陈司谏正叔》），"南山已在风尘外，更恐飞埃溷碧巅。一棹晚凉波底看，浴沂面目本天然"（《济南泛舟，水底见山，有感而作》），诗的意象虽不突兀，但立意不同陈俗，也给人以颇为新奇的审美感受。

雷希颜的诗作，在语言上并非属于朴实无华的那一类，而是典丽琢炼的，丰富而又有色彩感。但并不是衰弱无力的那种"女郎诗"恰恰相反，是在典丽之中寓遒劲风骨。如"缇囊深复有沧洲，丈室春融翠欲流。退笔成丘竟何益，乘时真欲砺吴钩"（《洮石砚》）；"千古崩崖一罅开，强将神怪附郊禖。无情顽石犹贻谤，贝锦从为苍伯衰"（《启母石同裕之赋》）；"解开晴云作霖雨，更邀明月贮清光"（《赋侯相公云溪》），等等，都以很优美、很工稳的语言，表现出一种遒劲刚健之风。

李经是这派诗人中很有名的一位，可惜作品流传很少。南渡后的诗坛上，李经颇为活跃，与李纯甫等往来密切。李纯甫揄扬其诗"真今世之太白也"，由是而声名大震。李纯甫在《送李经》一诗中，称赞他是"阿经瑰奇天下士，笔头风雨三千字"，可见诗风之奇放。刘祁称他："为诗刻苦，喜出奇语，不蹈袭前人，妙处人莫能及。"[1] 元好问也说他："作诗极刻苦，如欲绝去翰墨蹊径间者，李、赵诸人颇称道之。"[2] 从这些记载中可以看出，李经的创作态度十分认真，主张出奇而绝俗，尤其是要杜绝模拟前人、泥古不化的痕迹，而要戛戛独造，自创一格。赵秉文在《答李天英书》中说："足下之言，措意不蹈袭前人一语。"看来李经在写给赵秉文的信中，明确表达了自己的这种诗歌主张。

李经存诗不多，《中州集》录其诗 5 首，这 5 首诗又全见于赵秉文的《答李天英书》中，看来是全赖此文而得存这仅见的几首诗作。即便如此，也完全可以见出李经诗的风格特征了。选录 3 首于此：

> 晨井冻不纍，谁疗壮士饥，
> 天厩玉山禾，不救我马樵。

---

① （金）刘祁：《归潜志》卷 2，中华书局 1983 年版，第 12 页。
② （金）元好问：《中州集》卷 5，中华书局 1959 年版，第 263 页。

　　　　　　　——《杂诗》其二

　　尘埃汩没伺候工，离骚不振矜鱼虫。
　　风云谁复话著蔡，不图履豨哀屠龙。
　　　　　　　——《杂诗》其三

　　挟笺搦管坐书空，咿嚘堂上酣歌钟。
　　乃知造物戏儿童，不妨远目送归鸿。
　　莫怪魏瓠无所容，此去未许江船东。
　　五经不扫途辙穷，门庭日月生皇风。
　　太阿剖室砺以石，坐扫鹳鹤摇天雄。
　　　　　　　——《杂诗》其四

　　这里选录这 3 首诗，既能代表诗人的风格，同时又表现出诗人落第还辽后的落寞心境。有关南渡后政风以及士大夫的境遇，在前面已经论及，而李经正是这种"喜吏恶儒"政风的牺牲品。尽管富于才华，诗名震于汴京，但却累举不第，只好抑郁返回辽东故乡。这 5 首《杂诗》都是在风雪塞外的辽东故乡所写的，充满了一种怀才不遇的郁愤。"晨井"这首五言绝句，写得幽冷峭拔，意象甚奇，以初冬苦寒肃杀的景象来透射诗人的悲凉心情。诗人虽然落第还乡，但仍壮心未泯，胸怀抱负，但却难有"鲲鹏展翅"的机缘了。意象清奇却又透射着一种英拔的壮慨。"尘埃"一首是七言歌行体诗，全然是诗人内心痛苦的剖白。为了淋漓酣畅地倾吐内心的波澜，选择了这样一种纵横阖辟、气势豪放的体裁。诗人以沉郁顿挫而又豪肆雄奇的笔势，写出了怀才不遇的感愤，顶得上一篇《感士不遇赋》。诗的意象奇崛突兀，有力地表现出诗人心情的悲郁激愤。但诗人并未流入颓丧，而是不失倔强刚强的品格。"太阿"两句，意象雄奇，使全诗回旋着一种悲郁中寓雄豪的意味。赵秉文在李经落第还乡时曾经有诗送他，诗中云："二年客京华，一第为亲屈。文字天地雠，风云囚霹雳。鸾皇望霄汉，骐骥伴荆棘。……"（《送李天英下第》）① 如此形容李经的文才人品以及他的遭际，是十分贴切的。

　　李经这几首诗，与孟郊诗风较为接近，表现出怀才不遇、潦倒穷愁的士

————————————————

① 　（金）赵秉文：《滏水文集》卷 3，中华书局 1985 年版，第 40 页。

人之情状，姑且称它们为"寒士诗"，不知是否合适？但是，值得注意的是，李经的诗决非一味叹苦嗟卑，而是在苦寒情境中充溢着一种勃郁昂藏之气，这就使其诗的意象奇崛有力。又有"尺幅万里"之势。如"河山冷鞭底，日暮风更号"（《杂诗》其一）；"夕阳万里眼，人立秋黄中"（《晚望》，《归潜志》所辑佚句）；"一片昆仑心，夕阳小烟树"（《步云意》）；"夜半不得月，河汉空星辰"（《夜起》）；"灯光万家夜，萧萧帘下声"（《夜雨》），等等，可以说都有"尺幅万里"之势。

赵秉文在《答李天英书》中，对李经寄给他的5首杂诗颇有微词，认为李诗"不过长吉、卢仝合而为一，未能以故为新，以俗为雅，非所望于吾友也。"赵秉文的批评是从他的审美标准出发的，但却有些片面之处。李经在诗中抒写的，正是一介"寒士"的情感体验。这种独特的情感体验，又外化为塞北的物象，虽说是寥寥几首，但给读者的审美感受是新鲜奇异的。赵秉文在金源士大夫中地位几乎是最高了，官至礼部尚书，是朝廷的台阁重臣。以他的身份地位，难以理解李经这样一个落第还乡的"寒士"的心情也是可想而知的。而"寒士诗"往往遭人诟病，是因为这类诗有愤郁矫厉之气，被有着正统诗学观的人视为有乖于"温柔敦厚"的诗教，因而自觉不自觉地产生审美上的排拒之感。笔者则以为，"寒士"道寒语，不是无病呻吟，而是情动于中，不得不发，把"寒士诗"贬在"元龙百尺楼"下，这不能不说是一种偏见所在。

这里，再简略介绍其他几位诗风相近的诗人。张迁，字伯玉，许州人。"为人豪迈不羁，奇士也。初入太学，有声，从屏山游。与雷、李诸君及余先子（按：刘祁之父刘从益）善。雅尚气任侠，不肯下人。再举不中，遂辍科举计。居许之郾城，有园囿田宅甚丰。日役使诸侄治生事，而己则以诗酒自放，偃然为西州豪侠魁，邑令过使，皆下之。喜称人善，交游有患难，极力挈扶。"① 足见其性格之豪侠。张伯玉之诗也颇为奇峭。如"想见屏山老，疗饥西山隈。餐尽西山色，高楼空崔嵬"；又赋古镜云："轩姿古镜黑如漆，锦华鳞皴秋雨湿"，确乎有些类似李贺的风格。

赵元，字宜之，自号愚轩居士。累举进士不中，曾任巩西簿，未几失明。泰和以后，颇有诗名。"往来于洛西山中，闲闲公、雷御史、王子文、许至忠、崔怀祖皆爱之。所至必虚左以待。"② 诗风也突兀奇峭。李纯甫有

① （金）刘祁：《归潜志》卷2，中华书局1983年版，第12页。
② （金）元好问：《中州集》卷5，中华书局1959年版，第256页。

诗赞他："先生有胆乃许大，落笔突兀无黄初。轩昂学古澹，家法出《关雎》。暗中摸索出奇语，字字不减琼瑶琚。"（《赵宜之愚轩》）可见屏山对其诗语之奇的推崇。《中州集》录其诗三十首。

其他如宋九嘉、麻知几、李长源、王士衡等诗人，也都与屏山游，过从颇密，而且在性格上也都有狂放不羁、跌宕任气的特点。写诗为文也都雄峭奇突。

从上面的介绍中，我们可以说在李纯甫的周围，的确形成了这样一个诗歌流派。他们在性格气质上较为相近，颇有纵横家和侠士之风，豪犷不羁、尚侠任气。而在诗歌创作上虽然有着不同的艺术个性，但却形成了共同的审美倾向，那便是学奇。同时也形成了奇崛峭异的流派风格。

第四节　淡远平实诗风

在南渡诗坛上，除了李纯甫等诗人的尚奇一派，还有一些诗人有较大影响，他们的风格各有特点，但与李纯甫们的奇峭诗风有较为明显的分野。如赵秉文、王若虚在理论上就是明确反对奇峭诗风的。赵秉文的创作，在前一章已经做了介绍，这里重点评介一下王若虚、杨云翼等人的创作情况。

王若虚的生平及文学思想已经在本章第二节内做了重点分析。这里看一下他的诗歌创作。王若虚的诗作，《中州集》收录了 33 首，《滹南遗老集》则存诗 40 首。

王若虚的诗，体现了他自己的任真求是的诗歌主张，而且重在表达自己的真情实感，以诗语呈示出自己的心灵历程。王若虚论诗求真，赞颂"从肺肝间流出"的好作品，也便是性情之真，而他自己的创作，是体现了这样的特点的。诗人的悲喜忧欢，都呈现在篇什之中。诗人有感而发，触遇而出，都是性灵中物。如《抒愤》一诗：

> 非存骄謇心，非徼正直誉。浩然方寸间，自有太高处。
> 平生少谐合，举足逢怨怒。礼义初不愆，谤讪亦奚顾。
> 孔子自知明，桓魋非所惧。孟轲本不逢，岂为臧氏沮。
> 天命有穷达，人情私好恶。以此常泰然，不作身外虑。

这首诗写出诗人心中的郁愤，襟怀磊落，不同流俗，有着正直高洁的品格，却不见容于世俗，遭人排挤、怨怒。诗人处之泰然，摒弃身外之虑，我行我素而已。再如《感怀》：

> 枉却全家仰此身，书生哪是治生人。
> 百忧耿耿填胸臆，强作欢颜慰老亲。

再如《慵夫自号》：

> 身世飘然一瞬间，更将辛苦送朱颜。
> 时人莫笑慵夫拙，差比时人得少闲。

这些诗作都颇为真切地表达出诗人的人生感慨。王若虚尽管在南渡以后声名鹊起，但在当时那种"喜吏恶儒"的政风下，然感到压抑，而且境遇仍然是很差的。"空囊无一钱，羸躯兼百疾。况味何萧条。生意浑欲失。"（《生日自祝》），可见诗人的境况如何了。王若虚诗论中强调"随物赋形"，在表达主体情志方面，是随所感触而发之于诗，处处流露出诗人的真性情，因而显得充实而自然。如《失子》、《复寄》、《贫士叹》等篇什，都是如此。

说到王若虚诗作的风格特征，我以为诗人自己评诗的两句足以概括之，那就是"典实过于浮华，平易多于奇险"。相对来说，王诗风格较为典实平淡，而语言较为生动洗练，如："到了身安是本图，何须身外觅浮虚，谁能置我无饥地，却把微官乞与渠。"（《别家》）"抛却微官百自由，应无一事挂心头。销忧更藉琴书力，借问先生有底忧。"（《题渊明归去来图》）"学道今何得，谋生久不成。兰衫几弃物，绛帐亦虚名。事拙应天意，交流即世情。烦忧时自解，感触又还生。"（《病中》）这些篇什，都以质朴而凝练的语言，表达出诗人的内心世界。作品有着丰富的意蕴，诗歌语言的包容量很大，显示出诗人的艺术功力是很深厚的。

在南渡诗坛上，王若虚不仅有丰富的诗歌理论方面的贡献，是诗坛主将，十分活跃，而且以自己的创作成就影响着许多诗人。从《归潜志》等文献上不难看出，他在当日诗坛上的地位是令人瞩目的。

杨云翼也是当时一位有声望的诗人。杨云翼，字子美，东平人，明昌五年（1194）经义进士第一。官至吏部尚书、翰林学士。哀宗正大五年（1228）逝世，59岁。谥为"文献"。杨云翼在当时政坛、文坛都有很高声望。"南渡后二十年，与礼部闲闲公代掌文柄，时人号'杨赵'。"① 是当时的一位文坛领袖。《中州集》录其诗 21 首。

杨诗的风格与赵秉文等诗人相近，更多的是继承了陶、谢、王、孟一派的艺术传统，多写自然山水物象，风格空灵淡远，就中生发出超脱尘俗的旷适情怀。如这样一些篇什：

> 烟浮霜塔闭禅关，今落先生杖屦间。
> 碧水同来弄明月，黄尘不解污青山。
> 因缘多自成三宿，物我终同付八还。
> 欲识光林全体露，松花落尽岭云闲。
> ——《光林寺》
> 四崖环抱镜光平，数亩澄泓石底清。
> 寒入井头千丈雪，净涵岩际一天星。
> 傍人争出鱼依势，衔叶飞来鸟护灵。
> 日日东风送潮出，只应绝顶透沧溟。
> ——《太一湫》
> 云意生阴晚不收，西风疏雨一江秋。
> 画图忽上阑干角，隐隐平湾转钓舟。
> ——《双成寺中登楼》

这些篇什可以代表杨诗的基调。很明显，这类诗作与李纯甫等诗人那种以抒情主体的情感作为结构线索而创造诗境的方式是迥然不同的，而是着意于描画自然山水，以自然的结构规律创造出完整的审美境界。但这种自然物象并非纯粹客观的景物描写，而是经过了主体心灵过滤后的"第二自然"，打着很深的主体烙印。诗人的意向成为诗境的主宰。诗人在这方面是很见艺术功力的。如"梦破烦襟濯明月，诗成醉耳枕寒流"（《侯右丞云溪》），"吟蛩绕梦家千里，过雁连愁四月更"（《漫兴》），都以主体情志来统摄客观物象。

杨诗意象具有绘画般的美感，可谓之"诗中有画"。如："绿苔昏碧瓦，白塔映青山，暗谷行云度，苍烟独鸟还。"（《大秦寺》）"有无山远近，浓淡树高低。鸟雀枝间露。牛羊舍北泥。"（《烟雨》）都十分鲜明，形象生

---

① （金）元好问：《中州集》卷 4，中华书局 1959 年版，第 214 页。

动，富有色彩感，与王维那些"诗中有画"之作颇为相似。总的来说，杨诗较为含蓄淡远，是继承王孟一派艺术传统的。

刘从益也是一位活跃于南渡诗坛的诗人。从益字云卿，号蓬门，应州浑源（今山西浑源）人。为金初名士南山翁刘撝之曾孙。刘从益大安元年（1209）登进士第，曾任监察御史之职。刘从益"博学强记，于经学有所得。为文章长于诗，五言古诗又其所长"①。刘从益与赵秉文、李纯甫、王若虚等诗人往还甚密，经常一起饮酒赋诗，是当日士林中的著名人物。其子刘祁根据他的亲身见闻，写下了著名的《归潜志》，记述了金代中后期许多士大夫的事迹，为金源文化留下了极为宝贵的资料。《中州集》收录刘从益诗33首，数量较多，可见元好问对其诗的重视。

刘从益诗中有多篇和韵陶诗的篇什，如《和渊明杂诗二首》、《和渊明始春怀田舍》等表现出他对陶渊明这位大诗人的倾慕向往之情。元好问称赞他的五言古诗是很中肯綮的。在风格上，刘诗也追步陶诗，古淡深远而意蕴丰厚，又有醇美隽永的韵味。如《和渊明饮酒韵》：

> 日入了公事，援琴洗尘喧。秋堂一灯明，清响到夜偏。
> 弹罢枕书卧，渺然梦青山。山英向我问，君驾何时还？
> 家僮忽唤觉，惆怅不能言。

再如《和渊明杂诗二首》其二云：

> 少为饥所驱，老为病所迫。人生能几何，东阡复南陌。
> 急须沽酒来，一笑举太白。浩歌草木振，起舞天地窄。
> 同欢二三子，谁主复谁客。浮沉大浪中，毕竟归真宅。
> 岁月去何速，老炎变新凉。游子久不归，回头望大梁。
> 风埃惨如此，何处真吾乡。野菊明落日，林枫染飞霜。
> 劝我一杯酒，悠然秋兴长。

从这些诗中我们不难看出，刘诗确实深得陶诗的艺术真髓，平淡自然而又诗味隽永。诗人并未停留在生活现象层面，而是深刻地体认人生哲理。把诗的哲理性同意象性结合得很好。这也正是陶诗的长处。陶渊明将"宇宙大化"

---

① （金）元好问：《中州集》卷6，中华书局1959年版，第303页。

作为一种本然状态加以顺应皈依，而以"自然"为本体，表现出一往情深的回归渴望，诗人则在诗中以审美意象来表达这种哲学意识。"少无适俗韵，性本爱丘山"，"久在樊笼里，复得返自然"，其实正是在审美意象中上升为哲理超越。刘从益的诗是很得陶诗妙谛的。"宋人好言理"，思辨程度也高，常在诗中表现出深邃的人生哲理。尽管很多论者颇有微词，但宋诗所体现出的哲理高度却是无以否认的。金诗在这方面是无法企及宋诗的。但是，刘从益的诗作却是能把审美意象和哲理体认结合得很好的。

赵秉文、王若虚、杨云翼、刘从益这样一些诗人，诗风与李纯甫"尚奇"一派迥然有异，较为淡远平实，更多地接近唐诗中的王孟等人的风格。因此，在南渡诗坛上基本上形成了两种流向。

金源南渡后，时政渐颓，内忧外患愈演愈烈，金王朝正在下坡路上向下滑行。但时局尚未到达最危难的地步，因此，南渡以后前一阶段（主要是宣宗朝），诗人们还主要是抒写自己的苦闷心态，而那种抒写家国之痛的悲壮之音，主要是在金亡前后由元好问等诗人发出的。在宣宗朝元好问虽已登上诗坛，但他的成就与贡献，主要表现在那些血泪交迸的"丧乱诗"中。因此，元好问将在下一章重点论述。

南渡诗坛，并没有随着金王朝的颓弱而滑向低谷，相反，却显得更为成熟、充实了。在金诗发展史上，这是一个上升的阶段，同时，也进一步体现了金诗的特色。尤其是李纯甫、雷希颜等诗人的奇峭而雄豪，更是"国朝文派"的表征。

第七章　元好问:伟岸的金诗之巅

元好问不仅在金源诗坛上是一位大诗人,而且在中国诗史上也堪称"大家"。他的诗歌创作,不仅代表了金诗的最高水平,同时,也为中国的诗歌艺术开拓了新的途径。金诗,因为有了元好问而大增其彩。

文学的发展虽然深受历史发展的制约,但它并不等同于历史的发展。因而,文学的分期也不能全然等同于或依附于历史的分期。在金诗的分期问题上,过去的分法都是与史学分期相同,分为前、中、后三期。这是研究者们已经认同了的分法,自然是有很充分的依据的,也能大体上说明金诗发展的趋势。但是,笔者以为如果从金诗发展的实际情形看,元好问以及其他一些遗民诗人的创作,可以作为金诗发展的第四时期,我称之为"金诗的升华期"。

看来似乎令人费解。金朝濒临灭亡的这个历史阶段(主要是哀宗时期),四郊多垒,干戈遍地,金源已至绝地,何以把这个时期的诗歌创作称为"金诗的升华期"?但我们只要认真地读一下元好问在这个时期所写下的不朽篇什,就会觉得这才是金诗的高峰所在。以元好问为代表的本期创作,在金代诗史上是最后一个阶段,却又是超越了前此各期的最高阶段,达到了一种前所未有的境界。不把以元好问为代表的本期创作作为金诗发展的独立时期,既不足以充分地认识遗山诗的历史地位,也影响到对金诗在中国诗史中应有地位的评价。因此,我们认为完全有理由,把金亡前后这段时期以元好问为代表的诗坛创作,称为"金诗的升华期"。这或者也得称为艺术与历史发展不平衡规律之一例吧。

在以往的金诗研究中,有关元好问的研究成果是最多的,比对其他诗人研究成果数量的总和还多。这充分说明了遗山诗令人瞩目的成就与重要地位。但这远远没有穷尽对遗山诗的研究境界,并且对遗山诗的评价也没有达到足够的高度。

笔者缺乏应有的功力对遗山诗作出更为深入的研究,但力图在本章里对遗山诗的重要地位给予更充分的阐释。

第一节　元好问的生平与创作道路

元好问（1190—1257），字裕之，太原秀客（今山西省忻县）人。自号遗山山人，人们都以元遗山称之。遗山祖系出自北魏鲜卑拓跋氏，到中原后改姓元。父亲元德明"自幼嗜读书，口不言世俗鄙事，乐易无畦畛，布衣蔬食处之自若，家人不敢以生理累之。累举不第，放浪山水间，饮酒赋诗以自适，年四十八卒"①。好问深受父风习染，自幼爱诗，7 岁即能赋诗，太原王汤臣称之为"神童"。

11 岁时，随其叔父官于冀州，学士路铎对他颇为赏识，教他为文。14 岁时，又因其叔父迁陵川（今山西省陵川县）令，好问随往任所，得拜著名学者郝天挺为师，在其门下学习 6 年。郝天挺教他古学，而不教以事举业。有人讥其不事举业，郝天挺则说："吾正不欲渠为举子尔！区区一第，不足道也。"② 好问师从郝天挺，肆意经传，贯串百家，打下了非常广博的学问基础。19 岁时，叔父元格移官陇城（今甘肃秦安县东北），好问随往。因参加秋试，在长安住过八九个月。21 岁那年春天，元格病逝于陇城，好问扶护灵柩，回到忻州故乡。这段时间前后，诗人写下了《箕山》、《元鲁县琴台》等诗作。虽是少作，却初步显示出诗人气势的宏大，笔力的沉雄。也表现出年轻诗人对于日渐苍黄的危难时局的关注。"干戈几蛮触，宇宙日流血，鲁连蹈东海，夷叔采薇蕨。至今阳城山，衡华两丘垤。古人不可作，百念肺肝热。浩歌北风前，悠悠送孤月。"（《箕山》）对国事的热切与忧怀，是情见乎辞的。从风格上看，遗山诗在这个阶段，主要是学习杜甫的。从上引诗句上即可看出杜甫五古的深刻影响。当时的文坛领袖、礼部尚书赵秉文见了《箕山》、《琴台》等诗，十分激赏，"以为少陵以来无此作也。以书招之，于是名震京师，目为元才子"③。

宣宗南渡，整个金源形势开始走下坡路，蒙古军队加速了南侵的步伐。贞祐元年（1213）三月，蒙古军屠忻县城，死者十余万人。元好问的胞兄

---

① （元）脱脱等：《金史》卷 126《文艺传》下，中华书局 1975 年版，第 2742 页。

② （元）郝经撰，秦雪清点校：《郝文忠公陵川文集》卷 35《遗山先生墓铭》，山西人民出版社 2006 年版，第 478 页。

③ 同上书，第 479 页。

元好古，也在这时死于蒙古军队的屠刀之下。贞祐四年（1216）二月，蒙古军围太原，形势十分危险，元好问只好逃难。五月，携母亲以及一部分藏书，远行几千里，流亡到河南福昌县三乡镇。刚到三乡不久，蒙古军又进攻潼关，他又做了短期的避乱。直到兴定二年（1218）移居登封后，方才过了近十年的安定生活。这四、五年间，元好问和无数难民一起，背井离乡，颠沛流离，饱谙了逃难生活的痛苦滋味，目睹了蒙古军队的残暴行径给家乡、祖国和人民带来的创伤。这个时期，诗人的创作抒发着家乡沦陷的悲痛，为当时风尘颉洞、干戈遍地的现实留下了一个个侧影。如《八月并州雁》一诗：

> 八月并州雁，清汾照旅群。
> 一声惊晚笛，数点入秋云。
> 灭没楼中见，哀劳枕畔闻。
> 南来还北去，无计得随君！

这首诗借雁群的描写，来抒发自己对家乡的思念。诗人羁滞他乡，正是战乱所致。雁的意象并不仅仅寄托着对于故乡的眷恋，同时也暗示了那动荡的现实以及人民在战乱中流离失所的情形。再如《老树》一诗：

> 老树高留叶，寒藤细作花。
> 沙平时泊雁，野迥已攒鸦。
> 旅食秋看尽，行吟日又斜。
> 干戈正飘忽，不用苦思家。

这首诗则描绘了深秋时节寥落萧索的景象，借以表现了战乱给人民带来的苦难。尾联用"欲擒故纵"的手法，既写出了战乱的残酷现实，又更为深切地表达了对故园的思念。

遗山此时的创作，以五言律诗为多。诗人主要是抒发漂泊他乡、思念故园的心情，从侧面反映了当时的艰危时世。羁怀乡愁，是这时期创作的基本主题，如"长路伶俜里，羁怀莽苍中……故园归未得，细问北来鸿"（《阳翟道中》），"隔阔家仍远，羁栖食更艰。谁怜西北梦，依旧绕秦关"（《得佺博信》），等等，都充溢着无法掩抑的羁旅之愁、乡国之思。

在诗歌艺术上，接近于杜甫"漂泊西南"时所写的那些五言律诗，同时，也能看到"安史之乱"后大历诗歌的影子。如："落魄宜多病，艰危更百忧。雨声孤馆夜，草色故园秋。行役鱼赪尾，归期乌白头。中州遂南北，残息付悠悠。"（《落魄》）这样的诗，就是在杜甫五律与大历诗人的五律之间的。诗人侧重于表现主体心态，而战乱现实只是作为背影映射在诗中的。

在稍得安定的空隙里，诗人深思诗学问题，写下了诗论史上不朽的名篇《论诗三十首》，系统地表述了他的诗学观念，对于汉魏以还的重要诗歌现象，给予深刻的批评，产生了极为深远的影响。

宣宗兴定二年（1218），元好问从三乡移居登封，并在昆阳后湾买了庄田，开始了很长一段的安定生活。兴定五年（1221），好问进士及第，却不就选。这个阶段与冯璧、雷希颜等诗人有密切往还，曾同游玉华谷、嵩山等地。哀宗正大元年（1224），中博学宏词科，任国史院编修官。这时他仍把家眷留在登封，自己单身住在汴京。在国史院工作不到两年，便辞官还居登封。

在这段时光里，遗山摆脱了流亡生涯的困扰，有了一个较为安定的环境，一方面，仍是怀念故园，另一方面，欣喜于有了自己的栖息之地。他并不企慕到朝中为官，而对自己的庄园生活感到满意，他在田园中得到了自己的乐趣。他渴望战乱的早日结束，但又过于陶醉于桃花源式的尘外偏安。实际上，在贞祐年间的逃难过程中，已经流露出这种倾向。在《阳兴砦》这篇写于流亡途中的诗里，他就写道："乱石通樵径，重岗拥戍城。山川带淳朴，鸡犬见升平。雨烂沙仍软，秋偏气自清。年年避营马，几向此中行。"在风尘澒洞、干戈遍地的艰难时世里，极为羡慕"世外桃源"的境界，这自然可以理解，但总觉得缺乏杜甫那种忧怀天下的博大胸襟。在居家登封期间，这种自我陶醉的安定感进一步发展。如在《雪后招邻舍王赞子襄饮》中，诗人写道："遗山山人伎俩拙，食贫口众留他乡。五车载书不堪煮，两都觅官自取忙。无端学术与时背，如瞽失相徒伥伥。今年得田昆水阳，积年劳苦似欲偿。……一闲入手岂易得，梦中戎马犹玄黄。君不见并州少年作轩昂，鸡鸣起舞望八荒，夜如何其夜未央。卖刀买犊未厌早，腰金骑鹤非所望。"这首诗是较为真实地表露出诗人当时的心态的。饱经流亡之苦后，欣喜于田园之乐，这时，他对于做官没什么兴趣，也不太忧怀于时局艰危，更多的是个人心境的满足。他竟然觉得自己成为一名隐士了："江山百年有此客，云树六月生凉秋。世上红尘争白日，一丘一壑去来休。"（《半山亭招仲梁饮》）避难三乡时他就吟咏过："胜概风尘外，新诗杖履间。偶随流水去，澹与暮云还。吾道三缄口，时情一解颜。从今便高卧，已负半生闲。"（《胜概》）这与当时的艰危时世难道不是太不和谐了吗！在诗人和难民一样饱经战乱之苦后，却生发出这样的"胜概"，诗人过于看重一己的悲欢忧戚了。他在国史院任职未久，但辞归还登封家中，也是出于这种心态："帝城西下望孤云，半废晨昏愧此身。世俗但知从仕乐，书生只合在家贫，悠悠未了三千牍，碌碌翻随十九人，预遣儿书报归日，安排鸡黍约比邻。"（《帝城二首》其一）他眷恋那种安定悠闲的田园生活，不愿在京师的国史院中做一个冷官。

　　这个时期，遗山的诗歌创作很多，各种体裁的篇什兼备。诗人对于自己的田园生活感到欣喜，常在诗中生发尘外之想。但是，诗人也并非是"乐不思蜀"的庸碌之辈，他在诗中常常表现出痛苦、矛盾的心情。"凉叶萧萧散雨声，虚堂淅淅掩霜清。黄华自与西风约，白发先从远客生。吟似候虫秋更苦，梦和寒鹊夜频惊。何时石岭关头路，一望家山眼暂明。"（《秋怀》）这首感秋之作，萦绕着羁怀与乡愁，是从时代深处升起的悲凉情怀。诗人也时常感怀于时事沧桑，国运忧难，自己空有济世之志而无可施为，发而为浩歌。遗山此时期的七言古体，是最能表达这种心情的。"秋山秋水今犹昔，漠漠荒烟送斜日。铜人携出露盘来，人生无情泪沾臆。"（《西园》）"青灯老屋深蓬蒿，蝙蝠掠面莎鸡号。剑歌夜半激悲壮，松风万壑翻云涛。"（《寄答溪南诗老辛愿敬之》）诗人的忧世之心、激壮之情，都于此可见一斑。

　　遗山的艺术功力与才华，在这个时期已经显示出作为大诗人的气派。七律、五律十分浑融自然而得心应手，语言深见炉锤之功却又似不经意得来。七言古诗沉雄阔大而又流丽瑰奇，气势充沛，首尾一体，足以动人心魄。但此时的创作，与后来的纪乱诗相比，从思想到艺术，还都略逊一筹。

　　从哀宗正大三年（1226）到正大八年（1231），遗山曾任镇平、内乡、南阳等三个县的县令。正大三年秋天，遗山任镇平（今河南镇平县）令，但到任不久，便离职而去。在《镇平县斋感怀》一诗中诗人写道："四十头颅半白生，静中身世两关情。书空咄咄知谁解，击缶呜呜却自惊。老计渐思乘款段，壮怀空拟漫峥嵘。西窗一夕无人语，挑尽寒灯坐不明。"可见他的心境仍是很寥落的。正大四年（1237），任内乡（今河南内乡县）令，次年因丁母忧而罢官，直至正大八年服满，出任南阳县令，在南阳任上仅几个月，便被朝廷召为尚书省掾，从此移家汴京。从正大三年到八年这6年时间，可以说是遗山"三为县令"时期。

　　身为县令，看问题的角度就不同于一般文士了。元好问直接接触了当时农村凋敝的经济状况，对于农村的现状有了更为切实的、深刻的认识。县令的任务在当时实际上主要是为朝廷催租征税，这个差事使诗人的心情颇感矛盾与负疚。他不再以隐逸诗人似的雅兴来品味田园生活了，而是开始直面现实。这时期所写的诗质朴沉实，不再是仅仅品味着一己的悲欢，而是忧怀着人民的生计了。作为朝廷委派的县令，他必须执行征敛赋税的任务，但这又必须催逼甚至鞭笞百姓，因而，他的心情是复杂的，难以平衡的。"吏散公庭夜已分，寸心牢落百忧薰。催科无政堪书考，出粟何人与佐军。饥鼠绕床如欲语，惊乌啼月不堪闻。扁舟未得沧波去，惭愧春陵老使君。"（《内乡县斋书事》）唐代诗人元结，任道州刺史时曾写下著名的《贼退示官吏》和《春陵行》两首诗，对于朝廷的横征暴敛表示了极大不满。"使臣将王命，岂不如贼焉。今彼征敛者，迫之如火煎。谁能绝人命，以作时世贤，思欲委符节，引竿自刺船。将家就鱼麦，归老江湖边。"（《贼退示官吏》）宁可丢官，亦不肯煎迫百姓。遗山觉得比起元结来，心中颇感惭愧。这种心情是很真实的。一方面感到对百姓无所施惠，心有愧恶，一方面又告诉百姓，不可违误租税期限："民事古所难，令才又非宜。到官已三月，惠利无毫厘。……我虽禁吏出，将无夜叩扉。教汝子若孙，努力逃寒饥。军租星火急，期会切莫违。期会不可违，鞭扑伤汝肌，伤肌尚云可，夭阏令人悲。"（《宿菊潭》）诗人同情百姓绝非假仁假义、但朝廷的命令也不敢违拗，心情是很矛盾而且沉重的。

正大八年（1231），遗山受朝廷之召，于秋天挈家入京。其妻于此时病殁。诗人的心情很沉痛。天兴元年（1232），遗山在朝中任左司都事、东曹都事等职。这一年蒙古大军围攻汴京，形势十分危急，城内军民誓死御敌，围城之势稍解。十二月，哀宗从汴京出奔，与元军战于卫州，大败逃往归德。而天兴二年（1233），汴京城内西面元帅崔立，举兵叛乱，杀宰相奴申、阿不，开城投降蒙古。元好问和其他许多大臣一起，被蒙古军羁管聊城，于蒙古太宗七年（1235）由聊城移居冠氏。

作为金朝的机要之臣，元好问对于金亡前后这段历史是再清楚不过的。他自己沦为阶下囚，又目睹了蒙古军队对于人民的屠杀掠夺，也深谙金朝统治阶级的内部腐败无能，人民在战乱中死于侵略者的铁蹄与屠刀之下；国破家亡身为敌囚的悲愤，使他在这个时期写出了许多不朽的诗篇，也就是"纪乱诗"。这些"纪乱诗"非常真实地为那个时代留下了形象的写照。在此时，诗人已经把自己的遭遇融进了时代、国家、民族的命运之中，水乳不分，而不再是停留在个人的视野中了。这些"纪乱诗"，不是草虫般的哀吟，而是雄浑苍莽的黍离悲歌，它们是抒写亡国的悲痛，但却燃烧着不死的民族精神！在艺术上，遗山诗达到了前所未有的高度，如《岐阳》三首，《壬辰十二月车驾东狩后即事五首》、《癸巳四月二十九日出京》等篇，都是带着悠久不息的历史回音的不朽之作，有关"纪乱诗"将在第三节中作重点论述，此处故不多涉及。

蒙古太宗十年（1239），诗人从冠氏起程，回到故乡山西秀容读书山下，开始了他的遗民生活。他在诗中写道："今是中原一布衣"（《为邓人作诗》），"衰年那与世相关"（《乙卯端阳日感怀》），决意不再出仕。他把最后这段时间用来收集、整理、编撰金源一代历史资料，编成了金诗总集《中州集》和史著《壬辰杂编》，为金源历史资料的存留立下了丰功。蒙古宪宗七年（1257）九月，元好问病逝于获鹿寓舍，时年68岁。金源一代最有光彩的诗星陨落了。

在这近20年的遗民生活中，元好问专心于史述，不经意于诗歌创作，但仍有许多篇什留存下来。这时期的诗作时时流露出深沉的故国之思、亡国之痛。如"携盘渭水空流涕，种柳金城已合围"（《为邓人作诗》），"断霞落日天无尽，老树遗台秋更悲"（《出都》），等等。

元好问生逢金源后期的动乱年代，走过了曲折坎坷的人生历程。他亲身经历了元军杀掠所造成的逃难生活。客居他乡忧愤于家园的沦陷；他曾屡任县令，直接面对农村的苦难现实，对农民之苦有切实的体察；他为官于朝的时候，恰是金亡前后最危难的关头，诗人亲身经历了亡国的惨痛。他的思想情感，越来越与民族、祖国的命运紧密联系在一起了。他的诗歌创作也是愈加成熟，愈加升华，在他的"纪乱诗"中达到了炉火纯青的境界！

第二节　元好问的诗歌美学思想

元好问不仅是金源一代的伟大诗人，而且是著名的诗论家。在金代文学思想史上，他有着集大成的重要历史地位，同时，在中国诗论史上，也因其独特理论贡献而令人瞩目。元好问诗论，以《论诗三十首》最为脍炙人口，在诗学界影响广泛，后世论者对于遗山的论诗绝句予以高度评价，并有翁方纲、宗廷辅等学者为之疏笺。遗山的论诗绝句之所以产生广泛影响是有其原因的，这主要是由于遗山对于"论诗绝句"这种独特诗论形式的卓越贡献。

以诗论诗，是我国文学批评的一种独特形式。而在论诗诗中，尤以论诗绝句比重最大、流传最广，所起到的批评效应亦最为显明。以诗论诗，其佳处便在于把作者的理论主张、美学观点，寓含在诗的意象化方式中，其本身便带有诗的美感。当人们认识到诗歌这种艺术体裁不同于一般文体的某些特质后，便往往以为诗与理是分张对立的，因而，对于严沧浪的"诗有别材，非关书也，诗有别趣，非关理也"的诗歌美学命题，予以较为绝对化的理解。其实，用诗的意象化方式（而非只用诗的形式外壳）来呈现人们的某些理性省察，或许是更为隽妙的呢！诗歌与理性非但不是绝缘的，相反，也许理性会成为诗的慧眼。关键是要以诗的意象化方式来表现之，而不能空言其理。而论诗绝句之所以在论诗诗中尤受人们青睐，正因其形式短小，语意凝练明快，更能启人慧心。绝大多数论诗绝句均为七言也是很有道理的。七言较五言虽然每句只多两字，却较易展开议论，显得更为丰富而明快。绝句是四句诗，用来论评一个诗学现象，既集中又单纯，比起长篇大论的论诗诗来，自然更易深入人心。论诗绝句这种诗论形式自从杜甫《戏为六绝句》开其端绪之后，宋代诗论家多有以之论诗者，如吴可、龚相等人的《学诗诗》、戴复古的《论诗十绝》等，但其影响远不及元好问之大。

论诗绝句在其发展过程中，形成了两条线索，一是以诗学理论为主，一是以作家评论为主。杜甫的《戏为六绝句》开论诗绝句之端倪，包含了这两方面的内容。其后如吴可、戴复古等人的论诗绝句，则专谈诗学理论；而以作家评论为主的论诗绝句，则以元好问这三十首的大型组诗为先。后来王士禛、袁枚等人的大型论诗组诗，都是在遗山之后踵事增华的。

遗山论诗绝句评了许多诗人，看似单独批评，无甚有机联系，实则决非杂而无章，而是成一完整体系的。从"汉谣魏什"论到宋代江西诗派黄陈诸人，俨然是一部简明的诗论史。

遗山这三十首诗，并非偶然兴发所为，也不是仅凭感悟，而是有鲜明的诗学出发点，有一贯的审美标准。诗人于组诗前自注云："丁丑岁，三乡作。"盖作于宣宗兴定元年（1217）避乱于三乡镇期间。正如清人翁方纲所考定的："金宣宗兴定元年丁丑，先生二十八岁。自贞祐三年乙亥蒙古入金燕都，四年丙子先生自秀容避乱河南，至是岁寓居三乡，在其登进士第之前四年。"① 而三十首中最后一首云："撼树蚍蜉自觉狂，书生技痒爱论量。老来留得诗千首，却被何人校短长。"其语气则是老年所作。盖是少年所为，时有修正，至老年时最后更定。"诗千首"可以佐证这首诗确系老年所作。遗山存诗 1360 余首，全豹可见；而 28 岁以前篇什不多，盖到晚年作诗已是千篇有余。那么，这三十首论诗绝句，是可以代表遗山的诗学观的。

---

① （清）翁方纲：《石洲诗话》卷 7，中华书局 1985 年版，第 123 页。

论诗绝句第一首即标明其旨归所在：

> 汉谣魏什久纷纭，正体无人与细论。
> 谁是诗中疏凿手？暂教泾渭各清浑。

这篇开宗明义之作，把诗人之旨和盘托出，也见出诗人论诗志向之大。遗山认为汉魏以后诗作，纷繁庞杂，正伪间出，无人细辨。而诗人以诗歌长河中的"疏凿手"自期，要辨明正体，"别裁伪体"，使正伪之间泾渭分明。正如宗廷辅所说："此自伸其论诗之旨也。查初白云：'分明自任疏凿手'。"①郭绍虞先生也指出："此开宗明义第一章也。下所论量，正可窥其疏凿宗旨。此与杜甫《戏为六绝句》泛论诗理者虽不同轨，但于衡量作家之中，自有其论诗标准，与一般论诗绝句之任意雌黄，妄施疏凿者不同。"② 那么，可以肯定地说，《论诗三十首》是有系统而严密的论诗标准的了。

　　然而，论诗绝句既是诗，便有着诗的那种含蓄特征。正因为是以意象化方式表现理性省察，自然就不会有论说文字的那份明晰、准确、严密的逻辑性。要全面考察元好问的诗歌美学思想，还应该参照分析遗山其他诗论资料。遗山文集中有若干篇为他人诗集所作"序"、"引"，较为鲜明地表达出诗人的诗学观；《中州集》里遗山为各位诗人所作小传，往往有对诗人的评价，也流露出诗人的美学趣味。这里参酌有关资料来分析遗山的诗歌美学思想。

　　一是诗的本原论。

　　遗山认为，诗的本原在于一个"诚"字，所谓"诚"，也就是诗人的真性情。只有"以诚为本"，才能有真正感人的诗作。这构成了遗山诗论的基础和逻辑起点。这个观点集中地表述在《杨叔能小亨集引》中，他这样说：

> 尝试妄论之，诗与文特言语之别称耳。有所记述之谓文，吟咏性情之谓诗。其为言语则一也。唐诗所以绝出三百篇之后者，知本焉尔矣。何谓本？诚是也。……故由心而诚，由诚而言，由言而诗也，三者相为一。情动于中而形于言，言发乎迩而见乎远，同声相应，同气相求。虽

---

① （金）元好问著，郭绍虞笺注：《元好问论诗三十首小笺》，人民文学出版社1978年版，第58页。

② 同上。

小夫贱妇、孤臣孽子之感讽，皆可以厚人伦、美教化，无他道也，故曰："不诚无物。"夫惟不诚，故言无所主，心口别为二物，物我邈其千里，漠然而往，悠然而来，人之听之，若春风之过焉耳。其欲动天地、感神鬼，难矣！其是之谓本。

在他看来，诗与文的区别在于功能之不同，文是用来记述事物的，诗是用来吟咏性情的。因而"诚"，便成为诗的真正本源了。"诚"是中国哲学的特定范畴。孟子、荀子都讲"诚"。孟子说："诚者天之道也，思诚者人之道也。"① 荀子说："君子养心莫善于诚，致诚则无它事矣。""唯仁之为守，唯义之为行，诚心守仁则形，形则神，神则能化矣；诚心行义则理，理则明，明则能变矣。……天诚者，君子之所守也，而政事之本也。"② 所谓"诚"乃是真实不妄之意。《中庸》则进一步综合孟、荀，以"诚"为人生之最高境界，人道的第一原则。《中庸》云："诚者，天之道也；诚之者，人之道也。诚者，不勉而中，不思而得，从容中道，圣人也。诚之者，择善而固执之者也。""诚者，物之终始，不诚无物，是故君子诚之以贵。"在《中庸》里，诚是与道合一的境界，圣人不待思勉即诚在其中，而一般人则要求诚。如果不诚，则一切无有，因此，君子以求诚为贵。这是传统哲学意义上的"诚"。元好问把它引入诗歌美学领域，其基本含义有密切联系也有区别。"诚"在遗山诗论中是指创作主体发自由衷的真情实感。心—诚—言—诗，诚是创作的原动力。遗山的论述是很严密的。由于有了"情动于中"的"诚"，才使诗有了"同声相应，同气相求"的普遍感染性。只要以"诚"为创作之基，即便是"小夫贱妇、孤臣孽子"的吟咏，同样可以起到"厚人伦，美教化"的社会审美功用，反之，如果"不诚"，心口不一，是不可能具有感染力量的。这便是遗山"以诚为本"的诗歌本原论。由此，遗山论诗，特重"性情"，赞赏"性情之外，不知有文字"③ 的境界以及由此而产生的"动摇人心"的艺术感染力。

在《论诗绝句》中，诗人贯穿了这种"以诚为本"的论诗宗旨。如第五首：

---

① 《孟子·离娄》，见杨伯峻《孟子译注》，中华书局 2012 年版，第 185 页。
② 《荀子·不苟》，见王先谦《荀子集解》，中华书局 1988 年版，第 46—48 页。
③ （金）元好问：《元好问全集》下，山西人民出版社 1990 年版，第 39 页。

纵横诗笔见高情，何物能浇块垒平？

老阮不狂谁会得，"出门一笑大江横。"

此诗赞扬阮籍《咏怀》流露诗人"高情"。"阮旨遥深"，却真情流溢，借诗以浇胸中块垒。而遗山主张"诚"与"雅"的统一，以"老阮不狂"为例，怨之愈深，其辞愈婉，却是以真情为旨归的。再如第六首：

心画心声总失真，文章宁复见为人。

高情千古《闲居赋》，争信安仁拜路尘。

此诗贬斥那种不诚之诗、不诚之人，同时也提出一个重要的问题：是否一定"文如其人"呢？遗山举潘岳为例，讽刺他文品与人品之乖张异途。看似"千古高情"的《闲居赋》，一副道貌岸然、不慕荣利之态，谁能想到作者是一个谄事权奸、望尘而拜之人呢？其"心声"、"心画"（扬雄《法言》云："言，心声也，书，心画也"，此处甚有讽意）却不能道出其真实心态，这正是遗山所鄙薄的。

遗山论诗重一"诚"字，由此特别赞赏天然本色，以见真淳之诗，看第四首对陶诗的推崇：

一语天然万古新，豪华落尽见真淳。

南窗白日羲皇上，未害渊明是晋人。

此举陶诗为楷模，崇尚天然本色，剥落豪华，正道出陶诗之佳处。陶诗以"任真"为宗旨，恰如朱熹所说："渊明诗所以为高，正在不待安排，胸中自然流出。"[1] 正是以"自然"而见"真淳"。此种诗最为遗山所激赏。由此，他认为诗歌要以凝练含蓄来传达心声，反对夸多斗靡，见第九首：

斗靡夸多费览观，陆文犹恨冗于潘。

心声只要传心了，布谷澜翻可是难。

这首诗旨在批评诗歌创作上的铺排炫耀，斗靡夸多，而其根据还在于"传

---

① （宋）朱熹：《答谢成之书》，引自《四部备要·日知录集释》卷21，第385页。

心"。宗廷辅云："先生固不满于晋人者，此则借论潘、陆，以蔑宋人也。夫诗以言志，志尽而言竭，自苏、黄创为长篇次韵，于是牵于韵脚，不得不借端生议，勾连比附，而辞费矣。"① 说得很有道理！

由此可见，以"诚"为本，是遗山的诗歌本原论，也是其诗论的基础，其他方面的观点，也是由此引申的。这同样也是我们认识遗山诗论的基本线索。

二是诗歌传统论。

遗山以"诗中疏凿手"自任，要辨析正体，别裁伪体，使之泾渭分明，那么，他的心中是有一条正确的诗歌传统的。实际上遗山诗论中是屡屡阐扬这个传统的。那么，这又是一个怎样的诗歌传统呢？

概而言之，遗山所继承、阐扬的诗歌传统，是从《诗三百》发源，经由汉魏建安、陶渊明而到唐诗的风雅传统。

"汉谣魏什久纷纭，正体无人与细论。"所谓"正体"，是指以《诗三百》为源的风雅之脉。翁方纲释云："'正体'云者，其发源长矣。由汉魏以上推其源，实从《三百篇》得之。"② 不为妄言！遗山甚为崇尚唐诗，而云"唐诗所以绝出《三百篇》之后者，知本焉尔矣"，自然是以《诗经》为源头了。在《陶然集诗引》、《新轩乐府引》中一再讲"诗三百"的典范意义，都明确表示出诗人是以"诗三百"为"正体"之源的。

在《论诗绝句》中，遗山对建安风骨颇为称许："曹刘坐啸虎生风，四海无人角两雄。可惜并州刘越石，不教横槊建安中。"（其二）"邺下风流在晋多，壮怀犹见缺壶歌。风云若恨张华少，温李新声奈尔何！"（其三）都以建安之诗作为基准，而对晋诗也不无好感，但对齐梁诗风便颇为鄙薄了。

遗山最为推崇唐诗，"唐诗所以绝出三百篇之后"，以唐诗直继《诗三百》之正脉。又云："幸矣，学者之得唐人为指归也。"③ 赞李汾之诗，"高处往往不减唐人"④，都可见他对唐诗的尊崇态度。他曾编《唐诗鼓吹》，并写有《又读唐诗鼓吹诗》一首七律："杰句雄篇萃若林，细看一一尽精深。才高不似人间语，吟苦定劳天外心。白璧连城无少玷，朱弦三叹有遗音。不经诗老遗山手，谁解披沙拣得金！"对唐诗可谓极尽推崇之意。

---

① （金）元好问著，郭绍虞笺注：《元好问论诗三十首小笺》，人民文学出版社 1978 年版，第64 页。

② 同上书，第 58 页。

③ （金）元好问：《元好问全集》下，山西人民出版社 1990 年版，第 38 页。

④ 同上书，第 41 页。

　　但遗山对于唐诗也是有所分析的。在唐代诗人中，于初唐最推陈子昂，于盛唐最推杜甫，于中唐推白居易，于晚唐推李商隐。《论诗绝句》第八首云：

　　　　沈宋横驰翰墨场，风流初不废齐梁。
　　　　论功若准平吴例，合著黄金铸子昂。

初唐之诗，尚染齐梁之习，　"唐初王、杨、沈、宋擅名，然不脱齐梁之体"①。虽然有意识地开始改变齐梁以来"采丽竞繁"的诗风，但一时尚难摆脱这个沉重的因袭。给唐代诗风带来真正转变的，却是陈子昂。而对陈子昂的推崇，则正是对"风雅"传统的提倡。翁方纲论此诗云："此于论唐接六代之风会，最有关系。可与东坡'五代文章付劫灰'一首并读之。于初唐独推陈射洪，识力直接杜、韩矣。"② 极称遗山见识。

　　遗山在唐诗人中，最为心仪杜甫，曾专著《杜诗学》一书，开以杜诗为专门之学的先例，足见他对杜诗的精研深探。他称赞杜诗的博大精深："窃尝谓子美之妙，释氏所谓学至于无学者耳。今观其诗，如元气淋漓，随物赋形，如三江五湖，合而为海，浩浩瀚瀚，无有涯涘；如祥光庆云，千变万化，不可名状。固学者之所以动心而骇目。及读之熟，求之深，含咀之久，则九经百代古人之精华所以膏润其笔端者，犹可仿佛其余韵也。"③ 足见他对杜诗的推崇。唐代诗人元稹亦极崇杜甫，但他认为杜诗佳处在于"铺陈终始，排比声韵，大或千言，次犹数百，词气豪迈，而风调清深，属对律切，而脱弃凡近"④。遗山则不以为然，第十首绝句云：

　　　　排比铺张特一途，藩篱如此亦区区。
　　　　少陵自有连城璧，争奈微之识碔砆。

他认为"排比辅张"并非杜诗高处，而其恰是"碔砆"（似玉之石），可见，遗山反对"排比辅张"，而且对于杜诗也是有所分析的。

――――――――

　　① （宋）刘克庄：《后村诗话·前集》卷1，中华书局1983年版，第6页。
　　② （清）翁方纲：《石洲诗话》卷7，中华书局1985年版，第124页。
　　③ （元）元好问：《元好问全集》下，山西人民出版社1990年版，第24页。
　　④ （唐）元稹：《唐故工部员外郎杜君墓系铭》，见傅云龙、吴可主编《唐宋明清文集》第1辑《唐人文集》卷2，天津古籍出版社2000年版，第1199页。

对于宋诗，遗山持更为冷峻的分析、批评态度。他对苏轼是颇为赞赏的，对黄庭坚本人的诗歌成就也是佩服的，但对江西诗派就大有贬词了。翁方纲有诗云："遗山接眉山，浩乎海波翻，效忠苏门后，此意岂易言。"① 又有诗云："苏学盛于北，景行遗山师。"② 认为遗山是最得东坡之风的。遗山有《新轩乐府引》一文，尽管是就苏词发论，也可见他对东坡的尊崇。"自东坡一出，情性之外，不知有文字，真有'一洗万古凡马空'气象。"③ 但遗山又对苏诗下有针砭的：

> 金入洪炉不厌烦，精真那计受纤尘。
> 苏门果有忠臣在，肯放坡诗百态新！

这首诗里对于苏诗的"百态新"是颇有微词的。对于黄庭坚，他是敬重其创造精神，而对江西末流却不屑一顾了："论诗宁下涪翁拜，未作江西社里人。"

遗山所阐扬的诗歌传统，即是"风雅"传统。他说："五言以来，六朝之谢、陶，唐之陈子昂、柳子厚最为近风雅；自余多以杂体为之，诗之亡久矣！杂体愈备，则去风雅愈远，其理然也。"④ 可见，遗山是以"风雅"为"诗文正脉"的。

三是诗歌风格境界论。

遗山论诗，崇尚雄放的风格和壮美的境界，对于枯涩逼仄之辞大为不满。其中高下轩轾是很鲜明的。他赞赏刘琨的激壮之诗，可以媲美于建安中的曹（植）、刘（桢），推崇"缺壶歌"的"壮怀"，而对"温、李新声"颇有鄙薄之意。当然对遗山之论不应作拘泥之解。遗山评价某人往往只是褒贬其代表的文学现象，如"温李新声"是指那种温婉旖旎的晚唐风调，并非对李商隐等如何贬损，在第二十八首中有"精纯全失义山真"，对义山的"精纯"还是很赞赏的。而"风云若恨张华少，温李新声奈尔何！"却是呼

① （清）翁方纲：《读元遗山诗》，见杨仲羲撰集，刘承干参校《雪桥诗话》，北京古籍出版社1989年版，第286页。

② （清）翁方纲《斋中与友人论诗》，转引自郭绍虞《中国文学批评史》，百花文艺出版社1999年版，第334页。

③ （金）元好问：《新轩乐府序》，见张金吾编《金文最》卷43，中华书局1990年版，第625页。

④ （金）元好问：《元好问全集》下，山西人民出版社1990年版，第25页。

唤"风云之气"。第七首绝句云：

> 慷慨歌谣绝不传，穹庐一曲本天然。
> 中州万古英雄气，也到阴山敕勒川。

对于充满粗犷豪放气息的《敕勒歌》，诗人深为钟爱。之所以钟爱，并非《敕勒歌》在艺术上如何高妙，而是那"天苍苍，野茫茫"的雄阔气象、犷悍风格，最为契合遗山的审美旨趣。宗廷辅说："北齐斛律金《敕勒歌》极豪莽，且本是北音，故先生深取之。"① 确乎是这个原因。遗山称扬他人之诗，常以"清壮顿挫"评之，实际上这正是他的理想中的艺术风格。在《论诗绝句》中，遗山往往把窘厄逼仄和壮美高朗的诗境加以比较，表现出明显的轩轾之意。如第十六首：

> 切切秋虫万古情，灯前山鬼泪纵横。
> 鉴湖春好无人赋，"岸夹桃花锦浪生。"

前两句盖指李贺诗那种幽峭谲异的风格，这是遗山所不满意的。而李白"岸夹桃花锦浪生"这样壮丽高华的诗境，在遗山看来是远远超过前者的。同样，他对卢仝那种险怪之诗也以为大谬不然，第十三首云：

> 万古文章有坦途，纵横谁似玉川卢！
> 真书不入今人眼，儿辈从教鬼画符。

认为卢仝之诗有违诗之坦途大道，而不过如"鬼画符"而已，其贬义自明。郭绍虞先生论曰："知其于卢仝、马异鬼怪一派，固应深恶痛疾矣。查慎行《初白庵诗评》谓'扫尽鬼怪一派'甚是。"② 遗山对于"笔底银河落九天"似的豪放俊爽之诗深为喜爱，而对李贺、卢仝的幽峭险怪之诗是不感兴趣的。两者之间的轩轾十分明显。

---

① （金）元好问著，郭绍虞笺注：《元好问论诗三十首小笺》，人民文学出版社 1978 年版，第 63 页。

② 郭绍虞：《杜甫戏为六绝句集解·元好问论诗三十首小笺》，人民文学出版社 1978 年版，第 69 页。

　　对于孟郊那样寒苦跼蹐之诗，遗山也颇有不满。中唐诗人中韩孟齐名，但诗境有所不同，遗山把韩孟诗加以对比：

　　　　东野穷愁死不休，高天厚地一诗囚。
　　　　江山万古潮阳笔，合在元龙百尺楼。

韩诗刚健遒劲，为遗山所喜爱。在遗山眼里，孟与韩相差悬殊，一在"百尺楼下"，一在"百尺楼上"，其原因便是在遗山看来，孟郊诗专吟困窘之态，无复刚健之音，不过是天地间一"诗囚"尔！而韩诗的刚方，在品位上远轶孟诗，二者不可同日而语。与此相近，遗山不喜欢温婉柔媚之诗而尚刚方健举之作，又曾以韩愈的《山石》与秦观诗相比较：

　　　　"有情芍药含春泪，无力蔷薇卧晚枝。"
　　　　拈出退之《山石》句，始知渠是女郎诗。

诗中的褒贬之意是很清楚的，戏称淮海诗为"女郎诗"，足见遗山对柔婉诗格的轻视。遗山在《中州集·拟栩先生王中立传》中说："予尝从先生学，问作诗究竟当如何，先生举秦少游《春雨》诗云：'有情芍药含春泪，无力蔷薇卧晚枝。'此诗非不工，若以退之'芭蕉叶大栀子肥'之句校之，则春雨为妇人语矣。破却工夫何至学妇人！"可见，遗山这首诗的观点是有所禀受的。他未必是如何小觑淮海，而是举以推衬骨力遒劲的诗什。
　　遗山论诗力主"天然"，也即不假矫饰、纯任自然。赞陶诗谓之"一语天然万古新"，称《敕勒歌》为"穹庐一曲本天然"，可见他的审美趣味是喜爱"天然去雕饰"之美的。第二十九首绝句云：

　　　　池塘春草谢家春，万古千秋五字新。
　　　　传语闭门陈正字，可怜无补费精神。

谢灵运"池塘生春草，园柳变鸣禽"（《登池上楼》）确是千古之名句。妙在何处？恰在于于自然中偶得，以诗人之心会春之精神，正见宇宙之生机也！宋人叶梦得说得好："'池塘生春草，园柳变鸣禽'。世多不解此语为工，盖欲以奇求之耳。此语之工，正在于无所用意，猝然与景相遇，借以成章，不假绳削，故非常情所能到，诗家妙处，当须以此为根本，而思苦言难

者，往往不悟。"① 正是敲在点子上。"池塘春草"的名句，佳处恰在于自
然。遗山不满于那种向隅苦吟的创作方式，因而讥讽"闭门觅句"，连阿猫
阿狗都逐出门去的陈后山（师道）是"可怜无补费精神"。在《论诗三首》
中，诗人又吟道："坎井鸣蛙自一天，江山放眼更超然。情知春草池塘句，
不到柴烟粪土边。"都以"池塘春草"为例，而推扬自然之美。

四是诗歌创作论。

有关诗歌创作论方面的观点，是与遗山对于诗歌本原的认识紧密联系
的。遗山倡"以诚为本"的主张，于是认为诗歌应是内心情感勃发的自然
流溢，而不应把创作的重心放在追求外在形式之工巧上。这便是他说的
"情性之外，不知有文字"。举《诗经》为范本，他说："诗三百所载小夫贱
妇、幽忧无聊赖之语，特猝为外物感触，满心而发，肆口而成者尔。"② 创
作的动力在于"外物感触"，然后加以自然的表现。他赞苏词谓："东坡圣
处，非有意于文字之为工，不得不然之为工也。"③ 从这个意义上，他反对
诗人创作中的"苦吟力索"，对于，"闭门觅句"的创作方式致以讥刺，而
认为好诗是在与客观事物的直接接触中感发出来的，如第十一首绝句云：

> 眼处心生句自神，暗中摸索总非真。
> 画图临出秦川景，亲到长安有几人！

遗山认为，写诗不能脱离现实生活，只凭向壁虚构，而应该把工夫下在与外
界事物即审美客体的接触上，使心意受到审美客体的感发，方能在"眼处
心生"中得出好诗。与此相对的，他对从故纸堆里乞讨灵感的诗人是不满
的，如《论诗三首》其二："诗肠搜苦白头生，故纸尘昏枉乞灵。不信骊珠
不难得，试看金翅擘沧溟。"很明显，矛头是针对着江西诗派的创作风气
的。《自题》其一中又写道："共笑诗人太瘦生，谁从惨淡得经营？千秋万
古回文锦，只许苏娘读得成。"都不主张作诗苦吟力索、惨淡经营。并且，
遗山认为那种壮美高华的诗境，是与向隅苦吟、惨淡经营的创作方式无缘。
"万古骚人呕肺肝，乾坤清气得来难。"（《自题中州集后五首》其三）这个

---

① （宋）叶梦得：《石林诗话》卷中，见（清）何文焕辑《历代诗话》，中华书局1981年版。
第426页。

② （元）元好问：《元好问全集》下，山西人民出版社1990年版，第39页。

③ 同上。

意思是很明确的。"诗肠搜苦"一首，也是把搜索枯肠的苦吟与"金翅擘海"的诗境对立起来，认为后来不可能从前者中生出。

既然遗山认为好诗应是"满心而发，肆口而成"，情感勃发而自然流溢，又屡赞"情性之外，不知有文字"，是否就放弃了对语言形式美感的要求呢？关于这点，遗山谈得不多，但通观遗山诗论，见出他虽然反对雕琢藻饰，但却对诗歌的语言表现有更高的美学要求，用他自己的诗句来概括，就是"豪华落尽见真淳"。他批评"斗靡夸多"、"排比铺张"，要求诗歌语言更为凝练含蕴。"心声只要传心了"，是说语言要更好地服从于表达感情，并非可有可无。遗山认为，好诗的立身之本不在于诗歌语言自身，而在诗人深刻的人生体验，他说："今就子美而下论之，后世累以诗为专门之学，求追配古人，欲不死生于诗，其可已乎？虽然方外之学，有'为道日损'之说，又有'学至于无学'之说，诗家亦有之，子美夔州以后，乐天香山以后，东坡海南以后，皆不烦绳削而自合，非技进乎道者能之乎？诗家所以异于方外者，渠辈谈道不在文字，不离文字；诗家至处不离文字，不在文字。"① 这对诗歌语言来说，自然是更高更难的要求。"技进乎道"，是远远超越于一般文学追求的，而是一种化境。它使人们在欣赏诗作时，不自觉地超越文字层面，而进入到主客体交融的审美体验之中。"不离文字"，是提醒作者不可忽略语言表现，而"不在文字"，又要求超越语言文字层面，进入一个更高的审美境界。"追风逐电之足，决不在于牝牡骊黄之间；声应气求之夫，决不在于寻行数墨之士；风行水上之文，决不在于一字之奇"②，用李卓吾的话说：遗山所推崇的是"化工"，而非"画工"。

由上论可见，元好问的诗歌美学思想非常丰富，虽然看似零散，但却有着十分密切的内在逻辑联系。他的"以诚为本"的本原论是其诗论的逻辑起点，而风格论、传统论、创作论都是由此生发的，而且互相映发连带，环环相扣的。《论诗三十首》也形成了一个有机整体。对有些诗人的评价似有龃龉矛盾之处，而有些则有偏颇之嫌，这是遗山诗论的弱点所在。但也应看到，他的论诗绝句是为了表达自己的诗学观念而举某位诗人、拈某个篇什为例，并非是对诗人的全面评价。有前后矛盾之处，正可作面面观。又应指出的是，元好问的诗论是从北方文化的土壤中产生的。他是以"北人"那种豪放心态来看待、辨析中华诗歌发展的历史与传统的，因而带着明显的北方

① （元）元好问：《元好问全集》下，山西人民出版社 1990 年版，第 45—46 页。
② （明）李贽：《焚书·续焚书》卷 3《杂说》，岳麓书社 1990 年版，第 96 页。

文化的印痕。这也许是我们认识遗山诗论的一个线索。而遗山诗论所提出的丰富的美学思想，在中国诗论史上、美学史上，都有独到的、重要的贡献。

第三节　元好问的诗歌艺术成就及其文化基质

元好问的诗歌创作，有独特的艺术成就，因而方能在中国诗史上占有重要的地位。进一步探讨遗山诗的艺术风格与成就，是十分必要的。

关于遗山诗的艺术风格，人们已经有过许多评价，基本观点较为一致，大体上认为遗山诗慷慨沉雄，直继李杜。如郝经所论：“诗自三百篇以来，极于李杜，其后纤靡淫艳，怪诞癖涩，寝以弛弱，遂失其正。二百余年而至苏黄，振起衰踣，益为瑰奇，复于李杜氏。金源有国，士务决科干禄，置诗文不为，其或为之，则群聚讪笑，大以为异，委坠废绝，百有余年，而先生出焉。当德陵之末，独以诗鸣，上薄风雅，中规李杜，粹然一出于正，直配苏、黄氏。天才清赡，邃婉高古，沉郁太和。”① 李调元则说：“元遗山诗精深老健，魄力沉雄，直接李杜，能并驾者寥寥。”② 潘德舆评曰：“豪情胜概，壮色沉声，直欲跨苏黄，攀李杜矣。”③ 这些评价都是很能概括出遗山诗的风格特征的。但这还不够，还必须进行具体的分析探讨。

纵观遗山诗，无论就思想还是就艺术而言，都以那些写在金亡前后的“纪乱诗”为上乘。本来思想和艺术就是不可分割的。经过了长时间的艺术陶炼，加之遗山思想的不断成熟，对于社会现实愈加深切的体验，在国破家亡、身为敌囚这种重大变故的刺激下，诗人以他那北方诗人“挟幽并之气”的艺术禀赋，饱蘸时代之血泪，写出了那些悲壮而又雄浑的“纪乱诗”。“国家不幸诗家幸，赋到沧桑句便工”，赵翼这两句诗确实是道出遗山诗所以取得杰出成就的时代因素，而且具有相当的普遍性。人们称唐代大诗人杜甫写在“安史之乱”时期的那些诗作为“诗史”，也把这个光荣称号送给遗山，意思是他们的诗作足以纪录一代兴亡，真实地写照出鼎革之际的历史画面，抒发出国破家亡的深哀巨痛。这是遗山诗获得广泛称誉的重要原因，但

---

① （元）郝经撰，秦雪清点校：《郝文忠公陵川文集》卷35《遗山先生墓铭》，山西人民出版社2006年版，第478页。

② （清）李调元：《雨村诗话》，见郭绍虞编《清诗话续编》，上海古籍出版社1983年版，第1535页。

③ （清）潘德舆：《养一斋诗话》，见郭绍虞编《清诗话续编》，上海古籍出版社1983年版，第2114页。

也许并非全部。遗山诗之所以堪入"大家"之列，一则在于其可歌可泣、震撼人心的悲剧审美效应，二则在于他为诗史提供了新的艺术范本。

遗山诗具有感荡人心而又大气包举的悲剧美的力量。山河破碎，生灵涂炭，正可谓"乾坤日流血"，诗人的情感是极为悲怆的。遗山"纪乱诗"也正溢满着国破家亡的悲愤。尤其是被元军羁管聊城之后，身为南冠，诗中更多地流露出悲怆之情："憔悴南归一楚囚，归心江汉日东流。青山历历乡国梦，黄叶萧萧风雨秋。"（《梦归》）"烽火苦教乡信断，砧声偏与客心期。"（《永宁南原秋望》）"甲子两周今日尽，空将衰泪洒吴天。"（《甲午除夜》）这些都表现出遗山"纪乱诗""悲"的特色。但我们以为遗山诗之悲剧效应的含义，决非仅止于此，而是更为广泛、丰厚。它具有一种动人心魄的力度感。

作为审美范畴的悲剧，一开始就不仅限于"悲"的情感阈限的，而是紧紧与"崇高"联系在一起，它在美学史上占有极其重要的地位，一向被人称为"崇高的诗"。悲剧的审美效应，按亚里士多德的观念来说，是"借引起怜悯和恐惧来使这种情感得到陶冶"①。这里关键在于使人们的心灵得以"净化"。希腊悲剧的主人公都是与命运搏斗的英雄，如普罗米修斯，他坚贞不屈，英勇顽强，热爱人类，抗击强暴，憎恨旧势力，充满着崇高的自我牺牲精神。正如马克思所说："普罗米修斯是哲学历史上最高贵的圣者和殉教者。"② 在悲剧历史上，我们可以看到，无论悲剧主人公的结局如何悲惨，他们都不是柔弱的，而是拼死抗争的。悲剧具有动人心魄的力量，即如中国古典悲剧《赵氏孤儿》、《窦娥冤》等，都充满了气贯长虹、怒塞天地的力度感。我们正是在这个意义上使用"悲剧审美效应"这个概念来评价遗山诗的。

恰如明人都穆所说："元遗山在金末，亲见国家残破，诗多感怆。"③ 而这"感怆"不止于悲哀。遗山诗之所以能够产生震撼人心的力量，更在于气魄宏大，境界雄浑，悲壮慷慨的感情渗透在苍莽雄阔的意境之中。从来没有谁把如此雄浑苍莽的意境与如此悲怆浓挚的情感融合得如此浑然一体。遗山"纪乱诗"以七律为最多最好，即如其中之不朽名篇《壬辰十二月车驾东狩后即事五首》其二：

---

①　［古希腊］亚里士多德：《诗学》，罗念生译，上海人民出版社2006年版，第30页。

②　《马克思恩格斯全集》第1卷，人民出版社1960年版，第457页。

③　（明）瞿佑：《归田诗话》，中华书局1985年版，第27页。

惨淡龙蛇日斗争，干戈直欲尽生灵。

高原水出山河改，战地风来草木腥。

精卫有冤填瀚海，包胥无泪哭秦庭。

并州豪杰知谁在，莫拟分军下井陉。

此诗写于围城之中。哀宗天兴元年（1232）即壬辰年，蒙古军围攻汴京。十二月，粮尽无策，哀宗亲出东征。与蒙古军战而败绩，退守归德。这便是所谓"车驾东狩"。元好问时任左司都事，居围城中。这首诗写战争给人民带来的巨大灾难以及国家的危亡。诗人的情感十分悲怆，"精卫""包胥"这一联诗，以恰切的典故把自己的心情表达得十分挚刻，同时，在悲愤之中透着一种慷慨壮气。诗人以"惨淡龙蛇日斗争"来写金元之间的战争，一开始便造成了雄莽苍凉的气氛。再如著名的《岐阳三首》其一：

突骑连营鸟不飞，北风浩浩发阴机。

三秦形胜无今古，千里传闻果是非。

偃蹇鲸鲵人海涸，分明蛇犬铁山围。

穷途老阮无奇策，空望岐阳泪满衣。

其二云：

百二关河草不横，十年戎马暗秦京。

岐阳西望无来信，陇水东流闻哭声。

野蔓有情萦战骨，残阳何意照空城。

从谁细向苍苍问，争遣蚩尤作五兵。

岐阳即陕西凤翔县，是有名的军事要冲，形势极为险峻。金哀宗正大八年（1231）正月，蒙古军围攻凤翔，四月破城，凤翔失陷，蒙古军在城中进行了残暴的屠杀。元好问此时任南阳县令，惊闻此讯，满怀悲怆写下了《岐阳三首》。第一首极写山隘之雄险，以及自己的悲愤之情。"突骑连营鸟不飞"，形容山川绝险，暗示易守难攻，"北风浩浩发阴机"，指蒙古军队的汹汹气势。"三秦形胜"这两句，概括了形势险要与自己闻变后将信将疑而又终于坐实的心情。"偃蹇鲸鲵"两句，形容金元双方守战形势，意象甚奇。尾联直接表达自己的悲怆心情，感人至深。这首诗无论是写凤翔关隘之险抑或写诗人心情的悲怆，都是笔力雄劲，意象浑莽。第二首更为人所传诵。这一首有更为深迥浑灏的历史感。《史记》上说："秦，形胜之国，带山河之险，悬隔千里，持戟百万，秦得百二焉。"①"百二关河"正以说明此地关山之极险，从古迄今都是"一夫当关，万夫莫开"，而如今"草不横"，暗示金军守备之弛，方才酿成此祸。"野蔓有情"两句，写蒙古军屠杀后的惨象，悲惨至极，却又意境茫远苍凉。这些都显示出遗山诗悲怆而又雄浑的特色。

在遗山诗中，这种诗境是非常普遍的，也可以说是遗山"纪乱诗"的一个基本特征。诗人以极为雄浑苍劲的笔力来抒写悲愤之情，因而便造成了融雄浑与悲怆于一炉的独特诗风。这类例子俯拾即是，如："北风猎猎悲笳发，渭水潇潇战骨寒。"（《岐阳三首》其三）"乔木他年怀故国，野烟何处望行人。"（《壬辰十二月车驾东狩后即事五首》其四）"铜驼荆棘千年后，金马衣冠一梦中。"（《寄钦止李兄》）"紫气已沉斗牛夜，白云空望帝乡秋。"（《卫州感事》二首）"十年旧隐抛何处，一片伤心画不成。"（《怀州子城晚望少室》）这些诗都以雄劲的笔力来写心中的深哀巨痛，有着极富力度感的悲剧性审美效应。

实事求是地说，这些诗的意象，在力度感上，是超过了杜甫的七律的。遗山学习杜甫的律诗，同时又加以创造性的发展，给人以一种更为新鲜、更为动人心魄的审美感受。清人赵翼的评价很有见地，他就遗山的七律发论说："七言律则更沉挚悲凉，自成声调。唐以来律诗之可歌可泣者，少陵十数联外，绝无嗣响，遗山则往往有之。如《车驾遁入归德》之'白骨又多兵死鬼，青山原有地行仙'，'蛟龙岂是池中物，虮虱空悲地上臣'；《出京》之'只知灞上真儿戏，谁识神州竟陆沉'；《送徐威卿》之'荡荡青天非向日，萧萧春色是他乡'；《镇州》之'只知终老归唐土，忽漫相看是楚囚，日月尽随天北转，古今谁见海西流'；《还冠氏》之'千里关河高骨马，四更风雪短檠灯'；《座主闲闲公讳日》之'赠官不暇如平日，草诏空传似奉天'；此等感时触事，声泪俱下，千载后犹使读者低徊不能置。"②确实道出了遗山七律的佳处，举例也很恰当。笔者认为，遗山七律之所以能动人心魄，在艺术风格方面，融雄浑苍莽与悲怆感慨于一炉，是个重要的因素。

①　（汉）司马迁：《史记》卷8《高祖本纪》，中华书局1959年版，第382页。
②　（清）赵翼：《瓯北诗话》卷8，人民文学出版社1963年版，第117页。

　　以"诗史"称杜诗，有一个重要原因是诗人善用客观化的、叙事性的笔法来反映社会现实。诗人的主体心态、情感，是隐藏在叙事性的文学形象后面的。诗人将巨大的历史变故，凝缩为一个个叙事性片断，真实地显示了那一时代的风貌。如《兵车行》、《新婚别》、《垂老别》等篇什皆然；遗山诗对于金末丧乱的写照不同于是，诗人是以在这历史惨剧中所激起的强烈的主体感受，来融摄当时的客观情景，"铸造"成有巨大历史容量的诗歌意象。这些意象不以指实某些具体史实为其艺术目的，却有着更为深广的时代内容，因而显得非常厚重；同时，这些意象又带着鲜明的主体倾向，带着诗人的激情与个性，尤为易于激动人心。如："白骨又多兵死鬼，青山原有地行仙。""乔木他年怀故国，野烟何处望行人。"（《壬辰十二月车驾东狩后即事五首》）"西风白发三千丈，故国青山一万重。"（《寄杨飞卿》）"紫气已沉斗牛夜，白云空望帝乡秋。"（《卫州感事》二首）"眼中高岸移深谷，愁里残阳更乱蝉。"（《外家南寺》）"烽火苦教乡信断，砧声偏与客心期。"（《永宁南原秋望》）"高原水出山河改，战地风来草木腥。"（《壬辰十二月……》）可以说是无暇遍举。这些诗句都是非叙事性的，却又极为深刻地概括了当日的时代风貌，形成了主客体浑然为一的意象特点。

　　遗山"纪乱诗"的又一个特点，是深刻的历史洞察。批判意识与悲怆情怀的融合，使诗作增加了历史深度。这个特点，在《癸巳四月二十九日出京》、《歧阳三首》、《壬辰十二月车驾东狩后即事五首》、《出都》等诗中，表现得都很鲜明。如《癸巳四月二十九日出京》：

> 塞外初捐宴赐金，当时南牧已骎骎。
> 只知灞上真儿戏，谁谓神州遂陆沉。
> 华表鹤来应有语，铜盘人去亦何心。
> 兴亡谁识天公意，留著青城阅古今。

　　这首诗是天兴二年（1233）诗人被押出京时所作。四月，汴京守将崔立发动兵变，投降蒙古军。汴京沦入蒙古军手中，金朝至此，实际上已经灭亡了。四月二十日金皇族五百余人被押至蒙古军中，除太后、皇后、妃嫔外皆被杀害。四月二十九日，元好问和其他金朝旧臣被押出汴京，暂时羁管于青城。这首诗正是为此事而作。诗人身为羁囚，沦入敌手，而国家已亡，其心情之悲愤是溢于言表的。而更值得指出的是，这首诗在国亡身羁的悲愤中，表现了清醒的、深刻的反思与省察，用诗的意象揭示了金亡的历史教训。"塞外初捐宴赐金"这两句，是指责金源统治者对于蒙古势力采取屈辱求和的政策，致使蒙古迅速向南发展。"只知灞上真儿戏"这两句，指出由于金军越来越萎靡松弛，如同汉文帝时灞上军之"儿戏"，武备尽弛，在蒙古军队面前节节败退，致使金朝沦于亡国之地。"兴亡谁识天公意"二句，意味更深，历史批判的锋芒更为犀利，令人警醒。青城在今河南开封市。靖康二年，金人破汴京，在青城受徽、钦二帝降；而金末蒙古元帅速不台破汴京，也在青城受金朝之降，历史的悲剧又在此重演。青城成为两代王朝覆亡的历史见证。这里难道不是渗透着深刻的历史批判意识吗！诗人的思致是十分清醒深刻的。

上述几个特点构成了遗山诗的独特艺术成就，这种特点在诗史上显得独树一帜。遗山的"纪乱诗"以七律为最有成就，我们所论述的基本上都是七律。在七律的创作上，元好问提供了前所未有的东西，形成了七言律诗的新的艺术范本。

元好问于其他各体也有相当的艺术造诣，五律、五七言古体、绝句，都有许多佳作。如翁方纲论遗山五言诗云："遗山以五言为雅正，盖其体气较放翁淳静，然其勃郁之气，终不可掩，所以急发不及入细，仍是平放处多耳。但较放翁，则已多渟蓄矣。"① 虽然不免带着肌理说的框子，对放翁多有偏见，但也道出了遗山五言诗的特点。遗山五言以五律最为浑融含蓄。略举二例，如：

> 长路伶俜里，羁怀莽苍中。
> 千山分晚照，万籁入秋风。
> 频见参旗缩，虚传朔幕空。
> 故园归未得，细问北来鸿。
> ——《阳翟道中》

再如：

> 不寐复不寐，悲吟如自雠。
> 鸡栖因失晓，虫语苦争秋。

---

① （清）翁方纲：《石洲诗话》卷5，中华书局1985年版，第78页。

日月虚行索，风霜入敝裘。

谁怜庾开府，直欲赋浇愁。

——《不寐》

这两首诗，都写于避乱他乡的羁旅途程中。风格沉郁苍凉而意象浑融，同时又不失昂藏之气，更多地接近杜甫的五律，但缺少杜诗那种博大浑厚的概括力，不如遗山七律那样富有艺术个性与创造力。

遗山的七言古诗却是写得声色大开、极有特点的，有独特的艺术风貌。遗山七古（也包括杂言、乐府等）气势磅礴，意象奇伟壮丽，但又并非粗戾豪肆、一览无余，而是在冲荡中见回旋，寓曲折。遗山七古没有太白那么多想落天外的奇幻意象，而气势之奔放并不亚于太白，比起苏轼、陆游来，显得更为瑰奇多姿。且举一首《涌金亭示同游诸君》：

太行元气老不死，上与左界分山河。有如巨鳌昂头西入海，突兀已过余坡陀。我从汾晋来，山之面目腹背皆经过。济源盘谷非不佳，烟景独觉苏门多。涌金亭下百泉水，海眼万古留山阿。鬐沸泺水源，渊沦晋溪波。云雷涵鬼物，窟宅深蛟鼍。水妃簸弄明月玑，地藏发泄天不诃。平湖油油碧于酒，云锦十里翻风荷。我来适与风雨会，世界三日漫兜罗。山行不得山，北望空长哦！今朝一扫众峰出，千鬟万髻高峨峨。空青断石壁，微茫散烟萝。山阳十月未摇落，翠葆云旃相荡摩。云烟故为出浓淡，鱼鸟似欲留婆娑。石间仙人迹，石烂迹不磨。仙人去不返，六龙忽蹉跎。江山如此不一醉，拊掌笑煞孙公和。长安城头乌尾讹，并州少年夜枕戈。举杯为问谢安石，苍生今亦如卿何？元子乐矣君其歌！

这首七言古诗何其壮哉！气完神足，意象奇伟，诗人之情犹如奔流回湍之潮水，一路硞礚而来。涌金亭，在河南辉县西北石门山百门泉上，上有苏轼所书"苏门山涌金亭"六字。翁方纲注《遗山先生年谱》："方纲得先生手书《涌金亭诗》石刻后自题云：'己酉清明日，崧阳王赞立石'。《涌金石示同游诸君》七言古诗，即在正大戊子冬，罢内乡时也，其云己酉者，后来所补刻耳。"① 可知此诗作于戊子（1228）年，元好问居内乡时。这首诗有苏

---

① 姚奠中：《元好问全集》下册，山西人民出版社1990年版，第575页。

轼《金山寺》的影子，但奔放瑰奇有过之而无不及。诗中语式以七言为主，杂以五言、九言，显得变化多端，奇崛不平。又打破了唐以来那种运律入古、骈句丛出的写法，以单行散句为之，却决不枯槁，而是更为奔放流美。诗中描写涌金亭附近风物，意象奇幻无比，变穷百态，不亚于太白的《梦游天姥吟留别》、《庐山谣寄卢侍御虚舟》。在尽情描绘山河奇壮之后，在诗的结尾，又抒发了自己大济苍生的志愿。这首诗确实是七言古诗中难得的佳作。

即使是为敌所囚，身为"南冠"，遗山之诗仍不失英风豪气。诗人被拘管聊城时，曾写下一首著名的七古《南冠行》：

> 南冠累累渡河关，毕逋头白乃得还。荒城雨多秋气重，颓垣败屋生茅菅。漫漫长夜浩歌起，清涕晓枕留余潸。曹侯少年出纨绮，高门大屋垂杨里。诸房三十侍中郎，独守残编北窗底。王孙上客生光辉，竹花不实鹓鶵饥。丝桐切切解人语，海云唤得青鸾飞。梁园三月花如雾，临锦芳华朝复暮。阿京风调阿钦才，晕碧裁红须小杜。长安张敞号眉妩，吴中周郎知曲误。香生春动一诗成，瑞露灵芝满窗户。鱼龙吹浪三山没，万里西风入华发。无人重典鹔鹴裘，展转空床卧秋月。宝镜埋寒灰，郁郁万古不可开。龙剑出地底，青天白日出云雷。层冰千里不可留，离魂楚些招归来。生不愿朝入省暮入台，愿与竹林嵇阮同举杯。郎食猩猩唇，妾食鲤鱼尾，不如孟光案头一杯水。黄河之水天上流，何物可煮人间愁。撑霆裂月不称意，更与倒翻鹦鹉洲。安得酒船三万斛，与君轰醉太湖秋。

诗人曾于诗下自题云："癸巳秋，为曹得一作。"癸巳即1233年，也即崔立叛变、汴京城破这一年。四月，元好问与其他朝臣一起被押出汴京，羁管于聊城，是年秋天，诗人作此诗。曹得一，字通甫，是元好问的诗友，大概死于金末战乱期间，这首诗正是悼念曹氏的。一开始诗人写出聊城居所的恶劣环境，抒发了心中的悲愤，继而追忆曹得一的一生，赞美他不慕荣利、自甘淡泊的风范以及他的俊逸超群的才华，痛惜曹得一的殒殁。最后期望曹君魂魄归来，与之痛饮豪醉。这首诗作于囹圄之中，又是悼念之作，而浓挚的悲惋却掩抑不住诗人的豪气。他用"宝镜埋寒灰"，"龙剑出地底"的意象来形容曹君之死，显得壮气凛然，风骨刚健，结尾六句，更是充满十分奇特壮逸的想象，表现了诗人慷慨雄豪的个性。清人陶玉禾评此诗云："意到笔随，古语如自己出，横恣逸宕，淋漓满志。"① 可以得其仿佛。

元好问的诗歌融雄浑苍莽与悲怆感慨于一炉，形成了十分独特的风格特征，在中国诗史上是不可多得的。那么，我们不禁要追问一下形成这种风格的文化心理基质是什么？这是我们所感兴趣的问题。我们认为，主要在于诗人所禀受的北方民族的慷慨雄放的气质。

元好问本是北方少数民族之一的鲜卑族拓跋氏的后裔。拓跋部建立北魏王朝，成为鲜卑的核心。鲜卑本是起源很早的北方游猎民族之一，有着十分粗犷质朴的民族文化心理。建立北魏朝以后，较快地接受汉文化，逐渐加入了汉族之中。同时，鲜卑人也以他们的独特文化心理与文化实践，丰富和发展了中华民族文化。北朝乐府中的《梁鼓角横吹曲》即以鲜卑歌谣为其主体。这些鲜卑歌谣，最能代表北方民族质朴雄放的文化心理。如《企喻歌》："男儿欲作健，结伴不须多。鹞子经天飞，群雀两向波。"《琅琊王歌》："新买五尺刀，悬著中梁柱。一日三摩挲，剧于十五女。"这些北方民歌的豪放清新，质朴粗犷之风，是与南方民歌判然有别的。《唐书·乐志》云："北狄乐其可知者鲜卑、吐谷浑、部落稽三国，皆马上乐也。后魏乐府始有北歌，即所谓《真人代歌》是也。大都时，命掖庭宫女晨夕职之。周、隋世与西凉乐杂奏，今存者五十三章，其名可解者六章，《慕容可汗》、《吐谷浑》、《部落稽》、《钜鹿公主》、《企喻》是也。其不可解者，咸多'可汗'之辞。北虏之俗呼主为可汗。吐谷浑又慕容别种，知此歌是燕、魏之际鲜卑歌也。"可见，鲜卑民族的豪犷刚健的歌谣，乃是北朝乐府的代表。明人胡应麟说："《企喻歌》，元魏先世风谣也。其词刚猛激烈，如云：'男儿欲作健，结伴不须多'等语，真《秦风·小戎》之遗。其后卒雄据中华，几一宇内，即数歌词可证。举六代江左之音，率《子夜》、《前溪》之类，了无一语丈夫风骨！恶能衡抗北人？"② 以论南北文化刚柔之别。

元好问系鲜卑后裔，深深植根于北方文化土壤之中。尽管他早已汉化，又深受汉文化诗书礼乐之教育濡染，而对北方民族那种质朴刚方、雄健粗犷的文化形态，还是深为认同的。他对《敕勒歌》"慷慨歌谣绝不传，穹庐一曲本天然"的高度评价足以说明这个问题。遗山有论诗诗云："陶谢风流到百家，半山老眼净无花。北人不拾江西唾，未要曾郎借齿牙。"（《自题中州

① （清）顾奎光辑：《金诗选》卷4，见徐丽华主编《中国少数民族古籍集成（汉文版）》第18册，四川民族出版社2002年版，第323页。

② （明）胡应麟：《诗薮》，上海古籍出版社1958年版，第269页。

集后五首》其二）就是从"北人"的文化心理出发提出自己观点的。这也暗示了我们，遗山诗之所以有独特的艺术风貌，正是以北方文化土壤为其雄厚根基的。郝经评遗山诗云："歌谣跌宕，挟幽并之气，高视一世。"① 这个"挟幽并之气"不可小觑，极可说明遗山诗风与其文化土壤之间的关系。幽并一带，民风淳朴勇武，素来多出豪侠英雄，曹植《白马篇》中的英雄少年亦是"幽并游侠儿"，虽是诗人虚构，却说明幽并之地确是以豪侠刚勇见称。清人赵翼解释遗山诗风的产生原因说："盖生长云、朔，其天禀本多豪健英杰之气，又值金源亡国，以宗社邱墟之感，发为慷慨悲歌，有不求工而自工者：此固地为之也，时为之也。"② 也很准确地道出了遗山诗的文化基质。

元好问非常重视金诗发展中的"国朝文派"，并且以之作为标志，来判断金诗的开始成熟，形成自己的特色。实际上，"国朝文派"最为杰出的代表和典范乃是遗山本人。无论是蔡珪也好，还是南渡后的李纯甫也好，都只是"国朝文派"发展的某个阶段，与遗山诗相比，便不能不相形见绌了。遗山诗包含了"国朝文派"的全部内涵。它的出现不是偶然的，正是经过了金诗的不断发展、扬弃，才产生了遗山诗。对于遗山诗，不能孤立地看，必须置之于金诗发展的长流中才能认识其价值。它是金诗发展的产物，也是金诗发展的最高峰。

一般朝代的末期创作，基本上是"强弩之末"，声息较为微弱。鼎革之际，也有一些诗人抒写亡国之恨，却有谁能与元遗山相媲美呢？雄浑苍莽而又沉挚苍凉，宛如来自历史深处的洪钟大吕，艺术上却决不粗糙。高度凝练的语言创造与雄阔悲壮的审美意象，都是经过反复陶炼、含蕴无穷的。赵翼说他"专以精思锐笔，清炼而出"③，信非虚语。由遗山诗作为金诗的终端，真可谓大放厥彩。它使金诗的发展轨迹，呈现出与其他断代诗史迥然不同的端点，使金诗得到了前所未有的升华。那么，把元好问的诗歌创作作为金诗发展的升华期，就是一种客观的描绘，而非主观臆造或是独出心裁！

我们认为，在整个中华诗史中，元好问应该得到与李、杜、苏、辛、陆

---

① （元）郝经撰，秦雪清点校：《郝文忠公陵川文集》卷35《遗山先生墓铭》，山西人民出版社2006年版，第478页。

② （清）赵翼：《瓯北诗话》卷8，人民文学出版社1963年版，第117页。

③ 同上。

这样一些"大家"同等重要的地位。不仅仅是"纪乱诗"，他的创作的整体情况应该得到更为系统的研究，放在中国诗史的宏观背景下确立其地位。遗山诗以北方民族的慷慨雄莽之气为底蕴，又全面继承了中华诗歌的优秀传统，创造出了新的诗风，为中国诗史吹嘘进了新的生命。应该从更为宏阔的视野上来认识它的价值所在！

第八章　论女真作家的诗歌创作

在金代文坛上，女真作家为数不多，却是各有特点的，几位有代表性的女真作家都是皇帝或王室成员。一方面，他们本人写作诗词，成为金代文坛的有机组成部分；另一方面，他们又往往以自己的文化价值观念与审美取向，影响着一个时期的文学风会。正如马克思主义所认为的，"统治阶级的思想在每一时代都是占统治地位的思想"[①]。在文学观念方面，统治阶级的思想也起着主导作用。

之所以将女真作家单独论列，是因为女真作家的创作可以挖掘出颇为丰富的文化内涵。这些各有特点的女真作家，用他们的诗词创作，勾勒出金代女真民族文化心理变迁的轨迹。这当然不一定全然是从时间的角度而言的，而是逻辑的展开。

第一节　朴陋与雄奇：初染汉风的本真形态

说到女真作家，不能不想到海陵王完颜亮的诗词创作。在政治上，完颜亮是一个很复杂的人物，对他的评价很难截然地下一个好或坏的定论。作为一代国君，在吸收汉文化、推动女真社会改革方面，他是有很大功绩的；但他又是一个野心家，穷兵黩武，发动侵宋战争，自己也在战争中身败名裂。从诗歌史的角度来看，他又确实是一个有强烈个性的诗人。

完颜亮（1122—1161），本名迪古乃，是金太祖的孙子。皇统九年（1149），完颜亮亲手弑杀了金熙宗完颜亶，登上了皇帝宝座。即位之后，海陵王进一步推行改革措施，加强中央王朝的封建集权，恢复和发展北方的生产，加速女真族的汉化和由奴隶制向封建制变革的步履。同时，又倾国内财力，准备发动大规模侵宋战争。正隆六年（1161）九月，南下侵宋，十

---

① 《马克思恩格斯全集》第 1 卷，人民出版社 1960 年版，第 52 页。

一月死于南侵战争之中。

海陵王完颜亮是个雄心勃勃的一代枭雄。在他的身上，集中地表现出女真族奴隶主的猛悍与残忍的性格特征。从历史作用来说，完颜亮坚决打击了女真统治集团中的守旧势力，加速了改革进程，从个人品行来说，他又是一个残忍成性的野心家。胸有大志，雄心勃勃，不甘居于人下，大有吞并天下之势。这些，都在他的诗词中得以反映。

完颜亮留下的篇什不多，却都有着叱咤风云、不可一世的气概。在做藩王时，完颜亮就曾写过一首《书壁述怀》的七言绝句：

> 蛟龙潜匿隐苍没，且与虾蟆作混和。
> 等待一朝头角就，撼摇霹雳震山河。

很明显，诗人以"潜龙"自喻，来抒发自己的抱负。时机未到暂且雌伏，一旦"头角"养就，便要施威于海内，做一番惊天动地的大事业。诗人的勃勃雄心（说是野心也未尝不可）跃然于字里行间。这首诗虽是七言绝句，但艺术表现还相当拙陋。既没有对偶句，也不合平仄，意象的创造颇为粗戾。它虽然带着鲜明的个人艺术风格，但也表征着女真人运用汉语诗歌艺术形式，还处于较为粗浅的层次。

正隆南征前，完颜亮曾派画师随使臣施宜生出使南宋，"密写临安之湖山、城郭以归，上令绘为软壁，而图己像策马于吴山绝顶"[1]。海陵王踌躇满志，挥毫题诗于其上：

> 自古车马一混同，南人何事费车工？
> 提师百万临江上，立马吴山第一峰。

如果说，《书壁述怀》还是以"潜蛟"自喻，虽按捺不住左右乾坤的野心，但毕竟还是隐伏着的，而此番光景又非前诗可比了。诗人俨然是一统天下的秦始皇，势必要一口吞并南宋，主宰华夏山河，做中原的正统皇帝。一代枭雄的心态又一次淋漓尽致地抒写在诗中。

诗歌与历史有密切的联系，如果对诗歌所赖以生长的历史文化背景一无

---

[1]　（金）宇文懋昭：《金志》卷14，见崔文印《大金国志校证》，中华书局1986年版，第199页。

所知，而空谈诗的语言形式，那是很片面的。"形式主义"美学与"新批评"的误区也就在这里。对于诗歌的认识，是不应该抽离它的社会历史内涵的。然而，诗歌又不能等同于历史。诗歌有自己独特的审美属性。与社会历史价值的判断不完全是一回事。海陵王完颜亮所发动的南侵战争，在史学界是受到指责的，但是这首诗不能与南侵战争的性质等同起来。从风格上看，这首诗十分雄放豪肆，气势宏大，立意高远不凡，而在艺术表现上仍然是直抒胸臆、略无润饰的。不难感受到诗人所具有的女真贵族那种豪犷雄健而又粗戾朴野的心态特征，在字里行间强烈地透射而出，而艺术表现上的朴陋，正表明女真濡染汉文化未深时的本真形态。

完颜亮的诗作，在艺术上谈不上成熟，当然，他也无意于做一位诗人，他早就盯着皇帝的宝座，以弑杀手段得了帝位，又想吞并南宋，当全天下的皇帝。写诗，不过是余事。完颜亮是十分欣羡汉文化的，称帝之后，更是吸取中原的儒家思想进行文化建设。"迨亮杀亶（金熙宗）自立，甚有尊经术、崇儒雅之意，始设殿试。"[①] 年轻时就喜欢读书，颇有文才。"为藩王时，尝书人扇云：'大柄若在手，清风满天下。'人知其有大志"[②] 这即兴题扇的诗句，很能表现出他的才思，他是很善于用诗来表达自己的宏大抱负的。

读完颜亮的诗，感到的是一种生命的强力迎面而来，带着女真人的朴野雄豪的原生态之美。在金诗之中，要直接感受到这种虽然有些朴陋却又勃发着强悍气息的诗，并不是很多的。也许有些夸张，这种诗作给诗坛吹嘘进新的生命。它们也许是没有经过精雕细琢的，没有那么细腻、那么熨帖，但它们裹挟着塞外的雄风而来，不啻是一声使人震惊的滚雷。很难完全以善恶之类的伦理价值观念来衡量它们，但它们是一种强力的美。

前面曾经较多地谈论到金世宗完颜雍对汉文化的态度。一方面用儒家的伦理道德观念教化女真人，力图使这个开化未久的民族在伦理—心理结构上，全面接受汉文化中儒家思想体系的价值取向；另一方面，又力图保持女真民族那种质朴淳厚的民俗与刚健勇悍的民族精神。他是倡导质朴无华的文学风气的。以他在大定二十五年所唱的"本曲"歌辞为例：

> 乃眷上都，兴帝之第。属兹来游，恻然予思。

---

① （金）张棣：《金虏图经·取士》，见崔文印《大金国志校证》附录2，中华书局1986年版，第599页。

② （金）刘祁：《归潜志》卷1，中华书局1983年版，第3页。

风物减耗，殆非昔时。于乡于里，皆非初始，朕自乐此。虽非昔时，朕无异视。

瞻恋慨想，祖宗旧宇。属属音形，宛然如睹。

童嬉孺慕，历历其处。壮岁纵行，忧然如故。旧年从游，依稀如昨。

这是一首古拙质朴的四言古诗。当然不敢肯定是世宗亲自所作，但它出自于女真人的手笔，是地道的女真之音，则是无可怀疑的。这首歌诗"道王业之艰难，及继述之不易"①，是对金王朝创业历程的回顾。语言质朴笃实，毫无藻饰，直叙其事，直道其情，与女真民族原来的纯朴的文化心理相适应，即便不是世宗所作，但世宗在宫廷宴会上亲自吟唱，而至于"慷慨悲激，不能成声，歌毕泣下"②，至少是为世宗所深为激赏，审美上也是高度认同的。它在很大程度上表现了世宗所喜爱的诗歌风格。与完颜亮的诗风尽管不尽一致，但同样是表现出女真人诗歌创作在其较早阶段的质朴形态。

诗歌史的演进，往往总是从稚拙走向成熟，再由成熟走向萎靡，于是，再求助于一种新的诗歌体裁。然而中国诗歌终至没有衰亡，就是不时地有新生命的吹嘘。细想起来，民族文化融合正是这种新生命的来源。每次南北诗风的融合，总少不了崛起一个新的诗歌时代。北方民族以他们的生命强力，加入中华诗史的合唱，使诗歌有了刚健的风骨、雄奇的气魄。对完颜亮这些诗作，当如此看它们的价值。

第二节　典丽富艳的审美追求

金源的文风不断演化，从朴陋走向典丽华美。尤其是在最高统治阶层的翰墨之中，那种朴野强悍的原生态美似乎越来越少见了。代之而起的，是越来越追求藻丽。不一定是什么文学的内部规律，却是金源文学的事实。这种事实，很鲜明地体现在女真统治者身上。最典型的是金章宗完颜璟。

金章宗完颜璟，小字麻达葛，是世宗的孙子，也是宣孝太子完颜允恭的儿子。宣孝太子大定二十五年（1185）薨，生前没当成皇帝，死后得帝号为"显宗"。其子完颜璟直接继承了祖父的帝位。

① （元）脱脱等：《金史》卷8《世宗纪》下，中华书局1975年版，第189页。
② 同上。

章宗在位，特别提倡对汉文化的吸收，就中最感兴趣的是审美文化。章宗朝，文治灿烂。彬彬之盛，文词之学甚是盛行。而章宗的文化价值取向，是深受乃父影响的。宣孝太子向心文学，沉耽书卷，倘即帝位，也一定是大倡文治的。在这方面，章宗的统治倒是体现了乃父的遗愿的。关于宣孝太子，史称"专心学问，与诸儒臣讲议于承华殿。燕闲观书，乙夜忘倦，翌日辄以疑字付儒臣校证"①，足见是一位儒雅好学的皇太子。《归潜志》也载其"好文学，作诗善画，人物、马尤工，迄今人间多有存者"②，兴趣多在诗、画方面。这也又一次证明了前面所言女真贵族对儒雅风流的汉族文明的欣羡。允恭作诗有《赐右相石琚诗》：

> 黄阁今姚宋，青宫旧绮园。
> 绣緕归里社，冠盖画都门。
> 善训怀师席，深仁寄寿尊。
> 所期河润溥，余福被元元。

这首诗高度评价了石琚的为人、学问及政绩，格律工稳，用典恰切，显示出诗人较高的汉文化修养、较厚的知识积累，以及成熟的诗歌技巧。反映出的文化心理已不再是雄豪粗犷的，而是雅致渊静的。

金章宗大倡文治，讲究文辞之美。明昌、承安年间美文学盛行，这与章宗本人的创作实践的广泛影响有关。

章宗本人便是一位颇有特色的诗人。"天资聪悟，诗词多有可称者。"③如《宫中绝句》一诗：

> 五云金碧拱朝霞，楼阁峥嵘帝子家。
> 三十六宫帘尽卷，东风无处不飞花。

这样的诗作与完颜亮的诗迥异其趣是显然的。诗写得圆熟精致、雍容典丽，真是一派帝王气象。从风格上颇似唐诗，化用唐人诗句化入自己诗作，而能创造出浑融完整的意境。诗作表现出典丽富艳的审美追求。再如《云龙川

---

① （元）脱脱等：《金史》卷19《世纪补》，中华书局1975年版，第410页。
② （金）刘祁：《归潜志》卷1，中华书局1983年版，第3页。
③ 同上。

泰和殿五月牡丹》：

> 洛阳谷雨红千叶，岭外朱明玉一枝。
> 地方发生虽有异，天公造物本无私。

这首诗意象明丽，虽则咏物，却不拘泥于写实摹形，而是通过艺术联想，打破时空域限，使诗具有更大的艺术容量。而且，诗的立意并未止于牡丹本身，而是概括生发出深远的意蕴，更富哲理意义。其实，"天公造物本无私"，还不是帝王理想的象征吗？以恩泽万民，造物无私自许，正是帝王意识。但章宗来得含蓄、委婉，与完颜亮一比，就可看出截然不同的风格特征与审美取向了。

章宗"好文辞"，提倡美文，对女真人审美心理素质的提高，起了很大作用。在女真文化与汉文化的关系中，章宗的贡献也主要在审美文化方面。统治者的审美趣尚与政治提倡，对于一个社会的文化导向的作用是不可低估的。这是屡经文学史、文化史的事实所验证的。女真民族在其原初文化形态下，审美意识是十分低下的，这方面也没有见诸文字的记载。但是，到了章宗明昌、承安时期，写诗作文的风气已十分普遍，而且诗风、文风渐趋艳靡，这个现象当在另外一章中加以讨论，而民族审美心理素质的提高，却是难以否认的。

第三节　儒雅风范：汉文化的深层濡染

逻辑与历史的统一，也许不是一种邂逅，而是一种必然。在我们所论述的几位有代表性的女真诗人中，完颜璹的时间在后，而他所表征的女真文化心理的层位却最高，其创作的深层文化内蕴最为丰富。这其中自然有社会的、历史的原因，但也是女真文化与汉文化益加水乳交融的有力说明。

完颜璹，本名寿孙，世宗赐名为璹，字仲实，一字子瑜。完颜璹是金世宗之孙，越王永功之子，约生于大定十一年（1171），卒于哀宗天兴元年（1232）[①]，人们因其封号称之为密国公，诗人自号为樗轩居士。

---

① 关于完颜璹的生卒年，刘祁记载说："天兴初，北兵犯河南，公已卧疾。……尔后数日薨。"（见《归潜志》卷1，中华书局1983年版，第4页）元好问说他"围城中以疾薨，时年六十一"（见《中州集》，中华书局1959年版，第273页）考之金史，元兵围攻汴京，在天兴元年（1232），参酌两家之说，大略定其生卒年为1171—1232。

　　完颜璹是皇室成员，位列王侯，而一生行迹却俨然一寒儒。他嗜爱文学艺术，长于诗词书法，奉朝请四十年，却"日以讲诵，吟咏为乐"①。平生所作诗文甚多，晚年自刊其诗 300 首，乐府（词）100 首，号《如庵小稿》。

　　作为王孙贵胄，如果要享受纸醉金迷、灯红酒绿的人生，当然决非难事。但颇有意味的是，他非但不以公侯自贵，反而过着寒士的生活。刘祁曾造访其宅，谈其印象说："举止谈笑真一老儒，殊无骄贵之态。后因造其第，一室萧然，琴书满案。"② 金室南渡之后，完颜璹生活更加寒俭，但他仍然乐之宴如。金史载："居汴中，家人口多，俸入少，客至，贫不能具酒肴，蔬饭共食，焚香煮茗，尽出藏书，谈大定、明昌以来故事，终日不听客去，乐而不厌也。"③ 与完颜璹同时期的诗人王飞伯曾这样写诗称道他的淡泊："宣平坊里榆林巷，便是临淄公子家。寂寞画堂豪贵少，时容词客听琵琶。"刘祁认为此诗是"实录"。④ 在这些记述中，我们不难看出，完颜璹虽是皇帝至亲，却脱略贵族气味，宛如一介寒儒。

　　身为王公却有着寒士作风，其中原因何在？金朝经济远不如南宋富庶，尤其是南渡以后更为窘促，这是一个外在的原因。女真民族在等级、礼仪等方面，不像汉人那么讲究，这是本民族文化基质方面的原因，而在诗人的主观世界中，还有着更为深刻的原因。完颜璹厌弃豪华淫逸的生活方式，而通过寒素清淡的生活方式来追求和达到一种理想的人格境界。他不以"一室萧然"为苦，但不是以苦境为目的，而是在"琴书满案"中得寻乐趣。儒家的"孔颜乐处"，佛、道的虚空与无为的思想，随缘自适、万物一齐的处世哲学，都在完颜璹的诗作之中有所反映。

　　在诗歌创作之中，完颜璹的寒士作风，流溢为随缘忘机、淡泊自如的意绪。在所存的完颜璹诗作中，这种意绪成为"主旋律"。这种随缘忘机、淡泊自如的意绪，往往表现为心灵与"道"的境界的契合。不为物累，也无须刻意追求，而是不期然地达此境界。如《宴息》一诗：

　　　宴息春光晚，闲眠昼景虚。

---

① （金）刘祁：《归潜志》卷 1，中华书局 1983 年版，第 4 页。
② 同上。
③ （元）脱脱等：《金史》卷 85《完颜璹传》，中华书局 1975 年版，第 1903 页。
④ （金）刘祁：《归潜志》卷 1，中华书局 1983 年版，第 4 页。

> 冥心居大道，达理契真如。
>
> 乐对忘形友，欣逢未见书。
>
> 世间幽隐者，何必尽樵渔。

这首诗多少有点玄言味道，但比两晋的"玄言诗"耐读，因为它是诗人的真思想的流露。在暮春的宁馨气氛中，诗人并未像一般诗人那样见落红而伤春，而是体验到自身与"大道"的投契，感到"无待"的自由。诗人又认为，只要精神恬退自安，不慕荣名，那么，也就没有必要混迹渔樵，去做山林隐士了。这种境界，比起那些退隐山林却又不忘自我标榜"幽隐"来得要更为真实。在《自适》诗中，也是对这种境界的描述：

> 燕鸿亦何为，老翅南又北。衰柳堕残叶，庭户觉岑寂。
>
> 幽人诵佛书，清香萦几席。西方病维摩，东皋醉王绩。
>
> 俱到忘言地，佳处略相敌。小斋蜗角许，夜卧膝仍屈。
>
> 能以道眼观，宽大犹四极。有书贮实腹，无事梗虚臆。
>
> 谢绝声利徒，尚交古遗直。

诗人借嘲笑燕鸿的南北奔忙，而以静观佛书，游心玄冥的"幽人"自诩，对维摩诘、王绩所达到的"忘言"之妙境，深相会心。书斋虽小甚至夜里睡觉都要屈腿，但用庄周式的相对主义的"道眼"来看，仍是宽阔无比的。通过这种思想方法，诗人所要实现的却是友直、友谅的儒家理想人格。

　　完颜璹诗中淡泊自如的意绪，还表现于对自己清雅的生活方式的自我陶醉与自赏：

> 一旦能知梦里真，平生看破主中宾。
>
> 归来堂上忘形友，名利场边税驾人。
>
> 东郭风烟宜蕙帐，南山猿鹤识纶巾。
>
> 清樽雅趣闲棋味，盏盏冲和局局新。
>
> 　　　　　　——《内族子锐归来堂》
>
> 人间最美安心睡，睡起从容盥漱终。
>
> 七卷莲经爇沉水，一杯汤饼泼油葱。
>
> 因循默坐规禅老，取次拈诗教小童。

炕暖窗明有书册，不知何者是穷通。

——《如庵乐事》

诗人津津乐道自己这种琴棋书画、经卷诗茶的"清樽雅趣"，把它和受物欲驱遣、汲汲奔走于功名富贵的人生态度对立起来，并认为它还胜于后者。这里所表现出的，有一种女真贵族对汉族儒士文化的向往与皈依。作为完颜璹本人，似乎早已是士大夫化了的，而作为一个女真贵族文化心理的负荷者，对于汉人的诗酒琴棋非常欣羡，一再乐道于此，俨然以"寒士"自居。如果他是一个地道的汉士，也许就不会这样怀着一种类似于"新鲜感"的情绪，来夸这份"清雅"了（不管是有意的还是无意的）。

由于淡泊自如的意绪漫布于诗中，遂产生了一种萧散野逸而又缭绕着"可意会不可言传"的悲凉，这似乎可以视为完颜璹诗的艺术个性。

在意境创造上，诗人善用轻淡笔致，使境界很有层次，又颇具审美韵味。以绘事为譬，完颜璹的诗是水墨写意，而非青碧山水。如《秋郊雨中》一诗：

赢骖破盖雨林浪，一抹烟林覆野塘。
不着沙禽闲点缀，只横秋浦更凄凉。

秋雨本来就给人以凄楚的感觉，而又是"赢骖破盖"，行进于秋郊雨中，就更染上了萧疏凄凉的色调。"一抹烟林"一句，则将笔致宕开，使意境辽远而富层次感。"沙禽"两句，使"画面"显得空灵摇曳，真有些像元代倪云林等人的写意画。再如《梁台》一诗：

汴水悠悠蔡水来，秋风古道野花开。
行人惊起田家雉，飞上梁王鼓吹台。

梁王的"吹台"，本是帝王行乐之地，曾几何时，却成了亡国的象征。这首诗写了汴水、蔡水、秋风、古道等景物，实际上给人们却是巨大的空漠感。在这里驻足的，似乎只有那数百年的兴亡史。那些景物，表现上充满画面，实际上是以它们为道具来演示时空的空漠的。对于一个稍有历史感的读者，它所产生的"空谷足音"似的效应，足以使心灵产生震撼。

完颜璹的五言律诗，在完整的意境中有较强的层次感，在萧散野逸中更带一些清新。如《北郊晚步》一诗：

> 陂水荷凋晚，茅檐燕去凉。
> 远林明落景，平麓淡秋光。
> 群牧归村者，孤禽立野航。
> 自谐闲散乐，园圃意犹长。

这首诗更多的是萧散情味，韵致近于王孟一派。中间两联，层次感特别强，色调颇为疏朗，用笔上还是那种淡墨写意的手法。静谧、闲散中似乎透出一派禅机，这实际上是诗人淡泊心境的外化。

相形之下，《城西》一诗则显得辽阔而又苍凉：

> 雁带边声远，牛横废垅长。
> 人居似河朔，风势接荥阳。
> 禾短新村墅，沙平古战场。
> 悠然望西北，暮色起悲凉。

同样是静穆的，但此诗给人以苍凉辽阔的审美感受，有些类似于王维《使至塞上》的那种韵致。格调深沉，用笔健劲，充溢着一种"河朔贞刚之气"。

完颜璹诗中七律之作比例不小，《中州集》所存即有 10 首之多。这些诗的特征不甚明显，而淡泊萧散的风格仍然是可以感受到的。如《寓迹》一诗：

> 寓迹中山记昔年，西溪卜筑欲终焉。
> 飘零何在五株柳，离乱难归二顷田。
> 漫叟未能忘野寺，道人犹解识林泉。
> 吾乡已宅无所有，一笑醯鸡尽瓮天。

这首诗实际上是写南渡以后的飘零之感。辞气沉郁顿挫，用典恰切自然，较为深刻地表达了诗人由个人的流离转徙而忧及时事的悲凉心情。

完颜璹是女真民族的一位杰出诗人，也是女真诗人中之最有成就者。在金代诗人中，他的诗歌艺术风格是成熟的，也是独特的。那种如水墨写意的笔法，非但不使人感到枯寂，反而充满了深远的意蕴。"豪华落尽见真淳"这样的对陶诗的评价，也很适合于概括完颜璹诗歌的艺术特征。淡泊自如的意绪、萧散野逸的风格，再加上几许悲凉感，这是笔者对其诗的基本艺术感觉。

如果把完颜璹的诗歌创作放到金代女真民族文化心理变迁和民族文化融合的背景中加以认识，则是更加富有意味的。在时间上，完颜璹是几位较有特色的女真诗人中最晚的一个，他的诗歌创作活动，主要在贞祐南渡以后，一直到元兵围攻汴京，都有关于他的记载。从民族文化融合的进程来看，完颜璹代表了女真人接受汉文化的最高程度。儒、道、释的主要精神都已渗透到他的思想性格之中。他已经超越了汉文化的浅表层次，而进入到汉文化的深处。以海陵王完颜亮到金章宗完颜璟，再到这位密国公完颜璹，正是女真文化与汉文化融合的不断深化的历程。

女真诗人当然并不仅止于这几位，正如我们所论述过的那样，女真贵族对于汉文化的认同与接受，对于汉士儒雅风流的欣羡，是当时的一种社会风气，能诗能文者当不是个别的。"如完颜斜烈兄弟、移剌廷玉温甫总领，夹谷德固、术虎士、乌林答肃孺辈，作诗多有可称。"① 这可以说明当时的一般情形，但由于所存篇什太少，也看不出更多的特点，故略而不论。而这里侧重谈的几位女真诗人，都可以代表女真文化与汉文化融合的一个层面，可以看作是历史与逻辑相一致的演进过程。通过对他们的诗作的分析，可以看到女真人文化心理的动态发展。

---

① （金）刘祁：《归潜志》卷6，中华书局1983年版，第63页。

第九章　论金词的成就及其文化心理

不仅金诗有自己独特的发展轨迹，有很大的成就，而且，金词也极有特色。在整个中国诗歌发展史（就包括词、曲等在内的广义而称）上，金词的地位与价值，是值得深入研究的。但关于金词的研究，与其创作实绩相比，可以说是太不平衡了，几乎是一块"不毛之地。"尽管有《辽金文学作品选》、《金元明清词鉴赏辞典》等书的问世，但基本上是在选注与鉴赏这个层次上展开的，而关于金词的整体特色的研究，则是极为缺乏的。本书在这方面拟试为探索。

第一节　金词的整体特征及其文化心理成因

元好问选录金词计 114 首。辑为《中州乐府》，这是前代留下的唯一一部金词总集，而著名词学家唐圭璋先生编《全金元词》，收金源词人 70 人，词作 3572 首，蔚为大观，成一代之文献，为金词研究提供了一个坚实的基础。仅就数量而言，金词就足以一代制作立于中华词史了。

作为一种新兴文体，词起于唐而盛于宋，这是人们所公认的。"唐诗宋词"，是人们的一句口头禅，足见词是最能代表有宋一代文学成就的。王国维先生说："凡一代有一代之文学：楚之骚，汉之赋，六代之骈语，唐之诗，宋之词，元之曲，皆所谓一代之文学，而后世莫能继焉者也。"[1] 此可谓精识卓见。而这种看法，却是概括了文学界乃至整个社会对文学发展的共识的。

金源与南宋并存对峙，在文学上深受两宋影响，这是人们早已看到和指出的。关于金词，论者更以为乃宋词余绪，谈不到有多少自己的特点。在宋

---

① （清）王国维：《宋元戏曲考·自序》，见《王国维先生全集》续编4，大通书局有限公司1976 年版，第 1435 页。

金文学关系上，对金诗、金词的认识，大致是平行的。笔者的观点不同于是，重在阐发金源文学的独特风貌与内在特征，一方面，深入考察宋代文学对金源文学的深远影响，另一方面，从文化心理的视角入手来考察金源文学的特征。二者非但并不互相抵牾，反倒更是相辅相成的。只有认识了宋代文学对金源文学的深刻影响，方能更为具体地、深入地认识金源文学的特征。

宋词的艺术成就、表现手法、流派风格等，使词的世界灿然大备，其覆盖力之大，是遍及于两宋以还（包括金代）的历代之词的。无论是苏、辛的豪迈高逸、揭响入云，还是周、秦的细腻含蓄、燕婉芳泽，都不断地在词的长廊中激起回音。金词更是多受宋词滋育了，金词中处处可见两宋著名词家的影子。豪迈高旷者也好，幽峭冷隽者也好，细腻曲折者也好，都难以割断它们与宋词诸派的血缘联系。但如果能站在一个更为宏阔的角度来总览金词，就会看到金词与宋词相比较，是有着整体上的特色的。

关于这一点，前代词学家在凤毛麟角般的金词评论中有很精辟的见解，如清代著名词人、词论家况周颐曾论宋金词之不同说：

> 自六朝以还，文章有南北派之分，乃至书法亦然。姑以词论。金源之于南宋，时代政同，疆域之不同，人事为之耳，风会何与焉。如辛幼安先在北，何尝不可南。如吴彦高先在南，何尝不可北。顾细审其词，南与北确乎有辨，其故何耶？或谓《中州乐府》选政操之遗山，皆取其近己者。然如王拙轩、李庄靖、段氏遁庵（克己）、菊轩（成己），其词不入元选，而其格调声息，以视元选诸词，亦复如骖之靳，则又何说？南宋佳词能浑，至金源佳词近刚方，宋词深致能入骨，如清真、梦窗是。金词清劲能树骨，如萧闲、遁庵是，南人得江山之秀，北人以冰霜为清。南或失之绮靡，近于雕文刻镂之技。北或失之荒率，无解深裘大马之讥。善读者抉择其精华，能知其并皆佳妙。而其佳妙之所以然，不难于合勘，而难于分观。往往能知之而难于明言之。然而宋金之词之不同，固显而易见者也。①

况氏这番话是一篇系统的宋金词比较论。有关金词的分析论述，在词论中本来就很少，这段文字尤其值得珍贵。总的观点是宋词浑雅秀逸，而金词清劲

---

① （清）况周颐，王国维：《蕙风词话·人间词话》卷3，人民文学出版社1960年版，第57页。

刚方。而况氏的观点正是从南北地域不同来论述词风之差异的。这实际上正是魏征所说的"江左宫商发越，贵于清绮；河朔词义贞刚，重乎气质"①的著名论断在词学领域的引申。其根据在于南北文化心理的差异。况氏以此观念来考察宋金词的大致差异，应该说是很能得其精髓的。从宏观的区别看，还是较为合乎实际情形的。但是，要进一步认识金词的特征，况氏之论就未免过于笼统，需要加以具体分析了。

与此观点较为类似的，近人陈匪石先生认为："金据中原之地，郝经所谓歌谣跌宕、挟幽并之气者，迥异南方之文弱。国势新造，无禾油麦秀之感，故与南宋之柔丽者不同。而亦无辛、刘慷慨愤懑之气。流风余韵，直至有元刘秉忠、程文海诸人，雄阔而不失之伧楚，蕴藉而不流于侧媚。卓然成自金迄元之一派，实即东坡之流衍也。"②就其大略而言，陈氏之论是与况氏大体一致的，但却更为具体，更为符合金词的实际状况。

我们认为，宋词与金词都不是铁板一块，都包含着各种风格。如宋词中就有豪放与婉约两大分野，且这两大类中又有诸多变体，实在是很难"一言以蔽之"的。金词也是如此。有的雄鸷强悍，如完颜亮的《喜迁莺》、《念奴娇》等篇什；有的高旷飘逸，如王庭筠的《水调歌头》、赵秉文的《大江东去》；有的深挚曲折，如元好问的《迈陂塘》等。……金词也同样是"一言难尽"的。但就其总体而言，又确乎有着属于金源词坛自己的特色。

一是清切有骨。况周颐说"北人以冰霜为清"，又说"金源人词伉爽清疏，自成格调"③。这是很有见地的。用其他的词来概括金词的总体特征都很困难，唯有这个"清"字，庶几得之矣。无论是较为雄豪的，还是较为幽婉的，抑或有着其他风格特征的篇什，与宋词相比，清切（或云清劲）大致可算是金词的一个共同特征。

宋承五代余绪，《花间》词风对词坛影响深远。婉约一系词人，多尚言情，柔婉缠绵、秾丽芳泽，是其共同之处，纵是借言情以寄托，在写法上也是很秾丽的。不仅北宋之晏、欧、周、秦、柳是如此，南宋之史、吴等词人亦然。即如吴文英的《八声甘州》（"渺空烟四远"）本是怀古之作，仍不

---

① （唐）魏征等：《隋书》卷76《文学传》，中华书局1975年版，第1730页。

② （清）陈匪石：《声执》，见唐圭璋编《词话丛编》第4册，中华书局1986年版，第4961页。

③ （清）况周颐，王国维：《蕙风词话·人间词话》卷3，人民文学出版社1960年版，第61—62页。

失芳艳之态。辛弃疾是著名的豪放词人，豪情悲慨，一发于词中，而偶为情词，亦仍缠绵尽致，如《祝英台近》等什是也。要之，这种缠绵温婉，秾丽芳泽之作，在宋词中不惟大量存在，而且被视为"当行"、"本色"语。东坡一为豪旷清疏之语，即被认为"如教坊雷大使之舞，虽极天下之工，要非本色"①。而在金源词坛上，《花间》词风的影响相对宋词来说是颇为微渺的。金词中颇多幽婉之作，含蓄深沉，幽香清韵，却少有秾丽芳泽。相对来说，那种缠绵悱恻的脂粉香气是少得多了。在金词中，较为艳婉的如王庭筠的《诉衷情》："夜凉清露滴梧桐，庭树又西风。薰笼旧香仍在，晓帐暖芙蓉。云淡薄，月朦胧，小帘栊，江湖残梦，半在南楼，画角声中。"这类诗在宋词中是算不得秾丽的。即便如此，金词中亦少有此作。

宋词抒情，多是缠绵深曲、浓挚难解，因而词作常有一种内在的郁结纠葛，进而形成一种审美张力。如周邦彦的《兰陵王》中第二阕："闲寻旧踪迹，又酒趁哀弦，灯照离席，梨花榆火催寒食。愁一箭风快，半篙波暖，回头迢递便数驿，望人在天北"，便十分典型，极尽纡曲之致。秦观、晏几道、柳永、李清照诸人的词作都有这个特点。金词写男女之情者本来就颇少，有之，也较为清疏或热烈，而不似宋词那样纡曲浓挚，难以排遣。如王予可《长相思》："风暖时，雨晴时。熏褶罗衣人未归。蟆蛾愁欲飞。枕琼霞，琐窗纱，帘月楼空燕子家。春风扫落花。"虽是言情，却较为清疏幽淡。

二是熔冶豪放与婉约而自成一格。宋词以豪放与婉约为两大流向，虽有论者提出异议，但却大致合乎宋词的实际。两宋词坛，豪放与婉约这两大支派，虽然时有互融，却始终是脉络清晰的。金词深受宋词影响，对豪放与婉约两派的词风及表现手法都多有察受。尤其是苏辛为代表的豪放词风，更为适合于北人的文化心态，自然有更多的嗣响余韵。吴梅先生曾论金词说：

> 夫金主中夏，亦越百年，而倚声一道，只此寥寥数家，不得不谓之难能而可贵。然诸家之精心结撰，要自有不可磨灭者在，故能阅千载而常新。余尝取而籀绎之，知其声宏气壮，振其北风雄直之音，抒其意内言外之辞，以与南宋诸词人对抗，洵无愧色。至诸词家之得力所在，类皆取径于东坡乐府，以上窥乎花间者也。昔人云，宋自南渡后，程学盛于南，苏学盛于北。职是言之，知金人之瓣香玉局，固不反诗文为然，

---

① （宋）陈师道：《后山诗话》，见何文焕辑《历代诗话》，中华书局1981年版，第309页。

即大江东去一派，亦奉之为金科玉律矣。

吴梅先生认为金词主要是取径于东坡"大江东去"一派词风的，并从词学角度来解释翁方纲"程学盛于南，苏学盛于北"[1] 之论，也即是所谓"瓣香玉局"。而吴梅先生并没有把问题简单化，他看到了金词大抵是"北风雄直之音"与"意内言外之辞"的融合体，同时指出金词"取径东坡乐府"而又"上窥花间"。他的意思无非是说金词是糅合了豪放与婉约的艺术气质与风格的。

　　不能不敬服吴先生这种认识的独具慧眼，确实是道出了金词的一个特征。金词吸收融汇了宋词诸派的长处，多将曲折含蓄之笔与清壮顿挫之气融在一起，造就了"伉爽清疏"的独特格调。如吴激、蔡松年、完颜璹、赵秉文、元好问诸人的词作，都有这种特征。尤其是一些长调大曲。词中并无峥嵘怒张之态，在写法上揉进了很多婉约词人的语汇与表现手法，而细读之，却又回荡着一种清壮之气，正是摧刚为柔的手法。如吴激的《满庭芳》、《风流子》、蔡松年的《大江东去》、《石洲慢》，李俊民的《满江红·咏雪》、赵秉文的《大江东去》等篇什，以及元好问的许多词作，都是揉婀娜与刚健于一体的。"雄阔而不失之伧楚，蕴藉而不流于侧媚"，假之以评金词，甚是允当。从总的基调而言，金词以清劲刚方为主，但又不失蕴藉婉曲。

　　地域差别对于文化心理之影响，多为论者所注意。法国的让·博丹认为："某个民族的心理特点决定于这个民族赖以发展的自然条件的总和。"[2] 著名的艺术哲学家丹纳则以自然环境为影响文学发展的主要条件之一。斯达尔夫人也曾着重论述过南北方民族在民族性格上的差异及对南北方文学的影响。中国古代批评家，也多有从地域环境角度来谈文学风格的。刘勰曾说："若乃山林皋壤，实文思之奥府，略语则阙，详说则繁。然屈平所以洞监风骚之情者，抑亦江山之助乎！"[3] 而唐代大儒孔颖达则具体论述了南北自然环境的不同所造成的民族性格的差异："南方谓荆扬之南，其地多阳。阳气舒散，人情宽缓和柔"；"北方沙漠之地，其地多阴，阴气坚急，故人刚猛，

---

　　① （清）翁方纲：《石洲诗话》卷 5，中华书局 1985 年版，第 78 页。

　　② ［法］让·博丹：《论国家》第 5 册，转引自冯天瑜等《中华文化史》，上海人民出版社1990 年版，第 21 页。

　　③ 范文澜：《文心雕龙注》，人民文学出版社 1962 年版，第 694—695 页。

恒好斗争"。① 说到南北方诗歌之别，大略以南音为温柔轻绮，以北歌为质朴刚健，殆成定论。这在南北朝乐府民歌中表现得最为鲜明。而至于宋金之词，虽可以从这个角度加以考察，却不能一概而论。词发展到南宋与金源这个时期，已是十分成熟了，豪放与婉约之别，已难如泾渭之分明，刚与柔多是熔于一炉的。金词人多是北方士大夫，有着较为慷慨刚直的文化心理，但同时他们对于中唐以还的词学传统多所濡染，尤其是北宋那些著名词人如晏、欧、周、秦等的词风，都对金词有深刻影响，因而，形成这种"刚健含婀娜"的独特风貌，也是宜乎其然的。

第二节 金词发展的动态描述

金词的发展与金诗有相似之处，都形成了自己的特色与发展轨迹；但也有不同的地方，没有金诗那样鲜明的阶段性特征。本节拟对金词的发展做一动态的扫描，以便得到一个有关金词的掠影。

金词的起点很高，而且一开始便显示出与宋词殊异的特色。在"借才异代"时期，吴激、蔡松年等都是声望很高的词人。

吴激是金词历程的第一块丰碑。他以其独到超逸的词作，为金词提供了相当高的起点。吴激是由宋入金的词人，其词作在艺术上颇为精熟，且命意深挚曲折，却不流于婉媚，而是济之以北国的雄强之气。金史称他"尤精乐府，造语清婉，哀而不伤"②。《中州乐府》录其词作5首，《全金元词》收其词共10首。

吴激的名作有《人月圆》、《春从天上来》诸篇。这些篇什，给吴激带来了很高的词学声望。如《人月圆》一词云：

> 南朝千古伤心事，犹唱后庭花。旧时王谢，堂前燕子，飞向谁家。
> 怳然一梦，仙肌胜雪，宫髻堆鸦。江州司马，青衫泪湿，同是天涯。

这首词在调名下有一小注云："宴张侍御家有感。"是在友人家中宴前即席

---

① （汉）郑玄注、（唐）孔颖达疏：《礼记正义》卷50，见李学勤主编《十三经注疏》，北京大学出版社1999年版，第1667—1668页。

② （元）脱脱等：《金史》卷125《文艺传》上，中华书局1975年版，第2718页。

而赋。词中隐括了杜牧、刘禹锡、白居易等人的诗句，却又极为切合当下情景，浑然一体。由侍姬之唱曲而引发历史兴亡之感，蕴含深远。南宋洪迈在《容斋题跋》中记述道："先公（指洪皓）在燕山，赴北人张总侍御家集，出侍儿佐酒。中有一人，意状摧抑可怜，叩其故，乃宣和殿小宫姬也。坐客翰林直学士吴激，赋长短句纪之，闻者挥涕。"[1] 这个记载当是真实可信的，无论从词人自注到词的内容，都与洪迈所叙丝毫无爽。侍姬乃北宋之宫姬，吴激亦是宋臣，座中相见，且听其哀感之音，能不恻然。词中化用白居易《琵琶行》的诗句，以"青衫司马"与琵琶女比拟词人与侍姬，极为贴切，却又深化到黍离之悲这一层次。元好问曾记载道："彦高北迁后，为故宫人赋此。时宇文叔通亦赋念奴娇先成，而颇近鄙俚。及见彦高此作。茫然自失。是后有人求作乐府者，叔通即批云：'吴郎以乐府名天下，可往求之。'"[2] 宇文虚中是当日的文坛盟主，能出此言，可见果真是自愧弗如了。这首词以善化典故见长，所以刘祁曾称赞吴激此词云："彦高词集，篇数虽不多，皆精微尽善，虽多用前人诗句，其剪截缀点若天成，真奇作也。先人尝云，诗不宜用前人语，若夫乐章，则剪截古人语亦无害，但要能使用尔。如彦高《人月圆》，半是古人句，思致含蓄甚远，不露圭角，不犹胜于宇文自作者哉？"[3] 刘祁的评价是道出此词佳处的。

再如《春从天上来》一词：

> 海角飘零，叹汉苑秦宫，坠露飞萤，梦里天土，金屋银屏，歌吹竞举青冥。问当时遗谱，有绝艺，鼓瑟湘灵。促哀弹，似林莺呖呖，山溜泠泠。

> 梨园太平乐府，醉几度东风，鬓变星星，舞彻中原，尘飞沧海，风雪万里龙庭。写胡笳幽怨，人憔悴，不似丹青。酒微醒，对一轩凉月，灯火青荧。

这首词借教坊老姬的身世，写词人的沧桑兴亡之感，与前词有异曲同工之妙。而在词的艺术上更显得沉雄老辣。词调下有词人自注云："会宁府遇老姬，善鼓瑟，自言梨园旧籍，因感而赋此。"这个自注，给我们提供了理解

---

[1] （清）张思岩辑：《词林纪事》卷20，成都古籍书店1982年版，第538页。

[2] （金）元好问：《中州集·中州乐府》，中华书局1959年版，第539页。

[3] （金）刘祁：《归潜志》卷8，中华书局1983年版，第84页。

此词的线索。上片写老姬的飘零身世与鼓瑟绝艺，"海角飘零"，劈首一句，十分有力而警醒，奠定了全词基调。而"鼓瑟湘灵"句，化用屈原《远游》中"使湘灵鼓瑟兮，令海若舞冯夷"，以及唐诗人钱起的《省试湘灵鼓瑟》"曲终人不见，江上数峰青"之名句，熔为一炉，不唯凝练且十分空灵。下片写老姬到北国后的憔悴形貌与悲凉心境，与上片所写老姬在中原走红时形成鲜明比照。就中透射出无限的沧桑之感。词人胸中块垒，尽在不言之中了。这首词意脉曲折，前后对比，今昔映现，幻化叠印，手法十分高妙。词人在描写老姬的身世技艺时多用婉约手法，却颇有悲壮之慨，词境阔大却又不失绚丽。在用典上比前词更为深微高妙，元好问称此词"句句用琵琶故实"，而却浑然不着痕迹，却是一首难得的佳作。清人叶申芗称赞这两首词说："二词皆有故宫离黍之悲，南北无不传诵焉。"①

吴激虽然存词不多，却是佳作迭出，且最能体现出摧刚为柔的特色。如《风流子》（"书剑忆游梁"）、《满庭芳》（"千里伤春"）等什，都把忆念故国的悲壮之慨与曲折细腻的婉约手法结合得天衣无缝，读之令人感叹不置。清人陈廷焯评云："金代词人，自以吴彦高为冠，能于感慨中饶伊郁，不独组织之工也。"② 评价之高虽然不无可议，但所指吴词的特点却是颇为准确的。

蔡松年在词的创作上与吴激齐名，且风格也较为相类，深为论者推崇。元好问曾说："蔡丞相镇阳别业，有萧闲堂，自号萧闲老人，百年以来乐府，推伯坚与吴彦高。号'吴蔡体'。"③ 与吴激相比，萧闲词委婉之处似若不及，而壮逸之气似更过之。而在壮逸之中仍不失蕴藉风流。试读其名作《大江东去》：

> 离骚痛饮，笑人生佳处，能消何物。夷甫当年成底事，空想岩岩玉壁。五亩苍烟，一邱寒碧，岁晚忧风雪。西州扶病，至今悲感前杰。
>
> 我梦卜筑萧闲，觉来岩桂，十里幽香发。崇魄胸中冰与炭，一酌春风都灭。胜日神交，悠然得意，遗恨无毫发。古今同致，永和徒记年月。

① （清）叶申芗：《本事词》卷下，古典文学出版社1957年版，第106页。
② （清）陈廷焯著，杜维沫校点：《白雨斋词话》卷3，人民文学出版社1959年版，第54页。
③ （金）元好问编：《中州集·中州乐府》，中华书局1959年版，第22页。

此词调名下有小序云："还都后，诸公见追和赤壁词，用韵者凡六人，亦复重赋。"在此之前，蔡松年曾用东坡原韵追和《念奴娇》一首，抒写"此身流转"的感怀。而他"还都"之后，其作为友人所激赏，纷纷酬和，而词人又为之重赋，进一步抒发了自己的怀抱。作为由宋入金的士大夫，蔡松年虽然身居高位，心情却是十分复杂的。思念故国而不敢流露，只好属之于魏晋名士风流，求得一份高蹈与超脱。《世说新语》载："王孝伯尝言：名士不必须奇才，但使常得无事，痛饮酒，熟读离骚，便可称名士。"[①] "离骚痛饮"，即化用此典，而奠定了词的豪纵基调。而这种豪纵，又是以"无事"为前提的。词人以王衍、谢安为"前杰"，渴望能得到"五亩苍烟，一邱寒碧"的隐逸生活，下片又说"我梦卜筑萧闲，觉来岩桂，十里幽香发"，向往于超然尘外的名士风流，其实，未尝不是惧祸与愧恶的心理表现。这首词表面的"萧闲"超脱，隐藏着痛苦矛盾的心情。而词境高逸清美，确实接近东坡的"大江东去"。

海陵王完颜亮是金源前期一位颇有特色的女真词人。"文如其人"这句名言，未必"放之四海而皆准"，但用在他的词作上却颇为合适。完颜亮是个野心勃勃的人物，他身上充满着女真贵族的那种勇鸷强悍的气质，史称海陵"为人僄急，多猜忌，残忍任数"[②]。他在诗词里不时流露出君临天下、主宰一切的欲望。且读他的《鹊桥仙·待月》一词：

> 停杯不举，停歌不发，等候银蟾出海。不知何处片云来，做许大、通天障碍。
> 虬髯撚断，星眸睁裂。唯恨剑锋不快。一挥截断紫云腰，仔细看嫦娥体态。

这种词写的是等待月出时的焦急心情，从中透射出那种僄急强悍的蛮野之气。词中出现的诗月之人，不是袅袅婷婷，"豆蔻梢头"的妙龄少女，也非多愁善感、文采风流的白面书生，而是虬髯星眸、手挥利剑的赳赳武夫。为了看到"嫦娥体态"，恨不得挥剑斩断"紫云腰"，充分表现出海陵的性格，为了达到某种目的，不惜一切，必欲得之而后快。《艺苑雌黄》评此词为

---

①　（南朝·宋）刘义庆：《世说新语》，浙江古籍出版社1986年版，第320页。
②　（元）脱脱等：《金史》卷5《海陵纪》，中华书局1975年版，第91页。

"俚而实豪",① 最能说明其风格特征。

海陵词极尽雄豪怒张之势,在宋词中是找不到类似的词人的。这自然是由他的个性所生成的一种独特风格,同时,也不妨视为北方文学刚健之风的极端化。如他写雪:"天丁震怒,掀翻银海,散乱珠箔。六出奇花飞滚滚,平填了,山中丘壑。皓虎颠狂,素麟猖獗,掣断真珠索。"(《念奴娇》上阕) 如此狂放怒张,只可视为词人心态的外化。在发动南侵战争时,他赐大将军韩夷耶《喜迁莺》词一首:"旌麾初举,正駃騠力健,嘶风江渚。射虎将军,落雕都尉,绣帽锦袍翘楚。怒碟戟髯,争奋卷地,一声鼙鼓。笑谈倾,指长江齐楚,六师飞渡。此去,无自堕,金印如斗,独在功名取。断锁机谋,垂鞭方略,人事本无今古。试展卧龙韬韫,果见功成旦暮。问江左,想云霓望切,玄黄迎路。"海陵虽然名声不佳,但却不能因人而废言。就南侵战争来说,确是一场不得人心的穷兵黩武之战,但从词作本身来说,却是一首很有特点的作品,充满了豪放勇武的美感,用典也非常恰切,全词浑然一体,元气淋漓。

海陵词的成就与地位是不应该视而不见的,在金词中很有代表性。北方文学的刚野气质,在其词作中表现得最为充分,语言极富力度,却并不粗糙,很见炉锤之功。从表情方式上看,是喷薄而出,直抒胸臆,以气夺人,洋溢着一种生命的亢奋以及一种游猎民族的野性,突出地反射出女真民族那种质朴勇鸷的文化心理。而从词的艺术表现上,又可看出女真词人对于汉文化的接受,尤其是唐宋以来的词学传统的继承,是达到相当高度的。

这个时期又有邓千江的《望海潮》词一首,获得了很高的赞誉。邓千江本无什么地位,只知道他是临洮(今甘肃临洮)人,生平事迹无从考知,因其有了这首名作,其名方得传世。词云:

云雷天堑,金汤地险,名藩自古皋兰。绣错云屯,山形米聚,喉襟百二河关。鏖战血犹殷。见阵云冷落,时有雕盘。静塞楼头晓月,依旧玉弓弯。

看看,定远西还。有元戎闉令,上将斋坛。区脱昼空,兜铃夕举,甘泉夜报平安。吹笛虎牙间。且宴陪珠履,歌按云鬟。招取英灵毅魄,长绕贺兰山。

---

① （宋）严有翼:《艺苑雌黄》,见唐圭璋编《词话丛编》,中华书局1986年版,第1269页。

这首词是投献当时镇守兰州的"张六太尉"的。虽为投献之作，却并非处处谀辞，而是歌颂了祖国山河关隘之雄峻，抒写了对于血洒疆场的"英灵毅魄"的怀念。风格刚健遒劲、意象雄奇，全词气完神足，确实是一首能代表北歌特色的佳作。刘祁记载说："金国初，有张六太尉者镇西边，有一士人邓千江者献一乐章《望海潮》（词略）。太尉赠以白金百星，其人犹不惬意而去，词至今传之。"① 可见，词人对自己的作品是十分得意而自负的。这首词历来受到论者的推崇，明人杨慎说："金人乐府称邓千江《望海潮》为第一。……此词全步骤沈公述上王君贶一首……然千江之词，繁缛雄壮，何啻十倍过之，不止出蓝而已。"② 评价极高，认为它代表了金词的最高成就，不免有些溢美，但确实是一篇能代表金词特色的佳作。

刘仲尹也是这一时期较有影响的词人，仲尹字致君，号龙山，盖州（今辽宁盖州市）人，正隆二年（1157）进士，历官潞州节度副使，召为都水监尹。诗词创作都受江西派影响，元好问评价他说："诗乐府俱有蕴藉，参涪翁（黄庭坚）而得法者也。"③

刘仲尹的词风不同于完颜亮、邓千江一派的雄豪奔放，而是近于婉约派的题材与风格，如《鹧鸪天》写闺情：

> 楼宇沉沉翠几重，辘轳亭下落梧桐。川光带晚虹垂雨，树影涵秋鹊唤风。

> 人不见，思何穷，断肠今古夕阳中。碧云犹作山头恨，一片西飞一片东。

此词风格柔婉，词境明丽而不失峭健，虽说有江西派那种炼词炼句的态度，却无江西派的瘦硬，与山谷词风也不相同。山谷词是较为恣肆放达的，而刘仲尹词则是明秀工稳的。刘词基本上都是小令，这首词足以代表其风格。

在金初词坛上，吴激、蔡松年虽是由宋入金的作家，而其词作却都以刚健与婀娜揉而为一，在明秀蕴藉的词句中蕴含清刚之气。完颜亮、邓千江则以雄豪刚健见称，更多地体现出北国之音。刘仲尹等词人则多柔婉之辞，题材也多相思之情，虽然不是金词的主脉，而仍有一定的代表性。

---

① （金）刘祁：《归潜志》卷4，中华书局1983年版，第33页。
② （明）杨慎：《词品》卷5，见唐圭璋编《词话丛编》，中华书局1986年版，第521页。
③ （金）元好问：《中州集》卷3，中华书局1959年版，第105页。

　　现在我们来考察明昌词坛。明昌时期"文治烂然"，诗词创作十分繁盛。其诗坛情形前已述及。而于倚声之道，也是丰收之季。这个时期在创作上更为成熟，而词的风格更加走向刚柔相济、南北融合的路数。

　　金章宗完颜璟喜爱诗词创作，倡导美文，偏重于辞采之华丽。"章宗天资聪悟，诗词多有可称者。"[1] 我们不妨读一下章宗现存的两首词作，其中一首是《蝶恋花·聚骨扇》：

　　　　几股湘江龙骨瘦，巧样翻腾，叠作湘波皱。金缕小钿花草斗，翠条更结同心扣。

　　　　金殿珠帘闲永昼，一握清风，暂喜怀中透。忽听传宣须急奏，轻轻褪入罗香袖。

另外一首是《生查子·软金杯》：

　　　　风流紫府郎，痛饮乌纱岸。柔软九回肠，冷却玻璃碗。

　　　　纤纤白玉葱，分破黄金弹。借得洞庭春，飞上桃花面。

这两首词都是咏物小令，前者咏"聚骨扇"，后者咏擘橙以为之的"软金杯"，两首词都别无寄托，而又都有宫女形象。在物象的刻画上，词人的笔致精巧细腻，清新生动。《蝶恋花》上阕写扇，下阕写执扇之宫女，两相映衬，玲珑可喜。《生查子》以"风流紫府郎"与"纤纤白玉葱"对举，也是相映成趣，使这首咏物之作不粘着于物象摹写。而这两首词又都有较浓的宫体味儿，辞采秾丽更是其共同特点。

　　章宗的词作标志着女真人吸收汉文化过程中的一个层面，即对汉文化中美文的欣赏与认同。追求语言修饰，设色秾丽，讲究艺术形式，这是汉文学在六朝时期走过的道路。由自在的素朴转而为自为的华美，这似乎是文学发展的一个必经阶段，章宗词代表这样一个阶段在创作上的成就。

　　明昌词人以党怀英、王庭筠、赵秉文、完颜璹等较有成就。他们的创作确实在个人风格的基础上，形成了某种时代性的特色。既不同于海陵式的雄豪，也不同于刘仲尹式的柔婉，而是幽婉中见高逸的。

　　党怀英词作在当时及后世都有广泛的影响。词风蕴藉，造语精美，词境

---

① （金）刘祁：《归潜志》卷1，中华书局1983年版，第3页。

高华。如《青玉案》一词：

> 红莎绿蒻春风饼，趁梅驿，来云岭。紫桂岩空琼窦冷。佳人却恨，等闲分破，缥缈双鸾影。
>
> 一瓯月露心魂醒，更送清歌助清兴。痛饮休辞今夕永。与君洗尽，满襟烦暑，别作高寒境。

这是一首咏茶词。不离形似而又不拘形似，这是咏物词的高致。此词先咏茶饼，又咏分茶，咏品茶，层层推进。而在咏茶中却不拘于物象，而是处处有人在。借咏茶表达了词人的情趣。词人由分茶联想到佳人之离恨，将人事与茶事巧妙融合。而词的下阕咏品茶，就中抒发了词人的高逸情怀。词境极为高朗清美，给人以"超轶绝尘"的审美感受。杨慎《词品》云："党承旨茶词：'红莎绿蒻春风饼，趁梅驿，来云岭。'金自明昌、大定时，文物已埒中国。而制茶之精，如此风味，亦何减宋人。"可见此词有较高的文化价值。

党怀英的《感皇恩》是一首咏七夕的佳作，可以看出党词的风格特征，词云：

> 一叶下梧桐，新凉风露。喜鹊桥成渺云步。旧家机杼，巧织紫绡如雾。新愁还织就，无重数。
>
> 天上何年，人间朝暮。回首星津又空渡。盈盈别泪，散作半空疏雨，离魂都付与，秋将去。

这首词的题材是传统的，历来咏七夕的诗词不乏佳作，如李商隐《辛未七夕》、秦观《鹊桥仙》等。而此词不以缠绵缱绻的离情为主，却是重在抒写由七夕而引发的悲怨，带有很重的悲剧气氛，词风是清切深婉的。这在党词中很有代表性意义。

王庭筠在明昌年间主盟文坛，声誉甚隆，元好问称他"子端诗文有师法，高出时辈之右"[①]。其词也是深受论者赞誉的。《中州乐府》录其词12首，如《谒金门》一词：

---

① （金）元好问：《中州集》卷3，中华书局1959年版，第146页。

　　双喜鹊，几报归期浑错。尽做旧愁都忘却，新愁何处著。

　　瘦雪一痕墙角，青子已妆残萼。不道枝头无可落，东风犹作恶。

这首《谒金门》委婉细腻地写出了亲人对于宦游在外的词人之殷切盼望，同时也抒发了自己孤寂而幽洁的情怀。上片重在写情，直抒胸中愁苦，下片则借景言怀。在梅花的意象中投射进自己的人格与襟抱。庭筠处世外似温和，实则孤傲，诗词篇什常常流溢出幽独孤峭的情韵。"瘦雪"似从王安石的《梅花》诗中化出，又以"瘦雪"形容梅花，是词人幽寂孤高的人格的外化。而孤处墙角，也正是词人寄身偏远的写照。"东风犹作恶"，喻朝中有人妒忌排挤。当时文士中颇有人妒庭筠之才，章宗欲召庭筠入朝，曾为朝臣所阻，事见《金史·王庭筠传》，可见，"东风作恶"是有所指的。

　　这首词风格幽峭，含蕴深曲，结尾处更使人感到余韵悠远，清代词论家况周颐颇为称赞此词。"金源人词伉爽清疏，自成格调，唯王黄华小令，间涉幽峭之笔，绵邈之音。《谒金门》后段云：'瘦雪一痕墙角，青子已妆残萼。不道枝头无可落，东风犹作恶。'就花与风之各一面言之，仍犹各有不尽之意。"[①] 道出了黄华词的独特之处。

　　再如《水调歌头》一词，表达出词人的羁怀，而词风则是苍凉而高逸的。词云：

　　　　秋风秃林叶，却与鬓生华。十年长短亭里，落日冷边笳。飞雁白云千里，况是登山临水，无赖客思家。独鹤归何晚，已后满林鸦。

　　　　望蓬山，云海阔，浩无涯。安期玉舄何处，袖有枣如瓜。一笑哪知许事，且看尊前故态，耳热眼生花。肝肺出芒角，漱墨作枯槎。

词人多年宦游在外，远离京邑，也远离乡国，羁旅失意、困于下僚的悲凉情怀，泛溢在许多诗词之中。这首词抒发了殷切的思归之情，又表达了仙界渺茫、理想境界难寻的迷茫与怅惘。

　　上片从秋日的萧索气象写起，抒情主人公的形象一开始便出现在苍凉寒素的气氛之中。"飞雁白云千里"，这五句，写登高望远的归思，却是境界阔大，隐隐中有浩然之气。"独鹤"与"林鸦"对举，表现出词人的孤高襟

---

　　① （清）况周颐，王国维：《蕙风词话·人间词话》卷3，人民文学出版社1960年版，第61—62页。

怀。下片主要表达词人对仙境的向往，实际上是对心中的理想境界的追慕。意境阔大茫远，也流露出词人不同凡俗的个性。词的下片，更可见出高逸健举的格调。王庭筠不仅是著名的文学家，也是地位颇高的画家，在金源画坛上是丹青巨擘，"尤善山水墨竹"。① 赵秉文曾以"郑虔三绝画诗书"② 来称许他，冯璧亦赞美他集诗、书、画于一身的艺术造诣："诗名摩诘画绝世，人品右军书入神。"（《挽黄华诗》）王庭筠作画正是承继王维、苏轼一派文人画的传统，以泼墨写意之笔来抒发胸中郁气。"肝肺出芒角。漱墨作枯槎。"正是说意有峥嵘不平，挥毫而作"枯槎"。"枯槎"是文人画的常见题材，是以盘曲枯木的形象，来一抒胸中"芒角"，因此，枯槎之画，多有峥嵘苍劲之风骨。元人汤垕《画鉴》载云："金人王庭筠，字子端，画枯木竹石、山水，往往见之。独京口石民瞻家幽竹枯槎图、武陵刘进甫家山林秋晚图，上逼古人，胸次不在米元章之下也。"可见，王庭筠的枯槎图在画史上是有地位的，就中尤可见出作者的胸次。完颜璹曾赞庭筠之画的写意特征："黄华老人画古柏，铁简将军挽大弰，意足不求颜色似，荔枝风味配江瑶。"（《黄华画古柏》）而元好问进一步指出王庭筠以所画枯槎抒其胸中郁气的特点："只欠雪溪王处士，醉来肝肺出枯槎。"（《墨竹扇头》）而庭筠这首词，可以说与其"枯槎图"一样，是峥嵘峭拔的。

王庭筠的词作，大都是这样在幽峭中含健举之风、刚强之气。况周颐所论，确实是道着了黄华词的个性特征。

赵秉文不唯以诗文名世，其倚声之作也是金源乐府中佼佼一家。《中州乐府》录其词六首。赵词取法苏轼，壮逸高远，浩然健举，有着超逸绝尘的美学倾向。同时，与其诗作一样，给人以抛离现实、遁入幽隐之感；这是明昌时期在文学创作上的一种代表性倾向。在这方面，赵秉文是很典型的。我们不妨读一下他的词作，如《水调歌头》：

　　四明有狂客，呼我谪仙人。俗缘千劫不尽，回首落红尘。我欲骑鲸归去，只恐神似官府，嫌我醉时真。笑拍群仙手，几度梦中身。

　　倚长松，聊拂石，坐看云。忽然黑霓落手，醉舞紫毫春。寄语沧浪流水，曾识闲闲居士，好为濯冠巾。却返天台去，华发散麒麟。

---

① （元）脱脱等：《金史》卷 126《文艺传》下，中华书局 1975 年版，第 2732 页。
② （金）赵秉文：《滏水文集》卷 7，中华书局 1985 年版，第 94 页。

这首词风格飘逸出尘，真有飘飘欲仙之感，带着一种明显的遁世之想。无论从风格上还是意脉结构上都脱化于东坡的《水调歌头》（"明月几时有"）的，一望可知。词后附有词人自题小记云："昔拟栩先生王云鹤赠予诗云：'寄与闲闲傲浪仙，枉随诗酒堕凡缘。黄尘遮断来时路，不到蓬山五百年。'其后玉龟山人云：子因以诗记之云：玉龟山下古仙真，许我天台一化身。拟折玉莲骑白鹤，他年沧海看扬尘。吾友赵礼部庭玉说，丹阳子谓予再世苏子美也。赤城子则吾岂敢，若子美则庶几焉。尚愧辞翰微不及耳。因作此以寄意焉。"小记中提到的拟栩先生即王中立，亦是金源中期诗人，玉龟山人不详。从语气上看，拟栩先生、玉龟山人，大概都是信奉道教之人，他们都以仙人再世称赵秉文，意思说他有仙风道骨，僚属赵庭玉称他为"再世苏子美"，以北宋著名诗人苏舜钦来比拟赵秉文。苏舜钦因积极参与"庆历革新"，遭到保守派官僚的嫉恨与排挤，借弹劾，把苏舜钦削籍为民，苏舜钦被贬出京后谪居姑苏，买地修亭，名曰"沧浪"，并有一首《水调歌头·沧浪亭》传世。赵秉文以苏子美自比，取其豪放不羁之个性与退居"沧浪"之归宿。实际上，就个人性格与旨趣而言，赵秉文与苏子美是有很大差别的。苏积极参政，针砭时弊，无所回避，"数上疏论朝廷大事，敢道人之所难言"[①]。这种敢作敢为，以天下事当怀的品格是赵秉文所不及的。赵秉文身居高位，于政绩无甚建树（这方面也确非他之所长），而时时以超然物外、高蹈远举为想。

这首词的上片，以谪仙李白自喻，写自己超越尘世的愿望与对理想境界的追求。意脉全仿苏东坡《水调歌头》之上片。下片进而抒写词人飘然欲仙的精神境界。换头处三个短句。通过动作描写，画出自己的自得之态，进入一个遨游碧落的精神境界。"忽然黑霓落手"二句，说自己援笔而书，但这不是一般的书法，而是一种类于"解衣盘礴"的自由创造心态，形容灵感忽然而至，欲罢不能的醉舞狂书。赵秉文是金源著名书法家，诗与书法，早年皆师王庭筠，而"字兼古今诸家学。及晚年，书大进"[②]。元好问论其书法艺术造诣云："字画则有魏晋以来风调，而草书尤警绝，殆天机所到，非学能至。"[③]赵秉文精于草书，就更需要有"解衣盘礴"的精神状态。唐

---

① （宋）欧阳修：《湖州长史苏君墓志铭》，见金民天编《欧阳修散文选》，合众书店1937年版，第168页。

② （金）刘祁：《归潜志》卷1，中华书局1983年版，第5页。

③ （金）元好问：《中州集》卷3，中华书局1959年版，第152页。

代草书名家张旭号为"草圣"。他的草书便是在醉舞狂书的情境中创造出来的艺术珍品。张旭"好酒，每醉后，号呼狂走，索笔挥洒，变化无穷"①。赵秉文在词中表现的正是这样一种审美创造境界，而这种境界又是与他飘逸遨游的人生理想融为一体的。"却返天台去，华发散麒麟"，正是词人理想中的归宿。这首词有浓重的浪漫色彩，词人以瑰丽奇特的想象，创造了游仙化的境界，风格是豪放飘逸的。在金源词坛上不失为一首佳作。

赵秉文另有《大江东北》一词，得到论者更高的评价。词云：

秋光一片，问苍苍桂影，其中何物。一叶扁舟波万顷，四顾粘天无壁。叩枻长歌，嫦娥欲下，万里挥冰雪。京尘千丈，可能容此人杰。

回首赤壁矶边，骑鲸人去，几度山花发。淡淡长空今古梦，只有归鸿明灭。我欲从公，乘公归去，散此麒麟发。三山安在，玉箫吹断明月。

这首词用苏轼《念奴娇》（"大江东去"）的原韵，描写了月夜秋江的景色，创造了带有神奇色彩的寥廓高洁的境界，想象着东坡当年泛舟于赤壁的情境，抒发了词人豪旷高逸的襟怀。

上片，写秋夜月光辉映下的大江，极为澄静寥廓，使人一涤胸中尘垢。"一叶扁舟"数句的境界，可能化自于苏轼《前赤壁赋》中"白露横江，水光接天"一段描写，南宋初期词人张孝祥的名作《念奴娇·过洞庭》也为赵秉文所本。"叩枻长歌"三句，把月夜之景写得无比广远深邈，且有神奇的色彩。"京尘千丈"二句，说当年的东坡胸次高朗而又才华横溢，如此人杰，是难为尘俗所容的。下片，抒写对苏轼的怀念与追慕以及对理想境界的向往。"骑鲸人"指苏轼，把苏轼写成"谪仙"，"淡淡长空"二句，意境宏阔深远，既有时间的无限绵延，又有空间的阔大苍茫，这一切，又都纳入词人的主体意识之中。最后这几句，表达了对于理想境界的向往与追求，而又觉得仙界渺茫，难于寻求，由飞升的幻想中回到现实。"断"正是仙游幻想的中断与现实意识的唤醒。

这首词豪迈高逸，境界奇伟，那种对仙界的向往，实际上是对现实社会的一种超越。前代词论家对这首词是颇为赞赏的。元好问《题闲闲书赤壁赋后》中说："夏口之战，古今喜称道之。东坡之赤壁词，殆戏以周郎自况

---

① （后晋）刘昫等：《旧唐书》卷190《贺知章传》，中华书局1975年版，第5034页。

也。词才百许字，而江山人物，无复余蕴，宜其为乐府绝唱。闲闲公乃以仙语追和之。非特词气放逸，绝去翰墨畦径，其字画亦无愧也。"① 《词苑丛谈》中也评此词说："赵闲闲，名秉文，金正大间人，善书法，有辞藻。尝见擘窠书自作和东坡赤壁词，雄壮震动，有渴骥怒猊之势。"② 都道出了此词的风格与成就所在。

在此时期，王予可是一位有点传奇色彩的词人。王予可，字南云，吉州（江西吉安）人。据说他"年三十余，大病后忽能作诗文，与之纸，辄书数百言，散漫无首尾，遇宋讳亦时避之。询以故实，其应如响，稍有条贯，随以诞幻语乱之。尝赋射虎诗，首句云：'风色偃貂裘'。即掷笔云：'此虎来矣。'其宫词云：'翠雀啄晴苔。'醉后句云：'一壶天地醒眠小。'乐府句云：'唾尖绒舌淡红酣。'词意隽上，无尘俗气"③。这种记载带有传说性质，未可尽信，但说他"词意隽上，无尘俗气"却符合其词的特色。如他的《生查子》一词：

夜色明河静，好风来千里。水殿谪仙人，皓齿清歌起。

前声金罍中，后声银河底。一夜岭头云，绕遍楼前水。

这首词的内容本是水殿听歌，无甚出奇。但词人却借此而创造了清高旷远的意境，表达了词人超脱尘俗的旨趣。正如杨慎所评："词之高妙飘逸如此，固谪仙之流亚也。"④ 而这种特点在当时又是有代表性的。

明昌词坛，出现了这样一种高蹈遗世、超轶绝尘的审美倾向，是这时期特有的文学现象。赵秉文是其主要代表人物。他在词中以"谪仙"自喻，创造一种游仙的境界，表达一种对世外仙源的欣羡与追求，实际上也就是表现对现实生活的隔膜，这种倾向是有渊源的。北宋时期苏轼、黄庭坚这些著名的艺术家即倡导"超轶绝尘"的美学导向。苏轼一些著名的词作如《水调歌头》（"明月几时有？"）、《卜算子》（"缺月挂疏桐"）、《永遇乐》（"明月如霜"）等篇什，都是超轶高旷、脱乎尘垢之外的，当然东坡词本身有很深刻的思想内涵，有巨大的思想矛盾与冲突作为底蕴，却以高蹈飘逸的境界

---

① （清）张思岩辑：《词林纪事》卷20，成都古籍书店1982年版，第550页。

② 引自《词苑萃编》卷6，见唐圭璋编《词话丛编》，中华书局1986年版，第1894页。

③ 同上书，第1896页。

④ （明）杨慎：《词品》卷5，见唐圭璋编《词话丛编》，中华书局1986年版，第521—522页。

来寓托自己的襟怀。但由于苏轼的文学地位，这种现象便被作为一种审美导向，对文坛发生着深远影响。胡寅论苏词谓："眉山苏氏，一洗绮罗香泽之态，摆脱绸缪婉转之度，使人登高望远，举首高歌，逸怀浩气，超乎尘垢之外，于是花间为皂隶，而耆卿为舆台矣。"① 王灼也说："东坡先生以文章余事作诗，溢而作词曲，高处出神入天，平处尚临镜照春，不顾侪辈。"② 两人都以超尘绝俗为东坡词的高致。这不仅是对东坡本人的评价，也是宋人的一种审美理想所钟。再如黄庭坚，作为东坡的挚友与门人，更从这个角度来评论苏轼。他称赞苏词："语意高妙，似非吃人间烟火语，非胸中有万卷书，笔下无一点尘俗气，孰能至此。"③ 他又以此称赞苏诗："彼其老于文章，故落笔皆超轶绝尘耳。"④ 很明显，这中间表现了山谷本人的审美观念。他论书法、绘画也都以此为审美标准。如论书法云："蔡明远笔意纵横，无一点尘埃气。"⑤ "东坡简札，字形温润，无一点俗气。"⑥ 品画亦然。"胸中俗气一点无，健妇果胜大丈夫"，他这样赞扬其姨母李夫人所画墨梅，不难看出，他是以超轶绝尘为艺术的最高境界的。苏、黄的这种美学意趣对金源诗词有很重要的影响，尤其是在明昌时期词坛，赵秉文等人的篇什中，鲜明地体现着高蹈遗世、超轶绝尘的倾向，不能不说是受苏轼、黄庭坚影响的，正如元好问所说："其所制乐府，大旨不出苏黄之外。"⑦ 而这时期创作中的高蹈遗世倾向，是与苏黄有渊源关系的。但是，赵秉文等人的词作，缺乏东坡词的那种渊深博大的思想基础，只是表达了对于"京尘"的厌倦和对仙境的向往，其内容是较为空泛的，难以具有苏词那种动人心魄的艺术力量。所谓"直于宋而伤浅"的评价，也不为过苛！然而这种创作倾向使词作具有了高旷清雄的境界，创造了一种"审美乌托邦"，使人们的心灵得到净化与提升。

　　明昌词坛在金源词史上是较为繁盛的阶段，词家众多，风格各异，呈现出异彩纷呈的气象，而南渡以后的词坛，则显示出另一番状貌。时迁世移，

---

　　① （宋）胡寅：《向芗林酒边集后序》，见《崇正辩·斐然集》，中华书局 1993 年版，第 403 页。

　　② （宋）王灼：《碧鸡漫志》，见（唐）南卓、（唐）段安节、（宋）王灼《羯鼓录·乐府杂录·碧鸡漫志》，古典文学出版社 1957 年版，第 59 页。

　　③ （宋）黄庭坚：《山谷题跋》卷 2《跋东坡乐府》，中华书局 1985 年版，第 15 页。

　　④ （宋）黄庭坚：《山谷题跋》卷 2《跋子瞻醉翁操》，中华书局 1985 年版，第 15 页。

　　⑤ （宋）黄庭坚：《山谷题跋》卷 5《跋洪驹父诸家书》，中华书局 1985 年版，第 42 页。

　　⑥ （宋）黄庭坚：《山谷题跋》卷 5《题东坡字后》，中华书局 1985 年版，第 43 页。

　　⑦ （金）元好问：《中州乐府》，见唐圭璋编《词话丛编》，中华书局 1986 年版，第 1273 页。

国势日颓，往日的安宁与繁华是难以重寻了，金王朝处于风雨飘荡之中，尤其是金末丧乱，沧桑巨变，更给词人们留下了深深的创痛。由于词的表情方式与诗不尽相同，极少写实之笔，更多抒情之致，因而未必能在词中直接感受到金末丧乱的具体情境，但却因了这样的时代氛围，使南渡后的词作有着更多的沉郁与苍凉。同时，空幻虚无的意识也弥漫于词中。南渡后词人并不是很多，主要的就是完颜璹、李俊民、段克己、段成己与元好问诸人，而在词艺上，越发成熟精纯，进入到一个新的境界。

当然，金代后期词与南宋晚期词相比，在艺术成就上还是不能相提并论的。宋亡前后的张炎、周密、王沂孙等著名词人，以极为浑雅曲折的咏物笔法，来抒写黍离之悲，不失为词家之绝唱，为后世词论家所艳称。词在艺术表现手法的发展，至此已告登峰造极。其含蕴、其绵密，其刻画之细、其神观飞越，都是难以超越的。但金代后期词仍然有着它不可取代的特点。它不似南宋晚期词那样悲切纤弱，更多的是沉郁苍凉，以及世事沧桑的空幻感，虽然略显疏淡，但又隐然可以感到北方词人的那一派浩然之气。在词的发展史上，显示了另外一种发展趋势，对于元词有深远影响。

在南渡词人中，完颜璹是很出色的一位。完颜璹的诗歌成就已如前述，在词的创作上也是别具一格的。完颜璹曾"自删其诗，存三百首，乐府（即词）一百首，号《如庵小稿》"[1]。可见，他曾写过数量很大的词篇，惜乎现存词仅有九首了。在女真作家中，完颜璹是成就最高的。他受汉文化濡染很深，对于生活抱着儒家那种"一箪食，一瓢饮，在陋巷。人不堪其忧，回也不改其乐"的态度，安贫乐道，萧散淡泊。"其举止谈笑真一老儒，殊无骄贵之态。""一室萧然，琴书满案"，一派修养醇深的士大夫风度。

完颜璹的词作，含蓄蕴藉，笔致深婉，意境深邃悠远，臻于渐老渐熟、"豪华落尽见真淳"的境界。如《春草碧》一词：

　　　　几番风雨西城陌，不见海棠红，梨花白，底事胜赏匆匆，正自天付酒肠窄。更笑老东君，人间客。
　　　　赖有玉管新翻，罗襟醉墨，望中倚阑人，如曾识。旧梦回首何堪，故苑春光又陈迹。落尽后庭花，春草碧。

这首词是惜春之作，却寄托了词人的"伤心人怀抱"。词借风雨暮春、花事

---

① （元）脱脱等：《金史》卷85《完颜璹传》，中华书局1975年版，第1903页。

调零的景象，写出了对"无可奈何花落去"般的衰颓时局的感伤。"几番风雨"四句，写出风狂雨骤过后花儿残败的情形。下面由景物转入抒情主人公。春光虽好，却又匆匆归去，引起赏春人的无限悲哀。下片充满了对昔日春光的留恋与惋惜。作为金王朝的宗室，对于王朝兴亡，他是忧心忡忡的。大定、明昌的盛日，使这位密国公怀念不已。感叹春之零落，实则是哀婉于国运之衰颓，这也是词人的惯用伎俩。"底事胜赏匆匆"，是说春日赏花之乐事匆匆而过，转瞬即被"几番风雨"所扫兴了。这里由景物过渡到抒情主人公，十分自然。过片三句、表明了自己的心态。国运颓唐，而皇帝又"防忌同宗"，十分猜忌，词人不敢过问时政，"家居止以讲诵、吟咏为乐"①。只有新创的乐曲、醉心于其中的书法艺术，可伴词人度日。"故苑春光"三句，既是写眼前实景，又是象喻亡国的悲剧。"春光又陈迹"意味着昔日的盛世已成为一去不返的过去，再难寻回。而"后庭花"更是亡国之音的象征，"春草碧"则寓含了词人心境的凄迷。词人十分巧妙地把暮春景致与亡国之象缩合在一起，写出深沉的历史悲剧感。

　　这首词在艺术上受到词论家的高度赞赏。它代表了完颜璹词的特色。况周颐称："密国公词，《中州乐府》著录七首。姜、史、辛、刘两派。兼而有之。《春草碧》云：'旧梦回首何堪，故苑春光又陈迹。落尽后庭花，春草碧。'《青玉案》云：'梦里疏香风似度。觉来唯见，一窗凉月，瘦影无寻处。'并皆幽秀可诵。《临江仙》云：'薰风楼阁夕阳多。倚阑凝思久，渔笛起烟波。'淡淡著笔，言外却有无限感怆。"② 其实。这正可以概括完颜璹词的整体特征。海陵词怒张，章宗词华美，而完颜璹词可称简淡，简淡之中却又醇厚有味，言外又有无限感怆。标志着女真词人接受汉文化影响渗透已达到醇深的程度。

　　李俊民是金代后期诗人，也是多产词人。金源南渡后，隐居于嵩山。金亡后，元世祖征召不赴，隐逸终老，谥为庄靖先生。有《庄靖集》传世。《全金元词》录其词作 70 首。

　　庄靖词多为联章之作，以抒发隐逸情怀为基调。世事翻覆，仕途险恶，莫如弃绝红尘，抛开功名利禄，而任情于山水林泉之间。此可为庄靖词的基本主题。词作虽多，大旨都不出此类。词风较为高朗洒脱，而且常在意象中

---

① （金）刘祁：《归潜志》卷1，中华书局 1983 年版，第 4 页。
② （清）况周颐，王国维：《蕙风词话·人间词话》卷3，人民文学出版社 1960 年版，第 57 页。

糅进议论之笔。举其一首便可窥其词风之一斑，如《满江红》：

> 名利场中，愁过了、几多昏晓。试看取、江鸥远水，野麋丰草。世事浮云翻覆尽，此生造物安排了。但芒鞋竹枝任蹉跎，狂吟笑。
>
> 尊有酒，同谁倒。花满径，无人扫。念红尘来往，倦如飞鸟。懒后天教闲处著，坐间人比年时少。向太行山下觅菟裘，吾将老。

这首词所表现的，主要是不屑于仕进的思想感情，带有较多的议论成分。对于名利场，词人早已厌倦，而词人的志趣在于"江鸥远水，野麋丰草"般的隐逸生活方式。前六句，通过对比，表达了自己的生活态度。"世事"两句，通过议论来表述自己的人生体验。而下片更直接地表明了词人厌倦世俗、遁隐林泉的心情。他的其他词作，多有此种情调。如《摸鱼儿》中"高情自许，似野鹤孤云，江鸥远水，此兴有谁阻。功名事，休叹儒冠多误，韩颠彭瘀无数。一溪隔断桃源路，只有人家鸡黍"，《清平乐》中"青云得路，休叹功名误。好在辋川堪画处，闻早抽身归去"等许多词句，都是词人看破红尘、粪土功名的思想之表露。庄靖词用典很多而又恰切，意境高旷，风格洒脱，在金源词中是颇有特色的。

"二段"是金后期词坛的重要词人。"二段"即段克己、段成己兄弟二人，克己字复之，号遯庵，金绛州稷山（今山西稷山县）人。弟成己，字诚之，号菊轩。兄弟皆以文章名世。赵秉文称其为"二妙"，并大书"双飞"二字名其里。入元后兄弟二人皆不仕，避地龙门山中，时人称为"儒林标榜"。克己有《遯庵乐府》，成己有《菊轩乐府》。

较之庄靖词，二段词显得更为深曲沉郁，风骨内蕴。尤其是遯庵词，更有一唱三叹的余韵，如《满江红》：

> 雨后荒园，郡卉尽，律残无射。疏篱下，此花能保，英英鲜质。盈把足娱陶令意，夕餐谁似三闾洁。到而今、狼藉委苍苔，无人惜。
>
> 堂上客，头空白，都无语，怀畴昔。恨因循过了，重阳佳节。飒飒凉风吹汝急，汝身孤特应难立。漫临风，三嗅绕芳丛，歌应泣。

这首咏菊词是寄怀其弟成己的。词前有小序云："遯庵主人植菊阶下，秋雨既盛，草莱芜没，殆不可见。江空岁晚，霜余草腐，而吾菊始发数花，生意凄然，似诉余以不遇，感而赋之。因李生湛然归，寄菊轩弟。"这篇小序是一篇绝妙文字，与词的正文乃是呵成一气的。词中菊的意象，融进了词人的全副襟抱，读之令人慨叹再三。菊生于秋残时节，百卉凋零，唯独它仍保其"英英鲜质"，品格何等高洁；菊在中国古代诗词中具有较为稳定的象征意蕴，即象征着士大夫品格、节操之高洁。词人融入陶潜、屈原的形象，更使菊花加重了这方面的意蕴。下片写菊花生于秋晚，时节不遇，孤特难立，实际上正是抒发自己与其弟处境之艰。这里化用了杜甫《秋雨叹》的诗意。《秋雨叹》其一云："雨中百草秋烂死，阶下决明颜色鲜。著叶满枝翠羽盖，开花无数黄金钱。凉风萧萧吹汝急，恐汝后时难独立。堂上书生空白头，临风三嗅馨香泣。"遁庵此词在立意上是脱化于杜诗的，但却浑化无迹。这首词借物言志，人菊难分，把复杂多端的情感，通过对菊的描写表现得深沉而巧妙。况周颐称这首词，"情深一往，不辨是花是人，读之令人增孔怀之重"①。

菊轩词也多有佳作，词人往往以明快的语言，来表达深切的人生感受，读之兴味悠长，感慨邃深。如《临江仙》：

> 走遍人间无一事，十年归梦悠悠，行藏休更倚危楼。乱山明月晓，沧海冷云秋。
>
> 诗酒功名殊不恶，个中未减风流，西风吹散两眉愁。一声长啸罢，烟雨暗汀洲。

看似洒脱轻松，实则沉郁悲凉，正是菊轩词的特色。词人把深切的人生苦闷与对世事的透辟认识，用凝练而明快的语言表达出来，有无限感怆萦绕其间。况周颐论菊轩词云："于情中入深静，于疏处运追琢，尤能得词家三昧。"② 这确乎是菊轩词的特点。

李献能是金源后期的文坛宿将，南渡后特赐词赋进士，廷试第一。天兴年间，在兵乱中遇害。李献能是元好问的莫逆之交，诗词创作都有很高成就。试读《浣溪沙·河中环胜楼感怀》一首：

> 垂柳阴阴水拍堤，欲穷远目望还迷。平芜尽处暮天低。

---

① （清）况周颐，王国维：《蕙风词话·人间词话》卷3，人民文学出版社1960年版，第64—65页。

② 同上书，第65页。

万里中原犹北顾，十年长路却西归。倚楼怀抱有谁知。

这首词是归乡登楼、抒发感怀之作。环胜楼在河中境内，即今之山西永济市，词人登楼远眺，感时伤世，写下这首名作。上片写登楼所见，在意境上隐然是脱化于欧阳修《踏莎行》某些词句，但词人的思想感情则大为不同，充满了一种天低云暗的压抑感。念及国事，词人不能不感到十分迷茫。眼中景致，自然是十分凄迷的。下片抒发怀抱。这里，词人把对国事的忧念，化为阔大而苍凉的意境，隐隐中有无限感怆。"万里中原犹北顾"尤为沉痛，而"十年长路却西归"充满了不得已的复杂情感。"倚楼怀抱"一句，十分含蓄，却把词人的满腹心事托了出来。这首词含蓄深沉却又阔大苍凉，意内言外，充满深广浩邈的忧怀。况周颐对此词评价甚高："尤为意境高绝，以南北名贤拟之，辛（幼安）殆伯仲之间，吴（彦高）其望尘弗及乎！"① 虽然不免过誉，但可见出这首词在词论家心中的分量。

元好问不仅是金源最为卓越的大诗人，也是一位集大成的词人。由于词的体裁特征，遗山词不像其"纪乱诗"那样把金末丧乱的惨痛历史画面直接摄入词中，却作为一种底蕴，在词中折射出来，显得更为沉郁苍凉。元好问是金源词坛最为高产的作家，今存词近380首，同时，也是艺术成就最高的词学大家，他的词作，有集大成的性质。清人刘熙载说："金元遗山，诗兼杜、韩、苏、黄之胜，俨有集大成之意。以词而论，疏快之中，自饶深婉，亦可谓集两宋之大成者矣。"② 郝经论遗山词谓："乐章之雅丽，情致之幽婉，足以追稼轩。"③ 遗山词最为突出的特点，便是把博大浑瀚与幽婉深曲炉火纯青地冶为一炉。

遗山乐府中颇多慷慨雄阔之作，这类词不单以豪放胜，而是勃发着悲壮顿挫的力量。如《水调歌头·汜水故城登眺》：

　　牛羊散平楚，落日汉家营。龙挐虎掷何处，野蔓胃荒城。遥想朱旗回指，万里风云奔走，惨澹五年兵。天地入鞭箠，毛发凛威灵。

　　一千年，成皋路，几人经。长河浩浩东注，不尽古今情。谁谓麻池

---

① （清）况周颐，王国维：《蕙风词话·人间词话》卷3，人民文学出版社1960年版，第64页。

② （清）刘熙载著，王气中笺注：《艺概笺注》，贵州人民出版社1980年版，第334页。

③ （元）郝经撰，秦雪清点校：《郝文忠公陵川文集》卷21《祭遗山先生文》，山西人民出版社2006年版，第313页。

小竖，偶解东门长啸，取次论韩彭。慷慨一樽酒，胸次若为平。

这是词人登汜水故城远眺，一览当年的楚汉战场而兴发起的感慨。词的境界极为雄阔苍茫而又慷慨悲壮。词人渲染当年汉军的英雄气势，"龙挐虎掷"、"朱旗回指"、"万里风云"等等，真有雷霆万钧之势。而以今日之荒城野蔓与之映衬，又跌入一种巨大的悲哀，这种悲哀实际是为现实而发，当年之英雄业绩与今日之荒野凄冷相对，形成了很大的艺术张力，也充满了历史兴亡感。结尾处更见词人胸臆之不平。颇为清壮顿挫。这类壮词在遗山乐府中是数量很多的，再如《水调歌头·赋三门津》上片："黄河九天上，人鬼瞰重关。长风怒卷高浪，飞洒日光寒。峻似吕梁千仞，壮似钱塘八月，直下洗尘寰。万象入横溃，依旧一峰闲。"写三门峡天险，极雄壮之致，但比起前词来，略显单薄，稍欠浑厚，盖是20岁前后"下太行，渡大河"时所作。而遗山后来的壮词则是熔雄壮与悲慨于一炉的，愈加浑厚顿挫。

遗山词又有摧刚为柔、幽婉沉挚者，其悲郁、其深曲，绝不亚于南宋碧山、玉田诸作，却又自饶沉雄之气，别是一番风味。如《迈陂塘·雁丘词》云：

问世间，情是何物？直教生死相许。天南地北双飞客，老翅几回寒暑。欢乐趣，离别苦，就中更有痴儿女，君应有语，渺万里层云，千山暮雪，只影向谁去？

横汾路，寂寞当年箫鼓，荒烟依旧平楚。招魂楚些何嗟及，山鬼暗啼风雨。天也妒，未信与，莺儿燕子俱黄土。千秋万古，为留待骚人，狂歌痛饮，来访雁丘处。

关于《雁丘词》，遗山曾有小序云："泰和五年（1205）乙丑岁，赴试并州，道逢捕雁者云：'今日获一雁，杀之矣。其脱网者悲鸣不能去，竟自投于地而死。'予因买得之，葬之汾水之上，累石为识，号曰雁丘。时同行者多为赋诗，予亦有《雁丘词》。旧所作无宫商，今改定之。"雁为殉情而死，这的确是一个极为凄恻动人的题材，借物言情，浓至婉丽，是在情理之中的。遗山此词之情真意切、回肠九曲，不让南宋诸家。即以咏物而论，亦不在姜、史之下。"情是何物？直教生死相许"这一主题，通过那些缠绵深挚的意象，贯穿于全词。更为难能可贵的是，这种缠绵幽婉的生死之情，遗山却以沉博绝丽之语出之。上片的"渺万里层云，千山暮雪，只影向谁去？"下片的"招魂楚些何嗟及，山鬼暗啼风雨。天也妒，未信与，莺儿燕子俱黄土"，都是以健笔写柔情，深婉之至而又沉雄之至。

在这方面，另一首《迈陂塘·双莲词》有过之而无不及，这是一个更为动人的故事，词人序曰："泰和中，大名民家小儿女，有以私情不如意赴水者，官为踪迹之，无见也。其后踏藕者得二尸水中，衣服仍可验，其事乃白。是岁此陂荷花开，无不并蒂者。沁水梁国用，时为录事判官，为李用章内翰言如此，曲以乐府《双渠怨》命篇。咀五色之灵芝，香生九窍；咽三危之瑞露，春动七情。韩偓《香奁集》中自叙语。"看得出来，词人是以生命的全部热情倾注于此词之中的。词云：

> 问莲根，有丝多少，莲心知为谁苦。双花脉脉娇相向，只是旧家儿女。天已许，甚不教、白头生死鸳鸯浦。夕阳无语，算谢客烟中，湘妃江上，未是肠断处。
> 香奁梦，好在灵芝瑞露。中间俯仰今古。海枯石烂情缘在，幽恨不埋黄土。相思树，流年度，无端又被西风误。兰舟少住。怕载酒重来，红衣半落，狼藉卧风雨。

这首咏莲词与雁丘词可视为姊妹篇，歌颂的乃是人间之至情。咏莲实即咏情，劈首便问"莲心知为谁苦"，一下子便把这爱情悲剧推到了人们面前。"双花脉脉"这五句，写莲又是写人，人花相映，合而为一，极富神韵而又至为悲切哀艳。"夕阳无语"四句。化用谢客、湘妃之典，又反说不如殉情小儿女断肠之痛。词人用典之浑融高妙，于此见之，张炎亟称遗山词"精于用事"，信非虚语。下片承上议论，把爱情之果写得十分圣洁芬芳，"中间俯仰今古"三句，远远超越了这个故事本身，而有了一种深远的历史感。古往今来，为了真正的爱情而死的动人故事不绝于书，"幽恨"长在，"情缘"不死，十分凄绝而又哀艳。词的最后几句，系想象之词，却是虚中有实，空灵而又真切。南宋张炎评这两首咏情名作说："双莲、雁丘，妙在摹写情态，立意高远。"[①] 是道出了这两首词的妙处的。但张炎接着又说"初无稼轩豪迈之气"则恐未必。细读遗山此作，觉得词中内蕴雄劲之骨、浑灏之气，有一种极为震撼人心的力量，幽婉深曲与雄劲浑灏的熔冶，正是遗山词的特征所在。

---

① （宋）张炎：《词源》，见唐圭璋编《词话丛编》，中华书局 1986 年版，第 267 页。

　　元好问是金源词坛上最为卓越的词人，代表着金词的最高成就，体现着金词的特色。与金诗的情况相仿佛，遗山词同样是金词的光辉的终结。

　　金词历来缺乏深入系统的研究，甚至还没有金诗的"幸运"。从南宋到近代的词论家们，还略有一些有关金源词人及作品的评论，而近几十年的词学研究于此竟几乎是一片空白之地。而这，本来是可以期待有丰硕收获的"土地"。金词研究，可以说是大有可为的。

　　金词受宋词的影响是十分显然的，所谓"金源乐府不出苏、黄之外"的说法是不无理由的。但总的来说，金词形成了属于自己的特色，虽不能说有资格与宋词分庭抗礼，但也可以自立于历朝词林。宋词多"南国情味"，秀雅温润者居多，金词更富旷野气息，别具一种"伉爽清疏"。又因吸取了宋词的表现手法，往往形成了糅深婉与刚健于一炉的特征，具体的情形就更为复杂，那是需要深入探索的。

第三编　元代诗歌

第十章　论元代前期诗歌

第一节　众派汇流的前期诗坛

有元一代诗歌创作，卷帙浩繁，诗家辈出，规模宏阔。艺术上也形成了自己的特点，在中国诗史上理应占有重要地位，而从元代前期诗坛到中期的鼎盛阶段，其间的变化，是很值得以史的眼光加以探询的。

元世祖忽必烈从至元八年（1271）建立元王朝到元成宗铁穆耳元贞元年（1295）即位前这二十几年中，是元朝的前期。元朝统治者以不可一世的强悍，消灭了南宋王朝，统一了全国，建立了以蒙古贵族为统治核心的元朝。与辽、金王朝相同的是，元代也是少数民族入主中原的一代王朝，这必然给被统治的最为多数的汉人带来某种异己的心理状态；所不同的是，辽、金都未能统一中华，只得半壁江山，有北宋、南宋王朝的并存，人们必然以宋为中原文化的正统代表，对于辽、金政治、文化有更多的离心倾向，而元代统一了全中国的版图，尽管同是异族统治，却形成了多民族统一的封建大帝国，而且在立国之初，便推行汉制，确立了中央集权的封建统治体系。又由于没有汉族政权的并存，因而在较大程度上，得到了广大汉族士人的心理认同。

金初诗坛是较为典型的"借才异代"，宇文虚中、吴激、蔡松年等主要作家都是由宋入金的汉士。元初诗坛的情形与此相仿佛。"一代天骄，成吉思汗，只识弯弓射大雕"，蒙古人的原有文化形态与契丹、女真人的原始文化形态一样，是相当落后的。成吉思汗建国以前，蒙古人还没有文字，"凡发命令，遣使往来，止是刻指以记之"[1]。后来逐渐采用畏兀儿文书写蒙古语，创制了畏兀儿蒙古文。1269 年忽必烈命国师八思巴采用藏文字母创制

---

[1]　（宋）赵珙：《蒙鞑备录》，引自韩儒林主编《元朝史》，人民出版社 1986 年版，第 91 页。

了"蒙古新字"作为官方的蒙古文。而于文学创作，尚是一片"不毛之地。"但元代前期的诗歌创作并不寂寞，有许多优秀的诗人写出了风格各异的作品。而这个时期的诗人，大多数都是由宋入元和由金入元的。如元好问、李俊民、郝经等，都是由金入元的诗人，而方回、戴表元、黄庚、方夔等则是由宋入元的诗人。而像耶律楚材这样的著名诗人，虽然曾经仕于金朝，但后来一直辅佐成吉思汗，成为元朝的开国勋臣，应该视为元朝自己的诗人，是元诗的主要奠基者。

元初诗人成分的复杂化，使得元诗有着更为广阔的发展前景。他们带着不同的心态进行创作，同时，也把宋诗、金诗的不同特色融入了元代诗坛。正因其众派汇流，方显其泱莽浩瀚。因此，元代前期诗坛比其金初诗坛来，局面的确是壮阔得多。元代著名诗人欧阳玄称这个时期的创作"中统、至元之文庞以蔚"①。"庞"正是指其丰富性、复杂性，"蔚"则是说前期创作的繁盛而富有生机。这个概括是很恰切的。带有宋、金及本朝等不同风会的交相汇流、撞击，使元诗有了更为强盛的生命力，产生了既不同于宋、也不同于金的本朝特色。

前期诗人的思想倾向颇为复杂。元遗山、李俊民都是由金入元的遗民诗人，他们以金朝遗老自任，不赴元朝统治者的征召，隐逸于野，采取一种不事新朝的消极退避态度。而戴表元、方夔等诗人则是怀着宋朝遗民的心态。方回虽是宋臣，却迎降元兵，大节有亏，心中不无愧怍。刘因虽非宋人，却由于对汉文化的深爱，而以故宋为怀，常常流露遗民情绪。耶律楚材本是契丹人，东丹王耶律倍的后裔，虽然曾仕于金朝，但对金朝却没什么感情。而他一直扈从成吉思汗东征西讨，为元朝的创立与巩固立下不世之功，自然是以元朝为自己的精神皈依了。刘秉忠的情形也类乎于此。易代鼎革的变故，在诗人们心里留下的痕迹是相当深刻的，这就带来了前期诗歌内容的深度。

也许，我们在前期的篇什中，未必能够直接看到那种深哀巨痛的黍离之悲，故国之思，却不乏野逸闲淡。其实，这只是一种表面现象。蒙古贵族的凶残野蛮是出了名的。在征服战争过程中，稍遇抵抗在城破之日便大肆屠城，血流成河，靡有孑遗。蒙古军队正是以其剽悍与野蛮，旋风般地横扫了欧亚大陆。建立元朝之后，自然对其统治地区不再采取大规模的杀戮。但蒙古贵族的凶残本性以及所奉行的民族歧视政策，又怎能不使那些遗民诗人如

---

① （清）顾嗣立：《元诗选·凡例》，中华书局1987年版，第8页。

履薄冰呢？吟咏之际，恐怕也须万分小心的。但"诗为心声"，又不能不发，那么，也只好是"闪烁其词"了。

元代中期诗坛，号为鼎盛，论者赞为雍和雅正，实则更多的是粉饰太平。因其如此，力求变于宋却丢了宋之峭健，似复于唐却只得唐之形貌。其成就自然不好与唐诗同日而语。而相形之下，前期创作倒是更为耐人寻味的。静波之下不无急湍回流，读者未可不识焉。

第二节 由金入元的诗人

在由金入元的诗人中，元好问、李俊民都是金源的著名诗人，尤其是元好问，更是金诗的骄傲，足以使金诗在中华诗史上占一席重要地位。对此，笔者在第二编第六章中已有较为深入的论述。李俊民的诗歌创作也主要是在金源后期。那么，本编中再论这些诗人，是否有"叠床架屋"之嫌呢？笔者以为，在元代前期诗坛，这些由金入元的诗人创作，是元诗的重要源头之一。他们对元诗发展有重要影响，元诗独特风貌的形成，与他们有很深的关系，因此，略为论述是有价值的。

金亡之后，遗山回到故乡秀容读书山下，过起了遗民野老的生活，抱定了"今是中原一布衣"（《为邓人作诗》）"衰年哪与世相关"（《乙卯端阳日感怀》）的态度，不与元统治者合作，而以整理金源一代文献为己任，在家里建起"野史亭"，以示自己的决心。历经二十年的辛勤劳动，终于编成金诗总集《中州集》，开"以诗存史"之先例。又完成《壬辰杂编》，以此保存了金源的一代文献史料。如果没有强烈的遗民意识，是不可能对于金源文化作出如此卓越的贡献的。

元好问在元代初期的诗歌创作，已不同于那些写于金末丧乱中的那些血泪迸合之作，而是将深沉的故国之思、黍离之悲，蟠屈进诗作的深层。遗山写于金末丧乱时期的篇什，充满黍离之悲，正如钱锺书先生所说的："元遗山以骚怨弘衍之才，崛起金季，苍桑之惧，沧桑之痛，发为声诗，变穷百态，北方之强，盖宋人江湖末派，无足以抗衡者，亦南风之不竞也。"[①] 悲壮淋漓与雄浑苍莽的融合，乃是遗山"纪乱诗"的特点。金亡之后，进入蒙古宪宗（蒙哥）时期。遗山诗作已不再如"纪乱诗"的感愤激荡，变而为沉潜浑厚，就中寄寓了良多感慨，故国之思，人生之叹，黍离之悲，熔而

---

① 钱锺书：《谈艺录》补订本，中华书局1984年版，第150页。

为一，形似简淡而哀感良深，却又不乏浑灏之气。如《送李同年德之归洛西二首》其二："亡奈流光冉冉何，逢君聊得慰蹉跎。飞黄老去空奇骨，拙燕归来只旧窠。举世尽从愁里过，一尊独爱醉时歌。洛中定有人相问，休道今年白发多。"诗中萦绕着颇为深沉的感伤。如果说，遗山"纪乱诗"还是悲痛中的浩歌，而入元后的这类诗则是痛定思痛的低吟。再如《答吴天益》："兵中曾共保嵩邱，忽漫散逢在此洲。鹅鸭何常厌喧聒，燕鸿无计得迟留。白头亲旧常千里，黄叶关河又一秋。三径他时望羊仲，却应松菊未销忧。"诗人把感愤郁积在诗的深层，而以一种无可奈何的苍凉与淡泊来表达对新朝的冷漠。"三径"隐喻归隐，而"松菊"象征着士大夫的清高人格，这些自然都是对元蒙统治的消极态度。

遗山入元以后的诗作，不时地流露出沧桑之感、故国之思。如《龙兴寺阁》："全赵堂堂人望宽，九层飞观尽高寒。空闻赤帜疑军垒，真见金人泣露盘。桑海几经尘劫坏，江山独恨酒肠干。诗家总道登临好，试就遗台老树看。"诗人借登阁以发兴，抒发故国情思。"金人露盘"的典故很明显地透露出诗人对故国的眷恋之情，也表达了深沉浩茫的沧桑之感。《蜀昭烈庙》一诗，借吊古而伤今："合散扶伤老益坚，荒祠重过为凄然。君臣洒落知无恨，庸蜀崎岖亦可怜。一县山阳尧故事，三年章武魏长编。锦官羽葆今何处，半夜楼桑叫杜鹃。"这首诗所抒发的感慨十分含蓄而又深沉，对蜀汉之伤吊，实则正是对亡金之感伤。"庸蜀"之"可怜"，乃是诗人对于腐朽的金王朝的复杂情感态度。对于这样一个"不争气"的没落王朝，诗人觉得可悲而又可怜。而结尾处用"杜鹃啼血"的典故，又流露出极为沉挚的故国之情了。

再看李俊民。李俊民（1176—1260），字用章，号鹤鸣老人，曾得河南程氏传授之学，是一位有深厚理学修养的士大夫。金承安中举进士第一，应奉翰林文字。后来弃官不仕，教授乡里。金源南渡后隐于嵩山。金亡之后，元统治者召之不出。"元世祖在藩邸，刘秉忠盛称之，以安车召见，延访无虚日，遽乞还山。卒，赐谥庄靖先生。世祖尝曰：'朕求贤三十年，惟得窦汉卿及李俊民二人。'"① 可见，李俊民对金王朝不甚感兴趣，对于新王朝，更无意归附。忽必烈征辟之心、延揽之意不谓不切，而李俊民坚拒不从，无疑是一种不肯合作的态度。在他看来，金朝固然不值得为之"陪葬"，元朝更非可堪辅佐的治世新朝。诗人是以一种冷眼旁观的态度来看世事变幻的。

---

① （清）顾嗣立：《元诗选·初集·剡源集序》，中华书局1987年版，第99页。

对于蒙古征服战争给社会和百姓造成的灾难，诗人极为痛心疾首。因此，他的诗作并非是那种"隐逸之音"，一味超然，而是感怀于社会动荡、生灵涂炭，充满着一种时代感，《四库提要》评价李俊民说："俊民抗志遁荒，于出处之际能洁其身，集中于入元后只书甲子，隐然自比陶潜，故所作诗类多幽忧激烈之音。系念宗邦，寄怀深远，不徒以清新奇崛为工。"[①] 这里对庄靖诗的评价较能得其特点，但这些并非完全是一种伯夷叔齐式的遗民心态，而是对于不义战争的谴责以及"浮云世事"的幻灭感。我们读《即事》一诗：

> 铁马长驱汗血流，眼前戈甲几时休？
> 谁能宰似陈平社，那免悲如宋玉秋。
> 漠漠微凉风里殿，萧萧残夜水边楼。
> 千村万落成荆棘，何止山东二百州。

蒙、金之间的战争连年不断，干戈遍地，风尘颃洞，无数生灵死于战乱，诗人寄以深沉的悲慨，尤其是尾联二句，化用杜甫的《兵车行》，且更进一层，更为鲜明地表现了主题。《乱后寄兄》则更为悲愤：

> 万井中原半犬羊，纵横大剑与长枪。
> 昼烽夜火岂虚日，左触右蛮皆战场。
> 丁鹤未归辽已冢，杜鹃犹在蜀堪王。
> 此生不识连昌乐，目送孤鸿空断肠。

诗人感时伤世，写下了如此"幽怀激烈"之作，为蒙古征服战争的血腥场面立此存照。诗中连续用典，却又颇为贴切，表现了战争给人民造成的深重灾难。

与此密切相关的便是那种"浮之世事"的幻灭感。如《白文举王百一索句送行》一首：

> 世事纷纷乱似麻，不堪愁里度年华。

---

① （清）永瑢等：《四库全书总目》卷166《集部·别集类·一九》《庄靖集》部分，中华书局1965年版，第1421页。

> 伤心城郭来家鹤，过眼光阴赴壑蛇。
> 弹铗歌中成老境，班荆话后各天涯。
> 何时造物归真宰，却睹人间第一花。

这首诗慨叹世事纷纷，翻覆不已，正是由乱世而引发的感伤。由于战乱，社会遭到了极大的破坏，处处给人以夷陵衰败之感，一切都非复原来面目，在乱世中，人们的人生观、时空观都发生很大变化。诗人又尝说"浮云世事日千变，流水生涯天一方"（《和子荣》），也许正可作为这种时空观的概括。《搜神后记》载"丁令威"的故事，有诗云："有鸟有鸟丁令威，去家千年今始归。城郭如故人民非，何不学仙冢累累。"李俊民不止一次地化用这个典故，表达了他产生于乱世的幻灭感。这不单单是时空意识的变化，主要是因为战乱而引发的人生困惑。"浮世几场漂杵血，流年一局烂柯棋"（《调祁定之》），正是把"血流飘杵"的战乱与"烂柯一局"的时空困惑紧紧联系在一起的。

庄靖诗在艺术上浑厚圆熟，意象沉雄有力。刘瀛序《庄靖集》时评其诗"格律清新似坡仙句，句法奇杰似山谷，集句圆熟，脉络贯穿，半山老人之体也。雄篇巨章奔腾放逸，昌黎之亚也。小诗高古涵蓄，尤有理致，而极工巧，非得天地之秀，其孰能与此"[1]，评价较为全面允当。特别需要指出的是，庄靖诗深沉浑厚而又雄强有力，代表了金诗的长处。如"铁锁尚沉江漠漠，铜驼又没草离离"（《昨晚蒙降临无以为待……》），"拔剑挽回牛斗气，举鞭蹙起汉江尘"（《和王季文襄阳变后二首》），"野烧惊山鬼，胡云掩将星"（《过星招》），等等，都如此类。

庄靖诗绝不粗疏乖张，而往往将深刻精警的立意，通过委婉含蕴的方式表现出来。如《东山道中》：

> 采遍山城草木芽，百年老树尽枯查。
> 眼前多少闲田地，雨后春耕有几家。

这首诗很耐人寻味，有许多"弦外之音"。诗人写树木枯槎，田地闲荒，春耕无人，实际上是伤怀于战争对生产的破坏，同时，也暗讽了元朝统治者废弃良田以为牧场的蠢行。蒙古贵族习惯于游牧生产方式，占领大片的中原土

---

① （金）李俊民：《庄靖集·元刻本刘瀛序》，山西古籍出版社 2006 年版，第 5 页。

地后，将昔日的耕地变为牧场，在农耕地区强行游牧生产方式，造成了社会生产力的严重破坏。这是元蒙统治之初的特定现象。本诗正是暗讽于此。

李俊民是金代诗人，在元代并未出仕，但他的诗对元诗发展有一定影响，在元代前期诗坛上发挥了重要作用，这是讨论元初诗歌时所必须看到的。

元代诗坛多以雍和雅正为审美理想，元诗盛时，即以此为审美价值尺度，多安乐优游之声，而少哀怨激切之辞，实则多出于粉饰太平之目的。论者多以为，元诗以延佑时期为盛，其代表诗人是"虞、杨、范、揭"四大家及赵孟𫖯等人，并认为他们革除宋、金余习，使元诗归于雅正。如欧阳玄说："我元延祐以来，弥文日盛，京师诸名公，咸宗魏晋唐，一去金宋季世之弊而趋于雅正。"① 欧阳玄对元诗演变的论述描出了元诗的发展轨迹，但从价值评价角度来看，我是持不同意见的。所谓"金宋季世之弊"从艺术上看也并非全无道理，但其出发点是站在维护元朝统治者的立场上的。在以欧阳玄为代表的这些封建文人看来，元好问等诗人自然是把"金季余习"带进了诗坛，而所谓"金季余习"过于"倔强"，深刻地揭示了当时的民族矛盾、阶级矛盾、社会现实，没有为新王朝大唱颂歌，却颇有"怨以怒"的"火药味"。这当然是不合于"雅正"的规范了。元代中期文人从未高度评价过元好问、李俊民等诗人，而总是把他们作为"季世之弊"加以革除廓清，这绝不仅仅是出于艺术的考虑。而我们之所以把元、李等诗人，在元代诗歌史论中再度加以阐述，就是认为，他们同样是元诗不可缺少的一部分，而且有着重要的思想价值与艺术价值。他们艺术地揭示了元代社会前期的社会状况。尤其是元统治者所进行的血腥的征服战争，给社会造成的满目疮痍，使广大人民蒙受了巨大的苦难。同时，也展示了元蒙统治之初，异朝士大夫们的心态，他们的诗作并非叫嚣怒张的粗疏之作，而是以精熟圆融的笔触，将主客体世界融为一体，既表现了诗人的内在情感世界，也同时展现了当时的历史场景。深沉雄浑的风格，倔强的生命力，给元诗注入的是生机，而并非萎靡。

---

① （元）耶律楚材：《罗舜美诗序》，见《全元文》第 34 册。凤凰出版社 2004 年版，第 445 页。

第三节　由宋入元的诗人

　　元代前期诗坛上，还有几位由宋入元的诗人，他们的创作与诗论，都施影响于当日，成为元诗的主要源头之一。由宋入元的诗人，情形较为复杂，但不可摆脱地都印着宋诗的深刻印痕。有关这些诗人，要在经过具体分析之后，方能从诗史的角度提出规律性认识。

　　先谈方回。方回（1227—1307），字万里，号虚谷。徽州歙县（今安徽歙县）人。宋景定三年（1262）登进士第，提领池阳茶盐，累迁知严州。元兵至而迎降，即被元统治者授以建德路总管之职。时隔不久，罢职而去，徜徉于杭、歙间而终老。

　　方回是宋末元初的著名诗人、诗论家，"晚而归元，终以不用。乃益肆意于诗"①。平心而论，方回的人品颇有不洁之嫌。"其初以《梅花百咏》媚贾似道，后似道势败，即迎合时局，上似道十可斩之疏，得知严州。元兵将至，倡为死封疆之说，甚壮，而不知所在，则已迎降于三十里外矣。其居心尤巧诈可鄙。"② 如此行事，其品行是可想而知的了。但我们并不能由此而因人废言，抹杀或忽略方回在诗史上的影响。

　　方回是宋代江西诗派的殿军，论诗专主江西，他在诗歌批评上影响最大的便是《瀛奎律髓》，这是他所编的一部唐宋律诗选本。《瀛奎律髓》共49卷，所选都是唐、宋五、七言律诗。方回把入选之作分为49类，分类批点，标明句眼，指出写作特点，全面贯穿了编者的诗歌主张。方回在其自序中说："文之精者为诗，诗之精者为律，所选诗格也，所注诗话也，学者求之，髓由是可得也。"可见他编选此书的目的是为了树立自己的诗学标准，通过这个选本来张扬自己的理论主张。

　　方回在江西诗风已经衰败式微之际，大力发挥江西诗论，并且首倡"一祖三宗"之说。以杜甫为一祖，以黄庭坚、陈师道、陈与义为三宗。他在此书中说："古今诗人，当以老杜、山谷、后山、简斋四家为'一祖三宗'，余可预配飨者有数焉。"③ 又指出黄庭坚、陈师道的"号江西派，非自

---

　　① （清）顾嗣立：《元诗选·初集》，中华书局1987年版，第188页。
　　② 《四库全书珍本初集·桐江续集提要》，四部丛刊本，第2—3页。
　　③ （元）方回辑：《瀛奎律髓》，黄山书社1994年版，第691页。

为一家也，老杜实初祖也"①。从某种意义上来说，把江西诗派抬高为杜甫诗派，为后学树立了更高的诗学标的，可谓"取法乎上"吧。

方回论诗，又以"格高"为重要标准，开后世诗论"格调说"之先河。他曾说："诗以格高为第一。""诗先看格高而意又到，语又工，为上。意到语工而格不高，次之。无格无意，又无语，下矣。"② 可见"格高"是首要的标准。

《瀛奎律髓》在一定程度上抬高了江西派的地位，扩大了它的影响，对后世研究唐宋时期的律诗提供了很大的方便与助益，也为中国诗史上的流派研究做了特定角度的探索。但这部书侧重于以"诗眼"等来标举诗，往往使诗囿于表层解析，难免江西末流之弊。但总的来说，在文学批评史上，方回及其《瀛奎律髓》还是产生了一定影响的。

方回的诗歌创作有《桐江集》、《桐江续集》等。内容也较为复杂，表现出诗人那种渊深而复杂的心态。他虽然降元，但不久即被废弃，并未见用，心中颇多懊悔，不无愧怍之感。因此，诗作往往是低回沉重的。如《江行大雨水涨》一诗："客路由来但喜晴，山深何况更舟行。孤篷酒醒三更雨，滴碎愁肠是此声。"诗人并未明言所愁为何，但他的幽愁暗恨是很沉重的。他在诗中流露愧怍之心："身历干戈百战尘，休官仍似布衣贫。每看事有难行处，未见心无不愧人。"（《次韵仇仁近有怀见寄》）诗中有为自己开解和表白之意，但心中的愧怍也是积郁很深的。

这种愧悔之情困扰着他，压抑着他，使得他难以释怀，难以开解，他也时常念及故国，这种忧念又和悔恨之心搅在一起，久久地折磨着他，如《追用徐廉使参政子方申屠侍御致远张御史鹏飞元日倡酬韵》：

> 七十翁非浪走时，夜窗自恨赋归迟。
> 睡稀枕上无春梦，吟苦楼前有月知。
> 茅索愿追田畯喜，瓜薪遥念室人悲。
> 却须天上纶言手，小为农忙缓茧丝

这首诗中所表现的心情，较为迷茫痛苦，对于自己未能及早抽身归隐是很以为悔的。他迎降元兵，忝事新朝，却又被废弃，心中自觉愧悔。从封建伦理

---

① （元）方回辑：《瀛奎律髓》，黄山书社1994年版，第9页。
② 同上书，第533页。

道德而言，方回的确是于大节有亏，社会上士大夫对他的看法，无形中会形成一种精神压力；而他本身作为一个封建士大夫，也难免受到良心的自我谴责。这种心态在许多诗中都有所流露。

方回论诗力主江西，是后期江西派的理论旗手，在诗歌创作上也是大力发挥江西派的创作特点，在诗眼、句法上颇下功夫，诗的意境颇为生新峭健，如《秋到》一诗：

> 秋到山居僻，贫无异味尝。
> 舂黄新粟嫩，炊白早籼香。
> 渐减家人病，徐添夜气凉。
> 凭谁理荒秽，篱落菊苗长。

这种诗意境清新，而下字十分凝练，功力很深。尤其是颔联，更得江西之家传，江西派诗法有一个特点，就是诗人所致力炉锤的"诗眼"，功能很丰富，辐射力很强，使诗句的意蕴格外奇警。方回诗中侧重发挥了这个长处。诗人善于创造生新峭健的意象，给读者以"陌生化"的审美感受。如"龁萁老马厩中响，瞰烛痴蛾窗外飞"（《偶亦夜坐用前韵》），"雪后蓂蒿初荐酒，花前蛱蝶欲穿衣"（《溢城客思》），"春老鱼苗动，江肥雪水来"（《晚春客愁二绝》）等诗句，都创造出十分清新的意象。

方回在宋末元初的诗坛上，是一位有影响、有特色的诗人和诗论家，我们在探讨元诗时，是不应该忽略他的。

黄庚也是一位由宋入元的诗人。黄庚，字星甫，天台人，生活于宋末元初，入元不仕，著有《月屋漫稿》。

黄庚的诗，有着很浓的遗民意识，往往在清新别致的意境之中，抒发亡国之恨，如《晚春即事》：

> 园林芳事歇，风雨暗荒城。
> 转眼青春过，临头白发生。
> 啼鹃亡国恨，归鹤故乡情。
> 三径多荒草，东还计未成。

再如《孤雁》借失群之雁的意象，来写失却故国后的茫然心境：

长空独嘹唳，隐约背斜晖。
塞北离群远，江南失侣归。
度云怜只影，照水认双飞。
却羡投林鸟，相呼入翠微。

"孤雁"的意象，正是深感亡国之痛的诗人心态的外化。如同迷离失侣的孤雁，诗人觉得失却了精神的止泊处，孤独迷茫。诗中以"孤雁"隐喻诗人的心态，可谓惟妙惟肖，细腻而又超妙。"度云怜只影，照水认双飞"这两句，更为微妙地写出雁的孤独，因而，进一层折射出诗人的心境。

诗人往往以清淡的笔致，写出幽寂的环境，并且使抒情主人公置于与尘俗世界的对立之中，表现出诗人孤高的人格以及不谐于当世的落寞情怀，这在他的五言律诗中最为突出。《书所寓》、《西州即事》、《翠峰庵即事》、《渔隐为周仲明赋》等诗，都体现出这个特点。如《赠葛秋岩时寓能仁兰若》：

兰若分清隐，秋窗饱看山。
风霜双鬓老，天地一身闲。
拄杖穿云去，吟囊贮月还。
诗成谁与语，时访竹林间。

诗人在"清隐"的山林中，构筑了他自己的世界，"一身"而置于"天地之间"，虽然非常孤独，却又与偌大的"天地"相抗衡，突出了主体。"拄杖穿云"的形象，使落寞的诗人倍显高大，抛下了整个尘俗世界而掉头不顾。《渔隐为周仲明赋》，进一步突出了这种精神气质：

一笠戴春雨，扁舟寄此情。
世间尘网密，江上钓丝轻。
不羡鱼虾利，唯寻鸥鹭盟。
狂奴台下水，犹作汉时清。

扁舟垂钓，远弃尘网，在"渔隐"生涯中保持自己的清高孤洁，这类诗展示出一种使人们心灵得以"净化"的人格力量。

黄庚在《月屋漫稿》自序中说："仆自龆龀时，读父书，承师训，惟知习举子业，何暇为推敲之诗，作闲散之文哉？自科目不行，始得脱屣场屋，放浪湖海，凡平生豪放之气，尽发而为诗文，且历考古人沿袭之流弊，脱然若醯鸡之出瓮天，坎蛙之出蹄涔而游江湖也。遂得率意为之，惟吟咏情性，讲明理义，辞达而已，工拙何暇计也。"① 诗人在这里说明了黄诗风貌的成因，并且由此触发我们思考有关诗歌史的一些问题。诗人说他年少时攻习举业，而无暇为"推敲之诗"，"闲散之文"，意思是说，习举业完全是为了应付科举考试，即便作诗，也全然是为了外在目的的需要，主要练习诗的形式化要素，而不能直率的"吟咏情性"。所谓"推敲之诗"、"闲散之文"，即不是为了外在功利目的而为"自娱"而作的诗文，全然是由于抒写内在情感的需要。这种诗文创作，必然更为重视文学的内在审美特征。"科目不行"即元朝初期不开科举，反而使诗人摆脱了"时文"与举业的羁绊，"放浪湖海，平生豪放之气，尽发而为诗文"，更为放逸自由地表达诗人的情感。这无疑是对诗坛的一次无形的解放。元初诗人的创作，之所以能够更为真实、更为自由地表现自己的心态世界，这是一个重要的因素。黄庚诗在幽清荒冷的境界中表现出诗人与世不谐、孤高傲世的性格，有着很明显的不屑新朝的倾向，这与延祐之诗是大为不同的。在元前期的诗歌创作中，这种情形是有普遍意义的。

戴表元是这时期的一位重要诗人，也是一位由宋入元的诗人。戴表元（1244—1310），字帅初，一字曾伯，庆元奉化（今属浙江）人。宋咸淳中，登进士乙科，教授建康府。迁临安教授，行户部掌故国子主簿，皆以兵乱不就。元成宗大德八年（1304），表元年已六十余，执政者荐之，除信州教授，再调婺州，以疾辞。晚年朝廷屡次征召，皆不就而隐居。

在元代前期，戴表元是一位重要的诗人与诗论家。顾嗣立评价他说："宋季文章气萎苶而辞骫骳，帅初慨然以振起斯文为己任。时四明王应麟、天台舒岳祥并以文名海内，帅初从而受业焉。故其学博而肆，其文清深雅洁，化陈腐为神奇，蓄而始发。间事摹画，而隅角不露，尤自秘重，不妄许与。至元大德间，东南之士，以文章大家名重一时者，帅初而已。"② 可见，戴表元是当时的文坛魁首，有着广泛的影响。

戴表元的诗论，大多见于为他人的诗集所作的序文之中。由于戴表元在当日诗坛上声誉甚隆，诗人们皆欲请他为之序，借以自重。戴表元在这些诗

---

① （元）黄庚：《月屋漫稿自序》，文渊阁四库全书本，第1—2页。
② （清）顾嗣立：《元诗选·初集》，中华书局1987年版，第226页。

序中表达了他的许多诗歌见解。戴氏诗论不是重复那些陈陈相因的套话，而是根据自己的审美体验、诗坛创作实践，阐发自己的独特见解。

戴表元在诗歌创作上，推崇一种"无迹之迹"的浑然境界：

> 酸咸甘苦之食，各不胜其味也，而善庖者调之能使之无味；温凉平烈之于药，各不胜其性也，而善医者制之，能使之无性；风云月露虫鱼草木以至人情世故之托于诸物，各不胜其为迹也，而善诗者用之，能使之无迹。是三者所为其事不同，而同于为之之妙，何者？无味之味，食始珍；无性之性，药始匀；无迹之迹，诗始神也。[1]

"无味之味"、"无性之性"自然是为了比喻"无迹之迹"的诗境的。在作者看来，"神"是至高的诗学范畴，只有达到了"无迹之迹"的境界，诗方可称"神"。"无迹之迹"，意思是说，诗中的各种意象妙合无垠地构成一个统一的诗境，成为一个完整的艺术品，而不应是支离槎枒的。宋人严羽曾以"羚羊挂角，无迹可求"，"故其妙处，透彻玲珑，不可凑泊"[2] 来说明类似的诗境，而戴氏的比喻更易令人理解。诗中的各种意象不应是拼凑，不应是机械相加，而应构成一个有机的整体，这恐怕较为接近戴氏的意思吧。

戴表元认为诗歌创作的长进，与诗人的社会经验、游历范围有直接关系，提出了"游益广，诗益肆"的看法：

> 余少时喜学诗，每见山林江湖中有能者，则以问之，其法人人不同，有一老生云："子欲学诗乎？则先学游。游成，诗当自异于时。"方在父兄旁，游何可得，但时时取陆放翁《入蜀记》、范至能《吴船录》之类，张诸坐间，想像上下，计其往来，何止日行数千万里之为快。已而得应科目出，交接天下士大夫，谙其乡土风俗。已而得宦游江淮间，航浮洪流，车走巍坂，风驰雨奔，往往经见古今战争兴废处所。虽未能尽平生之大观，要自胸中潇潇然无复前时意态矣。身又展转，更涉世故，一时同学诗人眼前略无在者，后生辈因复推余能诗，余故不自知其何如也。然有来从余问诗，余因不敢劝之以游，及徐而考其诗，大

---

① （元）戴表元：《许长卿诗序》，见《剡源集》卷9，中华书局1985年版，第131页。

② 郭绍虞：《沧浪诗话校释》，人民文学出版社1961年版，第26页。

抵其人之未游者不如已游者之畅；游之狭者不如游之广者之肆也。呜
呼，信有是哉。①

作者娓娓道来，令人信服地说明了游历经验与诗歌创作的关系。有游历经
验、观览了山川风土，比没有这种体验的人，诗作得好；游历范围越广，往
往诗作就更加纵横恣肆、得心应手。这里强调了学诗者接触社会、自然的重
要意义。

戴表元颇为生动地论述了诗人的亲身体验与审美个性化的关系。他在
《赵子昂诗文集序》中说：

就吾二人（按：指戴与赵）之今所历者，请从杭喻，浙东西之山
水莫美于杭。虽儿童妇女未尝至杭者知其美也。使之言杭，亦不敢不以
为美也，而不如吾二人之能言。何者？吾二人身历而知之，而彼未尝
至，故也。他日试以其说问居杭之人，则言之不能以皆一，彼所取于杭
者异也。今人之于诗，之于文，未尝身历而知之，而欲言者皆是也，幸
尝历而知之，而言之同者亦未之有也。②

戴氏在这里用了很浅显、很生动的比喻，说明了很深刻的美学问题。没有亲
身的经历、只是通过传闻等间接知识而得到的只能是一般性的判断，那么，
在诗歌创作中所表现出的便为"皆是"而雷同；反之，从亲身的体验中所
得到的感受，则是没有相同的，体现在创作中便形成艺术个性。戴氏在此处
强调了主体的审美体验的重要性以及主客体之间的价值关系。在他的比喻
中，"未尝至杭者"言杭之类，不过是"矮人观场"，人云亦云，"不敢不以
为美"，而一"身历而知之"者对杭之美就能说得较为具体：而"居杭之
人"谈起杭州来"不能以皆一"，人言言殊，这是因为"彼所取于杭者异
也"，有着价值关系在其中。戴氏在这里所阐发的美学思想是新鲜的、独特
的，是以往诗论、文论中所未涉及的。

戴表元还论述了诗歌创作审美经验的高级直觉性，他认为，在创作上越
是臻于极致，其中的感受、体验，越是无法以语言加以解说：

---

① （元）戴表元：《刘仲宽诗序》，见《剡源集》卷9，中华书局1985年版，第137页。
② （元）戴表元：《赵子昂诗文集序》，见《剡源集》卷7，中华书局1985年版，第108页。

余自五岁受诗家庭，于是四十有三年矣。于诗之时事、忧乐、险易、老稚、疾徐之变，不可谓不知其概，然而口不能言也。夫不能言而何以为知诗？然惟知诗者为不能言也。今夫人食之于可口，居之于佚，服之于燠，而游之于适，谁不知美之？问其美之所以然，则不得而言之。昔尝有二人射，其一百发百中，若矢生于手，而侯生于目。其一时而中焉，时而中者，每中辄言，百发百中者未尝言也。揖百发百中者问之，其人哑然而笑曰：吾初不知吾射之至此也。问可学乎？曰：可学而不可言学之法。固问之，曰：日射而已矣。夫学诗亦犹是也。故余平生作诗最多，而未尝言于人，亦不求人之言。①

"惟知诗者不能言"的命题，揭示了诗歌的审美创造的直觉性质，超越一切名言概念，是一种"庖丁解牛"、"轮扁斫轮"的境界，"技进乎道"而无可言说，是更高级的直觉形态。这种观点无疑是源于庄子哲学而又加之以自己的亲身体验的。

戴表元的诗论，还有许多精彩的见解闪烁其间。而他论诗从不空言大道理，总是从个人的体验出发，再上升到诗歌创作的普遍性规律，娓娓道来，亲切生动，而阐述的道理又很深刻切实，很富有启发性。在中国诗学史上，戴表元的诗学思想应该受到更多的重视、研究，有更重要的地位。

作为诗人，戴表元起着承上启下的作用。他的诗作，收入其诗文集《剡源文集》而行于世。表元是由宋入元的诗人，深谙宋末诗风的流弊所在，而力革其弊，创造出更为高朗健拔的诗风，"慨然以振起斯文为己任。"

戴诗在体裁上较为多样化，各体均有佳什，不执于一偏。诗人在创作中决不回避社会矛盾，而是以犀利的诗笔，涂写出当日社会底层的悲惨景象，揭露出元蒙统治者及其御用文士不愿正视的黑暗现实。诗人是带着深厚的同情与强烈的社会责任感，来写人民所遭受的困厄苦难的。"帅初类多伤时悯乱、悲忧感愤之辞，读者亦可以谅其心矣。"② 这类诗多以乐府体裁出之，多方面、多角度地映现出当时的社会现状。如《夜寒行》：

昨日天寒不成醉，今日天寒不成寐。醉迟得酒可强欢，寐少愁多频发喟。柴竿苇炬闹荒城，役夫遥作鹳鸭鸣。拥衾高枕未云苦，孰听但觉

---

① （元）戴表元：《李时可诗序》，见《剡源集》卷8，中华书局1985年版，第123页。
② （清）顾嗣立：《元诗选·初集》，中华书局1987年版，第226页。

令人惊。乌孙黄鹄飞不返，辽城白骨填未满。朔风萧萧吹戍旗，居人何如去人远。丈夫无成雪满须，沙场万里星河疏。南墙诗翁穷据炉，北窗少年犹读书。

这首诗通过夜寒不寐的感喟，联想起当时人民所遭受的行役之苦。他想到寒夜之中许多征夫死于“辽城”边戍，白骨累累，想到沙场万里的寒冷星光。诗作并未局限于一时一事，而是有着广阔的辐射力，写出了元代社会人民遭受苦难的普遍性。

再如《南山下行》：

南山高，北山高，行人山下闻叫号。旁山死者何姓氏？累累骸骨横林皋。鸟喧犬嗥沙草白，酸风十里吹腥臊。中有一人称甲族，蔽膝尚著长襦袍。不知婴触为何罪？但惜贵贱同所遭。妻来抱尸诸子哭，魂气灭没埋蓬蒿。人言投身由宝货，山材岂得皆权豪。一言不酬兵在颈，性命转眼轻鸿毛。龙争虎斗尚未决，六合一阱何所逃。振衣坐石望太白，寒林夜籁声搔搔。

宋末元初的战乱，给无数人民造成了极大的灾难，干戈四起，血流成河，天下莫能逃之。诗人十分具体生动地描写了人们遭受无辜屠杀的惨象。诗人选择了一个富豪“甲族”死于屠刀之下的特写镜头，那么，穷苦贫寒的百姓们的性命就更是轻于鸿毛了。“六合一阱何所逃”，不义战争使整个中国都变成了地狱。诗中饱含着诗人对统治者的愤恨之情。

戴表元揭露社会黑暗、描写百姓苦难的乐府诗尚有许多，如《剡民饥》、《采藤行》、《行妇怨》、《射虎行赠张生》等作，都是深刻淋漓的。诗人的这类作品，与中唐时期白居易、张籍等人的“新乐府”诗的精神是一脉相承的，也可以说，就是元代的“新乐府”。如果说有所区别的话，白居易的“新乐府”也好，“张王乐府”也好，都强调客观化描写，而戴氏的乐府诗，则于字里行间更多地融进诗人的情感态度。在元代乐府诗的发展中，戴表元开创了一条很广阔、很健康的道路。对于袁梅、杨维祯等诗人的乐府篇什，都有较深影响。

至于近体诗，戴表元力矫宋季“气萎苶而辞骫骳”① 的积弊，而更之以

① （清）顾嗣立：《元诗选·初集》，中华书局1987年版，第226页。

清新明秀，神气贯通。这里我们援引顾嗣立之言，以窥戴氏近体诗的风貌之一斑：

> 剡源诗律雅秀，力变宋季余习。五言如："春晚莺羞语，城寒花慢飞。""鸟巡渔退艇，犬认猎归门。""定起松鸣屋，吟圆月上身。""发从残岁白，山入故乡青。""避世书为屋，谋生药当田。""猿飞红果嶂，人度白云层。"七言如："新踪冻合莺雏谷，旧梦花迷燕子楼。""老树背风深拓地，野云依海细分天。""水味野栽蒿白瘦，山毛人摘芋红多。""绨袍凉拥松皮几，桂酒春浮药玉船。""万事渐消闲客梦，一生虚白少年头。""乡山云淡龙移久，湖市春寒鹤下迟。""甃埏水温初荇菜，粉墙风细欲梨花。""心如晚路思家马，身似春筐欲茧蚕。"其风致多可摘也。①

从这里所举的诗例来看，戴表元的近体诗清丽流畅，捐弃了宋诗末期的幽峭瘦硬之病。而从整首诗作来看，戴诗往往流于清浅，而缺少更为深厚博大的境界，如《四明山中逢晴》：

> 一冈一涧一萦隈，新岁新晴始此回。
> 莎坡南风寅蛤出，茅檐西日乙禽来。
> 人迷白路羊群石，水卷青天云里雷。
> 犹是深山有寒食，梨花无树绕岩开。

这首诗只是写"逢晴"的感受，缺乏更深刻的意蕴与理致，意境本身，也没有多少可回味的余韵。这在元诗中是有很大代表性的。

当然，戴诗中也颇有一些感触良深之作，如《丁丑岁初归鄞城》：

> 城郭三年别，风霜两鬓新。
> 穷多违意事，拙作背时人。
> 雁迹沙场信，龙腥瀚海尘。
> 独歌心未已，笔砚且相亲。

---

① （清）顾嗣立：《元诗选·初集》，中华书局1987年版，第248页。

诗中表达了历经乱世后的人生体验，近于杜甫五律的风格，当然还缺少杜诗的沉雄与挚刻。

戴诗语言清丽流畅，与宋季诗风是大不一样的，如他的几首绝句："去时风雨客匆匆，归路霜晴水树红。一抹淡山天上下，马蹄新出浪花中。"（《西兴马上》）"断树寒云古岸隈，渔翁初拨小船开。看渠风雪忙如许，还有鱼儿上钩来。"（《题江干初雪图》）。

由宋诗到元诗的过渡与转折，戴表元是一个很关键的人物。其实，他的诗中不可摆脱地带着宋诗的痕迹，如有些诗作中的有江西诗派的炼句风格；但他又确实力矫宋季余习，开元诗之新声。在审美祈向上，戴表元是皈依盛唐之诗的，在理论上推崇"无迹之迹，诗始神"，其实，与严沧浪的"妙悟"说异曲同工。但因为缺乏了唐诗的文化土壤与社会基础，戴诗中有些诗流于清浅圆融，缺少厚重感，这正预示了元诗的流向。

第四节　心理认同元朝的前期诗人

元好问、李俊民等是由金入元的诗人，戴表元、黄庚、方回等是由宋入元的诗人，在思想感情上，他们对于元朝统治有着相当程度的离心倾向；在诗歌风格上，他们带着更多的金诗或宋诗的色彩。而在元代前期诗坛上，还有像耶律楚材、郝经、刘秉忠这样的诗人。他们虽然也曾来自金源，但早就作为元朝的开国之臣，参与这个新王朝的开创工作了。在思想感情上，毫无疑问地认元朝为"我朝"。虽然与前述那些诗人处于同一时期，但在思想意识上是判然有别的。在诗歌创作上，自然也就产生了他们自己的特点。在某种意义上来说，他们更能预示元诗的发展。

耶律楚材是这一时期最为重要的诗人之一，同时，在元代诗史上，也是一位杰出的、富有特色的诗人。耶律楚材（1190—1244），字晋卿，号湛然居士，又号玉泉老人。他是契丹贵族后裔，辽东丹王耶律倍的八世孙。父耶律履曾任金王朝的尚书右丞。楚材 3 岁丧父，母亲杨氏将他抚养长大，并"教之学。及长，博极群书，旁通天文、地理、律历、术数及释老、医卜之说，下笔为文，若宿构者"[1]。24 岁时金章宗授予他开州同知，后留守燕京，为左右司员外郎。金亡之后，元太祖成吉思汗召见耶律楚材，罗致于幕下，扈从西征。窝阔台继汗位后，任楚材为中书令，这是一个相当于宰相的官

---

[1]　（明）宋濂等：《元史》卷 146《耶律楚材传》，中华书局 1975 年版，第 3455 页。

职。耶律楚材不仅是一个儒士，而且是一位有远见卓识的政治家，他有着很大的政治抱负。在西征途中，他曾以"治天下匠"自居。[①] 在蒙古统一中国的过程中，他立下了很大功劳。耶律楚材出身于汉化了的契丹贵族之家，从小博览群书，尤精于经史，他以儒家的政治主张进献于元朝统治者，重视汉族文化，任用汉族儒士，借鉴汉法进行封建制改革。他的政治主张主要见于其向窝阔台所陈《时务十策》，这十策是："信赏罚，正名分，给俸禄，官功臣，考殿最，均科差，选工匠，务农桑，定士贡，制漕运。皆切于时务，悉施行之。"[②] 他又反对蒙古贵族在征服战争中的大规模迁民与屠杀政策，并在汉族地区建立一套户籍法和课税，大力提倡儒家学说，倡导文治，为元朝很快过渡到封建制做出了不可磨灭的贡献。

耶律楚材是一位出色的诗人，他的诗文集称《湛然居士文集》，以诗为主，也有一些序、疏之类文章，集中收其诗720余首。虽在戎马倥偬之中，仍不废翰墨，足可见其诗才滂沛。"经国之暇，惟以吟咏寄意，未尝留意于文笔也。"[③] 可见楚材是"以余事作诗人"了。而恰恰因此，使其诗作包含了尤为丰富的内容，有了更多的社会价值。

耶律楚材的诗中，寓托着诗人的远大政治抱负与理想。他要辅佐君主，完成一统四海的大业，大济苍生，这无疑是儒家"修齐治平"的人生理想。而他在诗中又时时流露出"功成身退"、视功名如云烟梦幻的想法，这又是他深受佛教思想濡染的产物。这两种思想是融合在一起的，构成了耶律楚材诗中的不同声部。

诗人时时在诗中抒发自己的政治抱负，"曩时凿破藩垣重，泽民济世学英雄。风云未会我何往，天地大否途难通"（《用前韵感事二首》其二），"致主泽民元素志，陈书自荐我无由"（《感事四首》），"泽民致主本予志，素愿未酬予恐惶"（《用前韵感事二首》其一），"故园日夜归心切，未济斯民不敢行"（《和武川严亚之见寄五首》其五）。"致主泽民"，是诗人毕业的愿望。"致主"也即杜诗中"致君尧舜上"之意，辅佐帝王，完成尧舜式的伟业；"泽民"，便是"大济苍生"，使人民安居而乐业。

耶律楚材之所以辅佐成吉思汗，殚精竭虑，鞠躬尽瘁，是因为他觉得只

---

① （元）宋子贞：《中书令耶律公神道碑》，见《全元文》第1册。凤凰出版社2004年版，第170页。

② （明）宋濂等：《元史》卷146《耶律楚材传》，中华书局1975年版，第3482页。

③ （清）永瑢等：《四库全书总目》卷166《集部·别集类·一九》《湛然居士集》部分，中华书局1965年版，第1422页。

有方兴未艾的元朝，方能统一海内，澄清环宇，完成历史的大任；而南宋、金等都是腐朽没落的势力，因此，由元朝来统一天下乃是历史之必然。这种认识是符合历史发展进程的。诗人扈从成吉思汗西征，是坚信自己从事的事业的正义性的。他虽然思念故园孀母，却仍是意志坚定，充满胜利信念的。"圣驾徂征率百工，貔貅亿万入关中。周秦气焰如云变，唐汉繁华扫地空。灞水尚存官柳绿，骊山惟有驿尘红。天兵一鼓长安克，千里威声震陕东。"（《和王巨川韵》）"一圣扬天兵，万国皆来臣。治道尚玄默，政简民风纯。……河表背盟约，羽檄飞边尘。圣驾来徂征，将安亿兆人。湛然陪扈从，书剑犹随身。"（《和平阳王仲祥韵》）"猛士弯弓挽六钧，长驱入汴施政仁。前朝运谢山河古，圣世时亨雨露新。"（《和解天秀韵》）……这当然是有一定的粉饰成分和相当的理想化色彩的。蒙古军队在征服西域以及中原乃至统一中国版图的过程中，始终是伴随着残酷的杀戮、野蛮的掠夺的，诗人当然并非不知，不过他还是相信自己所辅佐的新朝乃是"替天行道"、顺应天命的，倒没有什么违心之处。

诗人辅佐成吉思汗，扈从万里，为的是实现自己"治天下匠"的使命。他要用儒家的礼乐之教、王道政治，使新朝成为"天下归心"的一统王朝，他在诗中反复表达这种政见。如《和武川严亚之见寄五首》其一："当年西域未知名，四海无人识晋卿。扈从銮驾三万里，谟谋凤阙九重城。衣冠异域真余志，礼乐中原乃我荣。何日功成归旧隐，五湖烟浪乐余生。"其四："误忝纶恩斗印悬，乏才羞到玉墀前。劾奸封事梦犹净，许国忠诚老益坚。仁政发从天北畔，捷音来自海西边。从今率土霑王化，礼乐车书共一天。"这类诗都明确地表达了诗人的政治观念。

耶律楚材虽然位居台阁，但他的一套政见不断遭到蒙古旧贵族的反对。他身膺中书令之职，但权力却颇为有限，仅能行于当时的汉人地区，即今河北、山西一带。因此，他的心里也是充满了矛盾的。他不断地表白，自己倡导王道政治、辅佐君主，并非为了个人的荣华富贵，只是因为素志未酬，才滞于宦途，而其最终归宿，则在于归隐林泉、笑傲五湖。"他年收拾琴书去，笑傲林泉我与君。"（《和移剌继先韵二首》其二）"唯思仁义济苍生，岂为珍羞列方丈。"（《用前韵感事二首》其二）"白雁来时思北阙，黄花开日忆东篱。"（《思亲有感二首》其二）"颙观颁朔施仁政，伫待更元布德音。好放湛然云水去，庙堂英俊正如林。"（《和抟霄韵代水陆疏文因其韵为诗十首》其二）"穷通荣辱皆真梦，毁誉称讥尽假音。中隐冷官闲况味，归心无日不山林。"（《思亲有感》其五）"泽民致主倾丹悃，邀利沽名匪素心。”“他年共纳林泉下，茅屋松窗品正音。”（《和李邦瑞韵二首》）耶律楚材诗中屡言此意，作为自己的精神依托，恐怕并非虚言假饰。他的这种人生理想与他的佛学修养有密切关系。

楚材虽是儒士，但同时也是禅门居士，这二者是集其一身的。他年少时即拜万松禅师为师，究心佛旨。万松行秀序《湛然居士文集》云：“湛然居士年二十有七，受显诀于万松，其法忘死生，外身世，毁誉不能动，哀乐不能入。湛然大会其心，精穷入神，尽弃宿学，冒寒暑、无昼夜者三年，尽得其道。万松面授衣颂，目之为湛然居士从源。自古宗师，即证公侯，明白四知，无若此者。湛然从是自称嗣法弟子从源。自古公侯，承禀宗师，明白四知，亦无若此者。”① 可见楚材受禅颇深。其文集中与禅师唱酬甚多，发挥自己对禅理的领会。如：“像教中微祖意沉，卢能（即禅宗六祖慧能——笔者按）嫡子起予深。看经不怕牛皮透，着眼常听露柱吟。行道权居卧佛寺，活机特异死禅心。凭君摘取空华实，好种人间无影林。”（《寄云中卧佛寺照老》）“曾参活句垂青眼，未得生侯已白头。”（《蒲华城梦万松老人》）“小隐居山何太错，居廛大隐绝忧乐。山林朝市笑呵呵，为报禅人莫动着。”（《和松月野衲海上人见寄二诗》其二）此类诗在其文集中至少有几十首，且还有为佛而作的疏、序之类文字。楚材自言：“予幼而喜佛，盖天性也，壮而涉猎佛书，稍有所得，颇有矜大。又癖于琴，因检阅旧谱。自弹数十曲，似是而非也。后见琴士弭大用，悉弃旧学，再变新意，方悟佛书之理未尽。遂谒万松老人，旦夕不辍，叩参者且三年，始蒙见许。是知圣谛第一义谛，不在言传，明矣。”（《琴道喻五十韵以勉忘忧进道》序）足见诗人对佛家思想莫逆于心。

楚材事佛，非为玄谈，而是用之以观人生之义。一方面要辅佐帝王，“致主泽民”，以儒教化天下；一方面又以如梦幻之空观来看待人生功名。“蛮触功名未足夸，掀髯一笑付南华。他年击破疑团后，始见从来尽眼花。”（《和非熊韵》）“回首死生犹是幻，自余何足更云云。”（《和景贤十首》其五）“一入空门我畅哉，浮之名利已忘怀。无心对镜谁能识，优钵罗花火里开。”（《过天山和上人韵二绝》其二）这些诗都以空观来看人生。

儒佛异趣，一为积极入世，一为淡然忘世，楚材却将二者发挥到极致，融合在自己的思想中，表现在创作里，它们又是如何统一的呢？楚材自己说得好：“予谓穷理尽性莫尚佛法，济世安民莫如孔教。用我则行宣尼之常

① （清）顾嗣立：《元诗选·初集》，中华书局1987年版，第339页。

道，舍我则乐释氏之真如，何为不可也！"（《寄用之侍郎序》）他又在诗中写道"宣父素心施有政，能仁深意契无生。儒流释子无相讽，礼乐因缘尽假名"（《释奠》），进一步融摄儒释。"以儒治国，以佛治心"（《寄万松老人书》），正足以概括湛然诗的思想内涵！

湛然诗往往作于戎马倥偬之余，有为而发，正是"倚马可待。"其诗气势滂沛，境界高朗，毫无矫揉造作之弊，处处可见其天然本色。这在我们举过的一些诗例中已经有所显露了。"今观其诗语皆本色，惟意所如，不以研炼为工。"① 是语可得其要。

楚材扈从西征，行程数万里，用诗笔勾勒了奇瑰绝丽的西域风光，歌行体中《过阴山和人韵》以及用此韵所作的若干首歌行篇什，都写得动荡开阔、气象万千。如《过阴山和人韵》这首诗：

> 阴山千里横东西，秋声浩浩鸣秋溪。猿猱鸿鹄不能过，天兵百万驰霜蹄。万顷松风落松子，郁郁苍苍映流水。天丁何事夸神威，天台罗浮移到此。云霞掩翳山重重，峰峦突兀何雄雄。古来天险阻西域，人烟不与中原通。细路萦行斜复直，山角摩天不盈尺。溪风萧萧溪水寒，花落空山人影寂。四十八桥横雁行，胜游奇观真非常。临高俯视千万仞，令人凛凛生恐惶。百里镜湖山顶上，日暮云烟浮气象。山南山北多幽绝，几派飞泉练千丈。大河西注波无穷，千溪万壑皆会同。君成绮语壮奇诞，造物缩手神无功。山高四更才吐月，八月山峰半埋雪。遥思山外屯边兵，西风冷彻征衣铁。

这首诗描绘了阴山雄伟奇丽的景色，同时渲染了元军西征的兵威。诗作于1219 年西征途中，和全真教祖师丘处机诗《自金山至阴山纪行》韵。诗写得雄奇飘逸，如同太白的《蜀道难》、《梦游天姥吟留别》等歌行篇什的风格。意象之壮伟，气势之磅礴，确是罕有其匹。

湛然集中多是五七言律诗，尤以七律最多。律诗法度森严，规矩备具，江西诗派便是以律诗"诗眼""句法"等为其宗传。楚材则以天籁而为律诗，绝去畦径而又颇合法度，出之以本色之语却又无枯瘠之弊，如行云流水又不失沉稳。如《庚辰西域清明》："清明时节过边城，远客临风几许情。

---

① （清）永瑢等：《四库全书总目》卷 166《集部·别集类·一九》《湛然居士集》部分，中华书局 1965 年版，第 1422 页。

野鸟间关难解语，山花烂漫不知名。葡萄酒熟愁肠乱，玛瑙杯寒醉眼明。遥想故园今好在，梨花深院鹧鸪声。"再如《和移剌继先韵》："旧山盟约已愆期，一梦十年尽觉非。瀚海路难人更少，天山雪重雁飞稀。渐惊白发宁辞老，未济苍生曷敢归，去国迟迟情几许，倚楼空望白云飞。"都写得流畅自然而风骨遒健。楚材的五律较为淡雅，但也以流畅明净而动人逸兴，如"渔家何足好，乘兴一钩沉，路僻苍苔滑，舟横古渡深。小晴掀箬笠，微雨整蓑襟。梦断知何处，寒潮没晚林。"（《用万松老人韵作十诗寄郑景贤》其十）"寂寞河中府，临流结草庐。开樽顾美酒，掷网得新鱼。有客同联句，无人独看书。天涯获此乐，终老又何如。"（《西域河中十咏》其二）这些都颇能体现湛然五律的特征。湛然集中七言绝句颇多，也以清新流畅为长，如"雪岭风林度古关，画图曾见晋名贤，而今好倩丹青手，添我龙钟一湛然。"（《王屋道中》）"信断江南望驿尘，十年辜负岭头春。而今重到覃怀地，却与梅花作主人。"（《过覃怀二绝》其二）但其七绝中禅语过多，影响了诗的审美价值。

前人评价楚材诗又说："观其投戈讲艺，横槊赋诗，词锋挫万物，笔下无点俗，挥洒如龙蛇之肆，波澜若江海之放，其力雄豪足以排山岳，其辉绚烂足以灿星斗。斡旋之势，雷动飙举；温纯之音，金声玉振。片言只字，冥合玄机，奇变异态，靡有定迹。迥出乎见闻之外，铿訇炳耀，荡人之耳目，所谓造物有私，默传真宰，胸中别是一天耳。盖生知所禀，非学而能。如庖丁之解牛，游刃而余地，公输之制木，运斤而成风。是皆造其真境，至于自然而然，公之于文，亦得此不传之妙。若夫湛然之称，不可以形寻，不可以音诘。其处之也厚，其资之也深，静于内为善渊，演于外为道派。即其性而见其文，与元气俱粹然一出于刚正。"① 辞语虽有铺排藻饰，但却很能道出湛然诗的审美特征，雄放飘逸，自然流畅，其诗风为其后元诗的兴盛打下了一个坚实的基础，体现出元诗的独特风貌。

郝经是这一时期的一位重要诗人。郝经（1223—1275），字伯常，元泽州陵川（今属山西）人，出身于世儒之家。祖父郝天挺，是著名诗人元好问的老师，金亡后，迁居河北顺天。"家贫，昼则负薪米为养，暮则读书，居五年，为守帅张柔、贾辅所知，延为上客。二家藏书皆万卷，经博览无不通。往来燕、赵间，元裕之每语之曰：'子貌类汝祖，才器非常，勉之。'"②

① 孟攀鳞：《湛然居士集序》，《湛然居士集》，中国书店 2009 年影印本，第 4 页。
② （明）宋濂等：《元史》卷 157《郝经传》，中华书局 1975 年版，第 3698 页。

元世祖忽必烈以皇太弟开藩，征经入见。郝上经国安民之策，受到世祖赏识，留在王府。世祖即位后，授郝经为翰林侍读学士，佩金虎符，充国信使，出使南宋。时南宋贾似道擅政，"贾似道方以却敌有功，恐经至谋泄，竟馆经真州"①。郝经被拘于真州长达 16 年之久，到至元十一年（1274），伯颜南伐，宋人方才送郝经归元。归元后不久，即因病而逝。

郝经在宋被拘 16 年，志节不变，坚毅不屈。史载郝经拘于真州，"释使棘垣钥户，昼夜守逻，欲以动经，经不屈。经待下素严，又久羁困，下多怨者。经谕曰：'向受命不进，我之罪也。一入宋境，死生进退，听其在彼，我终不能屈身受命，汝等不幸，宜忍以待之，我观宋祚将不久矣'"②。拘宋期间，著述不辍，撰《续后汉书》、《易春秋外传》、《太极演》、《原古录》、《通鉴书法》、《玉衡贞观》等书及文集，共数百卷。据说"汴中民射雁金明池，得系帛，书诗云：霜落风高恣所如，归期回首是春初。上林天子援弓缴，穷海累臣有帛书。'后题曰：'至元五年九月一日放雁，获者勿杀，国信大使郝经书于真州忠勇军营新馆'"③。元人十分敬佩郝经之忠悃有节，比之于苏武。

郝经在诗歌创作上得元好问之真传，奇崛宏肆，笔力健劲。而被拘真州期间的篇什，尤为沉郁感荡，动人肺腑。如《听角行》：

　　疏星淡不芒，破月冷无色，千年塞下曲，忽向窗中得。当空劲作元龙嘶，四海一声天地寂。长呼渺渺振长风，引起浮云却无力。此谓谁谓非恶声，借问何人有长策。汉家有客北海北，节毛落尽头毛白。听此空令双泪垂，中原雁断无消息。南枝越鸟莫惊飞，牢落天涯永相失。江上旧梅花，今夜落谁家？楼头有恨知何事，牵住青空几缕霞。

再如《后听角行》：

　　燕南壮士江城客，孤馆无眠心已折。那堪夜夜闻角声，怨曲悲凉更幽咽。一喷牵残杨柳风，五更吹落梅花月。霜天裂却浮云散，雁行断尽疏星接。余音渺渺渡江去，依稀似向愁人说。劝君且莫多叹嗟，家人恨

①　（明）宋濂等：《元史》卷 157《郝经传》，中华书局 1975 年版，第 3698 页。
②　同上书，第 3708 页。
③　同上书，第 3709 页。

杀生离别。可怜辛苦为谁来？凋尽朱颜头半白。万绪千端都上心，一寸
肝肠能几截？当时听角送南人，南人吹角不送人。不如睡著东风恶，拍
枕江声总不闻。

这两首《听角行》，写于1247年诗人被幽居真州期间，表达了诗人忠贞不
渝的信念，又抒发了极为真挚的故国情思，读之令人荡气回肠。前首在苍劲
中带幽怨，而后首则只有幽怨凄婉之音了。在一唱三叹、悲慨幽怨的抒情
中，蕴含着刚正的风骨，正可谓"摧刚为柔"。歌行体诗适合于抒发慷慨雄
放的情怀，但也易于流入粗豪；这两首诗继承了屈原《离骚》的抒情传统，
回环往复，带有强烈的悲剧性美感。

郝经的近体诗也写得声韵浏亮而沉郁深婉，七律如《送董巨源》：

错落霜华季子裘，茫茫何处是西周。
乾坤破碎无元气，岁月蹉跎漫客愁。
举世横身归虎口，几人怀策射虎头。
相逢不得从容地，空著长歌慰远游。

《己巳三月二十六日》：

梦游故国人仍独，春到空梁燕自双。
云淡星疏只见斗，浪平风定不闻江。
五更鼓角缠孤枕，千里关河入破窗。
落尽好花春又老，依然尘土暗金杠。

郝经的这些七律，确实可以说得遗山七律的真精神。音声朗练，铿锵浏亮，
而情感沉挚，意境雄阔。虽然不如遗山诗那样大气包举，但也是融悲慨与雄
浑为一炉的。

五律诗如《新馆夜闻杜鹃》：

啼落深江月，催残故国春。
不堪多恨鸟，偏聒未归人。
血尽肠应断，哀余声更频。
关心尤入耳，一枕夜愁新。

诗中抒发自己幽囚异地、思怀故国的情感，极为深沉凄婉，同时，音律谐畅，毫无滞涩之感，这是元诗的一个总体性的特点。耶律楚材、郝经等人的创作，都已展示了这个趋向。

郝经在元诗从前期过渡到其大德、延祐年间的鼎盛时期过程中，有很重要的作用。《四库全书提要》说他"其文雅健雄深，无宋末肤廓之习，其诗亦神思深秀，天骨挺拔，与其师元好问可以雁行，不但以忠义著也"[1]，这是较为允恰的评价。对"其文"的评价，实际上也适于其诗。后来元诗那种光英朗练、明秀流畅的特点，在郝经这里已经形成，不过是他的诗更为深沉幽愤而已。

这个时期的诗人刘秉忠、王恽等，进一步体现出元诗崇尚"雅正"的美学倾向。刘秉忠，字仲晦，世祖时官至光禄大夫太保、参领中书省事，在元朝前期的封建化过程中，有着突出的贡献。史载："世祖即位，问以治天下之大经、养民之良法，秉忠采祖宗旧典，参以古制之宜于今者，条列以闻。于是下诏建元纪岁，立中书省、宣抚司。朝廷旧臣、山林遗逸之士，咸见录用，文物粲然一新。""秉忠既受命，以天下为己任，事无巨细，凡有关于国家大体者，知无不言，言无不听，帝宠任愈隆。"[2] 在至元年间，刘秉忠是朝野闻名的重臣。但他"虽位极人臣，而斋居蔬食，终日澹然，不异平昔，自号藏春散人"[3]，性情十分恬淡。清人顾嗣立评曰："至于裁云镂月之章，白雪阳春之曲，在公乃为余事，史称其诗萧散闲淡，类其为人。盖以佐命元臣，寄情吟咏，其风致殊可想也。"[4]

刘秉忠的诗风较为淡泊萧散，而在诗歌审美倾向上归于"雅正"之音。"春光满眼酒盈尊，难得同观易见分。秋气著人凉似水，晚山和我淡如云。清歌月影檐头转，残梦钟声枕上闻。玄鸟欲归黄鸟断，诗哦戊木正思君。"（《寄张平章仲一》）"海棠微露湿胭脂，杨柳轻风弄碧丝。一片春光都是恨，佳人睡起倚楼时。"（《春晓》）这类诗作是其《藏春集》中的多数。即便略有忧郁之感，也是薄如轻纱的淡淡哀愁。和平淡雅，是刘诗的突出特点，吟风弄月是其主要题材。应该说，他的诗作在元代前期是较为轻浅的，但却是开了元诗"雅正之音"的先声。

---

① （清）永瑢等：《四库全书总目》卷166《集部·别集类·一九》《陵川集》部分，中华书局1965年版，第1422页。

② （明）宋濂等：《元史》卷157《刘秉忠传》，中华书局1975年版，第3709页。

③ 柯劭忞：《新元史》卷157，中国书店1988年版，第2599页。

④ （清）顾嗣立：《元诗选·初集》，中华书局1987年版，第373页。

第五节　理学家之诗

在理学发展史上，元代是一个重要的阶段。在宋代理学和明代理学之间，元代理学起着承上启下的过渡作用，为明代理学的昌盛，打下了一个广泛的基础。

作为元代社会居统治地位的哲学思想，理学对文学创作必然发生或隐或显、或轻或重的影响与渗透。许多著名的文学家，又都是理学人物。元代理学在士人中的支配作用是较为普遍的。元代文学家如许衡、刘因、饶鲁、吴澄、程钜夫、虞集、袁桷、许谦、柳贯等都是理学中人。尤其是许衡、刘因、吴澄，被称为元代三大理学家，他们又都是影响甚广的文学家，理学思想渗透在文学创作中是必然的。当然，在不同的文学体裁中，理学思想的影响力与表现方式是不同的。散文受理学影响最大、最为直接。程朱著作被定为科举考试内容，自然也就强调经术为先，词章次之。元代散文重经世致用、强调文道合一，这无疑是理学思想的渗透作用。在诗歌领域，理学影响则显得更为间接、更为泛化，更为复杂，有待于下文再论。

程朱理学产生于南方，北方的儒士原来只是"授章句"，对于朱、陆之学并不了解。随着元朝统一全国的进程，理学开始由南而北。忽必烈进军南宋时，北方儒士杨惟中、姚枢在湖北得理学宿儒赵复，加以保护，请他传授程朱理学。《宋元学案》载："赵复，学仁甫，德安人。元师伐宋，屠德安。姚枢在军前，及儒、道、释、医、卜占一艺者，活之以归，先生在其中。姚枢与之言，奇之，而先生不欲生，月夜赴水自沉。枢觉而追之，方行积尸间，见有解发脱屦呼天而泣者，则先生也，亟挽之出，至燕，以所学教授学子，从者百余人。当是时，南北不通，程、朱之书不及于此，自先生而发之。"[1] 赵复不愿仕元，只处于师儒的地位。在北方传授理学影响最大的，是间接受学于赵复的许衡。清人全祖望说："河北之学，传自江汉（赵复）先生，曰姚枢、曰窦默、曰郝经，而鲁斋（许衡）其大宗也，元时实赖之。"[2] 朱学在元代成为官学，与许衡的努力有很大关系。

许衡（1209—1281），字平仲，金河内（今河南沁阳）人，学者称鲁斋先生。《宋元学案》立有《鲁斋学案》。其著作有《许文正公遗书》。

---

① （清）黄宗羲：《黄宗羲全集·宋元学案》第 7 册，浙江古籍出版社 1986 年版，第 78 页。
② 同上书，第 4 册，第 524 页。

　　许衡关于"夷夏之辨"的观念较淡，乐于为元朝服务。被忽必烈擢为京兆提学、国学祭酒、左丞，位列显宦。他积极劝导元朝统治者行汉法，重儒学，为元朝定官制，立朝仪，又以儒学六艺教习蒙古弟子。为元朝吸收汉文化，加快封建化进程，也为南北文化的融合做出了很大贡献。而且，他积极促使朱熹的《四书集注》，在延祐年间定为程场程式，使理学在元朝成为官学，许衡确实是元代理学一大关键人物。

　　谈到许衡的理学思想，简而言之，其在天道和心性问题上，基本是绍述朱熹思想，同时也吸收了陆学的某些思想方法。他认为道为世界之本原，同时又将作为哲学本体与伦理本体的"道"合而为一，在他看来，作为世界本原的"道"，原来是一种伦理化的精神实体。在修养途径上，朱熹主张"格物致知"，许衡则更多地强调弃物反求于己。从自己身上体察，即求人的良知善端。这无疑又是受陆学启发，又下开明代阳明之学的先声的。糅合朱、陆，兼取其长，是元代理学的一个特征。许衡的理学思想已经开始体现这种特点。

　　刘因是元代三大理学家之一。三大理学家中的吴澄，学术活动主要在南方，而许、刘则在北方，称为"元北方两大儒"。[①] 清初黄百家说："有元之学者，鲁斋、静修、草庐三人耳。草庐后，至鲁斋、静修，盖元之所借以立国者也。"[②] 足见这几位理学家在元代思想界的重要地位。

　　刘因（1247—1293），一名骃，字梦吉，保定容城（今河北徐水）人。因慕诸葛亮"静以修身"一语，故以"静修"为号。刘因父祖本金朝人，世代业儒。刘因并非金朝遗民，但却眷恋金朝文物，一直与元朝格格不入，不肯仕元。至元十九年（1282），元宰相不忽木荐之于朝，擢承德郎、右赞善大夫，但不到一年，便借口母病辞归，至元二十八年（1291），又诏以集贤大夫、嘉议大夫，刘因又以"素有羸疾"为由，坚辞不就，隐逸山林，授徒以终。元人陶宗仪记载："初，许衡之应召也，道过真定。因谓曰：'公一聘而起，无乃速乎？'衡曰：'不如此则道不行。'及先生不受集贤之命，或问之，乃曰：'不如此则道不尊。'"[③] 由此可以看出，刘因不肯仕元，不仅是心念亡金，更重要的是"夷夏之辨"的观念在他心中甚为分明。在他看来，元乃腥膻夷狄，如果与之苟合，便会有损于儒道之尊。

---

①　（清）黄宗羲：《黄宗羲全集·宋元学案》第4册，浙江古籍出版社1986年版，第558页。
②　同上书，第555—556页。
③　（明）陶宗仪：《南村辍耕录》，中华书局1959年版，第21页。

刘因起初也是受经学章句,后来得赵复所传程朱理学,认为这才是圣人"精义",遂由章句之学转向理学。在理学思想上,刘因也同样有着融合朱、陆的倾向。他以"生生不息"为天地之理,说:"夫天地之理,生生不息而已矣。凡所有生,虽天地亦不能使之久存也。若天地之心见其不能使之久存也,而遂不复生焉,则生理从而息矣。成毁也,代谢也。理势相因而然也。"① 刘因是以变化来说明"天地之理"的,这就超越了那种以永恒不变的抽象本体来说明"理"的思想。在心性思想上,他说:"人欲化而为天理,血气化而性情。"那么,人欲如何转化为天理呢?他又说:"天生此一世人,而一世事固能办也,盖亦足乎己而无待于外也。"② 这也便是反求自心的修养方法,这是来源于陆象山之学的。

吴澄(1249—1333),字幼清,号草庐,抚州崇仁(今属江西)人。其家世代业儒。入元之后,受同门程钜夫推荐,四次入京,任国子司业,国史院编修,制诰、集贤直学士,"官止于师儒,职止于文学",然而时间都很短。主要是栖隐乡曲,精研理学。清人合其所有文字为《草庐吴文正公全集》。

吴澄的理学思想,是在"和会朱陆"中形成的。关于"天理"、"太极",他的思想并未跨出宋代理学的范围,但他关于宇宙生成的观点,包含着变易的思想。他认为天地、人物、动植以至整个社会,都处于"絪缊变化"之中。人如何认识天理?是像朱学那样格之于外物,还是像陆学那样,持之以本心?吴澄和会两家之说,主张通过自省自思的直觉方法,先返之吾心。他也提倡"发见"良知,"知行兼该",这又成为明代王学的先声。

以上简略论及了元代理学三大家的生平与理学思想。许、刘、吴这几位理学大师,又都是诗人,尤其是刘因,在诗、词、曲几方面都有很高成就。在元词中更被称为大家,比之为元代的苏东坡。从这些理学家的诗作中,我们可以看到,元代理学对于诗歌的影响不是直接的,而是间接的,折射的,这些理学硕儒却绝不在诗中演绎性理,可以肯定地说,元诗没有"堕于理窟"之作。在宋诗中却颇多此类作品,如邵雍等的诗被讥之为"语录讲义之押韵者"③。朱熹的诗并不直接言理,但却常常以美的意象来显示他的

---

① (元)刘因:《游高氏园记》,见《静修先生文集》卷2,中华书局1985年版,第46页。

② (元)刘因:《读药书漫记》,同上书,第19页。

③ (宋)刘克庄:《跋恕斋诗存稿》,见蒋述卓等编《宋代文艺理论集成》,中国社会科学出版社2000年版,第1082页。

"理一分殊"的理学思想。在宋代理学家那里，理和诗是搅在一起的，以至于宋人严羽批评说："本朝人尚理而病于意兴。"①元代理学家绝非如此。他们谈理与写诗是严格分开的。在诗作中几乎是看不出理学家的面目的。宋代理学家往往把诗作为理的工具，当然，这个工具有时用得高明些，有时则用得浅薄。元代理学家从不把诗作为理的工具，诗就是诗，诗本身就是目的。

许衡诗收在《圭斋集》里。他的诗多是一般的人生感慨，用以抒写自己的怀抱。诗人很少把注意力放在对外在事物的关注上，而主要是写自己的内心体验，诗风较为质朴，也颇多深沉的感怀。如《偶成》一诗："屈指年华四十三，归来憔悴百无堪，远怀未得生前遂，俗事多因困后谙。百亩桑麻负城邑，一轩花竹对烟岚。纷纷世态终休论，老作山家亦分甘。"五律如《病卧》"一病连三载，孤身萃百忧。干戈良未已，妻子苦为谋。生可陪诸弟，归当老故丘。难忘终始义，忍死更迟留"，写得较为平淡，诗律颇为工稳，抒发了泛泛的人生慨叹。

刘因是元代前期诗坛的名家。诗集有《丁亥集》、《静修遗诗》等。刘因的诗歌创作各体兼备，丰富多彩，有很高的成就。他论诗说："魏晋而降，诗学日盛，曹、刘、陶、谢其至者也。隋、唐而降，诗学日变，变而得正，李、杜、韩其至者也。周、宋而降，诗学日弱，弱而后强，欧、苏、黄其至者也。"②可以看出，刘因对诗学发展的认识是较为辩证的，不取一概肯定或一概否定的片面论断。由此也可看出他对前代诗歌传统的继承选择。于唐，崇尚李、杜、韩；于宋，崇尚欧、苏、黄。这种诗学祁向，与元人的一般看法是不尽相同的。他贬斥晚唐诗风："而乃效晚唐之萎荼，学温、李之尖新，拟卢仝之怪诞，非所以为诗也。"（《叙学》）认为为诗决不应取法晚唐之萎靡。在古诗范围内推崇韩愈，同时，也深许李贺，早岁曾以"呼我刘昌谷"而自豪。对金代大诗人元好问，他也极尽倾慕之情，在《跋遗山墨迹》中写道："晚生恨不识遗山，每诵歌诗必慨然。"把这些综合起来看，刘因是崇尚雄浑刚健、沉郁悲壮的风格。

刘因诗集中多七古之作，这些篇什气势滂沛，奇丽雄峭，确实有昌黎诗"其力大，其思雄"③那种特点。写西山之雄峻："西山龙蟠几千里，力尽西

---

① 郭绍虞：《沧浪诗话校释》，人民文学出版社1961年版，第148页。

② （清）顾嗣立：《元诗选·初集·刘赞善因》，中华书局1987年版，第129页。

③ （清）叶燮：《原诗·内篇》上，见（清）叶燮、薛雪、沈德潜著，霍松林、杜维沫校注《原诗·一瓢诗话·说诗晬语》，人民文学出版社1979年版，第8页。

风吹不起。夜来赤脚踏苍鳞，一着神鞭上箕尾。"(《西山》）写"饮后"的感觉世界："日光射雨明珠玑，怒气郁作垂天云，天浆海波吸已竭，倒景径入黄金卮。金卮一倾天宇间，天公愁吐胸中奇。海风掀举催月出，吹落酒面浮明辉。……"(《饮后》）写登阁所见："太竹鳞甲摇晴空，层楼一夕蟠白虹。天光物色惊改观，少微今在青云中。初疑平地立梯磴，清风西北天门通。又疑三山浮海至，载我欲去扶桑东。雯华宝树忽当眼，拍肩爱此金仙翁。金仙一梦一千载，腾掷变化天无功。万象绕口恣喷吐，坐令四海皆盲聋。千池万沼尽明月，长天一碧无遗踪。……"(《登镇州隆兴寺阁》）这些篇什仅是刘因七古中的一小部分，却很能代表刘因诗的特征。无论是写太行景色还是写自己的感觉世界，诗人都创造出极为瑰丽雄奇的意象，构织出令人感到匪奇所思的奇特世界，这在元代早期诗中，无疑是与众不同的。诗人融汇了韩愈、李贺、元好问等人的诗风特点，来抒写自己的内在宇宙。气势充沛，意象奇崛，充满了一种壮逸雄奇的阳刚之美。

刘因的七律诗，则以沉郁浑莽见称。如著名的《渡白沟》：

> 蓟门霜落水天愁，匹马冲寒渡白沟。
> 燕赵山河分上镇，辽金风物异中州。
> 黄云古戍孤城晚，落日西风一雁秋。
> 四海知名半凋落，天涯孤剑独谁投。

写匹马征行的感受与白沟一带风物，极为沉郁雄浑，富有力度。并非一般的羁旅慨叹，就中表现了诗人那种雄毅的心胸。在元代七律中，这是不可多得的佳篇。

顾嗣立评刘因诗说："静修诗才超卓，多豪迈不羁之气。"① 这是颇为中肯的，道出了静修诗的特点。当然，刘因也有一些写得清雅的篇什，如"邻翁走相报，隔窗呼我起，数日不见山，今朝翠如洗"(《村居杂诗》其一)，"佳月静可饮，一天明水寒。余光泛不极，徘徊尊俎间。但觉凉露下，不知清夜阑。醉眠吾有兴，君当下西山"(《月下独酌》)。这类诗写得较为清雅，但细读之，仍然不乏爽气流贯其间。

刘因是理学大师，但其诗却毫无"方巾气"，决不在诗中卖弄性理之

---

① （清）顾嗣立：《元诗选·初集》，中华书局 1987 年版，第 129 页。

学，胡应麟说他"虽间涉宋人，然不露儒生脚色"①，便指出了这个特点。这是元代理学家的共通之处，刘因更见诗人本色。

吴澄的诗作收在《草庐集》中。吴澄一生精研理学，为南方最大的理学家。与许衡称为"南吴北许"。对于诗歌辞章，他只是率意为之，并不计较工拙。而其诗作多超逸清婉，且在其间自然流露出一种高洁品格来。如"远树疏林映晚霞，江心雁影度平沙。谁人写我村居乐？付与岩前处士家"（《题山水图》），"一枝春信到孤山，冰雪肌肤不觉寒，月下水边看不足，折来更向手中看"（《题和靖观梅图》）等，都清婉而有韵致。

这几位理学大师的诗作在元代是有代表性的。元代理学家很多，这里论述的几位理学家都是元代前期名望最高的，后来的理学人物多是他们的学术传人。不仅在理学上影响深远，而且他们对文学的态度，他们的诗风，也不能不沾濡后世。如前所述，与宋儒不同，他们都不在诗中演绎性理，不以理学概念干预诗的审美效应，在写诗时，他们是十足的诗人。这种现象说明了什么呢？说明的是元代理学对诗歌影响的独特方式。

元代理学对诗歌创作的影响，不是直接的、显性的，而是潜在的、隐性的。笔者以为元代理学虽然不在诗歌中直接议论、演绎，但是并非没有影响，而是有着看似淡化、实则泛化的影响。这里不多加展开，仅是指出几种倾向。

理学讲抽象的本体论，以"性与天道"为中心问题。性指人性，理学家也讲物性。天道即理或天理。性与理，这是理学家醉心研讨、反复论述的问题。理学家都鄙薄事功，不屑于做现实生活中的具体事物。在南宋，便有朱熹同浙东事功派的论战。理学家的这种态度，对于元代文学创作有深刻影响。元诗、元词、元曲在内容和主题上都有一种非常普遍的倾向，就是以远弃尘世、隐逸江湖为高，而以功名事业为幻影、为虚无。这里不加例举，因为在元代这一编的具体论述中到处可见。在元代文人心目中的理想人物不是诸葛亮，而是范蠡、严子陵、陶潜这样一些及早抽身、啸傲林泉的隐逸人物，以功名事业为虚无。这是元代诗、词、曲中最常见的主题。这里固然有全身远祸的心理因素，理学家的影响也是不可忽略的。

宋代理学有朱学、陆学两大派。朱学讲"格物致知"，陆学讲"返求本心"。陆门弟子诋朱学为"支离"，朱学传人攻陆学为"简易"。元代理学的一个重要特点便是"和会朱陆"。而朱学、陆学的最终目的都在于心性的修

---

① （明）胡应麟：《诗薮》，上海古籍出版社1958年版，第241页。

养，只是途径不同。元代理学家在绍述朱学的同时，都在很大程度上接受了陆学"反求本心"的思想方法，吴澄在"和会朱陆"过程中被人目为陆学。陆学以本心为学，吸收了禅宗的方法，倡导"宇宙即是吾心，吾心即是宇宙"。陆学对元代理学的影响是广泛的。这种情形给元代诗歌创作带来的影响是什么呢？那便是轻外间事物而重自我心态。元代诗歌大多数是写自己的内心体验，表现自己的心灵世界，反映、干预社会生活的作品较少。很多诗作虽然多有物象刻画，但主要是内心世界的外化。真正在社会生活中激荡起的感受，以及对社会生活重大事件的反映、干预是比例很小的。从整体来说，元诗离社会现实较远，这与理学思想是不无联系的。

元代诗学以"雅正"为核心的审美范畴，尤其是延祐时期的诗坛，更是笼罩在"雅正"观念下的。"雅正"的内涵，就是温柔敦厚的儒家诗教。理学，作为儒学的理论化、哲学化，强调"文道合一"。"雅正"在元代诗坛上大红大紫，也是与理学有深刻联系的。

第十一章 "延祐之盛"所代表的元诗主潮

第一节 盛元诗坛的"雅正之音"

成吉思汗、窝阔台、忽必烈，作为元朝基业的开拓者，每一步胜利，都伴随着血腥的征服；蒙古军队的铁骑，旋风般地席卷过欧亚大陆，最后，消灭了"斜阳正在烟柳断肠处"的南宋，统一了全中国的版图，成了名副其实的封建大帝国。是年，已是世祖忽必烈至元十六年（1279）。整个元朝前期，是伴随着鼎革之际的强烈阵痛的。

作为一个北方游牧民族，蒙古人以其铁骑劲弩，占领了中原，统一了全国，成了取代宋王朝的新的封建王朝。这对于许许多多汉族士大夫的心理世界来说，是一个强烈而持久的冲击、刺激，甚至是痛苦的折磨。这是一个他们百般不愿意承认、却又必须承认的铁的事实。汉族士人所受的儒学教育之中，"夷夏之辨"是一个根深蒂固而又了了分明的观念，现在，他们却不得不接受这个极为强悍的、富有生命力的异族统治。这使宋元之际的汉族士人产生了浓厚的遗民意识，实际上，由金入元的汉士或者久已汉化了的其他民族的知识分子，也有着类似的心态。这在元代前期的士大夫们中，是一种不可忽视的精神状态，一种离心倾向。在我们所接触的前期诗人如黄庚、戴表元、元好问、李俊民等人的创作中，都流露出这种倾向，更不必说谢枋得、郑思肖、邓牧、谢翱这些有强烈节操感的南宋遗民诗人了。

然而，到了世祖后期，统一天下的征伐早已结束，那些有较强遗民意识的士人也陆续谢世，士大夫中的离心倾向便渐致淡化了。再往下是成宗、武宗、仁宗统治时期，社会趋于安定、经济得以发展。尽管统治阶级内部不断地有着争权夺利的斗争，而且，常常是伴之以宫廷流血的，但整个社会是较为稳定的，农业、商业、海外贸易等都有很大发展，都市开始繁华起来，尤以京城大都（即今北京）尤为繁盛热闹。总之，进入元代中期，出现了承平气象。人们把大德、元祐这段时期目为元代的"盛世"。这自然是相对而言的，但对于饱经战乱之苦的广大人民来说，对于相对太平的日子是格外珍视的，史家也常常使之罩上理想的光环。

元代中期的诗坛，出现了相应的繁盛。文学与社会既不能等同，也不能简单比附，只在文学与社会间寻找直线的、表面的联系，当然也是远远不够的。马克思曾经提出"艺术生产同物质生产的发展是不平衡的"著名原理，对我们理解文学与社会的关系，提供了科学的方法论。但"不平衡"决不等于"没关系"，文学的发展状况是不可能脱离开社会的，尽管它们之间的联系可能是间接的、曲折的、多种样态的，但最终文学是植根于社会文化土壤的。元诗在延祐前后这段时间臻于鼎盛，是与此时期的社会发展有密切联系的。

经过元代前期诗坛的酝酿准备，到大德、元祐时期，元代诗歌的发展出现了高峰，呈现出彬彬之盛的局面。元代的重要诗人，大都集中于这个时期。赵孟頫、袁桷、虞集、杨载、范梈、揭傒斯、萨都剌、马祖常、贯云石等，都是蜚声诗史、成就烂然的诗人。他们的创作，形成了多声部的合唱，但又共同体现了元诗的主旋律。至此，区别于唐、宋，在诗史上自成风貌的元诗，真正地成熟了！

"延祐之盛"所体现出的元诗特征是什么？或者说，元诗最有代表性的审美倾向是什么？可以一言蔽之："雅正"。元代诗论家欧阳玄说："我元延祐以来，弥文日盛，京师诸名公，咸宗魏晋唐，一去金宋季世之弊，而趋于雅正，诗丕变而近于古，江西之士之京师者，其诗亦弃其旧习焉。"[1] 又说："皇元统一之初，金宋旧儒，布列馆阁，然其文气，高者倔强，下者萎靡，时见余习，承平日久，四方俊彦萃于京师，笙镛相宣，风雅迭唱。"[2] 欧阳玄的观点是很有代表性的，也是较为客观的。元诗的鼎盛时期，"雅正"是最主要、最突出的审美倾向。

"雅正"是儒家正统的诗学观念，渊源在于儒家诗教中的"风雅"。风、雅，本是"诗六义"中的两类，后来指诗歌创作的内容有益于教化。有雅正内容的叫作"风雅"。《毛诗序》把"风雅"与政教得失直接联系起来，这样阐释"雅"："雅者，正也，言王政之所由废兴也。政有小大，故有小雅焉，有大雅焉。"这种解说有明显的牵合痕迹，但却影响深远。所谓"雅

---

[1] （元）欧阳玄：《罗舜美诗序》，见《全元文》第 34 册。凤凰出版社 2004 年版，第 445 页。

[2] （清）顾嗣立：《元诗选·初集》，中华书局 1987 年版，第 843 页。

正"，通达一点说，就是"温柔敦厚"的儒家诗学规范。《礼记·经解》云："温柔敦厚，诗教也。"孔颖达在《礼记正义》中解释说："诗依违讽谏，不指切事情，故曰温柔敦厚诗教也。"《毛诗序》讲"主文谲谏"，《礼记·经解》讲"温柔敦厚"，都同样是"依违讽谏"。所谓"依违"，乃是"谐和不相乖离"① 之意。"谐和"的原则是贯穿于儒家诗教之中的。这其中包含两重含义：一是指政治伦理上的"谐和"，一是创作规律的艺术"谐和"。"雅正"必须是有谐和之美的。

"雅正"又包含有"治世之音"的意思。《礼记·乐记》的作者，把"乐"与时政联系起来，指出"审声以知音，审音以知乐，审乐以知政，而治道备矣"，认为乐能反映出王朝盛衰："是故治世之音安以乐，其政和；乱世之音怨以怒，其政乖；亡国之音哀以思，其民困。声音之道，与政通矣。"《礼记·乐记》中"乐"这个概念，实际上不仅指音乐，而是包含着诗、歌、舞在内的"三位一体"的艺术范畴。"金石丝竹，乐之器也。诗，言其志也；歌，咏其声也；舞，动其容也。三者本于心，然后乐器从之。"②《毛诗序》中也有"治世之音安以乐"，"故正得失，动天地，感鬼神，莫近于诗。先王以是经夫妇，成孝敬，厚人伦，美教化，移风俗"之论，进一步确认诗歌反映王朝盛衰、实现教化的功能。汉儒又将风、雅分为正风、正雅与变风、变雅。变是与正相对的。《毛诗序》云："至于王道衰，礼义废，政教失、国异政，家殊俗，而变风、变雅作矣。"很明显，是指国家由盛变衰、世道由治变乱，诗歌也随之变化，而将反映社会变乱的诗称之为变风、变雅。相对而言，正风、正雅当然就是"治世之音"。汉代大儒郑玄曾说："文、武之德，光熙前绪，以集大命于厥身，遂为天下父母，使民有政有居。其时诗：风有《周南》、《召南》，雅有《鹿鸣》、《文王》之属。及成王，周公致太平，制礼作乐，而有颂声兴焉，盛之至也。本之由此风雅而来，故皆录之，谓之诗之正经。"③ 这正是所谓"正风"、"正雅"，即是"治世之音"。"雅正"虽然不等同于"正风"、"正雅"，但却是指"正风"、"正雅"的审美倾向，而不类于"怨刺相寻"的变风、变雅。

元人力倡"雅正"，虽然是源于传统的儒家诗教，但又有着特定的时代

---

① （唐）颜师古：《汉书·礼乐志》注，见（汉）班固《汉书》卷22《礼乐志》，中华书局1964年版，第1064页。

② （清）孙希旦：《礼记集解》下，中华书局1989年版，第1006页。

③ （汉）毛亨传，（汉）郑玄笺，（唐）孔颖达疏：《毛诗正义·诗谱序》，见李学勤主编《十三经注疏》，北京大学出版社1999年版，第6—7页。

内涵。汉儒所倡风雅，虽是强调"发乎情，止乎礼义"、"不指切事情"，但却是以有所讽谏为前提的。"主文而谲谏"，毕竟要求有所"谏"，《诗大序》中说"下以风刺上，主文而谲谏"、"吟咏情性，以风其上"，这便是"美刺"传统，既要有美，又要有刺，二者不可缺一，郑玄把"美刺"的社会作用发挥得淋漓尽致："论功颂德，所以将顺其美；刺过讥失，所以匡救其恶。各于其党，则为法者彰显，为戒者著明。"① 到唐代白居易倡导"新乐府"，大倡"风雅比兴"，实际上主要是讲"美刺"的社会作用，其中，更突出"刺"。"篇篇无空文，句句必尽规。""惟歌生民病，愿得天子知。"② "上以纽王教，系国风；下以存炯戒，通讽谕，故惩劝善恶之柄，执于文士褒贬之际焉；补察得失之端，操于诗人美刺之间焉。"③ 以"美刺"作为衡文的根本标准，有强烈的战斗作用、积极意义。元人之所以只讲"雅正"，不谈"风雅""美刺"，是他们抽去了"美刺"内涵，而只以诗为"治世之音"了。元人戴叔能说："我朝自天历以来，学士大夫以文章擅名海内者，有蜀郡虞公、豫章揭公、金华柳公、黄公。一时作者，涵醇茹和，以鸣太平之盛。治学者宗之，并称虞、揭、柳、黄，而本朝之盛极矣。"④这是颇具代表性的说法，认为延祐前后的诗人们的创作，正是体现了"盛世之音"。而泛览这些诗人们的诗集，确实极少怨刺之意而多雍容和雅之音了。咏叹升平之作，在这个时期颇有市场，而块垒不平的骚怨之音，此时确乎是非常之少了。尽管被人们一再艳称为"盛世之音"，却缺少感荡人心的力量，究竟是诗之幸、抑或是不幸呢？

元代继起宋季，诗人们对有宋之诗颇为不屑，一再声称元诗是"尽洗宋、金余习"，"一去宋金季世之弊"，而以继承唐诗、规摹唐诗而自期、自诩。由此，对于前期诗坛由宋入元或由金入元的诗人们也略致微辞，认为他们是宋、金"季世之习"的体现者。元人要力革其诗之弊，而上接唐诗。正如顾嗣立所说："飚流所始，同祖风骚。骚人以还，作者递变。五言始于汉魏，而变极于唐，七言盛于唐，而变极于宋。迨于有元，其变已极。故由宋近乎唐而诸体备焉。"⑤ 元人致力于学习唐人的浑融流丽、体式端雅，而

---

① （汉）毛亨传，（汉）郑玄笺，（唐）孔颖达疏：《毛诗正义·诗谱序》，见李学勤主编《十三经注疏》，北京大学出版社1999年版，第6页。

② （唐）白居易：《寄唐生》，见《白居易集》，岳麓书社1992年版，第12页。

③ （唐）白居易：《策林六十八》，同上书，第726页。

④ （清）顾嗣立：《元诗选·初集》，中华书局1987年版，第1878页。

⑤ （清）顾嗣立：《元诗选·凡例》，中华书局1987年版，第7页。

不同于宋人的瘦硬生涩，至于支离槎枒。但是，元代社会中期尽管较为安定，但终究无法与盛唐比拟；元代士大夫尽管大多数人对于元王朝表现出一种认同感，以"我元"、"圣元"相称，但在异族统治下的心理阴影是难以全然消除的。这是事实，是人之常情，用不着回避。而且，元代士人的精神风貌又怎能和那些盛唐诗人相比？盛唐诗人尽管大声疾呼着"大道如青天，我独不得出"（李白），发出"念天地之悠悠，独怆然而涕下"（陈子昂）的仰天浩叹，而他们心灵世界的壮逸，是决非元代诗人所能比的。因此，元人学唐，类于形貌，多是平和淡远、温润流丽一类，正所谓"平正通达，无噍杀之音"①。能够真正动人心魄、拨人心弦的诗作，在其中期诗坛上是不多的。而这恰恰是元诗的特征，也就是其区别于唐宋诗之处。明人胡应麟评价元代五古时说："元五言古，率祖唐人。赵子昂规陈伯玉，黄晋卿仿孟浩然，杨仲弘、腾玉霄、萨天锡法青莲，范德机、傅与砺、张仲举步趋工部，虞文靖学杜，间及六朝；揭曼硕师李，旁参三谢。元选体源流，略尽于此。然藩篱稍窥，阃域殊远；碎金时获，完璧甚稀。盖宋之失，过于创撰，创撰之内，又失之太深；元之失，过于临模，临模之中，又失之太浅。"②胡氏此言，是搔着元诗痒处的，不惟五古，其他诸体亦大略如此。

延祐前后的诗坛，是元诗的中期，也是鼎盛时期。虽然成就不能拟于盛唐，但诸多名家的创作，却也形成了规模宏阔的诗界盛景，而且体现了元诗的独特风貌，元诗之为元诗，正在于此时。

这个时期的诗人，名家辈出。稍前者有赵孟頫、袁桷；其盛者，有"元四家"——揭、扬、范、虞，以及柳贯、黄溍等，色目诗人萨都剌、马祖常也于此时炳耀于诗坛。比起辽、金诗坛，确乎别是一番壮观气象。

第二节　"始倡元音"的赵孟頫、袁桷

在元代中期诗坛上，较早地体现"元音"的诗人是赵孟頫、袁桷等诗人。

赵孟頫（1254—1322），字子昂，湖州人，是宋朝皇族后裔，先祖即秦王赵德芳。宋亡以后，家居湖州。侍御史程巨夫奉诏搜访遗逸，以孟頫入

---

① （清）永瑢等：《四库全书总目》卷166《集部·别集类·一九》《藏春集》部分，中华书局1965年版，第1422页。

② （明）胡应麟：《诗薮》，上海古籍出版社1958年版，第229页。

见，受到元世祖忽必烈的赏爱，授兵部郎中、集贤直学士，延祐中，累拜翰林学士承旨，至治初年卒，年六十九，追封魏国公，谥"文敏"。

赵孟頫作为宋室后裔归附元朝，受到一些节操之士的侧目，被南宋遗民所不齿，而在元廷又受到朝中一些权臣的妒恨，因而心情很是矛盾痛苦。其诗中有"同学故人今已稀，重嗟出处寸心违"（《和姚子敬韵》）之句，足见"晚年亦不免于自悔"①。

赵孟頫在元代文化中有相当高的成就与地位。他是著名的书法家、画家，在书画史上堪称一流巨匠。在诗文创作上，也是元代的大家。"论其才艺则风流文采冠绝当时，不但翰墨为元代第一，即其文章亦揖让于虞、扬、范、揭之间，不甚出其后也。"②

赵孟頫作为诗人，在元代诗史上的地位也是显赫的。之所以受到论者推崇，主要是因其"始倡元音"，昭示了元诗独特风格的成熟。他自号为"松雪道人"，因名其诗集为《松雪斋集》。"史称其清邃奇逸，读之使人有飘飘出尘之想。戴帅初（表元）谓其古诗沉涵鲍谢，自余诸作，犹傲睨高适、李翱间。仁宗与侍臣论文学之士，以子昂比唐李太白、宋苏子瞻云。虞雍公伯生，尝以诗诣子昂，有'山连阁道晨留辇，野散周庐夜属橐'之句。子昂曰：'若改山为天，野为星，则尤美矣。'伯生心服之。故有元之盛，称虞、赵、杨、范、揭焉。"③ 可见，赵孟頫在诗坛是有很高地位的，前人多推其为延祐诗坛上首领风骚的人物。顾嗣立又说："中统、至元而后，时际承平，尽洗宋、金余习，则松雪为之倡。"④ "赵子昂以宋王孙入仕，风流儒雅，冠绝一时，邓善之、袁伯长辈从而和之，而诗学为之一变。"⑤ 认为赵孟頫在元诗从前期到鼎盛时期的转变中起了关键性的作用。

松雪诗中表现出诗人难以排遣的思想矛盾。归附元朝，自然是由于荣华富贵的诱惑，元皇帝待他不薄，他很感激这种知遇之恩，同时又受到节操意识的自谴。宋朝遗民对他的冷遇，对他的刺激也是很深的。"子昂以宋王孙仕元为显官，其从兄子固耻之，闭门不肯与见。"⑥ 自己的侄儿尚且如此，

---

① （清）永瑢等：《四库全书总目》卷166《集部·别集类·一九》《松雪斋集》部分，中华书局1965年版，第1428页。

② 同上。

③ （清）顾嗣立：《元诗选·初集》，中华书局1987年版，第543页。

④ 同上书，第1975—1976页。

⑤ 同上书，第593页。

⑥ 同上书，第543页。

何况别人呢？守节与仕元的矛盾，久久地困扰着他，一方面，贪恋荣华富贵，另一方面，又欣羡那些隐逸之士，对陶渊明等古之高士表现出深深的倾慕。松雪诗中有许多咏怀之作，透露出诗人复杂的内心世界。《罪出》一诗，非常典型地表现出诗人痛苦矛盾的心态：

> 在山为远志，出山为小草。古语已云然，见事苦不早。平生独往愿，丘壑寄怀抱。图书时自娱，野性期自保。谁令堕尘网，宛转受缠绕。昔为水上鸥，今如笼中鸟。哀鸣谁复顾，毛羽日摧槁。……

如果说赵孟頫的有些诗作不无自我表白之意的话，这首诗确实是发自心底的自罪自责，他把自己的内心痛苦和盘托出了。"见事苦不早"，深悔当时归元出仕的轻率，而现在身入"尘网"，则是身不由己了。这种"缠绕"之苦，是难以摆脱的。正因为此诗较为真切地表达了内心的苦闷，才具有了较强的艺术感染力。在《祷雨龙洞山》这首诗中，诗人也写出了自己的真实心态："风漓惭善教，吏懦耻厚禄。暂怀尘外想，独往疑有梏。过幽难久居，济胜乏高躅。策马寻故溪，归樵相追逐。"原来，那些"尘外之想"，诗人是没有勇气付诸实践的，只能是作为心情苦闷时的一种精神超升，一种自慰，"想想"而已。尽管他被"尘网"所缠绕，却是绝对没有陶潜的勇气的。他毕竟是个"王孙"，耐不得贫寒与寂寞，"过幽难久居"，一下子道出了实话！他的《题归去来图》所表露的情感也是较为复杂的：

> 生世各有时，出处非偶然。渊明赋归来，佳处未易言。
> 后人多慕之，效颦惑蚩妍。终然不能去，俯仰尘埃间。
> 斯人真有道，名与日月悬。青松卓然操，黄华霜中鲜。
> 弃官亦易耳，忍穷北窗眠。抚卷常三叹，世久无此贤。

借着题咏《归去来图》，诗人表达了自己心中的"出处"观，一开始他就把自己摆了进去，实际上也是一种对自己仕元之举的辩白。意思是出处与否，各有各的情况，并非偶然，因此，也用不着用陶潜的"归去来"要求别人，人们对陶的仰慕，多是一种"东施效颦"。就诗人自身而言，非常尊崇陶潜的高风亮节，自己却未宜实行履践，原因是受不了那份贫寒。"忍穷"，也就是岂忍穷塞之意。松雪诗中，多有这种矛盾心态的表露。

　　人们对于松雪诗的艺术成就评价很高，是由于前期诗坛多是由宋入元和由金入元的诗人，更多地带着宋诗与金诗的痕迹余风，而赵孟頫虽然也是由宋入元的，但却一反时风，直接上承南北朝诗人的清丽高古，又融之以唐诗的圆融流畅，形成了独特的风格，开启了延祐诗风。戴表元评其诗"沉涵鲍谢"①，是就其古诗而言，赵的古诗确有清逸高古之风，深得"陶谢"之神，咏怀诗中如《和子俊感秋二首》其二：

> 白露泫然坠，草木日以凋。闲居无尘杂，日薄风翛翛。
> 登高写我心，葵扇欲罢摇。感时俯逝水，回睇仰层霄。
> 松乔在何许？高蹈不可招。愿言从之游，怀古一何遥。

这首诗很能代表松雪五古的风格，颇有陶诗的风韵，语言淡雅简素，意境清远，再看《桐庐道中》一诗：

> 历历山水郡，行行襟抱清。两崖束苍江，扁舟此宵征。
> 卧闻滩声壮，起见渚烟横。西风林木净，落日沙水明。
> 高旻众星出，东岭素月生。舟子棹歌发，含词感人情。
> 人情苦不远，东山有遗声。岂不怀燕居，简书趣期程。
> 优游恐不免，驱驰竟何成。我生悠悠者，何日遂归耕。

诗中写桐庐道中的所见所感，景物历历，而诗人的主体情志映现其间。在风格上颇似大小谢及孟浩然的山水诗，在清远的景物描写中表达了诗人的情愫。

松雪的七律、五律这些近体之作，都有突出的特色。诗人又是大画家，因而，特别擅长于运画境入诗境，使诗作具有绘画美，而这种绘画美又非色彩秾丽，而是水墨画般的淡远含蕴。五律如：

> 溪上春无赖，清晨坐水亭。
> 草芽随意绿，柳眼向人青。
> 初日收浓雾，微波乱小星。
> 谁歌采苹曲，愁绝不堪听。
> 　　　　　　——《早春》

---

① （元）戴表元：《剡源集》卷7《赵子昂诗集序》，中华书局1985年版，第107页。

七律如：

> 手种青松一万栽，山堂留得翠屏隈。
> 推窗绿树排檐入，临水红桃对镜开。
> 山雉雏迎朝日去，野禽啼伴夕阳来。
> 老妻亦有幽栖意，数日迟留不肯回。
> 　　　　　　　　——《题山堂》

松雪的近体诗，多是诗情画意融而为一，同时又不失清远之境的。我们说过，"雅正"的一层含义包括艺术的谐婉，而赵孟頫的诗作恰以风格、音律、意境的谐婉为特征，体现了元诗"雅正"的审美倾向。

徐复观先生在评价赵孟頫的绘画艺术时说："赵松雪之所以有上述的成就，在他的心灵上，是得力于一个'清'字；由心灵之清，而把握到自然世界的清，这便形成他作品之清；清便远，所以他的作品，可以用清远两字加以概括。在清远中，主客恢复了均衡。"① 徐先生对赵孟頫的艺术精神，概括得很准确，他的诗作，同样可作如是观。

袁桷是著名的文论家，也是有成就的诗人。在元代中期诗坛，他也有着"首倡元音"之功。袁桷（1226—1327），字伯长，庆元路鄞县（今属浙江省）人。大德初年被荐为翰林国史院检阅官，后历任翰林待制，集贤直学士，同修国史，至治元年，迁侍讲学士，泰定初年辞官归乡。

袁桷是戴表元的学生，是元代古文大家。史称："桷在词林，朝廷制册，勋臣碑铭，多出其手。所著有《易说》、《春秋说》、《清容居士集》。"② "翰墨所传，极于海内。"③ 袁桷论诗、论文学，观点与帅初相近。《元史·戴表元传》中说："其门人最知名者曰袁桷。桷之文，其体裁议论一取法于表元者也。"戴、袁都不满于理学家以道学排斥文学的文学观，主张以文学抗拒道学的一统天下，而充分重视文学的独立价值。袁桷曾说："至理学兴而诗始废，大率皆以模写宛曲为非道。"④ 当然他的这种文学主张，也并非是要挣脱儒家诗教的束缚，而只是为了恢复传统儒学的道德，文章并重的观

---

① 徐复观：《中国艺术精神》，春风文艺出版社1987年版，第383—384页。

② （明）宋濂等：《元史》卷172《袁桷传》，中华书局1975年版，第4026页。

③ （清）顾嗣立：《元诗选·初集》，中华书局1987年版，第593页。

④ （元）袁桷：《乐侍郎诗集序》，载《清容居士集》卷28，见《丛书集成初编》第2069册，中华书局1985年版，第386页。

念。袁桷为诗主张"性情之然","淡而和，简而正，不激以为高"，① "其于景也，不刻削以为能，顺其自然，以合于理之正。"② 不难看出，袁桷的论诗主张，正是提倡"雅正"的审美倾向的。

袁桷的经历中，没有大的坎坷不幸，在朝中又主要是仕职于翰苑，加之社会当时号为"治世"，因而，在他的诗中没有那种块垒峥嵘的磊落不平，更多的是较为自然清雅的即景抒情之作。正因为如此，袁桷之诗，在某种意义上讲，更能典型地体现延祐时期文人儒士们的心态。如果说，赵孟𫖯的诗作还表现出内心的湍流，那么，一般的文人只有泛泛的感叹了。如袁桷写于延祐元年（1314）五月间的一组纪行诗，《居庸关》、《雨中度南口》、《度怀来沙碛》、《弹琴峡》等篇什，对景物的刻画笔力甚健，"随物赋形"，同时，又能超越物象，使人得到审美联想，但总觉得诗中所抒的感慨，是较为一般化的。如《龙门》一诗：

> 瀚海双龙铁鳞甲，卷螯挈云蹲冀阙。千泉百道凑东南，急雨翻空迸晴雪。古言神禹功最多，导山凿池疏九河。幽都之地不复顾，乃使双龙下地成盘涡。阴风何飕飕，磅礴太古秋。崩崖落车砲，怪木森戈矛。碎沙晴日铺金麸，云是昔日当关挽劲之仆姑。寒泉组练结九曲，亭午赫日光模糊。车声何辚辚，昨宵急水迷天津。垂堂之言犹在耳，游子商人行不已。子规彻天呼我归，翠华北幸哪得辞。龙门之石高不磨，泚笔书我龙门歌。

这首《龙门》气势磅礴，意象雄奇，语言也峭健不凡，加之以长短参差之句式，拗折的句法，确乎是一篇雄杰高迈的好诗。它很像李太白的《蜀道难》，从形貌、语气上看，真有《蜀道难》的雄风，但细一品味，却远远没有太白诗那种动人心魄的力量。这也许并不是出于笔者对太白的盲目崇拜。我们读着太白的《蜀道难》乃至于《庐山谣寄卢侍御虚舟》、《将进酒》那些雄奇豪逸的歌行大篇，使我们心亦为之摇，神亦为之荡，我们的灵魂得以净化，得以超越，"实现精神上的垂直的上升"③。而杜甫的《秦中杂诗》

---

① （元）袁桷：《书程君贞诗后》，见李修生主编《全元文》第 23 册，江苏古籍出版社 2001 年版，第 339 页。

② （元）袁桷：《书鲍仲华诗后》，同上书，第 359 页。

③ ［日］今道友信：《东方的美学》，蒋寅译，三联书店 1991 年版，第 101 页。

也是纪行之作，并没有那些奇突雄拗的语式，也没有什么雄险的意象，而是以五言律诗的形式来写自己入秦的历程——当然也融入了诗人的心路历程，读起来却令人感叹不已、徘徊低吟，同样不乏动人心魄的艺术力量。而我们读着袁桷这些诗作，辞非不工，意非不奇，却觉得缺少了李、杜诗中那种拨人心弦的东西。原因是什么呢？这不仅是关涉到袁桷的某首诗，而且就中可以看到号为鼎盛的元代中期诗坛力追盛唐，却卒不能与唐比肩的原委。以笔者度之，在于袁桷等诗人，是缺少因饱经忧患、内蕴巨大的痛苦与矛盾的诗人。生当承平，个人经历又较平淡坦夷，而社会又没有为诗人提供盛唐那样的社会条件。语虽工、意虽奇，却难感荡人心！是的，诗歌是要以意象的方式来创造的，必须是感性化的，但是仅靠感性化的东西未足以感人。无论是写景还是抒情，艺术感染力的产生必须靠诗歌意象中熔着诗人深切的人生体验，对于世界的深刻洞察；如果缺乏切身的、深刻的人生体验，便只能流于一般化。王国维说："一切景语，皆情语也。"① 这个"情语"，应该是诗人最切身最直接的情感体验。

袁桷的近体诗也都写得清雅自然，不乏远致，如"天阙虚无里，城低纳远山。白榆迷雁塞，青草补龙湾。市簇家家近，官清日日闲。重游深问俗，渐恨鬓毛斑"（《上京杂咏十首》其三），意境淡远而浑融，诗风接近于盛唐某些五言，而表现出诗人的心境是很恬淡平和的。这样一种清雅平淡的诗风，确乎可以作为"雅正"的标本。对于继之而起的"元四家"等延祐诗人来说，无疑是很有影响力的。

第三节　论元四家：虞、杨、范、揭
（附论延祐其他诗人）

如果说，赵孟頫、袁桷在元代中期诗坛上起了"首倡元音"的重要作用，那么，号称"四大家"的著名诗人虞集、杨载、范梈、揭傒斯，是延祐诗风最主要的体现者，同时，也被认为是元诗最典型的代表诗人。提起元诗，是不可能不谈到这四位诗人的。清人宋荦论述元诗的发展时说："遗山、静修导其先，虞、杨、范、揭诸君鸣其盛，铁崖、云林持其乱，沨沨乎亦各一代之音，讵可阙哉！"② 视四家为元诗的鼎盛之峰巅，顾嗣立亦云：

---

① （清）况周颐，王国维：《蕙风词话·人间词话》，人民文学出版社1960年版，第225页。
② （清）顾嗣立：《元诗选·序》，中华书局1987年版，第5页。

"先生（指虞集）与浦城杨仲弘、清江范德机、富州揭曼硕，先后齐名，人称'虞、杨、范、揭'，为有元一代之极盛。"① 可见这是论者所公认的文学史上的客观事实。

虞、杨、范、揭，齐名于一时，论者称为元诗之极盛，是由于这四位诗人以及同时的一些诗人如柳贯、欧阳玄等人，以其丰富多彩的诗歌创作，造就了元诗的全盛时代。这个时期的诗坛，题材广泛，体裁多样，各体皆有许多佳什。同时，他们的作品进一步体现了"雅正"这样一个元诗中的核心审美范畴。尽管各自有着自己的艺术个性，但总的来说，他们的创作在内容上基本是表现元代中期的承平的气象，在诗中所表露出的诗人的心境，也是较为平和的，很少有怨愤乖戾的情绪。有所感怀，大致上也不出"发乎情止乎礼义"的轨范。而在诗的艺术上，体式端雅而少有生新奇峭的语言与拗折的句法。更多的是趋近唐诗的风神，而不同于宋诗的戛戛独造。

四家并驰，似乎体貌如一，论者也往往把虞、杨、范、揭作为一个概念来谈论。诚然，他们有许多共同之处，体现着一种较为一致的审美倾向。明人胡应麟曾从诗体的角度批评延祐之诗缺少个性。如谈此时期歌行体诗时所说："皆雄浑流丽，步骤中程，然格调音响，人人如一，大概多模往局，少创新规，视宋人藻绘有余，古澹不足。"② 这样的批评比较尖锐。与唐、宋诗相比，元代盛时诗人的艺术个性不够鲜明，在艺术上也未能创制新的范式，这是较为中肯的，但不能由此而全然抹杀了虞、杨、范、揭等诗人的艺术个性。真正有成就的诗人，必然会有独特的艺术风貌的。虞集对于四家诗曾有很妙、很形象的比喻："先生尝谓仲弘（杨载）诗如百战健儿，德机（范梈）诗如唐临晋帖，曼硕诗如美女簪花，人或问曰：'公诗如何？'先生乃曰：'虞集乃汉廷老吏也'，盖先生未免自负，而公论皆以为然。"③ 这几个比喻形容出几位诗人的独特艺术风貌，虽然未必尽合，但却大致贴切。这个评价由虞集作出，当为知言。我们不妨分别考察一下这几位诗人的大致情形。

虞集（1272—1348），字伯生，号道园，又号邵庵，人称邵庵先生。蜀郡人，系宋丞相虞允文的五世孙。大德初年，到京城大都任国子助教博士，累迁秘书少监、翰林直学士兼国子祭酒，拜奎章阁侍书学士。

---

① （清）顾嗣立：《元诗选·初集》，中华书局1987年版，第843页。

② （明）胡应麟：《诗薮》，上海古籍出版社1958年版，第230页。

③ （清）顾嗣立：《元诗选·初集》，中华书局1987年版，第843—844页。

虞集诗文皆负盛名，"一时宗庙朝廷之典册、公卿士大夫碑板咸出其手。粹然成一家之言"①。诗文集为《道园学古录》50 卷。

虞集自谓其诗如"汉廷老吏"，并说这是"天下之通论也"。就是说，这既是诗人的自我评价，也符合当时的客观舆论。那么，"汉廷老吏"所比拟的意思是什么呢？胡应麟为之阐释说："'汉法令师'（按：同一比喻的不同说法）刻而深也。"又对虞集作了如次评价："七言律，虞伯生为冠。"胡氏又转引杨文贞语云："虞自拟汉廷老吏，盖深于律者。"② 可见，所谓"汉廷老吏"的说法，主要是指虞诗深于诗律，谨严而浑融。《道园学古录》中的律诗无论五律、抑或七律，确实都有着这个特点，虞集的律诗多而且好，用律严谨，隶事恰切而深微，显得稳健而深沉。如七律名篇《挽文丞相》：

> 徒把金戈挽落晖，南冠无奈北风吹。
> 子房本为韩仇出，诸葛安知汉祚移。
> 云暗鼎湖龙去远，月明华表鹤归迟。
> 不须更上新亭望，大不如前洒泪时。

这的确是一首不可多得的好诗，不仅于虞诗中难得，于元诗中也是难得的佳构，难得处就在于诗人把自己极为深沉的民族情感、历史兴亡感，都融进了严整的艺术形式中，诗的风格沉郁苍劲，寄慨极深，既是追挽文天祥这位矢志不移的爱国英雄，也是伤悼宋王朝的一去不返，意蕴丰富，笔力沉实。陶宗仪说："读此诗而不泣下者几希。"③ 陶玉禾也评此诗云："意到、气到、神到，挽文山诗，此为第一。"

再如《滕王阁》一诗，也是苍劲深微的七律佳什：

> 天寒高阁立苍茫，百尺阑干送夕阳。
> 秋雨鱼龙非故物，春风蛱蝶是何王？
> 帆樯急急来彭蠡，车盖童童出豫章。
> 灯火夜归湖上路，隔篱呼酒说干将。

---

① （清）顾嗣立：《元诗选·初集》，中华书局 1987 年版，第 843 页。
② （清）王士禛：《池北偶谈》，中华书局 1982 年版，第 394 页。
③ （明）陶宗仪：《南村辍耕录》，中华书局 1959 年版，第 52 页。

由这首诗和《挽文丞相》等作看虞集，说他的诗风如"汉廷老吏"，信非虚语！笔力之苍劲沉雄，格律之谨严浑然，立意之深沉微茫，在元诗中确乎是难出其右的。李东阳评此诗说："虞伯生《滕王阁》诗，其曰'天寒'云云，曰'灯火'云云，信非伯生不能作也。"① 虞集律诗的上乘之作，确实是元诗中的瑰宝，其笔力，其格调，非常人所能为！然而，虞集诗中也不乏泛泛之作，一般的即景抒情，一般的感受，无足动人者也是不少的，但相对而言，笔力的苍劲，诗意的深微，意境的浑厚，仍是虞集的特出之处，不仅是律诗，歌行体也写得雄浑壮阔。如《金人出塞图》，描绘金人出塞游猎的情形，形象鲜明生动，气势雄豪，是歌行体诗中的名篇，也体现了虞集题画诗的成就。胡应麟论此诗谓"雄浑流丽，步骤中程"②，是谓得之。

　　杨载是延祐时期的著名诗人、诗论家，也是有名的古文家。杨载（1271—1323），字仲弘，浦城（今属福建）人，后徙居杭州。博览群书，年四十不仕，后以户部贾国英数荐于朝，以布衣召为翰林国史院编修官。延祐初年，以科目取士，杨载登进士第，官至宁国路总管府推官。杨载诗文俱有名于元代。史称："初，吴兴赵孟頫在翰林，得载所为文，极推重之。由是载之文名，隐然动京师，凡所撰述，人多传诵之。其文章一以气为主。博而敏，直而不肆，自成一家言。"③ 可见其文名倾动当时。

　　杨载是元代重要的诗论家。其诗话《诗法家数》，是一部有相当的美学理论价值的诗论著作。这部诗话虽然篇幅不大，却较为集中地体现了元代诗学界的美学观念，而且有着较强的系统性。《诗法家数》侧重论述诗歌的法度，就中贯彻了风雅传统。他以"风、雅、颂"为诗之体，以"赋、比、兴"为诗之法，把诗之"六义"作为"诗学之正源，法度之准则"。在诗的立意方面，要求"高古浑厚，有气概，要沉着，忌卑弱浅陋"。对于各种诗体，各类题材，都提出了具体的审美标准。如五言古诗，"须要寓意深远，托词温厚，反复优游，雍容不迫"，七言古诗"要铺叙，要有开合，有风度，要迢递险怪，雄俊铿锵，忌庸俗较腐"。在对各类题材的要求中，也贯穿了儒家诗学精神，如"讽谏之诗，要感事陈辞，忠厚恳恻。讽谕甚切，而不失情性之正，触物感伤，而无怨怼之词"；"征行之诗，要发出凄怆之意，哀而不伤，怨而不乱，要发兴以感其事，而不失情性之正"；"赞美之

---

①　（明）李东阳：《麓堂诗话》，中华书局 1985 年版，第 11 页。

②　（明）胡应麟：《诗薮》，上海古籍出版社 1958 年版，第 230 页。

③　（明）宋濂等：《元史》卷 190《杨载传》，中华书局 1975 年版，第 4341 页。

诗，多以庆喜颂祷期望为意，贵乎典雅浑厚，用事宜的当亲切"（以上均见《诗法家数》）。杨载的诗论，是对于儒家的"雅正"的美学原则的具体化，同时，也是唐宋以来优秀诗人创作经验的总结与提炼。尽管有着较为浓厚的儒家诗教色彩，却也包含了许多有价值的诗歌美学见解。如"诗有内外意，内意欲尽其理，外意欲尽其象，内外意含蓄，方妙"等，都是较有新意的见解，对于诗歌意境理论有自己的贡献。

杨载的诗歌创作，被虞集称为如"百战健儿"，诗语健劲，富有变化腾挪之势，雄浑横放，长于议论，范梈为其诗作序云："仲弘天禀旷达，气象宏朗。开口论议，直视千古。每大众广集，占纸命辞，傲睨横放，尽意所止。众方拘拘，己独坦坦。众方纡徐，己独驰骏马之长坂而无留行，要一代之杰作也。"[1] 可见杨载为诗那种脱略束缚、横放杰出的艺术气质。

这种艺术气质，在仲弘的歌行体诗中表现得最为特出。《仲弘集》中有歌行体诗数十首。写得雄杰壮阔，波澜起伏，读之使人如入风光奇绝的群山万壑之中。在歌行体诗中，又有许多题画诗，写得飞动雄奇，尽传画作之风神，如《题山石猿鸟图》、《李伯时画浴马图》、《题王起宗画松岩图》、《题华岳江城图》、《题赵千里山水扇面歌》、《题秋雨长吟图》等，都是元代题画诗中的上品，元代题画诗数量多，有很强的特色，是个具有时代意义的文学现象，这里录其一首，以见诗人歌行体诗的面目，如《题赵千里山水扇面歌》：

> 公子丹青艺绝伦，喜画江山上纨扇。只今好事购千金，四幅相连成一卷。春流漠漠如江湖，飞烟著树相有无。岚光注射翻长虚，白玉盘浸青珊瑚。追随流俗转萧疏，对此便欲山林居。旗亭花发酒须沽，舟行为致双提壶。抱琴之子来相须，醉归不省何人扶。旁有飞泉出岩隙，掣电飞霜相荡激。蛟龙不爱鲵桓食，但见垂纶古盘石。人生万事无根柢，出处行藏须早计。一丘一壑倘有斯，便可束书从此逝。君不见郑子真，躬耕谷口垂千春，毫芒世利能没身，汝胡龌龊为庸人。

这首诗是题画诗中的佳品，通过对赵千里山水扇面画的再现，创造出奇丽高朗的艺术境界，扇面画本来很小，但诗人由此而创造的意境却是十分阔大的，有"咫尺万里"之势。歌行体宜于抒写慷慨豪放的情怀，结构上开阖

---

[1] （清）顾嗣立：《元诗选·初集》，中华书局1987年版，第935页。

自如。此诗将高逸豪放的情感与瑰丽高华的境界融而为一，而且体现了元代诗画中那种超逸绝尘的审美倾向，有相当的代表性。杨载的近体诗更为明显地体现着"雅正"的特点，格律圆熟，艺术谐婉，而其表现的意蕴也都是较为温雅和顺的。如《即事》这首七律写京都之盛：

> 禁城晓色清如水，高下楼台锦绣中。
> 千树好花连上苑，百壶美酒出深宫。
> 珍禽竞集高林雾，宝马争嘶横岸风。
> 人物此时俱盛极，两都绝胜汉西东。

这首七律在风格上真像王维《和贾舍人早朝大明宫之作》（"绛帻鸡人送晓筹"）之类的作品，渲染王朝的鼎盛景象，笔致并不称艳，但却把元都的盛景渲染得恰到好处。这类诗作在《仲弘集》中很有一些，如《春雨》、《次韵袁伯长待制》等篇什，都描画出"盛世"景象，与初、盛唐时的应制七律颇为相似，而绝没有杜甫七律的沉郁顿挫，元遗山七律的悲壮雄浑，杨载的七律，却正可以作为延祐时期"雅正"诗风的代表。

范梈在四家之中，是较有特色的一位。范梈（1272—1330），字亨父，一字德机，清江（今属江西省）人。家贫早孤，刻苦为文章，人罕知者。36岁时，辞家北游，卖卜燕市。后被荐举为翰林院编修官，福建闽海道知事等，人称文白先生。晚年辞归，徙家新喻（今江西新余）百丈峰下。范梈为人清正，史称："梈持身廉正，居官不可干以私，疏食饮水，泊如也。吴澄以道学自任，少许可，尝曰：'若亨父，可谓特立独行之士矣。'为文志其墓，以东汉诸君子拟之。"① 颇受时人称誉。

范梈是元代中期著名的诗人、诗论家、古文家。有《德机集》传世。范梈论诗有《木天禁语》、《诗学禁脔》等著。范氏论诗，倡诗法、诗格之说，这是对唐代诗学的一种回复与规慕。唐代诗论中多有"诗格"一类入门诗法之书，初盛唐时及晚唐五代此类书都不少。初盛唐时如李峤的《评诗格》、王昌龄《诗格》、皎然《诗式》等；晚唐五代"诗格"更多。如王叡的《炙毂子诗格》、李洪宣《缘情手鉴诗格》、齐己的《风骚旨格》、徐衍的《风骚要式》、徐寅的《雅道机要》、王玄的《诗中旨格》、王梦简的《诗格要律》等等。范梈的《木天禁语》等著，属于诗格一类。这类著作本

---

① （明）宋濂等：《元史》卷181《范梈传》，中华书局1975年版，第4184页。

身没有更为深刻之处，但却使湮没已久的唐人诗格、诗式一类创作之风得以复兴。《木天禁语》论诗倡导"雅道"，讲究篇法、句法、字法、气象、家数、音节，谓之"六关"，并以此为纲，每纲之下又系子目，各引唐人一诗为证，专谈诗法。"气象"、"家数"都是继承了宋代诗论家严羽在《沧浪诗话》中提出的说法，但又有所发展。尤其是以"气象"论诗，比之严羽的说法有了较大进展。严沧浪只是用其概念，而并未加以阐释，如他说："建安之作，全在气象，不可寻枝摘叶。灵运之诗，已是彻头彻尾成对句矣，是以不及建安也。"① "汉魏古诗，气象混沌，难以句摘。"② 我们只能从沧浪对这个审美范畴的使用上猜出其意。范德机论"气象"则有了进一步的区分与阐释，并且说明了"气象"产生的原因，其辞曰：

> 翰苑、荤毂、山林、出世、偈颂、神仙、儒先、江湖、间阎、末学。以上气象，各随人之资禀高下而发。学者以变化气质，须仗师友所习所读，以开导佐助，然后能脱去俗近，以游高明。谨之慎之。又诗之气象，犹字画然，长短肥瘦，清浊雅俗，皆在人性中流出。

范梈把诗的气象与创作主体的气质情性联系起来，说明了诗中的不同气象所由产生的主体因素。他又说："涵养情性，发于气，形于言，此诗之本源也。"进一步说明了"气象"的根基所在，这无疑是使这个审美范畴得以更为深入的阐释的。《诗学禁脔》也是"诗格"一类的书，作者列举"颂中有讽格"、"美中有刺格"、"先问后答格"、"感今怀古格"、"一句造意格"、"两句立意格"、"物外寄意格"、"雅意咏物格"、"一字贯篇格"、"起联应照格"、"一意格"、"雄伟不常格"、"想象高唐格"、"抚景寓叹格"、"专叙己情格"等十五诗格，其中有关于诗的立意内容的，也有关于诗的艺术手法的，正是包容综合了唐代诗格中这两方面。每一格举一首唐诗为例，加之以说明解析。在元代"诗格"一类书中，是颇有代表性的。

范梈在元代中期诗坛上有重要地位。欧阳玄说"我元延祐以来，弥文日盛，京师诸名公，一去宋金季世之弊，而趋于雅正。于是西江之士，亦各异其旧习焉，盖以德机与曼硕为之倡也"③，指出范诗在扭转江西诗派遗风

---

① 郭绍虞：《沧浪诗话校释》，人民文学出版社 1961 年版，第 158 页。
② 同上书，第 151 页。
③ （清）顾嗣立：《元诗选·初集》，中华书局 1987 年版，第 980 页。

中的功绩。《诗法正论》中论范诗说："我朝有亘古所无之混一，故有亘古所无之气运。一时文人，如刘静修、姚牧庵、卢疏斋、元复初、赵子昂诸先达，固已名世矣。大德中，清江德机先生独能以清拔之才，卓异之识，始专师李林，以上溯三百篇。其在京师也，与伯生虞公，子昂赵公，仲弘杨公、曼硕揭公诸先生倡明雅道，以追古人，由是诗学丕变。范先生之功为多。"①在元诗倡风雅、宗唐风的变化中，范梈是很有代表性、发挥了相当影响的。

关于德机诗的风格，虞集拟之为"唐临晋贴"，这是不够贴切的。揭傒斯序其集云："余独谓范德机诗以为唐临晋贴终未逼真，今故改评之曰：范德机诗如秋空行云，晴雷卷雨，纵横变化，出入无朕。又如空山道者，辟谷学仙，瘦骨崚嶒，神气自若。又如豪鹰掠野，独鹤叫群，四顾无人，一碧万里。差可仿佛耳。"②这固然是诗意化的夸饰，但也可以看出德机诗风格的多样化。

范德机的诗作，以歌行体为最擅名。揭序中称其"工诗，尤好为歌行"，范集中歌行体诗约占四分之一左右。范氏歌行豪放超迈，跌宕纵横而又流畅自如，如《王氏能远楼》一诗：

> 游莫羡天池鹏，归莫问辽东鹤，人生万事须自为，跬步江山即寥廓。请君得酒勿少留，为我痛酌王家能远之高楼。醉捧勾吴匣中剑，斫断千秋万古愁。沧溟朝旭射燕甸，桑枝正搭虚窗面。昆仑池上碧桃花，舞尽东风千万片。千万片，落谁家？愿倾海水溢流霞。寄谢尊前望乡客，底须惆怅惜天涯！

这首诗借痛饮高楼来抒发人生无常的感慨，立意上没有多少新鲜之处。从风格上看，深受李白《宣州谢朓楼饯别校书叔云》的影响。这首诗豪迈高逸，意境颇为高华流美，确有盛唐诗的风采！胡应麟评之为"雄浑流丽，步骤中程"③，把它列为元代歌行的佳作。再如《题李白郎官湖》一首，也颇能代表德机歌行的成就，诗云：

> 当时郎官奉使出咸京，仙人千里来相迎。画船吹笛弄绿水，何意芳洲遗旧名。唐祠芜没知何代？惟有东流水长在。黎侯独起梁栋之，仿佛

---

① 见王云五主编，陈衍编辑《元诗纪事》卷13，商务印书馆1935年版，第239页。

② （元）揭傒斯著，李梦生标校：《揭傒斯全集》卷3，上海古籍出版社1985年版，第288页。

③ （明）胡应麟：《诗薮》，上海古籍出版社1958年版，第230页。

云中昔轩盖。南飞越鸟北飞鸿，今古悠悠去住同。富贵何如一杯酒，愁来无地酹西风。大别山高几千尺，隔城正与祠相值。青猿夜抱月光啼，挂在东湖之石壁。黎侯本在斗南家，枕戈犹自忆烟霞。只拟将身报天子，不负胸中书五车。昨者相逢玉阙下，别来几日秋潇洒。黄叶当头乱打人，门前系着青骢马。君今归去钓晴湖，我亦明年辞帝都。若过湖边定相见，为问仙人安稳无？

这首歌行在艺术上更多地体现了诗人自己的诗法主张，同时，诗的意境构成一个十分丰富的世界。诗的构思又有很大的跳跃性，意象之间形成若干互不连属的单元，而使诗作带有一定的朦胧之美。诗有李白的高华飘逸，也有李贺的闪烁缥缈。二者融汇成一种独特的风致。德机在歌行体方面更多受太白诗风的濡染，而在律诗方面，则更心仪于杜甫。尤其是五言律诗，很有些近于杜诗五律那种沉郁而凝练的风格。如《京下思归》：

> 黄落蓟门秋，飘飘在远游。
> 不眠闻戍鼓，多病忆归舟。
> 甘雨从昏过，繁星达曙流。
> 乡逢徐孺子，万口薄南州。

这首诗所体现出的风格，迥然不同于前举的歌行篇什，而颇似杜甫的后期五律，胡应麟称其"步趋工部"①。此外，范梈的五言古诗也很有名，深邃而清新，如《苍山感秋》等作，颇受时论称誉。

范梈论诗归于雅正，而其诗作则以多种风格体现了他的论诗主张。在元诗之中，范诗更具有一种神韵之美，在体段风神上更近于唐诗，但在艺术上很难说有多大的独创价值。

揭傒斯是盛元诗坛的一位重要诗人，其诗论、诗作在当时都有很大影响。揭傒斯（1274—1344），字曼硕，龙兴富州（今江西丰城）人，幼时家贫而读书刻苦，大德年间出游湘汉。延祐初年，荐授翰林国史院编修官，迁应奉翰林文字，前后三入翰林。至正初年，诏修宋、辽、金三史，任为总裁官。卒年七十一，谥曰"文安"。诗集名《秋宜集》。

揭氏诗论有《诗宗正法眼藏》，集中体现了他的诗学观点。在这部诗话

---

① （明）胡应麟：《诗薮》，上海古籍出版社1958年版，第229页。

中，他侧重论述诗中"字眼"等技巧，实际也是一种"诗家入门"。而在其中，揭傒斯也发挥了以"雅正"为核心的诗歌审美标准，如论"五言古诗之法"说："或兴起，或比起，或赋起。须要寓意深远，托辞温厚，反复优游，雍容不迫，或感古怀今，或怀人伤己，或潇洒闲适。写景要雅淡，推人心之至情，写感慨之微意，悲喜含蓄而不伤，美刺宛曲而不露，有《三百篇》之遗意。"① 这是明确提倡"美刺宛曲而不露，要温柔敦厚"的诗教的，要求诗歌符合"中和"的审美标准。同时，作者又有所推阐发挥。"反复优游，雍容不迫"，实际上是以自己心目中的唐诗为范本所提出的诗美要求。宋人严羽曾论诗说："其大概有二：曰优游不迫，曰沉着痛快。"② 揭傒斯是以"优游不迫"为主要标准的。而对于唐诗，他认为"雅淡""闲适"一类风格可为代表，这很能说明元代诗人们学习唐诗的着眼点所在。

关于揭诗的风格，虞集曾比之为："如三日新妇"、"如美女簪花"，这当然是说揭诗清婉流丽，但揭诗决不停留于此，而是在清美流畅中有很深的寄慨，因此而显得自有深致。"'三日新妇'鲜而丽也。"③ 这个雅号自然易于给人以华美清浅的印象。据说揭傒斯对虞集的这个评价十分不满，"虞道园序范德机诗，谓世论杨仲弘如百战健儿，德机如唐临晋帖，揭曼硕如美女簪花，而集如汉廷老吏。曼硕见此文大不平。一日过临川诘虞，虞云'外间实有此论。'曼硕拂衣径去，留之不可，后曼硕赴京师，伯生寄以四诗，揭亦不答，未几卒于位。"④ 正因为虞集的评价未能真正道出揭诗的特征，曼硕才如此愤愤不平。《四库提要》论其诗云："独于诗则清丽婉转，别饶风韵，与其文如出二手，然神韵秀削，寄托自深，要非嫣红姹紫徒矜姿媚者所可比也。"这个评价是更为深入一层的，较为透彻。

揭诗诸体之中，尤以五言古诗见长。欧阳玄称他"作诗长于古乐府选体，律诗、长句伟然有盛唐风"⑤。所谓"古乐府《选》体"，就是指五言古诗。揭傒斯的五古有着一种幽淡深邃的风调，读之进入一种超逸朦胧的境界，如《自盱之临川晓发》一首：

---

① （元）揭傒斯著，李梦生标校：《揭傒斯全集》辑遗，上海古籍出版社1985年版，第450页。

② 郭绍虞：《沧浪诗话校释》，人民文学出版社1961年版，第8页。

③ （明）胡应麟：《诗薮》，上海古籍出版社1958年版，第231页。

④ （清）王士禛：《池北偶谈》，中华书局1982年版，第394页。

⑤ （元）欧阳玄：《元翰林侍讲学士中奉大夫知制诰同修国史同知经筵事豫章揭公墓志铭》，见《欧阳玄集》卷10，吉林文史出版社2009年版，第140—141页。

> 扁舟催早发，隔浦遥相语。
> 雨色暗连山，江波乱飞雾。
> 初辞梁安峡，稍见石门树。
> 杳杳一声钟，如朝复如暮。

这里抒写一种行旅的意绪，发而为一种"飞雾"似的幽淡境界。羁旅之愁是一种弥漫着的、如烟如雾的。而细读之，诗境之中又更有一种深潜却又难以言喻的感触，这类诗作是很多的，也颇能体现其"写景要雅淡，推人心之至情。写感慨之微意"①的论诗主张。在揭诗中，五言短古更见特色。所谓"五言短古"一般只有四句，但又并非绝句。诗人在四句之中便创造一个淡雅幽峭的意境，却又于其中寄托深意。较为典型的如《秋雁》：

> 寒向江南暖，饥向江南饱。
> 莫道江南恶，须道江南好。

陈衍先生按"此诗大有寄托"②。这首诗中寄托了什么深意？《至正直记》揭开了这个谜底："揭曼硕《题雁》云云。盖讥色目北人来江南者，贫可富，无可有，而犹毁辱骂南方不绝，自以为右族身贵，视南方如奴隶。然南人亦视北人加轻一等，所以往往有此诮。"③元统治者奉行民族歧视政策，以蒙古、色目人为上等人，以汉人、南人为下等人，蒙古、色目人到江南之地也凌驾于南人之上作威作福。他们靠江南的条件富有了，却仍辱骂南人不绝。诗人心中不平，故作此诗以讥之。此诗寓意深微却含而不露。

揭傒斯的五言短古未可轻觑，在很大程度上体现了宋元以来"重逸轻俗"的审美倾向。杨载说："五言短古，众贤皆不知来处，乃只是选诗结尾四句，所以含蓄无限，意自然悠长。此论惟赵松雪翁承旨深得之，次则豫章'三日新妇'晓得。"④如《寒夜作》："疏星冻霜空，流月湿林薄。虚馆人不眠，时闻一声落。"再如《题王仲山所藏潇湘八景图》中诸作。《洞庭秋月》："灏气自澄穆，碧波还荡漾。应有凌风人，吹笛君山上。"《平沙落

---

① （元）揭傒斯著，李梦生标校：《揭傒斯全集》辑遗，上海古籍出版社 1985 年版，第450 页。
② 见王云五主编，陈衍编辑《元诗纪事》卷 13，商务印书馆 1935 年版，第 244 页。
③ 同上。
④ （元）范梈：《木天禁语》，见《历代诗话》，中华书局 1981 年版，第 746 页。

雁》："天寒关塞远，水落洲渚阔。已逐夕阳低，还向黄芦没。"《烟寺晚钟》："朝送山僧去，暮唤山僧归。相唤复相送，山露湿人衣。"这些诗作是承续王维、孟浩然、韦应物、刘长卿一系的诗风而又加以发展的。境界高逸，远离尘俗，表达了一种宋元以还的士大夫情调。

揭傒斯的作品内容较为丰富，诗人往往以其条畅的诗笔来表现下层人民所遭受的灾厄困苦。在这一点上，他是突破了"雅正"观念束缚的。延祐诗坛，大多数诗人以装点升平为时尚，虽以盛唐为归趋，但更多的是咏叹一些表面的繁荣，他能以诗笔直探民生艰窘，确实是难能可贵。这类诗作如《渔父》、《大饥行》等是较有代表性的。如《大饥行》：

> 去年旱毁才五六，今年家家食无粟。高囷大廪闭不开，朝为骨肉暮成哭。官虽差官遍里闾，贪廉异政致泽殊。公家赈粟粟有数，安得尽及乡民居。前日杀人南山下，昨日开仓山北舍。捐躯弃命不复论，获者如囚走如赦。豪家不仁诚可罪，民主稔恶何由悔。

这首诗写饥荒年月人民所遭受的苦难，同时，对于贪官与豪家予以揭露与鞭挞。诗作不是停留在一般的同情与泛泛的怜悯，而是旨在揭示旱魃并非戕害人民的唯一"祸首"，使人民置于水火之中的，更多的是人为的因素。这类篇什在元代中期诗坛上显得尤为精警深刻。它们把"盛世"帷幕下掩盖着的悲惨的社会现实映现出来，格外难能可贵。

虞、杨、范、揭这四位诗人，被称为"元代四大家"，在元代诗坛上有极为重要的地位，一是因为他们在当日文坛上享有很高声望，天下文士闻风归趋；二是他们都有诗论著作，有明确的理论主张，成为当时社会审美思潮的理论代表。他们的诗论虽然有很多具体差异，但归结起来，却可以用"雅正"概括。"雅正"，是最能代表这个时期审美倾向的一个范畴。要求诗作温润含蓄，优游不迫，具有一种雍容的气象，是总的诗美要求。这一方面是元代中期社会景象在一定程度上的反映，一方面也是适应着元统治者的心理需要。作为北方游牧民族入主中原，做了大一统帝国的统治者，很需要文人学士们为之唱赞歌，装点升平；同时，在文化心理深处，又不无面对源远流长的汉族文明的自卑感，而汉族文士对于元统治者也是十分谨慎恭顺的，唯恐招致惨祸，因而，倡导"雅正"，主张"托辞温厚"，"美刺宛曲而不露"，未始不包含着全身远祸的心理需求。

这个时期的诗人还有黄溍、柳贯、欧阳玄等，他们的诗作风格不尽一致，却使延祐前后的诗坛显得更为繁荣。

黄溍（1277—1357），字晋卿，婺州义乌（今属浙江）人。生而俊异，学为文，顷刻数百言。壮岁隐居不仕，世称金华先生。延祐开科登进士第，授宁海丞。至顺初，入应奉翰林文字，转国子博士，不久以秘书少监致仕。至正七年（1347），起翰林直学士，知制诰同修国史，擢兼筵官，升侍讲学士同知经筵事，至正十年得请还乡，年八十一而卒。黄溍尊奉程朱理学，与虞集、揭傒斯、柳贯，被称为"儒林四杰"。黄溍是当时著名的文章家，于诗也颇有造诣。诗文集为《日损斋稿》。在延祐诸家中，黄溍诗较为简古峻洁，黄诗中近体格律整饬，意象不俗，如七律《答友人》："芝掌峰前一杯酒，别离岁晚递相望。野梅如雪遥入眼，晓雁连天寒叫霜。闭门穷巷灯火冷，回首苍山云树长。几时抱被却同宿，愧尔诗筒远送将。"七绝蕴含深曲，一波三折，如《宣和画木石》："石边古木尚青枝，地老天荒石不知。故国小臣谁在者，苍梧落照不成悲。"《青山白云图》："十年失脚走红尘，忘却山中有白云。忽见画图疑是梦，冷花凉叶思纷纷。"诗人感慨良深，在短短四句中蟠曲而出，很有艺术张力。

黄溍诗中多有一些纪行五古，得"大小谢"之神气，清新冲和，这类诗有《晓行湖上》、《题华清亭》、《湖上即事》、《上京道中杂诗》、《西岘峰》等，如《题华清亭》：

> 名区汇修渚，流望俯平陆。飞雨天际来，远峰净如沐。
> 生香余晚华，繁荫蔼嘉木。秀色坐可揽，终然不盈掬。
> 触景幽兴多，接物道机熟。谁能与之游，食芳饮山渌。

这类篇什在黄诗中颇有代表性，很像谢灵运的山水诗，写得清新俊逸，杨维桢称许黄溍此类作品，说他"遇佳山水，竟日忘去，形于篇什。多冲淡简远之情"[1]。然而，这类诗是缺乏艺术上的开拓精神的，可以看出类于哪位前代诗人，却鲜见个性特征。

柳贯（1270—1342），字道传，婺州浦江（今属浙江）人。少从金履祥学性理之学，后从方凤、谢翱等学习诗文。大德四年（1300）出任江山县教谕，晚年官至翰林待制兼国史院编修，终年七十三岁。

---

① （元）杨维桢：《故翰林侍讲学士金华先生墓志铭》，见李修生主编《全元文》卷1317，凤凰出版社 2004 年版，第 57 页。

柳贯是理学中人，为人刚直清正。他以散文著称，但也留下大量诗作，现有诗五百余首，有《待制集》。

柳诗简洁古硬，颇有江西诗派的影子。柳诗古体峭健有力，有"盘马弯弓"之势，如五古《岁暮杂言二首》其一：

> 中年鞍马间，所历万里途。髀肉亦既消，梦惊还一呼。
> 读史窥古人，恨时不能俱。宁知远游躅，足蹑双飞凫。
> 漠北松亭塞，燕南督亢图。居今采奇迹，未觉吾行迂。
> 岁晚重思之，天高明月孤。

这首诗是岁暮反思自己的人生历程所发感慨，发自中心，气雄力健，在古峭中蕴奇界，很能代表柳诗佳处。

柳贯律诗造语奇峭，也能见出其受江西诗风之影响，如《还次桓州》：

> 塞雨初寒草未霜，穿庐秋色满沙场。
> 割鲜俎上荐黄鼠，献获腰间悬白狼。
> 别部乌桓知几族，他山稽落是何方。
> 长云西北天如水，想见旌旗瀚海光。

此诗写塞北风物，意象苍莽雄奇，颇见北国之风，诗的整体意境是十分雄阔的，颔联意象更为奇峭。可以见出诗人的笔力。

欧阳玄（1273—1358），字原功，号圭斋，祖籍庐陵，迁居潭州浏阳。欧阳玄与宋代大文学家欧阳修同族，他颇引为自豪："吾江右文章名四方也久矣，以吾六一公倡为古也。"[①] 延祐年间，元统治者恢复科举，他以乡贡首荐登进士第。除同知平江州事，召为国子博士，迁翰林待制。至正初年，以学士告归，诏修宋、辽、金三史，起为总裁官，拜翰林学士承旨。屡乞休不允，卒于大都寓舍，年八十五。有《圭斋集》。

欧阳玄是元代中期著名的文章家，时人以得其文辞为荣耀。"当四海混一，文物方盛，凡宗庙朝廷雄文大册，播告万方制诰，多出其手。金缯上尊之赐，殆无虚岁。海内名山大川释老之宫，王公贵族墓隧之石，得其文辞以

---

① （元）欧阳玄：《族兄南翁文集序》，见李修生主编《全元文》卷1092，凤凰出版社2004年版，第455页。

为荣。片言只字，流传人间，皆知宝重。"① 足见其名重一时。

欧阳玄还是当时重要的文学评论家。因其位高名重，文人学士争请欧阳玄为自己的诗文集作序，在这些序文中，欧阳玄不仅对集中作品作出审美评价，而且表达出他的文学观念。最突出的一点便是倡导"雅正"之说，这在许多诗序中都表达出来。从"雅正"的观点出发，他大力阐扬延祐文学的价值。在《罗舜美诗序》中，欧阳玄说："我元延祐以来，弥文日盛，京师诸名公咸宗魏晋唐，一去宋金季世之弊而趋于雅正。诗丕变而近于古，江西之士之京师者，其诗亦弃其旧句焉。"② 这种观点他多次谈到，而且产生了广泛影响。后人评价元诗发展也多承此说。

欧阳玄的诗多为题画、赠答之作，风格流畅自然，颇觉生气贯注。从其绝句看，更多的是得自于晚唐，而又时有宋人杨万里"诚斋体"的流转轻快。如："杨柳垂垂拂钓矶，平沙雨过绿生衣。王孙斗草归来晚，扑漉鸳鸯带水飞。"（《逢江易艺芳于赋芳洲》）"老树纵横出几条，一枝还又亚墙腰。西湖湖上掀篷看，一夜吹香满六桥。"（《题所贵侄梅》）其绝句大率如此，流转轻快，顾盼自如。欧阳玄的律诗也多写得流美清丽，如《早秋听秋居士园池》：

> 碧池流水绿潺潺，高下楼台紫翠间。
> 阮籍才华胜南族，谢安清致满东山。
> 林名花坞莺争道，集句桃符鹿守关。
> 洒扫园丁今白发，秋翁化鹤几时还？

《圭斋集》中多是这类篇什，读之清新可喜，但是并无多少足以动人之处。延祐时期的诗风于此也可见一斑。元人崇尚盛唐，但却缺乏唐诗的艺术力量。这是因为，唐诗之所以"往往能感动激发人意"③，并不仅在于风格技巧，而在于其来自于时代生活深处的人生体验。元人缺乏唐人的精神气质，也没有唐代那种时代氛围，即便对唐诗如何膜拜，也不能写出真的"唐诗"来。

延祐前后这段时间确实是元诗的全盛期，无论从创作实践还是在诗歌理

---

① （清）顾嗣立：《元诗选·初集》，中华书局 1987 年版，第 1169 页。
② 同上书，第 980 页。
③ 郭绍虞：《沧浪诗话校释》，人民文学出版社 1961 年版，第 198 页。

论上，都呈现出彬彬之盛的局面，最能代表元诗的特征。这个时期，虞、扬、范、揭这"元诗四大家"，从整体上最能代表元诗的成就，而且都在诗歌理论上自觉地阐扬"雅正"的审美观念，形成了广泛影响。"四大家"以外的欧阳玄，也以其大量的诗文评论，倡导这种观念。其他诗人也都以自己的创作使这个时期的诗坛更为壮观。我们介绍、论述了延祐时期的几位主要诗人，还有许多诗人没有介绍给读者，这当然也是不得已的，没有办法面面俱到地一一论到，但是延祐诗坛的基本情形是大致勾勒出来了。

话又须说回来。尽管延祐诗人们的创作体现了元诗的特色与成就，但也集中地表现出元诗的局限性。这个时期大张其帜的核心审美范畴"雅正"，的确颇为广泛地渗透在诗人们的创作意识与诗歌风貌之中。"雅正"的观念要求诗人按照儒家诗教进行创作，奉行"怨而不怒，哀而不伤"的诗学教条，使得诗人们不能、不敢真正地抒发心中的激情。理学的濡染，可能也使诗人丧失了这种激情。在客观上，诗成了装点升平的工具。因此，元人力倡宗唐，却只能片面地学得唐诗的声口形貌，而不可能有唐诗那种"感动激发人意"的强力与魅力。

第十二章　元代后期诗风的丕变

元代社会进入后期，各种矛盾不断激化，反抗元统治者的农民起义此起彼伏，元代统治集团内部矛盾重重，争夺帝位的斗争十分激烈。从泰定帝而后，元朝统治便迅速走向衰落了。最后，终于被朱元璋所领导的明朝军队所推翻，逐出了中原大地，逃回了漠北老巢。文学史不能等同于历史，那种简单地以历史分期作为文学史分期的做法也许是并不科学的。但是，文学史又是与历史进程密不可分的，它们之间有着千丝万缕的联系，文学史的发展变化，最终是可以在社会发展中得到一个方面的说明的。

在"延祐"之后，元代诗坛也发生了很大变化，开始改变了以"雅正"的审美观念为"一统天下"的格局，而是产生了更加多样化的风格，萨都剌、马祖常、迺贤、丁鹤年、泰不华等色目和蒙古诗人的绚烂多彩的创作，使元代诗史更为丰富厚重。这些少数民族诗人没有那么多根深蒂固的传统儒家诗教观念，而是从自己的性情出发，充分发挥他们的创造才能，因而他们的创作能够异彩纷呈，使中华的诗史长河多了一些奇美的浪花。在元代后期诗坛上，这些少数民族诗人的地位是很重要的，是我们认识元诗时所不应忽略的。元代后期还有一位大诗人，那就是杨维桢。在元末诗坛上，杨是导引风气的领袖人物。他所创造的诗风"铁崖体"，影响遍及元末明初的诗人。较之延祐诗风，"铁崖体"的确是颇为不同了，有些像中唐的李贺之于盛唐诗风。而杨维桢的诗并不定于一格，而是有着多样化风格的，同样，这种多样化风格的辐射，成为元末诗坛更为丰富的重要因素。这个时期其他一些诗人如傅若金、张翥、王冕、倪瓒等，也都自有其面目，而走出了"雅正"观念的局囿，使元代诗史的末端，呈现出更加多元化的态势。

第一节　萨都剌等少数民族诗人

顾嗣立论萨都剌等少数民族诗人时说："要而论之，有元之兴，西北子弟，尽为横经。涵养既深，异才并出。云石海涯、马伯庸以绮丽清新之派振起于前，而天锡继之，清而不佻，丽而不缛，真能于袁、赵、虞、杨之外，别开生面者也。于是雅正卿、达兼善、逎易之、余廷心诸人，各逞才华，标奇竞秀。亦可谓极一时之盛者欤！"① 这段话概括地揭示了这个少数民族作家群体在元代诗坛上的重要地位。其中成就最为突出的诗人，当推萨都剌。

　　萨都剌是元代杰出的诗人，回族。关于他的生卒年，尚有争议，较为集中的有两说，一为1300—约1355年，一为1272—1355年，在未得确凿无误的证据之前，尚难以遽下断语。萨都剌，字天锡，号直斋，其祖先为答失蛮氏，祖父以勋留镇云代，遂为雁门人。萨都剌虽是色目人，在元代地位高于汉人，但到萨都剌时，家境已很贫寒，至于"家无田，囊无储"②。后来他曾远到吴、楚经商谋生。泰定四年（1327）中进士，授镇江录事司达鲁花赤（掌印正官，有实权，是只有蒙古人或色目人才能做的官职），后任应奉翰林文字，以弹劾权贵，左迁镇江录事，后至河北廉访经历等职。晚居武林（今杭州），流连于山水之间。萨都剌勤于创作。他一生遍览名山大川，也多接触社会现实，作品题材十分广泛，有对祖国壮美山河的描写，有直探社会民生的篇什，也有怀古讽今的咏叹感慨。其诗词作品由诗人自辑为《雁门集》，并请礼部尚书干文传作序。其族孙萨龙光在嘉庆年间的刻本最为详备，收诗798首，词14首。

　　萨都剌的诗作，在元代诗人中是别具一格的。他不再囿于"雅正"的观念，而一任情感的流泻。虞集评萨诗说："进士萨天锡者最常于情，流丽清婉，作者皆爱之。"③ 流丽清婉，确乎是萨诗的一个显著特点。然而，作为元代的大诗人，萨都剌诗歌成就是多方面的，非一隅所限。礼部尚书干文传序其诗时评价说："其豪放若天风海涛，鱼龙出没；险劲如泰华云开，苍翠孤耸；其刚劲清丽，则如淮阴出师，百战不折，而洛神凌波，春花霁月之娬娟也。"④ 可见，萨诗是多方熔冶，众彩纷呈的。而在秀丽清婉之中蕴含健劲风骨，可谓其主要特色。当然，或刚或柔，在其诗作中是有所侧重的。萨都剌"最长于情"的特点，典型地体现在他的宫词之中。

---

　　① （清）顾嗣立：《元诗选·初集》，中华书局1987年版，第1185—1186页。
　　② （元）萨都剌：《溪行中秋玩月（并序）》，见刘试骏、张迎胜、丁生俊选注《萨都剌诗选》，宁夏人民出版社1982年版，第160页。
　　③ （元）虞集：《傅与砺诗集序》，见《全元文》第26册。凤凰出版社2004年版，第266页。
　　④ （元）干文传：《雁门集序》，见（清）顾嗣立《元诗选·初集》，中华书局1987年版，第1185页。

宫词，自然是表现宫廷女性的生活和心态的，容易流于秾艳。而萨都剌的宫词则以这种体裁，写出了更为深广的内容，并且巧妙地将宫词作为刺恶讽邪的工具。写出了宫廷女性心灵深处的怨恨。清人翁方纲对于萨诗，最为欣赏的便是宫词，他说："萨天锡诗，宫词绝句第一，五律次之，七古、七律又次之，五古又次之。再加含蓄深厚，杜牧之不是过也。"① 认为萨都剌的宫词不亚于杜牧，评价甚高。萨都剌的宫词风流俊爽，善于通过人物情态表现人物的微妙内心变化，语言典丽精美，如这样一些篇什：

> 杨柳楼心月满床，锦屏绣褥夜生香。
> 不知门外春多少，自起移灯看海棠。
> 　　　　　　——《宫词》
> 深夜宫车出建章，紫衣小队两三行。
> 石阑干畔银灯过，照见芙蓉叶上霜。
> 　　　　　　——《秋词》
> 御沟涨暖绿潺潺，风细时闻响佩环。
> 芳草宫门金锁闭，柳花帘幕玉钩闲。
> 梦回绣枕听黄鸟，困倚栏杆看白鹇。
> 落尽海棠天不管，修眉惭恨锁春山。
> 　　——《四时宫词四首》其一

这些宫词作品，都以精美的语言表现出宫女心中的瞬间情绪变化，在艺术上达到了很高成就，其中也可看出萨都剌是瓣香于义山的。

不仅是宫词，实际上萨都剌的乐府诗写得更为婉丽俊爽且情真意切。如著名的《芙蓉曲》：

> 秋江渺渺芙蓉芳，秋江女儿将断肠。
> 绛袍春浅护云暖，翠袖日暮迎风凉。
> 鲤鱼吹浪江波白，霜落洞庭飞木叶。
> 荡舟何处采莲人，爱惜芙蓉好颜色。

---

① （清）赵执信、翁方纲著，陈迩冬点校：《谈龙录·石洲诗话》，人民文学出版社 1981 年版，第 168 页。

这首乐府写得摇曳生姿，一语百情。写江南女子的爱情心理，内容上没有什么新鲜之处，但在艺术上继承和发展了南朝乐府民歌以及温庭筠乐府诗的佳处，写得婉丽清美而又天然本色，杨维桢评价说："天锡诗风流俊爽，修本朝家范，宫词及《芙蓉曲》，虽王建、张籍无以过矣。"[①] 指出其宫词和以《芙蓉曲》为代表的乐府诗的特点与成就。

萨都剌有很多诗作揭露当时社会的悲惨现实。诗人往往用才华横溢的诗笔，色泽纷繁的辞采，来写元代社会严重的阶级对立，写人民的苦难，如《鬻女谣》：

> 扬州袅袅红楼女，玉笋银筝响风雨。绣衣貂帽白面郎，七宝雕笼呼翠羽。冷官傲兀苏与黄，提笔鼓吻趋文场。平生睥睨纨绮习，不入歌舞春风乡。道逢鬻女弃如土，惨淡悲风起天宇。荒村白日逢野狐，破屋黄昏闻啸虎。闭门爱惜冰雪肤，春风绣出花六株。人夸颜色重金璧，今日饥饿啼长途。悲啼泪尽黄河干，县官县官尔何颜？金带紫衣郡太守，醉饱不问民食艰。传闻关陇尤可忧，旱荒不独东南州。枯鱼吐沫泽雁叫，嗷嗷待食何时休？汉宫有女出天然，青鸟飞下神书传。芙蓉帐暖春云晓，玉楼梳洗银鱼悬。承恩又上紫云车，哪知鬻女长欷歔。愿逢昭代民富腴，儿童拍手歌康衢。

这首乐府诗意义颇为深刻，而诗作的审美价值也很高。诗人创造了两个截然不同的世界：一面是"七宝雕笼"、"芙蓉帐暖"的高门豪族，一面是卖儿鬻女、嗷嗷待食的贫寒人家。这首诗作于天历二年（1329），这年正是灾荒年月。《扬州府志》载："天历二年，扬州宝应、兴化二县水没民田。"而《元史·五行志》和《文宗本纪》更从全国的角度记载了是年的灾荒。《五行志》载："天历二年夏，真定、河间、大名、广平等四州四十一县旱，峡州二县旱。八月浙西湖州、江东池州、饶州旱，十二月，冀宁路旱。"《元史·文宗本纪》云："天历二年，陕西饥民百二十三万四千余口，河南饿死者二千余人，山东饥民六十七万六千户。"诗中所说的"传闻关陇尤可忧，旱荒不独东南州"，正是指这年的灾情。诗人把灾年人民的遭遇，凝缩进"鬻女"的意象中，使之具有了十分深远的普遍性意义。诗人对于县官，郡

---

① （元）杨维祯：《西湖竹枝集》，见（清）钱塘丁丙撰辑《武林掌故丛编》3，京华印书局1967年版，第1536页。

守的讽刺、斥责，是大胆而直露的，这在元代诗歌中几乎是绝无仅有的，如果用"怨而不怒，哀而不伤"的"雅正"观念来衡量，自然是不合其规范的，正因其如此，更可以说明萨诗的价值所在。一般同情人民疾苦的篇什，容易流于枯质，而萨诗则流丽婉转，情韵盎然！这大概正是萨诗的魅力所在。

延祐诗人多以"雅正"为圭臬，诗以含蓄缥缈、不切世务为妙，而萨都剌却有直刺朝政大事之作，足见其勇气所在。如《纪事》一诗：

> 当年铁马游沙漠，万里归来会二龙。
> 周氏君臣守空信，汉家兄弟不相容。
> 只知奉玺传三让，岂料游魂隔九重。
> 天上武皇亦洒泪，世间骨肉可相逢。

这首诗感慨于元朝统治者内部为了争夺皇位的骨肉倾轧，有很强的政治讽谕性。瞿佑在评价此诗同时，记述了诗的本事，他说："萨天锡以宫词得名，其诗清新绮丽，大率相类。惟《纪事》一首，直言时事不讳。云云。盖泰定帝崩于上都，文宗自江陵入据大都，而兄周王远在沙漠，乃权摄位而遣使迎之，下诏四方云：谨俟大兄之至，以遂固让之心。及周王至，迎见于上都欢宴，一夕暴卒。复下诏曰：夫何相见之顷，宫车弗驾。加谥明宗。文宗遂即真。皆武宗子也，故未句云然。"[1] 周王之暴死，分明是文宗与权臣燕铁木儿事先精心策划的结果，这完全是为了争夺皇位而骨肉相残的丑剧。元诗以学唐相标榜，实际主要是模仿王孟韦刘一系雅淡超逸、遁于内心天地的诗风，而在诗论中也一再主张"托词温厚"，"含蓄不伤"，"婉曲不露"，片面地发挥了儒家诗教，因而元诗中少有切入现实政治之作。萨都剌《纪事》等作，则是直刺朝政是非，而且不局限于文宗明宗之争，而是站在更高的视角进行概括，指出了统治集团的丑恶阶级本质。

仅仅看到萨都剌诗歌创作的"最长于情，流丽清婉"是不够的，或者说是较为表层的印象。即使是最为婉丽清绮的宫词、乐府等类篇什，也往往是有所寄托的。萨都剌并非是遁入个人心灵天地而风流自赏的诗人，而是有着高度社会责任感的诗人，他常常用豪逸飞动的诗笔，深探现实生活的一些敏感面，表达自己的政治态度与社会理想，譬如《过居庸关》、《鼎湖哀》

---

① （明）瞿佑：《归田诗话》，中华书局1985年版，第30页。

等作，都属此类。这就带来了萨诗风格的多样化，如《鼎湖哀》、《威武曲》等诗都以雄奇飞动而见长。那么，干文传序其诗所评价的"豪放若天风海涛"、"险劲如泰华云开"、"刚健清丽"等语①，方是较近事实的，这使得萨都剌具有了"大家"的风范！

马祖常也是元代诗坛上一位出色的少数民族诗人。马祖常（1279—1388），字伯庸，世为雍古部，居靖州之天山（今属新疆），高祖锡里吉思，金末为凤翔兵马判官，后代因以马为姓。延祐二年（1315），马祖常廷试第二，授应奉翰林文学，累迁至礼部尚书，元统初年，拜御史中丞，转枢密副使，后辞归，卒于至正四年，年六十。马祖常活动的时间较萨都剌稍早，在延祐诗坛上已十分活跃，所著诗文集为《石田集》。

马祖常在元代诗史上有很重要的地位。元代苏天爵序其诗说："公诗接武隋唐，上追汉魏，后生争效慕之，文章为之一变。"②可见其诗风在当时是颇有影响力的。虞集序傅若金诗说："大德中，文章辈出，赫然鸣其治平者，则浦城杨仲弘、江右范德机其人也。其后马伯庸中丞用意深刻，思致高远，亦自成一家。"③可见马祖常在当时就已不同于一般的诗坛风气。顾嗣立说："贯酸斋、马石田开绮丽清新之派。"④从某个方面来说，这是能够说明马祖常诗的风格特征的。"绮丽清新"之作，在《石田集》中是不少的。如《秋意》："银床坠露下高桐，竹练含冰留麝笼。葡萄酒作玛瑙红，湘娥江边采芙蓉。月华流影天汉东，素商凄清飔微风，草根知秋有鸣蛩。"《西方泺》："鲁郊秋已深，西泺多蒲鱼。日暮积霭重，维舟月生初。露凉水禽宿，雨晴艳芙蕖。撷花结楚佩，宛若湘南居。"这些篇什，确实是以"绮丽清新"为特征的。

马祖常多以乐府来摄写社会生活的画面，以表现下层人民的困苦生活，如《踏水车行》、《缲丝行》、《拾麦女歌》、《古乐府》等，举《古乐府》为例：

> 天上云片谁剪裁，空中雨丝谁织来？蒹葭秋沙田鼠肥，贫家女妇寒无衣。女妇无衣何足道，征夫戍边更枯槁。朔雪埋山铁甲涩，头发离离

---

① （元）干文传：《雁门集序》，见（清）顾嗣立《元诗选·初集》，中华书局 1987 年版，第 1185 页。

② （清）顾嗣立：《元诗选·初集》，中华书局 1987 年版，第 669 页。

③ （元）虞集：《傅与砺诗集序》，见《全元文》第 26 册。凤凰出版社 2004 年版，第 266 页。

④ （清）顾嗣立：《寒厅诗话》，见《清诗话》，中华书局 1963 年版，第 84 页。

短如草。

这首诗用古乐府的形式、对比的手法写织妇征夫的艰苦生活。用诗的艺术含蓄地批判了社会的黑暗与不合理。马祖常、萨都剌的乐府诗都更多地继承了张籍、王建乐府的特点而加以发展，有较浓的"乐府味"。而诗的意象却非凭空的幻想，而是从生活中提炼出来的，如"朔雪埋山铁甲涩"等，都是不可取代的。

马祖常的诗作更多地逸出了盛唐诗的笼罩，而吸收了李贺、温庭筠等诗人的风格，又加以自己的融汇创造，使诗的意象、词语等方面都具有相当的个性。如《淮安路池山》："淮浦蒲花秋渺渺，淮岸杨花春袅袅。白鱼初下渔船来，十里风烟隔飞鸟。吾生欲向淮南居，更闻池山好田庐。濯足沧浪箕踞坐，不问朝家求聘车。"《赠陈众仲秀才缬云辞》："缬云织波射金水，郎君水西著皮履。南陌紫尘十丈高，将须买酒意气豪。万里将书凭好鸟，荔枝千颗团团小。天津不隔少微星，阊阖门开夜光晓。"这里仅仅是举例，马祖常的诗作都有这样一种独特的风格，从意象到韵律，都给人一种审美上的"陌生化"感觉。马祖常虽然主要活动于延祐诗坛上，但他的创作却体现了元代诗风由中期到后期的变迁。

元代后期的少数民族诗人还有泰不华、迺贤、余阙、丁鹤年等，他们都在一定程度上体现了元诗的变化。而且，在这种变化中，他们起了更为积极的推动作用。泰不华，字兼善，至治元年（1321），为右榜进士第一，授集贤修撰，顺帝时擢为礼部尚书，后改台州路达鲁花赤。后为元朝死节，谥曰"忠介"。泰不华是一位蒙古族诗人，其诗集为《顾北集》。他的诗歌创作也不拘守于"雅正"，风格不同于延祐诸家。迺贤，字易之，别号河朔外史。本突厥葛逻禄氏。迺贤是元代后期著名诗人，其诗集名《金台集》。贡师泰称"其词清润纤华，五言类谢朓、柳恽、江淹，七言类张籍、王建、刘禹锡。而乐府尤流丽可喜，有谢康乐、鲍明远之遗风"①。迺贤有些诗写得清新俊逸，有些则以乐府诗形式来写人民生活的疾苦，如《新乡媪》《卖盐妇》等，都是从切实的观察中写出社会的弊端，有白居易新乐府之遗风。余阙，字廷心，人称青阳先生，色目人，元统元年（1333）进士，至正年间出任淮东都元帅副使，都元帅，与红巾军战，败而自刎，被视为元朝的忠节之臣。余阙诗更多的是从元朝诗人那里汲取营养，胡应麟评之云："惟余

---

① 《金台集序》，见（清）顾嗣立《元诗选·初集》，中华书局1987年版，第1437页。

廷心古诗近体，咸规仿六朝，清新明丽，颇足自赏。"① 也有论者说："马公之诗似商隐，萨公之诗似长吉，而余公之诗则与阴铿、何逊齐趋而并驾。"② 可见，他是从六朝入手，而逸出盛唐诗之轨范的。丁鹤年，回族诗人，生当元末乱世，其诗多流露出末世之伤感。艺术上工于诗律，以五七言近体为长，元末戴良序其诗说："注意之深，用工之至，尤在于五七言近体。"他的诗作在精工凝练中表现了乱世的哀婉。

元代这些少数民族诗人的创作对于元代文化以及诗史有较为重要的意义。这种意义也许并不全然在于作品本身。他们都是以汉文进行创作，而且在语言运用上达到了与汉族诗人相比毫不逊色的地步。尤其像萨都剌，不仅在少数民族诗人中是佼佼者，而且在整个中国诗史中，也不愧为一代名家。萨都剌、马祖常等人的诗歌成就，标志着蒙古及色目人接受汉文化的深度与高度，实际上也标志着元代社会文化的进程。

另一方面，元代中期号称"盛世"，诗坛也以装点"盛世"的"治平之音"相矜，"雅正"成为笼罩诗坛的权威性观念。无论是创作和诗论，都相当浓重地流溢出这种倾向。而从元诗的中期进入后期，并非全然系于社会史的变移，而主要的标志，乃是"雅正"观念的离析与所谓"盛世"之音的淡化与消靡。新的诗风开始产生，由中期到后期的分野，主要是诗风的丕变。这种诗风丕变最显明的代表自然是杨维桢的"铁崖体"。而在杨维桢之前或同时的这些少数民族诗人，在中后期诗风的迁替之中，有着不可忽视的作用。萨都剌、马祖常等诗人的作品中更多地闪烁着李商隐、李贺、温庭筠的影子，实际上正是摆脱延祐诗人所倡的"盛唐"之风，而寻求新的生机。这些少数民族诗人"各逞才华，标奇竞秀"，在精神天地中没有汉族诗人那么多儒家诗教的根深蒂固的影响，而西北少数民族那种较为质朴、文化积淀较薄的心理状态，还在相当程度上起着作用，这就使他们更无拘束地逸出"雅正"诗学观念的局囿，而创造出更有个性的诗风，在元代中后期诗风的丕变之中，他们的功绩是不可湮没的。

第二节 论"铁崖体"与元代后期诗风

元代后期诗坛，最有影响的诗人无疑是杨维桢。他所开创的诗风"铁

---

① （明）胡应麟：《诗薮》，上海古籍出版社 1958 年版，第 242 页。

② 见王云五主编，陈衍编辑《元诗纪事》卷 18，商务印书馆 1935 年版，第 352 页。

崖体"，对于元末明初的诗界来说，无疑是群山叠嶂中的主峰。从元代中期到后期，诗歌的创作思想、艺术形式、审美观念都发生了很大变化，最能代表这种变化的无疑又是杨维桢。要了解元代后期诗风，是无法回避这个诗坛"重镇"的。

杨维桢（1296—1370），字廉夫，号铁崖，东维子，又号铁笛道人，山阴（今浙江绍兴）人。登泰定四年（1327）进士第，与萨都剌为同年。曾任天台县尹，改钱清场盐司令，迁江西等处儒学提举。元末遇兵乱，隐居于富春山、钱塘、松江等地。元亡以后，明洪武二年（1369），明太祖召他修礼、乐书志，杨维桢辞谢说："岂有八十岁老妇，就木不远，而再理嫁者邪！"并作《老客妇谣》一首以进，表明自己不仕两朝之意。并说："竭吾之能，不强吾所不能，则可；否则，有蹈海死耳！""帝许之，赐安车诣阙廷，留百有一十日，所纂叙例略定，即乞骸骨。帝成其志，仍给安车还山。"[①] 卒年七十五岁。杨维桢曾居吴山铁冶岭，故号铁崖。过太湖，得莫邪铁笛，又称"铁笛道人"。所作诗篇，集为《铁崖古乐府》、《铁崖复古诗》、《铁崖集》、《铁龙诗集》、《铁笛诗》、《草云阁后集》、《东维子集》等诗集。其中，尤以《铁崖古乐府》影响最巨。

关于杨维桢在元诗史中的地位，顾嗣立曾有这样的宏观概括："元诗之兴，始自遗山。中统、至元而后，时际承平，尽洗宋、金余习，则松雪（赵孟頫）为之倡。延祐、天历间，文章鼎盛，希踪大家，则虞、杨、范、揭为之最。至正改元，人材辈出，标新领异，则廉夫为之雄，而元诗之变极矣！"[②] 这个极为简要的概括，却很能说明杨维桢在元代后期诗坛上极为重要的地位。

那么，杨维桢的创作又是怎样体现了元代后期诗风的丕变呢？这是个一两句话难以说清的问题，但又是一个十分富有诗史价值的问题。为此，我们应该先对"铁崖体"有个很简略的印象。我们不妨借古人的评价加以概括说明。胡应麟曾说："杨廉夫胜国末领袖一时，其才纵横豪丽，亶堪作者，而耽嗜瑰奇，沉沦绮藻，虽复含筠吐贺，要非全盛典型。至他乐府小诗，香奁近体，俊逸浓爽，如有神助。"[③] 明人顾起纶评价说："杨聘君廉夫，才高

---

① （清）张廷玉等：《明史》卷285《杨维桢传》，中华书局1975年版，第7310页。

② （清）顾嗣立：《元诗选·初集》，中华书局1987年版，第1975—1976页。

③ （明）胡应麟：《诗薮》，上海古籍出版社1958年版，第241页。

情旷，词隽而丽，调凄而惋，特优于古乐府。"① 这些评价在相当的程度上能够说明"铁崖体"的某些特征。但需作必要的补充。"铁崖体"在体裁形式上以"古乐府"为主，力求打破古典主义的诗学规范，走出元代中期模拟盛唐、圆熟平缓、缺少个性的模式，而追求构思的奇特，意象的奇崛，造语藻绘而狠重，在诗的整体审美效应上具有"陌生化"的特征与力度美。而这些，都应是出自诗人的情性，从而使作品富有相当的个性色彩。这基本上可以作为"铁崖体"的概括吧。

为了真正揭示杨维桢在元诗之变中的重要作用，不能不从他的文学思想上说起。元代理学昌盛，被定为官方哲学，对文学创作不能不产生种种影响。当然，各种体裁所受的影响是不尽相同的。散文受理学影响最大，当是明显的事实。而在诗歌领域，理学的影响不那么直接，但却依然存在。元代很多理学家又都是诗人，这又决定了理学思想对诗歌创作或明或暗的影响与渗透。与宋诗不同，元诗受理学的影响并不在于"尚理而病于意兴"② 上，而在于儒家正统诗学观念对元代中期诗坛的支配作用。如上章所论，在元代中期，"雅正"，成为最主要的、支配性的美学观念。

延祐时期的主要诗人、诗论家们，几乎都是奉行"雅正"观念来创作诗歌、评价诗歌的。他们以"延祐之盛"为骄傲，以鸣其"盛世之音"相自矜，在其诗文论中，所谓"一去宋金季世之弊，而趋于雅正"、"涵淳茹和，以鸣太平之盛"的说法屡见不鲜。按照这种逻辑，既然是"鸣其盛世之音"，自然是"安以乐"、"无噍杀之音"了。"体裁端雅，音节和平"被视为佳作的典范。元人最为推崇唐诗，处处以"革除宋弊"相标榜，以"盛唐"为圭臬，其实，他们对唐诗的理解是较为片面的。他们认为唐诗的好处是在于"温柔敦厚"、"无噍杀之音"，而在艺术上则是含蓄柔婉、雅淡宁静。在元代诗论中，反复申说强调的便是"哀而不伤，怨而不乱。要发兴以感其事，而不失情性之正"，"典雅温厚，写意闲雅"③。在内容上，要合乎政治教化的规范；在艺术上，要和谐温婉，优游不迫。这大致是延祐诗坛的主导性诗学倾向。元代诗论著作多是"诗格"、"家数"一类，主要是诗法的传授。元代中期的诗歌创作，大都是含而不露，闲淡恬静之作，又远

① （明）顾起纶：《国雅品》，见（清）丁福保辑《历代诗话续编》，中华书局1983年版，第1092页。

② 郭绍虞：《沧浪诗话校释》，人民文学出版社1961年版，第148页。

③ （元）杨载：《诗法家数》，见何文焕辑《历代诗话》，中华书局1981年版，第733，732页。

离社会现实者居多，相对来说，是较为缺少个性流露的。因为，元代中期所强调的"性情之正"，主要是指经过了儒家伦理教化"过滤"后的东西，也是缺少活生生的个人性情的思想观念。胡应麟批评得很中肯："宋近体人以代殊，格以人创，巨细精粗，千歧万轨。元则不然，体制音响，大都如一。其词太绮缛而乏老苍，其调过匀整而寡变幻，大都不得不尔。"① 因而，元诗虽然宗唐，但却缺乏唐诗真的活力。

杨维桢个性狂狷豪放，非理学中人。他的行为在别人看来属于狂放不羁的那一类，史载："又忤达识丞相，徙居松江之上。海内荐绅大夫与东南才俊之士，造门纳履无虚日。酒酣以往，笔墨横飞。或戴华阳巾，披羽衣坐船屋上，吹铁笛，作《梅花弄》。或呼侍儿歌《白雪》之辞，自倚凤琶和之。宾客皆蹁跹起舞，以为神仙中人。"② 这些富浪漫色彩的行为，有方巾气的理学家是决不肯为的。从很多记载都可以看出，杨维桢的思想、行为与理学是迥不相侔的。他这种不合于理学的思想倾向，决定了他的诗歌主张与延祐诸人的"雅正"诗论有相当的分歧。

杨维桢认为诗是个人情性的表现，而其"情性"的内涵，与儒家诗教的"性情之正"并非是一回事。他说："诗者，人之情性也，人各有情性，则人有各诗也。"③ 这里所谓"情性"，分明是指个人的禀赋气质，而非那种被规范化的了"情性之正"。在诗的本体论上，他认为这种真正属于个人的"情性"，才是决定诗歌风格的基质。由此，他主张艺术创作的个性化，而反对模仿随人。他说："宗杜者要随其人之资所得尔，资之拙者，又随其师之所传得之尔，诗得于师，固不若得于资之为优也。"④ "资"即是个人的资禀气质，"师"是外在的传授学习，杨维桢认为，诗得之于个人的资禀是更好的。他又说："诗得于言，言得于志。人各有志有言，以为诗，非迹人以得之者也。东坡和渊明诗，非故假诗于渊明也，具解有合于渊明者，故和其诗，不知诗之为渊明，为东坡也。"⑤ "迹人"，也就是模仿、仿效别人。苏轼的"和陶诗"，并非是为了模仿，而是"具解有合于渊明者"，因而，渊明自渊明，东坡自东坡，各有其自己的个性。

---

① （明）胡应麟：《诗薮》，上海古籍出版社 1958 年版，第 230 页。

② （清）张廷玉等：《明史》卷 285《杨维桢传》，中华书局 1975 年版，第 7308 页。

③ （元）杨维桢：《李仲虞诗序》，见《全元文》第 41 册，凤凰出版社 2004 年版，第 240 页。

④ 同上。

⑤ （元）杨维桢：《张北山和陶集序》，见《全元文》第 41 册，凤凰出版社 2004 年版，第 241 页。

杨维桢最为反对模拟形迹之作，这是与其上述文学思想紧密联系的。他说："古风人之诗类出于闾夫鄙隶，非尽公卿大夫士之作也。而传之后世，有非今公卿大夫士之所可及，则何也？古者，人有君子之行，其学之成也尚己，故其出言如山出云，水出文，草木之出华实也，后之人执笔呻吟，摹朱拟白以为诗，尚为有诗也哉？故摹拟愈逼而去古愈远。吾观后之摹拟为诗，而为世道感也远矣。"① 这显然是有感而发的，实际上是对延祐诗风所发的责难。反对模拟，不满于"体制音响，大都如一"的诗坛局面，而力倡诗中勃发诗人的情性，这种理论，正是开了明代公安三袁以及李贽文学主张的先河。

为了张扬个性，摆脱形式因素的拘束，他喜作古体，尤其是乐府歌行，更是其所擅长，而最不愿意作律诗，认为律诗颇为束缚手脚，这自然是较为偏激的，但也造就了"铁崖体"那种放纵出奇的诗风。他说："诗至律，诗家之一厄也。……余在淞，凡诗家来请诗法无休日，《骚》、《选》外，谈律者十九。余每就律举崔颢《黄鹤》、少陵《夜归》等篇，先作其气，而后论其格也。崔、杜之作虽律而有不为律缚者。"② 他很少写作律诗，即便是写律诗也多拗体之作。其门人安谨在《铁崖先生拗律序》云："先生谓律诗不古，不作可也。其在钱塘时，为诸生请律诗，始作二十首，多奇对，其起兴如杜少陵，用事如李商隐，江湖陋体为之一变。然于律中又时作放体，此乃得于类然天纵，不知有四声八病之拘，其可骇愕如乘龙震虎，排海炎岳，万瓦立解，辟易无地。"③ 这恐怕也是"铁崖体"律诗的特点吧。

在诗歌构思方面，杨维桢不屑于苦吟力索的构思方式，而是擅长于随遇而发的"漫兴"，这是一种随机的审美创造方式，他十分钟爱杜甫的《漫兴》诗，自己也尝作《漫兴七首》，就是在于这种随机的创造方式。在《漫兴七首》自序中，诗人说："学杜者必先得其性情语言而后可，得其性情语言，必自其《漫兴》始。钱塘诸子喜诵予唐风，取其去杜不远也。故今漫兴之作，将与学杜者言也。"他认为学杜必从根本做起，这便是"得其性情语言"，而最为得之的便是"漫兴"诗，这里实际上是主张"漫兴"式的构思方式。其门人吴复对此有很好的解释："漫兴者，老杜在浣花溪之所作

---

① （元）杨维桢：《吴复诗录序》，见《全元文》第41册，凤凰出版社2004年版，第238页。

② （元）杨维桢：《蕉囱律诗序》，同上书，第250页。

③ （元）杨维桢：《东维子集·铁崖先生拗律序》，见刘方喜编著《中华古文论释林·南宋金元卷》，北京大学出版社2011年版，第393页。

也。漫兴之为言，盖即眼前之景，以为漫成之词耳。其情性盎然与物为春，其言语似村而未始不俊也，此杜体之最难学也。先生此作，情性语言近似矣。"① 这个解释很确切，说明了"漫兴"作为一种构思方式的样态。"漫兴"的构思方式，在中国古典诗论中是有源远流长的传统的，我曾称之为"随机论"。这种诗论认为，主体之意与客体之境的偶然遇合，是诗歌意境创造的最佳方式。这种方式是最能使诗作见出不可重复的艺术个性的。如宋人叶梦得评价谢灵运"池塘生春草，园柳变鸣禽"时说得好："此语之工，正在无所用意，猝然与景相遇，借以成章，不假绳削，故非常情所能到。诗家妙处，当须以此为根本，而思苦言难者，往往不悟。"② 这是很典型的"漫兴"。延祐诗论家论诗以法，"诗格"之类的书很多，诲人以规矩。杨维桢对此深为不满，倡导"漫兴"，正是为了突破规矩法度的束缚，充分发挥诗人的个性与才情。

　　杨维桢于前代诗人中，最为推崇李贺，他的乐府诗也多有长吉诗的风神的。他主张学习李贺，主要是心契于李贺的雄奇拗峭，学习李贺的气势，并以此而破除延祐诗风的甜熟妥溜。他认为学李贺并非模仿李贺的词语，而是学李贺的气势才对。他说："故袭贺者贵袭势，不袭其词也，袭势者，虽蹈贺可也；袭词者，其去贺日远矣。今诗人袭贺者多矣，类袭词耳。"③ 从中可以看出他对如何学习前人的态度，要求得其真精神，而不屑于模仿形迹。杨维桢的诗论，是带着很强的异端色彩的，对于延祐时期的权威诗论，是一个很大的冲击，同时，也开启了明代公安三袁等人的先河，具有一定程度的文学解放的意义。他的创作，即"铁崖体"诗风，与他的文学思想是颇相一致的。

　　最能体现"铁崖体"特色的、成就最高的，无疑是他的"古乐府"。他的古乐府诗，融汇了汉魏乐府以及杜甫、李白、李贺等诗人的长处，气势雄健，意象奇特，给人以峥嵘不凡的感觉。在语式上，大大突破了延祐诗的甜熟平稳的畦径，造语奇特雄险，不同凡俗，给人以石破天惊之感。杨维桢的友人张雨序其乐府说："上法汉魏，而出入于少陵，二李之间，隐然有旷世

---

　　① （元）杨维桢著，王云五主编：《铁崖先生古乐府》，商务印书馆1937年版，第100页。

　　② （宋）叶梦得：《石林诗话》卷中，见（清）何文焕辑《历代诗话》，中华书局1981年版。第426页。

　　③ （明）杨维桢：《大数谣》吴复注语，见王云五主编《铁崖先生古乐府》，商务印书馆1937年版，第16页。

金石声，又时出龙鬼蛇神，以眩荡一世之耳目，斯亦奇矣。"① 这个印象是较为准确的。铁崖古乐府的取材就往往不同凡响，撷取一些历史、传说中的人物与事件，带有很强的传奇色彩，借以抒发诗人胸中昂藏不平的意绪。如《虞美人行》、《鸿门会》、《龙王嫁女词》、《皇娲补天谣》、《梁父吟》、《南妇还》等等，借一些具有传奇的、浪漫情调的题材以写峥嵘块垒。

铁崖古乐府构思奇特，造语突兀，迥然不同凡近，而思维跳跃性颇大，给人以瑰奇惝恍的审美感受，同时又极具力度美。如《鸿门会》一诗：

> 天迷关，地迷户，东龙白日西龙雨。撞钟饮酒愁海翻，碧火吹巢双鹔鹴。照天万古无二乌，残星破月开天余。座中有客天子气，左股七十二子连明珠。军声十万振屋瓦，拔剑当人面如赭。将军下马力拔山，气卷黄河酒中泻。剑光上天寒彗残，明朝画地分河山，将军呼龙将客走，石破青天撞玉斗。

这首诗很典型地体现"铁崖体"的特点，也是诗人自己十分得意的篇什。吴复说："先生酒酣时，常自歌是诗。此诗本用贺体，而气则过之。"② 此诗写"鸿门宴"的场面，极有气势与力度。诗人不取写实、描述一路，而全以浪漫雄奇的想象创造意境。诗的意象是十分奇特的，如"碧火吹巢双鹔鹴"、"剑光上天寒彗残"等意象，都是非常奇特的，给人以"陌生化"的审美感受。

意象的雄奇在铁崖古乐府中是处可见，随手撷举几例："神犀然光射方诸，海水拆裂双明珠。""雄雷雌电绕丹屋，顾兔清光吞在腹。"（《奔月厄歌》）"盘皇开天露天丑，夜半天星堕天狗。璇枢缺坏奔星斗，轮鸡环兔愁飞走。"（《皇娲补天谣》）"白鼋竖尾月中泣，倒卷君山轻一粒。浪中拍碎岳阳楼，万斛龙骧半空立。雨工骑羊鞭迅雷，红旗白盖虬尤开。"（《湖龙姑曲》）意象都极为奇特飞动，充满力度感。诗人是有意以此胜于前人的。他的《杀虎行》一诗，是咏叹一位民女胡氏杀虎救夫的义烈行为的。诗前序云："刘平妻胡氏，从平戍零阳，平为虎擒，胡杀虎争夫。千载义烈，有足歌者，犹恨时之士大夫其作未雄，故为赋是章。"可见诗人是刻意追求这种雄奇不凡的美感的。诗云："夫从军，妾从主，梦魂犹痛刀箭瘢，况乃全躯

---

① 见王云五主编，陈衍编辑：《元诗纪事》卷16，商务印书馆1935年版，第301页。

② （清）顾嗣立：《元诗选·初集》，中华书局1987年版，第1978页。

饲豹虎。拔刀誓天天为怒，眼中於菟小于鼠。血号虎鬼冤魂语，精光夜贯新阡土。可怜三世不复仇，泰山之妇何足数。"确实写得气凛千秋，壮烈非常！

铁崖古乐府有些篇什写得具有动人心魄的悲剧美感。如《石妇操》、《虞美人行》、《琵琶怨》、《古愤》等。如《虞美人行》："拔山将军气如虎，神骓如龙踢天下。将军战败歌楚歌，美人一死能自许。苍皇伏剑答危主，不为野雉随仇虏。江边碧血吹青雨，化作春芳悲汉土。"项羽与虞姬的故事本来就有很强的悲剧性，而诗人把它写得尤为悲壮感人。

"铁崖体"中的古乐府诗在构思、造语等方面确实多有李贺诗的影子，可以见出诗人是致力于学习"长吉体"的。但是"铁崖体"又不与"长吉体"面目相似，前者更为雄奇飞动，更有气势，兼有了李白那种天风海雨似的磅礴之气。《五湖游》、《庐山瀑布谣》都代表了"铁崖体"出入二李而又自具面目的特色。不妨再举《五湖游》来感受其诗风：

> 鸥夷湖上水仙舟，舟中仙人十二楼。桃花春水连天浮，七十二黛吹落天外如青沤。道人谪世三千秋，手把一枝青玉虬。东扶海日红桑樛，海风约住吴王洲。吴王洲前校水战，水犀十万如浮鸥。水声一夜入台沼，麋鹿已无台上游。歌吴歈，舞吴钩，招鸥夷兮狎阳侯。楼船不须到蓬丘，西施郑旦坐两头。道人卧舟吹铁笛，仰看青天天倒流。商老人，橘几弈。东方生，桃几偷。精卫塞海成瓯窭，海荡邛山漂骷髅，胡为不饮成春愁。

这首诗借吴越史事发兴，却创造出一个神奇浪漫的世界。诗境瑰奇多姿，而气势豪放滂沛，李白式的高华飘逸与李贺式的奇诡险拗是熔为一炉的。

杨维桢的竹枝词、香奁词等也都颇负盛名，这些诗多用七言绝句的形式，写得甚有情韵。尤以竹枝词成就最著。翁方纲评价说："廉夫自负五言小乐府在七言绝句之上，然七言竹枝诸篇，当与小乐府俱为绝唱。刘梦得以后，罕有伦比。而竹枝尤妙。"① 杨维桢的《竹枝词》，继承刘禹锡的"竹枝"传统而又糅进了自己的特点。有《西湖竹枝歌》、《海乡竹枝歌》、《吴下竹枝歌》等若干组诗。《西湖竹枝歌》九首，诗人有序云："予闲居西湖者七八年，与茅山外史张贞居、苕溪郯九成辈为唱和交。水光山色，浸沉胸

---

① （清）翁方纲：《石洲诗话》卷5，中华书局1985年版，第90页。

次，洗一时尊组粉黛之习，于是乎有《竹枝》之声。好事者流布南北，名人韵士属和者无虑百家。道扬讽谕，古人之道广矣。是风一变，贤妃贞妇，而《烈女传》作矣。采风谣者，其可忽诸？"诗人打着咏赞"贤妃贞妇"的旗号，来写民间男女的真纯之爱，声情摇曳，一唱三叹。如："湖口楼船湖日阴，湖中断桥湖水深。楼船无柁是郎意，断桥无柱是侬心。""小小渡船如缺瓜，舟中少妇《竹枝歌》。歌声唱入箜篌调，不遣狂夫横渡河。""劝郎莫上南高峰。劝侬莫上北高峰。南高峰云北高雨，云雨相催愁杀侬。"《吴下竹枝歌七首》，举二首为例："三箬春深草色齐，花间荡漾胜耶溪。采菱三五唱歌去，五马行春驻大堤。""宝带桥西江水重，寄郎书去未回侬，莫令错送回文锦，不答鸳鸯字半封。"这些篇什继承了南朝乐府和刘禹锡"竹枝"的传统，具有浓郁的民歌风情，同时也糅进了诗人自己的特点，就是情感更为深挚，不同于刘禹锡"竹枝"的含蓄清丽。他的《海乡竹枝歌》更是难能可贵，以"竹枝歌"来写盐家女子的劳苦生涯。诗如："潮来潮退白洋沙，白洋女儿把锄耙。苦海熬干是何日？免得侬来爬雪沙。""颜面似墨双脚颓，当官脱袴受黄荆，生女宁当嫁盘瓠，誓莫近嫁东家亭。"诗人在"自记"中说："《海乡竹枝》，非敢以继风人之鼓吹，于以达亭民之疾苦也，观民风者或有取焉。"可见，诗人是有明确意识地为"亭民"（即盐户）的疾苦而呼号的。而他能用"竹枝词"这种民歌形式加以表现，这在"竹枝"的传统中是前所未有的。

　　杨维桢所创的"铁崖体"，在元代后期诗坛上有非常重要的影响，不仅是其门人，其他诗人也往往笼罩于其诗风之中，这其中也不无负面的效应。"铁崖体"有时为奇而奇，或是用"海荡邙山漂骷髅"、"黄金无方铸骷髅"等诗名来标榜自己所追求的"诗鬼"特点，都不免堕入魔道。一方面反对模拟，另一方面又不时露出模拟的形迹，见出"铁崖体"的某些缺憾，然而，杨维桢无论是在文学思想还是诗歌创作上，都力求打破延祐诗坛弥漫一时的"雅正"观念，以及那种平滑妥溜的创作模式，而他的诗歌创作实绩，又以惊世骇俗的面貌与相当突出的成就，体现了元诗从中期到后期的变化。无论怎么说，杨维桢的"铁崖体"都是必须加以充分认识的。

第三节　元代后期其他重要诗人

　　杨维桢是元代后期诗坛的大家，他的诗论和创作体现了从中期到后期的诗风不变；但元代后期诗风的变革并不仅仅是由杨维桢一人完成的，元代后期还有一些较为重要的诗人，共同实现了这种变革。前面所涉及的丁鹤年等诗人被称为元末"后劲"，另外如傅若金、王冕、张翥、张宪等诗人在元代后期都有较大影响，而王冕、倪瓒等诗人又都是著名画家。元代有许多画家也兼是诗人，这就给其诗作带来了某些特殊的性质；同时元代的题画诗特别多，在某种意义上，它们体现着元代的审美思潮。因此，对于这些画家而兼诗人的诗作及题画诗，本书拟辟专章论述。本节重点介绍傅若金、王冕、张翥、李孝光等几位诗人。

傅若金（1304—1343），字与砺，新喻（今属江西）人，家贫力学，为同郡的大诗人范梈所赏识，得其诗法。以布衣至京师，数日之间，诗章传诵，名士倒屣相迎，奉为上客，虞集、宋褧等人以异材荐之，佐使安南，归授广州文学教授。至正三年卒，年四十。傅若金被公认是范梈的优秀继承者。揭傒斯序其诗云："自至元建极，大德承化，天下文士，乘兴运、迪往哲，稍知复古，至于诗，去故常，绝模拟，高风远韵，纯而不杂，朔南所共推而无异论者，盖得江西范德机焉。德机没后，又得其乡傅与砺焉。德机盛矣！余每读与砺诗，风格不殊，神情俱诣，如复见德机也。然德机得盛名时年已过与砺，使与砺及德机之年，不知又当何如也。"[①] 由此看来，傅与砺是"元四家"的后劲，在元代后期诗人中，他是较为接近延祐诗风而加以变化的。胡应麟评傅诗说："（元）五言律，傅与砺为冠。""元人力矫宋弊，故五言律多草草，无复深造。虞、杨间法王、岑，而神骨乏；范揭时参韦、孟，而天韵疏。新喻、晋陵二子，稍自振拔，雄浑悲壮，老杜遗风，有出四家上者。"[②] 傅与砺的五言律诗确实是诗律谨严而意境浑融，如《拒马河》：

> 落日苍茫里，秋风慷慨多。
> 燕云余古色，易水尚寒波。
> 岸绝船通马，沙交路入河。
> 行人悲旧事。含愤说荆轲。

虽是怀古之作，却是于现实深有感慨，非止为"发思古之幽情"，诗风亦苍凉悲壮。从元诗的发展而言，傅与砺的诗还更多地因袭延祐诗风。所谓

---

① （元）揭傒斯：《傅与砺诗集序》，见李修生主编《全元文》第 28 册，凤凰出版社 2004 年版，第 390 页。

② （明）胡应麟：《诗薮》，上海古籍出版社 1958 年版，第 231 页。

"得德机诗法"，新变的因素并不是很明显的。

在元代后期诗人中，更多地展示出诗风转变的有李孝光等。李孝光（1285—1350），字季和，温州乐清（今属浙江）人。曾隐于雁荡五峰下，自号"五峰狂客"。孝光性格较为狂放豪逸，与铁崖颇有气味相投之处。和杨维桢、萨都剌为好友，彼此唱和诗很多。著有《五峰集》。李孝光的创作也以古乐府著称。元人章琬在《辑铁崖先生复古诗集序》中说："天历以来，会稽杨先生与五峰李先生，始相唱和，为古乐府辞。"又说杨维桢在李孝光死后，感慨于"和者寡矣"。如《箕山操和铁崖先生首唱》即与杨维桢唱和的古乐府辞，诗云：

> 箕山之阳兮，其木樛樛，箕之冢兮，白云幽幽。
> 彼世之人兮，孰能遗我以忧。虽欲从我兮，其路无由，朝有人兮，来饮其牛。

这首诗本身，也许没有更多的审美价值，但作为琴操，确实是"古风犹存"的。李孝光以古乐府与铁崖唱和，表明了他们在诗学上的一致性。杨维桢评曰："善作《琴操》，然后能作古乐府。和余操者，李季和为最，其次夏大志也。"① 乐府中有一首《太乙真人歌题莲舟图》，颇为杨维桢所赏爱，诗云：

> 银河跨四海，秋至天为白，一片玉芙蓉，洗出明月魄。太乙真人挟两龙，脱巾大笑眠其中，凤麟洲西与天通，扶桑乃在碧海东。手把白云有两童，掣鞞二鸟开金笼。

这首诗没有什么深意，在风格意境上追步李白，但实际上远没有李白诗的激情与内涵。当然，诗作的游仙意境还是颇为高华飘逸的。杨维桢评此诗说："此作乃是李骑鲸也。孰谓此老椎钝无爽气邪?"② 胡应麟论李孝光，称其"古诗歌行豪迈奇逸，如惊蛇跳骏，不避危险"，"至近体多涩拗，短长得失，正与杨同"③，指出其诗得失所在。李孝光有趋近杨维桢之处，但成就

---

① 见王云五主编，陈衍编辑《元诗纪事》卷19，商务印书馆1935年版，第365页。
② 同上书，第366页。
③ （明）胡应麟：《诗薮》，上海古籍出版社1958年版，第241页。

是无法与之比拟的。

王冕是元代著名画家，也是元代后期的著名诗人。王冕（1287—1359）字元章，号煮石山农、饭牛翁、会稽外史、梅花屋主等，王冕诗作内容丰富深广，切近现实，多写民生疾苦与自己的隐逸情怀。诗的风格朴健雄放，对于元代中期诗风来说，是一种很鲜明的变化，《四库提要》论其诗云："冕天才纵逸，其诗多排奡遒劲之气，不可拘以常格。然高视阔步，落落独行，无杨维桢等诡俊纤仄之习，在元明之间要为作者。"① 评价还是较为准确的。王冕诗颇有气骨，往往借物抒怀，表达自己的清高孤介之志，如著名的《墨梅》诗：

　　　　我家洗砚池头树，个个花开淡墨痕。
　　　　不要人夸好颜色，只留清气满乾坤。

这岂止是咏墨梅，更是抒写诗人自己的凛然志节，读之使人肃然。再如《题画飞白竹》：

　　　　潇洒三君子，是伊亲弟兄。
　　　　所期持大节，莫负岁寒盟。

与前诗相同，都借题画来抒发志节，使诗作有着更为高洁、刚健的风骨。

王冕集中多有揭露社会疮痍、伤怀民生疾苦之作，如《江南妇》、《江南竹》、《秋夜雨》、《伤亭户》、《悲苦行》等作。这里举《悲苦行》一首以见此类作品的特色，诗云：

　　　　悲风吹茅坠空屋，老乌号鸣屋上木。谁家男子从远征，父母妻孥相送哭。哭声呜咽已别离，道旁复对行人悲。去者一心事，归者百感随。前年鬻大女，去年卖小儿。皆因官税迫，非以饥所为。布衣磨尽草衣拆，一冬幸喜无霜雪。今年老小不成群，赋税未知何所出。昨夜忽惊雷破山，北来暴雨如飞湍。此时江南正六月，酸风入骨生苦寒。东村西村无火色，凝云着地如墨黑。聩翁聱妪相唤忙，屋漏床床眠不得。开门不

① （清）永瑢等：《四库全书总目》卷169《集部·别集类·二二》《竹斋集》部分，中华书局1965年版，第1476页。

敢大声语，门外磨牙多猛虎。自来住此十世余，古老未尝罹此苦。我感此情重叹吁，不觉泪下沾裳裾。安得壮士挽天河，一洗烦郁清九区。坐令尔辈皆安居。

从诗的脉络以及某些诗语句法上，都有模仿杜诗的痕迹；但诗人却是有感而发，针对性是很强烈的。诗中写元朝统治者的兵役与赋税对于人民的残害，使百姓处于无以为生的境地。感情极为悲愤沉郁。而诗的结构动荡开阖，诗中生气贯注，体现出王冕歌行的特点。

张翥也是元代后期的重要诗人。张翥（1287—1368），字仲举，世称蜕庵先生，晋宁（今属云南）人。至正初年，以隐逸荐为国子助教，后为翰林国史院编修官，修宋、辽、金三史，官至翰林学士承旨。张翥"从仇仁近（远）学，以诗文名海内"[①]，尤长于诗，近体、长短句尤工。有《蜕庵集》。

张翥生当元末动荡之际，关注时局，有很强的社会责任感，所作篇什多直接切入现实，在其诗中可以明显地感受到时代脉搏的跳动，其诗多忧愤感慨之作，如《寄浙省参政周玉坡》：

> 天子临轩授钺频，东南无地不红巾。
> 铁衣道远三军老，白骨中原万鬼新。
> 义士精灵虹贯日，仙家谈笔海扬尘。
> 都将两眼凄凉泪，哭尽平生几故人。

这首格律谨严而感慨极深的律诗，正是感时伤世的忧愤之作。《南村辍耕录》云："此至正辛丑间，张蜕庵承旨在都下寄浙省周玉坡参政诗也。夫翰苑词臣而寓言如此，则感时之意从可知矣。"[②] 张翥的诗，是在元末动荡的时局中产生的，同时浸透着诗人的忧愤。延祐时期的诗人一再强调"含而不露"、"优游不迫"，这在元代后期行不通了，诗人们很少再恪守这种观念，而是开始较为激切地抒写忧愤，张翥是很典型的一个。

张宪（1320—1373），字思廉，号玉笥生，绍兴山阴（今属浙江）人。生活于元末战乱之际，是杨维桢的门人。他负才自放，走京师，议论天下

①　见王云五主编，陈衍编辑《元诗纪事》卷19，商务印书馆1935年版，第366页。
②　同上书，第367页。

事，人视为狂生。他的诗多为怀古伤时之作。杨维桢曾说："吾用三体咏史，古乐府不易到，吾门惟张宪能之。"①清人顾嗣立在《元诗选》中引刘钘的话："当元季扰攘，志不获伸，才不见售，伤时感物，而泄其悲愤于诗，此可谓思廉之知己也已。"②张宪作诗也是长于乐府体和歌行体。观其《玉笥集》中，乐府体与歌行体诗既多且成就较高，诗风深受李贺影响，色彩浓烈，意象奇特。如《秋梦引》："翠翘半軃双飞凤，辘轳金井悬银甖。万丝翠雾刷鸦光，两点秋波和泪送。芙蓉带露不忍折，鹦鹉隔笼时自唟。多情宋玉正悲秋，故放香魂入秋梦。"诗中带有奇幻的色彩。再如《厓山行》："三宫衔璧国步绝，烛天炎火随风灭。间关海道续萤光，力战厓山犹一决。午潮乐作兵合围，一字舟崩遂不支。樯旗倒仆百官散，十万健儿浮血尸。皇天不遗一块肉，一瓣香焚海舟覆。犹有孤臣卧小楼，南面从容就刑戮。"这首咏史之作，叙述宋末厓山抗元斗争失败的惨酷史实，十分悲壮。在元末将亡之际，咏叹此事，是感慨于元末还远不如宋朝尚有忠臣义士苦心支撑，为之尽忠，词语之中充满历史沧桑之感。

　　元代后期诗坛，较之中期有了很大变化。我们之所以把元诗分为前、中、后三期，而不是像有些论者分为前、后两期，就是基于诗风转变的客观情形。延祐前后的创作与诗论，大都以"雅正"为归趋，片面发展了盛唐王孟一派那种渊静淡泊、优游不迫的诗风，讲究含蓄不露，温婉谐和，实际上大多数篇什超然于现实之外，有些作品"读之反复终篇，不知着到何在"，而且缺乏鲜明特异的艺术个性。随着时世的推移，这种诗风逐渐发生了变化。最能体现这种变化的自然推杨维桢，但其他一些诗人的创作，也都不同于中期的诗风了。这个时期，李贺成为诗人们学习的主要对象，人们纷纷从李贺诗风中得到雄奇险拗，再融之以李白的豪放与李商隐的瑰异，形成了一种崇尚雄奇瑰异的诗风，这就打破了中期那种温婉谐和的古典主义式的诗学规范，而更见出诗人的个性特征。诗人们不再恪守"怨而不怒，哀而不伤"的儒家诗教，更多的是感时抒愤之作，把现实的感慨直接流溢于诗中，使诗作更多地搏动着现实的、时代的心律。

① （清）顾嗣立：《元诗选·初集》，中华书局 1987 年版，第 1919 页。
② 同上。

第四节　超轶绝尘：元季画家诗的审美倾向

泛泛地说元代文化无大成就是不对的，至少是不够确切的。尽管元统治者"只识弯弓射大雕"，不甚重视文治，在文化建设上不如辽、金统治者，终元之世，也没有像金章宗那样"文治烂然"的皇帝；但这却难以说明元代文化成就的匮乏。不仅杂剧、散曲在中国文学史上有着不可取代的灿烂成就，而且理学的盛兴及普遍化，也标志着中国思想文化的发展，进入到一个新的阶段。尤其有必要指出的是元代绘画的高度成就，更是令人瞩目的。在中国绘画发展史上，元是一个颇为特殊的时代。元统治者对于绘事，既不注意也无提倡，但却造就了任其自然发展的环境，完全形成了自己的特点，在宋画与明清画之间，起着十分重要的承上启下作用。

元代绘画的主要特征就是文人画及其审美观念主导了画坛。文人画（亦称"士人画"）在宋代已越来越发展，苏轼、米芾、黄庭坚等人的创作与理论主张，对于士大夫来说影响广泛。而两宋画坛，院体画仍占主要地位。南北宋均有由统治者建立的画院，画院的画风，是以形似技巧为尚的。尤其是北宋末年徽宗皇帝对这种画风的提倡，更使"尚法度，重形似"① 的院体画风臻于极致。宋人邓椿记载说："图画院，四方召试者，源源而来；多有不合而去者。盖一时所尚，专以形似，不免放逸，则谓不合法度，或无师承；故所作止众工之事，不能高也。"② 这是很能说明院体画的画风与其审美观念的，而画院之外的士大夫则迥异于是。苏轼、文同、米芾等人，都是文人画的代表。他们鄙薄院体画为"画工之画"，而主张超越形似，以适意为画旨。苏轼提出了"论画以形似，见与儿童邻"的著名命题，他张扬"士人画"的审美特征说："观士人画，如阅天下马，取其意气所到。乃若画工，往往只取鞭策皮毛、槽枥刍秣，无一点俊发，看数尺许便倦。"③ 认为"画工画"仅事琐屑形似，不足取耳。文人画要求以一种游戏的态度进行创作，以写意笔法抒发胸中块垒，以逸出"象外"为特征，这也便是"墨戏"。苏轼、米芾在当时都以"墨戏画"见称。黄庭坚当时就有《东坡居士墨戏赋》一文，可见苏轼的墨戏画已为时人所公认。元人汤垕说："东

---

① 潘天寿：《中国绘画史》，上海人民美术出版社1983年版，第120页。

② （宋）邓椿：《画继》，人民美术出版社1964年版，第125页。

③ （宋）苏轼：《东坡题跋·跋宋汉杰画山》，中华书局1985年版，第99页。

坡先生文章翰墨照耀千古，复能留心墨戏，作墨竹师与可，枯木奇石，时出新意。"① 这种文人画的审美倾向在宋代已经有了很广泛的影响，而到了元代，更为大画家倪云林等人所发挥，成为画坛主流，并且与诗歌创作产生了深刻的交互影响。

元代以画名家而可考见者，就有 420 余人之多，其中大半都是墨戏画作者。元代画家最有名的便是赵孟頫、仇远、倪瓒、王蒙、吴镇、黄公望、王冕等人，这些人又都是有成就的诗人。在他们身上，诗画融合，表现得极为充分。元诗中有一个值得注意的现象，便是题画诗的大量涌现，题画诗的数量、比重，超过任何一个时代的诗歌，这正是元代绘画勃兴的重要表征。在题画诗中，文人画的审美倾向深刻地渗透在元代诗风之中。

著名画家、美术史家潘天寿论元画说："故元代之于画事，实无所注意与提倡也。然当时在下臣民，以统治于异族人种之下，每多生不逢辰之感；故凡文人学士，以及士夫者流，每欲借笔墨，以书写其感想寄托，以为消遣。故从事绘画者，非寓康乐林泉之意，即带渊明怀晋之思。故所作，以写愁怀者，多郁苍，以写愤恨者，多狂怪，以鸣高蹈者，多野逸，凭作者之个性，与不同之胸怀，或残山剩水，或为麻为芦，以达其情意而已，既不以技工法式为尊重，亦不以富丽精工为崇尚，任意点抹，自成蹊径。故有元一代之绘画，全承宋代绘画隆盛之余势，以元人治华之环境，一任自然发展而成之者。故无论山水、人物、花鸟、草虫，非特不重形似，不尚真实，凭意虚构，用笔传神，乃至于不讲物理，纯于笔墨上求意趣，实为元代画风之特点。在宋时新兴之墨戏画，至此尤特见兴盛，如墨兰墨竹一类，凡文士大夫以及释士优伶等，每多能之，以至于能画者，几无不兼长墨兰墨竹；盖亦一时风气，与当时绘画相率归于简逸，有以使然也。故以技工论，元人不能以草草之笔，得唐、宋繁密工整之长。以笔墨论，元人能以简逸之韵，胜唐、宋精工富丽之作。俗云：'元画尚意'。又不失为吾国绘画史上之又一进步焉。"② 这是对元代绘画全面而准确的概括。

最能体现元画这种特点的，无疑是以"元四家"为核心的一批元代后期画家。"元四家"即倪瓒、吴镇、黄公望、王蒙。他们都生活在元代后期。他们都以墨戏之作，抒写胸中逸气，所作画荒寒简率，超越形似，对于明清画坛发生了深远影响。"元四家"中，王蒙不以诗名，而倪瓒、黄公

---

① （元）汤垕：《画鉴》，见沈子丞编《历代论画名著汇编》，世界书局 1984 年版，第 192 页。
② 潘天寿：《中国绘画史》，上海人民美术出版社 1983 年版，第 163—164 页。

望、吴镇等又都是有影响的诗人，他们的画风与其诗风互相渗透，标志着元画文学化的顶点，同时，在元诗中体现出与元画相一致的审美倾向。这里分别介绍倪、吴、黄的诗歌创作与审美倾向。

倪瓒（1301—1374），字元镇，号云林，无锡人。先世广有钱财，为吴中富户，而倪瓒不事生产，强学好修，刻意文史。一生未入仕，浪迹江湖。性情孤傲，蔑视权贵。家中有云林堂、萧闲馆、清閟阁诸胜，藏书数千卷，时与三五好友啸咏其间。至正初年，天下无事，他忽然变卖田产，外出漫游，"及兵兴，富家多被剽掠，元镇扁舟箬笠，往来湖柳间，人乃服其前识"①。明洪武七年（1374），倪瓒回到家乡，不久死去。

元代后期的诗坛与画坛上，倪瓒都是一个不可忽视的人物。他的诗画之间，有很深微的一致处，也就是说，他在同一的审美观念下进行诗画创作。倪瓒山水画，早岁师董源，晚年一变古法，以天真幽淡为宗。"论者谓仲圭（吴镇）大有神气，子久（黄公望）特妙风格，叔明（王蒙）奄有前规，所谓渐老渐熟者，若不从北苑筑基，不易到也，三家未洗纵横习气，独云林古淡天然，米颠后一人而已。宋人易摹，元人难摹；元人犹可学，独云林不可学。其画正在平淡中，出奇无穷，直使智者息心，力者丧气，非巧思力索可造也。"② 可见其绘画以幽淡天然为旨趣。倪瓒诗也一变延祐前后诗坛的甜熟平滑，而宗尚韦、柳的冲淡萧散。他在《谢仲野诗序》中说："《诗》亡而为《骚》，至汉为五言。吟咏得性情之正者，其惟渊明乎？韦、柳冲淡萧散，皆得陶之旨趣。下此则王摩诘矣。何则？富丽穷苦之词易工，幽深闲远之语难造。"③ 倪瓒对于诗歌创作提出了更高的美学要求。他认为"富丽"或"穷苦"之词都容易写好，而"幽深闲远"的境界方是最难企及的。而这就不仅仅是一种风格，而必须是以其孤高淡泊的襟怀为其基础的。同时，也体现出宋元以来文人士大夫"超轶绝尘"、鄙弃尘俗的人生态度与审美理想。宋代士大夫中就开始兴起这种观念，如黄庭坚常以"胸中无一点尘俗气"为审美标准，称赞苏诗"落笔皆超轶绝尘耳！"④ 称许苏轼的《卜算子》（"缺月挂疏桐"）一词："语意高妙，似非吃人间烟火语，非胸中有万

---

① （清）顾嗣立：《元诗选·初集》，中华书局1987年版，第2091页。

② 潘天寿：《中国绘画史》，上海人民美术出版社1983年版，第173页。

③ （元）倪瓒：《谢仲野诗序》，见李修生主编《全元文》卷1441，凤凰出版社2004年版，第614页。

④ （宋）黄庭坚：《山谷题跋》卷2《跋子瞻醉翁操》，中华书局1985年版，第15页。

卷书，笔下无一点尘俗气，孰能至此。"① 以超轶绝尘为至高境界。这种审美观对元人影响甚大，在倪瓒这里表现得颇为突出。这又是与诗人的人生态度紧密联系在一起的。正如诗人自己所说："谢绝尘事，游心澹泊，清晨栉沐竟，遂终日与古书古人相对，形忘道接，翛然自得也。"② 正是因为栖心淡泊，才形成了其诗作恬淡萧散的风格。

倪瓒诗萧散幽淡，继承了王、孟、韦、柳一派的诗歌传统而注入了时代内容，这里所说的时代内容，是指其对于元朝政治的离心倾向。在吟啸江湖、远弃尘俗之中，潜藏着一种强烈的民族意识。如《题郑所南兰》："秋风兰蕙化为茅，南国凄凉气已消，只有所南心不改，泪泉和墨写离骚。"这首题画诗，歌颂郑思肖的拳拳故国之心，也正借以抒发了诗人自己胸中块垒。诗人以《离骚》比拟郑思肖的墨兰，其强烈的感愤亦是勃然而生的。倪瓒又曾作《竹枝词》八首，也寄托了深沉的兴亡之感。"钱王墓田松柏稀，岳王祠堂在湖西。西泠桥边草春绿，飞来峰头乌夜啼。""阿翁闻说国兴亡，记得钱王与岳王。日暮狂风吹柳折，满湖烟雨绿茫茫。"在描绘西湖风光中，寄托了深深的感慨。对于元统治者，诗人是心存反感的，他之所以取一种啸傲江湖的人生态度，内里是有重要原因的。在《竹枝词序》中说"会稽杨廉夫，邀余同赋《西湖竹枝歌》。余尝暮春登濒湖诸山而眺览，见其浦溆沿洄，云气出没，慨然有感于中，欲托之音调，以申其悲叹，久未能成章也。因睹斯作，为之心动，言宣为词，凡八首，皆道眼前，不求工也"③，透露出诗人心中的悲慨。

倪瓒诗萧散野逸，清新古淡，如《为曾高士画湖山旧隐》："厌听残春风雨，卷帘坐看青山。波上鸥浮天远，林间鹤带云还。"《晚照轩偶题》："南湖春水碧于天，梦作沙鸥狎钓船。绿枝拂檐风雨急，觉来依旧北窗眠。"《秋夜》："空林清露气，疏钟时独闻。清夜息群动，高居无俗氛。恬淡诚吾事，荣名非所欣。乐哉咏王风，忘年栖白云。"诸诗都以素淡之笔墨，写胸中之逸气。倪瓒论画说："仆之所谓画者，不过逸笔草草，不求形似，聊以写胸中逸气耳。"④ 他的诗作，也同样是以简省的笔墨来抒写主体情志。倪瓒诗中多题画之作，而这些篇什决不拘泥于画画，而是生发开去，抒写胸中

① （宋）黄庭坚：《山谷题跋》卷2《跋东坡乐府》，中华书局1985年版，第15页。

② （元）倪瓒：《玄元馆读书序》，见《全元文》第46册，凤凰出版社2004年版，第553页。

③ （元）倪瓒：《竹枝词序》，见武安国、聂振弢《元诗选注》，中州古籍出版社1991年版，第454页。

④ （元）倪瓒：《玄元馆读书序》，见《全元文》第46册，凤凰出版社2004年版，第618页。

块垒，如《题竹》："叹息真成汗漫游，经春历夏又嗟秋。林居已是能鸣士，顾我宁非不系舟。江渚出吟聊自适，竹梢清泪浩难收。王孙莫道归来好，芳草天涯恨未休。"虽是题咏画竹，却不停留于物象，而是"自适"其不羁之怀。明人吴宽评价倪诗说："倪高士诗能脱去元人之秾丽而得陶柳恬澹之情，百年之下，试歌一二篇，犹堪振动林木也。"①　这很能说明倪瓒在元代后期诗风转变中的作用。明人顾起纶《国雅品》说"倪隐君元镇，高风洁行，为我明逸人之宗。读其词，足以陶性灵，发幽思"②，清人顾嗣立称其诗"流风余韵，至今未堕"③，可见其对明清诗的深远影响。

　　吴镇（1280—1354），字仲圭，嘉兴人，自号梅花庵主，又号梅花道人。吴镇博学多闻，藐薄荣利，村居教学以自娱。为人抗简高洁，虽势力不能夺。其书法仿杨凝式，画出荆关董巨。每画山水竹石，辄题诗其上，时人号为"三绝"。诗集有《梅花庵稿》。吴镇作画大略都是"墨戏"之作。"遇兴挥毫，非酬应世法也。故其笔端豪迈，墨汁淋漓，无一点朝市气。师巨然而能轶出畦径，烂漫惨淡，自成名家。盖心得之妙，非易可学，北宋高人三昧，惟梅道人得之，……唯以佳纸笔投之，欣然就几，随所欲为，乃可得也。"④　这种画风，是典型的"墨戏"。吴镇论画说："墨戏之作，盖士大夫词翰之余，适一时之兴趣，与夫评画者流，大有寥廓，尝观陈简斋墨梅诗云：意足不求颜色似，前身相马九方皋。此真知画者也。"⑤　这明确道出了"墨戏"画的特征。而文人士大夫的"墨戏"，又以意趣高远、鄙弃尘俗为审美标准的。这便是所谓"超轶绝尘"。吴镇的《梅花庵稿》中绝大多数都是题画之作，诗人以诗评论画作，也在其中表达自己的审美理想，他推崇幽深闲淡的风格，认为好的艺术品必是远离尘俗的。如他推崇王晋卿的画："晋卿绘事诚无匹，尺素能参造化功，碧树依微春水阔，苍山缥缈暮云笼。幽深自觉尘氛远，闲淡从教色相空。更喜涪翁遗墨好，草堂何必独称工。"以幽深闲淡为高致，远离尘氛，孤高绝俗，这在元人中是有代表性的。这类体现其审美理想的诗句很多，就中可以看到元人"墨戏"的旨趣所在。"云西老人清且奇，随意点笔自合诗。高尚不趋车辙迹，新图不让虎头痴"

---

①　转引自罗斯宁《辽金元诗三百首》，岳麓书社1990年版，第277页。
②　（明）顾起纶：《国雅品》，见丁福保辑《历代诗话续编》，中华书局1983年版，第1092页。
③　（清）顾嗣立：《寒厅诗话》，见《清诗话》上册，上海古籍出版社1963年版，第84页。
④　潘天寿：《中国绘画史》，上海人民美术出版社1983年版，第173页。
⑤　沈子丞编：《历代论画名著汇编》，文物出版社1982年版，第206页。

（《题云西画卷》），"一段清幽离尘俗，不禁长笛起前渍"（《马和之卷》），"太似美人无俗韵，清风徐洒碧琅玕"（《苏东坡竹》），都是表达一种高洁绝尘的意趣。

吴镇在题画诗中创造了许许多多清奇幽雅的意境，使自己的审美理想得以物化："溪尝千顷雪，松籁一林秋。长啸临朱阁，清游卧石楼。"（《郭忠恕仙山楼观》）"幽人日无事，坐听山鸟啼。鸟啼有真趣，对景看山随所遇。"（《题青山碧篠图》）"人家三径僻，烟树几村深。渔唱流寒碧，樵歌步夕阴。"（《赵大年秋村暮霭》）"林深禽鸟乐，尘远竹松清。泉石俱延赏，琴书悦性情。"（《题草亭诗意图》）这类诗境举不胜举，都以远弃尘氛、幽雅高洁为特点。这固然与所题画面有直接关系，同时又充分表达出诗人的审美心胸。吴镇诗风格幽淡萧散，比起倪云林有过之而无不及。尤其是多次明确表达了超轶绝尘的审美意趣，赞赏"无俗""远尘"的境界，对于我们研究元人的审美观念，是不可多得的材料。

黄公望，字子久。本姓陆，世居常熟，后继永嘉黄氏，徙居富春。"父年九十，始得之，曰：黄公望子久矣。因以名字焉。"[1] 幼时聪敏异常，应神童科。至元中，浙西廉访徐琰辟为书吏，后忽然遁引，自号"大痴道人"，或号"大痴哥"、"一峰道人"。隐于西湖筲箕泉，卒年八十六岁。子久博览群籍，在画坛更有声望。"画山水师董巨源，而晚变其法，自成一家，其峰峦多矾石，笔墨高雅，人莫能及。所著《写山水诀》，世皆宗之。"[2] 黄公望不仅是著名画家，诗也是很有特色的。有诗集《大痴道人集》。

黄诗与倪、吴有很明显的一致处，就是幽淡萧散，远弃尘俗，而多造清远之境。就其特点而言，更能摆脱畦径，随意点染，以"墨戏"笔法为诗，诗风更为灵动轻妙，绝无沉闷平滑之感。

黄诗善于以清新而富于变化的笔触来写清远绝尘之章。如"春林远岫云林画，意态萧然物外情"（《题春林远岫图》），"霜枫雨过锦光明，涧壑云寒暝色生。信是两翁忘世虑，相适山水自多情"（《王明叔为姚子章林泉清话图》），"茂林石磴小亭边，遥望云山隔澹烟。却忆旧游何处似，翠蛟亭下看流泉"（《题画》）等诗作，意境都更为灵妙，传写出画意之美，同时创造出高远绝俗的境界。

---

① （清）顾嗣立：《元诗选·二集》，中华书局1987年版，第735页。

② 同上。

之所以单列一节，论述元季画家的诗作，是因为倪瓒等画家之诗，相当鲜明地体现了元季士大夫的审美意识。他们的诗作多为题画，题画诗既是诗歌创作，又是审美鉴赏与审美评价，必然要对所题之画作出一番品鉴。因而，题画诗很能反映出诗人作为评论家的价值观念与审美标准。倪瓒等人的诗作，在题画中所表现出的超轶绝尘的趣味与理想是共同的，这在元季士大夫中很有代表性，他们对元统治者心存不满与反感而又无力反抗，于是采取了一种孤傲幽隐的人生态度，远弃世俗。在诗画创作中都以弃绝尘俗、幽深闲远为审美旨趣。他们的绘画多是"墨戏"之作，鄙薄形似，超越规矩法度，信笔点染，"聊以写胸中逸气耳"，在荒寒简率的画境中表现创作主体的心灵世界。他们的诗作也取同样的创作态度。决不刻意讲究"诗格"、"诗法"之类的规矩，而是以"墨戏"似的笔触，创造灵动清远的意境，或松竹，或泉石，或烟水，或禽鸟，创造了许许多多各不相同但又都是远离市井尘嚣的艺术氛围，表现了一种"幽人"的情境。从艺术风格而言，这类诗是王、孟、韦、柳的一脉承传，必然是闲远平淡的，而倪瓒等人的诗，进一步发展了这种风格，也更具有时代色彩。对于延祐诗坛来说，这类诗与铁崖体同样体现出诗风的丕变，不过是趋向不尽一致而已。

第十三章　论元代散曲与词

　　在中国历史上，元朝是颇为独特的时期。元朝统治的时间，虽然前后不过百年，但它建立了一个空前规模的、统一的、多民族的国家，对外联系更为扩大，文化融合的程度更高。关于元朝文化的基本特征，有学者指出："元代为当时文化的发展提供的最主要的条件就是对内对外的开放。毫无疑问，开放而不是封锁，吸收而不是排外，自然有利于各种文化的交流、渗透、促进，有利于文化的发展和繁荣。在这样的历史条件下，元代文化更具有兼容并蓄的特点，中原文化、北方草原文化、边疆各族文化、中亚伊斯兰文化、东欧基督教文化、南亚佛教文化等都在元朝得到广泛的交流与传播，它们大大丰富了元代的文化，并在元文化中留下各自的烙印。"[1] 这样，元朝文化就为中华民族文化的漫长发展历程中，增添了多姿多彩的一页。

　　元朝的文学也正是在这样的历史条件和文化背景下兴起和发展的。在近代学术界，对宋元以来文学发展的成就全盘否定者颇有人在，如闻一多先生就认为："从西周到宋，我们这大半部文学史，实际上只是一部诗史。但是诗的发展到北宋实际也就完了。南宋的诗已经是强弩之末。就诗本身说，连尤、杨、范、陆和稍后的元遗山似乎都是多余的、重复的，以后的更不必提了。我们只觉得明清两代关于诗的那许多运动和争论，都是无谓的挣扎。每一度挣扎的失败，无非重新证实那一遍挣扎的徒劳无益而已。本来从西周到北宋，足足二千年的功夫也够长的了，可能的调子都已唱完了。"[2] 将南宋以来经元、明、清至近代的全部文学（诗歌）的价值这样轻描淡写地一笔勾销，是并不符合历史实际的，我们当然不敢苟同。其实，单就元代而言，尽管当时传统的诗体出现衰落之势，但同时一种崭新的文体——曲，却伴随着文化大融汇、大交流的时代趋势而崛起，并在中国文学史上闪耀出卓异而璀

---

　　① 汤晓方：《论元朝文化的历史地位》，《新华文摘》1985 年第 12 期。
　　② 闻一多：《文学的历史动向》，见《闻一多全集》卷 1，三联书店 1982 年版，第 203 页。

璀的光辉。王国维在《宋元戏曲史》中写道："凡一代有一代之文学：楚之骚，汉之赋，六代之骈语，唐之诗，宋之词，元之曲，皆所谓一代之文学，而后世莫能继焉者也。"① 他深刻指出了各个时代有各个时代的文学，持一种文学发展观，这无论在当时还是在现在来看，都是精辟之见。实际上，这也并不是静安一个人的看法，而是文学史上公认的事实，不过静安给予精炼的概括而已。在元代，元曲（包括散曲和杂剧）的确是足以代表元代的文学成就而彪炳于文学史册的。显而易见，元曲的成就是超过了元诗的；唐诗、宋词、元曲并列的说法，适足以说明元曲的特殊地位。无之，便无可与唐、宋相颉颃；有之，元代在文学上则可视作越唐宋而跨步向前矣。

　　从概念上说，元曲包括散曲和剧曲（杂剧）两大类。它们都属于广义的诗歌范畴，前者属于"歌诗"，后者属于"剧诗"。正如张松如（公木）先生所指出的那样："词到元明，随着音乐的演化而演化为曲。曲分散曲（小令、套数）与戏曲（杂剧、传奇）：前者是歌诗，是词体的解放和扩展，也是民歌和市民小唱的一种演进；后者是剧诗，是散曲和戏剧相结合的产物，在歌诗基础上再加宾白和科介，是具有更高综合性的艺术。元曲是在特殊的迫害和限制下发展起来的，散曲和戏曲的创作到明清也未登大雅之堂，而事实上则已是这一历史时期诗坛艺苑的主体，在一些著名曲作家如张可久、乔吉、关汉卿、王实甫、马致远、白仁甫、郑光祖、高则诚、汤显祖、冯惟敏、冯梦龙、施兆莘、洪昇、孔尚任……等人的作品中，反映着复杂的社会生活，塑造出众多的人物形象。同传统的诗词相比较，假如说诗境厚重，词境尖新，则曲境畅达，每每间杂幽默感，这是它的市民性以及多用于演唱场合所决定的。诗词曲各有其美，不可替代。"② 这一论断非常精辟，它揭示了中国诗歌发展流变过程中诗体的滋生繁衍，正确回答了中国诗歌何以浩如江河、磅礴向前的问题，从而有力驳回了那种认为唐宋以后无诗可言的简单片面的观点。这不仅对我们理解中国诗歌，而且对我们理解整个中国文学的发展状况，都是具有很大启发意义的。当然，由于学力所限，本书仍然只是论及散曲这种"歌诗"，而于杂剧这种"剧诗"则由于研究不足，只得暂且割爱。这是不够理想的，将来或许能有机会弥补这一缺憾。

　　作为一种新兴的诗歌样式，元代散曲有着十分独特的地位与足以使元代在文学史上熠熠生辉的重大成就。这里，我们拟对元代散曲的本体特征、创

① （清）王国维：《宋元戏曲考·序》，东方出版社1996年版，第1页。
② 张松如：《中国诗歌史论》，吉林大学出版社1985年版，第77页。

作成就、发展脉络作一个大致的描述。王渔洋常以郭熙之画譬诗文之理，其言曰："《史记》如郭忠恕画天外数峰，略有笔墨，然而使人见而心服者，在笔墨之外也。""诗文之道，大抵皆然。"① 假如通过这简短的篇幅，使读者进而认识到"笔墨之外"所荷载的元曲的伟大价值，则也能略释笔者论述不周之憾了。

第一节　散曲的本体特征及诗史意义

散曲是诗、词的发展，是诗的新变。它既有着诗歌的共同特性，同时，也有着不同于诗、词的特征。

散曲在当时也称为乐府、小乐府、新乐府等。之所以称为"乐府"，就在于散曲和音乐的密切关系。乐府诗是和乐的，后来，凡是和以管弦的歌曲，都称为"乐府"，词也有一个别名叫乐府，当然也是就其和乐性质而言的。散曲更是须臾不可离开音乐的，因之，被称为"乐府"。在句式上，被称为"乐府"的诗体基本上都是长短句，汉魏元朝乐府是如此，词更以"长短句"为名，散曲的句式，也都是长短句。散曲也称为"清曲"，因为它是"清唱"的，"清曲"是相对于"戏曲"而言的。戏曲包括动作、歌唱、说白三者，而"清曲"则没有动作及道白，只是歌唱而已。明人魏良辅说："清唱俗语谓之冷板凳，不比戏场借锣鼓之势。全要闲雅整肃，清俊温润。"②

散曲分为套数与小令两类。小令也称"叶儿"，后来也称为"元人小词"，它是单支的曲子，按照不同的曲调创作的。每一个曲调都有一个名称，如《山坡羊》、《醉中天》、《沉醉东风》、《水仙子》、《落梅引》、《得胜令》等等，这也就是曲牌，据元人周德清《中原音韵》载，当时的曲牌共有335个。小令也好，套数也好，在曲牌前都要冠以宫调名，如［中吕］《普天乐》、［双调］《清江引》、［正宫］《塞鸿秋》、［仙吕］《寄生草》（以上是小令）；［般涉调］《哨遍》、［南吕］《一枝花》、［商角调］《黄莺儿》（以上是套数）等，前面即是宫调，后面是曲牌。所谓"宫调"略等于现代

---

① （清）王士禛：《池北偶谈》，见王士禛著，张宗柟纂集，戴鸿森校点《带经堂诗话》，人民文学出版社1963年版，第85—86页。

② （明）魏良辅：《曲律》，见中国戏曲研究院编《中国古典戏曲论著集成》第5集，中国戏剧出版社1959年版，第6页。

音乐中的调式。

小令中也有"带过曲"。带过曲是以两支或三支不同曲调的曲子组成一曲，这两支或三支曲子之间的音律必须衔接。带过曲还必须一韵到底，不可换韵。带过曲可以用"带过"两字，如〔雁儿落带过得胜令〕；也可以用一个"带"字或"过"字、"兼"字。

小令中还有重头小令。重头小令是由同题同调、内容相连、首尾句法相同的数支小令构成。重头小令与带过曲不同的是，前者每首各押一韵，而且各曲可以单独成立，如张可久〔中吕·卖花声〕《四时乐兴》的四支小令便是重头小令。

套数也称为"散套"。所谓"套数"，是用若干属于同一宫调的曲牌联结在一起，套数中的曲牌之联结，也有一定的次序，一首套数，短的可以只用两个曲牌，如杨西庵的《赏花时》等；长的可以连用二十几个曲牌，如刘时中的《端正好·上高监司》连用了二十多个曲牌，套曲必须一韵到底，中间不能换韵。散曲套曲，可以分为北曲散套、南曲散套、南北合套三种。有人也把散套称为大令或乐府。

据隋树森先生所辑《全元散曲》统计，元代有散曲流传下来的作家约有220人。流传至今的散曲作品，小令有3800余首，套数约有470余首。

散曲是一种新兴的诗体，作为诗的大家族中的一员，它与诗（狭义）词相比，有着怎样的特点？对于中国诗歌的发展究竟又起了什么作用？这是值得我们深入思索的。诗、词、曲是诗歌不断发展与嬗变的不同形态，词、曲的产生与繁荣，无疑使古老的中华诗歌不断地注入新的生机。明人何良俊说"诗变而为词，词变而为歌曲，则歌曲乃诗之流别"[①]，概括得非常简赅，明确指出曲是诗的流别。明人王世贞进而从入乐的角度论述了元散曲在诗史上的地位："三百篇亡而后有骚、赋，骚、赋难入乐而后有古乐府，古乐府不入俗而后以唐绝句为乐府，绝句少宛转而后有词，词不快北耳而后有北曲，北曲不谐南耳而后有南曲。"[②] 王世贞提出了这样的问题：就是诗史的发展嬗变是与"入乐"的需要有密切关系的，他认为"古乐府"的兴起就是由于"入乐"的需要，而"古乐府"难于深入民间遂有唐代的绝句取代

---

① （明）何良俊：《曲论》，见中国戏曲研究院编《中国古典戏曲论著集成》第4集，中国戏剧出版社1959年版，第6页。

② （明）王世贞：《曲藻》卷4，见中国戏曲研究院编《中国古典戏曲论著集成》第4集，中国戏剧出版社1959年版，第27页。

了这种功能，那么，唐人绝句的发达是与其合乐而歌有直接联系的。绝句整齐划一不能更为淋漓尽致地表达情感，于是有长短句的词的兴盛；而当金、元以北人居统治地位时，词的日趋典雅，难以适应北人的审美兴趣，于是有通俗明快的北曲的繁盛。王世贞的概括大致是符合客观情形的。著名戏曲理论家王骥德进一步从诗乐关系上来描述这样的发展历程："曲，乐之支也。自《康衢》、《击壤》、《黄泽》、《白云》以降，于是《越人》、《易水》、《大风》、《瓠子》之歌继作，声渐靡矣，'乐府'之名，昉于西汉，其属有《鼓吹》、《横吹》、《相和》、《清商》、《杂调》诸曲。六代沿其声调，稍加藻艳，于今曲益近。入唐而以绝句为曲，如《清平》、《郁轮》、《凉州》、《水调》之类；然不尽其变。而于是创为《忆秦娥》、《菩萨蛮》等曲，盖太白、飞卿辈，实其作俑。入宋而词始大振，署曰'诗余'，于今曲益近，周待制、柳屯田其最也；然单词只韵，歌止一阕，又不尽其变，而金章宗时，渐更为北词，如世所传董解元《西厢记》者，其声犹未纯也。入元而益漫衍其制，栉调比声，北曲遂擅盛一代。"[1] 王骥德的观点与王世贞相近，而把"曲"作为一个源远流长的传统加以论述，实际上也就是合乐之诗。

从这些论述中，我们可以看到，论者认为曲是最接近于词的，故而有人称散曲为"词余"。这种说法虽然未必正确，但从某种意义上来说，却又可以说明曲与词的某种渊源关系。从形式上看，散曲与词都是长短句的句式，顺应诗歌发展更趋语体化的倾向，也更符合诗歌合乐的要求。同时，曲和词都是倚声填词的诗歌形式，从音乐上可以找到词与曲的渊源关系。《中原音韵》记载曲有十二宫 335 个曲调，出自大曲的有 11 调，出自唐宋词调的有 75 调，出自诸宫调的有 28 调。曲调出自于词调的有几种不同情形：一是曲牌与词牌从名目到格律全然一样，这就是说，有些牌调以前词中就有，元朝又有人用它来写散曲。这类如《人月圆》、《鹦鹉曲》（一名《黑漆弩》）等；二是有的词曲格律相同，只是名称有异。如词中的《促拍丑奴儿》，曲中则称为《青杏儿》。其格律全然相同，想必它们之间一定会有某种渊源关系的；三是曲牌与词牌名称全同，但格律却又全然不同，如《朝天子》、《满庭芳》、《落梅风》、《感皇恩》、《蓦山溪》等。还有一些异同情形，不一而足。这些都说明散曲与词之间的一些内在的渊源关系。

但是，散曲并非词之孑遗，而是诗体的又一次革新，又一次开拓。词一

---

[1]　（明）王骥德：《曲律》卷 1《论曲源》，见中国戏曲研究院编《中国古典戏曲论著集成》第 4 集，中国戏剧出版社 1959 年版，第 55 页。

开始产生于民间，观敦煌词那些无名氏之作，带有相当朴拙的审美形态，多用通俗口语，抒情方式也是直率晓畅的。而当词进入文人的创作领域后，格律日趋谨严繁富，表达情感的方式日趋隐约婉曲，走着一条日益典雅化的道路，越来越脱离下层百姓的欣赏能力。同时，也逐渐地成为文人的案头文学，因而，也就渐致失去来自民间的那种活泼的生机，基本上是限于士大夫圈子里的"雅文学"，成了"象牙之塔"里的东西。金、元两朝，女真、蒙古入主中原，使社会文化心理发生很大改变。这些北方游牧民族一方面很快接受汉文化，加速了封建化过程；另一方面，也把他们的原有文化元素传播到中原地区，尤其是在音乐上，北方"胡乐"随着统治者的赏爱而涌入了人们的文化生活。金时女真人大量南迁，元时蒙古、色目人也遍布各地，他们的欣赏习惯必然会影响社会对文化艺术的需求。胡乐的风格与雅乐迥然不同，以"嘈杂凄紧"为特征，原有的词体很难适应这种乐调。正如明人王世贞所说："曲者，词之变。自金、元入主中国，所用胡乐，嘈杂凄紧，缓急之间，词不能按，乃更为新声以媚之。"① 清人刘熙载承续这个观点说："词如诗，曲如赋。赋可补诗之不足也，昔人谓金、元所用之乐，嘈杂凄紧缓急之间，词不能按，乃更为新声，是曲亦可补词之不足也。"② 可见，散曲是适应于当时的社会文化心理需要而勃兴的新诗体。它可以弥补词体的不足，给诗史注入了新的生机。

　　散曲与词虽然都是长短句的语言形式，但前者较后者提供了更多的抒情空间。词在特定的词调下是必须严守词律的，而且一般来说，词只能是单篇；这就使词人的抒情受到了相当的限制；加之词以典雅含蕴为审美旨趣，词人的抒情远不如散曲家那样直捷痛快。散曲创作虽然也要根据曲牌的规定填写，但是，它却可以有衬字。衬字在歌唱时，一般轻轻带过，不占重要拍子。哪句可用衬字，衬字数量多寡，都没有硬性的限制，衬一个字至十几个字、二十字的都有，衬字正是为了适应作者充分抒情的需要，一般来说，文字典雅的小令衬字少，运用俗语俚语入曲的，衬字较多。这是适应于散曲的通俗性质的。衬字使散曲的结构在基本框架上又呈现出一种很大的开放性，使这种诗体充分发挥它的抒情功能。民族文化融合，是散曲的产生与兴盛的一个重要原因，同时也说明了民族文化融合是诗史不断发展更新、成为

---

①　（明）王世贞：《曲藻》卷4，见中国戏曲研究院编《中国古典戏曲论著集成》第4集，中国戏剧出版社1959年版，第25页。

②　（清）刘熙载著，王气中笺注：《艺概笺注》，贵州人民出版社1980年版，第363页。

"源头活水"的一个强劲的动力。我们今天所见的元代散曲，主要是北曲，而北曲正是豪放刚健的北方文化之花，其间有着很浓重的北方游牧民族的文化质素。明人徐渭说："今之北曲，盖辽、金北鄙杀伐之音，壮伟狠戾，武夫马上之歌，流入中原，遂为民间之日用。宋词既不可被弦管，南人亦遂尚此，上下风靡，浅俗可嗤。"① 徐渭的看法虽然存在着对元曲的严重偏见，但却说明了北曲中的北方民族的文化因子。金元时期，少数民族的音乐对散曲有直接影响。如女真族的［风流体］，回族的［回回曲］，以及［黄钟·者剌古］、［双调·阿纳忽］、［越调·拙鲁速］、［商调·浪里来］这样一些少数民族曲调，成为北曲的曲牌。更重要的是北方少数民族音乐的豪放遒健之风，对于中原音乐风格产生了广泛影响，而且也造就了元曲的艺术风貌，促进了诗史的发展。

第二节　元曲的"当行本色"与审美属性

散曲与诗、词相比较，究竟有什么特点？除了体裁形式上的不同之外，在艺术表现上究竟和诗、词有什么区别？这是个饶有兴味的问题。

王骥德曾言："词之异于诗也，曲之异于词也，道迥不相侔也。诗人而以诗为词也，文人而以词为曲也，误矣。"② 指出散曲有着迥异于诗、词的特质，也就是论者所常说的"当行本色"。这种"当行本色"究竟是什么呢？

从根本上说，曲是诉诸人们的听觉的，主要不是要求看懂，而是要求识字的、不识字的都能听懂，这就带来了一个"俗"的根本特点。明快自然、不事雕琢，少用典故，接近口语是曲的"本色"，明人凌濛初说："曲始于胡元，大略贵当行不贵藻丽。其当行者曰'本色'。盖自有此一番材料，其修饰词章，填塞学问，了无干涉也。"③ 大抵指出了元曲的"当行本色"之所在。我们则从语言、表现手法、抒情方式等方面尝试解析一下元曲"当行本色"的内涵。

在语言辞采上，元曲以明快自然的通俗语言为当行本色，用的基本上都

---

① （明）徐渭著，李复波等注释：《南词叙录注释》，中国戏剧出版社1989年版，第24页。

② （明）王骥德：《曲律》卷4，见中国戏曲研究院编《中国古典戏曲论著集成》第4集，中国戏剧出版社1959年版，第159页。

③ （明）凌濛初：《谭曲杂札》，见中国戏曲研究院编《中国古典戏剧论著集成》第4册，中国戏剧出版社1959年版，第253页。

是浅近口语，这与诗、词的典雅是有明显差别的。明代著名戏曲理论家李渔于此有精彩之论，他说："曲文之词采，与诗文之词采非但不同，且要判然相反。何也？诗文之词采贵典雅而贱粗俗，宜蕴藉而忌分明；词曲不然，话则本之街谈巷议，事则取其直说明言，凡读传奇而有令人费解，或初阅不见其佳，深思而后得其意之所在者，便非绝妙好词，不问而知为今曲，非元曲也。元人非不读书，而所制之曲绝无一毫书本气，以其有书而不用，非当用而无书也，后人之曲则满纸皆书矣。元人非不深心，而所填之词皆过于浅近，以其深而出之以浅，非借浅以文其不深也，后人之词则心口皆深矣。"①此言相当准确地道出了元曲的"显浅"特色。元曲的语言少有诗、词那种较为典雅的书面语，而多用活在人们口头，"本之街谈巷议"的口语。当然，这种口语又是经过炉锤提炼的。"曲以摹写物情，体贴人理，所取委曲宛转，以代说词，一涉藻缋，便蔽本来。"②这"本来"也就是元曲的"当行本色"，自然是与"藻缋"相对而言的浅近语言。

　　我们不妨从散曲作品中感受一下这种语言特征。如卢挚的［双调］《沉醉东风·闲居》："雨过分畦种瓜，旱时引水浇麻。共几个田舍翁，说几句庄稼话。瓦盆边浊酒生涯，醉里乾坤大，任他高柳清风睡煞。"商挺的《步步娇·祝愿》："闷酒将来刚刚咽，欲饮先浇奠。频祝愿，普天下心厮爱早团圆。谢神天，教俺也频频的勤相见。"这些小令都体现出散曲的语言"本色"，都是"老妪能解"的显浅口语，但实际上是经过了高度艺术锤炼的，杜仁杰的套曲［耍孩儿］《庄家不识勾阑》与睢景臣的［哨遍］《高祖还乡》都是以"乡下佬"的口气来写的，其俗语化倾向更为突出。如《庄家不识勾阑·四煞》："一个女孩儿转了几遭，不多时引出一伙。中间里一个央人货，裹着枚皂头巾顶门上插一管笔，满脸石灰更着些黑道抹。知他待是如何过？浑身上下，则穿领花布直裰。"《高祖还乡》中揭了皇帝的老底。"你身须姓刘，你妻须姓吕，把你两家儿根脚从头数。你本身做亭长耽几盏酒，你丈人教村学读几卷书。曾在俺庄东住，也曾与我喂牛切草，拽坝扶锄。"这些都有着十分特出的俗语化倾向。与诗、词相比，散曲语言的通俗性是不言而喻的。

　　在表情方式上，诗、词大都以含蓄蕴藉为审美标准。在诗论家眼里，

---

① （清）李渔：《闲情偶寄·词曲部》，浙江古籍出版社 2011 年版，第 9 页。

② （明）王骥德：《曲律》卷 2《论家数》14，见中国戏曲研究院编《中国古典戏曲论著集成》第 4 集，中国戏剧出版社 1959 年版，第 122 页。

"韵外之致"、"弦外之音"、"言有尽而义无穷"，方为诗的上乘。"羚羊挂角，无迹可求"，"故其妙处透彻玲珑，不可凑泊"① 是达于"透彻之悟"的至上境界，而词学更重婉约含蓄，以之为"当行本色"。"簸弄风月，陶写性情，词婉于诗。"② 抒情要含蓄蕴藉，一唱三叹，词之于诗是有过之而无不及的。在咏物中抒情，更须寄慨遥深："咏物之作，在借物以寓性情。凡身世之感、君国之忧，隐然蕴于其内，斯寄托遥深，非沾沾焉咏一物矣。如王碧山咏新月之《眉妩》，咏梅之《高阳台》，咏榴之《庆清朝》，皆别有所指，故其词郁伊善感。"③ 这些说法，都是以含蓄蕴藉为词的审美标准。元曲的抒情要求则异于是。诗、词是供读书人吟赏玩味的，主要是诉诸视觉；而曲则是唱给读书与不读书的人、识字与不识字的人听的，主要是诉诸听觉，因而，它要求抒情方式要明快直接，给人以强烈的感染与打动。同时，曲也荷载着更大、更多的抒情功能。由于对象的审美需要，曲要求更为浓厚的情感内涵。因为曲的对象大多数是下层人民，他们的性情较为真率坦荡，不喜欢"绕弯子"，如果过于含蕴，就很难产生较强烈的审美效应。王骥德论元曲的抒情功能时说："晋人言：'丝不如竹，竹不如肉！'以为渐近自然。吾谓：诗不如词，词不如曲，故是渐近人情。夫诗之限于律与绝也，即不尽于意，欲为一字之益，不可得也。词之限于调也，即不尽于吻，欲为一语之益，不可得也，若曲，则调可累用，字可衬增。诗与词，不得以谐语方言入，而曲则惟吾意之欲至，口之欲宣，纵横出入，无之而无不可也。故吾谓：快人情者，要毋过于曲也。"④ 可见这位曲论家对于曲的抒情功能的高度重视。李渔对曲的抒情功能也有十分透彻的论述，他说："文学之最豪宕，最风雅，作之最健人脾胃者，莫过填词（指传奇创作，即元曲之系统，而非'宋词'之'词'）一种。若无此种，几于闷杀才人，困死豪杰。予生忧患之中，处落魄之境，自幼至长，自长至老，总无一刻舒眉，惟于制曲填词之顷，非但郁藉以舒，愠为之解，且尝僭作两间最乐之人，觉富贵荣华，其受用不过如此。……非若他种文学，欲作寓言，必须远引曲譬，酝藉包含，十分牢骚，还须留住六七分，八斗才学，止可使出二三升，稍欠和平，略施纵送，即谓失风人之旨，犯佻达之嫌，求为家弦户诵者，难矣，填词一

---

① 郭绍虞：《沧浪诗话校释》，人民文学出版社1961年版，第26页。

② （宋）张炎：《词源》，见唐圭璋编《词话丛编》，中华书局1986年版，第263页。

③ （清）沈祥龙：《论词随笔》，见唐圭璋编《词话丛编》，中华书局1986年版，第4058页。

④ （明）王骥德：《曲律》卷4，见中国戏曲研究院编《中国古典戏曲论著集成》第4集，中国戏剧出版社1959年版，第160页。

家，则惟恐其蓄而不言，言之不尽。"① 李渔道出了曲与诗文等其他文体在抒情方面的观念差异。诗词等"他种文学"以含蓄蕴藉为标准，有儒家诗教观念的约束在里面，所谓"温柔敦厚"，所谓"发乎情止乎礼义"，都要求作家"乐而不淫，哀而不伤"，情感不能过于激烈，表现在艺术风格上便是含蓄蕴藉。而元曲由其俗文学的性质决定，则必须是畅达明快的，在散曲作品中，确实是集中体现了这种明快的、激切的抒情特点。无论是怀古，还是叹世，也无论是写别情，还是抒逸怀，主题都是明确的、挚刻的。当然，散曲在文人手里，也逐渐地向雅化的趋向发展，但与诗词相比，抒情的明快仍是显著的特点。

　　诗、词、曲，都运用赋、比、兴的艺术手法，但由于曲的俗文学性质决定，对赋、比、兴的运用是与诗词有所不同的。以与曲相近的词而言，词学家们大略认为在词中是比兴多于赋。如沈祥龙说："诗有赋比兴，词则比兴多于赋。或借景以引其情，兴也。或借物以寓其意，比也。盖心中幽约怨俳，不能直言，必低徊要眇以出之，而后可感动人。"② 江顺诒也说："词深于兴，则觉词异而情同，事浅而情深。"③ 为了达到含蓄婉约、意在言外的审美效应，词更多地运用兴的手法。曲则不然，曲不但不避直言，反而追求一种明快通俗，使人能当下明白。在语言上的"贵浅不贵深"④，决定了曲多采用赋、比而少用兴体。元曲中也多有直用赋者。刘熙载《艺概》说："词如诗，曲如赋。"而赋即是"铺也，铺采摛文，体物写志也"⑤。元曲中多用这种铺排的表现方法，如关汉卿的名作［南吕·一枝花］《不伏老》、睢景臣的名作［般涉调·哨遍］《高祖还乡》，都是极尽铺排渲染之能事的。小令中也多用赋的手法，如范康的《寄生草·饮》："长醉后方何碍，不醒时有甚思。糟醃两个功名字，醅淹千古兴亡事，曲埋万丈虹霓志。不达时皆笑屈原非，但知音尽说陶潜是。"张养浩的［中吕·山坡羊］："休学诌佞，休学奔竞，休学说谎言无信。貌相迎，不实诚，纵然富贵皆侥幸。神恶鬼嫌人又憎。官，待怎生；钱，待怎生！"这些篇什，都是以赋法为之的。比在元曲中的运用不仅特多，而且往往不同于诗词之中的用法。元曲中的比多用诡喻。所谓"诡喻"就是设喻奇特，匪夷所思，力求惊人。如乔吉的［水仙

子]："纸糊锹轻吉列枉折尖，肉膘胶干支刺有甚粘！醋葫芦嘴古邦俫装欠。接梢儿虽是谄，抱牛腰只怕伤廉。性儿神羊也似善，口儿蜜钵也似甜，火块儿也似情忱。"这些比喻都十分新奇，绝无俗滥之感。对于人们常用的比喻，曲作家也往往翻空出奇，另出新意。如张可久的［朝天子］中有"寿过颜回，饱似伯夷，闲如越范蠡"之句，真是令人惊诧不已。颜回早夭，伯夷饿死于首阳山，而曲作家偏说颜回之"寿"，伯夷之"饱"，这的确是令人难以料想的。在诗文中，"尖新""纤巧"为人们所忌，但在曲中，却决不回避，而且往往刻意求之，以求能够唤起听众的审美兴趣。李渔说："纤巧二字，行文之大忌也，处处皆然，而独不戒于传奇一种，传奇之为道也，愈纤愈密，愈巧愈精。词人忌在老实，老实二字，即纤巧之仇家敌国也。然纤巧二字，为文人鄙贱已久，言之似不中听，易以尖新二字，则似变瑕成瑜。其实尖新即是纤巧，犹之暮四朝三，未尝稍异，同一话也，以尖新出之，则令人眉扬目展，有如闻所未闻；以老实出之，则令人意懒心灰，有如听所不必听。白有尖新之文，文有尖新之句，句有尖新之字；则列之案头，不观则已，观则欲罢不能；奏之场上，不听则已，听则求归不得。尤物足以移人，尖新二字，即文中之尤物也。"① 李渔有相当丰富的导演经验，他的见解是很独到的。"传奇"正是元杂剧之流亚，在"当行本色"上与元曲同属一类。诡喻，也就是尖新纤巧之手法，足以引动人们的审美兴趣。

　　元曲中多用博喻。诗词中也有博喻手法，如韩愈之《南山》、苏轼之《百步洪》、贺铸之《青玉案》，但毕竟是很罕见的，曲中的博喻却是大量存在，如马致远［双调·夜行船］："看密匝匝蚁排兵，乱纷纷蜂酿蜜，争攘攘蝇争血。"连用三喻讽刺官场之争权夺利、钩心斗角。再如乔吉的［双调·水仙子］《吴江垂虹桥》："飞来千丈玉蜈蚣，横驾三天白螮蝀，凿开万窍黄云洞。"前调《咏雪》："冷无香柳絮扑将来，冻成片梨花拂不开。大灰泥漫了三千界，银棱了东大海。"前者形容吴江长桥，后者形容雪中世界，都用了博喻手法，且是在动态中运用。这种例子在曲中是很多的。

　　使事用典是中国古典诗歌艺术的一个要素，在诗词中是极为重视这个要素的。而曲以浅显明快为尚，不提倡使事用典，但实际上，元曲并不一般地回避用典，而是在明白晓畅如口语的词语中，融化了好多典故的，但是曲中的用典要求令人一听就懂，一望即知，不费琢磨。因而，曲中用典多是俗的，熟的，是人们所易于接受的东西。王骥德论曲中用事说："曲之佳处，

---

① （清）李渔：《闲情偶寄·词曲部》，浙江古籍出版社 2011 年版，第 27 页。

不在用事，亦不在不用事。好用事，失之堆积；无事可用，失之枯寂。要在多读书，多识故实，引得的确，用得恰好，明事暗使，隐事显使，务使唱去人人都晓，不须解说。又有一等事，用在句中，令人不觉，如禅家所谓撮盐水中，饮水乃知咸味，方是妙手。"① 这的确是曲中用事的高致。元曲中使事用典，很少使用僻典，而多是用一些耳目皆熟的典故。如马致远的［双调·拨不断］《叹世》中"题柱虽乘驷马车，乘车谁买《长门赋》"，用司马相如的典故。王和卿［仙吕·醉中天］："弹破庄周梦，两翅驾东风"，用"庄周梦蝶"的典故，更多的是用范蠡、张翰、陶潜、李白等的典故，大多数是为人们所熟悉的，不妨碍当下的理解，用不着翻检类书才能明白，元曲中使事用典成功还是败笔的原则主要是在于能否使听者当下理解，"到口即消"。如果能达到这种效果，那么会有助于内容的深化，不能，则造成审美上的障碍。诗词是写给读书人看的，有些典故不能一下子理解还可以慢慢琢磨；而曲是唱给人们听的，不能使人当下理解，会在很大程度上影响其审美效应的。李渔于此论道："古来填词之家，未尝不引古事，未尝不用人名，未尝不书现成之句，而所引所用与所书者，则有别焉其事不取幽深，其人不搜隐僻，其句则采街谈巷议，即有时偶涉诗书，亦系耳根听熟之语，舌端调惯之文，虽出诗书，实与街谈巷议无别者。总而言之，传奇不比文章，文章做与读书人看，故不怪其深，戏文做与读书人与不读书人同看，又与不读书之妇人小儿同看，故贵浅不贵深。"② 李渔说的是"传奇"用事的特点，实与元曲同一机杼。诗词尚雅，典雅始终是诗词评论中一个很高的标准，而元曲则尚俗，以上所谈的元曲的"当行本色"都是由这个"俗"字引发的，但这个"俗"并非庸俗、劣俗，也不完全等同于诗词领域中所回避的"俗"，而是有着较为丰富、深刻的美学内涵的。

俗与雅相对，同时也是互补的。雅俗的交替更迭，构成了文学史上的矛盾运动，也推动了诗歌的不断发展。一种文学样式往往是从民间崛起，带有"俗"的特点；后来为文人学士所染指，愈加典雅化，但也愈失去活力，愈远离大众，于是，又有新的文学样式再从民间崛起，为文学史注入新的活力，从词到曲，就体现着这种规律。曲到了明代，也逐渐失去了在元代时那种原生态的美，而愈趋雅化，以至于论者有"元曲"、"今曲"之分，这说

---

① （明）王骥德：《曲律》卷3《论用事》21，见中国戏曲研究院编《中国古典戏曲论著集成》第4集，中国戏剧出版社1959年版，第127页。

② （清）李渔：《闲情偶寄·词曲部》，浙江古籍出版社2011年版，第12页。

明曲走着一条与词多少有些类似的道路。

曲之俗，并非一味"俚俗"，并非是艺术的粗糙形态，却是一种返归自然的陶炼之美。曲作家并非没学识、不博雅，而是不在作品中表现出更多的"书卷气"，"元人并非不读书，而所制之曲绝无一毫书本气，以其有书而不用，非当用而无书也"，"若论填词家宜用之书，则无论经传子史及诗赋古文，无一不当熟读，即道家佛氏九流百工之书，下至孩童所习《千字文》、《百家姓》，无一不在所用之中。至于形之笔端，落于纸上，则宜洗濯殆尽"①，这是很能说明"俗"的真正含意的。

第三节　元代散曲流变勾勒

元代散曲在中国诗史上享有一种很特殊的地位。虽然从广义来说，它是诗之一体，但在元代的文学领域中，它却显示出颇为强烈的个性，较之元诗、较之元词，它都更多地带有活生生的时代气息，而且得到更为广大的下层人民的审美认同。它的艺术形式，也带有更为明显的活力。

在散曲创作中涌现了许多卓有成就、特色鲜明的曲家，如关汉卿、马致远、卢挚、张养浩、白朴、杜仁杰、王和卿、贯云石、乔吉、张可久、睢景臣、刘时中等等。其中如关、马、白等都是杰出的杂剧作家，而他们的散曲创作也同样是不可多得的珍品。杂剧与散曲都包括在元曲之中，在艺术上最为接近。作为杂剧大家的关汉卿、马致远、白朴等曲家，带着他们丰富的杂剧曲词创作经验写作散曲，使其作品更合于曲的"当行本色"，他们又都是前期曲家，对散曲艺术的成熟与丰富有很大的贡献。另外一些曲家又是诗人或词人，如张养浩、杜仁杰、贯云石等，但他们作为诗人或词人，却不如作为曲家这样有声名、有影响，是因为他们的散曲创作更有特点，在散曲领域里有相当的代表性。

元代散曲所表现出的艺术风格是颇为丰富的，分析起来也较为复杂。但大致而言，有以豪放为主或以清丽为主的区别，以语言上划分，有的以口语本色为主，有的则偏重于文采，大致上可称为"本色派"或"文采派"。而这种分野，不是固定的、静态的，而是处在动态的演化之中，同一位曲家，虽以某种风格为主，但往往并非单一化的，同时表现出别种风格的情形是很多的。

---

① （清）李渔：《闲情偶寄·词曲部》，浙江古籍出版社2011年版，第9页。

　　散曲与诗词同是诗的大家族的主要成员，其间有着内在的血缘联系。尤其是曲和词之间，由于形态的相近，彼此间的影响更为深刻和明显。在元代，由于诗词和曲的同时存在，往往有着诗词散曲化和散曲诗词化的倾向。曲家语言较为典雅、多一些书卷气，和词的形貌颇为相近，如张可久等曲家的创作就有着这种特点。有元一代的散曲发展脉络，从某个角度看，体现着散曲和诗词之间的离合纠葛。

　　关于元散曲的分期，基于不同的标准，有的主张分为初、中、末三期，有的主张分为前后两期，自然是各有道理的。本书不对散曲发展作过细的划分，而只是就其发展的大势分为前后两期，其间的分野，大致以元仁宗延祐年间为界。

　　前期的曲家，有一些是从金代过来的如元好问、杨果、杜仁杰、王和卿等，他们的创作对于元散曲的繁盛起了功不可没的奠基作用。元散曲在日后的发展中的主要题材领域、艺术手法等，都在此时得以开拓。关汉卿、白朴、马致远这几位一代杂剧大师，在散曲领域里的成就也是极其卓著的。散曲在他们的手中大大地成熟起来，艺术风格十分鲜明，在前期曲家中，张养浩的作品不惟数量多，且有独特的思想价值。

　　在前期创作中，豪放和清丽两类风格的分野是较为明显的，同时，也在不断地成熟之中，使元散曲领域呈现出多于变化的风貌。

　　一代文学巨匠元好问，在散曲创作也有始创之功，他的散曲现存九首，四首见于其词集《遗山乐府》，五首见于元代杨朝英编的散曲选集《太平乐府》，在他的散曲中，还难以看到散曲与词在内在特质上的差异，但也透露出散曲在抒情方式上的某种趋势。如［双调·小圣乐］《骤雨打新荷》：

　　　　绿叶阴浓，遍池亭水阁。偏趁凉多。海榴初绽，朵朵簇红罗，乳燕雏莺弄语，有高柳鸣蝉相和。骤雨过，珍珠乱撒，打遍新荷。
　　　　人生百年有几，念良辰美景，休放虚过。穷通前定，何用苦张罗。命友邀宾玩赏，对芳樽浅酌低歌。且酩酊，任他两轮日月，来往如梭。

这首散曲，上片写盛夏景致，下片对景抒怀，写及时行乐的感慨，实际上也暗含了鼎革之际这位诗人的精神苦闷。从艺术上看，与词十分相近。很难分开，表现出元曲初始阶段特征不够明显。但曲中命意浅显明白，直抒其情，又显示出曲的发展趋势。

　　杨果也是早期一位有名的曲家。杨果（1195—1269），字正卿，号西庵，祁州蒲阴（今河北安国）人，金哀宗正大元年（1224）登进士第，任偃师县令。金亡后出仕元朝，曾任北京宣抚使、参知政事等官。著有《西庵集》。史载："果性聪敏，美风姿，工文章，尤长于乐府，外若沉默，内怀智用，善谐谑，闻者绝倒。"[1] 杨果现存散曲小令十一首，套数五首。其风格与词相近，如〔越调·小桃红〕《采莲女》：

一

采莲人和采莲歌，柳外兰舟过，不管鸳鸯梦惊破。夜如何，有人独上江楼卧。伤心莫唱，南朝旧曲，司马泪痕多。

二

碧湖湖上柳阴阴，人影澄波浸，常记年时对花饮。到如今，西风吹断回文锦。羡他一对、鸳鸯飞去，残梦蓼花深。

杨果的散曲，较之元遗山，显得更为含蓄。第一首抒发了兴亡之感，却是借以"南朝旧曲"而发的。第二首借夫妻离散以暗射蒙古军队的征服战争带给人民的灾难。但表现都是极为隐约的，无论是语言还是意境，这种小令都还难与词划开明显的分野，可以视为由词而曲的过渡。朱权评之"杨西庵之词如花柳芳妍"[2]，很形象地形容了杨曲的风格。

如果说杨果等曲家还体现着由词而曲的过渡痕迹，那么，杜仁杰则十分出色地完成了这种过渡。他的散曲作品虽少，却相当强烈地表现了散曲的"当行本色"。他的散曲，理应在散曲发展史上占有一席重要地位。

杜仁杰（1205—1285），字仲梁，号止轩；原名元之，字善夫，济南长清（今山东长清县）人。金朝正大年间，元好问曾为内乡令，杜仁杰和麻革、张澄等往依之，隐居内乡山中，以诗篇互相唱和。元朝至元年间，朝廷屡次征召他做官，他都表谢不起。其子杜元素在元朝任福建闽海道廉访使，他由此在死后得到元朝所赠的翰林承旨、资善大夫等荣誉官爵，谥曰文穆。

---

① （明）宋濂等：《元史》卷 164《杨果传》，中华书局 1975 年版，第 3855 页。
② （明）朱权：《太和正音谱笺评》，中华书局 2010 年版，第 25 页。

杜仁杰"性善谑，才宏学博，气锐而笔健，业专而心精"①。有《善夫先生集》一卷。散曲存世有小令一首，套数三曲及残曲。

杜仁杰散曲最具特色的便是［般涉调·耍孩儿］《庄家不识勾栏》套曲一首。这首套曲写一个庄户秋收后进城看戏的情景，以特定的角度表现勾栏中的演出情况。关键在于这首套曲非常鲜明、突出地体现了散曲的"当行本色"。为了有一个全面印象，我们将这首套曲全部录下：

风调雨顺民安乐，都不似俺庄家快活。桑蚕五谷十分收，官司无甚差科。当村许下还心愿，来到城中买些纸火。正打街头过，见吊个花碌碌纸榜，不似那答儿闹穰穰人多。

［六煞］见一个人手撑着椽做的勺，高声的叫"请请"，道"迟来的满了无处停坐"。说道"前截儿院本调风月，背后么末敷演刘耍和"。高声叫："赶散易得，难得的妆合。"

［五煞］要了二百钱放过咱，入得门上个木坡，见层层叠叠团圆坐。抬头觑是个钟楼模样，往下觑却是人旋窝，见几个妇女向台上坐，又不是迎神赛社，不住的擂鼓筛锣。

［四煞］一个女孩转了几遭，不多时引出一伙中间里一个央人货，裹着枚皂头巾顶门上插一管笔，满脸石灰更着些黑道儿抹。知他待是如何过？浑身上下，则穿领花布直裰。

［三煞］念了会诗共词，说了会赋与歌，无差错。唇天口地无高下，巧语花言记许多。临绝末，道了低头撮脚，爨罢将么拨。

［二煞］一个妆作张太公，他改作小二哥。行行行说向城中过。见个年少的妇女向帘儿下立，那老子用意铺谋待取做老婆。教小二哥相说合，但要的豆谷米麦，问甚布绢纱罗。

［一煞］教太公往前揶不敢往后揶，抬左脚不敢抬右脚，翻来覆去由他一个。太公心下实焦燥，把一个皮棒槌则一个打做两半个。我则道脑袋天灵破，则道兴词告状，划地大笑呵呵。

［尾］则被一胞尿爆的我没奈何。刚捱刚忍更待看些儿个，枉被这驴颓笑杀我。

这首套曲借一个庄稼汉的口吻，生动而典型地再现了元代勾栏的情况，有非

---

① （清）顾嗣立：《元诗选·三集》，中华书局1987年版，第45页。

常珍贵的戏剧史资料价值。曲中描写了勾栏中的场座、戏台、道具、乐队、化妆、角色等各方面情形，为研究元杂剧提供了宝贵线索。这首套曲纯用口语，可以说是元代民间俗语的活化石。实际上，曲中的口语也是经过了曲家的艺术陶炼的，富有很强的艺术表现力。这些口语，有着鲜活的生命力，而且非常切合"角色"的人物个性。整个套曲十分完整地再现了勾栏演出的过程，内在的结构很严谨，而且富有鲜明的节奏感。这已经是很成熟的叙事散曲了。在此之前，散曲基本上都是抒写文人学士的怀抱的，极少见叙事散曲的出现，而如此成熟、完整的叙事散套的出现，对于散曲史来说，是一件很重要的事情，它标志着散曲发展到了一个新境地、新阶段。

这首套曲的语言带有自然本色的滑稽与诙谐感。这不仅是由曲家"善谐谑"的个性产生的，而且是由散曲的本体特征决定的。元散曲是一种俗文学，它的对象是"读书的与不读书的"广大民众。为了雅俗共赏，唤起当下的审美效应，必要的幽默、诙谐是一个重要因素。喜剧美感是元散曲的一个普遍特质。许多散曲作品都充满了机智、诙谐的喜剧性美感。而这首套曲，则非常典型地体现了散曲的这个特质，这也是此前的散曲所没有的。

这首套曲从"庄家"的眼中写勾栏的演出，处处落在"不识"上。这是未可轻易放过的。"庄家"头一次进城看勾栏演出，对于勾栏中的这一切：道具、行头、角色、宾白等等，全是十分陌生的，而"戏"恰恰就在这个"陌生"上。如果用惯常的术语来说明这场演出，恐怕就没什么意思了。恰恰是由于曲家选了这个"不识"的庄稼汉的角度，来描述勾栏演出，所以就处处新鲜。这实际上正是一种"陌生化"的美学效果。实际上，这种"陌生化"正是由日常语言变为文学语言的中介。"陌生化"是形式主义美学头等重要的范畴，它虽然是由 20 世纪初俄国形式主义文论家们提出的，但其实际运用在文学创作中要早得多。俄国形式主义的代表人物什克洛夫斯基这样来界定"陌生化"手法："是复杂化形式的手法，它增加了感受的难度和时延，既然艺术中的领悟是以自身为目的的，它就理应延长；艺术是一种体验事物之创造的方式，而被创造物在艺术中已无足轻重。"① 他举托尔斯泰为例："列夫·托尔斯泰的陌生化手法在于，他不用事物的名称来指称

① ［俄］维克托·什克洛夫斯基：《作为手法的艺术》，见［俄］什克洛夫斯基等《俄国形式主义文论选》，方珊等译，三联书店 1989 年版，第 6 页。

事物，而是像描述第一次看到的事物那样去加以描述，就像是初次发生的事情。"① 德国著名理论家布莱希特进一步在戏剧艺术中倡导"陌生化效果"，他说道，陌生化是"把一个事件或者一个人物性格陌生化，首先意味着简单地剥去这一事件或人物性格中的理所当然的、众所周知的和显而易见的东西，从而制造出对它的惊愕和新奇感"②。以这些"陌生化"理论来对照《庄家不识勾栏》，"不识"的感受正是一种"陌生化"效果。论者都认为这首套曲是曲家对农民的某种嘲弄，其实，恰恰是为了追求这种特殊的"陌生化"的戏剧性效果。这是一种似拙实巧的艺术手法，这种手法的运用"令人眉扬目展，有如闻所未闻"，在散曲中有相当普遍的意义。

与杜仁杰的语言有相近的诙谐美的同期曲家有王和卿。王和卿的散曲创作进一步发挥了诙谐与滑稽在散曲中的美感作用。王和卿的散曲有小令21首和套数《大石调·蓦山溪》传世。小令中能够代表其特色的如〔仙吕·醉中天〕《咏大蝴蝶》：

> 弹破庄周梦，两翅驾东风，三百座名园，一采一个空。难道风流种？吓杀寻芳的蜜蜂。轻轻的飞动，把卖花人扇过桥东。

这首咏物小令，写得十分诙谐，但却有较深的讽刺意义。我国古代常以蜂蝶采花比喻追逐女性的男子。元统治时期，曾有不少"花花太岁"，横行市井，糟蹋妇女。这首小令用极度夸张的手法活画了那些恶少的丑态。这首小令在艺术上是很高妙的。王骥德评价说"元人王和卿《咏大蝴蝶》：（略）只起一句，便知是大蝴蝶，下文势如破竹，却无一句不是俊语"③，指出其咏物手法之高。另一首〔双断·拨不断〕《大鱼》：

> 胜神鳌，夯风涛，脊梁上轻负着蓬莱岛。万里夕阳锦背高，翻身犹恨东洋小。太公怎钓？

---

① 〔俄〕维克托·什克洛夫斯基：《作为手法的艺术》，见〔俄〕什克洛夫斯基等《俄国形式主义文论选》，方珊等译，三联书店1989年版，第7页。

② 《论实验戏剧》，转引自胡经之《西方二十世纪文论史》，中国社会科学出版社1988年版，第336页。

③ （明）王骥德：《曲律》卷3《论咏物》26，见中国戏曲研究院编《中国古典戏曲论著集成》第4集，中国戏剧出版社1959年版，第134页。

这首小令分明是借《庄子·逍遥游》中的北冥之鱼进行艺术加工，寄托一个有非凡抱负的人，不受引诱欺骗，志向高远。作者用惊人的夸张手法，表现滑稽幽默之趣，在散曲中很见特色。

关汉卿不仅是伟大的戏剧作家，也是重要的散曲作家。钟嗣成《录鬼簿》说他是"大都人，太医院尹，号已斋叟"。其生卒年无确切记载，但从各种迹象看，他是由金入元的作家，在元代杂剧作家中属于"前辈"。据有关论著推断，大约生于1225年左右，卒于1302年左右。① 作为散曲作家，他留下了13支套曲，2个残套，57支小令。他的这些作品大致分为描写男女恋情、感物抒怀、描绘自然景物等几类内容。

在元朝初期，统治者排挤、歧视汉族儒士，儒生社会地位低下。而且在很长一段时期内不开科举，儒生仕进无门，于是，很多人流入社会下层，当了"书会才人"。杂剧创作的兴盛是与此有密切关系的，关汉卿便是这类士大夫中最有成就的一个。由于不能进入社会上层，于是便厕身于勾栏瓦肆，创作杂剧。这样的处境和阅历，使他更为深刻地认识了社会的腐朽与黑暗，对于统治者产生了相当的离心倾向。他对于社会的黑暗敢恨敢骂，给予激烈的抨击；他为人"生而倜傥，博学能文，滑稽多智，蕴藉风流，为一时之冠"②，以一种玩世不恭的生活态度表达他愤世嫉俗的思想感情。在他的散曲作品中，最能表现他的思想性格的当是［南吕·一枝花］《不伏老》。在这首套曲中，他故意夸张地描写自己在勾栏中的浪漫生活，实际是表达了一种对现实社会的反感与抗衡。他在曲中宣称："我是普天下郎君领袖，盖世界浪子班头。愿朱颜不改常依旧，花中消遣，酒内忘忧；分茶攧竹，打马藏阄，通五音六律滑熟，甚闲愁到我心头。"这种生活当然是不合乎封建士大夫的行为规范的，在传统道德看来，这是大谬不然的。而作者不但不加掩饰，反而傲然宣称自己是"浪子班头"，这实际上是对传统道德、封建礼教的一种挑战，内中包含着深沉的愤懑。这首套曲中最有名的是它的［尾］段：

> 我是个蒸不烂、煮不熟、捶不扁、炒不爆、响珰珰一粒铜豌豆，恁子弟每谁教你钻入他锄不断、斫不下、解不开、顿不脱、慢腾腾千层锦套头。我玩的是梁园月，饮的是东京酒；赏的是洛阳花，攀的是章台

① 见邓绍基主编《元代文学史》第4章，人民文学出版社1991年版，第73页。
② （元）熊梦祥：《析津志辑佚》，北京古籍出版社1983年版，第147页。

柳。我也会围棋、会蹴鞠、会打围、会插科，会歌舞、会吹弹、会咽作，会吟诗、会双陆。你便是落了我牙、歪了我嘴、瘸了我腿、折了我手，天赐与我这几般儿歹症候，尚兀自不肯休、则除是阎王亲自唤，神鬼自来勾；三魂归地府，七魄丧冥幽。天哪，那其间才不向烟花路儿上走！

这段散曲无论在思想还是艺术上都是极有特色的。作者以"蒸不烂、煮不熟、捶不扁、炒不爆、响珰珰一粒铜豌豆"来形容自己，表现了一种十分倔强的性格，即不向黑暗势力屈服。下面作者描述的是自己的多方面的才艺以及混迹勾栏、我行我素的生活方式，同时也表达出作者对这种生活方式的自我价值认同以及至死不改的决心。这是对封建礼教的公开挑战，从思想倾向上自然是远远不符合儒家的传统道德与行为规范的。如果说，元代诗歌以"雅正"为核心的审美标准，那么，像《不伏老》这类散曲，则是与"雅正"的观念大相悖谬、格格不入的。

《不伏老》在艺术表现上为散曲开了新的局面。初期散曲多是表现为由词向曲的过渡，较为含蓄，在意境上与词很难区别。而像《庄家不识勾栏》则纯以不识字的乡民口吻，以俚俗见长，同时，又从某种特定的"角色"来使描写对象"变形"，产生新的审美敏感。《不伏老》则是以通俗口语，使用大量的排比，来渲染铺排，将情感抒写得淋漓尽致，迥然不同于词的含蕴风致。这首套曲将"赋"的艺术手法发挥到顶点，极尽铺排之能事，为后来的散曲提供了创作范本。但是也应指出，这首套曲在很大程度上渲染眠花宿柳的乐趣，这又不能不说是作者长期混迹勾栏所染的庸俗气味，自然是不可取的。

关汉卿的小令也是很见特色的。有的写男女离别，有的写闲适意趣，有的写风物人情，其共同特点在于明快透彻，又有浓郁的口语特色，如写离别之痛的［双调·沉醉东风］："咫尺的天南海北，霎时间月缺花飞。手执着饯行杯，眼阁着别离泪。刚道得声保重将息，痛煞煞教人舍不得！好去者望前程万里。"这类写离情别恨的题材在词中是数不胜数的，但相对来说是较为含蓄的；关汉卿以口语表现送别之际的人物心态，可谓声口毕肖，所表达的情感也十分浓挚。

在杂剧中，关汉卿被视为"本色派之祖"，在散曲中也是如此。他把曲的"当行本色"发挥得淋漓尽致。多用经过提炼的口语，生动泼辣。充分发挥"赋"作为艺术手法的长处，把情感写到十二分。无论是思想还是艺术，他对于"雅正"观念的逸出与悖谬是明显的，难怪统治者对他的艺术才华并不是很欣赏的。明代朱权在《太和正音谱》中评关汉卿为"可上可下之才"，这无疑是以"雅正"为标准而表现出来的统治阶级偏见。

白朴是元杂剧大家，"元曲四大家"之一，而在词和散曲的创作方面，也是有相当成就和一定代表性的。

白朴（1226—1285），字仁甫，一字太素，号兰谷。原籍隩州（今山西河曲），后移居真定（今河北正定）。父亲白华，仕金为枢密院判。白朴生于金末丧乱，其母被虏，父亲从哀宗出奔。金都南京（今开封）沦陷后，白朴幸得父亲的好友元好问携带逃出南京，很长一段时间生活在元好问身边，在思想上、文学上都深受元好问影响。入元之后，白朴不肯为官，放情于山水之间。他在杂剧创作上有卓越成就。所作杂剧 16 种，今存《梧桐雨》、《墙头马上》、《东墙记》三种，散曲存小令 37 首，套数 4 套，白朴散曲是较为清丽婉约的，与关汉卿的散曲风格判然有别。

白朴散曲中有一类"叹世"之作，作者于其中评古论今，实际上是讽谕当世。在"叹世"之作中，作者通过对历史人物的咏叹，表达了对功名富贵的否定，抒发了闲适超旷的情怀，其中暗含着对于现实政治的鄙视，这在元代散曲中是颇有普遍性的。如［双调·庆乐原］：

> 忘忧草，含笑花。劝君闻早冠宜挂，那里也能言陆贾？那里也良谋子牙？那里也豪气张华？千古是非心，一夕渔樵话。

再如［中吕·阳春曲］：

> 张良辞汉全身计，范蠡归湖远害机。乐山乐水总相宜。君细推，今古几人知！

这些"叹世"之作，包含着否定功名富贵的价值评价，赞赏范蠡式的抽身归隐，实际上是对现实政治的否定。

白朴散曲中的写景之作，写得明丽秀美，通过对自然之美的描绘，表达了作者对于黑暗社会的不满以及自己的归隐之志，如［越调·天净沙］《秋》：

> 孤村落日残霞，轻烟老树寒鸦。一点飞鸿影下，青山绿水，白草红

叶黄花。

这首写景小令几乎可以和马致远的同题作品相媲美，代表着白朴散曲的清丽风格，白朴的散曲，语言意境接近于诗词，有些"诗词化"，这大概是清丽一派曲家的共同之处吧。

杰出的杂剧作家马致远在散曲领域中的地位不亚于在杂剧领域中的地位，在散曲发展史上是十分引人注目的。

马致远（？—1321至1324之间），号东篱，大都人，曾任江浙行省务官，在杭州住过一段时间，晚年退出官场，在杭州附近的一个乡村过隐居生活。他作为著名的杂剧作家，被推为"曲状元"。与关汉卿、白朴、郑光祖并称为"元曲四大家"。著有杂剧15种，今存《汉宫秋》、《青衫泪》、《荐福碑》等七种。同时，他又是元代散曲大家，现存散曲130多首，套数17套，近人辑为《东篱乐府》。

在马致远的散曲中，主要有叹世、咏史、写景、言情等几方面重要内容。其中叹世、咏史所表达的意向是相近的。在这些作品里，作者通过对社会与历史的纵横评价，深刻地表现了元朝统治下士大夫们的普遍心态，其艺术性也达到了同类作品的峰巅。这里引马致远的名作［双调·夜行船］《秋思》（套数）为例：

　　［夜行船］百岁光阴一梦蝶，重回首往事堪嗟。今日春来，明朝花谢，急罚盏夜阑灯灭。

　　［乔木查］想秦宫汉阙，都做了衰草牛羊野，不恁么渔樵没话说。纵荒坟横断碑，不辨龙蛇。

　　［庆宣和］投至狐踪与兔穴，多少豪杰！鼎足虽坚半腰里折，魏耶，晋耶？

　　［落梅风］天教你富，莫太奢，没多时好天良夜。富家几更做道你心似铁，争辜负了锦堂风月？

　　［风入松］眼前红日又西斜，疾似下坡车。不争镜里添白雪，上床与鞋履相别。休笑巢鸠计拙，葫芦提一向装呆。

　　［拨不断］名利竭，是非绝。红尘不向门前惹，绿树偏宜屋角遮，青山正补墙头缺。更哪堪竹篱茅舍。

　　［离亭宴煞］蛩吟罢一觉才宁贴，鸡鸣时万事无休歇，争名利何年是彻！看密匝匝蚁排兵，乱纷纷蜂酿蜜，急攘攘蝇争血。裴公绿野堂，

陶令白莲社。爱秋来时那些：和露摘黄花，带霜烹紫蟹，煮酒烧红叶。
想人生有限杯，浑几个重阳节。嘱咐你个顽童记者："便北海探吾来，
道东篱醉了也！"

　　这首套曲，堪称曲中绝唱。马致远的散曲以豪放见称，这套曲子足以代表他
的风格特征。作者以大气包举的胸襟气度，纵览古今兴亡，评说王朝陵替，
而又将历史上威赫一时的王霸之业一笔抹倒，置于虚无腐灭之中，作者是站
在很高的历史制高点来俯视千古兴亡的，使作品具有了相当厚重的历史感和
穿透时间铅幕的力度！对于那些富贵势要，作者投以轻蔑的冷笑：警告他
们，富贵难恃，好景不长，转瞬便似日薄西山，气息奄奄。对于名利场、富
贵乡，作者给予毫不留情的否定；与之相对，诗人又以饱满的诗情，赞颂了
自然之美和隐逸生活的情趣。曲中虽然不无及时行乐的消极思想，但从全曲
而言，却是给人以积极振拔的精神感染的。
　　也许这套曲子中所表达的主题未必新鲜，在以往的诗词中多有近似的立
意。但是作者在篇什中所创造的独特而鲜明的艺术形象，那种贯注于全篇的
强烈感情，以及生新有力的语言创造，都使曲的主题十分警醒，具有强烈的
审美效应。如他以"纵荒坟横断碑，不辨龙蛇"，"鼎足虽坚半腰里折，魏
耶？晋耶？"这样一些极富创造性的语言来表现功业的虚无，都使人在审美
感受上处于兴奋状态。用"上床与鞋履相别"来形容富豪的一病不起，确
是非常新鲜的俊语。而"密匝匝蚁排兵，乱纷纷蜂酿蜜，急攘攘蝇争血"
这极为生动、新颖的博喻，来形容争名逐利的无谓，该是何等形象、深刻，
感情的强烈、语言的爽朗流畅，以及语气之坚决，都构成了作品豪放风格的
重要因素。王世贞对这首套曲赞赏备至："马致远'百岁光阴'放逸宏丽，
而不离本色。押韵尤妙。长句如'红尘不向门前惹，绿树偏宜屋角遮，青
山正补墙东缺'，又如'和露摘黄花，带霜烹紫蟹，煮酒烧红叶'，俱入妙
境，小语如：'上床与鞋履相别。'大是名言。结尤疏俊可咏。元人称为第
一，真不虚也。"[①] 他的其他叹世之作也都有着共同的思想倾向，否定功名
富贵，而以隐逸出世为最高境界。如［双调·蟾宫曲］《叹世》："东篱半世
蹉跎。竹里游亭，小宇婆娑。有个池塘，醒时渔笛，醉后渔歌。严子陵他应
笑我，孟光台我待学他。笑我如何，倒大江湖，也避风波。""咸阳百二山

---

　　① （明）王世贞：《曲藻》卷4，见中国戏曲研究院编《中国古典戏曲论著集成》第4集，中
国戏剧出版社1959年版，第28页。

河。两字功名，几阵干戈？项废东吴，刘兴西蜀，梦说南柯，韩信功兀的般证果，蒯通言那里是风魔？成也萧何，败也萧何，醉了由他！"对于那些以王侯霸业著称的人，作者予以否定；对于那些不能及早抽身而招致祸患的历史人物，作者更是致以悲叹；而作者所赞颂的是严子陵、陶潜、范蠡等隐逸之士。表达出作者鄙弃功名、隐逸江湖、全身远害的思想倾向。

马致远的写景散曲历来为人们所称道，代表作如［越调·天净沙］《秋思》：

> 枯藤老树昏鸦，小桥流水人家；古道西风瘦马。夕阳西下，断肠人在天涯。

这首千古名篇几乎是家喻户晓的，用不着多加阐释。但诗中以意象叠加的方式创造了一个十分浑融的意境，这个意境的核心是"断肠人"，这个"断肠人"的漂泊羁旅的意绪以及那种萧瑟悲凉的氛围，是十分典型的。它透露出元代士大夫们的普遍性心态。另如［双调·寿阳曲］《山市晴岚》、《远浦帆归》、《平沙落雁》、《潇湘夜雨》、《烟市晚钟》、《渔村夕照》、《江天暮雪》、《洞庭秋月》八首，都是写景佳作，如《远浦帆归》：

> 夕阳下，酒旆闲，两三航未曾着岸。落花水香茅舍晚，断桥头卖鱼人散。

《渔村夕照》：

> 鸣榔罢，闪暮光，绿杨堤数声渔唱。挂柴门几家闲晒网，都撮在捕鱼图上。

这些篇什，都写得明丽疏淡，如写意小景。

［般涉调·耍孩儿］《借马》是马致远的一篇名作。从题材到写法都很特殊。作者写一个爱马如命的悭吝人，借马给别人时的心态，语言诙谐幽默，心理刻画颇为复杂细腻。这篇作品和杜仁杰的《庄家不识勾栏》以及后来睢景臣的《高祖还乡》在艺术上颇为相似，都是从某一个特定的人物"角色"来写一个生活侧面，纯用当时口语，充分发挥了散曲的"当行本色"。

马致远在元曲中地位极高，《太和正音谱·古今群英乐府格势》把他列在元代曲家 187 人之首，并且评价说："马东篱之词如朝阳鸣凤，其词典雅清丽，可与《灵光》、《景福》而相颉颃，有振鬣长鸣、万马皆喑之意；又若神凤鸣于九霄，岂可与凡鸟共语哉？宜列群英之上。"马致远的散曲足以当此赞誉的。

前期属于清丽一派的有著名曲家卢挚。卢挚（1235—1300），字处道，一字莘老，号疏斋。涿郡（今河北涿县）人。至元五年（1268）进士，曾任江东道提刑按察副使、陕西提刑按察使、河南路总管等职，官至翰林承旨。在元初文坛上，卢挚声名很高，诗文都有广泛影响。散曲作品存留较多，《全元散曲》录其小令 120 首。他的作品中"怀古"之作颇多，如《洛阳怀古》、《夷门怀古》、《咸阳怀古》、《颍川怀古》、《京口怀古》、《广陵怀古》等许多篇。尽管所怀古迹不同，但其兴发的感慨是一致的，体现出统一的基本主题。以一种悲剧性的眼光来观照历史兴亡，从现世的荒冷凄凉而引发如梦如幻的感慨，如《金陵怀古》：

记当年六代豪夸。甚江令归来，玉树无花。商女歌声，台城畅望，淮水烟沙。问江左风流故家，但夕阳衰草寒鸦。隐映残霞，寥落归帆，鸣咽鸣笳。

《邺下怀古》：

笑征衣伏枥悲吟。才鼎足功成，铜雀春深。软动歌残，无愁梦断，明月西沉。算只有韩家昼锦，对家山辉映来今。乔木空林，几度西风，感慨登临！

这两首散曲可以代表这类作品，基本主题都是一致的。深沉的悲剧意识将历史陈迹笼罩于其中，给人一种幻灭之感，作者从而抒发遗世高蹈的情怀。这些"怀古"之作，与马致远的"叹世"之作，情调是非常接近的。

卢挚的写景小令清丽洒脱，如［中吕·喜春来］：

春云巧似山翁帽，古柳横为独木桥，风微尘软落红飘。沙岸好，草色上罗袍。

春来南国花如绣，雨过西湖水似油，小瀛洲外小红楼。人病酒，料自下帘钩。

这些写景之作在对自然物象的描绘中，表现出元代士大夫钟爱自然而对现实政治取消极态度的心态。

张养浩是元曲中的大家，作品的立意高出时辈一筹。在今天看来，也有深刻精警的意义。

张养浩（1270—1329），字希孟，号云庄，山东济南人，自幼聪明苦读，被荐为东平学正。历任县尹、监察御史、礼部尚书等官。他直言敢谏，不怕得罪当权者，英宗至治元年（1321），他在上疏谏元夕内廷张灯后，因感宦途险恶，遂弃官归隐。后来朝廷数以吏部尚书、翰林学士等高官召辟，他都坚辞不赴；而文宗天历二年（1329），关中大旱，朝廷又任命他为陕西行台中丞，赈济饥民，他却一召即起。到官四月，勤劳公事，死于任上。张养浩著有散曲集《云庄休居自适小乐府》，是元代有别集流传的少数散曲作家之一。现存小令162首，套数2首。集中的篇什，多写于晚年辞官归隐之后。这些作品，一方面吟咏自己的隐居自适之乐，又一方面透露出对于宦途险恶的恐惧心情。从基本思想倾向上看，与马致远，卢挚等人的叹世、怀古一类作品是相一致的，但他写来却是异常透辟深刻，表现出作者对于仕途风险与官场黑暗的深刻体验。如［双调·沽美酒兼太平令］：

> 在官时只说闲，得闲也又思官，直到教人做样看。从前的试观，哪一个不遇灾难？楚大夫行吟泽畔，伍将军血污衣冠。乌江岸消磨了好汉，咸阳市干休了丞相。这几个百般，要安，不安。怎如俺五柳庄逍遥散诞。

就其主题而言，都是否定功名、赞叹隐逸，但是张养浩把这种主题的心态基础直接揭示出来，那就是全身远害。作者把宦途的凶险写得十分深刻，使人警醒。张养浩的散曲作品表现出他对民生疾苦的深切体察与关怀，元散曲多数是文人士大夫自抒怀抱，所表现的基本是个人的心灵天地，真正关心人民命运的，却是凤毛麟角。而在张养浩的散曲中，却不乏这样的名篇，如人们所熟知的［山坡羊］《潼关怀古》：

> 峰峦如聚，波涛如怒。山河表里潼关路。望西都，意踌躇，伤心秦汉经行处，宫阙万间都做了土。兴，百姓苦；亡，百姓苦。

作者对人民命运的关注，并未停留在一般的慨叹，而是站在历史制高点上，总结出在历史兴亡中人民的命运。在历代封建王朝的更迭兴衰之际，无论是兴盛还是衰亡，人民始终都处在被奴役的地位不堪其苦。这就直观地道出了封建统治阶级与人民利益的根本对抗，素朴地揭示出阶级对立的历史规律，其作品的立意，远远超越了一般散曲中的叹世、怀古之类的篇什。散曲的落脚点不在于个人的出处，而在于人民的命运，这在封建士大夫的作品中是极为难能可贵的。结尾这两句作为散曲的主题，使之如洪钟大吕，穿过历史的铅幕，回响于千古，而立意的警策，因之而成为张养浩散曲的一个突出特征。

张养浩散曲中对民生疾苦的关切表现为真挚情感的自然流露，而非一般的空喊或矫揉造作的慨叹。在陕西救灾所写下的一系列散曲，读来十分感人，当久旱之后天降甘霖时，作者写下了［双调·得胜令］《四月一日喜雨》："万象欲焦枯，一雨足沾濡。天地回生意，风云起壮图。农夫，舞破蓑衣绿。和余，欢喜的无是处。"那种欣喜若狂的心情，和"农夫"是全然一样的。如果不是对民生疾苦有着息息相关的感情，是不可能写出这种喜不自禁、从天性中流露的激动之情的。［中吕·喜春来］是他赈灾活动的自述。如其三："路逢饿莩须亲问，道遇流民必细询。满城都道好官人，还自哂，只落得白发满头新。"史载，"天历二年，关中大旱，饥民相食，特拜（张养浩）陕西行台中丞。既闻命，即散其家之所有与乡里贫乏者，登车就道，遇饿者则赈之，死者则葬之。……到官四月，未尝家居，止宿公署，夜则祷于天，昼则出赈饥民，终日无少息。每一念至，即抚膺痛哭，遂得疾不赴，卒年六十。关中之人，哀之如失父母"[①]。对于黎民百姓能做到如此关怀，在封建士大夫中是罕有其匹的。其散曲立意的警策，应该从他的思想感情中得到较为深入的说明。

张养浩的散曲艺术风格较为豪放真朴，给人以力透纸背之感。当然，有些作品也是写得很清丽的，这主要是一些写景小令。在写景小令方面，散曲作家们的风格是较为相近的，基本上是以清新明丽为主。

在前后期之交的曲坛上，有两位著名的少数民族曲家，这便是贯云石和薛昂夫。

贯云石（1286—1324），维吾尔族。本名小云石海涯，自号酸斋，又号芦花道人。祖父阿里海牙随忽必烈征战有功，官至湖广行省左丞相，父亲官

---

① （明）宋濂等：《元史》卷175《张养浩传》，中华书局1975年版，第4092页。

至江西行省平章政事。贯云石出身于武将之家，从小便膂力过人，精善骑射。他曾袭为两淮万户府达鲁花赤，后不久让爵于其弟忽都海涯，自己折节读书，北上从当时名儒姚燧学，深得姚氏器重。仁宗皇庆二年（1313），拜为翰林侍读学士，时年 28 岁，人称"小翰林"。他有感于宦途险恶，于是委弃高官，挂冠归隐，卒时年方 39 岁。

在贯云石身上，表现出深厚的汉文化修养，也体现着元代少数民族接受汉文化的深度。他在散曲创作上是别具风格的重要作家。元人孔齐在《至正直记》中记他"善今乐府，清新俊逸，为时所称"①，并说他"盖是一时之捷才，亦气运所至，人物孕灵如此"②。看来他是十分富有才情的。他的散曲今存小令 80 首，套曲 8 首。

贯云石散曲中也多写隐逸，抒发功名虚无的感慨，但他写得奇峭新颖，又显示出豪宕的个性，如［清江引］：

> 弃微名去来心快哉！一笑白云外。知音三五人，痛饮何妨碍？醉袍袖舞嫌天地窄。
>
> 竞功名有如车下坡，惊险谁参破？昨日玉堂臣，今日遭残祸，争如我避风波走在安乐窝！

这类作品中不无消极出世的思想，但也反映出元朝官场的凶险腐恶。曲的语言清新奇峭，同时又是一气贯注，有一种内在的气势。

薛昂夫也是维吾尔族诗人，名超吾，号九皋，汉姓为马，又称马昂夫、马九皋。生卒年不详，皇庆、延祐间为江西行省令史。薛昂夫的散曲今存小令 60 余首，套数 3 首。薛昂夫的散曲有咏史、叹世等题材，写得豪放而又华美。如［正宫·塞鸿秋］《凌歊台怀古》：

> 凌歊台畔黄山铺，是三千歌舞亡家处。望夫山下乌江渡，是八千子弟思乡去。江东日暮云，渭北春天树，青山太白坟如故。

再如［中吕·朝天子］《咏史》：

---

① （元）孔齐：《至正直记》卷 1，中华书局 1991 年版，第 2 页。
② 同上书，第 3 页。

　　　　沛公，大风，也得文章用。却教猛士叹良弓，多了游云梦。驾驭英
　　雄，能擒能纵，无人出彀中。后宫、外宗，险把炎刘并。

　　作者通过怀古或咏史，表达了深沉的感慨，也见出作者的史识，豪宕宏放的
风格，有如天风海浪，气象不凡，而细读之，又觉俊逸清新。

　　元代散曲创作进入后期，显示出很明显的变化，典雅清丽成为曲风的主
流，趋向于雅化。词和曲形成了新的靠拢，著名曲家张可久代表着这种
曲风。

　　然而，在后期曲坛上也出现了睢景臣和刘时中这样不局限于个人心灵天
地，而以散曲创作切入社会生活的曲家，他们的著名套曲《高祖还乡》和
《上高监司》，充分发挥了散曲那种通俗纯朴的"当行本色"，使散曲保留和
发展了区别于诗、词的本体特征。

　　张可久，字小山，约生于至元初（1270 年前），卒于至正初（1340 年
后），庆元（今浙江宁波）人，以路吏转首领官，仕途并不得志。平生足迹
遍及湘、赣、闽、皖、苏、浙等省，晚年定居杭州。他专攻散曲，有《苏
堤渔唱》、《小山北曲联乐府》等散曲集。今存散曲小令 855 首，套数 9 首。

　　张可久是元代后期散曲的代表作家，他的创作，展示了清丽派曲家的艺
术成就，语言清丽典雅而又不失自然之态。在以"雅正"为核心审美观念
的盛元文坛，张可久的曲风得到更多的赏识。明清理论家也对他推崇备至。
明朱权在《太和正音谱》中称赞"张小山之词如瑶天笙鹤"，评价说："其
词清而且丽，华而不艳，有不吃烟火食气；真可谓不羁之材，若被太华之仙
风，招蓬莱之海月，诚词林之宗匠也，当以九方皋之眼相之。"① 从"雅正"
的观念出发，朱权作了这样高的评价，并且把张可久置于仅次于"群英之
上"的马致远的第二位。张可久长期屈居下僚，对于仕途险阻、世态炎凉
有较为深刻的体验。他混迹于下层官吏之间，有志不得伸；而为了生计所
迫，又无法摆脱这种处境。因而，他的作品中有着深沉、复杂的怨抑之怀，
而把挂冠归隐的闲适作为一种理想之境而进行美的憧憬。如［沉醉东风］
《钓台》：

　　　　貂裘敝谁怜倦客？锦笺寒难写秋怀？野水边，闲之外，尽教他鸥鹭

　　---

　　① （明）朱权：《太和正音谱》，见中国戏曲研究院编《中国古典戏曲论著集成》，中国戏曲出
版社 1959 年版，第 16 页。

惊猜，溪上良田得数顷来，也敢上严陵钓台。

这首曲道出了一个抑郁不得志的士大夫的真切感受。正因为没有"良田数顷"，所以"严陵钓台"是可望而不可即的。同样是写隐逸之志，这首曲子写得十分细腻、曲折，如九曲回肠，由此也看出小山散曲在抒情上的特色。再如［庆东原］《和马致远先辈韵》：

　　　诗情放，剑气豪，英雄不把穷通较。江中斩蛟，云间射雕，席上挥毫。他得志笑闲人，他失脚闲人笑。

先写英雄豪情气概，豪迈俊爽，结尾处一转，深刻地道出了世态炎凉。针砭世情的作品在小山乐府中很多，而且很见特色。往往在其他题材的描写中陡然一转，道出世态。如［中吕·红绣鞋］《天台瀑布寺》：

　　　绝顶峰攒雪剑，悬崖水挂冰帘。倚树哀猿弄云尖。血华啼杜宇，阴洞吼飞廉。比人心山未险！

这首散曲本来是极写天台山之险峻，作者所选择的意象都是很奇特的，颇能烘衬出天台山的奇险风姿，"血华"两句更给人以愁惨之感。关键是作者在结尾处翻手一枪，出人意料地写出了"比人心山未险"，直刺人心之险恶。尽管不免于过激，但其效果是十分惊人的，极力渲染天台之险，是为了最后衬托人心之险，这不能不说是小山乐府的独特手段。

　　小山乐府雅正典丽，更多地使用诗词句法，蕴藉雅正，清新工致。语言优美，创造出闲静清幽的意境。如［双调·落梅风］《闲居》"看云坐，听雨眠，鹤飞归老梅花院。青山隐居心自远，放浪他柳莺花燕"，［迎仙客］《括山道中》"云冉冉，草纤纤，谁家隐居山半崦？水烟寒，溪路险，半幅青帘，五里桃花店"，都能说明其曲风特征。

　　与前期曲家关汉卿等人的曲风相比，张可久显得截然不同。关汉卿《不伏老》中那种豪宕放逸、敢笑敢骂的风格，是小山乐府中所不可能有的。尽管小山乐府中多有讽世之作，但也只是蟠曲含蓄的，"怨而不怒"，很适合概括他的抒情特点。

　　后期曲风愈趋典雅，渐离本色，多事文采，这与张可久的创作是有一定关系的。他的散曲在当时便很有名，颇受时辈推崇，对于曲坛风气的转变，有相当的影响。

乔吉是著名的杂剧作家，也是后期的重要曲家。乔吉（1280—1345），字梦符，号笙鹤翁，又号惺惺道人。山西太原人，流寓杭州。他曾著有杂剧11种，今存《两世姻缘》、《扬州梦》、《金钱记》三种。他的散曲成就更为突出，与张可久齐名，后人称为"曲中李杜"。元明间辑有《惺惺道人乐府》、《文湖州集词》、《乔梦符小令》三种散曲集，今存小令209首，套数11套，数量仅次于张可久。

乔吉身世飘零，潦倒一生，寄情于诗酒之间，放浪于江湖之际，散曲多是啸傲江湖、闲适颓放乃至青楼调笑之作。他的曲风典雅而又不失雄健，工致而又出以奇逸，朱权《太和正音谱》评乔吉说："乔梦符之词如神鳌鼓浪。若天吴跨神鳌，喷沫于大洋，波涛汹涌，截断众流之势。"① 说明乔吉曲风不止于清丽，而且颇有雄健之势，与张可久相比，显得更为雄放。其作品如〔南吕·玉交枝〕《恬退》：

> 溪山一派，接松径寒云绿苔。萧萧五柳疏篱寨，撒金钱菊正开。先生拂袖归去来，将军战马今何在？急跳出风波大海，作个烟霞逸客翠竹斋，薜荔阶，强似五侯宅。这一条青穗绦，傲杀你黄金带，再不著父母忧，再不还儿孙债。险也啊拜将台！

同样是写宦海的险恶，歌颂恬退隐逸，但其思想倾向表达得十分强烈突出。语言很典雅考究，但气势雄放，颇有移人性情的艺术力量。再如〔双调·折桂令〕《风雨登虎丘》：

> 半天风雨如秋，怪石於菟，老树钩娄。苔绣禅阶，尘粘诗壁，云湿经楼。琴调冷声闲虎丘，剑光寒影动龙湫。醉眼悠悠，千古恩仇。浪卷胥魂，山锁吴愁。

如果说在语言的锤炼精致上接近于小山，那么，在气势上又远远过之。曲子写得苍劲雄浑，充满悲壮的气氛。

讽刺世相，揭露一些腐朽丑恶或者庸鄙卑琐之人，"把那无价值的东西

---

① （明）朱权：《太和正音谱》，见中国戏曲研究院编《中国古典戏曲论著集成》，中国戏曲出版社1959年版，第17页。

撕给人看"（鲁迅语），是散曲的一个独特功能，在诗中很少，在词里几乎没有，即便是有，其讽刺效果远不如散曲来得痛快强烈。在散曲中，这类作品却屡见不鲜。曲家往往以惟妙惟肖的漫画手法使庸俗腐朽的东西出乖露丑。这在马致远的《借马》、睢景臣的《高祖还乡》中已经得到充分的证实。而乔吉也于此颇显手段之高。他有两首《山坡羊》，一写人间势利，一刺纨绔子弟，写来深刻而形象。《寓兴》一首："鹏抟九万，腰缠十万，扬州鹤背骑来惯。事间关，景阑珊，黄金不富英雄汉，一片世情天地间。白，也是眼；青，也是眼。"深刻地讽刺了势利人的面目，结尾两句尤为警拔、生动，又具有鲜明的漫画效果。《冬日写怀》一首："朝三暮四，昨非今是，痴儿不解荣枯事。儹家私，宠花枝，黄金壮起荒淫志，千百锭买张招状纸。身，已至此；心，犹未死。"这首散曲是纨绔子弟的画像，也是对这类人的棒喝。

乔吉散曲语言不止于清丽，也常常吸取民歌表现手法，兼融民间口语入曲，形成雅俗兼备的特色。如［水仙子］《怨风情》："眼中花怎得接连枝？眉上锁新教配钥匙，描笔儿勾销了伤春事。闷葫芦绞断线儿。锦鸳鸯别对了个雄雌。野蜂儿难寻觅，蝎虎儿干害死，蚕蛹儿毕罢了相思。"运用生动的民间俚语进行创作，其艺术表现途径比小山乐府更为开阔，也更能显示出散曲这种新的诗歌体裁的特点。

在后期曲坛上，睢景臣值得大书一笔。他以其套数名作《高祖还乡》使散曲创作有了新的开拓。

睢景臣，生卒年不详，字景贤，扬州人。自幼读书勤奋，酷嗜音律。曾创作过《屈原投江》、《牡丹记》、《千里投人》三个杂剧，都已失传，现只存三首套曲与残曲四句。

睢景臣所传作品虽少，但其代表作《高祖还乡》在散曲史上却有重要地位。刘邦当皇帝后，曾衣锦还乡，亲自击筑唱《大风歌》，十分志满意得。这个题材在元曲中很流行，白朴等人曾创作高祖还乡这个题材的杂剧，惜乎不传。钟嗣成在《录鬼簿》中记载："维扬诸公俱作《高祖还乡》套数，公（指睢景臣）［哨遍］制作新奇，诸公者皆出其下。"[①] 可见这支套曲在当时就获得很高的评价。为窥全豹，这里抄录全曲如次：

---

① （元）钟嗣成、贾仲明著，马廉校注：《录鬼簿新校注》，文学古籍刊行社 1957 年版，第121 页。

　　[般涉调·哨遍]《高祖还乡》

　　[哨遍] 社长排门告示，但有的差使无推故。这差使不寻俗：一壁厢纳草除根，一边又要差夫，索应付。又言是车驾，都说是銮舆，今日还乡故。王乡老执瓦台盘，赵忙郎抱着酒葫芦。新刷来的头巾，恰糨来的绸衫，畅好是妆幺大户。

　　[耍孩儿] 瞎王留引定火乔男女，胡踢蹬吹笛擂鼓。见一彪人马到庄门，劈头里几面旗舒。一面旗白胡阑套住个迎霜兔，一面旗红曲连打着个毕月乌，一面旗鸡学舞，一面旗狗生双翅，一面旗蛇缠葫芦。

　　[五煞] 红漆了叉，银铮了斧，甜瓜苦瓜黄金镀。明晃晃马镫枪尖上挑，白雪雪鹅毛扇上铺。这几个乔人物，拿着些不曾见的器仗，穿着些大作怪衣服。

　　[四煞] 辕条上都是马，套项上不见驴，黄罗伞柄天生曲。车前八个天曹判，车后若干递送夫。更几个多娇女，一般穿着，一样妆梳。

　　[三煞] 那大汉下的车，众人施礼数。那大汉觑得人如无物。众乡老展脚舒腰拜，那大汉挪身着手扶。猛可里抬头觑，觑多时认得，险气破我胸脯！

　　[二煞] 你身须姓刘，你妻须姓吕，把你两家儿根脚从头数。你本身做亭长耽几盏酒，你丈人教村学读几卷书。曾在俺庄东住，也曾与我喂牛切草，拽坝扶锄。

　　[一煞] 春采了桑，冬借了俺粟，零支了米麦无重数。换田契强秤了麻三秤，还酒债偷量了豆几斛。有甚胡涂处？明标着册历，现放着文书。

　　[尾声] 少我的钱差发内旋拨还，欠我的粟税粮中私准除。只道刘三谁肯把你揪捽住？白甚么改了姓更了名，唤做汉高祖！

在君权至上的时代，对于皇帝唯有诚惶诚恐的顶礼膜拜，有谁见过这般奚落呢？作者借乡下人的口吻，揭穿了皇帝的本来面目。

　　"高祖还乡"，威仪万方，上下忙得团团乱转，皇帝也大摆排场，以显示其"威加海内兮归故乡"的威风。封建时代的皇帝具有无上尊严，"高祖还乡"的题材一般自然也是歌功颂德。而睢景臣则大异其道。他选择了一个特定的"角色"——一个和汉高祖未发迹时有瓜葛的乡民，借他的眼睛与口吻，道出了高祖的无赖根底，使人们不敢仰视的"圣上"，在麒麟皮下露出了马脚。

　　唯其通过乡下人的眼睛与口吻，作者才得以使用"陌生化"的艺术手法（笔者在前面有所论述），使迎接高祖的仪式变成了一场闹剧。乡下人不认识皇帝仪仗，在他眼里不过是一堆稀奇古怪、莫明其妙的东西。"拿着些不曾见的器仗，穿着些大作怪衣服"，使"高祖还乡"的场面变成了丑角的滑稽戏。当这个乡民猛抬头认出眼前的"万乘之尊"原来就是同乡的"刘三"，于是便把他的底细一股脑都倒了出来，原来他过去是一个耽酒、欠账、暗偷、明抢的无赖。这样一下子就剥去了高祖的神圣外衣，使其本来面目得以还原。

　　尽管作者写的是遥远时代的"汉高祖"，但其意义却在于对于统治阶级的普遍性揭露。那些"至尊至圣"的帝王，其根底不过如此。它的价值是不能局限于具体所指的，包含着对最高统治者的蔑视。

　　作者使用"代言体"，手法上与《庄家不识勾栏》相似，而其思想价值却远轶后者！由于是以一个乡民的口吻来写，所以纯用当时的乡村俚俗语言，十分符合人物的特定身份，同时使散曲产生了嬉笑怒骂的风格，把皇帝的威仪通过乡民眼里的"变形"，变得十分滑稽可笑，大大增强了讽刺力量。在后期曲坛上，进一步发挥了散曲的体裁优势。

　　风格与此相近的还有刘时中的套曲《上高监司》。刘时中，古洪（今江西南昌）人，生平不详。从他的套曲《代马诉冤》来看，可能是潦倒落魄的文人。他的两套〔端正好〕《上高监司》正面接触重大社会问题，极为难能可贵。这两套散曲大约写于泰定元年（1324）。高监司可能指侍御史高奎，他当时正在建康江南行御史台任上，曾上书"请求直言"。刘时中当时也在建康，就写了两首套曲，全面反映饥荒年月的悲惨现实及吏治的腐败。如其中〔滚绣球〕一节写百姓的饥荒："甑生尘老弱饥，米如珠少壮荒。有金银那里每典当？尽枵腹高卧斜阳。剥榆树餐，挑野菜尝。吃黄不老胜熊掌，蕨根粉以代糇粮。鹅肠苦菜连根煮，荻笋芦莴带叶咽，则留下杞柳株樟。"如实地写出了在饥饿威胁中受难百姓的悲惨情状，读之令人触目惊心。这种深刻写照现实的作品可以说是绝无仅有的。语言平实质朴而形象，描写颇为细致，在如实的写照中充满对百姓的深厚同情。

　　这一节虽然篇幅不小，但对散曲发展的描述仍然是十分粗略的。作为一种新的诗歌体裁，散曲有许多不同于诗、词的内在特征，也即"当行本色"。但它又是难与诗、词截然分开的，散曲正是在与诗词的互相影响中发展着的。一些散曲名家的创作，体现了不同的风格，形成了曲坛颇为丰富的景观。在雅与俗之间，散曲的本色是倾向于俗的。但是这种"俗"并非生活中俚俗语言的照搬，而无疑是经过了曲家的艺术锤炼的，是一种"豪华落尽见真淳"的通俗美。在美学倾向上，它与诗词是有所不同的。

元初曲家的创作，如元好问、杨果等，还没有使散曲全然从词那里剥离出来，缺少更为明显的本体特征。在其发展中，关汉卿、马致远、杜仁杰等充分发挥了散曲那种通俗、豪爽、淋漓尽致的长处，创造了许多代表元曲特色的名篇。后期以张可久为代表的清丽派曲家，则是在此基础上又糅合了诗词的某些表现方法，但它并非是对元初曲家的简单重复，而是在元曲特征充分发展后向"雅正"方向的靠拢，而最能使散曲显示出迥异于诗词的，还是关汉卿、睢景臣这样一些本色派的曲家。

第四节   附论元词

相对而言，元词的成就较弱。有元一代，杂剧与散曲取得了璀璨的成就，词未免显得相形见绌了。专力作词的词人更少，有些影响的词人往往也都是知名的曲家。词学在元代确乎是呈现出走向衰微的轨迹的。清人叶申芗说："元人工于小令套数而词学渐衰"①，此言不为无据，概括出元代散曲兴盛而词相对衰微的基本情形。本节只拟把元词的基本状况和几位有特点的词人略作勾勒，故而附论于此。

据唐圭璋先生所编《全金元词》辑录，元词3721首，词人212人。这当然只是现存的情况。

元代前期，统一伊始，词坛上南北分野很明显。北方词人主要有刘秉忠、王旭、姚燧、王恽、白朴、刘因、刘敏中、张之翰、曹伯启等。这些北方词人大抵是承袭金词的传统，以豪爽高迈为其主导的审美倾向，最受推崇的便是金元之际的大文学家元好问。刘敏中曾以元好问与苏、辛并列，他说："（词）逮宋而大盛，其最擅名者东坡苏氏，辛稼轩次之，近世元遗山又次之。三家体裁各殊，然并传而不相悖。"② 可见遗山词风对当时词坛的笼罩。

在元初北方词人中，刘因最受论者推崇。他虽然所存篇什不多。但在元代词史上的地位却很显眼。一些词论家对刘因评价最高。如近人况周颐曾说："余遗阅元人词，最服膺刘文靖（刘因谥曰"文靖"），以谓元之苏文

---

① （清）叶申芗：《本事词》，古典文学出版社1957年版，第109页。
② （元）刘敏中：《江湖长短句引》，见《刘敏中集》，吉林文史出版社2008年版，第173页。

忠可也。文忠词以才情博大胜，文靖以性情朴厚胜。其《菩萨蛮·王利夫寿》云：'吾乡先友今谁健？西邻王老时相见。每见忆先公，音容在眼中。今朝故人子，为寿无多事。惟愿岁常丰，年年社酒同。'此余尤为心折者也。"① 把刘因比作元之苏轼，可见其极尽推崇之意。所举这首《菩萨蛮》，确实是以"性情朴厚"见长的，就中可见金词的嗣响。

刘因词风深受苏、辛、遗山词的影响，豪放高旷，但又有着元人的特点，即以恬退隐逸为尚，在豪放中寓冲淡。如《鹊桥仙》：

> 悠悠万古，茫茫天宇，自笑平生豪举。元龙尽意卧床高，浑占得、乾坤几许。
> 公家租赋，私家鸡黍，学种东皋烟雨。有时抱膝看青山，却不是、长吟梁甫。

这首词豪旷高逸，确有东坡遗风。但同时又是对"元龙豪气"的消解、否定。陈元龙（登）尽管鄙薄许汜，认为后者胸无大志，自己住百尺楼上，让许汜住在百尺楼下，但词人笑道，元龙卧床再高，在茫茫宇宙中又能占得几许地位呢？词人借以表达了自己啸傲林泉之志。在豪旷中见恬淡，可谓刘因的词风特征。况周颐评其词谓"寓骚雅于冲夷，足称郁于平淡，读之如饮醇醪，如鉴古锦。涵泳而玩索之，于性灵怀抱，胥有裨益"②，的确点明了刘因词的特点。

白朴是杰出的杂剧作家、散曲作家，也是元代词坛上的重要词人，有词集《天籁集》。在走向衰微的元词中，白朴词是挺秀于其间的佼佼者。他的词作有的是抒写时事沧桑的兴亡之感，有的是"闲适"之词，表达自己远离现实政治、啸傲江湖的遁世态度，有的是应酬之作。白朴的词风也主要是继承苏、辛一脉，以豪放高旷为主，而同时又追求音律的谐婉完整。如他的怀古篇什《水调歌头》：

> 苍烟拥乔木，粉堞倚寒空。行人日暮回首，指点旧离宫。好在龙蟠虎踞，试问石城钟阜，形势为谁雄。慷慨一尊酒，南北几衰翁。

① （清）况周颐、王国维：《蕙风词话·人间词话》卷3，人民文学出版社1960年版，第73页。

② 同上书，第75页。

赋朝云，歌夜月，醉春风。新亭何苦流涕，兴废古今同。朱雀桥边野草，白鹭洲边江水，遗恨几时终。唤起六朝梦，山色有无中。

这首"金陵怀古"写得豪放高迈，充满了历史兴亡之感。怀古，实际上是抒发现实感受。很明显，这类词作是得苏、辛一派词学传统的。

与此形成"二水分流"词风的，是元代前期一些南方词人，他们大都是一些由宋入元的士大夫，在词的创作上，主要是宗尚周（邦彦）、姜（夔）的词风，也就是继承周、姜、张（炎）、周（密）、王（沂孙）等词人的传统，以"清空"、"雅正"为其审美倾向。元初南方词人主要有仇远、袁易、陆文圭、赵孟頫、詹正、彭元逊、陆行直等人，词作多写得含蓄婉约。如仇远的《齐天乐·赋蝉》一首：

夕阳门巷荒城曲，清音早鸣秋树。薄剪绡衣。凉生鬓影，独饮天边风露。朝朝暮暮，奈一度凄吟，一番凄楚。尚有残声，蓦然飞过别枝去。　　齐宫往事谩省，行人犹说与，当时齐女。雨歇空山，月笼古柳，仿佛旧曾听处，离情正苦。甚懒拂冰笺，倦拈琴谱，满地霜红，浅莎寻蜕羽。

不难看出，这首咏蝉诗与王沂孙的同调咏蝉风格非常接近。既是咏物，也是抒怀，写得迷离惝恍，又似有无限怨艾。这是典型的姜、张词风。《词苑》中称："仇仁近居钱塘，游其门者，张雨张翥，俱以能词名。其咏蝉齐天乐，极可诵。"[①] 这首词既可作为仇词中的代表作，也很典型地体现这派词人的某些共性。

元代后期以词著称的有张翥、萨都剌、虞集、宋褧、周权、许有壬、张埜、张雨、倪瓒等人。其中被后世词论家推为元词巨擘的是张翥。

张翥的生平，在论元代散曲时曾有所介绍。张翥号蜕庵先生，有《蜕岩词》。无论就词的数量，还是其词的成就、影响而言，都堪称元词大家。清人汪森对张翥颇为推崇，作为姜夔一派的传人，他说："鄱阳姜夔出，句琢字炼，归于醇雅。于是史达祖、高观国羽翼之。张辑吴文英师之于前，赵以夫、蒋捷、周密、陈允衡、王沂孙、张炎、张翥效之于后。"[②] 把他纳入

---

① （清）张思岩辑：《词林纪事》卷21，成都古籍书店1982年版，第569页。
② （清）朱彝尊著，（清）汪森编，民辉校点《词综》，岳麓书社1995年版，第1页。

姜、张的清空、醇雅一系之中，与张炎等大词人并列。清人李佳也以张翥为
"正声"之代表，备极推崇："张翥蜕岩词，典雅温润，每阕皆首尾完善，
词意兼美，允推元代一大家。"① 又称其《陌上花》等词，"无一字不叶，
无一字不工。此等佳作，谁不欣赏，洵非凡手所能趋步。集中好词尚多，不
愧元朝冠冕"②。清人陈廷焯也极力推尊张翥，在其论词名著《词坛丛话》、
《白雨斋词话》中，多处论及张翥，如说："元代作者，惟仲举一人耳。"
"仲举词，亦是取法白石，屏去浮艳，不独炼字炼句，且能炼气炼骨。""余
每读仲举词，一喜一哀。喜其深得白石之妙；哀者，哀此硕果不食。自仲举
后，三百余年，渺无嗣响。"③ "元词日就衰靡，愈趋愈下。张仲举规模南
宋，为一代正声，高者在草窗、西麓之间，而真气稍逊。""仲举词，树骨
甚高，寓意亦远，元词之不亡者，赖有仲举耳。"④ 概而言之，认为张翥词
接武南宋，为一代正声，是元词第一大家。

　　张翥词作，确实深得白石之处，清空骚雅，读之令人神观飞越，而比白
石更为细密。在艺术上，确实堪称元词之巅。如《多丽》一词：

　　　　晚山青，一川云树冥冥。正参差，烟凝紫翠，斜阳画出南屏。馆娃
　　归，吴台游鹿，铜仙去，汉苑飘萤。怀古情多，凭高望极，且将尊酒慰
　　飘零。自湖上，爱梅仙远，鹤梦几时醒？空留得，六桥疏柳，孤屿
　　危亭。
　　　　待苏堤，歌声散尽，更须携妓西泠。藕花深，雨凉翡翠；菰蒲软，
　　风弄蜻蜓。澄碧生秋，闹红驻景，采菱新唱最堪听。见一片，水天无
　　际，渔火两三星。多情月，为人留照，未过前汀。

这首长调词很能体现张翥写景怀古词的佳处。词人对于景物有细致的观察能
力，把特定的景物变化写得鲜活如画；词人并未停留于景物刻画，而是借此
以抒发一种兴亡之感，怀古意绪。词中意象清新而有空灵之感，语言优美，
音律谐婉，承续了南宋词人以姜、张为代表的清空骚雅一派的艺术传统，而
且有所发挥。但与南宋末期张炎、周密、王沂孙等人的词作相比，其深沉处

　　① （清）李佳：《左庵词话》卷上，见唐圭璋编《词话丛编》，中华书局 1986 年版，第
3110 页。
　　② （清）李佳：《左庵词话》卷下，同上书，第 3173—3174 页。
　　③ （清）陈廷焯：《词坛丛话》，同上书，第 3727、3728、3728 页。
　　④ （清）陈廷焯著，杜维沫校点：《白雨斋词话》卷 3，人民文学出版社 1959 年版，第 55 页。

却不及后者。因为张翥并没有那种亡国之痛、黍离之悲，自然也就难有南宋末期词人的那份深厚了。

后期词人中，除了张翥，较为引起词论家注意的还有虞集、萨都剌等人。虞集的词作，颇得论者好评，但因数量较少，难成大家体格。陈廷焯评虞词云："虞道园词笔颇健，似出仲举之右。然所作寥寥，规模未定，不能接武南宋诸家。"① 虞词清丽谐婉而又自然洒脱，如《风入松》：

> 画堂红袖倚清酣。华发不胜簪。几回晚直金銮殿，东风软，花里停骖。书诏许传宫烛，香罗初翦朝衫。
> 御沟冰泮水挼兰，飞燕又呢喃。重重帘幕寒犹在，凭谁寄，银字泥缄。报道先生归也，杏花春雨江南。

就全词而言，算不得上乘之作，但也可看出虞词的特点，与萨都剌相比，显得较为柔婉。词的结尾两句，却使全词得以升华，境界不凡。陈廷焯称赞说："惟'报道先生归也，杏花春雨江南'二语，却有自然风韵。"② 这是极有见地的。

萨都剌是元代著名的少数民族文学家，诗、词、曲兼胜。其词与虞集齐名，但风格有所差异，清人刘熙载说："虞伯生、萨天锡两家词，皆兼擅苏、秦之胜。"③ 但萨都剌更为豪逸壮伟，有雄浑之气。如《酹江月·过淮阴》：

> 短衣瘦马，望楚天空阔，碧云林杪。野水孤城斜日里，犹忆那回重到。古木鸦啼，纸灰风起，飞入淮阴庙。椎牛酾酒，英雄千古谁吊？
> 何处漂母荒坟，清明落日，肠断王孙草。鸟尽弓藏成底事，百事不如归好。半夜钟声，五更鸡唱，南北行人老。道旁杨柳，青青春又来了。

同样是怀古之作，与张翥的《多丽》等什相比，风格迥异其趣，萨都剌词高古雄浑，透露出北方词人的气质。李佳引此词而后评云"雁门诸作，多

---

① （清）陈廷焯著，杜维沫校点：《白雨斋词话》卷3，人民文学出版社1959年版，第56页。
② 同上。
③ （清）刘熙载著，王气中笺注：《艺概笺注》，贵州人民出版社1980年版，第335页。

感慨苍莽之音，是咏古正格"①，道出了萨词的卓异之处。而因其篇什无多，也难成大家规模。

后期其他词人，虽然各自有些特色，但总的来说，没有更为突出的地方，元词也就益加衰微了。

由于元代词曲并行，而散曲之作风头正健，方兴未艾，显示出这一新的诗歌样式的生命力，词与曲有较深的"血缘关系"，彼此影响。散曲到后来逐渐雅化，借鉴诗词的手法与意境表现，而词则反受曲的渗透，出现了"散曲化"的倾向。这表现在一些词人把本来适于作为散曲"当行本色"的俗词俚语运用于词中，显得不够协调；再就是曲多用赋的表现手法，铺陈直露，这种手法也多渗入词中，使词境较为松散。

比之宋词，元词的确是在下滑，走向衰微。这不仅是就作品数量而言的，而且从词的思想内涵与艺术表现上看，尤其如此。总的来说，元词缺少宋词的深度与广度，在艺术上没有多少新的开拓，主要是承绪前代的传统。尽管有些词家如张翥等有较高成就，但其艺术风貌给人以"似曾相识"之感，没有越出宋词的笼罩之中。因此，元词是无法与宋词相抗衡的。

---

① （清）李佳：《左庵词话》卷上，见唐圭璋编《词话丛编》，中华书局 1986 年版，第 3132 页。

辽金诗学思想研究

《辽金诗学思想研究》序

邓绍基

　　记得是在 10 年前，1993 年的冬日，《社会科学战线》主编周惠泉先生把他的《金代文学学发凡》交付出版社后，来函命我作一序文，盛情难却，我不自量力地写了一篇很不相称的短序，序的开头有这样一段文字："前人谈论金代文学，实际上存在着金代文学赖元好问以传的观点。这实是一种似是而非的观点。或许同这种观点有关，长期以来，研究元好问的论著不断出现，对金代其他作家和一些重要文学现象的研究相对来说就比较冷落，通论有金一代文学的著作更是凤毛麟角。学人常引以为憾。"这是我的真实感慨，所以我接着又说，《金代文学学发凡》一书"系统地回顾和论述金代文学研究史，实际上又是一部具有通论金代文学性质的专著。友人增新著，学林添佳作，我很钦佩，也很欣慰"。

　　距我为惠泉先生大著写序一年以后，1994 年 12 月东北师范大学出版社出版了张晶先生的《辽金诗史》，但当年似乎未见发行，我见到这部著作更晚，或许是 1996 年的秋冬之际了。我为金代文学领域又出现一本系统研究著作而感到高兴。我又从《文学遗产》陶文鹏先生处得知，著者是一位青年学人，原来主攻唐宋文学，后又扩大研究面，对辽金元诗歌都有研究。事实上，我后来又读到了他的元诗论著。1998 年 9 月北京师范大学古籍研究所和元史研讨会在北京举行"国际元代文化学术研讨会"，我在会上第一次见到张晶先生，堪称幸会，虽然交谈不多，却也很感欣慰。

　　光阴荏苒，转瞬五载。近年来，张晶先生笔耕不止，在撰写一系列宏观探讨古代文论的研究文章同时，又著成辽金文学研究新作《辽金诗学思想研究》一书，真是俊茂好谋，多才多艺。

　　这部书专论辽金诗学思想，着重研究辽金时期的诗歌理论和意识。毋庸说，作为一部系统著作，甚具创意，是一部原创性很强的著作。其中论述金代诗学，丰富详尽，我读后受益匪浅。

　　前人谈论金诗的起始和发展，有"国朝文派"和"借才异代"这类说法。所谓"国朝文派"，始见于《中州集》卷一元好问所撰的蔡珪小传。其中说："国初文士如宇文大学、蔡丞相、吴深州等，不可不谓之豪杰之士，然皆宋儒，难以国朝文派论之。故断自正甫为正传之宗，党竹溪次之，礼部闲闲公又次之。自萧户部真卿倡此论，天下迄今无异议云。"① 按照"创业垂统"的传统习惯，元好问这番话实际涉及的是金代文统始于何时何人的问题。金代早期的诗家文人，都来自北宋，所以元好问文中说宇文虚中（即宇文大学）、蔡松年（即蔡丞相）、吴激（即吴深州）等人"皆宋儒"。至于蔡正甫（名珪），他虽是蔡松年之子，但却是在金朝成长起来的文士，也就是所谓"正传之宗"，换一句话说，是名正言顺的金朝文人，才是文统之始，文统之宗。元好问明说这个"正传之宗"说的始倡者是萧贡（字真卿），萧贡在金世宗大定年间即已出仕，经历了金室南渡，于金亡前12年去世。他在何种场合、哪篇文章中发表这种观点，已难考知。据《金史》本传记载，他注有《史记》100卷，并与陈大任一起参与《辽史》的刊修工作，俨然一史家，他发表确立本朝文统的观点，也就不属偶然。至于金初文坛"借才异代"说，倒并不出自金人，而是始于清人庄仲方，他在《金文雅序》中说道："金初无文字也，自太祖得辽人韩昉而始言文；太宗入汴州，取经籍图书。宋宇文虚中、张斛、蔡松年、高士谈辈后先归之，而文字煨兴，然犹借才异代也。"庄仲方或许正是有鉴于金人自己的"国朝文派"说，于是把"难以国朝文派论之"的那些由辽入金和由宋入金的文士，把他们在金初文坛的作用与意义，说成是"借才异代"。由于"借才异代"说和"国朝文派"说是从历史实际中得出的看法和说法，当今学人即使不再沿用这类名称，却大都接受这类名称的含义，用来作为金诗分期的重要根据，于是就把大致是"借才异代"的那个时期视为金诗的第一时期，而自"国朝文派"开始，则为第二时期。

　　这第二时期的始初又大致逢上金世宗大定（1161—1189）和金章宗明昌、承安（1190—1200）年间，这本也是金代文士们最值得骄傲的年代，如党怀英就说过，大定间"旷然欲以文治太平"（见《重建郓国夫人殿碑》），元好问则说章宗明昌、承安间"文治已极"（见《通玄大师李君墓碑》）。元代初年，王磐在《大定治绩序》中乃至说大定时代"有周成康、汉文景之风"。元初的刘因在《金太子允恭墨竹》诗中写道："金源大定始

----

① （金）元好问：《中州集》卷1，中华书局1959年版，第33页。

全盛，时以汉文当世宗。"又在《陈氏庄》中写道："翠华当年此驻跸，太平天子长扬宫。"这里"太平天子"指的是金章宗，这时也是诗坛的繁盛时期，代表人物是蔡珪和党怀英。由金入元的刘祁的《归潜志》记述金代文坛遗事颇详，其间说道："赵闲闲（按：即赵秉文）于前辈中，文则推党世杰怀英、蔡正甫珪，诗则最称赵文孺沨、尹无忌拓。"① 赵沨曾以诗才扬名于章宗朝，据说章宗召他赋中秋诗，"大加赏异"。尹无忌名拓，因避"国讳"，后改姓师。他是开金诗宗唐先声的人物。但赵秉文所云终究是一人私见，非必能据此论定赵沨、尹拓的诗作成就超过蔡珪和党怀英。按今存作品和史料来认识，如果要数出大定、明昌时代的著名诗人，还应有刘迎、王寂和王庭筠。

大定、明昌之际进入政坛，一生历仕五朝的赵秉文是金代诗歌史上起过重要作用的人物。《金史》传赞中称他是"金士巨擘，其文墨论议以及政事皆有足传"。他早年主宗宋诗宋文，崇拜苏轼，所以后人说他"崇尚眉山之体"，乃至把他说成"金源一代一坡仙"。但他后来发生变化，在坚持文宗欧、苏同时，于诗歌方面转而提倡学唐。这时正逢金室南渡之际，到了南渡以后，诗界学唐之风就越发盛行了。刘祁《归潜志》中说："赵闲闲晚年，诗多法唐人李、杜诸公。"又说："已而麻知几、李长源、元裕之辈鼎出，故后进作诗者争以唐人为法。"赵秉文享年 73 岁，宣宗南迁时他已 56 岁，他励志并大加提倡诗法唐人时正是进入晚年了。

金朝南渡后诗风有变，元初的北方诗家大抵都持这种看法，如王恽在《西岩赵君文集序》中说："金自南渡后，诗学为盛，其格律精严，辞语精壮，度越前宋，直以唐人为指归。"② 正是鉴于这种历史事实，当今治金诗者就把南渡以后的二十余年视为金诗发展的第三阶段。持这种看法的学人，也就把元好问视作金诗发展的第三阶段的主将。

但张晶先生独有看法，他把金诗发展分为四个阶段，这最后阶段是金亡前后。他认为此时是金诗的升华期，代表作家正是元好问。这种看法实际上早见于他的《辽金诗史》，现在这本《辽金诗学思想研究》中依然坚持这一看法。在我看来，正是从元好问的诗论的历史地位这一角度，恰好更有助于张晶先生的"金诗四期"说。那么，为什么金代诗歌发展与金

---

① （金）刘祁：《归潜志》卷 10，中华书局 1983 年版，第 119 页。

② （元）王恽：《西岩赵君文集序》，见李修生主编《全元文》第 6 册，江苏古籍出版社 1999 年版，第 205 页。

代诗学思想都分为四期呢？著者说："诗学发展的阶段性，与创作上的发展在金代学中是一种同步关系。因为诗歌发展所呈现的阶段性变化，诗学思想与诗歌创作并非是并列的关系，它是作为诗人的一种创作意识体现在诗歌之中的。当然，诗学思想还更为集中地体现在诗论著作之中，从历时性的角度看，金源诗学思想是处在不断流动变化中的，诗歌创作岁月的阶段性变化其实正是体现着思想变化的趋势。"这无疑是一种切实的见解，因为对历时性文学现象与观念的探讨，正好可与共时性的研究相辅相成，从而显出金代诗学思想的发展概貌。著者正是把诗论著作与诗歌创作汇总起来作探究，尤其重视体现诗学变化的重要作家的个案研究，从而在展开论述中完成他的使命。

著者在研究金诗过程中，早已对金诗是宋诗的延续这个传统观点提出异议，这在他的《辽金诗史》中就有明确的看法。在这本书中，著者从诗学思想的角度，再次阐明了这个观点。书中说："金源诗学思想的发展，有宋代诗学、唐代诗学的直接或间接的深刻影响……又由于北方民族文化底蕴的作用，形成了一些独特的意识。应该说，金源诗学思想是多元互动的，而后来又凝聚成以元好问为代表的成熟的诗学思想系统。"强调金代文学自有特色（包括地域的和民族的），这是近 10 年来金代文学研究中具有代表性的论点。现在张晶先生又从诗学的角度论说它的独特意识，无疑会促进这种命题的进一步展开与深化。

我注意到，著者在论说那些由宋入金的诗人时，强调他们先后的变化，指出他们到北方以后，环境的变换、情感的积郁，使他们创作出较前不同的佳作；从而也体现出某种并不囿于宋诗诗格的新的诗学倾向。我又注意到，著者在述说金初诗歌时，发现了"金初诗人似乎更多地显示出对唐诗的倾心"。这些都是有新意的见解。我还注意到，著者对重要诗家的个案研究中，无论是没有专门的诗话著作的赵秉文，还是本以诗文论议见长的王若虚，都有新见。对元好问诗学思想的论说，则更加集中，更有系统，在吸收古今研究成果的基础上，提出了更为宏观的深趋的见解。我想，著者在本书中所提出的种种新颖和深趋的见解，当会引起研究界的注意。本书作为很具创意的系统性著作，它对金代文学的全局研究，也一定会起到促进作用，从而显示和证明著者的积极贡献。

我是在今年夏天收到此书文稿的，承蒙张晶先生雅意，嘱我写序，璇琮先生也加以鼓励，但那时正逢厉疫乍歇，有不少因"非典时期"而拖延下来的事亟待去做。加之天气炎热，精力欠佳，这篇名不副实的序文到今天方才写就，姑且算是读后感吧！关于辽代诗歌部分的读后感尚付阙如，有负著者盛情，实感抱歉。我对金代文学也并无深入研究，写这篇短文，属又一次不自量力之举，错误难免，恳望著者和学界同行不吝指正。

2003 年 9 月 1 日

第一章　导论

第一节　有关辽金诗学思想探究的起始意向

辽金两代，作为北方民族建立的王朝，与两宋大致相始终，在中国历史上有着独特的地位。就其文学而言，也是有其特殊的文学史价值的。近些年来，文学史界关于辽金文学的研究有了突出的进展，对辽金诗、词、文学批评以及总体成就的研究，都有了若干部有厚重的学术分量的专著，又有许多论文，对于辽金文学的个案或总体有了更深一层的考量，遂使辽金文学研究在古代文学领域中占有了较之以往未曾有过的份额与愈加凸显的强势。尤其是因了研究对象的特殊性而在方法论上的突破，也是近年来辽金文学研究值得关注之处。行至21世纪的开局之时，反观20世纪的后20年，在辽金文学研究中的拓进，是使我们感到充实、欣慰和足资思考的。

这部书里所研讨的，是有关辽金诗学思想的一些问题。笔者曾对辽金诗歌史有过著述，但已是将近十年以前的事情，可谓"已陈之刍狗"，而本书所论，也还是不离开辽金诗学这个话题，却是在原来的基础上的延伸，或者说是更进一步抉发其内在的理论价值。平心而论，从批评史或文学思想史的角度来看，较之其他时代，如魏晋南北朝、唐宋或明清，辽金时期的诗学理论整体上还是较为单薄的，就其体系性、美学深度及影响而言，还很难讲是"蔚为大观"。但这并不能成为对其采取虚无主义态度的理由，事实上已有若干专家学者在辽金的文学批评史、文学思想史的研究方面作出了可观的成就。笔者对自己的这本小书没有更高的期许，只是从某个角度上来观照辽金诗学观念的一些问题，也借以发显辽金诗学思想的独特的立场和文化意蕴。

本书所谓"诗学思想"的概念用法，应该在前面对学界同仁和读者朋友有所陈述，亦可理解为"正名"。本书所说的"诗学"，远没有西方的"诗学"概念那样广义，也没有那样的哲学和美学高度；即便是就中国的诗学而言，也没有包括诗、词、曲等样式在内的大诗学的含义，而是以较为"纯粹"的诗学为主，可能稍稍有所旁逸。之所以如此，也没有什么高深的原因，其实很简单，一是因为笔者的个人兴趣所在，二是辽金时期在其他文体方面的理论或意识还缺少成熟的、更多可述的东西。当然并不是说辽金两代除了诗歌理论、意识就没有其他可以研究的内容了，只是觉得它们还很零散，难成格局而已。所谓"诗学思想"，既可以体现在理论著述中，如王若虚的《滹南诗话》、元好问的《论诗三十首》，也可以体现在具体的诗歌创作中。诗人在其诗歌创作中的一些取向，一些批评态度，一些审美观念等等，都可以在这个范畴之内，只是搜罗剔抉颇费功夫，"披沙拣金"是也，当然，也还需要理论上的阐释，"譬之石中有宝，不穿之凿之，则宝不出"①。

探讨辽金诗学思想有无意义？答案是肯定的。那么其中的意义又在哪里？这是《导论》中应该回答的。回答得很可能是不正确、不完满的，但可以提供一个学术讨论或论争的话题或者是目标，乃至是批判的对象。从我的感觉来说，辽金诗学是中国诗学的一个重要的组成部分，是诗学发展的长河中的一段流程。它上有博大的渊源，下有广远的流向。辽金诗学本身的理论内容，不是孤立于中华诗学发展之外的，它包蕴了、承绪了也荷载了中国诗学的很多内容，或者说是后者的承担者和发扬者。

作为一个传统，中国诗学在世界的文学思想中都是最可珍视的精髓。它的博大，它的精深，它的独特的美学气质，它的妙言隽语，它与艺术实践的密切相关性，它的东方哲学的深厚根基，都成就了这个传统的无可比拟的神韵。但传统是什么？"传统不是管家婆"（黑格尔语），传统是一个民族的精神发展史，是民族精神的昨天、今天和明天。它不是一潭一成不变的死水，而恰恰是不断扬弃旧质、充注新质的活水。我认为黑格尔的一段话会给我们以启示，他说："历史所记载的一般抽象的变化，久已经在普遍的方式之下被了解为一种达到更完善、更完美的境界的进展。凡是在自然界里发生的变化，无论它们怎样地种类庞杂，永远只是表现一种周而复始的循环；在自然界里真是'太阳下面没有新的东西'，而它的种种现象的五光十色也不过徒然使人感觉无聊。只有在精神领域里的那些变化之中，才有新的东西发生。精神世界的这种现象表明了，人类的使命和单纯的自然事物的使命是全然不

---

① 霍松林、杜维沫校注：《原诗·一瓢诗话·说诗晬语》，人民文学出版社1979年版，第9页。

同的……在人类的使命中，我们无时不发见那同一的稳定特性，而一切变化都归于这个特性；这便是，一种真正变化的能力，而且是一种达到更完善的能力———一种达到尽善尽美性的冲动。"① 人类的文化传统，民族的文化传统，都是在这种不断的变迁之中。而中国的诗学传统，也是以其不断地注入新的内容而延展到今天的。

作为中国诗学传统的一个部分，一个阶段，辽金的诗学为前者充添了很多新的质素。它的独特意义在于：辽金两朝都是北方少数民族（契丹、女真）建立的王朝，其原有的文化非常贫瘠而在较短的时间内有了粗具规模的文学创作。尤其是金代文学的数量和成就都是颇为可观的。相当明显，这是接受汉文化的结果。这从辽金诗歌的风貌上可以清楚辨识。辽金诗歌所用文字基本上（除辽代耶律倍的《海上诗》和寺公大师的《醉义歌》是契丹文字之外）都是汉文。诗的意象系列、格律、句法规范、思想内涵、使事用典等，都是属于中华诗学传统的。辽代诗人多为契丹贵族，但其诗中的材料都是汉诗的，而且有关诗的议论话题，都是中华诗学中的问题。金诗所取得的成就是令人惊讶的，但它的起点是"借才异代"，是由宋入金的诗人们为其奠定了一个坚实的基础。可以认为，辽金诗学成就正是民族文化融合的产物。这一点，是没有疑义的。而另一方面，辽金诗学又因其独特的文化土壤，北方民族的心态，产生了与其他时代的诗学不同的特质。辽金与北宋、南宋对峙，在文化和诗学上又有很强的独立意识。辽金的一些诗人和诗论家所讨论的话题，多有对宋诗的代表性诗人或诗歌流派的评价，却是带有批判的态度，其间如元好问，便持"北人"的文化立场。在同一时间段落中，南北的并峙，也带来了文化的交融和互相砥砺，不仅形成了这一历史时期中华诗学的丰富性，而且还有鲜明的异质性。从中华诗学的长流来看，辽金诗学为其注入了新的质素，带有强劲的生命力。这在本书的阐析中，会得到彰显的。

第二节　关于辽金诗歌价值的重新评估

对于辽金诗学思想的理解，首先有待于对辽金诗歌的文学史、文化史价值有一个重新的审视。与以往对辽金诗歌创作认识相比较，近年来的研究实绩已经说明了学术界对其地位的更高评价。但对这个问题仍有阐明的必要，

---

① ［德］黑格尔：《历史哲学》，王造时译，三联书店1956年版，第94页。

以此作为辽金诗学思想研究的前提。

当王国维慨然写下"一代有一代之文学"的名言时，似乎并未将辽金两代的文学成就放在心上。在历代文学的雄峰峻岭中，辽金文学确乎是难与唐宋等时代的文学成就相比肩。但是辽金文学又是一种独特的存在，有着自立于诗史的充足的理由。笔者认为对辽金诗歌的价值判断，不宜只从创作的数量和艺术的圆熟程度着眼，而更多地应从民族文化关系对诗学发展的影响来认识。将辽金诗学思想合为一帙加以讨论，便是基于这种出发点的。

这时不妨引述一段已故著名学者张松如（公木）教授就笔者所著的《辽金诗史》所生发的对辽金诗歌的历史性评价，他认为：

> 在诗歌流变史上，唐宋辽金处于同一历史阶段，正体现着上述规律；在南北文化大碰撞、大交流中，形成多元统一辩证发展的结晶，它是丰富性、多样性与一元性相因相成的局面。而辽金诗在其中又显示出一种独特的轨迹。这便是《辽金诗史》之所以作的根据。

> 辽与五代北宋相始终，金与南宋并峙，或谓辽金诗乃唐宋诗的分蘖。其实，后进接受前进的影响诚有之，风行全国的"诗教"对契丹女真贵族均具感召力也是事实，但这些不得淹没其属于自己的特点。他们各自有着北方民族的文化心理，荒原林海，游猎风雪，养成强悍蛮勇的性格。善骑射，惯战，"其人戆朴勇鸷"，这种习俗自然会反映到其歌咏唱和中。……明徐渭《南词叙录》记载："今之北曲，盖辽金北鄙杀伐之音，壮伟狠戾，武夫马上之歌，流入中原，遂为民间之日用，宋词既不可被弦管，南人亦遂尚此。"凡此，都指出辽金诗风在中华诗歌流变史上的巨大影响和主要贡献，当于歌诗发展中来考证。当然，即使单从狭义的传统汉诗来看，其联系也是密切的，契丹女真都各自经历了汉化过程，由契丹女真文字，逐步改用汉文汉字写作，对于艺术形式的掌握，自也经历了从生疏到圆熟、从粗糙到细腻、从朴野到典雅的过程，这便是从辽初东丹王耶律倍的《海上诗》，直到金末元好问的"纪乱诗"，长逾百年的一部独特的诗史，分而观之，则可见一个动态发展整体的态势。而放在中华诗史的大系统中来考察，便可看到它们吹进了一股清新之风，带入一种北方民族独具的生命力与朴野的风格，为诗歌发展注入了新鲜的生机，对语言运用更起到增加"陌生化"的活力，

在诗艺上不无创新的作用。①

公木师的这段精辟之论，不仅是对拙著《辽金诗史》的基本观点的提炼，更是以一个杰出的诗歌史家的眼光，从中华诗史的宏观视野下对辽金诗歌的历史定位的揭示。就我本人而言，是非常赞同公木师的这种观点的。

辽金诗学研究，历来是中国古代诗学研究中的薄弱环节。关于辽诗，传统的文学史著述几同空白，即使是有，也是一笔带过，相关的论文，也非常之少，这一方面说明了辽诗数量偏少，又乏名篇巨制的客观情形，另一方面，也说明了研究者对辽诗的某种偏见。其实，关于辽诗的成就与诗史地位，还应该从更为广远、更为深层的意义上来认识。以陈述先生所编《全辽文》计，辽诗不足百首，而其中最有成就、最有特色的佳什，基本上都是出自契丹诗人的手笔。清人赵翼在其史学名著《廿二史札记》中曾专列"辽族多好文学"一节，记述了契丹贵族多喜为诗的情形。契丹民族作为北方游牧民族，质朴强悍是其民族性格的突出特点，他们的诗歌创作，也都透射出质朴生新的气息。有代表性的如萧观音的《伏虎林待制》一诗（"威风万里压南邦，东去能翻鸭绿江。灵怪大千俱破胆，那教猛虎不投降！"）颇能体现辽诗中刚健豪犷的诗风特征。契丹诗人的创作，为中华诗史吹进了一股清新之气，带着一种北方民族特有的生命力和朴野的风格，为诗歌发展注入了新鲜的生机。

中国诗歌的发展，迄于唐代在艺术上已达峰巅，其情景交融，其含蓄蕴藉，其流美圆熟，"至矣，尽矣，蔑以加矣"！宋人很聪明，不欲蹈袭唐人，不走唐人踩平的大道，而从唐人没有走过的地方，披荆斩棘地走一条新路，"宋人生唐后，开辟真难为"，确实是很不容易。宋诗形成了迥异于唐诗的风貌，可是代价也不小。而且，宋诗之于唐诗的文体继承，要想得到更多的"陌生化"审美效应，宋人采用的是"以故为新"之类的方式，诗歌发展至此，本身的文化负累真是太重了。实际上，从广义来说，诗的生机更多的是注入了这棵大树的新发枝干——词的里面。狭义的诗，到这时真有些"老气"了。曾有论者以"老境"来形容宋诗，未必确切，但可以说明人们对宋诗的某种感觉。

辽于唐后，与五代北宋基本同时，所留下的篇什不多，但毕竟是中华诗史上特殊的存在。它们挟着大漠的沙尘，草原的新露，注入了中华诗史的河

---

① 张晶：《辽金诗史》，东北师范大学出版社1994年版，第1—2页。

床。它们不以圆熟精美见长，却以朴野和清新使诗史焕发了生机，也获得了自身的价值。从深层来说，它们所反映的，是北人的文化心理。没有那么多文化的积淀和负荷，却为诗史到来了"源头活水"，而这正是诗歌发展所需要的。

对于金诗的价值评估，总是要比辽诗更为复杂一些。

金诗与辽诗相比，规模要宏阔得多，艺术上更为成熟，同时保留着北方文学的清刚特色。

关于金诗的性质，以往的权威观点认为，金诗的延续，或者认为，金诗与南宋的诗歌在南北不同地区具有同一时代的产物。也有论者否认金诗与宋诗的联系，否认宋诗对金诗的深刻影响，而专倡金诗与宋诗之截然不同。这也是对于金诗性质的一种看法。

在我看来，金诗与宋诗有着非常密切的关系，深受宋诗的影响。金代诗人、诗论家们也常以宋代诗学中的一些问题为话题。北宋著名诗人如苏轼、黄庭坚等，都对金代诗坛有深远的影响力。金诗中确有宋诗的影迹在。而金初的主要诗人都是由宋入金的士大夫，宇文虚中在宋时已颇有诗名行世。他们在金的诗歌创作必然有着宋诗的体貌特征。而正是他们成为金诗的奠基者。再如使金被羁长达十几年的洪皓、朱弁，也都是颇有影响的诗人、诗论家。他们羁留金朝期间都写下很多篇什。洪皓、朱弁等，都是颇有文化地位的学者，他们在金的文化活动对于传播宋诗及其诗学观念的作用是不可低估的。朱弁曾为金朝教授女真贵族子弟，《宋史》载其"为文慕陆宣公，援据精博，曲尽事理。诗学李义山，词气雍容，不蹈其险怪奇涩之弊。金国名王贵人多遣子弟就学，弁因文字往来说以和好之利"[①]。他们的创作，他们的诗学思想，通过这样的传播渠道，撒播于金源文化之中，当非牵强之论。凡斯种种，都不难说明金诗学与宋诗学之间千丝万缕的关系。

然而，这并不能因而证明金诗没有自己的特色，只是宋诗的延续或附庸。金诗与宋诗有着不同的文化心理环境作为各自的土壤。金诗的发展在几方面的合力的作用下，形成了不同于其他历史时期的独特轨迹。

金人对于金诗的特质是有自觉意识的。有一个颇为凝练而确切的概括，这便是"国朝文派"。这是我们认识金诗性质的一个关键。如果说清人庄仲方在《金文雅序》中提出的"借才异代"是对金初诗坛、文坛情势的准确揭载，那么，金代中叶诗人萧贡首创的"国朝文派"之说，则是鲜明地表

---

① （元）脱脱等：《宋史》卷 373，中华书局 1986 年版，第 11551 页。

现出金人在文学创作上的独立意识。"国朝文派"不是一个抽象的思辨的概念，而是有着深厚的客观基础的。它是对金诗的整体特色的深刻概括，是对金诗发展的一个理论的提升。这个诗学命题，后来得到了元好问的再次提倡，并且在更高的理论层次上加以明确。"国朝文派"不是仅指金诗中某一流派，也不是指某一时期的金代文学创作，而是指金源诗歌区别于宋诗及其他时代诗史的整体性特色。这在金代诗人和诗论家来说，是有颇为自觉的意识的。金诗与宋诗可说是你中有我，我中有你，要想处处见到截然不同，那恐怕是很困难的。而就其大端来说，仍可约略指陈。

清切，乃是金诗在整体上区别于宋诗的重要的一端。清人陶玉禾指"国朝文派"的开山人物蔡珪之诗为"清切有骨"①，其实，这也道出了金诗某种普遍性的特质。元好问在《自题中州集后》第三首中所写："万古骚人呕肺肝，乾坤清气得来难。诗家亦有长沙帖，莫作宣和阁本看。"② 他认为金诗最可珍贵的乃是这种"乾坤清气"，这是金诗区别于其他时代诗风的一个主要特征。所谓"莫作宣和阁本看"，正是提醒人们以"乾坤清气"来区别金诗和宋诗，不要把金诗当作宋诗的影子，而且这种"乾坤清气"的自然"天籁"是高于"呕肺肝"之作的。清人顾奎光就此发挥道："诗文莫难于清，不清不可以言雄，不清不可以言新，不清不可以言丽，所诣各殊，清之为本，故长江大河，鱼鼋蛟龙，不怪惶惑，无害为清，不必潦尽潭寒也。崇桃积李，千红万紫，亦无害其为清，不必枯枝槁叶也。学力积于人工，清气秉诸天授，金人之诗清，其雄古新丽处，觉清气拂拂，从楮墨间出。元人便觉有沉浊者。"③ 尽管是一种直观的体悟，顾氏的审美把握还是相当敏锐和准确的。金诗在整体上确乎是有一种"乾坤清气"为底蕴，而这正是地缘、人文、民族文化心理的综合产物。

雄放奇崛是金诗区别于宋诗的一个特质。这看似体现于诗人个案之中，但也有着普遍性的品格。作为"国朝文派"开山诗人蔡珪的诗风，即以雄放奇崛为其特征，如《医巫闾》、《野鹰来》等篇什，都是相当典型的。元代诗人郝经称许蔡诗为"建瓴一派雄燕都"，赞赏其戛戛独造，开北国雄健一派。萧贡推蔡珪为"国朝文派"之始，而他自己的诗作便与蔡氏相近，

---

　　① （清）顾奎光：《金诗选》卷1，见徐丽华主编《中国少数民族古籍集成（汉文版）》第18册，四川民族出版社2002年版，第277页。

　　② （金）元好问：《中州集》，中华书局1959年版，第571页。

　　③ （清）顾奎光：《金诗选·例言》，见徐丽华主编《中国少数民族古籍集成（汉文版）》第18册，四川民族出版社2002年版，第270页。

意境雄浑苍劲。如他的《日观峰》、《按部道中》等作，都有这种特点。金中叶诗人刘迎的诗作也是如此。他长于歌行体，语言质朴，风格刚劲，意象雄奇拗峭。清人陶玉禾评刘迎诗云："金诗推刘迎、李汾，而迎七古尤擅场，苍莽朴直中语，皆有关系，不为苟作，其气骨固绝高也。"① 而当金源南渡后，诗坛又形成了以李纯甫、雷渊为代表以奇崛雄放为特征的诗派。当时的文坛盟主赵秉文评李纯甫云："之纯文字最硬。"② 诗人王若虚更有微词："之纯虽才高，好作险句怪语。"③ 尽管赵、王是从自己的诗学观念出发，对李纯甫的评价话里话外不无贬义，却道出了李诗的特色所在。雷渊的诗更是意气豪迈、卓荦不平的。李汾的诗作，也是豪隽慷慨的。元好问评其诗云："虽辞旨危苦，而耿耿自信者故在，郁郁不平者不能掩。清壮磊落，有幽并豪侠歌谣慷慨之气。"④ 这派诗人中的李经，其诗以峭健奇崛为特色。其《杂诗》五首颇能体现之。李纯甫称他"阿经瑰奇天下士，笔头风雨三千字"⑤。至于金代最杰出的大诗人元好问，更是"国朝文派"的最大代表人物。其诗歌创作把雄浑苍莽的意境与如此悲怆浓挚的情感融合得浑然一体，把诗的形式之美与内在的慷慨雄放之气熔冶得炉火纯青。如其弟子郝经所评："歌谣跌宕，挟幽并之气，高视一世。"⑥ 以上所举，仅是几个显例，其实，这并非仅是诗人个体风格的表现，而是金诗中相当普遍的倾向。

比之宋诗，金诗从整体上更为浑厚朴野，远不像宋诗那样讲求用典和句法。宋人作诗，重视学养，于使事用典、法度技巧深致工夫。尤以黄庭坚为代表的江西诗派为甚。江西诗风沾溉之广，横流两宋，形成了普遍性的以用典、句法为重的创作习惯。这是人所均知的，无须赘述。相对而言，金代诗人的创作则没有那么多的文化负累，更多的是出之以朴野之气，用典比宋诗少了许多，而且用典多是较为直接的，远不像西昆派及江西派那样深微曲折，讲求技巧。在诗的句法上，也是以自然为主，而少有刻意安排。应该说，从诗的艺术形式的精雕细刻方面，金诗当然弗逮于宋；而它又以其浑成朴野的气息，为中华诗歌平添了一派生机。

---

① （清）顾奎光：《金诗选》卷1，见徐丽华主编《中国少数民族古籍集成（汉文版）》第18册，四川民族出版社2002年版，第282页。

② （金）刘祁：《归潜志》卷8，中华书局1983年版，第88页。

③ 同上。

④ （金）元好问：《中州集》卷10，中华书局1959年版，第491页。

⑤ 同上书，第221页。

⑥ 秦雪清点校：《郝文忠公陵川文集》卷35《遗山先生墓铭》，山西人民出版社2006年版，第478页。

第三节　关于辽金诗学思想

　　如前所述，本书所谓的"诗学思想"是较为狭义的，只是专就中国文学体裁中狭义的"诗"的有关观念加以讨论，而非如西方文论中的"诗学"范畴具有的那种相当广泛的内涵。之所以言"诗学思想"而不说"诗学理论"，是因为前者既包含了那些以诗论面目出现的理论主张，也包括了在诗歌创作中所流露、所体现的某种观念、倾向。前者可以称为"显型"的，后者则可以称为"隐型"的。从此种意义上看，金代的诗学思想二者兼备，而以前者为核心；辽代的诗学思想则主要是后者。

　　在所存的辽代文献中，基本是没有诗话、诗论这些带有较强理论色彩的材料，在其诗歌篇什中，也很少有关于诗歌批评的诗句。遍查《全辽文》，都没有诗论方面的资料。这虽然是遗留下来的现存文献，肯定尚有许多我们现已无从查考的遗佚文献，但就现有文献可以基本断定，辽人在当时还不具备自觉的诗学批评意识，因此辽代没有诗论留下来就是再正常不过的了。但这不等于说，辽代就没有诗学思想可述。对这种诗学思想可以用"自在的"或"潜在的"来形容它、修饰它，因为它只是在诗歌创作中显露出的某种倾向而已。而这种倾向性的东西又是共性的，它们深层地规定着、说明着辽诗的现在状貌。

　　综观辽诗创作，绝大多数都是契丹人所为，而且最有成就、最有代表性者，亦是来自契丹诗人。但这并不能说明契丹人从文学的审美特征的高度来认识诗的功能。中国诗学思想发展到唐五代及北宋时期已经相当丰富深刻，对于诗的独特的审美性质、抒情功能，有大量的论述，虽已突破了"政教中心"说的诗学藩篱，而在辽人这里，离这一步还差得很远，他们还没能从审美的角度来认识诗的本质和功能，无论是有意还是无意地，辽人总是把诗从属于政教或实用的目的的。辽朝有几位君主如圣宗、兴宗、道宗都重视和擅长诗歌创作，据说圣宗曾有"御制诗百余首"，但稍加深入地考察一下，就可看到，圣宗的诗歌活动都有不脱政教自的。他的《传国玺诗》可以说是基本上不具备什么审美价值，却是一首地地道道的政治诗。他不断地赐诗与臣下，多是褒奖臣下之功，这又是出于笼络臣下、维系君臣关系的目的。道宗有《君臣同志华夷同风》诗，虽然已经亡佚，但从萧观音的"应制"之作可以看出亦全然是属于政治诗的范畴。而再看辽代最有成就的两位女诗人萧观音、萧瑟瑟的主要篇什，如《伏虎林待制》、《君臣同志华夷同风应制》、《讽谏歌》等，都充满了强烈的政治色彩。大致可以认为，辽人对诗歌功能的认识，基本上是从属于政治的，也可以说是儒家"政教中心"的诗学的一种很质朴的表现形态。

这样说，也并非抹杀辽代诗歌的抒情性质，辽诗中的不少篇什是有很强的抒情性的。如耶律倍的《海上诗》，萧观音的《回心院词》、《绝命诗》等。即使是如萧瑟瑟的《讽谏歌》这种典型的政治讽谕诗，又何尝不充满了诗人的激情！而这些具有很强的抒情性质的诗作，又都与辽代的一些政治事件有着不可剥离的关系，也可以视为诗人在这些政治事件中所迸发的情感的产物。如耶律倍的《海上诗》正是诗人被迫流亡海外的心声；萧观音的《绝命诗》，是这位皇后被诬赐死之前的最后诀别之语。因而，这些诗作仍然是未脱辽朝政治的范围的。这些都可以说明辽人基本上是把诗歌作为政教的从属品来定位的，并未从独立的审美意义上来看待诗歌创作。

与此相适应的是辽诗创作中的尚实尚质的倾向。辽诗中的绝大多数篇什，都是非常质朴无华的，没有华美的词句、复杂的技巧、深奥的典故、奇特的想象，而只是情感与意志的直接抒发。这一方面是契丹人学习汉诗处于"初级阶段"，当然难于达到唐宋诗歌那种高度发达的艺术表现水平，而更重要的是这种政教诗学观所起的制约作用。辽人对中原汉族诗人最为推崇的是唐代诗人白居易。耶律倍在名刺上戏称自己为"黄居难，字乐地"，以拟白居易，字乐天，可见其对白居易的向往之情。圣宗有诗句云："乐天诗集是吾师。"又亲以契丹字译白居易《讽谏集》，召藩臣等读之。[①] 可见，圣宗对白诗的兴趣更多的是在其政治讽谕诗。白居易诗在辽朝上下受到普遍欢迎，正如《古今诗话》所载"辽人好乐天诗"，这其中原委，似有两个：一是由于其通俗明快，易于晓解，以其《新乐府》、《秦中吟》等为代表，较少朦胧含蕴之致。对于文化起步较晚、无甚积淀的契丹人来说，蕴蓄深曲、典故丛集的诗风很难接受，在审美鉴赏上有很大障碍，难以获得共鸣；而白居易诗则因其通俗易懂、质朴明彻，在辽国的土地上不胫而走，有了众多的崇拜者。另一方面，是白居易一部分作品的政治讽谕性质。圣宗等人看好白诗的，主要是他的讽谕诗，这自然又体现着辽诗的政教诗学观。

金代的诗学思想更多地显现为自为的状态，也就是以诗论的面目出现。从这个角度讲，金代诗学思想的理论性、系统性远远超越了辽代的。金代的诗论，表现出几种不同的形式，一是诗话，这是非常成熟的诗论形式，在金

---

① （宋）叶隆礼：《契丹国志》卷7《圣宗天辅皇帝》，上海古籍出版社1985年版，第71页。

源产生了《风月堂诗话》、《滹南诗话》；二是论诗诗，这又是金代诗论的特色。在金代诗坛上论诗诗是相当发达的，以至于出现了元好问《论诗三十首》这样的论诗诗的高峰，使论诗诗达到了一种很高的境界。元好问之外，如周昂、赵秉文、王若虚、李纯甫等诗人，也都有一些颇能表达诗人美学见解的论诗诗。如周昂的《读陈后山诗》、《醉酒斋为虞乡麻长官赋》，王若虚的《王子端云：'近来陡觉无佳思，纵有诗成似乐天。'其小乐天甚矣，予尝和为四绝》等，李纯甫的《送李经》等，元好问除《论诗三十首》之外，还有《自题〈中州集〉后五首》、《论诗三首》、《自题三首》等，都是有影响的论诗诗。金人的论诗诗虽然在数量上不及两宋，但在所达到的理论高度上，不仅可与两宋比肩，而且如遗山的《论诗三十首》则全然可以雄视两宋了。三是序跋、书、笔记中的诗论。金人诗论除诗话、论诗诗而外，还大量散见于一些诗人或学者为他人诗文集所作序、引、跋以及往来书信之中，如赵秉文的《竹溪先生文集序》、《闲闲老人滏水文集序》、《答李天英书》，李纯甫的《西岩集序》，元好问的《新轩乐府引》、《杜诗学引》、《东坡诗雅引》、《杨叔能小亨集引》等，都是非常重要的诗学论文。刘祁的《归潜志》，不仅大量客观地记载了金代诗坛的创作情况、诗人生平，记述当日诗界不同见解论争的言论、观点，而且在很多地方还表达了自己的诗学思想，成为金代诗学必不可少的重要文献。以上这些情形足以说明，金源的诗学思想资料是颇为丰富的，形式也是多样化的，大有深入考察的价值。

金代的诗论家大都有着较为成熟的、一以贯之的诗学观念，对一些诗歌艺术问题有较为深入的思考，对于中国诗学思想的发展有自己的独特的贡献。如朱弁羁留在金源时所作的《风月堂诗话》中所提出的"体物"论，就是对中国古代诗歌创作论中的审美体验思想的系统发挥与开拓。他所谓"体物"的内涵，已不是全然等同于陆机在《文赋》中所说的"赋体物而浏亮"的描写事物的意思，而是直接从客观对象中获得诗的感兴与体验，准确生动地刻画对象的特征，并且传达出自然造化的生命律动。朱弁的"体物"说，是对中国古代诗歌创作论中"体物"观念的突进。再如王若虚在《滹南诗话》中提出的"自得"说，也是具有深刻的美学意义的。"自得"在中国哲学史和美学史上都是一个带有鲜明的方法论色彩的范畴。从哲学而言，"自得"首先是反身的直观体验性，它不是向外的知识觅求，而是超越于语言层面直接领会，其次是"万物一体"的观念为背景的主体性，既强调"浑然与物一体"，又突出了主体对客体的主导与把握。在美学上则可以视为一种审美创造的思维方式。王若虚在《滹南诗话》中所倡的"自得"，是在这个命题的发展中的重要一环。他将"自得"上升到普遍意义的高度来倡导，其云："古之诗人，虽趣尚不同，体制不一，要皆出于自得。至其辞达理顺，皆足以名家，何尝有以句法绳人者！"[①] 王若虚所谓"自得"，即是"性情之真"，同时又要有诗人对事物直接的、亲在的体验，从主客体两方面规定了这个命题，把诗的审美体验论又向前发扬发展了一步。再如李纯甫以"言为心声"为出发点，肯定了"役夫室妾"的"悲愤感激之语"，突破"温柔敦厚"的儒家诗教，为其"自成一家"、"勿随人脚跟"的主张提供了理论依据，在诗学理论上都是有新的建树的。至于元好问，更以其诗学思想的系统性、独特性见称于中国文学批评史。他主张诗歌创作"以诚为本"，崇尚雄放壮美而又古雅的诗境，并对魏晋以还的诗歌，进行了甄别正伪的系统批评，对后世的文学批评产生了深刻的影响。由此可见，金代诗人或诗论家所涉及的诗学问题，大都有着较重要的理论意义，为中国诗学的发展注入了新的内容。

　　金代诗学具有很鲜明的理性批判意识。金诗学与宋诗学有十分密切的关系，其中讨论的问题有些是宋人诗学问题的延伸，但这并不等于说金代诗学就是宋代诗学的模仿或"北方版"，恰恰相反，对于宋代诗坛的一些权威人物或权威观点，金代诗论家往往持有严峻的理性批判态度。北宋大诗人黄庭坚开创江西诗派，以学杜为号召，并从句法、诗眼为门径开示后学，形成了横被两宋的江西诗风，在南宋诗论家严羽之前无人从理论上加以掊击。南宋的一些大诗人如杨万里、陆游等，后来超越江西藩篱，但开始时都是从江西入手的。金代诗人周昂和王若虚等人，则对江西诗风多有深刻的批评。周昂最为心仪杜甫，但对以学杜为标榜的江西派开山人物黄庭坚则颇为不喜，并持很峻刻的批评态度，认为黄庭坚虽以学杜相号召，但他的诗学路径却与子美无关。王若虚转述周昂对黄庭坚的看法说："史舜元作吾舅诗集序，以为有老杜句法，盖得之矣；而复云'由山谷以入'，则恐不然。吾舅儿时便学工部，而终身不喜山谷也。若虚尝乘间问之，则曰：'鲁直雄豪奇险，善为新样，固有过人者；然于少陵初无关涉，前辈以为得法者，皆未能深见耳。"[②] 这里的所谓"前辈"显然是指吕本中等人的意见。对于江西派的主要诗人陈师道，周昂认为其虽以学杜为标榜，但其实是难以登其堂奥的，他在诗中说："子美神功接混茫，人间无路可升堂。一斑管内时时见，赚得陈

---

① （金）王若虚：《滹南遗老集》卷40，中华书局1985年版，第257页。

② 郑文等校点：《滹南诗话》卷上，人民文学出版社1962年版，第52页。

郎两鬓苍。"（《读陈后山诗》）体现出独立不倚的批评品格。王若虚对于苏轼十分推崇，在其论诗诗中高度评价东坡的成就与诗格，如称"东坡，文中龙也。理妙万物，气吞九州，纵横奔放，若游戏然，莫可测其端倪"[1]。但他对苏轼论诗画形神关系时所说的"论画以形似，见与儿童邻；赋诗必此诗，定非知诗人"[2] 的美学见解大不以为然。于是在《滹南诗话》中予以反驳说："夫所贵于画者，为其似耳；画而不似，则如勿画。命题而赋诗，不必此诗，果为何语！"[3] 对苏轼的观点持明确的批评态度。孰是孰非尚且不论，但可以看出王若虚作为一个批评家不尚苟同的难能可贵。即使是自己由衷倾慕的人，也不稍假辞色。在诗歌批评方面，李纯甫也表现出强烈的主体精神。当时赵秉文以礼部尚书执掌文坛，身居高位，李纯甫的官职比赵要低得多，但与赵秉文在诗学观点上多有论争，独树一帜。他对赵秉文诗中的模拟古人，多有批评讥讽之语："公诗往往有李太白、白乐天语，某辄能识之。""才甚高，气象甚雄，然不免有支堕节处。""盖学东坡而不成者。"[4] 他并不因赵身居高位而阿附吹捧，尤可见出其人风骨凛然。元好问的诗学批评有更强的主体性和北方文化意识。他作《论诗三十首》，其宗旨便在于甄辨正伪，如分泾渭。他编选《中州集》的目的，就在于保存金源诗歌文献。他认为金诗并不逊于南人之诗，自豪地宣称："若从华实评诗品，未便吴侬得锦袍。"[5] 从特定的角度高扬了金诗的地位与价值。上述这些，都可见出金代诗人、诗论家们所显示出的理性精神和独立不倚的批评意识。

第四节　民族文化关系与辽金诗学思想

　　辽金诗学思想的现存状态，是有其独特的文化成因的。辽金两朝分别为契丹与女真人所创立，契丹、女真作为北方游牧民族，其原有文化形态是十分原始的、朴陋的。而在创建王朝之后，都开始大量吸收汉文化元素，程度不同地走着汉化的道路。辽金诗歌及诗学思想可以说在很大程度上是接受汉文化的产物。契丹人的史前诗歌遗产只有原始民歌《焚骨咒》，但那绝非诗人的有意创作所为，而是契丹人在父母死后焚化骨殖时所念的咒语。至于女

---

① （金）王若虚：《滹南遗老集》卷39，中华书局1985年版，第251页。
② 李之亮：《苏轼文集年笺注·诗词附》，巴蜀书社2011年版，第298页。
③ 同上。
④ （金）刘祁：《归潜志》卷8，中华书局1983年版，第87页。
⑤ （清）顾嗣立：《元诗选·初集》，中华书局1987年版，第92页。

真，在史前就没有任何诗歌可言，"其乐惟《鹧鸪曲》，第高下、长短如鹧鸪声而已"①。真正的诗歌创作，都是在契丹人、女真人大量吸收、掌握了汉文化之后。辽诗、金诗中的作者，有些是契丹人、女真人，但其创作基本上是用汉文写作（辽诗中仅有长诗《醉义歌》原是用契丹文写成的，后经元初耶律楚材译成汉文），所有一切形式都是汉诗系统。辽金两代的诗歌创作，可说是民族文化融合，尤其是较为落后的文化吸收、融合先进文化的审美化产物。

笔者以为，从共时性来看民族文化，一个特定时期、特定民族的文化形态，总是处在与其民族文化传统的碰撞、交汇之中，那么，两种彼此交汇、碰撞的文化形态之间的输入与接受，是不是等位的呢？这与相关的两种民族文化的层次密切联系。如果两种文化的层次高度相等或相近，那么，彼此间的交流可能是等位的。此一文化对彼一文化的吸收，大抵是局部的。某一种或几种文化元素，因另一种文化相对地缺乏这些元素而流入；而如果两种文化的层次高下悬殊，"落差"很大，则一般呈现为"水往低处流"的态势，先进的文化形态较为全面、迅速地渗透进相对落后的文化形态。就中华文化史的具体情形来看，高度发达的汉诗，总是作为审美文化中最为重要的元素率先为异族所接受，并在原有的文化心理的底蕴作用下，产生出某种特色来。辽金两代的诗歌风貌即是如此。

至于诗学思想的文化成因，不应是笼统的，而应该得到较为具体的说明。比如辽代的诗学思想之所以重政教，尚实尚质，是与契丹人所禀赋的北方民族文化根源及其接受汉文化过程中的具体选择有很深的关系的。（许多具体材料，将在《辽代诗学思想研究》一章中涉及，此处只是约略谈及概括性的想法）作为一个重要的北方游牧民族，契丹一般被认为是源出于鲜卑，其生活方式、生产方式是逐寒暑、随水草而放牧，以车帐为家，畋猎在契丹人的生活中有重要的地位。驰骋骏马，弯弓射雕，造就了契丹人那种勇武剽悍的民族性格。对此，五代和北宋诗人，在其使辽诗中曾多有生动直观的描述。如北宋诗人张耒的《寒猎》诗中写道："十月北风燕草黄，燕人马饱弓力强。虎皮裁鞍雕羽箭，射杀阴山双白狼。"以质朴明快的语言勾画出契丹人寒猎的勃勃英姿。苏辙、苏颂的使辽组诗中也都有对契丹勇悍民风的描写。有这种刚健勇武的民族性格，产生出萧观音《伏虎林待制》那样的

---

① （金）宇文懋昭：《金志·初兴风土》，见王云五主编《丛书集成》初编，商务印书馆1939年版，第5页。

雄奇豪放之作，便是十分自然的事。契丹人逐寒暑、随水草放牧，生活、生产条件颇为艰苦，如史志在南北自然条件的比较中指出契丹人的生存环境："长城以南，多雨多暑，其人耕稼以食，桑麻以衣，宫室以居，城郭以治；大漠之间，多寒多风，畜牧畋渔以食，皮毛以衣，转徙随时，车马为家，此天时地利所以限南北也。辽国尽有大漠，浸包长城之境，因宜而治，秋冬违寒，春夏避暑，随水草就畋渔，岁以为常。"①。说明了契丹人的生活方式与生产方式的特点主要是自然环境造成的。在这种与大自然的艰苦斗争中，契丹人形成了崇尚质朴的文化价值观，辽诗体现出质实朴野的整体特点，便是直接的体现。

　　辽代诗学思想中的政教中心观念，与契丹人在吸收汉文化过程中的价值取向有密切关系。在辽王朝的创建及逐步封建化的进程中，契丹统治者更多的是借鉴中原王朝的政治制度等文化元素，并创立了藩汉分治的南北双重官制。如辽圣宗深受汉族封建文化的熏陶，欣羡中原文明，从经史百家中学习汉族王朝封建统治的经验，"好读唐《贞观政要》，至太宗明皇《实录》则钦伏，故御名连明皇讳上一字。……尝云：'五百年来中国之英主，远则唐太宗，次则后唐明宗，近则今宋太祖、太宗也'"②。对于中原王朝的政治体制，他十分推崇，"诏汉儿公事皆须体问南朝法度行事，不得造次举止。其钦重宋朝百余事，皆此类也"③。这在契丹统治者中是有代表性的。契丹社会的封建化改革，一直是参照中原汉族王朝的政治制度等文化元素进行的。

　　对汉族士人的倚重使用，也同样可以说明某种文化上的价值取向。从中华历史上来看，北方民族在创建王朝并逐步从奴隶制向半封建化、封建化迈进过程中，往往都汲引、倚重汉族士大夫（也包括一些高度汉化了的少数民族士人），利用他们对汉文化的淳深修养以及对历朝统治经验教训的了解，发挥他们的才干，推进封建化的进程。但汉士在少数民族创建的王朝历史上发挥的作用是在不同方面的。或侧重于政治方面，或侧重于思想和意识形态方面，或侧重于文学和审美文化方面，或在教育科举制度方面。如金初的蔡松年，虽然官至宰相，但在政治上却无很大的建树，在文学创作上却是开一代风气之人。元初的刘秉忠，虽然也有作品传世，而更多的则是在元王朝政治体制的创建过程中发挥了重要作用；许衡的历史作用，则主要在于教

---

① （元）脱脱等：《辽史》卷32《营卫志中》，中华书局2000年版，第259页。

② （宋）叶隆礼：《契丹国志》卷7《圣宗天辅皇帝》，上海古籍出版社1985年版，第71页。

③ 同上书，第73页。

育和元朝官方意识形态的建立，至于辽朝，契丹统治者所倚重的最主要的汉士如韩延徽，则是在创建体制方面发挥了非常重要的作用。对于新征服的汉人地区，韩延徽力主改变以往那种野蛮掠夺的方式，而采取适于长久统治的方式进行管理。"延徽始教太祖建牙开府，筑城郭，立市里，以处汉人，使各有配偶，垦艺荒田。由是汉人各安生业，逃亡者益少，契丹威服诸国，延徽有助焉。"① 在辽前期政治中，韩是这样一位有力的人物。这从另一方面也可说明，契丹统治者对汉士的重视是侧重于其人的政治才具，而不侧重于其文学才华。在辽代的历朝君主身边，也没有因其诗文成就出众而受到重用的汉士。这与金初的情形形成鲜明对照。金初宇文虚中、蔡松年等，都是因其文学才华得到高度重视的。这表明了契丹在吸纳汉文化时的某种价值取向。其诗学观念中的政教中心的倾向是与此有深切的关系的。

金代诗学思想之所以有创造性的理论价值，有特殊的美学意蕴，有独立不倚的理性批判精神，也是与金代的文化形态及其辩证发展有渊源关系的。

作为金代社会核心的女真人，其原始相当粗糙，与契丹人并无多大差别，但历史却为他们提供了在文化上更快发展的更好时机。一方面，金继辽后，对辽已取得的文化成果加以继承和发展；另一方面，更主要的是从当时高度发达的汉文化中获取了极大的滋养和助力，使金源文化在很短的时间内跃升到了一个很高的层次。尤其是在审美文化方面（以诗歌创作为主）更是得到了突出的发展。金代诗学思想的发达，是离不开这种文化背景的。

"靖康之变"，女真人取得了军事上的胜利，徽、钦二帝被掳到塞北，大片土地被纳入金朝的版图之中，宋朝剩下了半壁江山。而从文化上看，情况就不那么简单了。女真人非但没有把中原文明付之一炬，反倒主动接受汉文化的渗透。从宋金文化关系中，我们悟到一个耐人寻味的情形，那就是：促进民族文化融合的契机，却往往是民族之间的战争，而且是北方民族取得胜利的战争。与中原王朝相比，这些北方民族在战争中都是主动的、好战的、取攻势的；而当他们在战争取得决定性胜利的时候，又恰恰是他们全面接受汉文化的开始。金人的灭辽侵宋，正是女真人大步走上封建化道路的关键性契机。在这种意义上，战争却成了文化的传媒。法国著名的女文学史家斯达尔夫人有一段话恰可以说明这种情形，她说：

北方诸民族在一个时期之内破坏了南方的文学艺术，然而也接受了

---

① （宋）叶隆礼：《契丹国志》卷16《韩延徽传》，上海古籍出版社1985年版，第160页。

被征服者的文化。……对当时各民族来说，蛮族人入侵当然是一场严重的灾难，然而，文化却因此得到传播，在与北方民族混杂的过程中，萎靡不振的南方民族从他们那里汲取了力量，同时使北方民族取得了有助于充实智能的灵活性。①

斯达尔夫人的论述与当时的宋金关系颇相仿佛，真有点"无巧不成书"的意味。如果说，斯达尔夫人在这里所说的南方民族、北方族的文化传播，与中国历史上的南北民族文化关系，还只是一种偶然的巧合，那么，民族之间通过战争这种媒介发生文化交流与融合却是事实。这究竟在其中是否有某种规律性的东西呢？

金代文化在其开端处有了一个很高的起点，比之王朝创立之前，简直是不可同日而语的。其间最主要的，当属以诗歌创作为标志的审美文化因子。这其中有一个似乎并不具有必然性的因素，那便是"借才异代"。由宋入金在金初的文化舞台上扮演重要角色的士人，都是成就斐然的诗人、词人，如宇文虚中、高士谈、张斛、吴激、蔡松年等。他们的诗词创作在艺术上是相当成熟的。在未入金源之前，他们已经是优秀的诗人或词人；而入金以后由于环境和心情的改变，使其创作有了很大变化，有了无法取代的内涵。金诗的这个初端，论其成就和高度，其实并不亚于唐诗、宋诗的初端（指开国后的一段时间的诗歌创作），而且有着不同于一般朝代开国后诗坛上歌功颂德的性质。这对金代诗歌发展道路和诗学思想的倾向性，有着长久的影响。

与辽代君主相比，女真统治者在吸收汉文化的过程中更多地倾斜于诗词等审美文化要素。这在宣孝太子及金章宗的文化价值取向中显示得最为清楚。宣孝太子，名允恭，世宗第二子，章宗之父，追谥显宗。他虽然未能继位登基，但在储位多年，人品学识甚为朝野景慕。宣孝太子大力提倡汉文化，试图用先进的汉文化来改变女真旧俗。刘祁评价道："宣孝太子最高明绝人，读书喜文，欲变夷狄风俗，行中国礼乐如魏孝文。"② 他的文治思想对当日社会有相当影响。宣孝太子又善于诗词创作，刘祁称他："好文学，作诗善画，人物、马尤工，迄今人间多有存者。"③ 金章宗是历代君主中最为崇尚艺文的一位，他以九五之尊，力倡词章之学，对于臣下有文学才华者

---

① ［法］斯达尔夫人：《论文学》，徐继曾译，人民文学出版社 1986 年版，第 107 页。

② （金）刘祁：《归潜志》卷 12，中华书局 1983 年版，第 136 页。

③ 同上书，卷 1，第 3 页。

多加奖拔，"擢居要地"，直接造成了金代中叶普遍的喜为美文之风。在吸纳汉文化的过程中大力突出了其中的审美文化要素。在科举考试中，也是"止以词赋为重，故士人往往不暇读书为他文"①。科举这个"指挥棒"，当然在士大夫中更造成了普遍性的以文采典丽相尚的风气。这种文化氛围，在诗学领域中引起的效果是它的对立面，即对"浮艳"文风的反思与批评。南渡之后，由赵秉文、李纯甫倡导了从理论到创作两个层面对这种风气的拨转。赵秉文倡之以"师古"，李纯甫指斥"齐梁以降，病以声律，类俳优然"②，都从不同的侧面来针砭时风，而又形成了"南渡后，文风一变，文多学奇古，诗多学风雅"③ 的转机。

金代诗学中独立不倚的理性批评精神，与女真统治者为了维护本民族的文化特质在吸收汉文化教育的同时，对某些汉文化元素起而排拒的文化矛盾不无或明或暗的关系。

民族文化关系在彼此吸收、融合的同时，还有一种易于为人们忽略的逆反趋向：就是在某些文化元素上的彼此排拒。作为一个大系统的民族文化，有着属于此一系统特有的结构、功能和系统质，对于外来文化的吸收，要受到这些因素的选择。在外来文化大量涌入，以至于使原有的民族特征受到被覆盖的威胁时，它必然会在某些文化元素上，起而排拒外来文化的渗透，以维护该文化元素的基本特质，使之保持自己的独立性，不致失却本来面目。一种民族文化对于其他民族文化的吸收并非无条件的，必然要求有一个度的限制，即：一方面最大限度地提高本民族的文化层次，另一方面，又必须维护、保有本民族文化的基本特征，在能够自行调节、控制内部机制的前提下，民族文化正是以这种既融会、又排拒的动态过程中不断演进的。

金代在走向封建化的过程中，遇到一个令女真统治者颇为头痛的问题，这便是女真人越来越崇尚文弱儒雅，偃武修文，逐渐丧失了女真民族原有的那种淳朴刚健的民族性格。很多女真军事贵族羡慕汉士的儒雅风流，倾心于诗词等文艺创作。据刘祁载："南渡后，诸女直（即'真'）世袭猛安谋克，往往好文学，喜与士大夫游，如完颜斜烈兄弟、移剌延玉温甫总领、夹谷德固、术虎士、乌林答肃孺辈，作诗多有可称。"④ 南渡后的世袭武职猛安谋

① （金）刘祁：《归潜志》卷8，中华书局1983年版，第80页。
② （金）元好问：《中州集》卷2，中华书局1959年版，第77页。
③ （金）刘祁：《归潜志》卷8，中华书局1983年版，第85页。
④ 同上书，卷6，第63页。

克中居然能举出这么多擅长文学的人，正是弃武习文的结果。还有许多猛安谋克宁可丢弃世袭武职而要求参加进士考试。章宗时的元老重臣徒单克宁对此深表忧虑，史载："尚书省奏：'猛安谋克愿试进士者听之。'上曰：'其应袭猛安谋克者，学于太学可乎？'克宁曰：'承平日久，今之猛安谋克，其材武已不及前辈，万一有警，使谁御之？习辞艺，忘武备，于国弗便！'"① 这种忧虑并非是没有必要的。汉文化因子的大量渗透，在使女真人民族文明起来的同时，也给女真民族精神带来了威胁，因此，女真统治者在吸收一些有利于封建化的文化元素如政治制度、伦理思想等的时候，又对一些他们认为会侵蚀女真淳朴风俗的文化元素进行排拒，力图保持女真人社会文化心理对"南人"的独立意识。

女真统治者最为珍视的是其浑朴刚健的民族精神，唯恐失去这些东西，会使女真民族堕于萎靡。在对某些文化元素的排拒方面，要数金世宗最为有力。他对汉文化的吸收，是有所甄别的。对于儒家政治思想、伦理观念，他不遗余力地加以提倡，另一方面，他又一贯主张保存和弘扬一些女真旧俗，视如家珍。他认为："女直（真）旧风最为纯直，虽不知书，然其祭天地、敬亲戚、尊耆老、接宾客、信朋友、礼意款曲，皆出自然，其善与古书所载无异。汝辈当习学之，旧俗不可忘也。"② 大定二十五年（1185）四月，在一次宗室宴会上，世宗说："'吾来数月，未有一人歌本曲（女真旧曲——笔者按）者，吾为汝等歌之。'命宗室子弟叙坐，殿下者皆坐殿上，听上自歌。其词道王业之艰难及述继之不易，至'慨想祖宗，宛然如睹'，慷慨悲激，不能成声，歌毕泣下。"③ 世宗歌"本曲"，其目的主要通过这种民族之音，唤回被渐趋汉化的女真人的民族意识。在吸收汉文化过程中，很多女真人只会汉语，而不会女真语，对此，世宗、章宗都一再诏令，强调"大习不失本朝语（即女真语）为善，不习则淳风将弃"，"禁女直（真）人不得改称汉姓，学南人衣装，犯者抵罪"④ 等等。女真统治者对女真旧俗的大力提倡，并通过一些行政手段对某些汉文化元素进行排拒，其根本之处在于保有女真人淳朴刚健的民族特质及能够自立于汉文化侵蚀包围中的民族意识。

金代诗人、诗论家们，除金初"借才异代"时期的人物之外，都是生

---

① （元）脱脱等：《金史》，中华书局1975年版，第2052页。
② 同上书，第163页。
③ 同上书，第189页。
④ 同上书，第199页。

长于金源土地上，在心理上也认同于金王朝的。金与南宋并峙，给金源文化带来了这样的特点：一方面受宋文化的渗透与刺激，从而有了更大幅度的提高；另一方面，努力与宋文化抗衡，保持和发展金文化的独立品格。前论之诗学上的理性批判精神正是体现了这一点。金代诗学崇尚质朴浑厚的风格，并且以之作为基本的审美价值观念。无论是周昂批评黄庭坚的"善为新样"，还是王若虚的"求真"、"求是"，都是以此为"底色"的。刘祁在《归潜志》中所指责的明昌、承安间诗文风气尚"尖新"，多"浮艳语"，并举张翥诗句"矮窗小户寒不到，一炉香火四围书""西风了却黄花事，不管安仁两鬓秋"，其实倘若置于历朝诗翰中，实在算不上很"浮艳"的，只是在金人的审美观念中，已经相当"浮艳"，有违于质朴浑厚的标准了。元好问的诗论，鲜明地推崇天然浑朴之作，最典型地体现了这种观念。元氏有浓重的北方文化情结，他对"国朝文派"的总结，就是要以金诗与宋诗争衡，自立于中华诗史之林。他所持论的角度就是"华实"，认为如果从这个角度来看，金诗就会夺得"锦袍"，即超过"南人"之诗。由此可见，金代诗学思想是有着深刻的文化心理背景的。

第五节　辽金诗学思想之于中华诗学史

辽金的诗学思想，在中国文学思想的发展中，是独特的存在。较之唐宋诗学思想来说，也许其丰富性、深刻性还是有所不及的，但它并非"黄茅白苇"而已，仍然是有着相当的容量和文化特色。对于后代的诗学思想，它也有着不容忽视的影响。如周昂、赵秉文、李纯甫、王若虚、元好问等诗人、诗论家的有关诗学观点，都在元、明、清的诗学发展中，产生了明晰的痕迹。如清代著名诗论家赵执信对周昂的诗学主张十分钦佩，予以高度评价："余不觉俯首至地。盖自明代迄今，无限巨公，都不曾有此论到胸次。嗟呼！又何尤焉！"[①] 王若虚对黄庭坚的尖锐批评，所引起的反响是相当强烈的。再如李纯甫、雷渊、赵元等一派奇崛诡激的诗学倾向，对于唐代的韩孟诗派来说，是承续与发展；同时，也使中国诗学中的一脉"尚奇"诗风，成为有力的支派。元好问的影响力是自不待言的，早已超出了金代诗学的范围，而为中华诗学之一大家。

元好问在元代前期虽未入仕，但却是在元代前期声望最高的文坛领袖。

---

① （清）赵执信：《谈龙录》，人民文学出版社1981年版，第12页。

元代前期诗学的主要诗学倾向，如宗唐抑宋，如雅正，都是在元好问的诗学思想的影响下形成的。元代前期的著名文论家郝经，即是元好问的嫡传弟子。郝经论诗文，主"实"重"情"，称颂《六经》为"实理""实辞""实情"等，论诗把"情"置于首位，其云："诗者述乎人之情者也。情由感而动，故喜怒哀乐随所感而发。"① 又认为"情"是出自于"本然之实理"："情也者，性之所发，本然之实理也。其所以至于流而不返者，非情之罪，欲胜之也。……故情之生也，发于本然之实，而去夫人为之伪。"②显然是从遗山的"以诚为本"说发挥而来的。有元一代，"雅正"成为诗学领域中具有主导地位的观念，如元代著名诗论家欧阳玄所概括的"我元延祐以来，弥文日盛，京师诸名公，咸宗魏晋唐，一去宋金季世之弊，而趋于雅正，诗丕变而近于古，江西之士之京师者，其诗亦弃其旧习焉"③，也是与遗山诗学中的"尚雅"观念有相承之处的。明清两代的诗论家，如瞿佑、赵翼、翁方纲、潘德舆等都非常推重遗山的诗学成就。赵翼的《瓯北诗话》中为元好问立专章加以论述，高度评价其在诗史上的地位。而元好问的《论诗三十首》，更成为中国诗学史上的一个焦点论题，翁方纲、宗廷辅等都为之作了专门的疏解。对于其中一些论诗绝句的不同阐释，形成了诗学史上的公案。一直到当代的中国文学思想史，元好问都是一个说不尽的话题。

　　本书以辽金诗学思想为研究客体，论及辽金两代一些诗人或诗论家的有关观点。基本上是以历时为其线索，却不是所有的内容都顾及得到的，或者说，并未立意成其为"史"。举其大端，见其主要面目而已。

---

① （元）郝经：《五经论·诗》，见李修生主编《全元文》第 4 册，江苏古籍出版社 1997 年版，第 241 页。

② （元）郝经：《论八首》，同上书，第 228 页。

③ （清）顾嗣立：《元诗选·初集》，中华书局 1987 年版，第 980 页。

第二章　辽代诗学思想研究

第一节　辽代文化形态的有关考察

对于辽代诗学思想的研究探索与价值判断，其前提是在于对辽代诗歌历史地位的充分估计与认可。有辽一代，立国二百余年，所存篇什非常之少，据陈述先生编纂之《全辽文》所收录，充其量也不过百首之多，还包括一些佚句在内。论其卷帙规模，远远不能望唐宋诗之项背，即便是想与金诗相比肩也是不可得的。那么，在文学史研究领域，研究辽诗者寥若晨星，也就是可以理解的情形了。章荑孙先生在《辽金元诗选》中有这样一段论述，可以很客观地说明辽文献不足的情况：

辽文献不足是事实。自耶律阿保机（太祖）立国于古汉城（公元916 年），耶律德光（太宗）得石敬瑭所献燕云十六州（公元936 年），开始入居中国，迄耶律延禧（天祚帝）失国（天保五年辽亡于金，公元 1125 年），历九主凡 209 年。其间，属五代时期 43 年（历梁、唐、晋、汉、周），与北宋相峙立 166 年（占北宋全期）。也曾开科取士，并且历代辽主及后妃、贵族亦多濡染文学；生活在辽统治区的汉人，也应有诗文述作者，而元修《辽史》，已有文献失征之叹。元丞相脱脱《进辽史表》则谓："国既丘墟，史亦芜茀。"《辽史》文学列传上也说："典章文物，视古犹阙。"宋沈括《梦溪笔谈》："契丹书禁甚严，传入中国者法皆死。"《辽史·道宗纪》："清宁十年（公元1064 年）禁民私刊印文字。"因而，辽人遗著，存于今者，只有：

《星命总括》——辽圣宗统和二年（984 年）翰林学士耶律纯撰。此书本无传本，清四库全书馆由明永乐大典中辑出，始流行于世。

《龙龛手鉴》——辽统和十五年（998 年）行均上人撰。行均字广

济，俗姓于氏。书四卷，以平上去入为次，为研究声韵专著，有沙门智
光序。

《焚椒录》——辽道宗大安五年（1089 年）观书殿学士王鼎撰。
三种而已。至于诗歌，历金、元、明三朝，无有为之收拾者，至清乾隆
时，始有周春辑成的《辽诗话》二卷。此后，缪荃孙辑《辽文存》6
卷，王仁俊辑《辽文粹》7 卷（以上二书成于光绪年间）。复有黄任海
为《辽文补录》一卷，罗福颐又为《辽文拾遗》一卷以及陈述编辑
《辽文汇》12 卷（1936 年成书，1953 年中国科学院刊印），皆掇录诗
歌若干首。这些诗歌，是从辽东书史、各家笔记中辑录出来的，或是从
辽代碑志上抄录的。真可说是沙里淘金，搜寻出辽一代仅存的诗歌。①

这里将古今学者整理搜寻辽代文献及诗歌的情况几乎都总结出来了。

辽是契丹贵族所创立的北方少数民族政权，辽代文化有相当深厚的北方
游牧民族文化基因，但同时又是北方游牧民族文化与汉文化彼此吸收、融合
的产物。辽朝自阿保机建国后，之所以较快地从奴隶制社会进入封建制社
会，主要动因是吸收、借鉴了中原王朝的先进文化形态。因此，对于辽代社
会文化形态的考察，一方面应看到它与其他朝代文化形态的连续性、一致
性，另一方面，似应注意契丹作为辽朝社会主体以其原有的北方游牧民族文
化心理吸收汉文化所产生的风貌。

契丹是我国北方源流甚长的民族之一，从南北朝起，就与中原汉族及其
他民族发生了联系。唐末五代时，契丹的迭剌部和中原的接触较多，又流入
了很多汉人，在先进的汉族经济文化的影响之下，发展是较为迅速的。辽朝
在其创建的过程中，得到了汉人的扶助，尤其是在生产方式和制度文化上，
汉族士人所起的作用是非常明显的。太祖阿保机已经深刻地认识到汉族士人
在契丹发展中的作用。《契丹国志》载："至阿保机，稍并服诸小国而多用
汉人。汉人教之以隶书之半增损之，作文字数千，以代刻木之约。又制婚
姻，置官号。"② 可见，契丹文的创制、官号等，都是汉族士人所为的。

农业生产方式，对于契丹的游牧生产方式来说，无疑是先进的。发展农
业生产，创建城市，建立封建制度，基本上都是汉人的赞划结果。阿保机建
国之初，康默记、韩延徽、韩知古等汉士，在改变契丹人的原始社会制度方

---

① 章荑孙：《辽金元诗选》，古典文学出版社 1958 年版，第 5—6 页。

② （宋）叶隆礼：《契丹国志》卷 23，上海古籍出版社 1985 年版，第 191 页。

面起了不可忽略的重要作用。《辽史》载："康默记，本名照，少为蓟州衙校，太祖侵蓟州得之，爱其材，隶麾下。一切蕃汉相涉事，属默记折衷之，悉合上意。时诸部新附，文法未备，默记推析律意，论决重轻，不差毫厘。罹禁网者，人人自以为不冤。顷之，拜左尚书。神册三年，始建都，默记董役，人咸劝趋，百日而讫事。"① 韩延徽在辽朝制度建立过程中所起的作用尤为重要。史载："韩延徽，幽州人也。仕刘守光为幕府参军。守光与六镇构怨，自称燕帝，延徽谏之不从，守光置斧质于廷，曰：敢谏者斩。孙鹤力谏，守光杀之。延徽以幕府之旧，且素重之，得全。守光末年衰困，卢龙巡属皆入契丹。太祖怒其不拜，留之，使牧马于野。延徽有智略，颇知属文，述律太后言于太祖，曰：延徽能守节不屈，此今之贤者，奈何辱以牧圉，宜礼用之。太祖召延徽语，悦之，遂以为谋主，举动访焉。延徽始教太祖建牙开府，筑城郭，立市里，以处汉人，使各有配偶，垦艺荒田。由是汉人各安生业，逃亡益少。契丹威服诸国，延徽有助焉。"② 由于阿保机对汉族士人的信任，听取他们的治国方略，使契丹王朝很快步入了正轨，在很多方面原始游牧民族的落后的文化形态得到了改变，生产方式和生活方式都有了相当明显的变化。契丹原来是以畜牧业为主要生产方式的民族。相传到了阿保机的祖父时代，"喜稼穑"，但仍然"善畜牧"，"太祖平诸弟之乱，弭兵轻赋，专意于农"③。阿保机重视农业生产是与汉族人民流入契丹有关的，当时他在滦河上设置汉城安置汉人，"其地可植五谷，阿保机率汉人耕种"④，汉族的先进生产技术逐步为契丹民族所掌握。在汉族文化的影响下，出现了定居的城市生活。契丹人早期"随畜牧，素无邑屋，得燕人所教，乃为城郭宫室之制于汉北"⑤。先进的文化形态已全面地进入了契丹的社会生活之中。

第二节　使辽诗中所见的契丹文化与
汉文化的殊异与交流

辽与北宋相终始，在政治上虽然形成了南北对峙的局面，军事上也时常发生冲突，但由于经济文化上不可分割的关系，双方经济与文化教育的往来

① （元）脱脱等：《辽史》卷74《康默记传》，中华书局1974年版，第753页。
② （宋）叶隆礼：《契丹国志》卷16，上海古籍出版社1985年版，第160页。
③ （元）脱脱等：《辽史》卷59《食货志》，中华书局1974年版，第924页。
④ （宋）欧阳修：《新五代史》卷72《四夷附录》，中华书局1974年版，第517页。
⑤ 陈尚君：《旧五代史新辑会证》第11册，复旦大学出版社2005年版，第4279页。

与交流非常频繁。澶渊之盟以后，直至辽亡的一百余年间，辽宋互派使节，并在边境互市，彼此在经济文化上互通有无，客观上促进了辽的文化以超常的速度发展。而从文化形态上看，当时处于先进层位的中原文化对契丹文化的影响远甚于契丹文化对中原文化的影响。

从共时性来看民族文化，一个特定时期特定民族的文化形态，总是处在与其他民族文化传统的碰撞、交汇关系之中。先进文化形态，较为全面、迅速地渗透进相对落后的文化形态。中原文化作为一种高度发达的封建文化形态，在当时的确是处在世界各民族前列的；而契丹文化在其尚未全面接受中原文化之前，基本上是处于原始文化形态。而当历史为契丹民族提供了全面接受中原文化的契机，中原文化的诸多因子，便十分迅速地流入契丹文化的土层之中。

宋辽之间互派使节，实际上是一种文化交流。在这中间，中原文化对契丹文化的影响是主要的、深远的。在宋朝派往辽朝的使节中，有相当数量的文臣，如宋祁、王珪、吴奎、刘敞、欧阳修、王安石、郑獬、苏颂、陈襄、刘挚、苏辙、彭汝砺等，都是有宋一代知名的文学家，尤其是欧阳修、王安石等。而欧阳修、王安石、苏辙这样的著名文学家，使辽过程中的文化意义就更为突出。他们从中原来到塞北，感受着中原的风俗人情与塞北的反差。在漫漫征途上，契丹的殊方异俗给他们留下了深刻印象。于是他们便以其独特的创作才能，敏锐的艺术感受能力，写下了为数众多的使辽诗。这些使辽诗描写了塞北迥异于南方的特异的自然风貌，将漠北的荒寒和异域情调呈现在读者面前。同时，这些使辽诗从不同的侧面反映了契丹民族的风土人情，写出了契丹特异的文化风貌。不唯如此，使辽诗还记载了通过使节互访的渠道进行的文化交流。从使辽诗中，我们可以非常生动地复现出辽国当时的风貌，宋辽相互往来的情景。

很多使辽诗通过诗人的亲眼所见，描绘了契丹民族的游牧的生产与生活方式，刻画了契丹人那种勇武而质朴的风俗与民族精神。如苏颂在《后使辽诗》中《契丹帐》诗吟："行营到处即为家，一卓穹庐数乘车。千里山川无土著，四时畋猎是生涯。酪浆膻肉夸希品，貂锦羊裘擅物华。种类益繁人自足，天教安逸在幽遐。"这首诗将契丹人的生活状况、风土民情，表现得非常生动而又颇具典型意义。再如《观北人围猎》："莽莽寒郊昼起尘，翩翩戎骑小围分。引弓上下人鸣镝，罗草纵横兽轶群。画马今无胡待诏，射雕犹惧李将军。山川自是从禽地，一眼平芜接暮云。"此诗描写契丹人的狩猎情况，写出了契丹人的勇武剽悍。《辽人牧》一诗则是描写契丹人的游牧情况："牧羊山下动成群，啮草眠沙浅水滨。自免触藩羸角困，应无挟策读书人。毡裘冬猎千皮富，湩酪朝中百品珍。生计不赢衣食足，土风犹似茹毛纯。"这首诗是一幅契丹人的牧羊图，诗人就中呈现出契丹人的原始而古朴的民风。苏辙在他的使辽诗中也形象生动地再现了契丹人的居住、射猎、外交等情形。《虏帐》一诗中写道："虏帐冬住沙陀中，索羊织苇称行宫。从官星散依冢阜，毡庐窟室欺霜风。春梁煮雪安得饱？击兔射鹿夸强雄。朝廷经略穷海宇，岁遗缯絮消顽凶。我来致命适寒苦，积雪向日坚不融。联翩岁旦有来使，屈指已复过奚封。礼成即日卷庐帐，钓鱼射鹅沧海东。秋山既罢复来此，往返岁岁如旋蓬。弯弓射猎本天性，拱手朝会愁心胸。甘心五饵堕吾术，势类畜鸟游樊笼。祥符圣人会天意，至今燕赵常耕农。尔曹饮食自谓得，岂识图霸先和戎？"① 这类诗作在使辽诗中是很有代表性的，非常形象生动地刻画了契丹人的风俗文化。

还有一些使辽诗则是表现了中原文化对契丹文化的影响，如刘跂所见："文物燕人士，衣冠汉典仪。举知缯絮好，深厌血毛非。形势今犹古，规模夏变夷。谁言无上策，会是有天时。"② 王卓所看到的契丹人晋谒孔庙时的情景："肃肃层城里，巍巍祖庙清。圣恩覃布濩，异域献精诚。冠盖分行列，戎夷变姓名。礼终齐百拜，心洁尽忠贞。瑞气千重色，箫韶九奏声。仗移迎日转，旆动逐风轻。休运威仪盛，丰年俎豆盈。不堪惭颂德，空此望簪缨。"诗中可见契丹人接受汉文化，尊崇孔子、拜谒孔庙的情景。"戎夷变姓名"正是北方少数民族接受汉文化把姓名译为汉名的愈加普遍的现象。苏辙在《使辽诗》中写道："虏廷一意向中原，言语绸缪礼亦虔。顾我何功惭陆贾，橐装聊复助归田。"写出模仿中原礼仪，用汉族典章进行外交活动的情景。苏轼的诗作在辽地颇为人所知，《宋朝事实类苑》记载张舜民使辽时所见："张芸叟奉使大辽，宿幽州馆中，有题苏子瞻《老人行》于壁间者。范阳书肆亦刻子瞻诗数十篇，谓之《大苏集》。子瞻名重当代，外至夷虏，亦爱服如此。芸叟题其后曰：'谁传佳句到幽都？逢着胡儿问大苏。'"苏辙奉使辽朝，"辽人每问：大苏学士安否？"③ 由此可见苏轼诗歌在北国是相当流传的，契丹人对苏轼也是颇为崇拜的。通过使辽诗我们可以见出宋与辽之间在文化上的互相交流是很频繁的。契丹有着不同于汉族的文化风貌，

① （宋）苏辙：《虏帐》，见蒋祖怡、张涤云《全辽诗话》，岳麓书社1992年版，第313页。
② 蒋祖怡、张涤云：《全辽诗话》，岳麓书社1992年版，第331页。
③ 同上书，第353页。

有着自己那种勇武朴野的风俗习惯，但又开始在多个文化层面上接受汉文化，在文学上也是以汉文学的艺术形式进行创作的。

第三节　辽诗与北歌传统

纵览辽诗的创作情况，我们不难发现，辽诗中成就最高的、特色最为明显的，乃是契丹诗人的创作。如东丹王耶律倍、圣宗耶律隆绪、兴宗耶律宗真、道宗洪基、女诗人萧观音、萧瑟瑟等，都是有特色的诗人。辽诗所存虽然不多，却体现出质朴浑厚而又荷载着较深的文化内蕴的。在笔者看来，辽诗可以视为北歌传统与宋诗相融合的产物。

所谓"北歌"，主要是指北方游牧民族的土风歌诗，在南北朝乐府中是一个特定的称谓，亦即北狄乐。宋人郭茂倩编《乐府诗集》，其中卷二十五《梁鼓角横吹曲》，便集中收录了以鲜卑歌谣为主体的北朝乐府民歌。《横吹曲》中所引均为北朝民歌，《古今乐录》指出其中主要歌曲："梁鼓角横吹曲有《企喻》、《琅琊王》、《钜鹿公主》、《紫骝马》、《黄淡思》、《地驱乐》、《雀劳利》、《慕容垂》、《陇头流水》等歌三十六曲。"郭茂倩即指《企喻》为"北歌"。《唐书·乐志》曰："北狄乐其可知者鲜卑、吐谷浑、部落稽三国，皆马上乐也。后魏乐府始有北歌，即所谓《真人代歌》是也。大都时，命掖庭宫女晨夕职之。周、隋世与西凉乐杂奏，今存者五十三章，其名可解者六章，《慕容可汗》、《吐谷浑》、《部落稽》、《钜鹿公主》、《白净皇太子》、《企喻》也。其不可解者，咸多'可汗'之辞。北虏之俗呼主为可汗。吐谷又慕容别种，知此歌是燕、魏之际鲜卑歌也。"《乐府诗集》卷二十一有《横吹曲辞》题解云："横吹曲，其始亦谓之鼓吹，马上奏之，盖军中之乐也。北狄诸国，皆马上作乐，故自汉以来，北狄乐总归鼓吹署。其后分为二部，有箫笳者为鼓吹，用之朝会、道路，亦以给赐。汉武帝时，南越七郡，皆给鼓吹是也。有鼓角者为横吹，用之军中，马上所奏者是也。……后魏之世，有《簸逻回歌》，其曲多可汗之辞，皆燕魏之际鲜卑歌，歌辞虏音，不可晓也，盖大角曲也。"对"横吹曲"的来源与主要内容作了较为明确的解释。北狄乐中的《企喻歌》、《慕容垂歌辞》等，都是有代表性的鲜卑歌辞，其中仍有少数词语难以索解，如"企喻"、"地驱"、"雀劳利"等等，它们也可能是当时鲜卑语的音译，也可能是北方少数民族的方言俗语。

"北歌"体现着北方游牧民族的民族精神与文化特色，与南朝乐府有着迥然不同的风格特征。慷慨雄放的尚武精神，是这些"北歌"的基质。直抒胸臆的抒情方式，使之与南朝乐府的委婉含蓄形成了鲜明的对照。明代著名诗论家胡应麟评价《企喻歌》等"北歌"时说："《企喻歌》四首，六代时北人歌谣，仅此见《琅琊王》、《钜鹿公主》数题，见郭氏《乐府》，此则元魏先世风谣也。其词刚猛激烈，如云'男儿欲作健，结伴不须多。鹞子经天飞，群雀两向波'等语，真《秦风·小戎》之遗。其后卒雄踞中华，几一寓内，即数歌词可征。举六代、江左之音，率子夜、前夜、前溪之类，了无一语丈夫风骨，恶能抗衡北人！"① 他正是从南北乐府的比较中见出"北歌"的特征所在，还是颇有见地的。今人王运熙先生从历史人物、诗中言及的地名、民情风俗、诗歌风格、语言和体制等四个方面论证了"北歌"的特征，这里举后面两个方面，他说："梁鼓角横吹曲，歌辞数十首，大多数是北方歌曲，并多出自少数民族，这已为大家所认同。……从诗歌中所表现的民情风俗看，有不少篇章表现了北方人民英勇尚武的精神、慷慨豪爽的性格。北方人士刚强善战，加上当时战争频繁，故其所酷爱者为宝马快刀。《企喻歌》云：'放马大泽中，草好马著膘。'《琅琊王歌辞》云：'新买五尺刀，悬著中梁柱。一日三摩娑，剧于十五女。'都是很有代表性的诗句。《高阳乐人歌》云：'无钱但共饮，画地作交赊。'充分表现出北方人豪爽性格。言及男女情爱，也不似南方民歌那样柔情婉转，而往往直率爽快，如《捉搦歌》云：'天生男女共一处，愿得两个成翁姬。'是其显著例证。从诗歌风格、语言和体制看。由于北方人士的生活、所处环境、感情性格等因素，梁鼓角横吹曲歌辞风格显得豪迈刚健，与南方吴声、西曲歌辞的温柔婉约，迥异其趣。其语言也质朴粗壮，不似南方民歌的柔媚华艳。《乐府诗集》卷二六引《古今乐录》曰：'伧歌以一句为一解。'伧是当时南方人对北方人的称呼，伧歌指北方歌曲。《乐府诗集》对鼓角横吹曲注明解数有十多曲调，均是一句为一解，也证明这些歌辞是北方之歌。"② 他把"北歌"的特质说得非常准确。

契丹与鲜卑有久远的民族源流关系，在民族心理上有一脉相承之处。关于契丹民族的族源问题，大都认为契丹是东胡系统东部鲜卑宇文部的后裔。《新唐书》载："契丹，本东胡种，其先为匈奴所破，保鲜卑山。魏青龙中，部酋比能稍桀骜，为幽州刺史王雄所杀，众遂微，逃潢水之南，黄龙之北。

① （明）胡应麟：《诗薮》，上海古籍出版社 1958 年版，第 230 页。
② 王运熙：《乐府诗述论》，上海古籍出版社 1996 年版，第 472 页。

至元魏自号曰契丹。地直京师东北五千里而赢，东距高丽，西奚，南营州，北靺鞨、室韦，阻冷陉山以自固，射猎居处无常。"① 《新五代史》也说："契丹自后魏以来，名见中国。或曰与库莫奚同类而异种。其居曰枭罗箇没里。没里者，河也。是谓黄水之南，黄龙之北，得鲜卑之故地，故又以为鲜卑之遗种。"② 元丞相脱脱主编的《辽史·世表》中说："盖炎帝之裔曰葛乌菟者，世雄朔陲，后为冒顿可汗所袭，保鲜卑山以居，号鲜卑氏。既而慕容燕破之，析其部曰宇文，曰库莫奚，曰契丹。"③ 可见，契丹民族是与鲜卑有密切联系的。其实，北方各游猎民族都有着勇悍豪爽的性格特征。北歌中那种刚健尚武的精神，在辽诗中是有明显的嗣响的。契丹诗人的作品，多是以质朴明快、刚健雄放见长的。尽管在诗歌形式上，辽诗与北朝乐府已有相当大的差异，但其内在精神气质的一致，还是可以感受到的。如萧观音《伏虎林待制》这样充满"尚武之气"的篇什，不难见到"北歌"的影子。

就诗学思想来说，在辽诗现有资料中罕有理论形态的表述，然而，在其作品及其相关的只言片语中仍然可以体察到有辽一代占主导地位的诗学观念及其异于其他时代的特征。辽代诗学思想以契丹统治者对诗歌功能的认识占主导地位。重视诗的政教功能、崇尚质俗易的诗风，是辽代诗学思想的突出倾向。同时，以诗为宗教观念的表达形式，亦有相当的普遍性质。

第四节　政教功能的高度重视与尚实尚质的诗学倾向

以政治教化为诗的首要功能，是儒家诗学思想的重要特点。以教化为中心的诗学观念，在中国古代诗学思想中历来作为官方的意识形态，在很多时候是处于诗坛的中心位置的。"教化中心"论在汉代"罢黜百家，独尊儒术"的思想背景下，得到了突出的强化。作为儒家诗教纲领的《诗大序》，将诗歌的功能定位在教化作用上，如说："《关雎》，后妃之德也。风之始也，所以风天下而正夫妇也。故用之乡人焉，用之邦国焉。风，风也，教也；风以动之，教以化之。"④《诗大序》还将诗与社会的治乱联系起来，并以诗作为移风易俗的教化工具："治世之音安以乐，其政和；乱世之音怨以

---

① （宋）欧阳修等：《新唐书》卷219《北狄传》，吉林人民出版社1995年版，第4453页。
② （宋）欧阳修：《新五代史》卷72《四夷附录第一》，中华书局2000年版，第589页。
③ （元）脱脱等：《辽史》卷63《世表》，中华书局1974年版，第949页。
④ 张少康：《先秦两汉文论选》，人民文学出版社1996年版，第342页。

怒，其政乖；亡国之音哀以思，其民困。故正得失，动天地，感鬼神，莫近于诗。先王以是经夫妇，成孝敬，厚人伦，美教化，移风俗。"① 这些经典性的论述涵盖了儒家政教诗论的主要内容，强调了自上而下的政治教化作用，希望统治者通过诗歌的情感力量，进行潜移默化的伦理教育，使各种社会关系都纳入封建政治的轨道。从统治者来说，通过诗对臣民进行教化；而从臣民来说，则可通过诗对统治者进行"谲谏"。《大序》言："上以风化下，下以风刺上，主文而谲谏，言之者无罪，闻之者足以诚，故曰风。"借助诗歌这一媒介，诗人对国家应尽的义务是"美"和"刺"两个方面的。"美"便是颂美统治者的"功德"，如《大序》所谓"美盛德之形容"。"刺"，则是用诗的形式对丑恶的事物进行暴露和批判。《毛诗序》明确揭示了诗的美刺作用及其理论意义。后来郑玄在《诗谱序》中也把诗歌"美刺"的社会作用作了淋漓尽致的发挥："论功颂德，所以将顺其美；刺过讥失，所以匡救其恶。各于其党，则为法者彰显，为戒者著明。"先秦时期儒家诗学思想中的这种教化性质，对此后中国诗学发展的影响是根本性的。尽管许多文学家、艺术家在相当程度上挣脱了这种观念的束缚，更为重视文艺的美感愉悦性，创造出许多具有高度独立的艺术审美价值的作品，但是，政教中心论一直处在正统的意识形态核心地位上。

在唐代，这种"政教中心"论在诗学中体现得最为鲜明的则是中唐大诗人白居易的诗歌主张。白居易在特定的背景下，强调诗的政治教化作用，专立"讽谕诗"一目，并在许多文章中阐述了他的这种诗学观。在《采诗以补察时政》中，他说："圣王酌人之言，补己之过，所以立理本，导化源也。将在乎选观风之使，建采诗之官，俾乎歌咏之声，讽刺之兴，日采于下，岁献于上者也。所谓'言之者无罪，闻之者足以自诫'。大凡人之感于事，则必动于情，然后兴于嗟叹，发于吟咏，而形于歌诗矣。……故国风之盛衰，由斯而见也；王政之得失，由斯而闻也；人情之哀乐，由斯而知也。然后君臣亲览而斟酌焉。政之废者修之，阙者补之；人之忧者乐之，劳者逸之。所谓善防川者，决之使导；善理人者，宣之使言。"② 在《议文章碑碣词赋》中也说："且古之为文者，上以纽王教，系国风，下以存炯戒，通讽谕。故惩劝善恶之柄，执于文士褒贬之际焉；补察得失之端，操于诗人美刺之间焉。今褒贬之文无核实，则惩劝之道阙矣；美刺之诗不稽政，则补察之

---

① 张少康：《先秦两汉文论选》，人民文学出版社 1996 年版，第 342 页。
② （唐）白居易：《白居易集》，岳麓书社 1992 年版，第 726—727 页。

义废矣。虽雕章镂句，将焉用之。"①　白居易这种诗学主张，显然是从汉儒那里继承而来的，他把诗歌作为反映民情的工具，以了解为政得失。当然这并非是他诗学思想的全部，而只是在特定的时代背景下的颇为极端的主张。但是不能否认，白氏的这种诗学思想，却是产生了非常强烈的影响的。与之相关联，他对讽谕诗的艺术要求则是质朴明晰的。白氏序自己的"新乐府"云："首句标其目，卒章显其志，诗三百之义也。其辞质而径，欲见之者易谕也；其言直而切，欲闻之者深诫也；其事核而实，使采之者传信也；其体顺而肆，可以播于乐章歌曲也。总而言之，为君、为臣、为民、为物、为事而作，不为文而作也。"②　由于白氏讽谕诗的创作是以政教为明确目的的，那么，便以通俗浅切、质朴明晰为其主要的风格了。白居易的诗风在辽代诗坛获得了相当普遍的认同，很重要的原因，是在于其政治教化功能的充分发挥。

辽代诗人的主体是契丹诗人。现存作品最有代表性的多为皇帝、皇族、后妃所作。在他们的诗及对诗歌的看法中，有着普遍性的教化念与浓厚的政治意识。辽朝皇帝如圣宗、兴宗、道宗等都非常喜爱、提倡诗歌创作，而在他们的诗歌活动中，贯穿着明显的政教目的。

辽圣宗，名耶律隆绪，小字文殊奴，是辽代第六代皇帝，在位 48 年。辽朝圣宗时期相当于北宋太宗太平兴国八年（983）开始，中经真宗、到仁宗天圣九年（1031）为止的时间。圣宗即位后，在科举、赋税、吏治等诸方面进行了封建化的改革，使辽朝全面进入封建化的社会制度。圣宗自幼接受汉文化的熏陶，对中华文学传统十分认同。史载圣宗："幼喜书翰，十岁能诗。既长，精射法，晓音律，好绘画。"③　圣宗一直保持着作诗的习惯。同时，他还在朝臣中倡导作诗风气。他时常出题让臣下赋诗言志。《契丹国志》载其："尤喜吟诗，出题诏宰相以下赋诗，诗成进御，一一读之，优者赐金带。又御制曲百余首。"④　不仅圣宗本人创作了大量诗歌，而且他亲自出题，命宰相以下的群臣应制而作，并一一亲阅，予以奖赏，对诗歌创作如此提倡，当然会造成朝野上下的作诗之风。圣宗的诗歌创作及其对诗歌的倡导，是有很浓厚的政教意识在其中的。

---

① （唐）白居易：《白居易集》，岳麓书社 1992 年版，第 726 页。
② 同上书，第 41 页。
③ （元）脱脱等：《辽史》卷 10《圣宗纪》1，中华书局 1975 年版，第 107 页。
④ （宋）叶隆礼：《契丹国志》卷 7《圣宗天辅皇帝》，上海古籍出版社 1985 年版，第 72 页。

圣宗高度重视诗的政教功能，把诗与王朝政治紧密联结在一起。如他所作的《传国玺诗》便非常典型地体现了这一点。诗云：

> 一时制美宝，千载助兴王。
> 中原既失守，此宝归北方。
> 子孙皆慎守，世业当永昌。

这首诗并非五言律诗，但又并非纯粹的古风。一二两句和五六两句，都似近体的对句，而在整体上又去近体甚远，因而从形式上看较为质拙。意思也直白无余，谈不上什么"蓝田日暖，良玉生烟"般的韵味。著名的辽史专家陈述先生编《全辽文》，关于这首诗，他认为，"按《珩璜新论》曰：'仁宗朝，有使夷者，见其主《传国玺诗》'云云，示言圣宗撰诗也。检宋仁宗当朝四十余年，历辽圣宗、兴宗、道宗三帝。辽主者，不得他证，未可必为圣宗也"，以存疑的态度署于圣宗名下。然而，我们查考史籍，认为基本上可以肯定此诗是圣宗所作。《辽史·圣宗纪》载："太平元年（1021）秋七月，遣骨里取石晋所上玉玺于中京。"[①]《辽史·仪卫志》三又载："圣宗开泰十年（即太平元年）驰驿取石晋所上玉玺于中京。"[②] 所记为同一件事。宋仁宗于1022年即位，二月、三月、七月、八月均派使臣赴辽。圣宗于1031年六月崩，与宋仁宗同时历朝九年。圣宗对传国玺十分重视，在太平元年（1021）派心腹重臣将它从中京取回，视为镇国之宝。圣宗即位是在公元983年，那么，仁宗所派的使辽者所见"辽主"之诗，只能是圣宗之诗，而不会是其他君主。传国玺的来历据史书载："会同九年（946），太宗伐晋，末帝表上传国宝一、金印三，天子符瑞于是归辽。传国宝，秦始皇作，用蓝玉，螭纽，六面，其正文'受命于天，既寿永昌'，鱼鸟篆，子婴以上汉高祖。王莽篡汉，平皇后投玺殿阶，螭角微玷。献帝失之，孙坚得于井中，传至孙权，以归于魏。魏文帝隶刻肩际曰'大魏受汉传国之宝'。唐更名'受命宝'。晋亡归辽。自三国以来，僭伪诸国往往模拟私制，历代府库所藏不一，莫辨真伪。圣宗开泰十年，驰驿取石晋所上玉玺于中京。兴宗重熙七年，以《有传国宝者为正统赋》试进士。天祚保大二年，遗传国玺

① （元）脱脱等：《辽史》卷16《圣宗纪》7，中华书局1974年版，第189页。
② （元）脱脱等：《辽史》卷57《仪卫志》3，中华书局1974年版，第498页。

于桑干河。"① 这只传国玺被作为辽朝的第一宝物，是"受命于天"的象征。圣宗所作此诗，在艺术上无可称述，但却有着明显的政教意义。作者将传国玺视为朝廷命运的象征。传国玺，作为凝聚着作者对王朝前景的期待，有着深远的历史感与厚重的政治感。传国玺的得与失，意味着国祚的兴亡更迭。圣宗咏叹传国玺，借此表达了他对大辽国运祚永远昌盛的政治理想。此诗中所蕴含的政治功利性是显而易见的。圣宗于唐代诗人中对白居易情有独钟，他明确表示以白诗为自己学习的典范。圣宗有诗云："乐天诗集是吾师。"他对乐天诗的推崇，一方面是对白诗风格的喜爱，另一方面则是对其政治讽谕性质的重视。他又"亲以契丹大字译白居易《讽谏集》，诏诸臣读之"②。圣宗亲译白居易的讽谕诗，并通过诏命的形式让臣下阅读，这就带有了一种文艺政策的性质。其宗旨是使人们领会白诗中的美刺精神，发挥诗歌的讽谕作用。

辽人推崇白居易诗，是一种普遍性的倾向。《古今诗话》称："辽人好乐天诗。"东丹王耶律倍每通名刺云："乡贡进士黄居难，字乐地。"即以拟白居易字乐天。耶律倍系辽太祖阿保机的长子，小字突欲，幼即聪敏好学。太祖破渤海大諲譔，改其国为东丹，以倍为人皇王主之。后让位于耶律德光。德光即位，耶律倍受到猜疑，遂携高美人载书浮海而去。耶律倍可说是辽朝最早的诗人。他深受汉文化的影响熏陶，饱读诗书，并起读书楼于西宫，作《乐田园诗》。耶律倍离辽时，在海岸上立木碑，刻诗曰："小山压大山，大山全无力。羞见故乡人，从此投外国。"耶律倍在辽代文学史上有开山之功，对后世有重要影响。他对白居易诗爱好与推崇，在辽代诗人中有普遍的代表性。

契丹统治者相当重视诗歌的实用性功能，尤其是把诗作为维系君臣关系、联络上下感情的纽带与媒介物。在政治生活中，契丹君主经常把赐诗作为对臣下功勋的褒奖，或用诗来进行外交活动。史载，圣宗统和十五年（997），"敌烈部人杀详稳而叛，遁于西北荒。挞凛将轻骑逐之，因讨阻卜之未服者。诸蕃岁贡方物充于国。自后往来若一家焉。上赐诗嘉奖。仍命林牙耶律昭作赋，以述其功"③。圣宗以诗表彰萧挞凛这样一个平叛的大功臣。

兴宗以诗来笼络臣下或作为外交手段的情形更多。兴宗名耶律宗真，是

---

① （元）脱脱等：《辽史》卷57《仪卫志》3，中华书局1974年版，第498页。
② （宋）叶隆礼：《契丹国志》卷7《圣宗天辅皇帝》，上海古籍出版社1985年版，第72页。
③ （元）脱脱等：《辽史》卷85，中华书局1985年版，第1314页。

圣宗的长子。他在很多方面都继承了乃父的风范。兴宗有很高的汉文化修养，对诗赋非常谙熟。他常常赐臣以诗，成为君臣沟通的有益渠道。如：重熙五年四月，"幸后弟萧无曲第，曲水泛觞赋诗"①。重熙六年六月，兴宗"酒酣赋诗，吴国王萧孝穆、北宰相萧撒八等皆属和，夜中乃罢"②。重熙六年六月，"赐南院大王耶律胡睹衮命，上亲为制诰词，并赐诗以宠之"③。重熙六年七月，"以皇太弟重元生子，赐诗及宝玩器物，曲赦死罪以下"④。重熙二十四年二月，"召宋使钓鱼、赋诗"⑤。

辽道宗也是辽代的重要诗人。作为最高统治者，他也非常重视用诗作为沟通上下关系的媒介。这一点与乃父十分相像。道宗曾有诗文集《清宁集》，由当时宠臣耶律良编。《辽史》载："清宁中，上幸鸭子河，（良）作《捕鱼赋》。由是宠遇稍隆，迁知制诰，兼知部署司事。奏请编御制诗文，目曰《清宁集》；上命良诗为《庆会集》，亲制其序。"⑥

清宁二年二月，"以兴宗在时生辰，宴群臣，命各赋诗"⑦。清宁三年三月，"御制《放鹰赋》，赐群臣，谕任臣之意"⑧。清宁三年八月，"帝以《君臣同志华夷同风》诗进皇太后"⑨。咸雍元年冬十月，"幸医巫闾山。己亥，皇太后射获虎，大宴群臣，令各赋诗"⑩。耶律俨（李俨）"尝作《黄菊赋》以献，道宗作诗题其后以赐之曰：'昨日得卿黄菊赋，碎剪金英填作句；袖中犹觉有余香，冷落西风吹不去'"⑪。

从兴宗、道宗这些诗歌创作活动来看，除了其中的审美意味、文化价值之外，政治的因素也是相当清楚的。对于兴宗、道宗等统治者而言，诗是有很大的吸引力的。一方面可以表明自己的汉文化修养，另一方面，又可以在政治活动中发挥重要的作用。契丹统治者在立国之后，加强文治，启用汉族文士，吸收中原王朝的典章制度和统治经验，在封建化的改革中实现了跨越

---

① （元）脱脱等：《辽史》卷18，中华书局1974年版，第217页。
② 同上书，第219页。
③ 同上。
④ 同上。
⑤ 同上书，第247页。
⑥ 同上书，第850页。
⑦ 同上书，第1398页。
⑧ 同上书，第253页。
⑨ 同上书，第255页。
⑩ 同上书，第265页。
⑪ （宋）陆游：《老学庵笔记》卷4，见蒋祖怡、张涤云《全辽诗话》，岳麓书社1992年版，第14页。

式的发展，同时，最高统治者对诗赋创作的喜爱与实践，对于朝野上下是一种无形的提倡。皇帝在朝廷宴飨赋诗，或以诗赋褒奖、赏赐臣下，无疑是使君臣关系得以融洽的重要媒介。这在兴宗、道宗那里是颇为明显的。无论是辽朝的契丹统治者，还是金朝的女真统治者，在其未立国之前或立国之初的一段时间里，君臣关系是相当随意、非常质朴的。也即是说，他们尚未有明确的尊卑观念和等级制度，而随着封建化进程的深入，这种尊卑关系等级制度就与汉族文化传统中的儒家学说进入了契丹和女真人的观念之中。但无论是契丹还是女真中的旧贵族，都对等级森严的君臣关系是颇为反感的，形成了某种微妙而紧张的关系。作为正在走向封建化的辽朝或金朝皇帝，他们驾驭臣下，除了皇帝的至高无上的权威之外，还要有权术与策略。契丹王朝也好，女真王朝也好，都不可能退回到那种尊卑不分的状态中去，而必须是以一种新型的关系来达到既有皇帝的无上威权，又使臣下心甘情愿地为主子服务的目的。辽朝的圣宗、兴宗、道宗，金朝的世宗、章宗等，都处于王朝的盛世，他们本人又都有很高的文学修养，因此，都善于创造出一种浓郁的文化氛围，在王朝政治方面起着不可低估的调和作用。赐诗给臣下，笼络的意味是很明显的。如兴宗对萧惠，"每生日，（上）辄赐诗以示尊宠"①。兴宗又有赐耶律仁先诗云："自古贤臣耳所闻，今来良佐眼亲见。"以诗的形式对耶律仁先进行褒奖。在辽代不多的存诗中，这样的诗句占了不小的比例。

不唯君主重视发挥诗在朝廷政治中的作用，臣下也多以诗作为进谏的工具。在契丹贵族因其能诗而成为皇帝的诗友，从而得以更多地得以接近君主。如萧孝穆、萧撒八等为兴宗诗友。他们在应制作诗或献诗时便时常以诗的形式进行讽谏。如圣宗时的侍卫之臣萧柳便有意识地通过作诗和谐谑来向圣宗进谏。史载："柳好滑稽，虽君臣燕饮，诙谐无所忌，时人比之俳优。临终，谓人曰：'吾少有致君志，不能直遂，故以谐进，冀万有一补，俳优名何避！'顷之，被寝衣而坐，呼曰：'吾去矣！'言讫而逝。耶律观音奴集柳所著诗千篇，目曰《岁寒集》。"② 无论是诙谐还是作诗，萧柳都是以"致君"为其目的的，这正是封建时代士大夫的崇高人生理想。唐代伟大诗人杜甫即以"致君尧舜上，再使风俗淳"（《奉赠韦左丞丈二十二韵》）作为自己的政治的、人生的理想所系。"致君"，就要以国家利益为根本，指出皇帝在政治上的得失利弊。萧柳从小便以"致君"为其人生目标的。再如

① （元）脱脱等：《辽史》，中华书局1974年版，第836页。
② 同上书，第1317页。

甚为兴宗所宠信的重臣萧韩家奴，也时时以诗为时谏的工具，史载："重熙初，同知兰司使事。四年，迁天成军节度使，徙章愍宫使。帝与语，才之，命为诗友。尝从容问曰：'卿居外有异闻乎？'韩家奴对曰：'臣惟知炒栗：小者熟，则大者必生；大者熟，则小者必焦。使大小均熟，始为尽美，不知其他。'盖尝掌栗园，故托栗以讽谏。……又诏译诸书，韩家奴欲帝知古今成败，译《通历》、《贞观政要》、《五代史》。"① 虽然由于文献的缺乏，无法确知萧韩家奴诗的具体内容，但从他留下的几篇谏疏及史传来看，可以推知他的诗作是有一定的讽谏内容的。韩家奴深受兴宗眷顾，却时时不忘通过文学来对朝政建言。史载："擢（家奴）翰林都林牙，兼修国史。仍诏谕之曰：'文章之职，国之光华，非才不用。以卿文学，为时大儒，是用授卿以翰林之职。朕之起居，悉以实录。'自是日见亲信，每入侍，赐坐。遇胜日，帝与饮酒赋诗，以相酬酢，君臣相得无比。韩家奴知无不言，虽谐谑不忘规讽。"② 他是非常自觉地以诗来进行政治讽谕的。

辽代文学之士，不可谓多，但却普遍有着很强的政治责任感，有自觉的讽谕意识。因此，辽诗多与时政有密切关联。如王鼎，《焚椒录》的作者，辽代著名的文学家，他的文学活动，也与时政颇多干系。史载："王鼎，字虚中，涿州人。幼好学，居太宁山数年，博通经史。时为唐俊有文名燕、蓟间，适上巳，与同志被禊水滨，酌酒赋诗。鼎偶造席，唐俊见鼎朴野，置下坐。欲以诗困之，先出所作索赋，鼎援笔立成。唐俊惊其敏妙，因与定交。清宁五年，擢进士第。调易州观察判官，改涞水县令，累迁翰林学士。当代典章多出其手。上书言治道十事，帝以鼎达政体，事多咨访。鼎正直不阿，人有过，必面诋之。"③ 王鼎能诗善文，对朝政又多所关心，上书言治道，诗文中的讽谏内容是在情理之中的。

耶律孟简是道宗时的文学家，也是与朝政有千丝万缕的联系的。《辽史》载："耶律孟简，字复易，于越屋质之五世孙。父刘家奴，官至节度使。孟简性颖悟。六岁，父晨出猎，俾赋《晓天星月诗》，孟简应声而成，父大奇之。既长，善属文。大康初，枢密使耶律乙辛以奸险窃柄，出为中京留守，孟简与耶律庶箴表贺。未几，乙辛复旧职，衔之，谪巡磁窑关。时虽以谗见逐，不形辞色。遇林泉胜地，终日忘归。明年，流保州。及闻皇太子

---

① （元）脱脱等：《辽史》卷85《萧柳传》，中华书局1974年版，第1450页。
② 同上书，第1449页。
③ 同上书，第1456页。

被害，不胜哀痛，以诗伤之，作《放怀诗》二十首。"① 可见其对时政的难以忘怀。

兴宗时的文学家耶律谷欲，善于作诗，也以诗为建言之具。史载："兴宗命为诗友，数问治要，多所匡建。"②

辽朝文士，在诗歌成就上也许并无更多可述，但是他们在创作中的政治讽谕意识却形成了鲜明的特点。这些文士少有专门的文学家，却因其能诗而为君主所重。君主也将诗歌作为自我人格的重要方面来建构，也作为朝廷政治的有力裨补。兴宗、道宗对文士也竭力笼络，引之为友，这也使文士更多知遇之怀，从而以诗作为介入政治的渠道。在辽代，诗的审美质素并未得到充分的发展，而诗的讽谕精神则弥漫于其间。《辽史》的编者于此是有很深刻的议论的，在《辽史·文学传论》中说："论曰：孔子言：'诵诗三百，授之以政，不达。虽多，亦奚以为？'王鼎忠直达政，刘辉侍青宫，建言国计，昭陈边防利害，皆洞达闳敏。孟简疾乙辛奸邪，黜而不怨。孰谓文学之士，无益于治哉！"③ 这里颇为中肯地道出了辽代文学家尤其是诗人的政治讽谕精神。

在辽代诗歌中，女性诗人创作的数量并不是很多，但无论从艺术成就还是风格特征上看都是非常突出的。从讽谕的角度看，尤为值得加以分析。

就现存的诗作而言，辽代诗人中的主要成分是契丹诗人，其中又以女诗人最为杰出。具体来说，萧观音、萧瑟瑟是其佼佼者。她们的作品数量较多，体裁也颇为丰富，更重要的是与历代女诗人相比，契丹女诗人创作中的政治性内涵非常深刻而集中。就创作主体来看，契丹女诗人有着高远的胸襟、雄毅的气魄，以及强烈的政治意识。这在中国女性文学史上是不多见的。中国古代女诗人的吟咏，多是倾诉个人内心的幽怨、宠辱际遇，从班婕妤的《团扇》，到李清照的《声声慢》，都以个人内心的情感世界作为表现的对象，从而使我们更多地受到女性内心情绪的感染。从文化的层面而言，中国古代女诗人的创作，是最能深刻反映中国封建制度下的妇女的命运与心声的。从风格的角度看，女诗人的创作是以婉约深曲为主要特征的。这一点，在词的园囿中，就显得更为鲜明。辽代契丹女诗人的创作，也同样表现着她们的内心幽怨，但作为突出特色的，却是其中强烈的政治色彩。

---

① （元）脱脱等：《辽史》卷104，中华书局1974年版，第1456页。
② 同上书，第1457页。
③ 同上。

　　杰出的契丹女诗人萧观音的诗作，就有很高的政治含量。萧观音（1040—1075），是钦哀皇后之弟萧惠之女，道宗封燕赵国王时纳为妃子，清宁初年立为懿德皇后。萧观音是一位多才多艺而又有高远政治胸怀的宫廷女性，"姿容冠绝，工诗，善谈论，自制歌词，尤善琵琶"①。在统治阶级的内部倾轧中，萧观音被诬赐死，成了政治斗争的牺牲品，而她留下的诗作，却为辽代诗坛增添了奇特的光彩。

　　萧观音为道宗妃，生耶律濬，为道宗长子。八岁立为皇太子。太康元年（1075）兼领北南枢密使事。太子开始干预朝政，对当时独揽大权的权奸耶律乙辛构成威胁。于是，乙辛便罗织冤案，诬陷萧观音。此事如《焚椒录》所述：

　　　　时诸伶无能奏此曲（指观音所作《回心院词》）者，独伶官赵惟一能之。耶律乙辛因诬后与惟一通，欲乘此害后。更命他人作《十香》淫词为诬案云："青丝七尺长，挽作内家装。不知眠枕上，倍觉绿云香。红绡一幅强，轻阑白玉光。试开胸探取，尤比颤酥香。芙蓉失新艳，莲花落故妆。两般总堪比，可似粉腮香？蜻蛉那足并，长须学凤凰。昨宵欢臂上，应惹领边香。和羹好滋味，送语出宫商。定知郎口内，含有暖甘香。非关兼酒气，不是口脂芳。却疑花解语，风送过来香。既摘上林蕊，还亲御苑桑。归来便携手，纤纤春笋香。凤靴抛合缝，罗袜卸轻霜。谁将暖白玉，消魂别有香？咳唾千花酿，肌肤百和装。元非噀沉水，生得满身香。"乙辛既造《十香词》，阴使宫婢单登乞后手书，绐后曰："此宋国忒里蹇所作，更得御书，便称二绝。"后读而喜之，既为手书一纸，纸尾复书己所作《怀古诗》一绝云："宫中只数赵家妆，败雨残云误汉王。惟有知情一片月，曾窥飞燕入昭阳。"乙辛得书，以为早晚见其白练挂粉胭也。遂构词，命登等陈首，以《十香词》为证，乙辛乃密奏之。上大怒，命张孝杰与乙辛穷治其狱。狱既具，上犹未决，指《怀古》一诗曰："此是皇后骂飞燕也，如何便作十词？"孝杰进曰："此正皇后怀惟一耳。"上问曰："何以知之？"孝杰曰："'宫中只数赵家妆'，'惟有知情一片月'。二句中包'赵惟一'三字也。"上意遂决，敕后自尽。

---

①　（元）脱脱等：《辽史》卷71，中华书局1974年版，第1205页。

于是，萧观音便在政治倾轧的漩流中死于政敌的诬陷之中。

萧观音的诗有很高的政治含量，如她的《伏虎林应制》一首绝句云：

> 威风万里压南邦，东去能翻鸭绿江。
> 灵怪大千俱破胆，那教猛虎不投降！

此诗是随侍道宗到伏虎林捺钵狩猎的应制之作，雄隽豪放，颇见北地雄风，很难想象是出自于一个女性之手。它不是一般的应制诗或狩猎诗，所涉也并非仅是猎事，而包含着深远的政治内涵。诗的本事是这样的："（清宁）二年（1056）八月，上猎秋山，后率嫔妃从行在所，至伏虎林，命后赋诗，后应声曰：……出示群臣曰：'皇后可谓女中才子。'次日，上亲射猎，有虎突林而出。上曰：'朕射得此虎，可谓不愧后诗。'一发而殪。群臣皆呼万岁！"① 伏虎林是辽帝的四捺钵之一（捺钵又作"纳拔"、"纳钵"、"剌钵"等，汉意为"行宫"或"行在"）。辽帝有四时捺钵制度。《辽史·营卫志》载："辽国尽有大漠，浸包长城之境，因宜为治。秋冬违寒，春夏避暑，随水草就畋渔，岁以为常。四时各有行在之所，谓之'捺钵'。"② 属秋捺钵，在今内蒙古巴林右旗西北，系辽帝秋季游猎的围场。史载："秋捺钵，曰伏虎林。七月中旬自纳凉处起牙帐，入山射鹿及虎。林在永州西北五十里。尝有虎据林，伤害居民畜牧。景宗领数骑猎焉，虎伏草际，战慄不敢仰视，上舍之，因号伏虎林。"③ 畋猎是契丹人世代相传的生产手段之一，如《辽史》所说的"朔漠以畜牧射猎为业，犹汉人之劭农，生生之资于是乎出"④，其重要性几同于汉族人民的农耕。射猎的另一重要意义又在于宣示契丹人的雄强勇武精神，正如宋人苏辙在《使辽诗》中所说的"弯弓射猎本天性"。契丹皇帝以畋猎为其重要活动，其意义不止于娱乐，更在于作为一个游猎民族的国家宣示着自己的国威、军威。萧观音此诗在雄奇刚猛、充满动态的意象之中，渗透着明显的政治立意。"威风万里压南邦"，是针对宋朝而言的，充满了强烈的自豪感与自信心，又不无北方游牧民族的强悍与霸气。"东去能翻鸭绿江"，是针对东边的邻国——高丽而言。辽王朝对

---

① 蒋祖怡、张涤云：《全辽诗话·懿德皇后萧氏》，岳麓书社1992年版，第17页。
② （元）脱脱等：《辽史》，中华书局1974年版，第373页。
③ 同上书，第374页。
④ 同上书，第1037页。

高丽国也一直有并吞之心。这两句诗，并非诗人自己的想法，而是诗的意象表达了契丹统治集团的集体意志。

萧观音另有《君臣同志华夷同风应制》五言律诗一首，诗云：

> 虞廷开盛轨，王会合奇琛。到处承天意，皆同捧日心。
> 文章通谷蠡，声教薄鸡林。大宇看交泰，应知无古今。

此诗作于清宁三年（1057）八月，时道宗以《君臣同志华夷同风》诗进皇太后，观音此诗是应制唱和之作。应制诗是奉和君主之作，多粉饰太平、歌功颂德之词。此诗当然也不脱一般应制的特点，但却透出丰富深远的政治、文化内涵。道宗原诗已佚，无法考见其具体思想意蕴，但从题意和道宗的一贯思想可以推知大概。就诗题而言，"君臣同志"是说君臣上下同心使辽朝振兴，而"华夷同风"则是否认"夷夏之辨"的观念，不以"夷"而自卑，自认为自己与中原王朝同为华夏文明，并驾齐驱。道宗从根本上否认契丹为"夷狄"，自信已与中华"同风"。史载："帝聪达明睿，端严若神，观书通其大略，神领心解。尝有汉人讲《论语》，至'北辰居其所而众星拱之'，帝曰：'吾闻北极之下为中国，此岂其地耶？'又讲至'夷狄之有君'，疾读不敢讲，又曰：'上世獯鬻、猃狁荡无礼法，故谓之夷；吾修文物，彬彬不异中华，何嫌之有？'卒令讲之。"[①] 充分表现出道宗在文化上的自信。"夷夏之辨"成为中国文化史上的重要问题。"夏"是古代汉族的自称，也称"华夏"、"诸夏"。"夷"则是汉族对异族的贬称，多用于东方民族。《尚书·禹贡》："岛夷皮服。"《正义》释云："岛夷，东方之民。"春秋以后，多用于对中原以外各族的蔑称。"夷狄"和"诸夏"之间的区别，主要不在于血统，而在于文化。在文化上有了长足的发展，夷夏之间也就不存在什么差异了。钱穆先生于此有很深刻的阐述："因此我们可以说，在古代观念上，四夷与诸夏实在另有一个分别的标准，这个标准，不是'血统'，而是'文化'。所谓'诸侯用夷礼则夷之，夷狄进于中国则中国之'，此即以文化为'华'、'夷'分别之明证。这里所谓'文化'，具体言之，则只是一种生活习惯与政治方式。诸夏是以农耕生活为基础的城市国家之通称，凡非农耕社会，又非城市国家，则不为诸夏而为夷狄。"[②] 辽朝在建国之后，

---

① （宋）叶隆礼：《契丹国志》卷9《道宗天福皇帝》，上海古籍出版社1985年版，第95页。
② 钱穆：《中国文化史导论》，商务印书馆1994年版，第41页。

在政治、经济、典章、礼乐等方面，不断吸收中原汉文化的有益部分，在文化上有了突飞猛进的发展，历经了圣宗、兴宗、道宗等几代皇帝，都对儒家思想传统颇为认同。在官方的意识形态中，尊孔崇儒成为主要的理念。契丹统治者认为只要在文化和意识上努力学习汉族的先进文化，就并非"夷狄"而与中原王朝一样成为"正统"。这里引用《辽金元教育论著选》前言中的一段话帮助我们说明这种情形："'华夷同风'、'用夏变夷'与民族教育思想。在辽金元时期，民族意识及汉族和少数民族的矛盾是一个突出的问题。北方的契丹、女真和蒙古族由弱变强以至居于统治地位，中原的汉族则处于被北方少数民族进攻和统治的地位，为维护其本族固有的尊严与传统精神文化而抗衡。在此种形势下，辽金元对汉族一方面进行军事与政治上的压迫，另一方面则采纳汉法以行怀柔之计，特别对于代表汉族思想文化势力的儒者，施行笼络和依靠的策略。如辽圣宗举拔汉儒人才，辽道宗颂扬'华夷同风'。"① 还应进一步指出的是，辽朝统治者对汉文化的采纳与认可，并不仅仅出于策略的考虑，而且也是出于观念上的真心仰慕。道宗认为契丹社会在接受汉文化之后，文治愈加光大，也就无须自惭形秽了。因此，当侍读的汉士讲解《论语》中"夷狄之有君，不如诸夏之亡也"这句时，唯恐忤怒了这位少数民族君主，而道宗却十分坦然。在他看来，辽朝社会发展，文治昌达，已近于中原礼乐，故可以高唱"华夷同风"了。萧观音这首诗，贯穿着"辽朝乃天下归心的礼乐之邦"的这样一种信念。首联以对起，以虞舜圣朝比拟辽廷，"盛轨"则是喻光明宏远的前程。颔联进一步渲染万众归心的王政气象，到处承受君主的恩泽，天下都同于"捧日之心"。这两句有明显的谀意，同时也反映出契丹统治集团以辽朝为正统的观念。颈联是赞颂辽朝的礼乐文教被于四方。谷蠡，匈奴藩王封号，《史记·匈奴列传》："署左右贤王，左右谷蠡王。"鸡林是国名，即新罗（今朝鲜南部）。唐高宗龙朔三年（663）置新罗为鸡林州。刘禹锡有诗云："官带霜威辞凤圈，口传天语到鸡林。""声教"指声威教化。《尚书禹贡》云："东渐于海，西被于流沙，朔南暨声教迄于四海。"《尚书正义》释云："言五服之外，又东渐入于海，西被及于流沙。其北与南，虽在服外，皆与闻于威声文教，时来朝见。"② 诗人在这里是说辽天子以声威文教被及四海，周国各族向风而化，突出了辽朝以礼乐文化感召四方的影响。尾联意谓，王道昌盛，无论古今，

---

① 张鸣岐：《辽金元教育论著选》，人民教育出版社 1991 年版，第 12 页。

② 《十三经注疏》，中华书局影印本 1979 年版，第 153 页。

大辽都可以与尧舜之世比并，其间的阿谀逢迎之态是显而易见的。作为一首应制诗，其中有很浓重的粉饰太平、谀辞媚上的成分，但它所表达的并非萧观音的个人情感与意志，而是体现了契丹统治者政治、文化上的自信。辽朝不以自己为"夷狄"，其教化无异于中华正统，这种观念对于打破文化意识上的民族偏见，是有积极意义的。萧观音此诗有着很深的政治的、文化教育的意蕴。

辽代另一位女诗人萧瑟瑟的诗歌创作也有重要的政治讽谕意义与历史认识价值。

萧瑟瑟（？—1121），本是渤海大氏人，国舅大父房之女。"幼选入宫，聪慧闲雅，详重寡言，天祚登位，册为文妃。"① 天祚帝政治腐败，任人唯亲，且耽于畋猎，不理政务。佞臣萧奉先当政，阿谀逢迎者得以青云直上，直言谠谏者投死问罪。因此，内外矛盾日益激化。天祚因游畋而疏荒政事，佞臣萧胡笃有相当的责任。萧胡笃"长于骑射，见天祚好游畋，每言纵禽之乐，以逢其意。天祚悦而从之。国政隳废，自此始云"②。关于天祚时期的政治，我们不妨引《辽金简史》中的论述以见一斑：

> 辽朝皇帝的春水秋山活动，一以习武，一以娱乐。至辽末，习武之意渐废，娱乐欲望日增，以至因射猎而误国事。圣宗酷爱击鞠（打马球），因马得臣一谏便为之节制。道宗喜射猎，皇后却因谏被疏。天祚因射猎而置政事、军事于不顾，征调女真贵族子弟陪同射猎，令其呼鹿、射虎、搏熊。天祚乐此不疲，兴之所至，便加官赏。
>
> 皇帝春捺钵捕鹅，海东青鹘是必不可少的猎禽。海东青自海东（鞑靼海峡以东，库页岛一带）飞来，历由阻卜、五国、鼻骨德诸部贡进。每年，鹰坊子弟入五国、女真等部索取。道宗朝，除鹰坊畜养，皇帝得放外，又许士庶蓄养，于是对海东青需求大增。而五国诸部不断发生反抗辽朝的活动，鹰路常常被阻，辽朝则命女真人协助讨叛，女真人不愿辽兵深入其境，不得不自行发兵往讨，这就不能不加重女真人的负担，激起女真各部的不满。……
>
> 辽朝末年，吏治败坏，官僚将领需索无厌。东京留守、黄龙府尹到任，必向女真诸部科敛拜奉礼物。朝廷所遣"银牌天使"更为骄横，

---

① 蒋祖怡、张涤云：《全辽诗话》，岳麓书社1992年版，第23页。

② （元）脱脱等：《辽史》卷101，中华书局1974年版，第1436页。

每因事至女真，便"百般需索于部落，稍不奉命，召其长加杖。甚者诛之"。而其时"使者络绎，恃大国之命，惟择美好妇人，不问其有夫及阀阅高者"。激起了女真各部的强烈不满，反辽情绪日益高涨。

天祚帝君臣日以游畋射猎为事，争比享乐，夸示富足。除加重对人民的剥削外，又侵占国库和地方官府的财物，每年春捺钵，契丹贵族都向长春州钱帛司借贷，此风上行下效，地方钱谷出纳十分混乱，甚至府库空虚。官僚专事聚敛，吏员肆行不法，百姓或恨之入骨，或畏之如虎，一有机会，便起而反抗。①

是书对天祚帝时期的政治昏昧、矛盾激化及其症结，作了中肯的描述，引述于此，可以见出辽朝末年的朝政概况。而萧瑟瑟作为天祚帝的妃子，绝非一般后宫女性，而有着锐利的政治敏感和很强的责任感。她对天祚帝的所为，对辽朝的命运是十分忧虑的，便时常向天祚帝进谏。与萧观音的命运非常类似的是，她也成为政治斗争的牺牲品。萧奉先是天祚帝元妃之兄，此人倚仗元妃受天祚帝眷爱，累官枢密使，封兰陵郡王。奉先邪佞，尤忌文妃，于是便设计构陷。奉先诬害文妃，其一是因为文妃所生皇子敖卢斡（晋王）最有人望，奉先恐其妹元妃之子秦王不得立，于是便构陷文妃和其妹夫耶律余睹。《辽史》载："（余睹）其妻天祚文妃之妹；文妃生晋王，最贤，国人皆属望。时萧奉先之妹亦为天祚帝元妃，生秦王。奉先恐秦王不得立，深忌余睹，将潜图之。适耶律挞葛里之妻会余睹之妻于军中，奉先讽人诬余睹结验马萧显、挞葛里，谋立晋王，尊天祚帝为太上皇。事觉，杀昱及挞葛里妻，赐文妃死。"② 其二是奉先为一己私欲，逢迎天祚帝，当女真起兵后仍诓诒天祚，以售其奸。史称："当女直之兵未至也，奉先逢迎天祚，言：'女直虽能攻我上京，终不能远离巢穴。'而一旦越三千里直捣云中，计无所出，惟请播迁夹山。天祚方悟，顾谓奉先曰：'汝父子误我至此，杀之何益！汝去，毋从我行。恐军心忿怒，祸必及我。'奉先父子恸哭而去，为左右执送女直兵。女直兵斩其长子昂，送奉先及次子昱于其国主。道遇我兵，夺归，天祚并赐死。"③ 而萧瑟瑟则忧心国事，直言进谏，被萧奉先视为障碍，必欲除之而后快。萧瑟瑟写下了著名的《讽谏歌》和《咏史》诗。

---

① 李桂芝：《辽金简史》，福建人民出版社 2000 年版，第 119—120 页。
② （元）脱脱等：《辽史》卷 102，中华书局 1974 年版，第 1442 页。
③ 同上书，第 1440 页。

《讽谏歌》云：

> 勿嗟塞上兮暗红尘，勿伤多难兮畏夷人。不如塞奸邪之路兮选取贤臣，直须卧薪尝胆兮激壮士之捐身，可以朝清漠北兮夕枕燕云。

这首《讽谏歌》是诗人以满腔忧国之忧对天祚帝所进的规箴，有感而发，切中天祚朝政的弊端，由诗中可以见出这位女诗人精辟见解。她劝天祚振作精神，不要颓丧于万方多难、女真四起，应该卧薪尝胆，整顿朝纲，堵塞奸佞的进路而选用精干忠正的贤臣。这样便可以清除敌氛，保住国祚了。这首诗着眼于王朝兴衰，以敏锐而深刻的政治见解及饱满的激情体现其讽谕意义。

　　一般说来，讽谕诗以明快精警为尚，因为它的功能在于使读者直接了解诗的讽谕内容。政治讽谕诗应该有着强烈的针对性的，讽谕诗与一般的抒情诗相比，更加重视读者的明确接受。中国古典诗学讲究含而不露，以"文外重旨"、"韵外之致"作为诗歌的审美价值标准，但这并非唯一标准，不能全然以此来衡量所有诗歌的价值所在和高下之分。有些政治讽谕诗就有其独特的价值，不宜用"言有尽而意无穷"这样一个价值尺度来苛求之。这类诗所表现的政治性意蕴是否正确、深刻，是否有很强的现实意义，对于讽谕诗来说，是相当重要的。但是，讽谕诗又是"诗"，而非一般的奏表谏书，不能用衡量奏表谏书的标准来衡量讽谕诗。讽谕诗既要求诗歌意向的明确精警，又要求诗人情感的充沛饱满，以激情托出诗人之意，或者说是在批判的锋芒中饱蘸激情。同时，诗人之意，也还是要以意象化的方式加以表现。萧瑟瑟的《讽谏歌》则充满了诗人的激情。她对国家社稷有着深深的忧虑，对于天祚朝政治有着清醒的认识。又真诚地希望天祚改弦更张，刷新政治，卧薪尝胆，诗中还充满着对辽朝复兴的期待。诗的骚体形式，特别适合诗人情感的迸发。

　　萧瑟瑟另有一首《咏史》，也是辽诗史上的名作。诗云：

> 丞相来朝兮剑佩鸣，千官侧目兮寂无声。养成外患兮嗟何及，祸尽忠臣兮罚不明。亲戚并居兮藩屏位，私门潜蓄兮爪牙兵。可怜往代兮秦天子，犹向宫中兮望太平。

这也是一首骚体诗，它以"咏史"的形式讽谕当朝政治，锋芒是对准天祚朝奸相萧奉先的。诗的表层意思是慨叹秦二世宰相赵高擅权专政，横行跋扈，终至倾覆秦朝社稷的史实，而其深层意蕴则是揭露萧奉先专权败政，结党营私，给大辽王朝带来的危害。萧奉先因其妹被天祚纳为元妃，深受宠爱，借裙带关系而平步青云，累官至枢密使。他在朝中"柄国垂二十年，以至国亡"。他"缘恩宫掖，专尚谄谀，朋结中人，互为党与"①。他不惟结党营私，而且残害忠良，先后陷害耶律余睹、晋王、文妃等。史家论道："辽之亡也，虽孽降自天，亦柄国之臣有以误之也。当天庆而后，政归后族。奉先沮天祚防微之计，陷晋王非罪之诛，夹山之祸已见于此矣。"② 萧瑟瑟的《咏史》，正是借秦相赵高以指斥当朝奸相萧奉先。虽是咏史，却有极强的现实针对性，同时，也体现出浓郁的诗意。诗人抓住重大问题，针砭当朝政治，表现了不同寻常的见识。

　　萧瑟瑟在辽代诗坛上虽然只留下两篇作品，但她作为诗人是有鲜明的特点的。她的诗有强烈的政治意识，正面触及重大社会政治问题来进行咏叹，这在历代女诗人中是罕有其匹的。而且，诗人在其作品中所表达的政治历史见解，又是尖锐而深刻的。与萧观音诗作相比，萧瑟瑟的诗作有突出的政治讽谏性。诗人对当朝政治有强烈的忧患意识与责任感，对于天祚帝的畋猎纵游，不恤国事，委权于奸相，萧瑟瑟忧心如焚，以诗的形式进行讽谏，指摘朝政是非，充分表现了她的远见卓识。

　　萧观音、萧瑟瑟这两位契丹女诗人的创作，凸显了辽诗中较为浓厚的政治意识，她们对于国家、朝廷有一种很强的责任感与义务感，因而使其诗作有很高的政治含量。

　　辽代女诗人创作有突出的政治意蕴，这是有深刻的民族文化心理成因的。

　　北方游牧民族的勇武豪放，在女性身上表现得尤为突出。在封建社会里，汉族女性很少有机会参与社会生活，而北方游牧民族的女性则不然。由于生产、生活方式所决定，她们必须与男子一样到处转徙，在"岁无定居，旷土万里"的条件下，女子是不可能"养在深闺人未识"的。因此，北方游牧民族的女性有很强的尚武精神和豪放性格也就是顺理成章的了。萧涤非先生曾言："北朝妇女，亦犹男子，别具豪爽刚健之性，与南朝娇羞柔媚及

---

① （清）李有棠：《辽史纪事本末》卷34，中华书局1983年版，第657页。

② （元）脱脱等：《辽史》卷102，中华书局1974年版，第1443页。

两汉温贞闲雅者并不同。"① 契丹女性正有着这样一种民族性格。与此密切相关的，是辽族后妃在契丹社会生活中的重要地位。辽朝的后族在朝廷政治中有举足轻重的作用。辽朝契丹皇族的婚姻范围有很严格的限定，《契丹国志》载："番法，王族惟与后族通婚，更不限以尊卑；其王族、后族二部落之家，若不奉北主之命，皆不得与诸部落之人通婚；或诸部族彼此相婚嫁，不拘此限；故北番惟耶律、萧氏二姓也。"② 这样在契丹统治集团中形成了皇族和后族垄断政治的局面。皇族和后族相互通婚，正是借婚姻以加强政治势力。这就又一次证实了恩格斯的名言："对于武士或男爵，像对于最有权势的王公一样，娶妻乃是一种政治的行为，乃是一种借新的联姻以增进自己势力底机会。"③ 辽朝后族除著名的太祖皇后述律平利世宗妃甄氏之外，基本上是以萧为姓，以比汉高祖时的萧相国。《辽史》云："辽因突厥，称皇后曰'可敦'，国语谓之'赋里蹇'，尊称曰'耨斡嬷'，盖以配后土而母之云。……太祖慕汉高皇帝，故耶律兼称刘氏；以乙室、拔里比萧相国，遂为萧氏。"④ 从这段论述中不难见出后族在辽朝政治中的突出地位。正如清代著名的史学家赵翼所说："萧氏于辽最贵，世与宰相之选。统辽一代任国事者，惟耶律与萧二族而已。"⑤ 在辽朝的历史上出现了像述律平、萧燕燕这样杰出的女政治家，对于辽朝的发展起了不可磨灭的作用。如史书所载述律平："勇决多权变，太祖行兵御众，后尝预其谋。太祖尝度碛击党项，留后守其帐。黄头、臭泊二室韦乘虚合兵掠之，后知之，勒兵以待其至，奋击，大破之。由是名震诸夷。"⑥ 述律平颇有权谋，太祖死后一段时间内，国事皆决于后。景宗皇后萧燕燕，因景宗身体不好，国事皆由燕燕决定。史载："景宗皇后萧氏，名燕燕，侍中、守尚书令萧守兴之女也。景宗自幼年遭火神淀之乱，世宗与后同时遇害，帝藏积薪中，因此婴疾；即位，国事皆燕燕决之。萧守兴以后父超封魏王，共决大政。景宗崩，后领国事，自称太后。"⑦ 辽宋澶渊之役，萧燕燕亲统大军，深孚众望。《辽史》云："后明达治道，闻善必从，故群臣咸竭其忠。习知军政，澶渊之役，亲御戎车，指麾

---

① 萧涤非：《汉魏六朝乐府文学史》，人民文学出版社 1984 年版，第 281 页。
② （宋）叶隆礼：《契丹国志》卷 23《族姓原始》，上海古籍出版社 1985 年版，第 221 页。
③ ［德］恩格斯：《家庭、私有制和国家的起源》，人民出版社 1954 年版，第 74 页。
④ （元）脱脱等：《辽史》卷 71，中华书局 1974 年版，第 1198 页。
⑤ （清）赵翼：《廿二史札记》卷 27，中国书店 1987 年版，第 367 页。
⑥ （宋）叶隆礼：《契丹国志》卷 13《后妃传》，上海古籍出版社 1985 年版，第 138 页。
⑦ 同上书，第 114 页。

三军，赏罚信明，将士用命。圣宗称辽盛主，后教训为多。"① 除述律平和萧燕燕外，其他后妃也不乏参政意识、政事能力较强者。如兴宗萧太后，也对兴宗多有匡谏。兴宗"酷好沙门，纵情无检。后每伺帝有所失，随即匡谏，多所弘益"②。在辽代后妃中，关心国事，参与机要，有很强的政治意识，这是很普遍、很正常的，无足为怪。正如史家所论："辽以鞍马为家，后妃往往长于射御，军旅田猎，未尝不从。如应天之奋击室韦，承天之御戎澶渊，仁懿之亲破重元，古之未有，亦其俗也。"③ 这说明了契丹后妃的政治意识与其民族之关系。而后妃中这种普遍性的政治意识在萧观音、萧瑟瑟的诗歌创作中得到了集中的体现。从诗学思想的角度看，这正是辽诗的突出特点所在。

辽代诗学中有着这种较为普遍的政教祈向，反映出北人的传统文学价值观念，即尚实尚质。从文学史上看，北朝文学思想一直是以重实用、尚真实、求朴野为特点。这对契丹统治者的文学观念是有深刻影响的。如北魏诸帝，除孝文、孝静二帝外，多是不尚辞华的。北周的开国皇帝宇文泰尤为反对华靡文风，"性好朴素，不尚虚饰，恒以反风俗、复古始为心"④。北魏程骏在上表中亦云："臣闻诗之作也，盖以言志。迩之事父，远之事君，关诸风俗，靡不备焉。上可以颂美圣德，下可以申厚风化，言之者无罪，闻之者足戒，此古人用诗之本意。"⑤ 这些都较为典型地代表了北朝流行的文学艺术价值观念。"辽人好乐天诗"，圣宗以乐天诗集为师（"乐天诗集是吾师"）主要是侧重于乐天诗风通俗晓畅的一面。

辽代的诗学思想主要是体现在契丹诗人的创作之中，还不具备系统的、理论的形态，只能说是一种"自在的"状态，缺少自觉的意识。对于唐代和北宋的诗人与创作观念的接受，是较为单纯的，更多的是适应其政治讽谕、维系人心的需要。诗人们对于诗歌艺术形式的运用还是较为质朴的，意象也略为简单，还尚未来得及对诗学理论进行专门的思考。从文化形态来看，这也是一个必然的阶段。而到金代，则由此而上升到更为自觉的层面了。辽金诗学思想有一个从自在到自觉、从浅表到深刻的过程。

---

① （元）脱脱等：《辽史》卷71，中华书局1974年版，第1201页。
② （宋）叶隆礼：《契丹国志》卷13《后妃传》，上海古籍出版社1985年版，第142页。
③ （元）脱脱等：《辽史》卷71，中华书局1974年版，第1207页。
④ （唐）令狐德棻等：《周书》卷2，中华书局1971年版，第25页。
⑤ （北齐）魏收等：《魏书》卷60，中华书局1974年版，第826页。

第三章　论金初"借才异代"时期的诗学思想

第一节　关于金诗的性质与金初诗学的基本认识

金人诗歌创作颇为繁盛，无论是数量还是艺术水准，都可以说是远轶辽世。清代著名史学家赵翼曾言"金源一代文物，上掩辽而下轶元"①，推许甚高。"轶元"只恐未必；而"掩辽"则是绰绰有余的。今人薛瑞兆、郭明志编纂之《全金诗》，收作者534人，诗12066首。就这个也许并不完全的现存状态来看，度越辽诗以百倍！金人在文治方面重视程度也远远超过辽朝，尤重在艺文和制度方面吸收汉文化要素，恰如史论所言："金用武得国，无以异于辽，而一代制作能自树立唐宋之间，有非辽世所及，以文而不以武也。"② 所谓"一代制作"，是指以诗文为主的文学创作成就。这里指出了金代文学的重要成就与独立地位。至于说"能自树立唐、宋之间"，未必言其堪与唐宋文学相提并论，而可以理解为自有其不同于唐、也有异于宋的文化特色。这是非常客观的。金朝在文化方面的业绩确乎是可以十分称述的。

以往的文学史著述，关于金代文学一般只注重于介绍元好问与《西厢记诸宫调》，似乎这就构成了金代文学的全部。其实，金代文学的内容是相当丰富的。诗、词、文、赋、诸宫调、杂剧等文学样式，都有可观的成就。而从作品的数量、特色以及所蕴含的文体基质而言，诗歌创作在金代文学中是最有代表性意义的。近年来对于金诗的研究不断深入、拓展，无论是史的发展或是作家的个案研究都有重大的突破（其中也包括笔者在金诗方面的

---

① （清）赵翼：《廿二史札记》卷28，中国书店1987年版，第389页。
② （元）脱脱等：《金史》卷125《文艺传》，中华书局1975年版，第2713页。

一系列研究成果），但从诗学思想发展的角度来把握金代诗学的内在的律动，目前尚付阙如。笔者拟在这几章中初步勾勒金代诗学发展的一些基本走向与一些主要内核。为此目的，在此要首先阐明笔者对金诗性质及其发展态势的基本观点。

关于金诗，以前的一种权威观点，认为金诗是宋诗的延续，或者认为，金诗与宋诗是在南北地区具有同一时代特色的作品，所不同的只是具体内容的差异。总之，认为金诗不过是宋诗的附庸或分蘖，缺少自己的特点。

在关于金诗的性质问题上，笔者与上述观点存在着根本的不同。这在笔者的一系列有关金诗研究的文章以及拙著《辽金诗史》中已有明确的阐析。在笔者看来，金诗在很大程度上受宋诗的滋养，与宋诗有千丝万缕的联系，金代诗人、诗论家也以宋代诗学的一些基本问题作为话题，如周昂、王若虚、赵秉文、李纯甫、元好问的诗论。而北宋的一些著名诗人如苏轼、黄庭坚等对金代诗坛也确有重要影响。但这都不足以证明金诗没有自己的特色。金诗与宋诗，有着不同的文化心理作为各自的土壤，在几方面合力的作用下，形成了不同于其他历史时期诗歌的独特轨迹。

与此密切相关的是，金代的诗学思想也有着独特的、却又是复杂的发展历程。金源诗学思想的发展，有宋代诗学、唐代诗学的直接或间接的深刻影响，是中国诗学发展中的一个内在的重要环节。又由于北方民族文化底蕴的作用，形成了一些独特的意识。应该说，金源诗学思想是多元互动的，而后来又凝聚成以元好问为代表的成熟的诗学思想系统。

关于金诗发展的分期问题，以往文学史界依据史学分期，结合诗歌创作情况，将金诗发展分为初、中、后三期。初期是指金太祖完颜阿骨打到海陵王完颜亮这段时间；中期是指金世宗、金章宗这段时间；后期是指从宣宗贞祐南渡到金亡。笔者将金诗的发展分为四个阶段，主要是以诗歌发展的自身历程、客观轨迹作为依据。史学分期只是一个时间上的参照系。这四个阶段：一是金初诗坛，也可以称作"借才异代"时期，时间是从太祖到海陵朝；二是金诗的成熟期，时间是世宗、章宗两朝，史称"大定、明昌"；三是金诗的繁荣期，时间是"贞祐南渡"到元兵围汴这段金朝走向衰亡的时期；四是金诗的升华期。时间是金亡前后，主要代表作家是元好问。元好问以雄浑苍劲之笔，写国破家亡之痛，情感之真挚，风格之悲壮，诗艺之精工，实系中华诗史之罕见。虽然时间上第三期与第四期略有交错，但元好问作为金诗最为杰出的代表，有其不得不特殊提出的重要的文学史意义。将元好问以及其他一些遗民诗人作为第四期，是客观的，也是合乎逻辑的。

　　诗学发展的阶段性，与创作上的发展在金代诗学中是一种同步关系。因为诗歌发展所呈现的阶段性变化，诗学思想与诗歌创作并非是并列的关系，它是作为诗人的一种创作意识体现在诗歌之中。当然，诗学思想还更为集中地体现在诗论著作之中。从历时性的角度看，金源诗学思想是处在不断流动变化中的，诗歌创作风貌的阶段性变化其实正是体现着诗学思想变化的趋势。从共时性角度看，金源诗学思想是一个相当丰富的复合体，由多种诗学观念构成，而不是单一的、直线的。

　　金初诗坛的作家，基本上都是由宋入金的，因而，可将这个阶段称为"借才异代"时期。

　　金源是女真贵族创建的国家，在社会形态、文化上，都经历了相当大的跨越。建国之前，女真人尚处于部落联盟的社会形态，文化上是相当落后的。在灭辽战争时，尚无文字。史籍载："太祖伐辽，是时未有文字。"① "与契丹言语不通，而无文字，赋敛科发，射箭为号，事急者三射之。"② 不过是处在类于"结绳记事"的阶段而已。

　　灭辽侵宋，在金代社会发展中是一个不同寻常的阶段。灭辽的同时，女真改国号为"金"（天辅六年，即 1122 年）。这就标志着金朝作为一个独立的、成熟的王朝的开始。以此为契机，女真统治者开始大量吸取汉文化中的一些要素，使女真人很快从奴隶社会跃迁到封建制社会。在这个过程中，汉族文士起了不可替代的作用。太祖阿骨打死后，太宗完颜吴乞买在位 12 年，忙于马上征战，未遑文治；而到熙宗即位之后，社会已臻安定，历史为女真民族提供了封建化的机遇。熙宗本人自幼受教于汉族文士韩昉，受汉族文化教育，懂汉文学、制度、礼仪，他决心改造女真旧俗，并用汉官制改革女真旧制。在汉化的过程中，女真统治者倚重于汉族文士，确立了文治的国策。他说："太平之世，当尚文物，自古致治，皆由是也。"③ 海陵王完颜亮，虽是靠弑杀夺得帝位，在历史上声名狼藉，但在推行改革这一点上，却是继承和发展了熙宗的政策。当然，汉族文士既有受到重视的一面，也有被猜忌、受迫害的一面。因此，汉族文士的思想情感就尤为复杂。

　　金代前期已有较浓厚的文学创作风气，已经出现了一批诗人，写出了一批有很高质量的诗词作品。这些诗人（词人）都非产生于女真社会内部，

---

① （元）脱脱等：《金史》卷 84《耨盌温敦思忠传》，中华书局 1975 年版，第 1881 页。
② （清）厉鹗：《辽史拾遗》卷 18，中华书局 1985 年版，第 363 页。
③ （元）脱脱等：《金史》卷 4《熙宗纪》，中华书局 1975 年版，第 50 页。

而是由宋人金的文士。金初汉族文士有两种来源：一部分是由辽人金者，如韩昉、左企弓、王枢、虞仲文等，另一部分是由宋人金者，如宇文虚中、高士谈、张斛、吴激、蔡松年等。由辽人金者在诗歌创作上几无成就可言，只有零星的篇什存世；而现存金初诗词的绝大多数篇章都是由宋人金的文士所作，能够代表金初诗歌的特征与成就。他们的创作构成了金初诗坛颇为宏阔的景观，使金诗有了一个突兀而起的始基。从本质上来说，他们的创作还很难说是真正的"金诗"，因为这些诗人都是在宋诗的氛围中成长起来的，如宇文虚中，在宋时已是一位很有名的诗人了。但我们应该看到，他们写在金源的这些作品，已非"宋诗"所能界定。宇文虚中等人的作品，是产生在金源土地上的，受了北方山水的滋养；诗人的情感，是在金源社会中社会矛盾、人际关系的产物。他们从宋人金，经历了非常深刻的变故，有着相当复杂的心态，而其情感的体验，是一般人所难以想象的。如果没有由宋人金的经历，自然也就没有这些篇什的问世。在某种意义上看，金初诗人（词人）的创作，在中华文学史上是非常独特而珍贵的存在，是无法替代的。

关于"借才异代"的说法，这是清人庄仲方在《金文雅序》中提出来的。他说："金初无文字也。自太祖得辽人韩昉而始言文；太宗人汴州，取经籍图书，宋宇文虚中、张斛、蔡松年、高士谈辈后先归之，而文字煨兴，然犹借才异代也。"① 用"借才异代"来说明本期文学的基本特征颇为准确，但不止上述几位诗人，还应包括朱弁、洪皓等使金羁留的作家。因为他们的诗论或诗歌创作对金源文学的发展同样产生了深远的影响。这些诗人可分为两类：宇文虚中、吴激、高士谈、蔡松年等人，都是在金朝接受了官职的，官职高者如蔡松年仕至丞相。另一类则是朱弁、洪皓等使金羁留的作家。朱、洪二人都是使金被羁十几年，却节旄自持，坚贞不屈，拒不接受金人的官职。人们在谈论金初文学时很少涉及他们，也就是不把他们作为金源作家对待，这当然是不无道理的。而在我看来，朱、洪二人仍可以视为金源初期的作家，他们的诗歌或诗论是金源诗学的有机组成部分。这是因为，他们虽然没有仕金，但都滞留北方多年（朱弁留金 17 年，洪皓留金 15 年），他们在金都写下了许多诗作。薛瑞兆、郭明志编纂之《全金诗》，收洪皓在金诗作 112 首，朱弁在金诗作 39 首。这当然并非他们当时在金的全部创作。更为值得注意的是，朱弁在留金期间写了一部有很高诗学理论价值的诗话《风月堂诗话》，对金代诗学发展产生了直接的、深远的影响。他们在金时

---

① （清）庄仲方：《金文雅·序》，吉林人民出版社 1998 年版，第 1 页。

的诗歌创作和诗论，不能不带有北方文化的背景，同时，他们又都有着教授女真子弟的经历，其诗文创作广泛流传于女真子弟之中。在金源文学的发展历程中，洪、朱的影响是不能抹杀的。宇文虚中、吴激等人，虽然接受了金朝的官职，但其表现在诗中的羁留心态是一致的。宇文始终不忘自己的使命，时时以苏武来自期自励。他一方面为女真社会吸收汉文化作了大量工作，一方面想有所作为，乘机举事南归，至于被女真人所杀害。金源初期本来罕有女真人自己的文学创作，主要是"移植"的产物。可以说，朱、洪等人与宇文一起，构成了金源文学的发轫。

第二节 朱弁《风月堂诗话》中的诗学思想

朱弁的《风月堂诗话》，是金源初期唯一一部专门的诗论著作，在金代诗学的发展中显示出持久的影响力。作者在这部诗话中表述的诗学思想，在金诗的整体特色形成中起了潜移默化的作用。而且，在我看来，《风月堂诗话》的价值或意义是宋或金都远远不能限囿的。在整个中国诗学史上，也有独特的重要价值。尤其是作者在其中提出的"体物"的诗学命题，是对中国古典美学中的体物论的深刻发展，值得认真考察。

朱弁（？—1148），字少章，号观如居士。徽州婺源（今江西婺源）人，后移居新郑。靖康末年，金兵南侵，家为乱兵所毁，避难于江南。高宗建炎元年（1127）朝议遣使问安两宫（徽、钦二帝），朱弁奋身自献，诏修武郎，借吉州团练使，为通问副使，随王伦使金，被金人羁留17年。直至高宗绍兴十三年（1143）宋金议和，朱弁才获遣返。回宋后又受到秦桧压抑排挤，在郁郁中死去。朱弁在金期间守节不屈，风骨凛然，数次坚拒金人所受官职。史载：

> 金人迫弁仕刘豫，且怵之曰：此南归之渐。弁曰："豫乃国贼，吾恨不食其肉，又忍北面臣之，吾有死耳！"金人怒，绝其饩遗以困之。弁固拒驿门，忍饥待尽，誓不为屈。金人亦感动，致礼如初。久之，复欲易其官。弁曰："自古兵交，使在其间，可从从之，不可从则囚之，杀之，何必易其官？吾官受之本朝，有死而已，誓不易以辱吾君也。"且移书耶律绍文等曰："上国之威命朝以至，则使人夕以死，夕以至则朝以死。"又以书诀后使洪皓曰："杀行人非细事，吾曹遭之，命也，要当以舍生以全义尔！"乃具酒食，召被掠士夫饮，半酣，语之曰：

"吾已得近郊某寺地，一旦毕命报国，诸公幸瘗我其处，题其上曰'有宋通问副使朱公之墓'，于我幸矣。"众皆泣下，莫能仰视。弁谈笑自若，曰："此臣子之常，诸君何悲也？"金人知其终不可屈，遂不复强。①

这些史料较切实地记载了朱弁羁留金朝期间坚持民族气节，不辱使命的情形。

朱弁虽为宋朝士大夫，然其所著《风月堂诗话》则作于羁留金朝期间。今中华书局排印本《风月堂诗话》（与宋惠洪《冷斋夜话》、吴沆《环溪诗话》合为一帙，陈新点校）据四库全书本，此即为北方所传。《四库全书总目提要》云：

> （《风月堂诗话》）前有自序，题庚申闰月。考庚申为绍兴十年，当金熙宗天眷三年（1140 年——笔者按）。弁以建炎元年使金，羁留十七年乃还，则在金时所作也。末有咸淳壬申月观道人跋，称得永城人朱伯玉家，盖北方所传之本，意弁使金时遗其稿于燕京；度宗时始传至江左，故晁、陈二家皆不著录。观元好问《中州集》收录弁诗，知其著作散落北方者多，固不得以晚出疑之矣。其序但甲子，不著绍兴纪年，殆亦金人传写，不用敌国之号，为之削去欤！②

由是观之，《风月堂诗话》乃其羁留北朝时所作。是书成于庚申闰月戊子，绍兴十年闰六月初六日，时作者尚羁留金朝。书中多记南渡前在新郑时和友人谈诗的回忆，借以寄托故国之思。且读作者自序：

> 予在东里，于所居之东，小园之西，有堂三楹。壁间多皇朝以来诸名卿画像，而文籍中多与左、司马、班、韩、欧、苏数公相对。以其地无松竹，且去山水甚远，而三径闲寂，庭宇虚敞，凡过我门而满我座者，唯风与月耳。故斯堂也，以风月得名。又予心空洞无城府，见人虽昧平生，必出肺腑相示，以此语言多触忌讳而招悔吝。每客至，必戒之曰："是间止可谈风月，舍此不谈而泛及时事，请爵吾大白。"厥后山

---

① （元）脱脱等：《宋史》卷 373《朱弁传》，中华书局 1986 年版，第 11552 页。
② （清）永瑢、纪昀等：《四库全书总目提要》卷 195，中华书局 1997 年版，第 2744 页。

渊反覆，兵火肆虐，堂于兹时均被赭垣之酷，风月虽存，宾客安往？予
复以使事羁绊漯河，阅历星纪，追思襄游风月之谈，十仅省四五，乃纂
次为二卷，号《风月堂诗话》，归诒子孙。异时幅巾林下，摩挲泉石时
取观之，则溱洧风月犹在吾耳目中也。庚申闰月戊子观如居士朱弁叙。

由此序中可知，是书作于羁留金朝之时，而其所论乃在宋时议论所得。恰如
著名文学批评史家郭绍虞先生所指出："然则是书乃在金时作，而其所论则
犹是在宋时谈论之所得也。迹其交游，多在诸晁，晁叔用冲之，晁以道说
之，晁无咎补之，均较有名，至如晁伯宇载之，晁季一贯之，其名较晦，而
轶事断句每赖以传。是则风月之谈，正有足征一时文献者矣。"[1] 朱弁在
《诗话》中虽是忆及在宋时所谈之论诗话题，以发故国艺文之思，在宋时耳
濡目见之文学盛事，在《诗话》中历历而现，同时，《风月堂诗话》在诗话
中属理论含量颇高者，其诗学观点相当系统，非仅记诗林轶事、感性吟味诗
句者可比。在诗学发展史上，《风月堂诗话》是将有关命题大大向前推阐一
步的。

朱弁论诗，以"体物"作为其诗学思想的核心命题。"体物"在朱氏这
里的含义为：抛开使事用典的"古人畦径"，直接从客观对象中获得诗的感
兴与体验，准确生动地刻画对象的特征，并且传达出自然造化的生命律动。
朱弁云：

诗人体物之语多矣，而未有指一物为题而作诗者。晋宋以来始命操
觚，而赋咏兴焉，皆仿诗人体物之语，不务以故实相夸也。梁庾肩吾
《应教咏胡床》云"传名乃外域，入用中京。足敧形已正，文斜体自
平"是也。至唐杜甫咏蒹葭云"体弱春风早，丛长夜露多"，则未始求
故实也。如其他咏薤云："束比青刍色，圆齐玉箸头。"黄粱云："味岂
同金菊，香宜配绿葵。"则于体物之外又有影写之功矣。予与晁叔用论
此，叔用曰："陈无己尝举老杜咏子规云：'渺渺春风见，萧萧夜色栖。
客怀那见此，故作傍人低。'如此等语，盖不从古人笔墨畦径中来，其
所熔裁，殆别有造化也。又恶用故实为哉！"[2]

---

① 郭绍虞：《宋诗话考》，中华书局1979年版，第49页。
② （宋）惠洪，朱弁，吴沆：《冷斋夜话·风月堂诗话·环溪诗话》，中华书局1988年版，第
99页。

　　这段"体物"诗论，是在《诗话》的第三大段，并与前面"诗人胜语，咸得于自然"是紧密相关的。朱弁所谓"体物"，一方面是继承了中国美学中"体物"的原有意蕴，同时还为之注入了更新的内涵。"体物"的命题出于西晋著名文论家陆机的《文赋》，是与"诗缘情"并列的命题，却未能在以后的诗学中得以发展彰显，很少得到后人的阐发，以至在文论史几至于声息微弱。到朱弁这里，却对它进行了相当深刻地阐析，使之赋予了新的理论含义。陆机《文赋》是在论述文体特征时说的："诗缘情而绮靡，赋体物而浏亮。"看起来是讲诗和赋的各自的艺术表现手法的特征，未必要加以深文周纳。但问题并未到这里结束，事实上"缘情"和"体物"都构成了具有深刻美学背景的理论命题。"诗缘情"在中国诗学史上得到了不断的光大，成为一种具有主导性意义的美学观念，"体物"却没有这样的幸运。实际上，"体物"这个范畴包蕴了中国文学在创作方法上向描写事物形象发展的可能性。陆机提出的"体物"思想也并非止于对赋作为文体的表现特征的揭示，而且是贯穿《文赋》的整体性观念。陆机对于文学创作，最为关心的是能否把握和刻画出"物"的特征。陆氏的本意是区分诗与赋作为不同文体的创作特征。诗以抒发情感为主，而赋却以描写事物见长。陆机在《文赋》序中说：

　　　　余每观才士之所作，窃有以得其用心。夫其放言遣辞，良多变矣，妍蚩好恶，可得而言。每自属文，尤见其情。恒患意不称物，文不逮意。盖非知之难，能之难也。故作《文赋》，以述先士之盛藻，因论作文利害所由。他日殆可谓曲尽其妙。至于操斧伐柯，虽取则不远；若夫随手之变，良难以辞逮。盖所能言，具于此云。①

《文赋》的这篇序文，说明了作者的动机，同时提出了重要的理论问题。尤其是陆机在序中着重提到的"物—意—文"三者之间的关系，更是魏晋南北朝时期的一个有深刻背景的问题。"物"指客观事物，"意"指作家思维的内容，"文"指语言形式，尤其是文学作品的语言表现。这三者之间有非常密切的关系，却难以完全相称。可以说，陆机创作《文赋》，在很大程度上就是试图解决"物—意—文"的矛盾问题。

　　言意之辨，是魏晋南北朝玄学的一个重要哲学命题。从哲学史的角度

---

① 张怀瑾：《文赋译注》，北京出版社 1984 年版，第 18 页。

看,"言意之辨"并非仅是语言与思想的关系问题,而且从某种意义上说是玄学的本体论。国学大师汤用彤先生指出:"夫玄学者,谓玄远之学。学贵玄远,则略于具体事物而究心抽象原理。论天道则不拘于构成质料,而进探本体存在。论事则轻忽有形之粗迹,而专期神理之妙用。夫具体之迹象,可道者也,有言有名者也。抽象之本体,无名绝言而以意会者也。迹象本体之分,由于言意之辨。依言意之辨,普遍推之,而使之为一切论理之准量。则实为玄学家所发现之新眼光新方法。王弼首唱'得意忘言',虽以解《易》,然实则无论天道人事之任何方面,悉以之权衡,故能建树有系统之玄学。……由此言之,则玄学统系之建立,有赖于言意之辨。"① 可见,"言意之辨"在魏晋玄学中的地位之重要。刘勰在论"神思"时,也深受王弼玄学关于言意关系之说的启示。陆机在刘勰之前,把"物—意—文"三者提炼成一组带有重要美学价值的命题,这是有开拓之功的。陆机在序文中所阐述的重心,并不在于作者如何进行自我表现,抒写个人情感,而在于如何准确地摹写"物"的形态。《文赋》在论述创作过程中,是以"物"为焦点的。"遵四时以叹逝,瞻万物而思纷",是说作者看到万物变迁而兴发创作激情,"情瞳眬而弥鲜,物昭晰而互进",是说外在的物象在作者的头脑中纷至沓来;"笼天地于形内,挫万物于笔端",谓广阔的天地都可以概括进入艺术形象;万物之象都可以描绘于笔端,"体有万殊,物无一量。纷纭挥霍,形难为状。辞程才以效伎,意司契而为匠。在有无而黾勉,当浅深而不让。虽离方而遁圆,期穷形而尽相",是说由于作者才性不同,于是观察事物也可以有不同的角度,所以物象无一定之量。而作者对物象的描摹,也以"穷形尽相"为其目的;"其为物也多姿,其为体也屡迁",是说物象多姿多彩,那么描写它的文章体式也要随之而变化。在《文赋》中,"物"凡六见,所涉及的是创作中的各个方面,但都是以能否描写物象为旨归。

"体物"与赋有不可分割的联系,或者可以说,赋是以体物为基本的创作方法的。作为艺术手法的"赋",其含义主要是铺陈描摹,而后来成为一种文体的赋,也是对客观对象进行穷形尽相的铺陈描摹。"体物"的赋,即以形象描绘为旨归。刘勰在《文心雕龙·诠赋》篇中说:"诗有六义,其二曰赋。赋者,铺也。铺采摛文,体物写志也。"他又在同篇的赞辞中说"赋自诗出,分歧异派。写物图貌,蔚似雕画",把赋的艺术特征上升到美学的高度,在中国美学史上很值得注意。其实,这也是"体物"说的重要内涵。

---

① 汤用彤:《魏晋玄学论稿》,上海古籍出版社 2001 年版,第 24 页。

朱弁倡"体物"之说，其中最重要的一点就是抛开"故实"，而直接刻画对象的状貌和特征。在这方面，朱弁充分接受了南朝钟嵘"直寻"的诗学思想，使之进入"体物"范畴的内涵之中。他说：

> 诗人胜语，咸得于自然，非资博古。若"思君如流水"、"高台多悲风"、"清晨登陇首"、"明月照积雪"之类，皆一时所见，发于言辞，不必出于经史。故钟嵘评之云："吟咏情性，亦何贵于用事？"颜、谢椎轮，虽表学问，而太始化之，浸以成俗。当时所以有书钞之讥者，盖为是也。大抵句无虚辞，必假故实；语无空字，必究所从。拘挛补缀而露斧凿之痕迹者，不可与论自然之妙也。①

钟嵘在《诗品序》中所提出的"直寻"的诗学观念为朱弁所本。钟嵘认为诗应有与其他文体不同的独特创作方式，也即不贵用事，皆由直寻，这就是"自然英旨"。朱弁完全认同这种思想，并在自己的诗论中充分发挥了它。这种观点，在南宋诗坛上自有其现实意义。那就是对江西诗派那种"无一字无来处"的理论主张的反拨。朱弁说得明快，认为诗中胜境者是一时偶见，即主客体之间的偶然遇合，直接感兴，而不是出于经史典籍。这与钟嵘完全一致，却又是纳入"体物"的范畴。朱弁在《诗话》中反复言说这个意思，在其最后一条中又加以归结性的论述：

> 客或谓予曰："篇章以故实相夸，起于何时？"予曰："江左自颜、谢以来，乃始有之，可以表学问而非诗之至也。观古今胜语，皆自肺腑中流出，初无缀缉工夫。故钟嵘云：'经国文符，应资博古，撰德驳奏，宜穷往烈。至乎吟咏情性，亦何贵于用事？''思君如流水'，即是即目；'高台多悲风'，亦唯所见；'清晨登陇首'，羌无故实；'明月照积雪'，讵出经史。其所论为有渊源矣。"客又曰："仆见世之爱老杜者，尝谓人曰：'此老出语绝人，无一字无来处。'审如此言，则词必有据，字必援古，所由来远，有不可已者。"予曰："论事当考源流，今言诗不究其源，而踵其末流以为标准，不知《国风》、《雅》、《颂》祖述何人？此老诗法妙处，浑然天成，如虫蚀木，不待刻雕，自成文

---

① （宋）惠洪，朱弁，吴沆：《冷斋夜话·风月堂诗话·环溪诗话》，中华书局1988年版，第99页。

理。其鼓铸熔泻，殆不用世间橐籥，近古以还，无出其右，真诗人之冠冕也。如近体格俯同今作，则词不遗奇，杂以事实，掇英撷华，妥帖平稳，殆以文为滑稽，特诗中之一事耳，岂见其大全者邪！"予每窃有所恨，故乐以嵘之言告人。吾子诚嗜诗，试以嵘言于爱杜者，求之则得矣。①

这段论述，不仅是祖述钟嵘的诗学观念，更重要的是阐发了以此为理论依据的现实诗学主张。文中设为"客"语，显然是江西诗派"无一字无来处"诗学理论。江西派对杜甫的推尊，正是由此理论为出发点的。而朱弁所提出的逻辑起点是"论事当考源流"，而在他看来，那些博古使事为诗的做法，恰恰是"不究其源"，"蹑其末流"，相反，如《诗经》这样的诗中经典，却并无祖述，纯是对当时现实的直接感兴的产物。至于杜甫诗的妙处，更不在于"无一字无来处"，而在于"浑然天成，如虫蚀木，不待刻雕，自成文理"。同样是对杜甫大加推崇，然其价值尺度是截然不同的。

"体物"在朱弁的诗论中，不仅是指一般的物象摹写刻画，而且更指诗人描写亲历的境界。这是超越了对一事一物的描摹刻画的，同时也超越了对事物表层之象的摹写，而传写出诗人在亲历感兴中所获得的独特的审美体验。尤其是在奇崛不凡事的征行经历中身心融入自然宇宙，使其诗作带着"大化"的脉息，用朱弁的话来说，就是"夺造化"，这是"体物"的至高境界。由此，朱弁最为推崇的是杜甫由秦入蜀的纪行诗。他对杜甫入蜀诗的评价，乃是其"体物"的诗学思想在批评实践中的具体体现。《风月堂诗话》中连续三则称引、赞誉杜甫的入蜀诗：

　　"山行有常程，中夜尚未安。微月没已久，崖倾路何难。大江动我前，汹若溟渤宽。篙师理暗楫，歌啸轻波澜。霜浓木石滑，风急手足寒。入舟已千忧，陟巘仍万盘。回眺积水外，始知众星干。远游令人瘦，衰疾惭加餐。"此《水会渡》诗也。
　　东坡云："老杜自秦州越成都，所历辄作一诗，数千里山川在人目中，古今诗人殆无可拟者。独唐明皇遣吴道子乘传画蜀道山川，归对大同殿，索其画无有，曰：'在臣腹中，请匹素写之。'半日而毕。明皇

　　① （宋）惠洪，朱弁，吴沆：《冷斋夜话·风月堂诗话·环溪诗话》，中华书局1988年版，第115页。

后幸蜀，皆默识其处。惟此可比耳。"

老杜《剑阁》诗云："惟天有设险，剑门天下壮。连山抱西南，石角皆北向。"宋子京知成都过之，诵此诗，谓人曰："此四句盖剑阁实录也。"①

杜甫的这些入蜀诗，历历在目而又气象万千，把大自然赋予巴山蜀水的雄伟奇险和诗人的峥嵘胸次，表现得如在眼前。朱弁对杜甫的入蜀诗的赞赏，正是从他的"体物"观念出发的，着眼于它们的"实历"性质。

杜甫从秦州到蜀中的联章纪行组诗，非常真切地记录了诗人由陇入蜀的艰难历程，刻画了一路上奇险的山川景物，同时也抒写了由此而生的诗人的独特的审美体验。亲历写实，乃是杜甫的这组纪行诗达到独特的艺术造诣的重要因素。朱熹评这些诗为"明白如画"，明代的江盈科则说"少陵秦州以后诗，突兀宏肆，迥异昔作。非有意换格，蜀中山水，自是挺特奇崛，独能象景传神，使人读之，山川历落，居然在眼。所谓春蚕结茧，随物赋形，乃是真诗人、真手笔也"②，都是指出其亲历纪实、随物赋形的特点。这些诗作都是杜甫避乱之蜀、于千难万险的颠沛道途中所为，诗人又无处不发其忧念邦国、心系苍生的胸臆怀抱。如《铁堂峡》中"生涯抵弧矢，盗贼殊未灭。飘蓬逾三年，回首肝肺热"，由行踪之艰辛，念及国难未平；《剑门》中"至今英雄人，高视见霸王。并吞与割据，极力不相让。吾将罪真宰，意欲铲叠嶂"，因剑门凭险，而忧军阀割据。这些纪行诗，积郁于诗人心中的深切感受与奇崛险壮的蜀中山水相遇合，造就了老杜入蜀诗的独特意境。"实历"乃是朱弁"体物"的重要含义。

朱弁之所以从"体物"的角度高度赞赏杜甫的入蜀诗，在很大的成分上与自己从南方出使塞北，亲历了北方的山川物候的感触有关。事实上，朱弁使金，从山水灵秀的江南，到了辽阔苍茫而苦寒奇壮的北方，有了许多激起创作冲动的亲身体验，于是写下了许多深切的篇什，这就使得他在金源的诗作，有着触动人心的充实内容，也独有一番境界。如他在《炕寝三十韵》中所吟道的："风土南北殊，习尚非一躅。出疆虽仗节，人国暂同俗。淹留岁再残，朔雪满崖谷。御冬貂裘敝，一炕且踡伏。"《岁序》："岁序忽将晏，

---

① （宋）惠洪，朱弁，吴沆：《冷斋夜话·风月堂诗话·环溪诗话》，中华书局1988年版，第104页。

② （清）仇兆鳌：《杜诗详注》卷8，中华书局1979年版，第685页。

节旄嗟未还。低云惨众木，寒雨失群山。丧乱习诗思，呕谣发病颜。梦魂识旧隐，时到碧溪湾。"虽然不能与老杜入蜀诗的奇险壮伟媲美，却不乏颠沛于北方的真实体验。他对杜甫入蜀诗的情有独钟，是与他这种体验密切相关的。

朱弁对于苏轼更是推崇备至，尤为赞叹东坡遭贬南迁后的诗文，很重要的一个原因，是由于东坡在贬谪生涯中"实历"了艰辛困苦的磨难。朱弁在《诗话》中说过这样一段饶有兴味的话：

> 东坡文章，至黄州以后人莫能及，唯黄鲁直诗可以抗衡。晚年过海，则鲁直亦瞠乎其后矣。或为东坡过海虽不幸，乃鲁直之大不幸也。

东坡之"不幸"与黄庭坚（鲁直）之"大不幸"并非一回事。东坡过海之不幸乃是生活的苦难，政治生涯的厄运，而鲁直之"大不幸"，则是因了东坡过海后诗文上了一个新的境界而大大超过了山谷（鲁直）诗文，东坡的"不幸"，恰恰是其文学创作的大幸，因而也成了山谷之"大不幸"的原因。朱弁未尝扬苏抑黄，他虽然对江西诗派"以故实相夸"的诗学理论深为不满，力斥其非，但对山谷的诗歌创作是相当赞赏的，只是在与东坡的比较中更为推崇后者。朱弁认为，黄庭坚有些诗是可比肩于东坡的，然而，东坡晚年远谪海南后的诗作，达到了更为浑成完美的境界，山谷只能"瞠乎其后"了。这里有"穷而后工"的意思，而更是由于东坡亲历了人生的风霜磨难，同时又饱览了海南的自然风光。这也是"体物"的创作方法带来的成就。

"体物"的至高表现并非一事一物的具体描摹，而是参融自然宇宙所达到的浑涵汪茫的境界。这也就是他所说的"自然之妙"和"其所熔裁，别有造化"。他很称赞韩愈的《谒衡岳庙》一诗：

> 韩昌黎《谒衡岳庙》诗云："五岳祭秩皆三公，四方环镇嵩当中。火维地荒足妖怪，天假神柄专其雄。喷云泄雾藏半腹，虽有绝顶谁能穷。我来正逢秋雨节，阴气晦昧无清风。潜心默祷若有应，岂非正直能感通。须臾净扫众峰出，仰见突兀撑青空。"东坡作《退之庙记》云："公之精诚，能开衡山之云。"即取此诗也。①

----

① （宋）惠洪，朱弁，吴沆：《冷斋夜话·风月堂诗话·环溪诗话》，中华书局1988年版，第100页。

朱弁对韩诗的赞赏，是对"夺造化"的"体物"境界加以认可。在这种意义上，他以为更为理想的是杜甫、苏轼诗的那种浑成自然、巧夺造化的诗境，他说：

> 晁察院季一，名贯之，清修善吐论。客有言东坡尝自咏《海棠》诗至"雨中有泪亦凄怆，月下无人更清淑"之句，谓人曰："此两句吾向造化窟中夺将来也。"客曰："坡此语盖戏客耳。世岂有夺造化之句！"季一曰："韩退之云：'妙语斡元造。'如老杜'落花游丝白日静，鸣鸠乳燕青春深。'虽当隆冬寒时诵之，便觉融洽之气生于衣裾，而韶光美景宛然在目，动荡人思。岂不是斡元造而夺造化乎！"①

这其实是朱弁所提倡的"体物"方法所臻致的最高境界。诗人所描写的事态物象，似从宇宙大化的深处中来，浑然天成，而又带着生命的律动与造化的脉息，也就是朱氏所说的"夺造化"。

"体物"一方面是对所见事物的刻画，一方面更主要的是审美创造主体的切身的、独特的体验。"体物"的创作，更多地开辟着难以重复的独特境界。如清人仇兆鳌评杜甫的入蜀诗时所云："蜀道山水奇绝，若作寻常登临览胜语，亦犹人耳。少陵搜奇抉奥，峭刻生新，各首自辟境界，后来天台方正学入蜀，对景阁笔，自叹无子美之才，何况他人乎？"②揭示了杜甫在"体物"的创作中，诗人主体的作用。有斯胸襟，方能有斯境界。杜甫的入蜀诗，为"体物"的这种性质，提供了极好的典范。诗人所描写的对象是特定的，是具体的存在，而诗人本身主体世界也是独特的，因此，所创造的诗境，体现了很强的艺术个性。仇兆鳌所引的两段评论，也说明了他的观点："山水间诗，最忌庸腐答应，试看杜公《青阳峡》、《万丈潭》、《飞仙阁》、《龙门阁》诸篇，幽灵危险，直令气浮者沉，心浅者深，刻划之中，元气浑沦，窈冥之内，光怪迸发。初学更宜于此锻炼揣摩，庶能自拔泥淖。"③"文章纵不宜规规传神写照，亦岂泛然驾虚立空。驾虚立空以夸其多，虽多亦奚以为？少陵则不然，其自秦入蜀诗二十余篇，皆览实事实景以

---

① （宋）惠洪，朱弁，吴沆：《冷斋夜话·风月堂诗话·环溪诗话》，中华书局1988年版，第113页。

② （清）仇兆鳌：《杜诗详注》卷9，中华书局1979年版，第713页。

③ （清）仇兆鳌：《杜诗详注》卷8，中华书局1979年版，第703—704页。

入乎华藻之中，是故高出人表，而不失乎文章之所以然。"① 朱弁对杜甫入蜀诗的高度称扬，更在于在"实录"中以主体的胸襟来创造独特的境界。朱弁亦称之为"自得"。他说："杜牧之风味极不浅，但诗律少严；其属辞比事殊不精致，然时有自得为可喜也。"②"自得"也是与"体物"密切相关的。"自得"作为一个方法论的范畴，在中国古代哲学和美学中都不陌生。不同的思想派别却都用"自得"为其方法论，因而有着很大的普遍性。从哲学的角度讲，"自得"就是不通过普遍性概念逻辑推演，不依赖于教育家的外在传授，而是以主体的独到体验，直接观照，获得属于自己的亲知，从而提出自己的思想观点。庄子以"自得"而"体道"："夫体道者，天下君子所系焉。今于道，秋毫之端万分未得处一焉，而犹知藏其狂言而死，又况夫体道者乎！视之无形，听之无声，于人之论者，谓之冥冥，所以论道，而非道也。"③"体道"即以直觉体验而通于大道。郭象释之曰："明夫至道非言之所以得也，唯在乎自得耳！"④ 在庄子看来，言语已然是一般性的概括，"至道"非这种概括传达可得，只有主体的亲在体验才能真正"体道"。孟子也拈出"自得"的概念。《离娄》篇下云："君子深造之以道，欲其自得之也。自得之，则居之安；居之安，则资之深；资之深，则取之左右而逢其原，故君子欲其自得也。"在美学方面，"自得"的思想很大程度上来于哲学，却又有着审美主体独特体验的内涵。不依古人藩篱，更意味着个性的扩张，打破僵硬外壳的既定模式，还意味着审美主体与审美客体的融接，拆除其间的障蔽。宋代著名理学家程颢、程颐论学尤重"自得"，伊川（程颢）云："学莫贵于自得，得非外也，故曰自得。"⑤ 程子又在诗中写道："万物静观皆自得"，已是一种审美性的观照。宋人魏庆之编的《诗人玉屑》中专门谈到诗的"自得"："诗吟函得到自得处，如化工生物，千花万草，不名一物一态。若模勒前人，无自得，只如世间剪裁诸花，只一件样，只做得一件也。"⑥ 指出只有自得之诗，才能有生气、有个性，无自得，则如纸花，是没有个性，千篇一律的。"体物"就意味着创作要有"自得"，而真

---

① （清）仇兆鳌：《杜诗详注》卷8，中华书局1979年版，第704页。
② （宋）惠洪，朱弁，吴沆：《冷斋夜话·风月堂诗话·环溪诗话》，中华书局1988年版，第107页。
③ 《庄子·知北游》，见郭庆藩辑《庄子集释》卷7，中华书局1961年版，第755页。
④ 《庄子·知北游》注，见（晋）郭象《庄子注疏》，中华书局2010年版，第402页。
⑤ （宋）程颐、程颢：《河南程氏遗书》卷25，商务印书馆1935年版，第347页。
⑥ 同上。

正的创造个性，正是"体物"的产物。明代江盈科论诗时专立"体物"一目，他说："余观唐人之诗，切于体物。盖随地随事，援入笔端，初非撷拾已往陈言，图为塞白。如李德裕《潮州诗》一联云：'五月畬田收火米，三更津吏报潮鸡。'白乐天《送人入楚》诗云：'山鬼跳踉惟一足，峡猿哀怨过三声。'盖潮州地气，三更潮到，鸡遂应潮而鸣，故曰潮湿鸡。……由此观之，诗不体物，泛泛然取唐人熟字熟句，妆点成章，遂号于人曰诗，真袁中郎所谓八寸三分帽子，人人可戴也。乌乎诗？乌乎诗？"①江盈科所说的"体物"，就是"随地随事，援入笔端"，从现实的生活中、从自身的独特体验中，撷取诗材，这样才能创造出有充盈的艺术生命和个性的诗作。这是和朱弁所说的"体物"有着全然一致的内涵的。

　　朱弁提倡自然浑成的整体性美感，但他并不排斥诗的格律之美。相反，他是颇为注重诗的音律、词语等形式方面的要素的。《诗话》中有一段引起诗论家们争议的话值得玩味：

> 　　李义山拟老杜诗云："岁月行如此，江湖坐渺然"，直是老杜语也。其他句"苍梧应露下，白阁自云深"、"天意怜幽草，人间重晚晴"之类，置杜集中亦无愧矣，然未似老杜沉涵汪洋笔力有余也。义山亦自觉，故别立门户成一家。后人捃其余波，号"西昆体"，句律太严，无自然态度。黄鲁直深悟此理，乃独用昆体工夫，而造老杜浑成之地，今之诗人少有及者。此禅家所谓更高一着也。②

这也许是朱弁诗论中最有争议然而也最独具只眼的论述。在朱弁看来，杜甫诗是至高的诗境，它们体现着朱弁所说的那种"沉涵汪洋笔力有余"的诗美理想。李商隐有些诗作是差可比肩杜诗的，如上述所举篇什，但从整体上看，与老杜尚逊一筹。西昆派更多地继承了义山"句律太严"的一面，却又缺少"自然态度"，因而遭人诟病。黄庭坚走的是一条独特的诗学道路。他要以讲求句律的诗家法度来达到杜诗那种浑成诗境。这里，朱弁的看法为山谷诗研究打开了一条新的认识通道。江西诗派以学杜为旗帜，但多从句法、"诗眼"入手，几近于模式化，故在诗学史上贬抑者众，称赞者寡。其

---

① 黄仁生辑校：《江盈科集》，岳麓书社1997年版，第809页。

② （宋）惠洪，朱弁，吴沆：《冷斋夜话·风月堂诗话·环溪诗话》，中华书局1988年版，第112页。

实，作为江西诗派代表人物的黄庭坚本人的诗歌创作是有很高造诣的，虽然多有奇拗之作，但也不乏浑成之什。山谷本人在主观上也是以自然浑成为其旨归的。山谷论友人之诗云："所寄诗多佳句，犹恨雕琢功多耳。但熟观杜子美夔州后古律诗，便得句法简易而大巧出焉，平淡而山高水深，似欲不可企及。文章成就更无斧凿痕，乃为佳作耳。"① 这里明确地表示出山谷的诗美理想，即是"句法简易而大巧出焉"，"平淡而山高水深"。这是一种相当高的境界，并非仅靠句法诗眼可以臻致的。而且，也远远超越了一般的技巧层面。山谷又批评那种只知一味追求奇险的作风："好作奇语，自是文章病，但当以理为主，理得而辞顺，文章自然出群拔萃。观杜子美到夔州以后诗，韩退之自潮州还朝后文章，皆不烦绳削而自合矣。"② 这种"不烦绳削而自合"，正是山谷所要追求的。山谷不仅以杜诗为典范，而且更为推崇陶渊明的诗风。在《赠高子勉》诗中写道："拾遗句中有眼，彭泽意在无弦。顾我今年六十，付公以二百年。"③ 杜与陶的融合，在山谷看来，才是理想之境。因为，杜是"诗中有眼"，代表着诗学的最高规范；陶是"意在无弦"，体现着大巧无痕的至境。在《与王庠周彦书》中，山谷又说："所寄诗文，反复读之，如对谈笑也。意所主张，甚近古人，但其波澜枝叶不若古人尔。亦意是读建安作者之诗与渊明子美之作，未入神尔。"④ 山谷倡导学杜，是人们所熟知的。按着惯常的理解，江西派所以标举杜诗，是因其法度井然，可从而学之；而李白、韩愈等诗人，则是因才气高而成大家，其诗如天马行空，无从窥入。山谷当然不满足于学人矩步而为人后尘，而是要通过这种高难度的诗法安排，达到"平淡而山高水深"的境界。作为江西派"一祖三宗"之一的陈师道在《后山诗话》中阐述了这样的观点："学诗当以子美为师，有规矩故可学，退之于诗，本无解处，以才高而好尔。渊明不为诗，写胸中之妙尔。"⑤ 这正可作为山谷既学杜又慕陶的注脚。

山谷论诗，以"夺胎换骨"、"点铁成金"、"无一字无来处"的主张而著名，毁之誉之各参其半，贬损批判者尤多。其理由无非是认为山谷是掎扯

---

①　（宋）黄庭坚：《与王观复书（一）》，见《黄庭坚全集》，四川大学出版社 2001 年版，第470 页。

②　（宋）黄庭坚：《与王观复书（二）》，同上书，第 471 页。

③　（宋）黄庭坚：《赠高子勉四首（其四）》，同上书，第 201 页。

④　（宋）黄庭坚：《与王庠周彦书》，同上书，第 468 页。

⑤　（宋）陈师道：《后山诗话》，见何文焕辑《历代诗话》，中华书局 1981 年版，第 304 页。

古人，甚者乃如王若虚，指责山谷为"特剽窃之黠者耳"①。就实而论，在宋人之中，山谷绝对是有相当突出的艺术个性的，尽管他对使事用典十分讲究，却不乏新奇而浑成的新境。如"落木千山天远大，澄江一道月分明"（《登快阁》）、"桃李春风一杯酒，江湖夜雨十年灯"（《寄黄几复》）等均是。

山谷诗论确实不是"体物"一派，他是主张"以故为新"的。但他的诗美理想是"不见斧凿痕"的"大巧"，用他自己的话说是"因难以见巧"。诗人的意思是以高难度的技巧安排达到奇崛而浑然的诗美境界。这明显不是"体物"一路。但说山谷主张蹈袭前人，那就不免有些"离谱"了。"点铁成金"也好，"夺胎换骨"也好，总的精神还是"以故为新"。也就是取古人陈言为原料，熔冶陶钧，用以抒写自己的审美感受，拓出新的艺术境界。山谷本人是极力主张艺术的独创性的。"妙在和光同尘，事须钩深入神。听他下虎口箸，我不为牛后人。"②"随人作计终后人，自居一家始逼真。"③ 山谷不仅是如此说的，而且是这样进行创作的。倘若仅仅是"剽窃之黠"，却又在中国诗学史上占有非常重要的地位，那未免太不可思议了。山谷虽然倡导学杜，却能"离而去之以自立"④。"夺胎换骨"、"点铁成金"是采撷前人陈言，融入己诗，目的则是抒写自己的诗情，而不在于模拟古人。"材料因"虽采撷于古人，"创造因"却在诗人胸中。

朱弁对山谷的分析，是与他对杜诗的价值取向有深刻关系的。在他看来，杜甫之所以高出义山，在于他的"沉涵汪洋笔力有余"，他对杜甫之入蜀诗格外推尊，正在于此。朱弁认为在宋人中唯有山谷能用昆体工夫而造老杜浑成之地，这是对山谷诗的独特的认识，也是对北宋诗史研究的一条独辟的蹊径。

在金代前期，朱弁是唯一一位留下了诗论著作的诗论家。虽然朱弁不是金人，但他的这部《风月堂诗话》却在金代诗史上有非常深远的影响。谈及金初诗学，是不能不深入探讨它的。

---

① （金）王若虚：《滹南遗老集》卷40，中华书局1985年版，第257页。

② （宋）黄庭坚：《赠高子勉四首（其三）》，见《黄庭坚全集 》，四川大学出版社2001年版，第201页。

③ （宋）黄庭坚：《题乐毅论后》，同上书，第712页。

④ （清）方东树：《昭昧詹言》，人民文学出版社1961年版，第18页。

第三节 由宋入金的诗人对宋诗的偏离

金初诗坛上的诗人们，基本上都是由宋入金的。未到北方之前，大都已有了相当不错的功底，积累了较为丰富的创作经验。如宇文虚中、洪皓、朱弁等，在宋时都已是文名早著。到北方以后，环境的变换，情感的积郁，又使他们创作出许多与宋诗风貌有所不同的佳作，从而也体现出某种新的诗学倾向。

同是由宋入金的诗人，但他们的身份、境遇、心态，却不完全相同。如朱弁、洪皓等人，以使节身份被金人羁留十几年，坚持不受女真统治者的官职。他们气节贞刚，风骨凛然。宇文虚中以使节见留，在金朝接受了官职，但他始终不忘使命，时时以苏武自励，在诗中流露出浓厚的羁留心态。吴激、高士谈等都在金朝任职，却念念不忘故国，诗中多有眷恋故国的缠绵情怀。蔡松年在金朝最为腾达，官至丞相，其诗中没有什么故国情结，却时常发为田园归隐之想。这些心态，都在金初的诗歌创作充分体现出来。

由于客观环境和主体心情的变化，金初诗人的创作与宋诗有了并不相同面目。诗人们心中有了颇深的积郁和情感需要抒发，诗成了唯一的工具。正如蔡松年在诗中所写的："平生幽栖心，其言略形容。"（《七月还祁》）于是，他们不像北宋诗人那样追求造语的新奇，意象的拗峭，也不再以使事用典作为诗艺的把玩。总之，那些为诗而诗的纯艺术的形式迷恋，在金初诗歌中都退居到次要的地位，而以诗歌创作作为心灵的开慰，作为自我的关怀，则成其为不可缺少的事情。金初诗人们无意对宋诗进行标新立异的挑战，但对于宋诗而言的变异，却是不期然而然的结果。

金初诗人们来自于宋朝，身在北朝且多为羁留性质，心中积郁着深沉的凄凉感伤。塞外的风光景物又与南方迥然有异，使他们产生了强烈的异域之感。因此，金初诗歌多是诗人去国怀乡的凄凉心境的自然流露，羁旅漂泊情怀的迫切发抒，很少有为诗而诗的创作，用南朝著名文论家刘勰的话说，就是"为情而造文"，而非"为文而造情"。宋代诗人对诗的技巧追求是十分执着而自觉的，江西诗派将"诗眼""句法"作为诗歌创作的关键。范温专论"诗眼"（有《潜溪诗眼》一书），韩驹论"语不可熟"，讲究"下字之法"，吕本中倡导"活法"，等等。对于诗法、诗艺的自觉追求，成为宋诗的一个显著特点。金初诗人们在宋时受到这样的诗学环境的熏陶，有着颇为成熟的诗歌创作技巧与理念，而因为环境与际遇的变化，内心的勃郁情感成了创作的突出动力，诗人所要表达的感受给予读者以强烈的冲击，悲凉的意绪在金初诗歌中是普遍的存在，形式的因素溶解于其中。异国怀乡的羁愁，身处异域、备遭猜忌的忧愤，岁华摇落、使命未果的惶然苍凉，在他们的诗篇中似乎是不经意间涌出来的。金初诗人的创作，无论是古体抑或近体，艺术形式都颇为成熟，韵律谐婉，对偶工稳，却都少见刻意为之的痕迹，形式的和谐似乎都溶化在诗人的沉郁悲慨的情感之中了。

宇文虚中的诗作就很明显地体现出这种特点。宇文虚中虽然羁留在金并仕于金朝，但他却是始终不忘自己的使命的。他留在北朝是为了完成使命，有所作为。建炎二年（1128），虚中以祈请使出使金朝，次年春，金人遣其南归，但虚中自请留金，他说："奉命北来祈请二帝，二帝未还，虚中不可归。"①

他是为完成"祈请二帝"的使命才留下的。他虽然在金朝任翰林学士承旨，并因其才艺被金人奉为"国师"，但其心中与女真人非常隔膜，并设法阻止金人南侵。"金人每欲南侵，虚中以费财劳人、远征江南荒僻，得之不足富国。"② 后被女真人告之以谋反罪而遭杀害。王伦归国后，向宋高宗报告说："虚中奉使日久，守节不屈。"③ 虚中的诗，充满了羁旅之悲与故国之思，情感的力度远远越了形式的琢炼。试读这样一首作品，诗题很长，实际上是一篇小序："郑下赵光道，与余有十五年家世之旧，守官代郡之崞县，闻余以使事羁留平城，与诸公相从，皆一时英彦。遂以应举自免去，驾短辕，下泽车，驱一僮二驴，扶病以来，相聚凡旬日而归。昔白乐天与元微之偶相遇于夷陵峡口，既而作诗叙别，虽憔悴哀伤，感念存没，至叹泣不能自已，而终篇之意，盖亦自宽慰。况吾辈今日，可无片言以识一时之事邪！因各题数句，而余为之叙。夜将半，各有酒所，语不复锻炼，要之皆肺腑中流出也。"诗云：

> 穷愁诗满箧，孤愤气填胸。脱身枳棘下，顾我雪窖中。
> 竟日朋合簪，论文一樽同。翻然南飞燕，却背北归鸿。
> 人生悲与乐，倚伏如张弓。莫言竟愤愤，作书怨天公。

① （元）脱脱等：《宋史》卷371《宇文虚中传》，中华书局1986年版，第11528页。
② 同上。
③ 同上。

这首五言古诗，充满了穷愁孤愤，诗人将自己在金朝羁留的悲慨之情，非常自然地抒写出来。虚中与女真贵族关系恶劣，以至于被他们构陷，罗织成罪。史载："虚中恃才轻肆，好讥讪，凡见女真人，辄以'矿卤'目之，贵人达官，往往积不平。虚中尝撰宫殿榜署，本皆嘉美之名，恶之者摘其字以为谤讪，由是媒蘗成其罪，遂告虚中谋反。"① 在这样的环境下，诗人的心情是非常郁愤的。这首诗是与友人述怀之作。诗中没有任何刻意的雕琢修饰，内心的悲怆从字里行间流泻而出。"从肺腑中流出"，正是虚中羁留金源诗的最大特点。

宇文虚中在诗歌艺术上有很深的造诣，也受江西诗风沾溉良多。但到了北国之后，心情的勃郁，在诗中难以遏制地流露出来。诗人在诗歌艺术方面的造诣，在诗的意象中非常自然地体现出来，而没有刻意的痕迹。如《中秋觅酒》：

> 今夜家家月，临筵照绮楼。那知孤馆客，独抱故乡愁。
> 感激时难遇，讴吟意未休。应分千斛酒，来洗百年忧。

再如：《又和九日》：

> 老畏年光短，愁随秋色来。一持旄节出，五见菊花开。
> 强忍玄猿泪，聊浮绿蚁杯。不堪南向望，故国又丛台。

又如七律《己酉岁书怀》：

> 去国匆匆遂隔年，公私无益两茫然。
> 当时议论不能固，今日穷愁何足怜。
> 生死已从前世定，是非留与后人传。
> 孤臣不为沉湘恨，怅望三韩别有天。

宇文虚中的这些作品，可以说代表了金初诗歌在创作上的成就和美学倾向。诗中所表现的情感是浑然一体的，诗的句法精熟却不像宋诗那样力求生新，而显得非常自然。

---

① （元）脱脱等：《宋史》卷 371《宇文虚中传》，中华书局 1986 年版，第 11529 页。

洪皓在金的诗作悲慨勃郁，正气浩然，使人读之唏嘘再三。洪皓出使金朝，羁留15年，始终坚贞不屈。初至云中，金人迫仕刘豫，洪皓坚决不从，遂流递冷山。陈王完颜希尹使教授弟子，因为无纸，则取桦叶写《论语》、《孟子》、《大学》、《中庸》传之，称为"桦叶四书"。天眷三年（1140）至燕京。因宇文虚中之荐，授翰林学士，他力辞不受。皇统三年（1143），以宋金和议成，得赦南归。洪皓在金时颇多诗作，现存112首，载于《鄱阳集》卷一、卷二。这些诗作充满了悲凉慷慨的情愫。试读《中秋》一首七言歌行体诗：

> 旧时相识惟明月，三五而盈盈又缺。
> 盈时常少缺常多，恰似人间足离别。
> 我今一别已三年，中秋三见望舒圆。
> 乌衣燕子尚得返，鸿雁正尔翔幽燕。
> 此时蟋蟀犹在宇，声声悲吟正独处。
> 耿耿不寐梦难成，翩翩蝴蝶亦辞去。
> 寒螀韵咽草木黄，金风恻恻奏清商。
> 援琴拟操明月吹，调高曲古转凄凉。
> 毋曰嗟予久行役，宁知万里为羁客。
> 乌鹊南飞飞不高，愿为黄鹄无羽翼。
> 潇湘水阔影深沉，鄂渚楼高兴又深。
> 明年此际知何处，再睹婵娟照客心。

这首诗深切地抒发了中秋佳节对远方亲人的殷切思念，凄凉悲慨之情涌满诗的字里行间，真可以说是"只见性情，不睹文字"。

吴激、高士谈、张斛、蔡松年等人的诗作也都有着类似的特征，如吴激的诗作更多、更深地抒写了故国之悲、故园之恋。诗中通过对江南风物的追忆，把心中的情愫泼洒出来。如《秋兴》：

> 后园杂树入云高，万里长风夜怒号。
> 忆向钱塘江上寺，松窗竹阁瞰秋涛。

再如《同儿曹赋芦花》：

天接苍苍渚，江涵袅袅花。秋声风似雨，夜色月如沙。
泽国几千里，渔村三两家。翻思杏园路，鞭袅帽檐斜。

这些诗作，意境如画，而句法平易自然。诗以抒发情感为主，并不在技巧上争胜。张斛的诗抒写的情感则是在南而思北，他是"渔阳人，仕宋为武陵守，国初理索北归，官秘书省著作郎，有南游北归等诗行于世"①。宇文虚中对他的文学才华十分激赏。张斛诗中的那种故园之情是非常感人的，如《东川春日》：

巴蜀三年客，江湖万里情。沧波何处尽，归棹几时行？
世态浮云变，春愁细草生。群山遮望眼，片月上高城。

《南京遇马丈朝美》：

浮云久与故山违，茅栋如存尚可依。
行路相逢初似梦，旧游重到复疑非。
沧江万里悲南渡，白发几人能北归？
二十年前河上月，樽前还共惜清辉。

所举这些诗篇，都颇为典型地代表了金初诗歌与宋诗的差异的。诗人们心中积郁涌动着深沉浓挚的故国之情、乡园之恋，诗歌之作以悲慨凄凉的情感催生，如箭在弦上，不得不发，诗人不再专意于诗的语言技巧，而以抒情为其首要目的。所以，金初的诗歌显得自然圆润而不以生新拗峭的面目出现。由此可以看出金初诗学观念的某种变化。

金初诗人还在其他一些方面表现出与宋诗不同的创作思想。宋诗尚意主理，这是人们所并不陌生的。南宋著名诗论家曾指出宋诗是："本朝人尚理而病于意兴。"② 清人刘熙载也说："唐诗以情韵气格胜，宋苏、黄以意胜。"③ "以意胜"其实也可以说是整个宋诗的特点所在。宋人不以含蓄蕴藉为审美旨归，而以识度超卓、不同俗见、透辟直捷呈现出一种力度美。要想

---

① （金）元好问：《中州集》甲集，中华书局 1959 年版，第 18 页。
② 郭绍虞：《沧浪诗话校释》，人民文学出版社 1961 年版，第 148 页。
③ 王气中：《艺概笺注》，贵州人民出版社 1980 年版，第 213 页。

品鉴"蓝田日暖，良玉生烟，可望而不可置于眉睫之前"的诗境，最好到唐诗中去找，而要得到一种心灵的叩击，智慧的启迪，精神的升华，却最好漫步于宋诗之林。在唐诗中，意象里更多的是包容着、渗透着诗人之情，情与景水乳交融，而诗人之意并不显豁（这当然是就一般情况而言），而在宋诗中（这也是就取能体现出宋诗特点的篇什而言），诗中之意往往有强劲的"穿透性"，如囊中之锥，脱颖而出。宋诗并不摒落意象，但却用意象把诗人之意托出"水面"，呈现在读者的审美经验的理性层面。宋诗主"理"，还在于理趣诗的大量出现。

宋人的理趣诗，的确是写得最多且最好的。如王安石、欧阳修、苏轼、朱熹、杨万里等，都有一些流传甚广的理趣诗。在宋诗中，意象是围绕着诗人的理性思考的，所谓"皮毛落尽，精神独存"是也。清人叶燮对宋诗的特点说得相当透辟：

> 至于宋人之心日益以启，纵横钩致，发挥无余蕴。非故好为穿凿也；譬之石中有宝，不穿之凿之，则宝不出。且未穿未凿以前，人人皆模棱皮相之语，何如穿之凿之之实有得也。如苏轼之诗，其境界皆开辟古今之所未有，天地万物，嬉笑怒骂，无不鼓舞于笔端，而适如其意之所欲出。此韩愈后之一大变也，而盛极矣。[1]

叶燮这里所说的"穿之凿之"而出的，便是诗人之意。在宋诗中，诗人往往不是以一个特定的、完整的客观物境来寓托自己的情感，而是以主体之"意"作为统摄，将一些并不连属的意象组合在一起，如苏轼的《荔枝叹》、王安石的《明妃曲》、陆游的《关山月》等，都是颇为典型的。

金初诗歌在很大程度上逸出了这种范式，更多的是即景抒怀之作。纵观金初诗歌的全貌，在诗中言理之作基本上是没有的，普遍的情形是诗人在外境的触引之下，兴发了某种情感（如去国怀乡、塞外羁旅等），诗人以颇为完整的审美境界表现之。在这方面，金初诗人似乎更多地显示出对唐诗的倾心。宇文虚中、吴激、高士谈、张斛等诗人的大多数篇什，都有这样的特点。如下举这类诗作：

---

① 霍松林、杜维沫校注：《原诗·一瓢诗话·说诗晬语》，人民文学出版社1979年版，第9页。

摇落山城暮，栖迟客馆幽。葵衰前日雨，菊老异乡秋。

自信浮沉数，仍怀顾望愁。蜀江归棹在，浩荡逐春鸥。

　　　　　　　　　——宇文虚中《和高子文秋兴二首》

闲云泄泄日晖晖，林斧溪春响翠微。

天气乍晴花满树，人家久住燕双飞。

邻村社后容借酒，客舍新来未绽衣。

遥忆东郊亭畔柳，归时相见亦依依。

　　　　　　——吴激《晚春言怀寄燕中知旧》

吴中潮水平，月上小舟横。旋斫四腮鲙，未输千里羹。

捣荠香不厌，照箸雪无声。几见秋风起，空悲白发生。

　　　　　　　　——吴激《岁暮江南四忆》其三

风雨萧萧作暮寒，半晴烟霭有无间。

残红一抹沉天日，湿翠千重隔岸山。

短发不羞黄叶乱，寸心长羡白鸥闲。

涛声午夜喧孤枕，梦入潇湘落木湾。

　　　　　　　　——高士谈《风雨宿江上》

　　这些诗作在金初的诗坛上都是很有典型意义的，诗人的情感从整体的意境中抒发出来，基本上没有言理的成分。

　　宋诗对于使事用典是非常重视和考究的，无论是诗学理论，还是创作实践，宋初的西昆派诗人即以多用典实著称，因有"挦扯古人"之讥。黄庭坚诗中的典故非常之多，而且用得巧妙新奇，这与他的"无一字无来处"的诗论是一致的。苏轼用典多而高妙，宋人最为佩服东坡用典的本事，魏庆之云："东坡最善用事，既显而易读，又切当。若《招持服人游湖不赴》云：'颇忆呼卢袁彦道，难邀骂坐灌将军。'《柳氏求书答》云：'君家自有元和脚，莫厌家鸡更问人。'天然奇特。"① 清人王夫之则讥评苏轼说："除却书本子，则更无诗。"② 话虽说得刻薄，但也指出了苏诗典故多的特点。

---

① （宋）魏庆之：《诗人玉屑》卷7，古典文学出版社1958年版，第151页。

② 见戴鸿森《姜斋诗话笺注》，人民文学出版社1981年版，第120页。

黄庭坚和陈师道比苏轼更爱用僻典。相比之下，金初诗歌中的使事用典就少得多了，很多诗整首都无一个典故，有些诗则有一二典故，而且僻典很少。与宋诗相比，这个特点是很明显的。

金源初期，除了朱弁的《风月堂诗话》以外，再就很难找到有关诗论。我们只能从诗人们的创作中来考察其诗学思想的某种体现。也许不难看到，金初诗人虽然基本上都是由宋入金的，但他们的创作方法、诗美追求，都与宋诗产生了较为明显的偏离，这是我们认识金代诗学思想时所应看到的。

第四章　大定、明昌时期的诗学思想

大定，是金世宗完颜雍的年号，时间是自公元 1161 年至 1189 年，前后凡 29 年；明昌是金章宗完颜璟的年号，时间是自公元 1190 年至 1196 年。其实，明昌在史学上是作为章宗统治时期的代称的，在这个意义上，承安（1196—1200）、泰和（1201—1208）也可以包括进来，即是以"明昌"为章宗时代。当然，到章宗后期，金源社会便已经出现了由盛入衰的征兆。但总的来说，世宗章宗时期是金源历史上相对而言最为稳定、繁荣的阶段。因此，"大定、明昌"也便成为金源"盛世"的代名词。

大定、明昌也是金源文化最为繁荣的时期。世宗、章宗都崇尚文治，注重接受汉文化的某些元素，这样大大加快了金代社会封建化的步伐。大定、明昌时期形成的尚文之风，以儒学为意识形态，以科举教育为其主要渠道，以文学为普遍形式，而诗歌创作则又是这一时期文化繁荣的主要标志。大定、明昌时期诗家辈出，创作丰富，并且开始形成了属于金代文学自己的特色。从诗学思想的角度看，这个时期也逐渐有了一些更为深入、更为自觉的内容。这都是与当时的文化氛围有非常密切的关系的。

第一节　女真统治者的文化导向

大定、明昌时期，逐渐形成了"治世"的基本思想，世宗一改前代君主完颜亮（海陵王）的黩武政策，主张"南北讲好，与民休息"[①]。大定五年（1165），宋金订立和议（即"隆兴和议"），开始了划疆自守的历史时期，金朝进入一个稳步发展的阶段。

吸收汉文化要素、进行封建化的社会改革，以儒家思想为意识形态，这是从熙宗（完颜亶）开其端绪的。熙宗自幼受汉文化熏陶教育，以汉族儒

---

① （元）脱脱等：《金史》卷 8《世宗纪》，中华书局 1975 年版，第 133 页。

士韩昉为自己的老师。韩昉在太宗、熙宗年间，授翰林侍讲学士，改礼部尚书，兼太常卿、修国史，封郓国公，以仪同三司致仕。可以说，韩昉是金前期受到礼遇最高的汉族文士。韩昉施之于熙宗的教育，主要是"君君臣臣"、尊卑分明的儒家纲常观念。熙宗即位后，以韩昉为翰林学士，制订礼仪典章，严明君臣之间的尊卑关系，一改女真尊卑不分的旧俗。《三朝北盟会编》载："今虏主完颜亶也，自童稚时金人已寇中原，得燕人韩昉及中国儒士教之；其亶之学也，虽不能明经博古，而稍解赋诗翰墨，雅歌儒服，烹茶焚香，弈棋战象，徒失女真之本态耳。由是与旧功大臣，君臣之道，殊不相合。渠视旧功大臣，则曰：无知夷狄也；旧功大臣视渠，则曰：宛然一汉家少年子也。既如是也，欲上下同心，不亦难乎？又自僭位以来，左右诸儒，日进谄谀，教以宫室之壮，服御之美，妃嫔之盛，燕乐之侈，乘舆之贵，禁卫之严，礼义之尊，府库之限，以尽中国为君之道。今亶出则清道警跸，入则端居九重，旧功大臣，非惟道不相合，仍非其时莫得见，瞻望墀阶，迥分霄壤矣。"[①]足见熙宗是全面接受儒家文化的。尤其是尊卑等级、典章礼仪的"礼"，更成为熙宗所大力提倡的。

世宗对于汉文化的接受，侧重于儒家思想。世宗非常重视兴办教育，并且通过教育和科举贯彻儒学思想。大定六年（1166）世宗创建起第一所金朝的最高学府——太学。这是金朝中央直接管辖正规学校的开端。世宗又相继在各大城市中，置办了地方学府——府学。至大定十六年（1176）时共有17处，生员达1000人左右。又置州学多处，在校学生近2000人之多。至此，完备的三级正规教育体系已经建成，为女真族的全面完成封建化，打下了坚实的基础。

大定年间的教育，还规定了官方的统一教材，都是儒学经典。"凡经，《易》则用王弼、韩康伯注，《书》用孔安国注，《诗》用毛苌注、郑玄笺，《春秋左氏传》用杜预注，《礼记》用孔颖达疏，《周礼》用郑玄注、贾公彦疏，《论语》用何晏集注、邢昺疏，《孟子》用赵岐注、孙奭疏，《孝经》用唐玄宗注，《史记》用裴骃注，《前汉书》用颜师古注，《后汉书》用李贤注，《三国志》用裴松之注，及唐太宗《晋书》、沈约《宋书》、萧子显《齐书》、姚思廉《梁书》、《陈书》、魏收《后魏书》、李百药《北齐书》、令狐德棻《周书》、魏征《隋书》、新旧《唐书》、新旧《五代史》，《老子》用唐玄宗注疏，《荀子》用杨倞注，《扬子》用李轨、宋咸、柳宗元、吴秘

---

① （宋）徐梦莘：《三朝北盟汇编》丙，大化书局1979年版，第395—396页。

注，皆自国子监印之，授诸学校。"① 学校所用教材都是这些汉文化的经典，儒家经典又是其中的最主要的部分。世宗又创建女真学。"自大定四年（1164），以女直大小字译经书颁行之。后择猛安谋克内良家子弟为学生，诸路至三千人。九年，取其尤俊秀者百人至京师，以编修官温迪罕缔达教之。十三年，以策、诗取士，始设女直国子学，诸路设女直府学，以新进士为教授。国子学策论生百人，小学生百人。府州学二十二，中都、上京、胡里改、恤频、合懒、蒲与、婆速、咸平、泰州、临潢、北京、冀州、开州、丰州、西京、东京、盖州、东平、益都、河南、陕西置之。"② 世宗还责成译经所，以女真文字翻译儒学经典及一些充文化典籍。大定二十三年（1183），"译经所进所译《易》《书》《论语》《孟子》《老子》《扬子》《文中子》《刘子》及《新唐书》。上谓宰臣曰：'朕所以令译五经者，正欲使女真人知仁义道德所在耳。'命颁行之"③。可见，世宗是有明确目的进行儒学教育的，侧重于使儒家最普通、也是最为重要的"仁义道德"观念内化到女真人的思想之中。

世宗还亲自在女真民众中推行"忠孝仁义"的儒家思想教化。大定二十一年（1181）正月，世宗"如春水。丙子，次永清县。有移剌余里也者，契丹人也，隶虞王猛安，有一妻一妾。妻之子六，妾之子四。妻死，其六子庐墓下，更宿守之。妾之子皆曰：'是嫡母也，我辈独不当守坟墓乎？'于是，亦更宿焉，三岁如一。上因猎，过而闻之，赐钱五百贯，仍令县官积钱于市，以示县民，然后给之，以为孝子之劝"④。世宗褒奖此家子弟的功利目的十分明显，就是为了用儒家"孝悌"观念来教化整个女真社会，使之渗透于民众灵魂之中。

世宗在宫廷中也处处以儒家思想教育宗亲王室，这点对于宣孝太子（显宗）影响至深。大定二年（1162）四月，世宗立第二子完颜允恭为皇太子，赐名允迪，告诫他说："在礼贵嫡，所以立卿。卿友于兄弟，接百官以礼，勿以储位生骄慢。日勉学问，非有召命，不须侍食。"⑤ 宣孝太子也究心儒学，处处以之规范自己，倡行儒家礼乐之治。他"专心学问，与诸儒

① （元）脱脱等：《金史》卷51，中华书局1975年版，第1131—1132页。
② 同上。
③ 同上书，第184页。
④ 同上书，第179页。
⑤ 同上书，第273页。

臣讲议于承华殿，燕闲观书，整夜忘倦，翌日辄以疑字付儒臣校证"①。宣孝太子虽未继大统，但在储日久。他倡导儒家思想，讲求词章礼乐，这些都与世宗的教诲有关。

世宗还非常重视以诗词沟通上下感情，这对大定时期的文学风气有直接影响。"大定七年（1167），正月，赐酺一日，命群臣赋诗，京邑耆老亦会焉，颁赐各有差。"② 大定十七年，"四月三日，国主与太子、诸王在东苑赏牡丹，晋王允猷赋诗以陈，和者十五人"③。国君喜爱诗歌，臣下才"赋诗以陈"，当时朝野上下是很重视诗歌创作的。

金章宗完颜璟在其祖父世宗、父亲宣孝太子的深刻影响下，自幼深受儒家教育，"始习本朝语言小字，及汉字经书"④。章宗即位后，数次祭拜孔庙，并"诏修曲阜孔子庙学"⑤。又"诏诸郡邑文宣王庙、风雨师、社稷神坛隳废者，复之"⑥。明确昭示了自己以儒治国施政方略，而且大兴了庙学这一教育形式。

章宗朝多用儒士，以孝悌德化为擢用官吏的标准，与南渡后宣宗朝奖用胥吏、压抑儒臣形成鲜明对比。刘祁评述说："章宗聪慧，有父风，属文为学，崇尚儒雅，故一时名士辈出。大臣执政，多有文采学问可取，能吏直臣皆得显用。政令修举，文治斓然，金朝之盛极矣。"⑦ 可见章宗朝儒风之盛。

在偃武修文的道路上，章宗比世宗走得更远，以至于造成明昌时期浓郁的尚文风气。在典章礼乐、科举选士等方面，进一步使之完善，达到了金源的顶峰。章宗即位之始，便进一步开放科举，准许猛安谋克参与进士考试。一般的女真军事贵族猛安谋克，不断有人要求去应进士考试。《金史·选举志》载："明昌元年，猛安谋克愿试进士者，拟依余人例，不可令直赴御试。""上曰：'是止许女真进士，毋令试汉进士也。'又定制余官第五品散阶，令直赴会试。官职俱至五品，令直赴御试。"《金史·兵志》条中也说："至章宗明昌间，欲国人兼知文武。令猛安、谋克举进士试，以策论及射，以定科甲高下。"从明昌元年始，准许女真猛安谋克应进士考试。明昌二

① （元）脱脱等：《金史》卷19，中华书局1975年版，第273页。
② （金）宇文懋昭：《大金国志》卷16，商务印书馆1936年版，第124页。
③ 同上。
④ （元）脱脱等：《金史》卷9《章宗纪》，中华书局1975年版，第135页。
⑤ 同上书，第214页。
⑥ 同上书，第218页。
⑦ （金）刘祁：《归潜志》卷12，中华书局1983年版，第136页。

年，章宗下诏："会试毋限人数，文合格则取。"① 对进士名额不加限制。汉族文士和女真人对科举考试趋之若鹜，从而使整个社会更趋尚文。明昌年间，元老重臣徒单克宁满怀忧虑地对章宗发了如下一段议论："尚书省奏：猛安谋克愿试进士者听之。上曰：'其应袭猛安、谋克者，学于太学可乎?'克宁曰：'承平日久，今之猛安、谋克，其材武已不及前辈，万一有警，使谁御之。习辞艺，忘武备，于国弗便!'上曰：'太傅言是也。'"② 可见，当时的科举考试，对女真社会的崇尚艺文，起了明显的导向作用。

比之世宗时期，章宗朝有着更为浓郁的美文之风。对于诗赋等审美文化，章宗不遗余力地加以提倡。明昌二年四月，在章宗的旨意下，"学士院新进唐杜甫、韩愈、刘禹锡、杜牧、贾岛、王建，宋王禹偁、欧阳修、王安石、苏轼、张耒、秦观等集二十六部"③。如此大规模地编印唐宋诗人的专集，对当时的诗歌创作必然会产生很大的推动作用。章宗还经常与文学之臣唱酬赋诗，以为乐事，如明昌三年（1193）二月，章宗"召朝臣文学者及礼学官于宫中宴会，令以经义相质，手笔指问。酒酣，各赋诗，尽欢"④。章宗所以喜爱作诗，是与乃父宣孝太子影响有深切关系的。"先皇显宗亦嗜诗，曾于世宗朝右相石琚生日赐以一诗云：'黄阁今姚宋，青宫旧绮园。绣絺归里社，冠盖尽都门。善训怀师席，深仁寄寿尊。所期河润溥，余福被元元。'又次高骈风筝韵云：'心与寥寥太古通，手随轻籁入天风。山长水阔寻无处，声在乱云空碧中。'皆得诗人风骚之旨也。"⑤ 宣孝太子（显宗）热心于诗赋，当与乃父的嗜诗是一脉相承的。

这种对美文的偏好，带来了流行于章宗朝诗坛上的讲究辞面华美、追求丽藻的倾向，也即刘祁所批评的"尖新"、"浮艳"之风，这其实是在章宗本人的作品中可以略见其端的。章宗本人的诗典雅华美，现存诗 7 首，此举几首以见其风貌，如《云龙川泰和殿五月牡丹》诗云：

> 洛阳谷雨红千叶，岭外朱明玉一枝。
> 地力发生虽有异，天公造物本无私。

① （元）脱脱等：《金史》卷51《选举志》1，中华书局1975年版，第1137页。
② 同上书，第2052页。
③ 同上书，第218页。
④ （金）宇文懋昭：《大金国志》卷19，商务印书馆1936年版，第138页。
⑤ 同上书，第145页。

《宫中绝句》云：

> 五云金碧拱朝霞，楼阁峥嵘帝子家。
> 三十六宫帘尽卷，东风无处不扬花。

《软金杯词》：

> 风流紫府郎，痛饮乌纱岸。柔软九回肠，冷怯玻璃碗。
> 纤纤白玉葱，分破黄金弹。借得洞庭春，飞上桃花面。

这里所举的三首诗已足以代表章宗诗的风格。词语优美而华艳，缺少雄浑粗犷的阳刚之气。刘祁所说的"明昌、承安间，作诗者尚尖新"[①]，而且，当时诗坛还有一种较为柔婉细腻的诗风，这都不妨可以看作章宗诗歌创作审美倾向的某种影响。当然，大定、明昌时期的诗坛，更有代表性的是以雄奇刚方的一派，突出地体现了北国诗歌的特色所在。

总的说来，大定、明昌时期是金源文化的鼎盛时期，其突出的表征就是诗歌创作的繁荣与多样。世宗、章宗作为治世之君，都非常重视诗赋创作，采取倡导鼓励的态度。这对当时的诗学发展，起了不可低估的作用。

第二节　金诗"国朝文派"的崛起

"借才异代"只能说明金诗的初始阶段，却不足以概括金诗的整体性质。在金源长达一百多年的历史中，诗歌创作和诗学思想是处在不断发展变化中的，逐渐形成了不同于宋诗的独特气派与风貌。金人对此是有自觉意识和充分的自信的。对于金诗的这种整体性特征。金人自己有一个概念最能恰如其分地予以概括，那就是"国朝文派"。而"国朝文派"的崛起，正是在大定、明昌时期。通过对这个概念的分析，我们可以看到大定、明昌时期诗歌中一些属于金源的独特质素，进而认识金代诗学思想的某些特殊的方面。

金代大诗人、诗论家元好问在《中州集》里提出"国朝文派"的概念：

> 国初文士如宇文大学（虚中）、蔡丞相（松年）、吴深州（激）之

---

① （金）刘祁：《归潜志》卷8，中华书局1983年版，第85页。

等，不可不谓之豪杰之士，然皆宋儒，难以"国朝文派"论之，故断自正甫（珪）为正传之宗，党竹溪（怀英）次之，礼部闲闲公（赵秉文）又次之。自萧户部真卿倡此论，天下迄今无异议云。①

这段话同清人庄仲方的"借才异代"之论联系起来，正可以看出金诗初期到中期的发展脉络。由此又可得知，"国朝文派"的提法是大定、明昌时期的诗人萧贡首倡的。萧贡（1158—1223），字真卿，咸阳人。大定二十二年进士，调镇戎州判官，泾阳令，泾州观察判官，擢监察御史，迁北京转运副使。兴定元年，以户部尚书致仕，故称"萧户部"。尝著有《史记注》百卷、《公论》20卷、《五声姓谱》5卷，文集10卷等。《金史》卷105有传。萧贡不仅有良好的政声，而且识见卓拔、议论剀切。史载：当时世宗"诏词臣作《唐用董重质诛郭谊得失论》，贡为第一，赐重币四端。贡论时政丑弊，言路四难，词意切至，改治书侍御史"②。萧贡是当时的重要词臣之一，首任国子祭酒，在当日文坛上有地位、有影响。

萧贡称蔡珪始为"国朝文派"的奠基人的观点，看来是得到当日诗坛的普遍认同的。元好问说："天下迄无异议。"遗憾的是萧贡的原话早已湮没无闻。然而，元好问在金亡后为保存一代诗歌文献而编纂的《中州集》中再提这个观点，并持完全赞同的看法，便有了总结概括的性质。

"国朝文派"的开端，萧贡说的是蔡珪，当时诗坛都表示认同，元好问从总结诗史的角度重新肯定此说，那么，蔡珪自然便是"国朝文派"的首开者和代表人物了。由此，我们不免要问："国朝文派"是以什么标准来划分呢？或者说，这个概念的内涵又是什么呢？

从元好问的论述来看，"国朝文派"的认定，首先是诗人是否是地道的"国朝"人。金初诗坛主将宇文虚中、蔡松年、高士谈、吴激等都系宋儒，由宋而入金，而非"国朝人"，所以不是"国朝文派"。清人顾奎光的说法可佐证明，他说："宇文虚中叔通、吴激彦高，蔡松年伯坚，高士谈子文辈，楚材晋用，本皆宋人，犹是南渡派别。"③可见，这是一个明确的尺度。蔡珪则不然。他虽是蔡松年之子，但却生长在金源土地上，由金朝的科举出

　　①　（金）元好问：《中州集》卷1，中华书局1959年版，第33页。
　　②　（元）脱脱等：《金史》卷105，中华书局1975年版，第2320页。
　　③　（清）顾奎光：《金诗选·例言》，见徐丽华主编《中国少数民族古籍集成（汉文版）》第18册，四川民族出版社2002年版，第269页。

身，是金源自己培养的士大夫。因此，"国朝文派"从蔡珪开始，是不是一个地地道道的"国朝"人，这是一个"硬杠杠"，也可以说是"国朝文派"这个概念的内涵之一。

然而，这又决非"国朝文派"的全部含义。出身与地缘，只是一个外在的标准，这个标准是较易把握的。"国朝文派"还有更重要、更根本的标准，就是金代诗歌所具有的那种属于自己的风骨、神韵、面目。元好问所说"断自正甫为正传之宗"①，并非仅指出身与地缘，更包含着诗的内在气质。宋人杨万里评论江西诗派时说："江西宗派诗者，诗江西也，人非皆江西也。人非皆江西而诗曰江西者何？系之也。系之者何？以味不以形也！"②这对我们理解"国朝文派"是很有借鉴意义的。"国朝文派"，除了人须是地道的"国朝出身"外，诗也须有"国朝"味。

那么，这一个内涵又该如何概括呢？这是一个难题。用知性分析的方法在这里有些行不通，无法用几句话来界定明白。因为在我们对这概念的理解中，"国朝文派"不是仅指金诗的某一流派，也不是指某一时期的创作，而是指着金源诗歌区别于宋诗乃至于其他断代诗史的整体特色。它在这个层面上的内涵是很丰富、很广阔的，同时，又是动态发展变化的。与其简单地进行抽象界定，莫如略选几例进行"活"的描述，然后再进一步加以总结。

先看蔡珪的情况。从《中州集》卷一《蔡珪小传》可以看出，蔡珪在金源前期文人中颇为博学，在古文、金石等方面都有很深造诣，著述甚丰。他于大定二十二年（1182）举进士第，中进士后"不赴选调"，有着不同寻常的抱负。蔡珪诗作，现存有49首。这些诗有很鲜明的风格特征，确乎与金初"借才异代"的宋儒之诗风貌迥异。《野鹰来》一诗有突出的表现：

> 南山有奇鹰，窠穴千仞山。网罗虽欲施，藤石不可攀。鹰朝飞，耸肩下视平芜低。健狐跃兔藏何迟；鹰暮来，腹肉一饱精神开。招呼不上刘表台。锦衣少年莫留意，饥饱不能随尔辈。

---

① （金）元好问：《中州集》卷1，中华书局1959年版，第33页。
② （宋）杨万里：《江西宗派诗序》，见傅云龙、吴可主编《唐宋明清文集》第1辑《宋人文集》卷3，天津古籍出版社2000年版，第1981页。

"野鹰"的意象有很深的象征意义。诗人通过对"野鹰"的描写，充分展示了自己的主体世界。"野鹰"志在高远，非凡鸟可比。它勇猛矫厉，俯视平芜，凌然超越，"野鹰"个性倔强，不慕荣利，不吃"嗟来之食"，不受豪族豢养、羁勒。这些都是诗人意趣的投射。在"野鹰"意象中，有一股雄悍朴野之气，显示着与"宋儒"之诗不一致的风貌。诗的句式参差变化，适于表现诗人慷慨豪宕的气质。语言较为质朴，多为本色语。意象奇矫生新，带有一种原生态的生命强力。再如《医巫闾》也很典型地体现出蔡珪诗的风格。此诗描绘了辽西名山医巫闾的雄伟巍峨之状，意象雄奇，气势磅礴，勃发着一种阳刚之美。明代著名诗论家胡应麟论述金诗时指出："七言歌行，时有佳什。"① 并举此诗为例。清人陶玉禾评此诗说："诗亦清切有骨。"确也道出了蔡珪诗的普遍特征。蔡珪诗体现了"国朝文派"的美学特征，为金诗发展走自己的路打下了一个坚实的基础。元人郝经称赞蔡珪"不肯蹈袭抵自作，建瓴一派雄燕都"，是赞赏他能摆脱模仿，戛戛独造，开创北国雄健一派。

"国朝文派"的产生并非偶然。与蔡珪诗风相近有着雄健诗风、苍劲气骨的，是一批诗人。如萧贡最为心仪蔡珪，推蔡为"国朝文派"之始，而他自己的诗作便与蔡珪最为相近，意境雄浑苍劲。如《按部道中》其二：

> 寒城睥睨插山隅，秋半霜风寒草枯。
> 月转谯楼天未晓，角声响彻小单于。

《日观峰》：

> 半夜东风搅邓林，三山银阙杳沉沉。
> 洪波万里兼天涌，一点金乌出海心。

这些诗作，风格豪放，意境雄奇，也是"国朝文派"的有力代表者。再如大定时期的刘迎，也是能体现"国朝文派"特点的诗人。刘迎（？—1180）字无党，号无净居士，东莱（今山东莱州）人。大定十三年（1173）因荐书对策为当时第一，第二年登进士第，除豳王府记室，改太子司经。大定二十年，从驾凉陉，以疾卒。刘迎诗作时时流露出忧国忧民的怀抱，对当时的

---

① （明）胡应麟：《诗薮》，上海古籍出版社1958年版，第331页。

社会矛盾颇为关注，并且形诸诗笔。他长于歌行，语言质朴，风格刚劲，意象拗峭。他的诗作以七言歌行最有成就，最具艺术个性，而且比重很大。在他现存的 78 首诗中，七言歌行体就有 15 首之多。其中较有代表性的如《修城行》、《摧车行》、《沙漫漫》、《鳆鱼》等等。刘迎诗作正是有着民胞物与的情怀，遇到一些日常事物，便将这种情怀感兴为诗，在《沙漫漫》中，由风沙漫漫而念及仆夫：

> 沙漫漫，草班班，南山北山相对看，我行乃在山之间。行人仰不见飞鸟，树木足知边塞少。沙漫漫，草班班，我行欲趁西风还。仆夫汝莫愁衣单，我但着衣思汝寒。

《摧车行》，也由车轮被摧而及行人之苦：

> 浑河汹涌从西来，黄流正触山之崖。山崖路窄仅容过，小误往往车轮摧。车摧料理动半日，后人欲过何艰涩。深山日暮人已稀，食物有钱无觅处。何时真宰遣六丁，铲此叠嶂如掌平。憧憧车马山西路，万古行人易来去。

刘诗的意境雄浑高古，其成熟的程度超过了蔡珪，而这种艺术气质又是与诗人那种民胞物与的人道主义情怀融为一体的。《鳆鱼》一诗则写得意象奇特，造语不凡：

> 君不见二牢山下狮子峰，海波万里家鱼龙。金鸡一唱火轮出，晓色下瞰扶桑宫。槲林叶老霜风急，雪浪如山半空立。贝阙轩腾水伯居，琼瑰喷薄鲛人泣。长镵白柄光芒寒，一苇去横烟雾间。峰峦百登破螺甲，官室四面开蚝山。碎身粉骨成何事，口腹之珍乃吾祟。郡曹受赏虽一言，国史收痴岂非罪。筥篮一一千里来，百金一笑收羹材。色新欲透玛瑙碗，味胜可浥葡萄醅。饮客醉颊浮春红，金盘旋觉放箸空。齿牙寒光漱明月，胸臆秀气喷长虹。平生浪说江瑶柱，大嚼从今不论数。我老安能汗漫游，买船欲访渔郎去。

这首诗意象十分奇崛而又色彩斑斓，在当日诗人中是引人注目的。明代著名诗论家胡应麟评刘诗云："刘无党差有老成意……而格苍语古，气骨苍劲，二陈不能过。"① 这种风格是很能代表"国朝文派"的典型特征的。

"国朝文派"是一个复合性的概念，其内涵非常丰富，在其发展中呈现出各种风格形态。总起来说是指金诗区别于宋诗或其他时代诗歌的独特风貌。本节所涉及的，主要是以蔡珪为代表的雄浑高古一类。大定、明昌时期的诗人们对北宋诗人最为推崇的是苏轼和黄庭坚，但并非模仿他们，而是吸取其适宜于北人口味的侧面。如对山谷诗，主要在其造语奇峭，意象生新，至于他的大量用典，"夺胎换骨"、"点铁成金"之术，金人大概是置若罔闻的。对于唐代诗人，大定、明昌诗人更感兴趣的是韩愈，因为昌黎诗的"力大思雄"（叶燮论韩诗语），金人觉得最对脾胃。清人顾奎光论金诗云："金诗尚不出苏、黄，亦兼规模昌黎，故气力劲健，宁率勿弱，以救甜熟柔曼，有廓清摧陷之功。然硬语盘空，正难妥帖，若使蹶张，原非排奡。"这个评论是很中肯的，把金诗的得失都较准确地指了出来。"硬语盘空"、"气力劲健"，正是"国朝文派"的重要特征。

第三节 论周昂的诗学思想

周昂是这个时期诗坛上有自觉的诗学意识、并有较多作品存留的诗人，其诗学思想颇为丰富。周昂的论诗之语基本上保存在他的外甥、金代著名诗论家王若虚的诗论著作《滹南诗话》之中，并通过这部诗话的流传，对金代及后来的诗学都产生了深远的影响。此外，他的创作之中也有一些论诗之作，颇有精辟之见。

周昂（？—1211），字德卿，真定（今河北正定）人。他21岁中进士，时为大定初年。历任南和簿、良乡令、监察御史等职。后因路铎被贬，周昂"送以诗，语涉谤讪，坐停铨"，谪东海上十余年。"久之，起为隆州都军，以力功复召为三司官。"他不愿出佐三司，自请从宗室完颜承裕军。大安三年（1211），承裕军被蒙古军击溃，周昂与其侄周嗣明同殉国难。

周昂在当时文坛上声誉甚隆，人品文品皆为诸儒所推崇，"昂孝友，喜名节，学术醇正，文笔高雅，诸儒皆师之"②。他创作颇丰，当时著有《常山集》，丧乱之中散佚颇多，然王若虚尚能记住300余首，《中州集》录其诗作100首整。周昂是《中州集》里存诗最多的诗人。

---

① （明）胡应麟：《诗薮》，上海古籍出版社1958年版，第330页。
② （元）脱脱等：《金史》卷126，中华书局1975年版，第2730页。

　　周昂有自觉的诗学思想，首先是"以意为主"，他在与王若虚论诗时说：

　　　　文章以意为主，字句为之役，主强而役弱，则无使不从。世人往往骄其所役，至跋扈难制，甚者反役其主。①

这是周昂诗学观念的基点。所谓"文章"，主要指诗。"以意为主"的说法与唐代著名诗人杜牧在《答庄充书》中的论述非常相似。杜牧云：

　　　　凡为文以意为主，以气为辅，以辞彩章句为之兵卫。未有主强盛而辅不飘逸者，兵卫不华赫而庄整者。四者高下圆折，步骤随主所指，如鸟随凤，鱼随龙，师众随汤、武，腾天潜泉，横裂天下，无不如意。苟意不先立，止以文彩辞句，绕前捧后，是言愈多而理愈乱，如入圜阓，纷纷然莫知其谁，暮散而已。是以意全胜者，辞愈朴而文愈高；意不胜者，辞愈华而文愈鄙。是意能遣辞，辞不能成意，大抵为文之旨如此。②

杜牧用了很多精妙的比喻来形容意与辞彩的关系。"意为主，气为辅，辞彩为兵卫"，是他的鲜明观点。在他看来，如果不先立起"意"来，辞彩再美，也只能适得其反。杜牧在这里强调了"意"对"辞彩"的绝对主宰作用。其中的主要观点为周昂所认同和继承。

　　其实，"以意为主"在中国古代文论中是一个久已有之的传统命题，早在西晋的陆机在《文赋》中就表述过这样的意思："辞程才以效伎，意司契而为匠。"③"理扶质以立干，文垂条而结繁。"对于构思中"意"、"理""文"的主从关系作了明确的揭示。挚虞的《文章流别论》中就说过："古诗之赋，以情义为主，以事类为佐。"④范晔在《狱中与诸甥侄书》中说："文患其事尽于形，情急于藻，义牵其旨，韵移其意。虽时有能者，大较多不免此累，政可类工巧图绩，竟无得也。常谓情志所托，故当以意为主，以

---

①　郑文等校点：《滹南诗话》卷上，人民文学出版社 1962 年版，第 59 页。

②　郭绍虞：《中国历代文论选》第 2 册，上海古籍出版社 1979 年版，第 182 页。

③　张怀瑾：《文赋译注》，北京出版社 1984 年版，第 29 页。

④　（晋）挚虞：《文章流别论》，见严可均《全晋文》，商务印书馆 1999 年版，第 819 页。

文传意。以意为主，则其旨必见；以文传意，则其词不流。然后抽其芬芳，振其金石耳。"可见，"以意为主"的命题在创作论中是非常突出的。

周昂以"主"与"役"的关系为喻，说明"意"与"字句"的关系，指出"意"如能起到统帅"字句"的主导作用，就会"无使不从"，达到一种充沛和谐的境界；又指出文坛之弊往往在于"骄其所役"，专力于文辞修饰，不问其是否能恰当地表现作者之"意"，乃至于"反役其主"，也就是倒过来削足适履地让"意"适应文辞的修饰。这里突出地强调了内容对艺术形式的决定性作用，侧重点"意"上，而其指向在于纠弊扭偏，这是有感而发的。

大定、明昌时期是金源文化最为繁荣兴盛的高峰期。世宗偃武修文，提倡文治，重视典章礼乐方面的建设，同时也相当看重文学艺术等审美文化，时常命群臣赋诗，引起社会上对诗赋创作的普遍重视。其后的章宗在崇尚文治的道路上走得更远，进一步完善典章礼乐、科举取士，使金源文化的发展达到了巅峰。章宗本人对诗词创作尤为喜爱，其诗以文辞优美典丽著称。章宗对有"文采学问"的臣下十分欣赏奖拔。刘祁评价章宗朝的政治时说："章宗聪慧，有父风（指宣孝太子完颜允恭），属文为学，崇尚儒雅。故一时名士辈出。大臣执政，多有文采学问可取，能吏直臣皆得显用。政令修举，文治烂然，金朝之盛极矣。然学止于词章，不知讲明经术为保国保民之道，以图基祚久长。"① 指出了章宗对于诗赋美文的高度重视，同时也看到了章宗对文采辞华的过度强调带来的弊病。"上有所好，下必甚焉"，在章宗朝形成了一种尖新浮艳的诗文创作风气。"明昌、承安间，作诗者尚尖新"②，"尖新"正是时论对章宗朝文风的指责。而"尖新"的体现便是对辞采的过分追求和对"意"的忽略。这在南渡以后的诗歌创作中得到了相当程度的扭转。而周昂在明昌时期即提出"文章以意为主"，其实所针对的正是这种"尖新"的创作风气。

从"以意为主"的诗学观念出发，周昂又提出了"就拙为巧"的命题：

> 以巧为巧，其巧不足。巧拙相济，则使人不厌。唯甚巧者，乃能就拙为巧。所谓游戏者，道之中也。雕琢太甚，则伤其全。经营过深，则

---

① （金）刘祁：《归潜志》卷12，中华书局1983年版，第136页。
② 同上书，第85页。

失其本。①

巧与拙，是中国古代哲学中较早出现的一对范畴，最先见于《老子》。
《老子》四十五章云：

> 大成若缺，其用不弊。大盈若冲，其用不穷。大直若屈，大巧若
> 拙，大辩若讷。②

这里所说的"巧"与"拙"，都是一种人格状态。在老子这里，是辩证地看
待它们的。真正的"巧"，"大巧"，看起来却似质拙的。陈鼓应揭述本章的
含义说："本章是对于'大成''大盈'的人格形态的描述；'若缺''若
冲''若屈''若拙'，都是说明一个完美的人格，不在外形上表露，而为内
在生命的含藏内敛。"③ 任继愈先生则认为："这一章讲的是辩证法思想。老
子认为有些事物表面看来是一种情况，实质上又是一种情况。表面情况和实
质情况完全相反。"④ 这种表述方式是老子特有的，如四十一章中的"大白
若辱……大方无隅，大器晚成，大音希声，大象无形，道隐无名。"这种辩
证法的思维方式，对中国古代诗学的影响是非常深远的。巧与拙是一组相对
的审美范畴，它们既互相对立，又可以互化、互融、互补。巧与拙的互补，
可以达到一种看似朴拙，实则大美的境界。北宋诗人陈师道论诗提出："宁
拙毋巧，宁朴毋华，宁粗毋弱，宁僻毋俗。诗文皆然。"⑤ "拙"与"朴"
是相同的，"巧"与"华"也是相同的。陈后山偏执于朴拙，缺少巧拙相济
的辩证精神。他的诗风也正体现出这种倾向。后山过于追求语言的质朴无
华，从而产生了许多形象枯窘、缺少风神的篇什，大大削弱了诗歌的审美功
能。黄庭坚关于"巧"、"拙"的关系的看法，比陈后山显得更为圆融，他
说："宁律不谐，不使句弱；用字不工，不使句俗：此庾开府之所长也。然
有意于为诗也。至于渊明，则所谓不烦绳削而自合。虽然巧于斧斤者，多疑
其拙；窘于检括者，辄痛其放。孔子曰：'宁武子其智可及也，其愚不可及

---

① （金）王若虚：《滹南遗老集》卷38，中华书局1985年版，第242页。
② 高亨：《老子正诂》，古籍出版社1956年版，第100页。
③ 陈鼓应：《老子注译及评介》，中华书局1984年版，第243页。
④ 同上。
⑤ （宋）陈师道：《后山诗话》，见何文焕辑《历代诗话》，中华书局1981年版，第311页。

也。’渊明之拙于放，岂可为不知者道哉！"① 黄庭坚论"巧"与"拙"，期
于"不烦绳削而自合"的境界，主张诗的"大巧"，他评友人诗说："所寄
诗多佳句，犹恨雕琢功多耳。但熟观杜子美到夔州后古律诗，便得句法简易
而大巧出焉。平淡而山高水深，似欲不可企及，文章成就更无斧凿痕耳，乃
为佳作耳。"② 所谓"大巧"，是远远超越了一般的"雕琢之工"的"山高
水深"之作。南宋初年的诗论家叶梦得认为诗歌创造的理想境界应该是
"虽巧而不见刻削之痕"，他指出：

> 　　诗语固忌用巧太过，然缘情体物，自有天然工妙，虽巧而不见刻削
> 之痕，老杜"细雨鱼儿出，微风燕子斜"，此十字殆无一字虚设。雨细
> 著水面为沤，鱼常上浮而淰，若大雨则伏而不出矣；燕体轻弱，风猛则
> 不能胜，唯微风乃受以为势，故又有"轻燕受风斜"之语。至"穿花
> 蛱蝶深深见，点水蜻蜓款款飞"，"深深"若无"穿"字，"款款"若
> 无"点"字，皆无以见其精微如此。读之浑然，全似未尝用力，此所
> 以不碍其气格超胜。③

叶梦得通过对杜诗的举例分析，倡言一种藏工巧于天然的诗境。周昂则以十
分明快的语言对有关"巧""拙"关系的诗论进行了高度的概括，提出了
"巧拙相济"，"就拙为巧"的诗学命题，具有很高的理论价值。"以巧为
巧"，这第一个"巧"，指精巧的艺术手法，第二个"巧"，则是指所欲达到
的高妙的审美境界。周昂认为靠精工巧丽的艺术手法，想要达到浑然高妙的
艺术境界，是很难奏效的。理想的办法，便是"巧拙相济"，"就拙为巧"，
是说真正的诗人善于在看似简古平易的风貌中创造出浑然高妙的艺术境界。
"一文一质，道之中也"，是借"文质"的概念来说明巧拙的辩证关系的。
周昂又认为，过于细微地进行雕琢，过于惨淡经营，反倒会有伤于作品的浑
全之气，正确的艺术"法门"，还有"就拙为巧"、"巧拙相济"，方能产生
余韵无穷、令人不厌的审美效应。周昂关于巧拙问题的阐述，是在以前有关
论述的基础上的升华，而且，是专门就诗学的意义而论的，使巧拙这对范畴

---

① （宋）黄庭坚：《题意可诗后》，见《山谷题跋》，上海远东出版社 1999 年版，第 46 页。
② （宋）黄庭坚：《与王观复书其一》，见《黄庭坚全集》第 2 册卷 18，四川大学出版社 2001
年版，第 471 页。
③ （宋）叶梦得：《石林诗话》卷下，见（清）何文焕《历代诗话》，中华书局 1981 年版，
第 431 页。

在诗学领域得到了具体的规定性，更具有辩证思想的质素了。

关于"巧"与"拙"，周昂另一条诗论也颇值得玩味：

> 文章工于外而拙于内者，可以惊四筵而不可以适独坐，可以取口称而不可以得首肯。①

这里所批评的是那种文采工丽而缺少内涵、貌似惊人却并无个性的作品，这种诗可以哗众取宠，却耐不得"独坐"吟咏，经不住推敲，没有可供品茗的余味；可以得到人们的表面赞赏，却难以得到人们的内心肯定。这种诗缺少独特的艺术个性，缺少诗人的自我。这里其实从反面表述了周昂的诗学价值观，他认为好的诗作应该是能够"适独坐"、"得首肯"的，也就是具有深隽的余韵、独特的个性，而用不着"惊四筵"、"取口称"。这种反对哗众取宠的诗论，恐怕也是针对当时逐渐兴起的浮艳诗风的。

周昂在前代诗人中最为推崇的是唐代大诗人杜甫。这本来是与宋代诗学的主导倾向相一致的，但周昂推尊杜诗的价值取向是与黄庭坚等江西诗派的角度颇为不同的。杜甫在宋代诗人中所受到的尊崇无出其右，杜诗在宋代成为一代诗歌的审美范式。对杜诗艺术的规摹推崇，无疑是以江西诗派最为有力。黄庭坚喜欢杜诗的一条重要理由便是因其句律精深。山谷有两句诗谓"拾遗句中有眼，彭泽意在无弦"②，见出他对杜诗最为注意的是"句中有眼"这一类诗歌艺术手法的问题。他还指导后学为诗说："请读老杜诗，精其句法。"③ 当然，山谷论诗，也还有推崇杜甫"无意为文"即浑成自然的一面，与其对诗法的重视构成了其诗论的丰富性和复杂性。顾易生先生曾指出："黄庭坚论创作，非常重视法度的谨严，注意篇章结构的惨淡经营，字句的精意锻炼，然而他有其更高的要求，即达到自然浑成而意境深远的境界。"④ 这个评价，是较为全面而深刻的。周昂对杜甫的推崇与江西派黄、陈诸人的角度是不一致的，他明确反对黄、陈等江西派诗人的学杜路数，也很少从伦理道德的角度评价杜甫，而更为心仪的是杜诗中的那种浑茫雄阔的境界。王若虚回忆道："史舜元（史肃，金代诗人——笔者按）作吾舅诗集

---

① （金）王若虚：《滹南遗老集》卷38，中华书局1985年版，第242页。
② （宋）黄庭坚：《赠高子勉四首（其四）》，见《黄庭坚全集》，四川大学出版社2001年版，第201页。
③ （宋）黄庭坚：《与孙克秀才》，同上书，第1925页。
④ 顾易生、蒋凡、刘明今：《宋金元文学批评史》，上海古籍出版社1996年版，第203页。

序，以为有老杜句法，盖得之矣；而复云'由山谷入'，则恐不然。吾舅儿时便学工部，而终身不喜山谷也。若虚乘间问之，则曰：'鲁直雄豪奇险，善为新样，固有过人者；然于少陵初无关涉，前辈以为得法者，皆未能深见也耳。'"①

周昂的诗集《常山集》今已不传，当日史肃为其诗集所作之序，也就无由得见了。但从王若虚的转述，可以较清楚地看出周昂的态度。周昂一向不喜山谷诗风，认为他虽然以学杜相号召，且多有过人之处，但却与老杜诗风并不搭界。这里有王若虚的观点在其中，但又是深合周昂诗学思想的实际的。

周昂的诗美理想是什么样态？周昂的《读陈后山诗》透出此中消息：

> 子美神功接混茫，人间无路可升堂。
> 一斑管内时时见，赚得陈郎两鬓苍。

诗人通过对陈后山诗的批评，表达了他自己对于杜甫诗境界的认识。陈师道作为江西诗派的第二号人物，一直是以杜甫为诗学旗帜的。在他看来，杜诗之可学，在于杜诗法度井然，有门径可循。他这样说：

> 学诗当以子美为师，有规矩故可学。退之之诗，本无解处，以才高而好尔。渊明不为诗，写其胸中之妙尔。学杜不成，不失为工。无韩之才与陶之妙，而学其诗，终为乐天尔。②

后山于诗，更多的重视诗法。对杜诗的推崇，也主要在于诗的艺术表现技巧。后山觉得可以通过力学而致的诗法，达到浑然的境界。应该说，后山对杜诗的理解与学习是很深入的，但是仍从一些局部问题入手进行仿效。他对杜诗的精研多在这种命意炼字等方面，而未能从整体上把握杜诗的艺术精神。他又认为："诗欲其好，则不能好矣。王介甫以工，苏子瞻以新，黄鲁直以奇。而子美之诗，奇常、工易、新陈莫不好也。"③ 认为杜诗臻于化境，

---

① 郑文等校点：《滹南诗话》卷上，人民出版社1962年版，第52页。

② （宋）陈师道：《后山诗话》，见（清）何文焕《历代诗话》，中华书局1981年版，第304页。

③ 同上。

而这化境，却是从诗法中来的。

周昂对后山的学杜门径大不以为然，他认为黄、陈等人专在句法、用字、使事等方面学杜，充其量也只能是"管中窥豹"，只见一斑而已。"混茫"乃是指宇宙大千，周昂认为杜诗的审美价值在于其混涵汪茫的雄阔境界。杜诗有"篇终接混茫"之句，意谓诗作的收束之处是开放的，与宇宙的混茫相接。周昂所说的"子美神功接混茫"，正是源于此句。周昂的意思是说，杜甫的诗乃是宇宙之呼吸，时代之脉搏，诗人之心植根于社会时代，仅靠江西诗派的那些"诗法"、"诗眼"一类路径，是无法登上杜诗堂奥的。同时，周昂也有这样的意思：杜诗有着整体上的雄阔浑厚的境界，这种境界是由诗人的独特气质与博大胸襟生成的，而非靠一些局部技巧手法可致。

周昂还认为杜诗有十分深刻而独特的艺术个性，这是任何人都不能混淆其面目的。他对杜诗领会既深，对于那些掺入杜集中的伪作，辄能精识而出。王若虚记述道：

> 吾舅自幼为诗，便祖工部，其教人亦必先此。尝与予语及"新添"之诗，则频蹙曰："人才之不同，如其面焉：耳目鼻口，相去亦无几矣，然谛视之，未有不差殊焉。诗至少陵，他人岂得而乱之哉！"公之持论如此，其中必有所深得者，顾我辈未之见耳。①

周昂认为杜诗的艺术个性是十分特出的，这正是大诗人的标志，别人是难以乱真的。由此可见他那种精湛入微的审美鉴别力。周昂强调对于杜诗的学习要从其艺术风格上把握，领略其独特的艺术个性所在。

周昂本人的诗歌创作沉雄苍劲，气象阔大，而在艺术上并不粗糙，造语遣词颇见炉锤工夫。他的五言律诗最得老杜风神，如《晓望》：

> 晓树云重隐，春城日半阴。苍茫尘土眼，恍惚岁时心。
> 流落随南北，才华阅古今。柴荆生事窄，宁忆二疏金。

再如《秋夜》：

> 高阁钟初殷，层城月未光。净空含宇大，卧斗带星长。

---

① （金）王若虚：《滹南遗老集》卷38，中华书局1985年版，第241页。

暗觉巢乌动，清闻露菊香。谁家砧杵急，应怯暮天凉。

诗人以浓重的忧患意识感时应物，情与景高度融合，凝成苍茫浑雄的气象，而诗律又颇为工稳。周昂的七言律诗较之五言尤为气骨苍劲，如《登绵山上方》：

环合青峰插剑长，小平如掌寄禅房。
危栏半出云霄上，秘景尽收天地藏。
野阔群山惊破碎，云低沧海认微茫。
九华籍甚因人显，迥秀可怜天一方。

颈联两句，气象雄阔苍凉而寓意深刻。方志有云："绵山在昌平州东十五里，或名宜山。元混一《方舆胜览》载有绵山寺，金真定周昂题诗其上，有云：'野阔群山惊破碎，云低沧海认微茫。'亦警句也。"① 可见，此诗为人们所看重。周昂称杜诗"子美神功接混茫"，实际上，他自己的诗也颇得杜诗神髓，有"接微茫"的气象。

周昂的诗学思想观点对于后世诗坛颇有影响，尤其是通过王若虚的传播，在南渡后的金源诗人心中留下了深刻的烙印。周昂诗论中对杜诗的认识，对黄庭坚与江西诗风的批评，在金代诗坛上引起了广泛的反响与认同。在明清时期的诗学界，也有诗论家成为周昂的知音。清人赵执信曾说：

余读《金史·艺文志》，真定周昂德卿之言曰："文章工于外而拙于内者，可以惊四筵而不可以适独坐，可以取口称而不可以得首肯。"又云："文章以意为主，字句为之役。主强而役弱，则无令不从。今人往往骄其所役，至跋扈难制，甚者反役其主。虽极词语之工，而岂文之正哉！"余不觉俯首至地。盖自明代迄今，无限巨公，都不曾有此论到胸次。嗟乎，又何尤焉！②

赵执信对周昂诗论的评价甚高，并认为其超过了明代以来的许多诗论家，不难见出周昂的诗学思想在中国诗学史上是有自己独特的地位的。

---

① 《笔记小说大观》卷134，新兴书局有限公司1987年版，第2158页。
② （清）赵执信：《谈龙录》，人民文学出版社1981年版，第12页。

第四节　　触物感兴的诗歌创作思想

在大定、明昌时期的诗坛上，普遍地形成了触物感兴的诗歌创作的方式。诗人们并不预先立意，并不搔首苦吟，而是在自然风光与社会事物的触遇下，随所感怀，即兴成诗。这与北宋江西派诗人的普遍讲求诗前立意、命意布置形成了很大的反差，而继承了金源初期诗人们即物兴怀的抒情传统，而且更加具有自觉的感兴创作意识。

感兴，在中国古代诗学中是一个重要的传统，也可以说是一种创作方式。它不同于诗人先有了主题、立意，然后再索物托比；也不同于以资书博古为诗材，以使事用典为源头；还不同于"二句三年得，一吟双泪流"的闭门苦吟。

"感兴"这个诗学范畴滥觞于"诗六义"中的"赋比兴"之"兴"。在人们对"兴"的训释中，已经包含了感兴作为中国古典美学范畴的基本内涵。关于比兴，历代学者从各种角度作了诸多的界说，就中颇有从物我关系的角度来阐明比兴性质的，最为趋近审美创造一途。这类界说中简赅而有代表性的如郑众的"比者，比方于物也；兴者，托事于物也"[1]；有朱熹的"先言他物以引起所咏之词也"[2]；有宋人李仲蒙的"触物以起情，物动情者也"[3]。这些界说中，李仲蒙对"兴"的阐释最能说明兴作为诗歌创作的心理动因。所谓"触物以起情"，是说创作主体在客观外物变化的触动之下，兴发了审美情感，涌起创作冲动。"触"是偶然的、随机的遇合，而非创作主体有计划、有明确目的的寻求物象进行刻画。正是在这点上，兴区别于"比"。李仲蒙对"比"的解释是"索物以托情谓之比"。与"兴"的解释相对举，尤能见出比与兴的区别之所在。明代诗论家谢榛在其《四溟诗话》指出诗歌创作的"感兴"与其相反的构思即"先立意"的区别，他说："宋人谓作诗贵先立意。李白斗酒百篇，岂先立许多意思而后措辞哉？盖意随笔生，不假布置。"[4] 而他认为最理想的创作构思状态是："诗有不立意造句，以兴为主，漫然成篇，此诗之入化也。"[5] 这是最能说明"感兴"在诗歌创

---

① 见李学勤主编《十三经注疏》，北京大学出版社 1999 年版，第 610 页。

② （宋）朱熹：《诗集传》卷 1，中华书局 1958 年版，第 1 页。

③ （宋）胡寅：《与李叔易书》，见《斐然集》卷 18，中华书局 1993 年版，第 386 页。

④ （明）谢榛：《四溟诗话》卷 1，中华书局 1985 年版，第 12 页。

⑤ 同上书，第 15 页。

作中的情形的。

有关感兴的最早文献当推《礼记·乐记》中所说："凡音之起，由人心生也。人心之动，物使之然也。感于物而动，故形于声。乐者，音之所生也。其本在人心之感于物也。"① 认为音乐的产生在心的波动变化，而人心的波动变化则是外物的触发引起的。

魏晋南北朝时期的著名文论著作，陆机的《文赋》和刘勰的《文心雕龙》及钟嵘的《诗品》都对感兴有精辟之论，如《文赋》中所说："遵四时以叹逝，瞻万物而思纷。悲落叶于劲秋，喜柔条于芳春。"② 描述了自然时序、客观外物对创作主体心态的感染兴发。钟嵘《诗品》中说："气之动物，物之感人。摇荡性情，形诸舞咏。……若乃春风春鸟，秋月秋蝉，夏云暑雨，冬月祁寒，斯四候之感诸诗者也。嘉会寄诗以亲，离群托诗以怨。至于楚臣去境，汉妾辞宫，或骨横朔野，魂逐飞蓬，或负戈外戍，杀气雄边，塞客衣单，孀闺泪尽，或士有解佩出朝，一去忘返，女有扬蛾入宠，再盼倾国，凡斯种种，感荡心灵，非陈诗何以展其义？非长歌何以骋其情？"③ 钟嵘谈到了四季变化对诗人心灵影响，而又把许多社会现象引人"感兴"的范畴。刘勰对"感兴"的审美创造理论做出了更为系统的贡献。《文心雕龙·物色》可以视为感兴的专论，其中有云："春秋代序，阴阳惨舒，物色之动，心亦摇焉。盖阳气萌而玄驹步，阴律凝而丹鸟羞，微虫犹或入感，四时之动物深矣。若夫珪璋挺其惠心，英华秀其清气，物色相召，人谁获安？是以献岁发春，悦豫之情畅；滔滔孟夏，郁陶之心凝。天高气清，阴沉之志远，霰雪无垠，矜肃之虑深。岁有其物，物有其容；情以物迁，辞以情发。"④ 这里较为具体地指出了不同的物候对于不同类型的情感之间的感发作用，且第一次把"情"引入审美主体的畛域。唐宋时期，诗论、画论中有关感兴的论述很多，且越来越注重审美主客体之间的偶然性触发，并把感兴与意境创造结合起来。

金代大定、明昌时期的一些著名诗人，如党怀英、赵沨、王庭筠、周昂、刘昂、师拓、路铎等，基本上都是以触物感兴的方式进行创作。诗人们并不事先立意，亦不注重在使事用典上深致工夫，而是在与大自然及社会生

①　王云五、朱经农主编：《礼记·乐记》，商务印书馆1947年版，第83页。
②　张怀瑾：《文赋译注》，北京出版社1984年版，第20页。
③　陈延杰：《诗品注》，人民文学出版社1961年版，第1页。
④　范文澜：《文心雕龙注》，人民文学出版社1962年版，第693页。

活的接触遇合中，直接感发诗思。在这方面，大定、明昌诗人是有自觉的创作意识的，他们普遍重视诗兴，重视在大自然的变幻中触发诗兴，因此，在这时期的诗作中，言及"兴"者颇多，兹举几例："桃竹犹堪杖，幽寻兴颇嘉。"（赵沨《秋郊晚望》）"醉中得妙理，逸兴何悠哉。"（赵沨《立秋》）"今日兴来俱破戒，黄花东篱醉东风。"（刘昂《醉后》）"晓立回塘上，何人逸兴同？"（师拓《郡城南郭早望》）"高山流水知音少，霁月光风发兴新。"（路铎《次韵答季通》）"阁雨含风户牖凉，闻机才发兴何长？"（路铎《细香轩》）"安心元有法，遣兴可无诗？"（路铎《汴梁公廨西楼》）"野兴煎诗思，乾愁绕客肠。"（刘涛《宿平遥集福寺》）这些诗句中的"兴"，考其上下文义，都是指诗兴而言，不能不说它们集中表征了重视感兴的创作思维的诗学观念。在他们看来，大自然中蕴含着无尽诗材，在与自然"造物"的亲合之中，会得到诗神的赐予，写出巧夺天工的妙句。

　　大定、明昌时期以感兴为诗的诗人们，多具淡泊野逸的个性。或淡泊于名利，志在乎山水，或失意于朝廷，寄怀于林泉。他们对官场的污浊昏暗颇为反感，而对大自然分外钟情。因此，在他们的诗作中，往往以陶、谢为其理想形象，所表现出的审美情趣也是超轶绝尘的。远离尘俗，亲近自然，寻得心灵的超越，是这时期诗人们较为普遍的倾向。

　　以感兴为诗的诗人，多在诗中流露出闲适忘机的心态。赵沨云："膏肓泉石真吾事，莫厌乘闲数往还。"（《黄山道中》）路铎云："入坐好山如有素，忘情鸥鸟澹相亲。"（《赫仲华求赋邺台张氏野堂》）王庭筠云："人生见说功名好，不博南楼半日闲。"（《登林虑山》）"闲"与其说是我们一般性的理解中的闲暇、悠闲，不如说是一种与审美创造密切相关的心态。"闲"是饱谙人生况味，超乎物外的心灵恬适，它近乎一种排除世俗纷扰的虚静心境，同时，又有着特定的审美创造的意义。"闲"，其实早在《文心雕龙》中已经成为一个与"兴"深刻联系在一起的范畴。《物色》篇云："然物有恒姿，而思无定检，或率而造极，或精思愈疏。且诗骚所标，并具要害，故后进锐笔，怯于争锋。莫不因方以借巧，即势以会奇，善于适要，则虽旧而弥新矣。是以四序纷回，而入兴贵闲，物色虽繁，而析辞尚简，使味飘飘而轻举，情晔晔而更新。"① 这段话的主要意思是说作家应该把握描写对象的特征，使作品产生历久弥新的审美情味。"入兴贵闲"则是一个具有丰富理论价值的命题，指的是在一种闲适优游的心态下才能产生创作上的

---

① 范文澜：《文心雕龙注》，人民文学出版社 1962 年版，第 694 页。

感兴。清代大学者纪昀评此语时说："四序纷回四语尤精。凡流传佳句都是有意无意之中，偶然得一二语，无累牍连篇苦心力造之事。"① 纪昀显然认为此中之"闲"，即闲适无意的心态。南北朝时期的著名画家宗炳在其画论名作《画山水序》也论及"闲"的心态在审美过程中的重要作用，他说："夫以应会心为理者，要之以成巧，则目亦同应，心亦俱会，神超理得。虽复虚求幽岩，何以加焉。又神本无端，栖形感类，理入影迹，诚能妙写，亦诚尽矣。于是闲居理气，拂觞鸣琴，坐究四荒，不违天励之丛，独应无人之野。峰岫峣嶷，云林森渺，圣贤映于绝代，万趣融其神思，余复何为哉，畅神而已。神之所畅，孰有先焉。"② 在绘画领域中提出了以"闲居理气"而进入审美过程的观点，反映出当时的理论家对于"闲"的审美心态的共同认识。

　　大定、明昌时期以感兴为诗的诗人，多是淡泊功名，而钟情自然。如著名诗人党怀英。党怀英（1134—1211），字世杰，号竹溪，泰安州奉符人。大定十年（1170）进士，调成阳军事判官，迁汝阴令。大定十八年（1178），充史馆编修，应奉翰林文字，翰林修撰，翰林待制。明昌元年（1190），迁直学士。承安二年（1197），出知兖州泰定军节度使。三年入为翰林学士承旨，致仕。大安三年九月卒，年七十八岁。谥文献。党怀英早年学于刘岩老门下，与杰出的大词人辛弃疾为同窗。党怀英"不以世务婴怀，放浪山水间，诗酒自娱，箪瓢屡空，晏如也"③。党怀英现存诗作68首，其中多为感兴之作。在《晓云次子端韵》中，诗人写道："滦溪经雨浪生花，晓碧翻光漾晓霞。川上风烟无定态，尽供新意与诗家。"表述了他从大自然的烟光霞姿中即兴获取诗意的创作思想。党怀英的诗基本上都是在山水怀抱与行役途次的即兴感怀。诗意清新自然，体物工细，又表现了诗人那种超脱尘俗的幽独心态。如《穆陵道中二首》、《龙池春兴》、《日照道中》、《金山》、《新泰县环翠亭》、《过棠梨沟》、《晌山驿亭阻雨》等篇什，都是典型的感兴之作。试读《夜发蔡口》一诗：

　　　　落霞堕秋水，浮光照舡明。孤程发晚泊，倦楫摇天星。
　　　　蔼蔼野烟合，翛翛水风生。远浦浩渺漭，微波澹彭觥。

　　① 范文澜：《文心雕龙注》，人民文学出版社1962年版，第697页。
　　② （南朝·宋）宗炳：《画山水序·叙画》，人民美术出版社1985年版，第9页。
　　③ （元）脱脱等：《金史》卷126《文艺传》下，中华书局1975年版，第2742页。

畸鸟有时起，幽虫亦宵征。怀役叹独迈，感物伤旅情。

夜久月窥席，慷慨心未平。

诗人写夜中发蔡口的所见所感，体物颇为工细，非亲临难以描画。清人陶玉禾评价此诗云："啼鸟幽虫，亦无静机，行役之感益深。"[①] 再如《新泰县环翠亭》一诗：

官居坐官府，不见青山青。闲来亭上看，青山绕重城。左见青山纵，右见青山横。具敖浮虚碧峥嵘，群峰连娟相缭萦。县庭无事苔藓生，独携珍琴写溪声。琴声锵锵激虚亭，罢琴举酒招山英。山英莫相嘲，我虽朝市如林垌。客有山中来，闻说令尹清。山英异时合有情，周遮不放公马行。

诗人此诗写的是在环翠亭的感兴所得。诗人在官府既久，少见青山；而当闲暇时偶登亭台，满目青山，心旷神怡，兴发无限诗兴，写下了这首意兴遄飞的诗作。赵秉文评价党怀英的诗文成就时说："文章非能为之工，乃不能不为之工也。非要之必奇，要之不得不然之为奇也。譬如山水之状，烟云之姿，风鼓石激，然后千变万化，不可端倪，此先生之文与先生之诗也。"[②] 赵秉文的评价是颇能道出党诗的感兴特征与审美效果的。

赵沨的诗歌创作也有感兴为诗的特点。赵沨，字文孺，号黄山，东平人。大定二十二年（1182）进士。明昌末，仕至礼部郎中。性冲澹，工书法。著有《黄山集》，现存诗 33 首。赵沨的诗，多是作于山程水驿之间，得江山之助。他在诗中也表达出这样的创作思想，如他在诗中所写："谁有五色笔，绘此天地素。好语觅不来，更待偶然遇。"（《分韵赋雪得雨字》）赵沨认为，好诗不是刻意觅求的结果，而是在感兴的机遇中偶然所得。《黄山道中》诗中说："好景落谁诗句里，蹇驴驮我画图间。"正是说诗句是从好景中兴怀而来。《立秋》诗云：

---

① （清）顾奎光：《金诗选》卷1，见徐丽华主编《中国少数民族古籍集成（汉文版）》第18册，四川民族出版社 2002 年版，第 284 页。

② （金）赵秉文：《中大夫翰林学士承旨文献党公神道碑》，见（清）张金吾《金文最》卷88，中华书局 1990 年版，第 1289 页。

日月如川流，去矣不复回。万物各有营，荣悴更相催。

余生苦多艰，壮志久摧颓。念欲学还丹，郁纡殊未谐。

今朝立新秋，庭树西风来。举首望天宇，飞云独徘徊。

呼儿且沽酒，浩歌豁秋怀。醉中得妙理，逸兴何悠哉！

此诗写出了诗人在秋日的逸兴中的憬悟。"逸兴"是诗的感兴，并非泛泛之兴。

王庭筠在大定、明昌时期是诗坛的一位领军人物，他的诗歌创作也是以感兴作为其构思方式的。王庭筠（1151—1202），字子端，自号黄华山主，盖州熊岳县（今辽宁盖州市）人，出身于渤海望族，文学世家，父王遵古，正隆五年（1160）进士，曾任翰林直学士，人称"辽东夫子"。章宗做太子时，遵古曾任侍读。王庭筠少年时即聪颖过人，"七岁学诗，十一岁赋全题"①。大定十六年（1176），进士及第，授恩州军判，后调馆陶主簿。庭筠此时已颇负盛名，且怀鸿鹄之志，馆陶秩满后，隐居黄华山（在今河南林县境内），前后达十年之久。山居期间，创作了许多优美的诗文佳品。明昌三年（1192），召为书思局都监，迁翰林修撰。明昌六年，坐赵秉文上书案下狱。承安二年（1197），贬为郑州防御判官。泰和元年（1201）复为翰林修撰，二年十月卒。

王庭筠是一位具有多方面成就的学者，诗、文均负盛名，尤其是在诗歌创作方面，王庭筠堪称金代中期诗坛的翘楚，受到当时及后世论者的高度赞誉。金代著名诗论家元好问推崇王庭筠的文学成就："子端诗文有师法，高出时辈之右。"② 近人金毓黻先生称扬王庭筠在金代文化史上的地位："金源一代文学之彦，以黄华山主王子端为巨擘，诗文书画并称卓绝。同时作家如党怀英、赵滏水秉文、赵黄山渢、李屏山纯甫、冯内翰璧，皆不之及也。"③ 金先生对王庭筠的评价也许失之过高，却可以说明，王庭筠的文学成就是很令人瞩目的。黄华诗虽然很难称为金诗之冠冕，但确实有相当高的艺术成就和特色。

黄华诗多是在山水徜徉之间的感兴之作，意境清新而富有生机，如这样

---

① （元）脱脱等：《金史》卷126，中华书局1975年版，第2730页。

② （金）元好问：《中州集》卷3，中华书局1959年版，第146页。

③ 罗振玉：《黄华集》叙目，见金毓黻《辽海丛书》第6集，辽沈书社1985年版，第1815页。

一些篇什：

> 绿李黄梅绕屋疏，秋眠不着鸟相呼。
> 雨声偏向竹间好，山色渐从烟际无。
> 云自知归鸟自还，一堂足了一生闲。
> 门前剥啄定佳客，檐外屏颜皆好山。
> ——《野堂二首》其一
> 隔竹微闻钟磬音，墙头修绿冷阴阴。
> 山迎初日花枝靓，寺里清潭塔影深。
> 吾道萧条三已仕，此行衰病独登临。
> 简书催得匆匆去，暗记风烟拟梦寻。
> ——《超化寺》

这些篇什都是诗人在黄华山中与自然相亲近时的感兴之作，诗中抒写了自己的人生感慨，而这又是从具体的景物变化中触发而来的。诗人对大自然流露出特殊的亲切感，烟岚、幽鸟、寒草、溪流，都跃动着宇宙的生命律动。

刘昂也是大定、明昌时期颇有影响的重要诗人，作诗以感兴为其主要的构思方式。刘昂字之昂，兴州人。大定十九年（1169）年进士。泰和初，自国子司业擢为左司郎中。后因大中案降上京留守判官，道卒。元好问称"昂天资警悟，律赋自成一家。轻便巧丽，为场屋捷法，作诗得晚唐体，尤工绝句，往往脍炙人口"[1]。其诗如《即事》二首：

> 雨洗明河画扇收，胡床露冷药栏秋。
> 墙阴未得中庭月，一点萤光草际流。
>
> 山花山雨相兼落，溪水溪云一样闲。
> 野店无人问春事，酒旗风外鸟关关。

这样的即兴小诗在金代中期的诗坛上是很有代表性的，诗人在与大自然的亲切晤谈中获得诗兴，不是以苦吟或使事用典，这与江西诗风是大相径庭的。

路铎是明昌时期的著名诗人。路铎（？—1214），字宣叔，冀州人。明

---

① （金）元好问：《中州集》，中华书局1959年版，第193页。

昌三年，为左三部司正，迁右拾遗。承安二年，授翰林修撰。因奏胥持国不可复用，改监察御史，出为景州刺史，迁陕西路按察副使。泰和六年，召为翰林待制兼知登闻鼓院。贞祐初，出为孟州防御使，城陷，投沁水而死。元好问称他"尤长于诗，精致温润，自成一家"①。路铎存诗28首，大多数都是即景感兴之作。如：

> 画图风景是，亭榭岁年非。秋色半黄落，人烟深翠微。
> 暗溪鱼得计，杳霭鸟忘机。触物增惆怅，吾庐早晚归。
>
> ——《辋川》

> 云态看来变，檐阴坐次移。一蝉吟未了，双鸟去何之。
> 薄宦槐安梦，浮名剑首炊。安心元有法，遣兴可无诗？
>
> ——《汴梁公廨西楼二首》其二

路铎的这些诗作，都是即景遣兴。诗人有感于自然景物的变幻而生发出社会的、人生的慨叹。其他如周昂、师拓等诗人的篇什中，也多为亲合于大自然的即景感兴之作。感兴，是这时期诗坛上最主要的创作方式。

感兴的诗歌创作思想在南宋诗坛上也大有厥兴之势。这正是对江西诗派的"无一字无来处"这类创作观念的反拨。南宋初期的诗论家叶梦得在其诗论名著《石林诗话》中着重阐述他的感兴论的创作思想，他说：

> "池塘生春草，园柳变鸣禽"，世多不解此语为工，盖欲以奇求之耳。此语之工，正在无所用意，猝然与景相遇，借以成章，不假绳削，故非常情所能到。诗家妙处，当须以此为根本，而思苦言难者，往往不悟。②

叶石林把情与景猝然相遇的感兴，作为诗歌创作的根本，而非仅限于个案的讨论。石林从对南朝大诗人谢灵运的名句"池塘生春草"说起，认为此诗的妙处并非有意求工，而是"无所用意，猝然与景相遇"，而这样才能脱略

---

① 姚奠中：《元好问全集》卷58，山西人民出版社1990年版，第613页。
② （宋）叶梦得：《石林诗话》卷中，见（清）何文焕辑《历代诗话》，中华书局1981年版。第426页。

一般化的作诗窠臼，而迸发出"非常情所能到"的艺术个性。他由此升华说，诗家应以这种构思方式为根本，在随机的感兴中生发出奇妙的审美意象。那种"殆同书钞"、"牵挛补纳"的构思方式，或"思苦言难"、"闭门觅句"的构思方式，都距此甚远。南宋前期的著名诗人杨万里，作诗以"活法"著称，号为"诚斋体"。诚斋的"活法"，正是拆除诗歌与生活之间的障蔽，在与自然和社会的亲合中获得诗兴。"闭门觅句非诗法，只是征行自有诗"（《下横山滩头望金华山》），"诗人长怨没诗材，天遣斜风细雨来"（《瓦店雨作》），"诗如得句偶然来"（《宿兰溪水驿前》），都是体现了感兴的诗学创作观念。杨万里论诗也明确地倡导感兴的构思方式，认为这是最具诗美价值的：

> 大抵诗之作也，兴，上也；赋次之，赓和，不得已也。我初无意于作是诗，而是物是事适然触乎我，我之意亦适然感乎是物是事，触先焉，感随焉，而是诗出焉，我何与哉！天也，斯谓之兴。①

这段话非常自觉地论述了诗歌的感兴创作的意义。正如钱锺书对"诚斋体"的评价："杨万里所谓'活法'当然也包含这种规律和自由的统一，但是还不仅如此。根据他的实践以及'万象毕来'、'生擒活捉'等话看来，可以说他努力要跟事物——主要是自然界——重新建立嫡亲母子的骨肉关系，要恢复耳目观感的天真状态。"② 这也许就是感兴的本义所在。

　　金源中期，具体说来就是大定、明昌这个历史时期的诗人们，无论是在创作还是在诗学观念上都侧重于感兴，这与南宋诗学之于北宋的变化，有着某种诗学内部的联系，或者说是沿着相似的轨迹发展，同时，也还有着北方文化的因素。北宋诗人的创作中，人文意象为多，如品茶、题画、参禅、赠友等，且以多用典故为能事；金诗则更多自然意象，这在大定、明昌时期的诗人们中尤为突出，这可以体现出当日诗坛重视感兴的诗学思想在创作上的实绩。

---

① （宋）杨万里：《答建康府大军库监门徐达书》，见《诚斋集》卷67，四部丛刊本，第6页。

② 钱锺书：《宋诗选注》，人民文学出版社1979年版，第179页。

第五章　金朝南渡时期的诗学思想

第一节　"贞祐南渡"时期的金廷政治及对士风的影响

金源宣宗朝的"贞祐南渡",是金王朝历史上的一个非常重要的转折点。以此为分野,金源社会步入后期,这也是金朝由盛入衰的分水岭。宣宗是金朝的第八代君主,在他之前的是卫绍王永济。卫绍王暗昧无能,"政乱于内,兵败于外,其灭亡已有征矣"①。右副元帅纥石烈执中发动宫廷政变,杀卫绍王,立完颜珣为帝,是为宣宗。宣宗所处时代与世宗时大为不同,金源形势可谓江河日下,内外交困。内政上不能及时拨乱,维护封建纲纪,相反,他信用乱臣术虎高琪,使朝政更为昏昧不堪。《金史》卷十六《宣宗纪赞》云:"宣宗当金源末运,虽乏拨乱反正之材,而有励精图治之志。迹其勤政忧民,中兴之业盖可期也,然而卒无成功者何哉?良由性本猜忌,崇信瞥御,奖用吏胥,苛刻成风,举措失当故也。"②《金史》的评价已是颇有粉饰,但在某种程度上也道出了宣宗朝的政治特点。

宣宗的南迁,是金廷内外交困的局势的必然结果。蒙古国原臣属于金,金朝统治者对蒙古施行民族压迫政策。章宗承安元年(1196)蒙古助金击败鞑靼,金封铁木真(成吉思汗)为"扎兀惕忽里",向金朝贡。成吉思汗对金的战争,一方面为满足掠夺的需要,另一方面也利用蒙古与金的矛盾,发动反金、侵金的战争。

大安三年(1211)二月,蒙古发动对金战争,大败金军,蒙古军乘胜攻下德兴府,十月,军至缙山县,距中都只有180里。崇庆间(1212),成吉思汗再次南侵,攻下昌、桓、抚等州,趁胜攻西京,攻城不下,退回阴

---

① （元）脱脱等:《金史》卷13《卫绍王纪》,中华书局1975年版,第298页。
② 同上书,第370页。

山。至宁元年（1213）秋，再度出兵，成吉思汗先后攻下宣德州、德兴府，进逼怀来。当时此处的守将是术虎高琪。术虎高琪被打得大败。至宁元年（1213）秋至贞祐二年（1214）春，蒙古三路大军踏遍黄河以北。至宁元年（1213）八月，金廷政变，九月宣宗即位，向蒙古求和。金、蒙议和后，元帅都监完颜弼说："今虽议和，万一轻骑复来，则吾民困矣。愿速讲防御之策。"① 他劝宣宗放弃中都迁往汴京，"阻长淮，拒大河，扼潼关以自固"②。以左丞相徒单镒为首的百官士庶则力言不可迁都，太学生赵昉等四百人上书极陈利害，宣宗一概不听。五月十一日，宣宗下诏南迁，十八日离开中都。宣宗南迁，标志着金朝已重复北宋灭亡的老路，此后，金朝便走向灭亡。宣宗的南迁，极大地动摇了民心，更失去了士大夫的支持。

　　金朝南渡后，不仅是朝廷政治发生了重大的变化，同时，士人的心态也与南渡之前大有不同。宣宗朝的权臣术虎高琪擅政，重用胥吏，排斥士夫，造成了南渡后士人的心态的变化和情绪的激愤。这对于南渡后的诗学是有深刻影响的。

　　宣宗朝的政治，与术虎高琪的擅权专政有重要关系。术虎高琪为自保计而杀胡沙虎，被宣宗视为功臣，拜为平章政事。此后他以宰相威权飞扬跋扈，排斥异己，残害忠良，如史乘所言："高琪自为宰相，专固权宠，擅作威福，与高汝砺相唱和。高琪主机务，高汝砺掌利权，附己者用，不附己者斥。凡言事忤意，及负材力或与己颉颃者，对宣宗阳称其才，使干当于河北，阴置之死地。"③ 可见当日朝政之昏昧黑暗了。

　　术虎高琪擅权时的宣宗朝政，大致有这样几个特点：一是堵塞言路，钳制众臣之口，二是喜吏恶儒，奖用胥吏而压制排挤士大夫；三是因循苟且，无恢复之志。这几个方面又是互相联系着的。

　　术虎高琪对敢于进谏、指摘时政者不遗余力地加以迫害打击。因其政治腐朽黑暗，士大夫多有起而抗言朝政之非者，而高琪对这些人极尽打击迫害之能事。宣宗朝形成了直言进谏之士与高琪政治的斗争态势。如陈规、许古、刘元规、张行信、胥鼎、完颜素兰等都是诤言直谏之士，他们针对朝政之非提出了大胆的质疑与针砭。因此受到高琪的打击报复。

　　陈规，字正叔，绛州人。明昌五年进士。"弱冠擢第。南渡，为监察御

①　（元）脱脱等：《金史》卷102《完颜弼传》，中华书局1975年版，第2253页。
②　同上书，第2254页。
③　同上书，第2345页。

史，上宣宗十事，直言当时得失，忤旨，出为徐州帅府经历官。正大初，收用旧人，召为右司谏，数上书论事。改刑部郎中，以事罢。再为补阙，复拜司谏，言事不少衰，朝望甚重，凡宫中举事，上曰：'恐陈规有言。'近臣窃议，惟畏陈正叔，挺然一时直士也。"①

许古亦为宣宗朝的诤谏之士，也因进谏而遭贬黜。许古，字道真，河间人。"公少擢第。南渡，为侍御史。时丞相术虎高琪擅权，变乱祖宗法度，公上章劾之。上知其忠，常庇翼之，凡有奏下尚书省，辄去其姓名。然竟为高琪所中，贬凤翔幕。"②

刘元规为宣宗朝的直言之士，亦为高琪所贬。"刘户部元规，字元正，咸平人。少擢第。南渡，为侍御史。时术虎高琪为相，擅权，公数抗言事，争殿上，出同知昌武军节度使事。后为户部郎中，行部河中，坐事斥。"③

对于这些为皇帝所重视的大臣尚且如此迫害，那么，对一些不知名的士人的进谏，更是残酷镇压。当时"都下书生樊知一者诣高琪言：乣军不可信，恐终作乱。'遂以刀杖决杀之，自是无复敢言军国利害者"④。

上述这些例证，不难看出术虎高琪对于谏诤之士的打击迫害，是非常普遍的。他唯恐士大夫直接向皇帝进言，以发其奸，故对谏诤之臣大肆施压，以堵塞言路。

与此相关联的是，宣宗朝政治的另一特点，即是喜吏恶儒。吏事在社会变革和抑制豪强时，有助于改革的实现与统治的某种安定；但如果统治者为追求所利，也会使吏事苛刻成风，成为专横逐利的工具。而吏人往往缺乏儒家伦理道德观念的熏陶修养，品格较差，又由于职业关系，易于养成贪苛之习。术虎高琪"喜吏而恶儒，好兵而厌静"⑤，因而，宣宗朝的政治，一直是以吏人来排挤士大夫的。刘祁评论南渡时期的朝政说："甚哉，风俗之移人也！南渡后，吏权大盛。自高琪为相定法，其迁转与进士等，甚者反疾焉。故一时之人争以此进，虽士大夫家有子弟读书，往往不终辄辍，令改试台部令史。其子弟辈既习此业，便与进士为雠，其趋进举止，全学吏曹，至有舞文纳路甚于吏辈者。惟侥幸一时进用，不顾平日源流，此可为长太息者

---

① （金）刘祁：《归潜志》卷4，中华书局1983年版，第35页。
② 同上书，第37页。
③ 同上书，第51页。
④ （元）脱脱等：《金史》卷106《术虎高琪传》，中华书局1975年版，第2342页。
⑤ 同上书，第2347页。

也。"① 这种重吏轻儒的取向与风气，造成了政风的浇薄，同时也使士大夫的气节萎靡不振。又如刘祁所说："士气不可不素养，如明昌、泰和间崇文养士，故一时士大夫争以敢言、敢为相尚。迨大安中，北兵入境，往往以节死，如王晦、高子栯、梁询谊诸人皆有名。而侯挚、李瑛、田琢辈皆由下位自奋于兵间，虽功业不成，其志气有可嘉者。南渡后，宣宗奖用胥吏，抑士大夫，凡有敢为、敢言者，多被斥逐。故一时在位者多委靡，惟求免罪，罟苟容。迨天兴之变，士大夫无一人死节者，岂非有以致之欤！由是言之，士气不可不素养也。"② "士气"关乎朝廷的命运与兴衰。宣宗朝由于奖用胥吏，贬抑士大夫，使金源的政治发生很大变化。在刘祁看来，天兴之变中，士大夫无人为之死节，正是由于宣宗朝士大夫受压抑排挤的直接结果。

　　苟且偷安，不思进取，是南渡以后的普遍风气，也是宣宗朝政治的一个特点。南渡以后的执政者，不思卧薪尝胆，抵御外辱，却只知一时苟安，得过且过，正直敢为之士终遭罢黜，所任用者皆是昏庸软弱之辈。刘祁记载说：

　　　南渡之后，为宰执者往往无恢复之谋，上下同风，止以苟安目前为乐。凡有人言当改革，则必以生事抑之。每北兵压境，则君臣相对泣下，或殿上发叹吁。已而敌退解严，则又张具会饮黄阁中矣。每相与议时事，至其危处，辄罢散曰："俟再议。"已而复然。因循苟且，竟至亡国。

　　　南渡之后，朝廷近侍以谄谀成风，每有四方灾异或民间疾苦将奏之，必相谓曰："恐圣上心困。"当时有人云："今日恐心困，后日大心困矣。"竟不敢言。又，在位者临事，往往不肯分明可否，相习低言缓语，互推让，号"养相体"。吁！相体果安在哉！又，宰执用人，必先择无锋芒、软熟易制者，曰"恐生事"。故正人君子多不得用，虽用亦未久，遽退闲。宰执如张左丞行信，台谏官如陈司谏规、许司谏古、程、雷御史，皆不能终其任也。③

　　这种苟安政治，在南渡后非常普遍，也是导致金朝走向灭亡的重要原

---

① （金）刘祁：《归潜志》卷7，中华书局1983年版，第72页。
② 同上书，第73页。
③ 同上书，第70页。

因。这种因循苟且的政府，又如何能抵挡住不可一世的蒙古铁骑呢？而这种情形使有责任感的士大夫们扼腕不平。士大夫是中国古代社会中颇富社会责任感的群体，这是为中国一部中国历史所多次证明了的。这里不妨引述一段著名学者余英时教授的论述："如果从孔子算起，中国'士'的传统至少已延续了两千五百年，而且流风余韵至今未绝。这是世界文化史上独一无二的现象。今天西方人常常称知识分子为'社会的良心'，认为他们是人类的基本价值（如理性、自由、公平等）的维护者。……根据西方学术界的一般理解，所谓'知识分子'除了献身于专业工作以外，同时还必须深切地关怀着国家、社会、以至于世界上一切有关公共利害之事，而且这种关怀又必须是超越于个人（包括个人所属的小团体）的私利之上的。所以有人指出'知识分子'事实上具有一种宗教承当的精神。熟悉中国文化史的不难看出：西方学人所刻画的'知识分子'的基本性格竟和中国的'士'极为相似。孔子所最先揭示的'士志于道'便已规定了'士'是基本价值的维护者；曾参发挥师教，说得更为明白：'士不可以不弘毅，任重而道远。仁以为己任，不亦重乎？死而后已，不亦远乎？'这一原始教义对后世的'士'发生了深远的影响，而且愈是在'天下无道'的时代也愈显出它的力量。所以汉末党锢领袖如李膺，史言其'高自标持，欲以天下风教是非为己任'，又如陈蕃、范滂则皆'有澄清天下之志'。北宋承五代之浇淳，范仲淹起而提倡'士当先天下之忧而忧，后天下之乐而乐'终于激动了一代读书人的理想和豪情。晚明东林人物的'事事关心'一直到最近还能振动现代中国知识分子的心弦。如果按西方的标准，'士'作为一个承担着文化使命的特殊阶层，自始便在中国史上发挥着'知识分子'的功用。"[①] 余英时先生对"士"的文化特征的揭示是相当深刻的，这对我们认识金代南渡时期士大夫的心态是颇有裨益的。

金源诗人，大多数是由进士出身，是文人气质浓厚的士大夫。南渡诗坛的诗人们，又有相当多的一些人是明昌、承安年间的进士，甚至有大定年间的进士。大定、明昌（兼及承安）时期正是金源崇文养士的时代，而且金朝取士，止以词赋为重，词赋进士比起经义进士来更为荣耀，这使士子们对吟诗作赋趋之若鹜。章宗重用士大夫，士大夫们势必热衷于政治，有兼济天下之志。所以南渡前明昌、承安年间的文士们胸次高阔，踌躇满志，要施展抱负，偿兼济之宏愿。"世宗、章宗之世，儒风丕变，庠序日盛，士由科第

---

① 余英时：《士与中国文化》，上海人民出版社1987年版，第2—3页。

至宰辅者接踵。"① 正是这种时代氛围，使大定、明昌时期的诗人们大都心高气远，也颇敢言事。而到南渡以后，这些诗人们的心态经历了一个很大的变化，形成了明显的反差点。他们想大声疾呼，指摘时弊，但有敢言者无疑地必遭宰执迫害。谏诤本是分内之事的陈规、许古都被贬谪，何况他人呢？刘祁比较说："如明昌、泰和间崇文养士，故一时士大夫争以敢言、敢为相尚。……南渡后，宣宗奖用胥吏，抑士大夫，凡有敢为、敢言者，多被斥逐。"由是也就无人敢言了。

这就未免太压抑了，士大夫们心中的不平之气又当如何抒泄呢？幸好有诗作为抒泄胸中抑郁不平之气的渠道。"诗可以怨"，诗歌恰好有这样的功能，这是儒家诗学所允许和提倡的。"不平则鸣"，这个时期很多诗人如李纯甫、雷希颜、李经、赵元等的篇什，都有一种勃郁之气，正是这种时代因素的反映。

第二节　南渡后诗歌审美取向的变化

南渡以后，较之章宗时期，金源诗坛出现了明显的变化。章宗明昌、承安时期，诗坛上逐渐形成了一种"尖新浮艳"的诗风，这恐怕是与"章宗好文辞"的影响所及不无关系吧。

刘祁记载明昌、承安时期的诗坛风气说：

> 明昌、承安间，作诗者尚尖新，故张翥仲扬由布衣有名，召用。其诗大抵皆浮艳语，如"矮窗小户寒不到，一炉香火四围书"。又，"西风了却黄花事，不管安仁两鬓秋"，人号"张了却"。②

张翥的这些诗句，代表了明昌、承安年间的一种诗风，而且是受到章宗欣赏的。关于张翥（张著），元好问编纂之《中州集》中有所记载。《中州集》卷七有张著小传云："著字仲扬，永安人。泰和五年，以诗名召见。应制称旨。特恩授监御府书画。"③《中州集》卷七收录其诗2首，不妨录出，以见其风貌。

---

① （元）脱脱等：《金史》卷125《文艺传序》，中华书局1975年版，第2713页。
② （金）刘祁：《归潜志》卷8，中华书局1983年版，第85页。
③ （金）元好问：《中州集》庚集，中华书局1959年版，第347页。

《九日》诗云：

> 雨沐天容霁欲流，好山夸翠出墙头。
> 黄花憔悴东篱晚，一段陶家冷淡秋。

另一首《雨后》诗云：

> 西风无意嫋纤云，扫尽千峰雨脚痕。
> 一片秋光清似水，家家空翠满柴门。

清人郭元釪编《全金诗》又增补一首《紫泉亭》：

> 西风禾黍乱苍黄，满眼秋山冷翠长。
> 一片白云携雨去，人家篱落半斜阳。

从诗作中可以看出张翥的诗风是清丽柔婉的，而且意象非常细腻，词语纤丽。这是符合章宗的审美趣味的。张翥的诗风，确乎与章宗本人的《宫中绝句》、《云龙川泰和殿五月牡丹》、《软金杯》等篇什颇为相似。这在当时是很有代表性的。而刘祁本人即是金源后期的诗人和史学家，其父刘从益也是金代后期的著名诗人，与赵秉文、李纯甫、王若虚、雷渊等名士多有往还，互相唱酬。刘祁因之得从名士大夫问学，接受南渡后一班著名文士的熏陶影响。刘祁在其记载金源一代（尤其是后期）人物与历史的名著《归潜志》自序中说：

> 余生八年，去乡里，从祖父游宦于大河之南。时南京为行宫，因得从名士大夫问学。不幸弱冠而先子殁。其后进于有司，不得志，将归隐于太暤之墟。一旦遭值金亡，干戈流落，由魏过齐入燕，凡二千里。甲午岁，复于乡，盖三十二年矣。……
> 独念昔所与交游，皆一代伟人，人虽物故，其言论、谈笑，想之犹在目。且其所闻所见可以劝戒规鉴者，不可使湮没无传，因暇日记忆，随得随书，题曰《归潜志》。

这里可以看出刘祁对南渡时期著名文士如李纯甫、赵秉文、王若虚、杨云翼等人的由衷推崇。《归潜志》中对南渡文坛人物言论的记述，绘声绘形，多出于亲见亲闻，有非常高的史料价值。刘祁本人的价值判断，也是深受其影响熏陶的。

赵秉文、李纯甫、王若虚、雷渊、刘从益等文坛核心人物之间，虽然在文学观念上多有分歧，但却经常在一起唱酬切磋，形成了当时的诗坛中心。尤其像赵秉文执掌当日文坛，朝野上下公认为文坛之首，他们这个文人群体的议论、观点，对文学界有相当大的影响。刘祁认为明昌、承安间诗风"尚尖新""浮艳"，其实这并非他的个人观点，而是南渡诗人群体对明昌、承安诗坛的基本看法。就前引被刘祁讥为"浮艳"的张斋诗来看，真算不上如何"浮艳"，语言也非过分华丽秾艳，意象也并不特别矫奇，这种"浮艳"的贬语，可以见出南渡诗坛之于明昌、承安诗坛在诗学观念、审美价值取向诸方面的变迁。

从主流上看，南渡后的诗界，力求改变明昌、承安诗坛上存在着的某种"尖新浮艳"的创作倾向。现实的困境使诗人把关注的目光投向了令人忧虑的现实。他们洗褪了怡和浮艳的诗风，不再刻意追求诗语的典丽华美，而是以或平实、或奇崛的笔致来抒写自己的主体世界。南渡后诗坛上的领袖人物是赵秉文、李纯甫，他们都致力于扭转诗坛上的不良风气，把诗歌创作引向质朴健康的轨道。但两个人在诗学观念上存在着很大的分歧，互相辩难，又各自在其周围团结了一批诗人，形成两个诗歌流派。赵秉文一派以赵秉文、王若虚为代表；李纯甫一派以李纯甫、雷希颜为代表。这时期的诗坛，其实呈现出"二水分流"的趋势。刘祁的记述既说明了赵、李二人在扭转诗风中的关键作用，也揭示了他们之间的歧异所在：

> 南渡后，文风一变，文多学奇古，诗多学风雅，由赵闲闲、李屏山倡之。屏山幼无师传，为文下笔便喜左氏、庄周，故能一扫辽宋余习。而雷希颜、宋飞卿诸人，皆作古文，故复往往相法效，不作浅弱语。赵闲闲晚年，诗多法唐人李、杜诸公，然未尝语于人。已而，麻知几、李长源、元裕之辈鼎出，故后进作诗者争以唐人为法也。①

由此可以看出，李纯甫一派诗文一扫辽宋余习而自出机杼，以峭健除浅弱；赵秉文一派则专拟唐代诸公。南渡后的诗坛出现了不同的诗歌流派，这是金

---

① （金）刘祁：《归潜志》卷8，中华书局1983年版，第85页。

源诗歌走向更深层次的标志。而这两个流派的凝聚，又是以各自的代表人物的诗学思想作为其灵魂的。笔者拟取赵秉文、李纯甫、王若虚等人的诗学思想作个案的研究，以使南渡后的诗学思想有更为清晰的展示。

第三节　赵秉文的诗学思想

赵秉文是金代著名的文学家，无论在当时和之后都有重要的影响。他在明昌、承安文坛上已经秀出群伦，到南渡后更成为诗界领袖。他不仅留下了卷帙丰厚的诗歌作品，而且有着系统的诗学思想。在南渡诗坛上，赵秉文在创作上和理论上都是一面号召力很强的旗帜，在他的旗帜下形成了与李纯甫为代表的另一派诗人相颉颃的一个诗歌流派。对于元好问的诗学思想也有着非常深刻的影响。这里着重论述赵秉文的诗学思想。

赵秉文（1159—1232），字周臣，号闲闲，磁州滏阳（今河北磁县）人。大定二十五年（1185）进士，调安塞簿，以课最迁邯郸令。明昌六年（1195）入为应奉翰林文字，同知制诰。因上书论宰相胥持国当罢，宗室守贞可大用，免官。未几，起为奇岚军州事，转北京路转运司支度判官。泰和二年（1202）改户部主事，迁翰林修撰。十月，出为宁边州刺史。三年，改平定州，入为兵部郎中、兼翰林修撰。贞祐四年（1216），拜翰林侍读学士。兴定元年，转侍读学士，拜礼部尚书，同修国史，知集贤院事。天兴元年五月卒，历仕五朝，官至六卿，执文柄将 30 年，魁然一代文宗。诗文书画俱蜚声于当时。《金史》称其文学成就云："秉文之文长于辨析，极所欲言而止，不以绳墨自拘。七言长诗笔势纵放，不拘一律，律诗壮丽，小诗精绝，多以近体为之，至五言古诗则沉郁顿挫。"[①] 指出其诗文创作的特点所在。作为一代学者，赵秉文著述甚丰，曾著有：《易丛说》10 卷、《中庸说》1 卷，《扬子发微》1 卷，《太玄笺赞》6 卷，《文中子类说》1 卷，《南华略释》1 卷，《列子补注》1 卷，删集《论语解》、《孟子解》各 10 卷，《资暇录》15 卷，《滏水文集》30 卷。他的诗文集《滏水文集》30 卷尚存于世，是我们研究金源文化史、文学史弥足珍贵的资料。金人所存别集甚少，只有《遗山集》、《滏水文集》、《庄靖集》、《滹南遗老集》、《二妙集》、《黄华集》等寥寥数种。而《滏水集》的卷帙与价值都是其中的佼佼者，《滏水文集》中今存诗 600 余首，不唯在金代，即使是在中国文献史上，也

---

① （元）脱脱等：《金史》卷 110，中华书局 1975 年版，第 2429 页。

是篇什较多的。

赵秉文没有留下诗学专著，但他的诗歌创作是有着自觉的理论意识作为内在指导的。这里侧重勾勒他的诗学思想，也兼容其他一些文学观念。

先看赵秉文对文学创作的抒情本质与风格关系的看法。赵秉文为党怀英的诗文集《竹溪先生文集》所作序文中指出：

> 文以意为主，辞以达意而已。古之人不尚虚饰，因事遣词。形吾心之所欲言者耳。间有心之所不能言者，而能形之于文，斯亦文之至乎？譬之水不动则平，及其石激渊洄，纷然而龙翔，宛然而凤蹙，千变万化，不可殚究，此天下之至文也。亡宋百余年间，惟欧阳公之文，不为尖新艰险之语，而有从容闲雅之态，丰而不余一言，约而不失一辞，使人读之，亹亹不厌，盖非务奇之为尚，而其势不得不然之为尚也。故翰林学士承旨党公，天资既高，辅以博学，文章冲粹，如其为人，当明昌间，以高文大册，主盟一世，自公未第时，已以文名天下，然公自谓入馆阁后，接诸公游，始知为文法，以欧阳公之文为得其正。信乎！公之文有似乎欧阳公之文也。晚年五言古体，寄兴高妙，有陶谢之风，此又非可与夸多斗靡者道也。

"文以意为主"、"辞以达意"这样一些观点，当然并非赵秉文的创见，但却是其诗学思想的起点。在赵秉文之前，杜牧、苏轼、周昂等人都阐述过这种观点。结合赵氏诗文的全貌来看，这篇序文所表达的文学思想更多地源于苏轼。苏轼在其诗文评论中一再提出"辞以达意"、"文理自然"的主张。苏轼认为"意"乃为"作文之要"，他比喻说："儋州虽数百家之聚，州人之所须，取之市而足，然不可徒得也，必有一物以摄之，然后为己用。所谓一物者，意是也。不得钱不可以取物，不得意不可以明事，此作文之要也。"①东坡所谓"文"，当是指诗歌和散文都在内的文学创作。他认为"意"是作文的灵魂、关键。东坡还深入阐发了"辞以达意"的文论命题。他说："'孔子曰：'辞达而已矣。'物固有是理，患不知之，知之患不能达之于口与手。所谓文者，能达是而已。"②"孔子曰：言之不文，行之不远。又曰：词达而已矣。夫言止于达意，则疑若不文，是大不然。求物之妙，如系风捕

---

① （宋）葛立方：《韵语阳秋》卷3，中华书局1985年版，第25页。
② （宋）苏轼：《答谢倅俞括奉议书》，《苏轼文集》，中华书局1986年版，第1793页。

影，能使是物了然于心者，盖千万人而不一遇也。而况能使了然于口与手者乎？是之谓辞达。辞至于能达，则文不可胜用矣。"① 苏轼对"词以达意"有更为深刻的阐释。"达意"并非一般地将作者之意传达出来，而是必须首先通过对事物的观察、分析，认识事物的内在的规律与特征。"意"也并非轻易可以传达，"了然于口与手"比"了然于心"更不容易。实际上他是要求以意为主、文与意统一的艺术境界。在诗文的风格上，苏轼提倡文理自然，他有这样一些有名的论述，如他赞赏友人谢民师的文章风格时说："所示书教及诗、赋、杂文，观之熟矣。大略如行云流水，初无定质，但行于所当行，常止于不可不止。文理自然，姿态横生。"② 这既是他对别人作品的赞语，也是他自己的文学见解所在。他在《自评文》中又说："吾文如万斛泉源，不择地皆可出。在平地滔滔汩汩，虽一日千里何难；及其与山石曲折，随物赋形而不自知也。所可知者，常行于所当行，常止于不可不止，如是而已。"③ 所谓"万斛泉源，不择地皆可出"者，是指文思的汪洋恣肆。一旦有感而发，汪洋恣肆之文思便汹涌而出，不拘形式地表达出来。所谓"与山石曲折，随物赋形"，是指文思随着所表达的内容而变化，笔力曲折，极尽其妙，不受任何文章格式的限制，不加雕琢，任随情思的自由抒发而已。赵秉文说的"以意为主"、"辞以达意"，其内涵与东坡是很接近的。他理想中的"天下之至文"、"千变万化，不可殚究"，正是苏轼所说的那种"滔滔汩汩"、"随物赋形"，"行于所当行"，"止于不可不止"的创作样态。他认为文学应该是内心世界的真诚表现。诗文创作如果能将千变万化、难以言语表述的内心世界表现出来，这可以说是"至文"了。

　　值得注意的是，"文以意为主"这个抽象命题本身，固然不算新鲜，但赵秉文还是为之注入了新的内涵。在赵氏的论述中，"意"的内涵是相当丰富的，不仅包括了理性的意识，而且包括了人的心理中那些大量的感性内容，比如情感、情绪等，这正是"心之所不能言者"。意识与潜意识、理性与感性的融合体，这才是赵氏所谓的"意"。宋人特别重"意"，侧重于理性层面，而赵秉文所说的"以意为主"，则将"心之所不能言"的感性层面作为"意"的主要内容之一，这才是对"文以意为主"的命题的发展。

　　由此而生发出他对文学风格的主张。在他看来，欧阳修之文最能体现其

---

① （宋）苏轼：《与谢民师推官书》，《苏轼文集》，中华书局 1986 年版，第 1418 页。
② 同上。
③ 同上。

理想境界的。欧文恰恰是文理自然、"其势不得不然"的典范。"不为尖新艰险之语，而有从容不迫闲雅之态"，其实是赵秉文文学风格论的最为精要的概括。在赵秉文看来，诗文创作是作家"意"的表现，而"意"又是理性与感性、意识与潜意识的混合体，非常丰富复杂，而且变化万方，因此，诗文创作作为"意"的表现，应是"因事遣词"、自然而然的，而不应该是"务奇之为尚"。其实，赵氏的这种说法在当时是有很鲜明的针对性的，主要是批评李纯甫一派的尚奇倾向。反对务奇，倡导自然，这是赵秉文的文学风格论的基本观点。

在继承与创造之间的关系上，赵秉文更为强调继承、模仿；在"师心"、"师古"之间，赵秉文更强调"师古"而不满于"师心"。他在《答李天英书》中集中地表述了这些观点。可以说，《答李天英书》是全面、集中地表达赵秉文诗学思想的一篇文章。我们不妨摘录其主要部分，以便较为本真地理解其诗学思想的实质。他说：

> 天英足下：自足下失意东归，无日不思，况如三岁何。得来音，具悉动静。为慰所望，所寄杂诗，疾读数过，击节屡叹。足下天才英逸，不假绳削，岂复老夫所可拟议？然似受之天而不受之人。屡欲贡悃诚，山川间之，坐成浮沉。况勤厚如此。过望点化。仆非其人，笔拙思荒，自濡其涸。况望余波耶！岂以犬马齿在前，欲俯就先后进礼耶！聊布一二所闻于师友间者，幸恕不揆。尝谓古人之诗，各得其一偏，又多其性之似者。若陶渊明、谢灵运、韦苏州、王维、柳子厚、白乐天得其冲淡，江淹、鲍明远、李白、李贺得其竣峭，孟东野、贾浪仙又得其幽忧不平之气。若老杜可谓兼之失。然杜陵知诗之为诗，未知不诗之为诗，而韩愈又以古文之浑浩溢而为诗，然后古今之变尽失。太白词胜于理，乐天理胜于词，东坡又以太白之豪、乐天之理合而为一，是以高视古人。然亦不能废古人。足下以唐宋诗人得处虽能免俗，殊乏风雅，过矣。所谓近风雅，岂规规然如晋宋词人，蹈袭用一律耶？若曰子厚近古，退之变古，此屏山守株之论，非仆所敢知也。诗至于李杜，以为未足，是画至于无形，听至于无声，其为怪且迂也甚矣。其于书也亦然。足下之言，措意不蹈袭前人一语，此最诗人妙处。然亦从古人中入。譬如弹琴不师谱，称物不师衡，上匠不师绳墨，独曰师心，虽终身无成可也。故为文当师六经及左左明、庄周、太史公、贾谊、刘向、扬雄、韩愈。为诗当师《三百篇》、《离骚》、《文选》、《古诗十九首》，下及李、

杜。学书当师三代金石、锺、王、欧、虞、颜、柳。尽得诸人所长，然后卓然自成一家。非有意于专师古人也，亦非有意于专摈古人也。自书契以来，未有摈古人而独立者。若扬子云不师古人，然亦有拟相如四赋。韩退之惟陈言之务去，若《进学解》则《客难》之变也，《南山诗》则子虚之余也。岂邃漫汙自师胸臆，至不成语然后之为快哉？然此诗人造语之工，古人谓之一艺可也。……贾谊、董仲舒、司马迁、扬子云、韩愈、欧阳修、司马温公，大儒之文也，仆未之能学焉。……太白、杜陵、东坡，词人之文也，吾师其辞，不师其意。渊明、乐天，高士之诗也，吾师其意，不师其辞。然吾老矣，眼昏力茶，虽欲力学古人，力不足也。……寄来诗如……不过长吉、卢仝合而为一，未能以故为新，以俗为雅，非所望于吾友也。昔人有吹箫学凤鸣者，凤鸣不可得闻，时有枭音耳！君诗无乃间有枭音乎？向者屏山尝语足下云："自李贺死，二百年无此作矣。"理诚有之，仆亦云然。李公爱才，然爱足下之深者，宜莫如老夫。愿足下以古人之心为心，不愿足下受之天而不受之人，如世轻薄子也。

李天英即李经，是金源南渡前后的诗人，辽宁锦州人。《金史》载其："作诗极刻苦，喜出奇语，不蹈袭前人。李纯甫见其诗曰：'真今世太白也。'由是名大震。再举不第，拂衣去。南渡后，其乡帅有表至朝廷，士大夫识之曰：'此天英笔也。'朝议以武功就命倅其州，后不知所终。"[①] 李经南渡前在太学读书，与李纯甫等多有往还，其诗深受李纯甫等人的推崇，乃至称之为"今世太白"。后来科场失意，累举不第，失意东归。赵秉文在李经东归时曾有《送李天英下第》一诗相赠，勾画出李经的个性气质和际遇，诗中写道："天鸡拂沧溟，万里起古色。南风摇苦雨，归兴生羽翼。二年客京华，一第为亲屈。文字天地仇，风云因屏雾。鸾皇望霄汉，骐骥绊荆棘。蹭蹬升天行，白云系胸臆。遥怜弟妹长，摩顶今过膝。人生在家乐，绝胜长为客。老夫怀抱恶，数日卧向壁。胸中略云梦，眼底无敌国。云归北海后，鸟没青山夕。目断东北尘，茫茫如有失。"对李经充满了同情之感。李经后来在家乡给赵秉文写了一封信，并寄来杂诗四首。这些诗作成为赵秉文的批评对象。我们不妨看看李经的诗作，如他所写的《杂诗五首》：

① （元）脱脱等：《金史》卷 126《文艺传》，中华书局 1975 年版，第 2733 页。

长河老秋冻，马怯冰未牢。河山冷鞭底，日暮风更号。

晨井冻不曝，谁疗壮士饥，天厩玉山禾，不救我马尵。

尘埃汩没伺候工，《离骚》不振矜鱼虫。
风云谁复话蓍蔡，不图履豨哀屠龙。
挟笈搦管坐书空，呷嚄堂上酬歌钟。
乃知造物戏儿童，不妨远目送归鸿。
莫怪魏瓠无所容，此去未许江船东。
五经不扫途辙穷，门庭日月生皇风。
太阿剖室砺以石，坐扫鹳鹤摇天雄。

岩椒郁云，日夕生阴。雨雪缟夜，秋黄老林。
人烟墨突，樵径云深。

造物开岩地，岩帐掩剑壁。苔花张古锦，霜苦老秋碧。
日夕云窦阴，风鼓泉涌石。马蹄忌硗确，樵道生枳棘。
盘盘出井底，回首怅如失。长老不耐事，底事挂尘迹。
披云出山椒，白鸟表林隙。

又有《失题》二首云：

雁奴失寒更，拍拍叫秋水。天长梦已尽，秋思纷难理。

老峰戄云，壁立挽秀。林阴洒雨，苍苍玉门。
虚明满镜，夜气成昼。

　　李经存诗不多，主要的诗作都录于此处了，可以见出李经诗的基本风
貌。李经是一个才高志远而时乖运塞的士大夫。他失意东归，地处荒寒，与
京师的环境不可同日而语，心情勃郁不平是可想而知的。这几首诗奇崛峭
健，却非为奇为而奇，而是其精神世界的真切流露。所创造的意象颇具特
征，非有亲身经历则不能道。它们与孟郊所作的一类寒苦之辞有一致之处，
却又勃发着昂藏不平之气。应该说，李经这几首诗，在金源诗坛上是颇有个

性的佳作。李经将这几首杂诗寄给赵秉文，赵氏通过回复李经的信，较为全面地表达了自己的诗学观念。李经在给赵秉文的信里提出"措意不蹈袭前人一语"的主张，志在独创，自成一家之语。赵秉文对此主张及其诗风相当不满，多有讥刺批评。他说：李经"似受之天而不受之人"，其实是指责李经只凭自己的资质而缺少对前人的学习。他批评李经"师心而不师古"。无论是诗、文或书法，赵秉文都主张广师博采，全面继承，而非专师某一家、某一体，这是较为通达的看法；但在师心与师古的问题上，他反复强调"师古"，又是忽略了诗人的主体创造力的。在赵秉文看来，诗人的艺术才华、诗歌创作在文学史上臻于高致，达到诗艺的更高造诣，应该更多地"受之于人"。包括诗人的成熟风格特性，也是"受之于人"的结果。所谓"受之于人"，有两层意思：一是不恃于先天的禀赋，多方学习、继承前代诗人；二是强化艺术才能后天的培养习练。赵秉文举出前代诗人中在诗歌史上举足轻重的著名诗人，指出他们都是有着鲜明的艺术个性和风格特征的，但他们又是从古人中来。他曾说："尝谓古人之诗，各得其一偏，又多其性之似者。若陶渊明、谢灵运、韦苏州、王维、柳子厚、白乐天得其冲淡；江淹、鲍明远、李白、李贺得其峻峭；孟东野、贾浪仙又得其幽忧不平之气，若老杜可谓兼之矣。然杜陵知诗之为诗，未知不诗之为诗。而韩愈又以古文之浑浩溢而为诗，然后古今之变尽矣。太白词胜于理，乐天理胜于词，东坡又以太白之豪、乐天之理合而为一。是以高视古人，然亦不能废古人。"赵秉文在这里对于这些在文学史上留下独特地位的诗人，认同他们的艺术个性，且揭明了他们的风格特征所在。"高视古人"是言其超越古人的历史高度；"不能废古人"则是说他们的艺术成就又是来自于"古人"的诗歌传统的。

赵秉文认为从诗学的角度讲，应当师法《三百篇》、《离骚》、《文选》、《古诗十九首》，下及李杜，"尽得诸家之所长，然后卓然自成一家"。主张对诗歌史上的经典之作全面学习，融会贯通之后再独立成家。在他看来，李经则距此甚远，认为他只是师心独运，而不能"以故为新，以俗为雅"，对李经的诗歌大有微词，甚至刻薄地讥刺其诗"无乃间有枭音乎"！

赵秉文对李经诗的不满，还在于李诗的风格。李经诗风峭劲幽寒，远非赵秉文心目中的理想样态。赵秉文推崇诗的平淡境界，而对瘦硬奇峭的诗风是颇为排斥的。他曾认为："文字无太硬，之纯文字最硬，可伤！"（《归潜志》卷八）刘祁的记述当是可信的。他在《复李天英书》中对李诗的指责还在于"不过长吉、卢仝合而为一"，认为李经诗是更多地继承了晚唐诗人李贺、卢仝的奇诡诗风。这显然是赵秉文所大为不满的。

联系赵秉文的创作情况来看，在《滏水文集》中或仿，或拟，或和前人诗，这类题目触目皆是，体现出他的"师古"思想。当然，在拟作中也还是表现了诗人的情感体现，形如模拟而神从己出，又在相当程度上突破了"师古"的界限。赵秉文的五言古诗，致力于学习阮籍和陶渊明，如《杂拟》三首其二：

> 猗猗南山竹，并生凡卉聚。岁晏多霜雪，见别萧艾中。
> 我欲食鸑雏，千岁不一逢。留之和律吕，截作嶰谷筒。
> 一变为清商，日暮来悲风。清泉溉石根，上有白云封。
> 虚心抱静节，知音为谁容。不如归去来，一竿钓清澧。

倘说是专拟某家，确乎有些不类，却又有着不同诗人的影子，于是称为"杂拟"。这里既有阮籍的迷茫与悸动，也有陶渊明的古淡；既有陈子昂的慷慨苍凉，又有李白的超逸。诗人融合了这类"咏怀"五古的众家体貌于一炉。清人陶玉禾评此《杂拟》诗云："含蓄浑厚者此数首，欲跻太白《古风》、子昂《感遇》之间。"①指出其师法李白、陈子昂的"古风"之处。元好问称其五言诗"沉郁顿挫学阮嗣宗，真淳简淡学陶渊明"，可谓十分中肯。

赵秉文作诗不求务奇，而以清远冲和为自己的风格。他又非常提倡"贵含蓄工夫"，其诗多有蕴藉之致。如这样一些篇什：

> 清溪雾气散，水涵天影空。白云翻着底，移舟明镜中。
> 鸟近前滩白，花移别岸红。遥知夜来雨，山色翠如葱。
> ——《和游溪》

> 岁晏寒无那，夜深清欲饥。竹风惊梦断，雪意听窗知。
> 稍稍鹊翻树，萧萧人语篱。虚明满吾室，何许月来时。
> ——《寒夜》

---

① （清）顾奎光：《金诗选》卷1，见徐丽华主编《中国少数民族古籍集成（汉文版）》第18册，四川民族出版社2002年版，第286页。

千里风烟栋宇间，地形西去接松关。

尊前奚霫来朝地，云外幽菅不断山。

故垒芜城人物换，断霞落日古今闲。

百年兴废人空老，水自东西鸟自还。

——《翠微轩》

这类篇什在《闲闲集》中是颇有代表性的，它们体现了赵秉文对诗歌风格的看法与价值观念。

赵秉文是提倡诗文风格的多样化的，他曾说"文章不可执一体"，又指责李纯甫"之纯文字止一体，诗只一句去也"①。他本人的诗歌创作风格也确实是多样而富于变化的。

上面所引的诗作是那种自然而含蕴的，有着悠远的兴味，而如《长白山行》、《游华山》等作，则是雄奇跌宕的，这当然是与诗的题材有相当大的关系，然而也说明闲闲诗并非"一体"。但也应看到，闲闲诗最为缺少突出的个人风格，诗的风貌或似陶渊明，或似阮嗣宗，或如陈子昂，或如苏东坡，但就是很难说清楚赵秉文自己的艺术特征什么样子。这也可以说是闲闲诗的致命弱点。这是与其"师古"的诗学思想密切相关的。

第四节　王若虚的诗学思想

在金源南渡以后的诗坛上，王若虚是有着重要地位与影响的人物。他既是一位诗人，又是一位声名卓著的诗论家。从南渡诗学思想研究的整体角度着眼，王若虚的诗学思想是其中的重要部分。他的诗论，深受治文学批评史的学者的重视，予以颇高的评价。但从今天来看，有些问题需要在客观、全面的分析基础上，重新作出阐释与评价，在当代的理论视域中进行价值重估。

王若虚（1174—1243），字从之，号慵夫，又号滹南遗老，藁城人。承安二年（1197），经义进士甲科擢第，初授鄜州录事，历管城、门山二县令，入为国史院编修官，迁应奉翰林文字，同知制诰。奉使夏国还，授同知泗州军州事，留为著作佐郎。正大初，《宣宗实录》成后，迁平凉判官、左司谏。正大末年，官翰林学士。金亡，北归镇阳，居乡里十余年。蒙古乃马

① （金）刘祁：《归潜志》卷8，中华书局1983年版，第87页。

真后二年（1243）四月，游泰山，憩于黄岘峰之萃美亭，谈笑间瞑目而逝，年七十。

王若虚是金代后期的著名学者，于经学、史学、文学都颇精诣，学殖深厚而见识独到。其学术论著多对经史典籍辨惑析疑。如指出《史记》中"采摭之误"、"取舍不当"、"议论不当"、"文势不相承接"诸弊甚多。所论是否允当姑且不言，足可见其治学之个性锋芒。王若虚现存诗文都在《滹南遗老集》46 卷之中。

王若虚活跃于文坛，主要是在"贞祐南渡"之后，具体而言，是在宣宗贞祐、元光年间，哀宗正大年间。在这段时间里，王若虚和当时的著名文学家赵秉文、李纯甫、雷渊（希颜）等文学家和诗人一起从事文学活动，谈诗论艺，提出了一些重要的诗学主张，并在与李纯甫、雷渊的诗学论争中，使自己的观点得以彰扬，产生相当广泛的影响。他的诗学思想，集中在其诗论名著《滹南诗话》以及《文辨》和论诗中，其他一些序跋、书信，也有其诗学思想的吉光片羽。

王若虚自幼从其舅周昂学诗，周昂是金源中期的著名诗人，本书前面已有论列。王若虚的诗学思想在周昂的基础上，加以更为系统、更为深入的发展，形成了金源诗学史上的一个"重镇"。元好问在其所作《王内翰墓表》中这样评价王若虚："幼颖悟若夙昔在文字间者。镇人以文章德行称者，褚公茂先而后，有周先生德卿，德卿公舅行，自龆龀间识公为伟器，教督周至，尽传所学。"[①]《滹南诗话》中多有引述周昂论诗之语者，而周昂诗论亦赖是书以传。王若虚对其所述之周昂的观点，是完全赞同的，也代表了他本人的观点。如他称引周昂所说的"文章以意为主，字句为之役"、"以巧为巧，其巧不足；巧拙相济，则使人不厌。唯甚巧者乃能就拙为巧；所谓游戏者，一文一质，道之中也。雕琢太甚，则伤其全；经营过深，则失其本"等论诗主张，若虚称为"其笃实之论哉"，而且以此为其诗论的出发点。王若虚"诗不爱黄鲁直"，对于山谷诗掊击嘲讽无所不至，他对山谷的成见也是深受周昂熏染的。《诗话》中称："吾舅儿时便学工部，而终身不喜山谷也。若虚乘间问之，则曰：'鲁直雄豪奇险，善为新样；固有过人者；然于少陵初无关涉，前辈以为得法者，皆未能深见矣。'"可见，王若虚的诗论，是与周昂一脉相承的。

---

① （金）元好问：《内翰王公墓表》，见（清）张金吾《金文最》卷 95，中华书局 1990 年版，第 1384 页。

但这不等于说王若虚的诗论仅仅是重复周昂的诗学观念，如果是那样，他决然不会在诗学史上有自己的重要地位。王若虚不仅发挥了周昂的诗论，而且较为深入系统地阐述了自己的一系列诗学观点，并在具体的诗歌评论中以之作为价值判断的标准，形成了一以贯之的基本观念。

作为诗论家的王若虚，其诗学思想深深植根于北方文化的土壤之中。他论诗力主自然浑成，认为发乎自然，元气淋漓，与造化相侔，方是诗的上乘之境。从创作主体的角度看，能够得其性情之真，是好诗的价值标准所系。这种思想，在他的《滹南诗话》中成为一个基本的出发点。他对杜甫、白居易和苏轼的高度推崇，大略是出于这种观念；而他对那种雕琢句律、刻意求奇的诗风之排斥，也是出于这种观念。在他看来，雕章琢句、刻意求奇，同自然浑成、发乎情性的诗风相比，其高下是判然分明的。他对黄庭坚诗风的指责，正是出于这种观念。《滹南诗话》卷中云：

> 王直方云："东坡言鲁直诗高出古人数等，独步天下。"予谓坡公决无是论；纵使有之，亦非诚意也。盖公尝跋鲁直诗，云："每见鲁直诗，未尝不绝倒；然此卷语妙甚，能绝倒者，已是可人。"又云："读鲁直诗，如见鲁仲连、李太白，不敢复论鄙事。虽若不适用，然不为无补于世。"又云："如蝤蛑江瑶柱，格韵高绝，盘餐尽废，然多食则动风发气。"其许可果何如哉！
>
> 山谷之诗，有奇而无妙，有斩绝而无横放，铺张学问以为富，点化陈腐以为新；而浑然天成，如肺肝中流出者，不足也。此所以力追东坡而不及欤！或谓论文者尊东坡，言诗者右山谷，此门生亲党之偏说，而至今词人多以为口实，同者袭其迹而不知返，异者畏其名而不敢非。善乎吾舅周君之论也，曰："宋之文章至鲁直，已是偏仄处；陈后山而后，不胜其弊矣。人能中道而立，以巨眼观之，是非真伪，望而可见也。"若虚虽不解诗，颇以为然。近读《东都事略·山谷传》云："庭坚长于诗，与秦观、张耒、晁补之游苏轼之门，号四学士。独江西君子以庭坚配轼，谓之苏、黄。"盖自当时已不以是为公论矣。

王直方是北宋诗人，是吕本中《江西诗社宗派图》中人物之一，有《王直方诗话》，论诗多宗江西派观点，推崇苏轼、黄庭坚、陈师道、晁补之等诗人。书中转述苏黄言论颇多。在宋诗史上，苏黄齐名，具有宋诗的代表性诗风的意义。但是王若虚扬苏而抑黄，轩轾分明。这里很武断地否定了王直方所记述的苏轼称许黄庭坚的话，又说纵使有之，也非诚意。这是缺少依据的。但王若虚的苏黄高下之论，却是理由鲜明的。他直接指责山谷诗"有奇而无妙，有斩绝而无横放，铺张学问以为富，点化陈腐以为新"，而从"浑然天成，如肺肝中流出"这方面看，是远不如东坡的。若虚认为江西派诗人以山谷配东坡，"谓之苏黄"，并非公论，当然是明确否定山谷诗的地位的。王若虚在其论诗诗中用诗的形式所表述的意思正与此相同：

> 骏步由来不可追，汗流余子费奔驰。
> 谁言直待南迁后，始是江西不幸时。
>
> 信手拈来世已惊，三江滚滚笔头倾。
> 莫将险语夸勍敌，公自无劳与若争。
> ——《山谷于诗每与东坡相抗，门人亲党遂谓过之，而今之作者亦多以为然。予尝戏作四绝云》

若虚所谓"戏作"，其实是非常严肃地表示他对苏黄诗的看法的。他将苏诗比作神骏，而以山谷诗比作驽马汗流满面地追逐。又称赞苏诗信手拈来，世人已惊，才华盖世如三江滚滚；而山谷无须以求奇斗险来夸耀自己是东坡的"勍敌"，高下优劣自不待言。若虚又盛称东坡诗的艺术胜境乃是出于自然，纵横奔放，《滹南诗话》卷中云：

> 东坡《南行唱和诗序》云："昔人之文，非能为之为工，乃不能不为之为工也。山川之有云，草木之有华实，充满勃郁而见于外，虽欲无有，其可得耶！故予为文至多，而未尝敢有作文之意。"时公年始冠耳，而所有如此，其肯与江西诸子终身争句律哉？

王若虚对苏轼的文学观念是深为服膺的。苏轼论诗文创作，认为好的作品是创作主体情感的自然流露，而非以创作自身为目的。所谓"不能不为之"，是说诗人心中积孕，发之而快，才能成为真正的好诗。恰如山川之有云雾，草木之有华实一样，自然外显，无须强使自己硬性为之。内在创作情绪的充盈，决定了创作形式的自由，苏轼对诗文写作是主张"文理自然，姿态横生"的自由形式的。他在《答谢民师书》有这样一段有名的论述：

大略如行云流水，初无定质，但常行于所当行，常止于所不可不止，文理自然，姿态横生。孔子曰："言之不文，行而不远。"又曰："辞达而已矣。"夫言止于达意，即疑若不文，是大不然。求物之妙，如系风捕影，能使是物了然于心者，盖千万人而不一遇也。而况能使了然于口与手者乎？是之谓辞达。辞至于能达，则文不可胜用矣。

因为内在的创作冲动而如行云流水、无所定质，就是不受外在的句律约束。苏轼阐发孔子的"辞达"说，澄清了"言止于达意，即疑若不文"的误解，认为"辞达"是一种自由表现事物的更高境界。苏轼要求创作有极大限度的表达自由，摆脱既成的外在句律的束缚，其实是对艺术的创造性的价值体认。在他的《自评文》中苏轼也说道："吾文如万斛泉源，不择地而出，在平地滔滔汩汩，虽一日千里无难。及其与山石曲折，随物赋形，而不可知也。所可知者，常行于所当行，常止于不可不止，如是而已矣。"[1] 他又在诗中说："好诗冲口谁能择，俗子疑人未遣闻。"（《重寄孙侔》）认为真正的好诗是冲口而出，吐之为快的。苏轼的这些议论，并非是主张诗文创作的粗糙随意，而是从自己的创作体会出发，倡导那种突破外在句律束缚，达到自由表现主体胸臆和客观事物的更高境界。王若虚对苏轼的认同，主要便在于这个意义。他于是又说：

东坡，文中龙也。理妙万物，气吞九州，纵横奔放，若游戏然，莫可测其端倪。鲁直区区持斤斧准绳之说，随其后而与之争，至谓未知句法。东坡而未知句法，世岂复有诗人！而渠所谓法者，果安出哉！老苏论扬雄，以为使有孟轲之书，必不作《太玄》。鲁直欲为东坡之迈往而不能，于是高谈句律，旁出样度，务以自立而相抗，然不免居其下也。彼其劳亦甚哉！向使无坡压之，其措意未必至是。世以坡之过海为鲁直不幸，由明者观之，其不幸也旧矣。[2]

王若虚对苏、黄的态度与评价如此轩轾分明，高下判然，其间有不少是带有明显的成见的，或者说有很多情绪化的成分在其中。但是若虚持论的依据是什么呢？即是以浑成自然、臻于化境为尚。这里面包含着主体和客体的两方

---

① （宋）苏轼：《自评文》，见顾之川校点《苏轼文集》上，岳麓书社2000年版，第207页。
② （金）王若虚：《滹南遗老集》，中华书局1985年版，第251页。

面因素：在诗人主体方面，浑成自然、臻于化境，是言其胸臆勃郁，气韵高远，自然外显；在创造客体方面，则是随物赋形，行云流水，不露刻削痕迹地写出事物的个性特征。从这个意义看来，若虚认为苏轼乃是最为杰出的典范；而黄庭坚与江西派诗人在"诗眼"、"句法"上翻新斗奇，在若虚眼中，与东坡相比，无乃是在"百尺楼下"的。关于对王若虚的苏黄优劣论，后文有专门辨析。

出于同样的诗歌价值观，王若虚对白居易诗有着非常高的评价，认为乐天诗是能够达于这种自然浑成的境界的。在《滹南诗话》和论诗诗中，若虚都表露了这种观点，他说：

> 乐天之诗，情致曲尽，入人肝脾，随物赋形，所在充满，殆与元气相侔。至长韵大篇，动数百千言，而顺适惬当，句句如一，无争张牵强之态。此岂撚断吟须、悲鸣口吻者之所能至哉！而世或以"浅易"轻之，盖不足与言矣。①

白居易乃诗中"广大教化主"，无论在当时抑或后世，都有相当广泛的影响。辽金诗界，对乐天诗的接受远远超过其他诗人。"辽人好乐天诗"，这是辽朝的一个重要文学现象。辽圣宗曾亲以契丹大字译白居易《讽谏集》，又说过"乐天诗集是吾师"的话。在金源诗坛上，白居易的影响也是无所不在的。白诗之所以广被天下，一个明显的原因是其诗通俗易懂，致使有"老妪能解"的说法。也即因此诗人中对乐天诗不以为然，同样是因其"浅切"。王若虚对此阐述了更深入一层的看法。他认为乐天诗的佳处则是在于其发之于内，"所在充满"，且宇宙元气浑灏一体，这是一种了不起的境界，远非那些"苦吟"诗人所可比拟。若虚又言：

> 《唐子西文录》云："古之作者，初无意于造语，所谓因事陈辞。老杜《北征》一篇，直纪行役耳，忽云'或红如丹砂，或黑如点漆，雨落之所濡，甘苦齐结实'，此类是也。文章即如人作家书乃是。"慵夫曰："子西谈何容易！工部之诗，工巧精深者何可胜数，而摘其一二，遂以为训哉！正如冷斋言乐天诗必使老妪尽解也。夫三百篇中，亦有如家书及老妪能解者，而可谓其尽然乎？且子西又尝有所论矣。曰：

---

① （金）王若虚：《滹南遗老集》，中华书局 1985 年版，第 246 页。

'诗在与人商论，深求其疵而去之；等闲一字，放过则不可。殆近法
家，难以言恕，故谓之诗律。立意之初，必有难易二途，学者不能强所
劣，往往舍难而趋易，文章不工，每坐此也。'"又曰："吾作诗甚苦，
悲吟累日，仅能成篇，初未见可羞者；明日取读，疵病百出；辄复悲吟
累日，反复改正，稍稍有加；数日再读，疵病复出。如此数四，方敢示
人；然终不能奇也。"观此二说，又何其立法之严而用心之劳邪！盖喜
为高论而不本于中者，未有不自相矛盾也。退之曰："文无难易，唯其
是耳。"岂复有病哉？①

　　唐子西即唐庚，北宋诗人。绍圣年间进士，蜀中眉山人。《宋史》卷
443 卷文苑有传。为宗子博士。张商英荐其才，除提举京畿常平。后坐为商
英赋《内前行》谪居惠州。大观五年（1111）赦归，不久返蜀，道卒。唐
庚于诗非常用心，在当时也颇有诗名。南宋诗人刘克庄、元代文学家吴师道
都曾予以很高赞誉。刘克庄曾言："唐子西诸文皆高，不独诗也。其出稍
晚，使及坡门，当不在秦、晁之下。"②吴师道则曰："唐子西诗文皆精确，
前辈谓其早及苏门，不在秦晁下。以予评之，规模意度，殆是陈无已流亚
也。世称宋诗人，句律流丽，必曰陈简斋；对偶工切，必曰陆放翁。今子西
所作，流布自然，用故事故语，融化深稳，前乎二公已有若人矣。"③《唐子
西文录》乃是北宋人强行父所记述唐子西论诗文之语。强行父所作记序云：
"宣和元年，行父自钱塘罢官如京师，眉山唐先生同寓于城东景德僧舍，与
同郡关子东日从之游，实闻所未闻，退而记其论文之语，得数纸以归。"④
从此处若虚所引唐子西这两条诗论来看，子西论诗，论及难易两种情形。一
种是如杜甫《北征》中"或红如丹砂"数语，认为这种"直纪行役"之作
"即如人作家书乃是"。另一种则是反复悲吟、深求其疵。而从若虚来看，
无论或难或易，都有不可取；因为这都从外在的句律出发以论诗法，而非本
于内心的诚悃真情。而王若虚的诗学理念则是"本于中"，即出自于内在的
真情流露。因此他归结为"盖喜为高论而不本于中者，未有不自相矛盾

　　①　（金）王若虚：《滹南遗老集》，中华书局 1985 年版，第 247 页。

　　②　（宋）刘克庄：《后村诗话》卷 2，转引自（清）纪昀等《钦定四库全书总目》下，中华书
局 1997 年版，第 2087 页。

　　③　（元）吴师道：《吴礼部诗话》，见丁福保辑《历代诗话续编》，中华书局 1983 年版，第
593 页。

　　④　《唐子西文录记》，见（清）何文焕辑《历代诗话》，中华书局 1981 年版，第 442 页。

也"。从这个意义上，他首肯韩愈的"文无难易，唯其是耳"的创作命题。

　　与此相关的是，王若虚曾有四首论诗诗，对金代诗人王庭筠诗句中流露出的轻视乐天诗之意大加批驳。王庭筠字子端，在金代诗坛上颇负盛名，元好问称"子端诗文有师法，高出时辈之右"[①]。近人金毓黻先生称王庭筠在金代文化史上的地位云："金源一代文学之彦，以黄华山主（庭筠号）王子端为巨擘，诗文书画并称卓绝。"[②] 王庭筠为诗，与乐天诗风迥不相侔，以诗律深严、造语奇创为其特点。《金史》称其"为文能道所欲言，暮年诗律深严，七言长尤工险韵"[③]。王庭筠诗中有这样的诗句："近来陡觉无佳思，纵有诗成似乐天。"其间的意思是很明显的，觉得自己的诗作没有"佳思"，只不过如白乐天一般。这当然是对乐天诗风的轻慢了。王若虚对此甚为恼火，于是写下四首论诗诗《王子端云：'近来陡觉无佳思，纵有诗成似乐天。'其小乐天甚矣，予亦尝和为四绝》，诗云：

> 功夫费尽漫穷年，病入膏肓不可镵。
> 寄语雪溪王处士，恐君犹是管窥天。
>
> 东涂西抹斗新妍，时世梳妆亦可怜。
> 人物世衰如鼠尾，后生未可议前贤。
>
> 妙理宜人入肺肝，麻姑搔痒岂胜鞭。
> 世间笔墨成何事，此老胸中具一天。
>
> 百斛明珠一一圆，丝毫无恨彻中边。
> 徒渠屡受群儿谤，不害三光万古悬。

　　对于王庭筠的诗句，王若虚非常反感，认为是"小乐天甚矣"。若虚对乐天是十分仰慕的，在他看来，王庭筠是与白乐天无法同日而语的，不过是管中窥天而已。同时，他对王庭筠的诗学倾向是持明显的反对态度的。王庭

---

　　① （金）元好问：《中州集》卷3，中华书局1959年版，第146页。

　　② 罗振玉：《黄华集》叙目，见金毓黻《辽海丛书》第6集，辽沈书社1985年版，第1815页。

　　③ （元）脱脱等：《金史》卷126《文艺传上》，中华书局1975年版，第2732页。

筠为诗追求意象新创，诗格奇峭，镌刻之痕也是明显的。如《韩陵道中》："石头荦确两坡间，不记秋来几往还。日暮蹇驴鞭不动，天教仔细数前山。"《八月十五日过泥河见雁》："家在孤云落照间，行人已上雁门关。凭君为报平安信，才是云中第一山。"这些诗作可以说都是清新的，当然与白居易比，其气度格局还是相去很远的。王若虚对王庭筠的抨击，更多地还是因为王庭筠说了"近来陡觉无佳思，纵有诗成似乐天"的话，而从这几首论诗绝句中也正看出王若虚对白居易的高度评价。"妙理宜人入肺肝"一首和"百斛明珠——圆"一首，都是高度赞赏白诗，浑成自然，达于大道，相比之下，王庭筠的诗风，只能算是"人间笔墨"。而且，王若虚还把王庭筠对白诗的看法，说成是"群儿谤"，其间的褒贬之意是了了分明的。

王若虚诗学思想的另一个主要观点是：作诗求真而反对奇诡诗风。以此为核心，又衍生出许多观点。

王若虚以"真"和"是"为论诗之标准。求真与求是是《滹南诗话》中最为重要的诗学观念。"真"和"是"在王若虚的诗论中意义相近，都是指诗歌创作要表现事物的本来面目，诗的意象要符合对象的特征，符合事物发展变化的规律。他说：

> 东坡云："论画以形似，见与儿童邻；赋诗必此诗，定非知诗人。"夫所贵于画者，为其似耳；画而不似，则如勿画。命题而赋诗，不必此诗，果为何语！然则，坡之论非欤？曰：论妙于形似之外，而非遗其形似；不窘于题，而要不失其题。如是而已耳。世之人不本其实，无得于心，而借此论以为高。画山水者，未能正作一木一石，而托云烟杳霭，谓之气象；赋诗者，茫昧僻远，按题而索之，不知所谓，乃曰格律贵尔。一有不然，则必相嗤点，以为浅易而寻常。不求是而求奇，真伪未知，而先论高下，亦自欺而已矣。岂坡公之本意也哉？①

王若虚通过对苏轼"论画以形似，见与儿童邻；赋诗必此诗，定非知诗人"的美学命题的辨析与重新阐释，表明了自己的诗学观点。他主张作诗必当"求是"，而反对"求奇"。论诗先辨真伪，再究高下。"求真"、"求是"是第一位的，而以"奇"为诗，则是王若虚坚决反对的。他对苏轼的这四句

---

① 郑文等校点：《滹南诗话》，人民文学出版社1962年版，第68页。

诗所表述出的形神观分明是不同意的，但由于他对苏轼一直是非常推崇钦敬的，于是便按着自己的意思来诠释东坡之论。

苏轼论诗画艺术重在"神似"，这是他的一贯主张，也是他作为宋代文人画的代表人物的理论取向。且将这四句诗所出之全诗《书鄢陵王主簿所画折枝二首》其一录出以便能够较客观地窥见苏轼原意，诗云：

> 论画以形似，见与儿童邻。赋诗必此诗，定非知诗人。
> 诗画本一律，天工与清新。边鸾雀写生，赵昌花传神。
> 何如此两幅，疏淡含精匀。谁言一点红，解寄无边春。

这首题画之作，在对王主簿所画折枝的赞赏评价中，明确表达出东坡审美价值观。"论画以形似"四句，是其评论诗画审美价值的理论出发点所在，这是并无疑义的。其中的关键之点在于"形似"与"神似"的价值判断。苏轼一贯认为，诗、画虽是不同的艺术门类，却有共同的艺术本质。他多次申言诗画相通的本质规定性："少陵翰墨无形画，韩干丹青不语诗。"（《韩干马》）"古来画师非俗士，摹写物象略与诗人同。"（《欧阳少师令赋所蓄石屏》）"古来画师非俗士，妙想实与诗同出。"（《次韵吴传正枯木歌》）至于他评价王维诗画所说的"味摩诘之诗，诗中有画；观摩诘之画，画中有诗"（《书摩诘蓝田烟雨图》）更为人们所熟知。作为诗和画这样两类有着不同的传达媒介、艺术语言的艺术形式，它们之间的共同之处又在哪里呢？在东坡看来，关键在于超越描写对象的外形刻画，而表现出对象的内在特质，也即其"神"。"神似"与"形似"，是一对在长期艺术发展史中形成的互相矛盾而又互相补充的范畴。重视传神，从魏晋南北朝时期的大画家的顾恺之提出的"传神写照"、"以形写神"，肇其端始，刘宋时的画家宗炳在其画论名著《画山水序》提出的"山水以形媚道"，"应会感神"，"神超理得"等命题，使形神关系的美学探索又向前推进。迨至宋朝，由于文人画与院体画的分张，"形似"与"神似"的不同审美取向形成了明显的矛盾。苏轼的这四句诗，终当作何理解与阐释？从不同的立场出发，人们对苏轼的诗有着不同的解释. 关于这个问题，形成了绵延不绝的争论。有人认为苏轼这四句诗所表达的观点是重神轻形的。如宋人晁以道和明人杨慎便作如此理解。杨慎说："东坡先生诗曰：'论画以形似，见与儿童邻；赋诗必此诗，定非知诗人。'言画贵神，诗贵韵也。然其言有偏，非至论也。晁以道和公诗云：'画写物外形，要物形不改。诗传画外意，贵有画中态。'其论始为定，盖欲以补坡公之未备也。"① 很明显，晁以道的和诗是不同意东坡观点的，他认为苏轼重神轻形，有失允当，而他主张诗画创作都要以形似作为基础。

所谓"形不改"，都是强调形似是第一性的。杨慎认为东坡之论是"重神""贵韵"，其有偏颇，而晁氏所言方是至论。另一种看法，认为东坡并非轻形重神，而是主张形神兼备。如宋人葛立方便认为东坡之论"非谓画牛作马也，但以气韵为主尔"②。再就是王若虚在《滹南诗话》中的这段议论对于东坡之论的理解。所谓"论妙于形似之外，而非遗其形似；不窘于题，而要不失其题"便认为东坡之论是主张形神兼备的。笔者认为，晁以道和杨慎虽然不同意东坡的看法，但他们的理解却是合乎东坡原意的。王若虚的理解虽然较为周全，而从整体上看，却未免强东坡以从己。其实，王若虚所强调的重点在于前面所说："夫所贵于画者，为其似耳，画而不似，则如勿画；命题而赋诗不必此诗，果为何语！"③ 东坡虽然不废形似，但其所论恰在超越形似；若虚看来不废神似，其实"所贵"恰在于形似，孤立地诠释此诗，或许觉得王若虚的阐释是很有道理的；但若联系东坡文艺美学思想的全貌来看，便可见出王若虚在这个问题上的观点正与东坡判为二途。

苏轼之论是宋代文人画美学思潮的代言，苏轼本人便是文人画的代表人物，而且在理论上对文人画的发展起了重要作用。他对王维"诗中有画，画中有诗"的著名评语即当从文人画的角度来认识。唐代大诗人王维可称是文人画的开山祖师，他在李思训青绿山水之外，另开水墨一派，在作画构思上即以超越形似为特征。沈括曾言："书画之妙，当以神会，难可以形器求也。世之观画者多能指摘其间形象位置、彩色瑕疵而已。至于奥理冥造者，罕见其人。如彦远画评言：王维画物，多不问四时，如画花往往以桃、杏、芙蓉、莲花同画一景。予家所藏摩诘画《袁安卧雪图》，有雪中芭蕉，此乃得心应手，意到便成，故造理入神，迥得天意，此难可与俗人论也。"④ 王维作画不以现实时空为依据，而以表面上互不连属的心理时空为依据，如人们所称道的《雪中芭蕉图》。但王维的画在唐代地位并不甚高，在唐人眼里，王维的地位远不能与吴道子相提并论。唐代画论家朱景玄作《唐朝名画录》，"所分为神、妙、能、逸四品，神、妙、能又各分上中下三等，而

---

① （明）杨慎：《升庵集》卷66，见杨文生《杨慎诗话校笺》，四川人民出版社1990年版，第367页。

② （宋）葛立方：《韵语阳秋》卷3，中华书局1985年版，第113页。

③ 郑文等校点：《滹南诗话》，人民文学出版社1962年版，第68页。

④ （宋）沈括：《梦溪笔谈》卷17《书画》，辽宁教育出版社1997年版，第92页。

逸品则无等次，盖尊之也"①。在《唐朝名画录》中，吴道子被置于神品上，此品只此一人。可见吴道子在唐朝是被尊为画坛第一人的。而王维则被置于妙品上，实际上与吴道子差了三个等级。而到了宋代，在苏轼等文人画家的眼里，王维的地位直线上升，备受推崇，正是因为他开了文人画的先河。苏轼有《王维吴道子画》一诗，将他们二人的画艺加以比较，其中的轩轾也是了了分明的。苏轼云："何处访吴画？普门与开元。开元有东塔，摩诘留手痕。吾观画品中，莫如二子尊。道子实雄放，浩如海波翻。当其下手风雨快，笔所未到气已吞。亭亭双林间，彩晕扶桑暾。中有至人谈寂灭，悟者悲涕迷者手自扪。蛮君鬼伯千万万，相排竞进头如鼋。摩诘本诗老，佩芷袭芳荪。今观此壁画，亦若其诗清且敦。祇园弟子尽鹤骨，心如死灰不复温。门前两丛竹，雪节贯霜根。交柯乱叶动无数，一一皆可寻其源。吴生虽妙绝，犹以画工论。摩诘得之于象外，有如仙翮谢笼樊。吾观二子皆神俊，又于维也敛衽无间言。"吴道子在唐代是最有名的画家，在苏轼眼中也还是属于画工的范围。这位大画家，被苏轼拉来作为王维的陪衬。王维凭什么在宋代得到这样的推崇？无非在于他超越形似，突出主体意向。在宋人的士大夫的观念里，画的功能决不在于"存形莫善于画"，不在于摹写物象，而在于表现主体的精神。苏轼说："文以达吾心，画以适吾意而已。"宋代的文人画，为了高扬主体的意志，是以贬损形似作为代价的。不仅要超越形似，而且要通过简化、变形等艺术手法，使画中的形象与所画的事物产生很大程度的"间离感"、"陌生化"，使欣赏者在审美过程中感到错愕惊诧，从而突出地表现主体的情意。苏轼推崇文人画，说："观士人画，如阅天下马，取其意气所到。乃若画工，往往只取鞭策皮毛，槽枥刍秣，无一点俊发。"②高扬主体之意，有意贬损形似，是文人画的本质所在。画家所取物象，无非是负载自己的"意"。在宋代士大夫看来，要画得形神丰满，就会喧宾夺主，湮灭了画家之"意"。元人汤垕说："画梅谓之写梅，画竹谓之写竹，画兰谓之写兰，何哉？盖花卉之至清，画者当以意写之，初不在形似耳。陈去非诗云'意足不求颜色似，前身相马九方皋'，其斯之谓欤！"③ 这指出了文人画超越形似的特点。

　　王若虚以"求真"、"求似"为其论诗准的，他所说的"真"、"是"并

---

① 俞剑华：《中国古代画论类编》上册，人民美术出版社 2004 年版，第 23 页。
② （宋）苏轼：《又跋汉杰画山》，见《苏轼文集》，中华书局 1986 年版，第 2216 页。
③ （元）汤垕：《画鉴》，见沈子丞《历代论画名著汇编》，文物出版社 1982 年版，第 199 页。

非仅指描写对象的外在形似，更多的是指诗歌创作要符合对象的特征与规律。他在许多具体作品的评论中都强调了诗的意象要符合对象的特征，如说：

> 《冷斋夜话》云："前辈作花诗，多用美女比其状。如曰'若教解语应倾国，任是无情也动人'，尘俗哉！山谷作《酴醾》诗曰：'露湿何郎试汤饼，日烘荀令注炉香。'乃用美丈夫比之，特为出类。而吾叔渊材咏海棠，则又曰：'雨过温泉浴妃子，露浓汤饼试何郎。'意尤佳也。"慵夫曰："花比妇人，尚类。盖其于类为宜，不独在颜色之间。山谷易以男子，有以见其好异之僻；渊材又杂而用之，益不伦可笑。"此固甚纰缪者，而惠洪乃节节叹赏，以为愈奇。不求当而求新，吾恐他日复有以白皙武夫比之者矣，此花无乃太粗鄙乎！魏帝疑何郎傅粉，止谓其白耳；施于酴醾尚可，比海棠则不类矣。且夫"雨过"、"露浓"，同于言湿而已，果何所异而别之为对耶！

惠洪在《冷斋夜话》中赞赏山谷等诗人以"美丈夫"比花，一反以美女比花的俗滥意象，而颇为新颖奇异。王若虚对此大不以为然。他认为以妇人比花是最为恰切的，因为二者之间有着内在的类比性，而山谷、渊材等以"美丈夫"比花，新则新矣，然于类不符，缺少内在的可比性。在他看来，"求当"是创作中是最为首要的，"当"就是真实，就是符合事物的特性。这里涉及王若虚对"奇"的认识。"奇"是中国古代诗学的一个很重要的范畴，指诗歌创作的意象、语言或风格不同寻常，戛戛独造。但是对什么是"奇"的理解与阐释，却有着相距甚远的不同观点。中唐时期的韩愈、孟郊、李贺、卢全、马异、皇甫湜等人，都是以怪奇为其审美倾向的，被指为"险怪"诗派或"怪奇"诗派。① 皇甫湜论及文学创作，大张"奇"的旗帜，其云："夫意新则异于常，异于常则怪矣。词高则出于众，出于众则奇矣。虎豹之文，不得不炳于犬羊，鸾凤之音，不得不锵于乌鹊，金玉之光，不得不炫于瓦石，非有意先之也，乃自然也。"（《与李生第一书》）又说："夫谓之奇则非正矣，然亦无伤于正也。谓之奇即非常矣，非常者谓不如常者。谓不如常，乃出常也。无伤于正而出于常，虽尚之亦可也。……秦汉以

---

① 姜剑云先生的《审美的游离——论唐代怪奇诗派》（东方出版社 2002 年版）一书可以参看。

来至今，文学之盛，莫如屈原、宋玉、李斯、司马迁、相如、扬雄之徒，其文皆奇，其传皆远。"（《与李生第二书》）皇甫湜"奇"论，恰是为韩孟一派的创作倾向张目。韩愈所说的"陈言务去"，也是刻意求奇的。北宋的江西诗派，作诗也以尚奇为其取向。黄庭坚在这方面是颇具代表性的。他说："试举一纲而张万目，盖以俗为雅，以故为新。百战百胜如孙吴之兵，棘端可以破镞。如甘蝇飞卫之射，此诗人之奇也。"（《穷奇投有北诗序》）山谷把"以故为新，以俗为雅"的诗法，比作像神箭手甘蝇、飞卫那种经过艰苦修炼而达到的"棘端可以破镞"的高妙技艺，认为这种诗法才是诗人之"奇"。而另一种看法则是认为，"奇"即是隐含在平常意境之中，将平常意境写得精彩，如苏轼所说："渊明诗初看若散缓，熟读有奇趣。如曰：'日暮巾柴车，路暗光已夕。归人望烟火，稚子候檐隙。'又曰：'采菊东篱下，悠然见南山。'又曰：'暧暧远人村，依依墟里烟。犬吠深巷中，鸡鸣桑树颠。'才高意远，造语精到如此，如大匠运斤，无斧凿痕；不知者疲精力，到死不悟。"① 苏轼所举的陶诗之奇，与皇甫湜、韩愈等人所倡之"奇"，明显是有很大出入的。

清人贺贻孙于此有明确的见解，他说："古今必传之诗，虽极平常，必有一段精光闪烁，使人不敢以平常目之，及其奇怪亦了不异人意耳。乃知'奇'、'平'二字，分拆不得。"（《诗筏》）这是关于"奇"的不同认识。而王若虚是鲜明地反对黄庭坚的奇峭为诗的，对于山谷的"雄豪奇险"多有掊击，他则以"求是"、"求当"为作诗、论诗的准的。

王若虚诗学观念中的"求真"、"求是"，在客体方面要求符合事物本身的客观逻辑，符合事物的特征；同时，还有对主体方面的规定性，用他自己的话说，就是"性情之真"。这虽然算不上什么创见，但却使人的诗学思想更为深刻和系统化。如他所说："哀乐之真，发乎情性，此诗之正理也。"② 这便是创作主体方面的"真"与"是"。他很赞赏郑厚评诗对白居易、孟郊的形容，"乐天如柳荫春莺，东野如草根秋虫，皆造化中一妙"，并认为这种独特的风貌是出于"哀乐之真"。王若虚又指出好诗是"必从肝肺中流出"。这也便是"性情之真"。诗里充满着这种发自于衷的真情实感，自然便会有很强的艺术感染力。

---

① （宋）魏庆之：《诗人玉屑》，见吴文治主编《宋诗话全编》第9册，江苏古籍出版社1998年版，第9075页。

② （金）王若虚：《滹南遗老集》卷38，中华书局1985年版，第246页。

王若虚提倡诗歌创作中"自得"的审美体验，认为这是诗歌创作最为根本的道路。所谓"自得"，主要是指诗人对事物的直接的、亲在的审美体验，这是别人所难以代替的，也是与衣钵相传的"法嗣"迥然不相侔的。"自得"，是"性情之真"的核心内涵。他说：

> 古之诗人，虽趣尚不同，体制不一，要皆出于自得。至其辞达理顺，皆足以名家，何尝有以句法绳人者！鲁直开口论句法，此便是不及古人处。而门徒亲党，以衣钵相传，号称法嗣，岂诗之真理也哉！[①]

王若虚对"自得"的标举，指向是非常明确的，主要是以此来批判黄庭坚及其江西诗派所强调的"句法"，但同时亦可看出王若虚持以论诗的根本尺度。他在论诗绝句《山谷于诗，每与东坡相抗，门人亲党，遂有言文首东坡，论诗右山谷之语。今之学者亦多以为然，漫赋四诗为商略云》之四中说：

> 文章自得方为贵，衣钵相传岂是真？
> 岂觉祖师低一著，纷纷法嗣复何人？

此诗的意思与上举这段话是完全一致的，都是以"自得"为诗歌创作的原则，即是诗人的创作灵感的发生是其对事物的亲身体验，而非外在的传授与"法嗣"。在中国古代美学中，"自得"是一个有很深的哲学背景的方法论命题。儒家、道家、玄学、理学中都有一些思想家标举"自得"的方法论。如孟子即言："君子深造之以道，欲其自得之也。自得之，则居之安，居之安，则资之深，资之深，则取之左右逢其源，故君子欲其自得之也。"（《孟子·离娄》）从孟子的整体思想来联系，"自得"应是自然而然地得之于心，恰与外在的安排、传授相左。在人性论上，孟子以"性善"说而著称，"性善"的内涵首先是道德的天赋性，同时，也包含了智慧的天赋性。孟子所提出的"诚"的范畴，是涵容了"仁义礼智"这四端的。孟子认为"四端"是内在地包含在人性之中的，如其所言："仁义礼智，非由外铄我也，我固有之也，弗思之也。"（《孟子·告子上》）对于"四端"的体认与发显，不可以向外觅求，而是自我反思性的内向思维，也就是孟子所说的"反身

---

① （金）王若虚：《滹南遗老集》卷40，中华书局1985年版，第257页。

而诚，乐莫大焉"（《孟子·尽心章句》上）。孟子所讲的"反身而诚"，即是"自得"，也就是天赋"四端"的自我发显，而非向外觅求。朱熹对"自得"的阐释是较近本意的："深造之者，进而不已之意。道，则其进为之方也。……言君子务于深造而必以其道者，欲其有所持循，以俟夫默识心通，自然而有得于己也。自得于己，则所以处之安固而不摇，处之安固，则所籍者深远而无尽；所籍者深，则日用之间取之至近。无所往而不值其所资之本。"① 在此之前的二程，对"自得"的方法尤为重视。程颢谈"自得"云："学不言而自得者，乃自得也。有安排布置者，皆非自得也。然潜心积虑，优游厌饫于间，然后可以有所得。若急迫求之，则是私己而已，终不足以得之也。"② 二程又说："学莫贵于自得，得非外也，故曰自得。"③ 由此可见，程、朱所说的"自得"，正是发挥了孟子"非由外铄"的含义，而得之于主体之内，也即内在的体验。南宋时期心学的开创者陆九渊（象山），把"自得"作为治学的正确门径。陆九渊以心为本体，上承孟子加以发展，他所理解的"心"，又是万物根源性的实体。在他看来，充塞宇宙的万物之理即在心中，发自于心中，因而提出了"心即理"的命题，在本体论的基础上，他又以"自得"为其方法论原则。他说："君子无入而不自得焉，所谓自得，得其道也。"④"自得"即是反身内省，在自我体验中发明本心。

在中国哲学思想中的"自得"，主要是强调反身体验，而到文学艺术创作所提出的"自得"，在其体验性是正是与之一脉相通的；但又更多地主张创作主体与外物的直接感兴，人与宇宙的命共感。程颢《秋日偶成》中的"万物静观皆自得，四时佳兴与人同"，已经具有了审美创造的意义。宋人魏庆之所编的《诗人玉屑》中说："诗吟函得到自有得处，如化工生物，千花万草，不名一物一态。若模勒前人无自得，只如世间剪裁诸花，见一件样，只做得一件也。"⑤ 这是一种相当高的诗美境界，如"化工生物，千花万草，不名一物一态"，指的是诗歌与宇宙万物相关联的内在生命力和个性化的样态。而王若虚这里所言的"自得"的含义，是与之相近的，而更为突出地强调诗歌创作自身体验的独创性。

---

① （宋）朱熹：《四书章句集注》卷8，中华书局1983年版，第292页。
② 同上。
③ （宋）程颐、程颢：《河南程氏遗书》卷25，商务印书馆1935年版，第347页。
④ （明）陆九渊：《陆象山全集》卷12，中国书店1992年版，第100页。
⑤ （宋）魏庆之：《诗人玉屑》卷10，上海古籍出版社1978年版，第220页。

倡导天工自然、平淡纪实的诗风，反对尚奇的审美倾向，是王若虚诗论中的一贯思想。在诗歌风格方面，若虚最为赞赏的便是天工自然的诗风。在他看来，诗歌既是出于"自得"，表现诗人的"哀乐之真"，那就应以自然风貌为尚，而不应刻意求奇，雕琢过甚。因此，他对周昂所说的"雕琢太甚，则伤其全；经营过深，则失其本"是非常服膺的。他对黄庭坚的批评主要是集中在这一点上。他认为山谷诗的最为致命的缺点，便是缺少自然态度，刻意求奇。这里我们对若虚批评山谷之论作一点分析。

王若虚的《滹南诗话》计有89则，其中语涉直接抨击山谷诗者即有22则，而对山谷无一句赞语。前面已对有关内容略有论及。若虚对山谷的批评主要是这样的意见，他认为山谷过于追求诗歌句法的奇峭险怪，虽然号称学杜，却于杜甚远。山谷及江西诗派的"夺胎换骨"、"点铁成金"，在若虚看来，也不过是"剽窃之黠"。山谷诗缺少天然自得之美，缺少内在真情的流露。山谷诗不合事物的日常之理，缺少真切的内容。若虚回忆其舅父周昂的观点，其实正是他自己的看法。如说："吾舅儿时便学工部，而终身不喜山谷也。若虚乘间问之，则曰：'鲁直雄豪奇险，善为新样，固有过人者，然于少陵初无关涉，前辈以为得法者，皆未能深见耳。'舜元之论，岂亦袭旧闻而发欤！抑其诚有所见也？更当与知者订之。"①

王若虚这里是引述舅父周昂的观点，但其实他是完全赞同的，也可以说就是他自己的观点。在《诗话》的卷下，若虚有一段话对山谷攻击最力，他说：

> 鲁直论诗，有夺胎换骨，点铁成金之喻，世以为名言。以予观之，特剽窃之黠者耳！鲁直好胜而耻其出于前人，故为此强辞，而私立名字。夫既已出于前人，纵复加工，要不足贵。虽然，物有同然之理，人有同然之见，语意之间，岂容全不见犯哉！盖昔之作者，初不校此。同者不以为嫌，异者不以为夸，随其所自得，而尽其所当然而已。至于妙处，不专在于是也。故皆不害为名家而各传后世。何必如鲁直之措意邪！

王若虚对山谷诗论作了最强烈的攻击，为之定性为"剽窃之黠"。他认为诗歌创作与古人有所雷同"见犯"，也是自然而然的事。只要是出于诗人的

---

① 郑文等校点：《滹南诗话》，人民出版社1962年版，第52页。

"自得"，那便无所妨碍的。而如山谷那样刻意从古人之语寻求创作"资源"，又费尽心机进行加工改造，是全然不足取的。前论之朱弁论江西诗风，认为可以"用昆体功夫而造老杜浑全之地"，若虚对此以为大谬不然，认为："用昆体功夫，必不能造老杜之浑全；而至老杜之地者，亦无事乎昆体功夫。盖二者不能相兼耳。"①

　　若虚还从他对山谷的成见出发，对山谷诗作了近乎吹毛求疵的指摘。如说：

　　　　荆公有"两山排闼送青来"之句，虽用"排闼"字，读之不觉其诡异。山谷云"青州从事斩关来"，又云"残暑已促装"。此与"排闼"等耳，便令人骇愕。②

山谷的这两句诗，意象新奇，却很难说是诡异，若虚的评价，算不上是持平之论。若虚又云：

　　　　诗人之语，诡谲寄意，固无不可；然至于太过，亦其病也。山谷《题惠崇画图》云："欲放扁舟归去，主人云是丹青。"使主人不告，当遂不知！

山谷这首六言绝句的意境，绝无那种奇险怪僻之弊，而是给人以出人意料的新意；而若虚的批评，则是出于某种偏见而并不符合审美规律的。

　　一些文学史著作与教材，在论及黄庭坚及江西诗派时多有加之以"蹈袭剽窃"或"形式主义"的恶谥，其实正是未加深入考察研究便沿袭王若虚的说法的结果。无论在宋代还是在中国诗歌史上，黄庭坚都是一位有突出成就、有鲜明艺术个性的大诗人，他所提出的"夺胎换骨，点铁成金"之说，固然产生了一定的负面作用，但却很难说成是"剽窃之黠"。新时期以来，随着文学研究观念的更新以及研究的不断深入，人们对称黄庭坚的"夺胎换骨"、"点铁成金"的诗论为"剽窃蹈袭"的成说定论，产生了深刻的怀疑，并在深入研究的基础上，提出了新的看法。这方面最有代表性的是莫砺锋教授的研究成果。在《黄庭坚的"夺胎换骨"辩》等论著中，莫

---

① 郑文等校点：《滹南诗话》，人民文学出版社1962年版，第258页。
② 同上书，第255页。

砺锋通过大量的客观翔实的分析，指出了"夺胎换骨"、"点铁成金"的诗学命题的求新因素。他认为："黄庭坚的这两段话中有一点共同的精神，就是：在学习前人的创作经验时要有所发展变化。取古人'陈言'要经过'陶冶'，重新熔铸，然后为我所有。取古人之意要'造其语'，即改换其言词；或'形容之'，即有所引申发展。反对此论的人往往只看到他有所因袭，而忽略了其中包含的求新精神，于是认为这是向古人集中做贼。其实，求新求变、要求自成一家的精神是贯穿于黄庭坚的整个诗歌创作和诗歌理论的。"笔者也对这个问题发表了这样的看法。在具体分析的基础上，笔者指出："点铁成金也好，夺胎换骨也好，总的精神在于'以故为新'。也就是取古人陈言作为原料，融会陶钧，用以抒写诗人自己的艺术感受，拓出新的审美境界。对于江西诗派的末流而言，'夺胎换骨'之说，未始不是蹈袭前人的借口，然而在山谷这里，却与剽窃蹈袭有质的区别。山谷是极力主张艺术的独创性的。所谓'听他下虎口箸，我不为牛后人'，要求闯出一条独特的艺术道路来，而不蹈人足迹，这是山谷所孜孜以求的。倘若仅是'剽窃之黠'，却又在中国诗史上占据了颇为重要的地位，那是不可思议的。作为对有宋诗风影响极大的诗人，山谷的艺术个性是十分突出的。"[①] 同时，笔者还从审美心理的角度对于黄庭坚的诗论作了这样的理解："夺胎换骨、点铁成金的方法，目的在于以熟取生，在人们所熟悉的意象之中翻空出奇，造成崭新的境界。援用前人之语，却又另生新意。对于欣赏者来说，前人之语所生成的审美表象本来是熟悉的，但经过诗人点化陶钧，改变了原来陈熟的意象，而生成新的意象，这种熟中取生的方法，尤能引起人们的审美兴趣。从审美心理学的角度看，人的审美知觉能力和敏感性同眼前的'图式'与心中熟悉的图式之间的差异程度有关。在完全熟悉的事物面前，审美主体可能失去对此事物的知觉敏感，而处于'熟视无睹'的状态；对于那些完全陌生的'图式'，审美主体也很可能无动于衷，难以引起兴趣。只有那些与主体熟悉的图式有所不同，但又可以看出它们有一定联系的事物，才能引起审美主体的敏感。正如滕守尧同志所说：'只有那些不是与心中的图式完全雷同或完全无关的图式，才能引起人的敏锐的知觉。"差异原理"不仅适用于普通知觉，同样也适用于审美知觉。……只有那些在我们熟悉的传统中经过大胆创新的艺术形式才会引起我们极大的兴趣和敏锐的知觉。'夺胎换骨、点铁成金的成功之作，所取得的正是这样一种审美效应。古人陈言在审

---

① 张晶：《因难以见巧：黄庭坚的诗美追求》，《辽宁师范大学学报》1988 年第 5 期。

美主体心中留下的较为熟悉的图式—意象，但经过诗人的陶钧熔炼，呈示于诗中的意象与原来的意象有关却又不相雷同，而是构成了内涵层次更深的新的意象。这对于审美主体说来，无疑是具有了更大诱惑力与刺激性。山谷的佳作正是具备了这样的审美机制。"① 这是笔者对黄庭坚诗风及诗论的认识。

对于尚奇的诗学倾向无法执一而论，而应作具体的分析。如果为奇而奇，缺乏审美意蕴及美的形式感，把诗写得令人费解，不能给人以审美愉悦，那么，这种"奇"是不足为法的；倘若是以变形、夸张、想象等手法，创造出超越于生活真实的审美意象，表现诗人独具个性的审美体验，则不仅是允许的，而且是诗人才具的表现。诗人没有义务一定要亦步亦趋地模仿现实，艺术真实也不等于生活真实。而王若虚的反对"务奇"，则主要是以生活真实作为尺度，来指责那些不符合日常逻辑的诗歌意象，这在他对山谷诗的一系列批评中，表现得十分明显。如说："山谷《题阳关图》云：'渭城柳色关何事，自是行人作许悲。'夫人有意而物无情，固是矣；然《夜发分宁》云：'我自只如常日醉，满川风月替人愁。'此复何理也。"② 这里完全是从事物的客观逻辑作为批评标准的。前者"人有意而物无情"，合乎事物的客观逻辑，便对此加以首肯；后者因是将诗人的情感赋予了"满川风月"，使之有了人的灵性、人的情感，便认为这是荒谬无理的。这种诗学观念应该就是僵化而保守的。诗歌中的意象可以在诗人情感的熔铸下超越事物的客观逻辑，有悖于事物的常理，但却可以更为突出地表达诗人的某种特定的情感。这便是"无理而有情"、"反常而合道"，进而达到一种更高的情感真实。苏轼云："柳子厚诗：'渔翁夜傍西岩宿，晓汲清湘燃楚竹。烟销日出不见人，欸乃一声山水绿。回看天际下中流，岩上无心云相逐。'诗以奇趣为宗，反常合道为趣。"（《评柳诗》）"反常合道"在诗歌创作中是一种普遍的存在，也是诗歌的独特魅力所在。清代著名诗论家叶燮的这样一段话是非常中肯的："诗之至处，妙在含蓄无垠，思致微渺，其寄托在可言不可言之间，其指归在可解不可解之会，言在此而意在彼，泯端倪而离形象，绝议论而穷思维，引人于溟漠恍惚之境，所以为至也。若一切以理概之，理者，一定之衡，则能实而不能虚，为执而不能化，非板则腐。如学究之说书，间

---

① 张晶：《因难以见巧：黄庭坚的诗美追求》，《辽宁师范大学学报》1988 年第 5 期。
② （金）王若虚：《滹南遗老集》卷 39，中华书局 1985 年版，第 252 页。

师之读律，又如禅家之参死句，不参活句，窃恐有乖于风人之旨。"① 叶氏的论述更为切合诗歌美学的规律，而他所批评的，正是王若虚的这种对诗的理解。王若虚在《诗话》中讥刺的一些诗句，恰恰是颇具新意、能够给人以新颖超俗的审美感受的。如他所讽刺的："王子端（庭筠）《丛台绝句》云：'猛拍栏杆问兴废，野花啼鸟不应人。'若应人可是怪事！《竹庄诗话》载法具一联云：'半生客里无穷恨，告诉梅花说到明。'不知何消得如此！昨日酒间偶谈及之，客皆绝倒也。"② 王氏这里所讥笑的两联诗句，应该说都是深刻地表达了诗人情感、意象清新的佳作，而若虚的批评未免过于苛刻，不近情理，其所持论的标准也是不尽符合艺术规律的。

在金代诗坛上，王若虚作为诗论家是有重要地位的，他对黄庭坚及江西诗派的批评抨击产生了深远的影响。他的一些重要的诗学观点，如"求真"、"求是"，对于倡导诗歌反映现实、书写时代风貌是有很大推动作用的。但他的诗学思想中又有一些不尽符合诗歌艺术审美特征的成分，这是需要辩证分析的，不能一味地全盘肯定。

第五节 李纯甫一派"尚奇"的诗学倾向

在南渡诗坛上，李纯甫是一位颇有号召力的领袖人物，也是一个有着鲜明的艺术个性的诗人。他与赵秉文、王若虚有着迥然不同的诗学观念，并以"尚奇"作为主导的倾向。以之贯彻到其创作之中，产生了屏山诗那种奇崛豪肆的风格特征；以之诲人，则形成了有明显的尚奇倾向的诗歌流派。李纯甫为人热情豪爽，乐于奖拔后进，"每得一人诗文有可称，必延誉于人"③。许多文人学士因得其奖誉而知名于文场。与赵秉文、王若虚等相比，李纯甫有更大的亲和力。"屏山在世，一时才士皆趋向之。"④ 在他的周围，雷渊、李经、宋九嘉、赵宜之、李汾、张斛、王渥、麻九畴等诗人，都从之游，而且有着颇为相近的诗学倾向，那便是怪奇之风。他们也是有着较为自觉的诗学思想的。尚奇，是这派诗人的共同特点。

李纯甫（1177—1223），字之纯，宏州襄阴（今河北阳原）人，自号

---

① 霍松林、杜维沫校注：《原诗·一瓢诗话·说诗晬语》，人民文学出版社1979年版，第30页。

② （金）王若虚：《滹南遗老集》卷40，中华书局1985年版，第256页。

③ （金）刘祁：《归潜志》卷8，中华书局1983年版，第87页。

④ 同上。

"屏山居士"。承安二年（1197）经义进士。年少中举，声名赫然。后入翰林，官至尚书左司都事。他是跨越两个时期的诗人。屏山少有大志，他"为人聪敏，少自负其材，谓功名可俯拾，作《矮柏赋》，以诸葛孔明、王景略自期"①，可见其志向高远，意气甚高。他又"喜谈兵，慨然有经世心，章宗南征，两上疏策其胜负，上奇之，给送军中，后多如所料"②。于是为宰执赏识，荐入翰林。南渡后，术虎高琪执政，屏山以小官上万言书，援宋为证，剀切论政，为当世者所疾，以"迂阔"为名加以贬抑，由此益狂放不羁，不屑仕进。"中年，度其道不行，益纵酒自放，无仕进意。得官未尝成考，旋即归隐。居闲，与禅僧、士子游，惟以文酒为事，啸歌袒裼，出礼法外，或饮数月不醒。人有酒见招，不择贵贱，必往，往辄醉。虽沉醉，亦未尝废著书。至于谈笑怒骂，灿然皆成文理。"③术虎高琪执政时，屏山审其必败，以母老辞去。高琪被诛后，他复入翰林，连知贡举。正大末年，坐取人逾新格，出佐坊州，后改京兆判官，卒于汴京。

李纯甫著述甚丰，曾将其文分类自编，把其有关佛老的文字编为《内稿》，其余应用文字编为《外稿》，另著有《中庸集解》、《鸣道集解》等，现皆散佚不见，存诗33首。

李纯甫的诗学观念有其较深厚的思想基础，只有较为全面、客观地了解他的思想，方能更为中肯、深入地把握其诗学思想的特质所在。

李纯甫的思想成分相当复杂，于儒道释三家无所不染，为举子时便"于书无所不窥"。作为经义进士，他对儒家经典自然是非常谙熟的，对老庄哲学也力探间奥，为《老子》、《庄子》作注是要深入腠理的。而他在"三十岁后，又遍观佛书"，对佛学思想发生浓厚的兴趣。通过对佛典的研读，他对佛学在思想界的地位有了更高的肯定，认为佛学是超越并包容了儒道二家思想的。他虽然自称是"儒家子"，但实际上却是以佛学为其思想的核心的。宣宗兴定四年（1220），屏山作《重修面壁庵记》，自述了他的治学之道、思想发展，同时也论述了佛学的思想价值。他说：

> 屏山居士，儒家子也。始知读书，学赋以嗣家门，学大义以业科举。又学诗以道意，学议论以见志，学古文以得虚名。颇喜史学，求经

---

① （元）脱脱等：《金史》卷126《文艺传上》，中华书局1975年版，第2735页。
② 同上。
③ （金）刘祁：《归潜志》卷1，中华书局1983年版，第6页。

济之术；深爱经学，穷理性之说。偶于玄学似有所得，遂于佛学亦有所入。学至佛则无可学者，乃知佛即圣人，圣人非佛。西方有中国之书，中国无西方之书也。吾佛大慈，皆如实语，发精微之义于明白处，索玄妙之理于委曲中。学士大夫犹畏其高而疑其深，诬为怪诞，诟为邪淫，惜哉！

屏山涉猎广泛，儒、道、玄、佛无所不通，但他最终更为认同的是佛学。他认为佛学是"学无可学"的"至学"，可以汇通儒、道学说。佛教经典可以包含儒家经典的精髓，而儒家经典却无法包含佛家思想的奥义。这显然是认为佛高于儒了。此时，屏山已经是站在佛学的立场来看三家思想的价值了。屏山的这种观点，在儒家看来，自然是离经叛道的，因而，《重修面壁庵记》既出，便受到诸儒的"哗然而攻"。屏山又在《新修雪庭西舍碑》中反驳道："李翱、王介甫、吕惠卿、苏子由、张天觉，亦佞佛之徒耳。如伊川、东莱无垢诸先生，其视佛老如仇雠，然子以为得佛之道不亦诞乎！仆笑应之曰：诸先生之书尚在，所谓阳挤而阴助者多矣。真得祖师扫荡之意。学者疑其云云，是对痴儿不得说梦也。如致堂先生胡寅，在伊川门排佛之尤者，著崇正辨七十余篇，诟骂靳笑，无所不至。虽然，止骂像季以来破戒僧耳。近得其所著《读史管见》，其言历诋诸儒，谓荀况正而失之驳，董仲舒粹而失之泥，扬雄潜而失之懦。王通懿而失之陋，韩愈达而失之浅。由秦汉至五代千三百年，无知道者。至于斫轮操舟之工，雕刻刺绣之巧，累丸竹竿之习，及其精也，疑于不可思度，况人之所以为人，有大于此者乎！老氏知之，故有真以治身土苴为人之说，佛氏知之，故有不立文字指心见性之传。又曰：老庄之言，奥窈闳达，非荀扬诸子所能及。又曰，深读佛书，其庭户未易到，岂老庄所得拟哉！"[①] 屏山主张"三教归一"之说，认为儒、道、佛三家思想可以融为一体。著名理学家程颢以辟佛自任，指佛学为异端之学，并认为有害于儒学传统。屏山作《程伊川异端害教论辩》，大加驳斥，他说：

　　程颢论学于周敦颐曰：道之不明，异端害人也。古之害近而易知，今之害深而难辩。昔之惑人也，乘其迷暗，今之惑人也，因其高明，自

　　① （金）李纯甫：《新修雪庭西舍碑》，见（清）张金吾《金文最》卷81，中华书局1990年版，第1187页。

谓之穷神知化，而不足以开物成务。名为无不周遍，而其实乖于伦理。虽云穷深极微，而不可以入尧舜之道。天下之学者，非浅隔固滞，则必入于此。悲夫，诸儒排佛之言，无如此说之深且痛也。吾读《周易》知异端之不足怪，读《庄子》知异端之皆可喜，读《维摩诘经》曰诸邪见外道皆吾侍者，六地菩萨乃作魔，谤于佛，毁于法，不入众数，随六师堕，乃可取食，然无异端也。……尝试论之，三圣同出于周，如日月星辰之合扶桑之上，如江河淮汉之汇于尾闾之渊，非偶然也。其心则同，其迹则异，其道则一，其教则三。孔子游方之内，其防民也深。恐其眩于太高之说，则荡而无所归。故约之以名教，老子游方之外，其导世也切，恐其昧于至微之辞，则塞而无所入。故示之以真理，不无小龃龉者，此其徒之所以支离而不合也。吾佛之书既东，则不如此。大包天地而有余，细入秋毫而无间。假诸梦话，戏此幻人。……翰墨文章，亦游戏三昧，道冠儒履，皆菩萨道场。诸君之聪慧辨才，亦必有所从来。特以他生之事而忘之耳。况程氏之学出于佛书，何用故谤伤哉！

在李纯甫看来，儒、道、释三家思想是一致的，儒、道两家有很大的片面性，而佛家思想可以包容一切，综合三教，无论是儒，是道，都不出佛的光轮之中。屏山在这里大张旗鼓地为佛教辩护，为"异端"喝彩，尽管他所表述的思想未必是正确的，但这种公然为"异端"思想张目的态度，在中国古代士大夫中还是相当罕见的。这使我们看到屏山思想的叛逆色彩。

屏山的"离经叛道"，决定了他的诗学观念不源于正统的儒家诗教，与长期以来相沿已久的儒家文学观大相径庭，他一不张"征圣"、"宗经"、"原道"，二不倡"温柔敦厚"、"主文谲谏"，而认为诗为心声，"唯意所适"。我们可以在他为诗人刘汲的《西岩集》所作序文中窥见其诗学思想的特征，他说：

人心不同如面，其心之声发而为言，言中理谓之文，文而有节为之诗。然则诗者，文之变也，岂有定体哉？故三百篇，什无定章，章无定句，句无定字，字无定音，大小长短，险易轻重，惟意所适。虽役夫室妾悲愤感激之语，与圣贤相杂而无愧，亦各言其志已矣。何所世之不公邪！齐梁以降，病以声律，类俳优然；沈宋而下，裁其句读，又俚俗之甚者。自谓灵均以来，此秘未睹，此可笑者一也。李义山喜用僻事，下奇字，晚唐人多效之，号西昆体，殊无典雅浑厚之气，反晋杜少陵为村夫子，此可笑者二也。黄鲁直天资峭拔，摆出翰墨畦径，以俗为雅，以故为新，不犯正位，如参禅，着末后句为具眼，江西诸君子，翕然推重别为一派。高者雕镌尖刻，下者模影剽窃，公言韩退之以文为诗，如教坊雷大使舞。又云，学退之不至，即一白乐天耳，此可笑者三也。嗟乎！此说既行，天下宁复有诗邪！

这篇序文表达出屏山的基本诗学观念。首先他认为诗歌是心声的表露，主张文学贵真。屏山重在表明"言为心声"，即能表达出心底的真情实感。屏山突出强调了"悲愤感激之语"，更多地继承了"发愤为诗"、"不平则鸣"的抒情传统，同时，又有很强的现实精神。"惟意所适"的诗学命题，所提倡的是淋漓尽致地抒写诗人心中之"意"，而无须"主文谲谏"的委曲含蕴，这种主张与儒家"温柔敦厚"的诗教分张异途。

李纯甫尤为重视来自于社会下层的声音，认为那些"役夫室妾"的"悲愤感激之语"足以与"圣贤相杂而无愧"，高度肯定了来自下层的民间歌诗，同时，也是一种非正统的文学立场。李纯甫的这种文学观念是与正统的文学观相背驰而体现着文学史的一种进步的。

李纯甫强调诗在形式上的独创性。他认为诗是文的变体，即当以纪事与抒情为目的，而不受外在的"诗法"的束缚。他认为"惟意所适"，不应有定体，而应以自己的独创为旨归。

他对齐梁以来的诗歌作了大略的评价，对于齐梁以降的那些专意于声律、忽略意境创造的诗作十分反感，斥为"类俳优然"。对于沈宋以下专营句读的诗人，亦颇为不满，指为"俚俗之甚"。对于"西昆体"诗人的专用奇字僻事，也予以严厉的指责，认为西昆派的创作是"无典雅浑厚之气"。但指李商隐诗"喜用僻事，下奇字"，未免有些失实，义山只是因了宋初西昆派诗人杨亿、刘筠等打了他的旗号，而受了"连累"，他本人的创作并不多见"用僻事，下奇字"。而西昆派多是台阁诗人，其诗亦多贵族气象，用典繁富，意蕴深微，这一点是屏山深为反感的。加之杨亿曾嘲笑杜甫为"村夫子"，这更是屏山所耿耿于怀的。对于以黄庭坚为代表的江西诗派，屏山予以区别分析。对于黄庭坚本人的诗歌创作，屏山是非常称赏的，他认为山谷能够"摆出翰墨畦径"，有"自成一家始逼真"的独创精神。黄庭坚的诗学主张，最有名的乃是"夺胎换骨"、"点铁成金"以及"以俗为雅"、"以故为新"，这是受到很多论者指责的说法，认为山谷模仿前人，甚者如王若虚则激烈抨击黄庭坚是"特剽窃之黠耳"！其实山谷是非常重视艺术的独创的。山谷曾写道："听他下虎口箸，我不为牛后人"，他是要在人们所熟悉的意象中翻空出奇，造成崭新的意境。因此，山谷诗对于宋诗是有开创之功的。在某种意义上说，苏、黄是北宋前期诗风的代表。而追随山谷的江西诗人们，则缺少山谷的创新追求，同时也没有山谷的才气，他们以"句法"、"诗眼"等规矩法度为自己写诗的依托，更多更好的是在诗的形式技巧上下功夫。这是屏山所看不上的。屏山推崇山谷作为诗人的开拓气魄，对他所提出的"以俗为雅，以故为新"亦颇为赞赏；而他却对一班江西诗人的模拟雕刻，无甚好感。这与元好问在《论诗三十首》中所说"论诗宁下涪翁拜，未作江西社里人"的看法是一样的。

由此看来，李纯甫主张艺术的创新、形式的突破与风格的个性化，是以"诗为心声"为其逻辑起点的，他反对无关乎诗人之"意"的形式雕饰，单纯的声律追求与模拟剽窃，认为形式的创新乃是"各言其志"的自然结果。他崇尚雄奇峭健的诗风，与他所主张抒写的"悲愤感激之语"有内在的联系。在南渡诗坛上，李纯甫是以力主自成一家、不随人后而著称的。在与李纯甫同时且关系密切的刘祁的记载中，可以见出屏山的这种思想：

> 李屏山教后学为文，欲自成一家，每曰："当别转一路，勿随人脚跟。"故多喜奇怪，然其文亦不出庄、左、柳、苏，诗不出卢仝、李贺。晚甚爱杨万里诗，曰："活泼剌底，人难及也。"赵闲闲教后进为诗文则曰："文章不可执一体，有时奇古，有时平淡，何拘？"李尝与余论赵文曰："才甚高，气象甚雄，然不免有失支堕节处，盖学东坡而不成者。"赵亦语余曰："之纯文字止一体，诗只一句去也。"又，赵诗多犯古人语，一篇或有数句，此亦文章病。屏山尝序其《闲闲集》云："公诗往往有李太白、白乐天语，某辄能识之。"又云："公谓男子不食人唾，后当与之纯、天英作真文字。"亦阴讥云。①

由这段文字可以看出赵、李二人在诗学观念上的分歧。赵秉文主张得诸家之长，转益多师；李纯甫则更强调摆脱蹊径，勿随人脚跟，勿拾人余唾，而自成一家。赵秉文主张风格的多样化，不拘于奇古或平淡，而不满于屏山的"止一体"，只有一种面目。但是，实际上赵更倾心的是含蓄平淡的风格，而反对李纯甫的奇险诗风。李纯甫论诗的关键之点有两个：一是自成一家，

---

① （金）刘祁：《归潜志》卷8，中华书局1983年版，第87页。

二是崇尚雄奇险峭的风格。这二者又是相互联系的。

李纯甫以"尚奇"为其诗学思想的特征。他本人的诗歌创作，以其所抒情感的奇突不平和意象的怪奇峭健而著称。屏山诗本身就有着十分突出的奇崛豪肆的风格特征，不妨引一二首以见之，如《怪松谣》：

> 阿谁栽汝来几时，轮囷拥肿苍虬姿。鳞皴百怪雄牙髭，拿空夭矫蟠枯枝。疑是秘魔岩中老慵物，旱火烧天鞭不出，睡中失却照海珠。羞入黄泉蜕其骨。石钳沙锢汗且僵，埋头卧角正摧藏。试与摩挲定何似，怒我桩触须鬐张。壮士囚缚不得住，神物世间无着处。堤防半夜雷破山，尾血淋漓飞却去。

这首诗写"怪松"的意象，非常奇矫不凡。诗的风格奇险狠重，实际上是表现诗人胸中"感士不遇"的不平之情。其他如《雪后》、《赤壁风月笛图》、《送李经》、《为蝉解嘲》等作，都以风格的奇崛豪肆见称。李纯甫的"尚奇"的诗学思想、审美兴趣，还表现在他对同时的一些诗人的推许和称赏中。如他对当时的一位盲诗人赵元"诗胆"的推崇："先生有胆如许大，落笔突兀无黄初。轩昂学古淡，家法出《关雎》。暗中摸索出奇语，字字不减琼瑶琚。神憎鬼妒天公怛。"（《赵宜之愚轩》）赵元为诗，诗风奇崛，立意不凡，深受屏山的爱重。屏山是以"诗胆"甚大、"落笔突兀"来形容赵元诗的"奇语"。用"诗胆"来形容诗语之奇，这是中唐韩孟诗派曾多次体现的。韩孟诗派作诗即以"怪奇"为其审美追求，姜剑云先生即称之为"怪奇诗派"。如韩愈称贾岛诗云："无本（贾岛曾是僧人，法号'无本'）于为文，身大不及胆。吾尝示之难，勇往无不敢。"（《送无本师归范阳》）酬答别人诗作云："望秋一章已惊绝，犹言低抑避谤诿。若使乘酣骋雄怪，造化何以当镌劖。嗟我小生值强伴，怯胆变勇神明鉴。"（《酬司门卢四兄云夫院长望秋作》）同派诗人刘叉也在诗中自叙道："酒肠宽似海，诗胆大于天。"（《自问》）这些对"诗胆"的张扬，正是对尚奇的美学理想的认同。诚如姜剑云先生所说："我们可以想见，'诗胆'对于怪奇派诗人实在是太重要了。他们正因为具备了非凡的'诗胆'，才能够为求奇觅怪而充分发挥思维想象的能力，甚至宁过而毋不及，逆理悖常，异想天开。"[①] 屏山对诗中之"奇"的追求是自觉的，他在诗中吟道："壁上七弦元自雅，囊中五字

---

① 姜剑云：《审美的游离——论唐代怪奇诗派》，东方出版社2002年版，第304页。

更须奇。"（《瓢庵》）

"奇"是中国古典诗学中的一个重要的而又是常见的价值范畴。诗论家和诗人们经常以此来称赞诗歌创作的异乎寻常，出类拔萃，由此而产生"惊人"的审美效果。钟嵘在《诗品》中即以"奇"作为评价诗歌高下的标准，如他评任昉诗云："昉既博物，动辄用事，所以诗不得奇。"① 钟嵘将任昉列入中品，评价不高，主要是因为因其作诗多用事，所以不能奇警。钟嵘对建安时期的杰出诗人曹植是最为推崇的，列在上品的最前面，他称曹植诗云："其源出于国风。骨气奇高，词采华茂，情兼雅怨，体被文质。"② 他对建安诗人刘桢评价甚高，云："其源出于古诗。仗气爱奇，动多振绝。"③唐人殷璠评诗人刘眘虚云："情幽兴远，思若语奇，忽有所得，便惊众听。"④ 宋代大诗人杨万里论诗云："山思江情不负伊，雨姿晴态总成奇。"（《下横山滩头望金华山》）这些都是以"奇"为其标准来论诗的。"奇"作为一个诗歌的审美价值范畴，包含的内涵是丰富的、多层面的。或指思想情感的高迈不凡，或指气势的奇突不平，或指炼字造句的出乎常理，或指意象的想落天外。它有时是涵盖面甚广的范畴，只要是写得好的诗句，都可以称之为"奇"；有时则是专指立意、词语、意象匪夷所思或异乎寻常的诗歌创作风貌。中唐的韩孟诗派（韩愈、孟郊、李贺、贾岛、卢仝、马异等均属此派）就是以"奇"著称的诗歌流派。而李纯甫为代表的一些金代诗人，则被称之为"后怪奇诗派"⑤，由此可见李纯甫的"尚奇"的美学倾向。

李纯甫的"尚奇"，是因其思想性格中的志向高远，不同凡庸，慷慨磊落，这既是其"尚奇"的诗风的形成因素，也是其创作中的奇崛诗风的突出呈现。刘祁记述李纯甫的行履与性格云：

> 李翰林纯甫，字之纯，宏州襄阴人。祖安上，尝魁西京进士。父采仲文，卒于益都府治中。公幼颖悟异常儿。初为词赋学，后读《左氏春秋》，大爱之，遂更为经义学。逾冠，擢高第，名声烨然。为文法庄周、左氏，故其词雄奇简古。后进宗之，文风由此一变。又喜谈兵，慷

① （南朝·梁）钟嵘：《诗品》，文学古籍刊行社1954年版，第12页。
② 同上书，第4页。
③ 陈延杰：《诗品注》，人民文学出版社1961年版，第21页。
④ （唐）殷璠：《河岳英灵集》卷上，见《四库全书》第1332册，上海古籍出版社1989年版，第29页。
⑤ 姜剑云：《审美的游离——论唐代怪奇诗派》，东方出版社2002年版，第260页。

然有经世志。泰和南征，两上疏，策其胜负。章宗咨异，给送军中，后多如所料。宰执奇其文，荐入翰林。及北方兵起，又上疏论事，不报。宣宗南渡，再入翰林。时丞相术虎高琪擅权，擢为左司都事。公审其必败，以母老辞去。俄而高琪诛死，识者智之。再入翰林，连知贡举。正大末，由取人逾新格，出倅坊州。未赴，改京兆府判官，卒于南京，年四十七。公为人聪敏，于学无所不通。少自负其才，谓功名可俯拾，作《矮柏斌》，以诸葛孔明、王景略自期。由小官上万言书，援宋为证，甚切。当路者以迂阔见抑，士论惜之。中年，度其道不行，益纵酒自放，无仕进意。得官未尝成考，旋即归隐。居闲，与禅僧、士子游，惟以文酒为事。啸歌袒裼，出礼法外，或饮数月不醒。人有酒见招，不择贵贱，必往，往辄醉。虽沉醉。亦未尝废著书。至于谈笑怒骂，灿然皆成文理。①

由此可见，屏山志存高远，脱略凡庸，以经邦济世为己任，以诸葛亮自期，抱负甚大。他亦有不同寻常的政治、军事才能，对时政见解透辟，判断准确。而因其时运不济，术虎高琪跋扈擅权，排斥异己，使屏山志不得施，沉沦下僚。屏山也因此益加狂放，慷慨不平。屏山诗的奇崛不凡，正是其奇矫不羁的性格的投射。如《怪松谣》中所写的"怪松"，可以视为诗人个性的写照。他所创作的篇什中，多有这种经世情怀和雄奇气魄的恢张。如《赤壁风月笛图》中所写："钲鼓掀天旗脚红，老狐胆落武昌东。书生那得麾白羽，谁识潭潭盖世雄。裕陵果用轼为将，黄河倒卷湔西戎。却教载酒月明中，船尾呜呜一笛风。九原唤起周公瑾，笑煞儋州秃鬓翁。"他写给友人的诗，在对友人的称许中，其实也包含着自己的抱负，如《送李经》、《赠高仲常》等篇，皆是如此。即便是描写自然景物的篇什，也无处不见其雄奇不凡的胸臆。如《雪后》诗中所写："玉环晕月蟠长虹，飞沙卷土号阴风。黄云幂幂翳晴空，屋头唧唧鸣寒虫。天符夜下扶桑宫，玄冥震怒鞭鱼龙。鱼龙飞出沧海底，呲嗟如律愁神工。急剜北斗卷云汉，凌澌卷入天瓢中。椎璋碎璧纷破碎，六华剪出寒珑璁。翩翩作穗大如手，千奇万巧难形容。恍如堕我银沙界，清光缟夜寒朣胧。肝肠作祟耿无寐，试把往事闲追穷。男儿生须衔枚卷甲臂雕弓，径投虎穴策奇功。不然羊羔酒涨玻璃锺，侍儿醉脸潮春红。谁能蹇驴驮着灞陵东。骨相酸寒愁煞侬。屏山正吐黄茅气，笑倒坐间亡

---

① （金）刘祁：《归潜志》卷1，中华书局1983年版，第6页。

是公。"这首诗是写雪后之景，却将诗人那种高远奇崛而又豪旷不羁的胸臆抒写得淋漓尽致。

李纯甫的"尚奇"，是与其佛学思想的影响有相当大的关系的。唐宋之际，正是禅宗盛行之时。金朝士大夫之染禅者，也多笼罩于禅风之中。屏山之奉信佛教，也主要是禅。其所作之《重修面壁庵记》和《新修雪庭西舍碑》，都说明了这一点。屏山是将禅学与诗文创作联系起来的。如他所说："道冠儒履皆有大解脱门，翰墨文章亦为游戏三昧，此师之力也。"（《重修面壁庵记》）"深读佛书，其庭户未易知。其奥未易穷。其辨未易折，其精极之地未易到。岂老庄所得拟哉？"（《新修雪庭西舍碑》）以翰墨文章为"游戏三昧"之途，是受了达摩祖师及其禅说的启悟。禅宗以"教外别传"自任，力倡"以心传心，不立文字"的悟解方式，并以"顿悟成佛"立宗。禅宗破弃逻辑概念，废除规矩方圆，而以随机应物、拳打棒喝为悟解方式。所谓"禅家机锋"，是以废除规矩、匪夷所思为特点的。受禅学濡染的诗人或诗论家，宋代的如严羽、叶梦得、吴可等，常常"以禅喻诗"，而其重要的一点便在于以"悟"为诗之法门，破弃规矩死法，反对以窠臼绳人的做法。严羽有这样一段名言："大抵禅道惟在妙悟，诗道亦在妙悟。且孟襄阳学力下韩退之远甚，而其诗独出退之之上者，一味妙悟而已。惟悟乃为当行，乃为本色。"[1] 严羽是将"悟"作为诗禅联结的关键的。宋人吴可也"以禅论诗"，说："凡作诗如参禅，须有悟门。"[2] 以"禅悟"观念进入诗歌创作领域，突出地表现在对"死法"的破弃，而提倡"活法"，如宋代大诗人吕本中所说："学诗当识活法。所谓活法者，规矩备而能出于规矩之外，变化不测而亦不背于规矩也。是道也，盖有定法而无定法，无定法而有定法。知是者，则可以与语活法也。"[3]"活法"为诗的直接审美效果，便是出奇制胜，脱略凡庸。吴可的《学诗诗》云："学诗浑似学参禅，竹榻蒲团不计年。直待自家都了得，等闲拈出便超然。""学诗浑似学参禅，头上安头不足传。跳出少陵窠臼外，丈夫志气本冲天。"龚相的论诗诗亦云："学诗浑似学参禅，悟了方知岁是年。点铁成金犹是妄，高山流水自依然。""学诗浑似学参禅，几许搜肠觅句联。欲识少陵奇绝处，初无言语与人传。"

① 郭绍虞：《沧浪诗话校释》，人民文学出版社 1961 年版，第 12 页。

② （宋）吴可《藏海诗话》，见（清）丁福保辑《历代诗话续编》，中华书局 1983 年版，第 340 页。

③ （宋）刘克庄：《夏均父集序》，见刘方喜《中华古文论释林·宋金元卷》，北京大学出版社 2011 年版，第 12 页。

这些“以禅喻诗”的诗论或论诗诗，都是主张摆脱畦径、超越死法的。屏山诗冲破儒家诗教倡导的“中和之美”的诗学标准，有意扬弃超越前人的诗歌法度模式，出之以奇。屏山诗大多数是古体，诗人在创作中有意突破唐代歌行体的运律入古，突兀不平，意象雄奇，充分地表现了诗人那种雄杰而勃郁的情怀。

李纯甫这种“尚奇”的诗学思想，在当时是很有代表性的。在他的周围，形成了一个以“尚奇”为主要特征的诗学流派。南渡诗坛的风气，比之明昌、承安时期，有了很明显的变化。这种变化的体现主要是明昌、承安诗坛尚浮艳，而南渡诗坛转向平淡或奇古。此时的诗坛领袖是赵秉文和李纯甫。刘祁记载道：“明昌、承安间，作诗者尚尖新，故张翥仲扬由布衣有名，召用。其诗大抵皆浮艳语，如：‘矮窗小户寒不到，一炉香火四围书。’又，‘西风了却黄花事，不管安仁两鬓秋。’人号‘张了却’。刘少宣尝题其诗集后云：‘枫落吴江真好句，不须多示郑参军。’盖讥之者也。南渡后，文风一变，文多学奇古，诗多学风雅，由赵闲闲、李屏山倡之。屏山幼无师传，为文下笔便喜左氏、庄周，故能一扫辽宋余习。而雷希颜、宋飞卿诸人，皆作古文，故复往往相法效，不作浅弱语。”① 可见，赵、李二人在诗风转变中的重要作用。

同样是反对艳靡与拘律，但李纯甫和赵秉文之间存在着明显的诗学分歧。在对诗的性质、创作方法、艺术风格等方面，各有自己的认识与见解，争执不下。他们在诗坛上树起了两面旗帜，各自周围又都有一批志同道合的诗人形成了不同的诗歌流派。与赵秉文相比，李纯甫尤乐于奖掖后进，延誉诗人，因此以屏山为师友者又远多于赵秉文。刘祁记载说：“李屏山雅喜奖拔后进，每得一个诗文有可称，必延誉于人。然颇轻许可，故赵闲闲尝云：‘被之纯坏却后进，只奖誉，教为狂。’后雷希颜亦颇接引士流，赵云：‘雷希颜又如此。’然屏山在世，一时才士皆趋向之。至于赵所成立者甚少。惟主贡举时，得李钦叔献能，后尝以文章荐麻知几九畴入仕，至今士论归屏山也。”② 就此不难看出，李纯甫在奖掖后进方面是超过了赵秉文的，在他身边凝聚了许多新锐诗人，形成了一个以“尚奇”作为其审美理想的诗歌流派。

这个流派在诗学思想上的一致之处，就在于“尚奇”的倾向，从性格

① （金）刘祁：《归潜志》卷8，中华书局1983年版，第85页。
② 同上书，第87页。

上来看，都有着豪放超迈、刚直任气的特点。我们不妨撩举其中数人以见这个流派的美学倾向。

雷渊，字希颜，金代后期的著名诗人。"为人躯干雄伟，髯张口哆。……遇不平，则疾恶之气见于颜间，或嚼齿大骂不休。虽痛自摧折，然猝亦不能变也。生平慕田畴、陈元龙之为人，而人亦以古人期之。"① 如此刚肠疾恶，可见性情之刚直。雷渊很早就"从李屏山游，遂知名"②。在文学创作上，"博学有雄气，为文章专法韩昌黎，尤长于叙事。诗杂坡、谷，喜新奇"③。他与王若虚同领史院，在文风方面多有纷争，王尚平淡纪实，而不满于雷的"奇峭造语"。雷希颜的诗作意气高迈，格调清新，有卓荦不平之致。如"寒侵桃李凄无色，雪压池塘惨不波"（《赠陈司谏正叔》），意象虽是常见之物，却一反陈俗之调，因而显得悲惋而奇崛。另如"千古崩崖一罅开，强将神怪附郊禖。无情顽石犹贻谤，贝锦从为巷伯哀"（《启母石同裕之赋》），也是突兀奇崛的。

李经，在当时颇有诗名，《金史》载："李经字天英，锦州人。作诗极刻苦，喜出奇语，不蹈袭前人。李纯甫见其诗曰：'真今世太白也。'由是名大震。再举不第，拂衣去。南渡后，其乡帅有表至朝廷，士大夫识之曰：'此天英笔也。'朝议以武功就命倅其州，后不知所终。"④ 李经为诗尚奇，如这样的篇什："长河老秋冻，马怯冰未牢。河山冷鞭底，日暮风更号。晨井冻不爨，谁疗壮士饥。天厩玉山禾，不救我马馗。""尘埃汩没佝候工，《离骚》不振矜鱼虫。风云谁复话菁蔡，不图履豨哀屠龙。挟箓搦管坐书空，咿嚘堂上酺歌钟。乃知造物戏儿童，不妨远目送归鸿。莫怪魏匏无所容，此去未许江船东。五经不扫途辙穷，门庭日月生皇风。太阿剖室砺以石，坐扫鹳鹤摇天雄。"（《杂诗五首》其一、其二）这些诗作是李经失意东归以后之作，意象冷峭奇僻，颇见诗人的个性。赵秉文批评这几首诗是"不过长吉、卢仝合而为一，未能以故为新，以俗为雅，非所望于吾友也。"⑤ 指出了李经诗的特点融合了中唐著名的诗人李贺和卢仝的奇特诗风，赵秉文是从责难的态度来说这番话的，但却道出了李经诗

---

① （金）元好问：《中州集》卷6，中华书局1959年版，第314页。
② （金）刘祁：《归潜志》卷8，中华书局1983年版，第9页。
③ 同上书，第10页。
④ （元）脱脱等：《金史》卷126《文艺传》，中华书局1975年版，第2733页。
⑤ （金）赵秉文：《复李天英书》，见（清）张金吾《金文最》卷54，中华书局1990年版，第782页。

戛戛独造的特点。李纯甫则以非常赞赏的口气来称叹天英之"奇",他在诗中勾画出李经、张谷和周嗣明的"奇士"风貌,其中最为突出的便是李经之"奇":"髯张元是人中雄,喜如俊鹘盘秋空,怒如怪兽拔枯松,老我不敢婴其锋。更着短周时缓颊,智囊无底眼如月,斫头不屈面如铁。一说未穷复一说,劲敌相扼已铮铮,二豪同军又连稀衡,屏山直欲把降旌。不意人间有阿经,阿经瑰奇天下士,笔头风雨三千字。醉倒谪仙元不死,时籍奇兵攻二子。纵饮高歌燕市中,相视一笑生春风。人憎鬼妒愁天公,径夺吾弟还辽东。"(《送李经》)将李经的奇士性格写得非常生动,同时,又着重揭示了天英诗的奇峭风格。

张毂也是李纯甫这一派的诗人。为人豪迈不羁,其诗也以奇著称。《归潜志》载:"张毂伯玉,许州人,伯英运使弟也。少有俊才,美丰姿,髯齐于腹。为人豪迈不羁,奇士也。初入太学,有声,从屏山游,与雷、李诸君及余先子(指刘祁父刘从益——笔者按)善。雅尚气任侠,不肯下人。"张毂与屏山过从甚密,《与李屏山饮燕市》诗中写出其与屏山的密切关系:"旧日饮燕市,人人识张胡。西山晚来好,饮酒不下驴。"其诗意象简约而辞气甚奇,如《登楼诗》云:"昨日上高楼,西山翡翠堆。今日上高楼,西山如死灰。想见屏山老,疗饥西山隈。餐尽西山色,高楼空崔嵬。"《赋画石》的语式和意象都颇为诡奇,但又豪气淋漓:"腹非经笥,口不肉食,胸中止有磊磊落落百千万之怪石。兴来茹噎快一吐,将军使欲关弓射。气母忽破碎,物怪纷狼藉。有时醉狂头插笔,写尽人间雪色壁。"借对画石的刻画表现出诗人磊落不平的胸臆。再如《赋古镜》云:"轩姿古镜墨如漆,锦华鳞皴秋雨湿。"颇有李贺诗的味道,刘祁评其为"人以为不减李长吉"[1]。

宋九嘉,字飞卿,夏津人,与赵秉文、李纯甫同时的诗人,与李纯甫过从颇密,在诗歌创作上也以"奇"著称。《归潜志》载:"少游太学,有词赋声。从屏山游,读书、为文有奇气。与雷希颜、李天英相埒也。……少时题太白泛月图云:'江心月影尽一掬,船头杯酒尽一吸。夜深风露点宫袍,天地之间一李白。'可想见其意气也。"[2]不仅诗风如此豪隽,其为人也"刚直豪迈"。

其他如麻知几、李汾、王士衡等诗人,也都与屏山游,而且在性格上都

---

① (金)刘祁:《归潜志》卷2,中华书局1983年版,第13页。
② 同上书,第11页。

有狂放不羁、跌宕任气的特点，写诗为文也都雄峭奇突、壮浪恣肆。南渡诗坛上，在李纯甫周围的确形成了这样一个诗歌流派，他们在性格上较为接近，大都不受儒家行为准则的羁绊，而颇有纵横家和侠士之风。而从诗学思想上看，"尚奇"是其共同的旨归。

第六章　论元好问的诗学思想

第一节　元好问的身世与诗学成就

金代文学发展史上，元好问的文学成就是最为突出的，在中国文学史的研究中，学者们公认元好问是金代最杰出的诗人。其实不仅在诗歌创作方面，而且在词、小说、文论等方面，元好问都是金代成就最高的。在诗学理论方面，元好问有更为令人瞩目的贡献。不仅是在金代，在整个中国文学批评史上，元好问也是有着重要的地位的。因此，深入全面地认识元好问的诗学思想，在本书中是无可推诿的责任。

元好问（1190—1257），字裕之，太原秀容（今山西忻州）人，自号为遗山山人，因此人多称之为"元遗山"。遗山祖系出于北魏拓跋氏，是鲜卑族的后裔。其父元德明也是金源很有名的诗人，《金史·文艺传》载："元德明，系出拓跋魏，太原秀容人。自幼嗜读书，口不言世俗鄙事，乐易无畦畛，布衣蔬食，处之自若，家人不敢以生理累之。累举不第，放浪山水间，饮酒赋诗以自适。年四十八卒。"[①] 元好问从小出继给叔父元格，随元格游宦于任所。曾受业于著名学者路铎和郝天挺，淹博经史百家，而于其间最精于诗文创作。20岁时，学业已成，下太行，渡大河，为《箕山》、《琴台》诗，受到当时的文坛领袖、礼部尚书赵秉文的激赏。兴定五年（1221），进士及第，历任镇平令、内乡令、南阳令等职，天兴初擢尚书省掾，又除左司都事，转行尚书省左司员外郎。金亡后，元好问与守汴官员一起被蒙古军羁管于聊城，达两年之久。太宗八年，遗山由聊城移居冠氏，结束了"南冠生活"，开始了遗民生活。太宗十一年（1239），诗人回到了阔别多年的故乡秀容读书山下。他以保存一代国史自任，在忻州故里建起了野史亭，编纂

---

① （元）脱脱等：《金史》卷126《文艺传》，中华书局1975年版，第2742页。

金代诗歌总集《中州集》和金末史料书籍《壬辰杂编》。宪宗七年（1257）秋，金源一代杰出诗人元好问逝世于真定获鹿县，归葬于秀容县系舟山下。

元好问是金元时期的文坛巨星，杰出的诗人、卓越的文学家和史学家。他一生著述颇丰，现存诗歌1360余首，词作370余首，各种体裁的散文作品230多篇，志怪小说200余篇。他编纂整理的《中州集》10卷，创作有杂言体的文言短篇小说集《续夷坚志》，在野史的撰述方面先后完成了《南冠录》、《壬辰杂编》、《金源君臣言行录》等重要著作。

元好问的诗学思想，集中体现在他的《论诗三十首》、《中州集》以及他的一些序引文章之中。这里先将《论诗三十首》和《中州集》的情况略作评述。

首先是关于《论诗三十首》。《论诗三十首》是元好问最为系统最为集中的论诗组诗。这组论诗诗，在中国文学批评史上占有非常重要的地位，它对以诗论诗的批评形式有重要的发展。组诗中，诗人系统评价了从魏晋到唐宋的主要作家和创作的作品，对于诗的形式、内容、风格、创作方法等，表述了独特的看法。

《论诗三十首》"自注"谓："丁丑岁三乡作。"丁丑岁即金宣宗兴定元年（1217），遗山是年28岁。但《论诗三十首》中的最后一首云："撼树蚍蜉自觉狂，书生技痒爱论量。老来留得诗千首，却被何人校短长？"给人们留下了疑惑：28岁何以自称为"老来"，而且还说"留得诗千首"，恰与遗山诗的创作数量大致相合，这种情形如何解释？郭绍虞先生认为："此三十首开端有总论，末尾有总结，组织甚严密。自注丁丑岁三乡作，则是少年狂态，书生习气，故诗中诋诃之语，亦时时有之。顾又云'老来'，何也？岂至晚年有所更欤？"① 笔者认为郭先生的看法是很有道理的。《论诗三十首》初系遗山年轻时所为，以"诗中疏凿手"自任，意气昂扬，是以诗中多有"诋诃之语"，而从整体上看，很多评价又相当中肯，参之以第三十首所说的"老来留得诗千首"，很可能是到老年后有所修订。

论诗绝句这种诗学批评方式，创自杜甫的《戏为六绝句》。作为论诗绝句的开山之作，杜甫以论量诗人为主，肯定了庾信、"四杰"等人在诗歌史上的重要地位，而对那些轻薄地嗤点他们的文人予以痛责："尔曹身与名俱灭，不废江河万古流。"可谓笔力千钧。郭绍虞先生指出："杜甫《戏为六绝句》，开论诗绝句之端，亦后世诗话所宗。论其体则创，语其义则精。盖

---

① 郭绍虞：《元好问论诗三十首小笺》，人民文学出版社1978年版，第84页。

其一生诗学所诣，与论诗主旨所在，悉萃于是，非可以偶尔游戏视之也。"①
论诗绝句的形式，在诗学批评中有其独特的意义。它体制短小，言简意赅，
富于形象，立论精警。杜甫之后，以此种形式进行诗歌批评的代不乏人。唐
有杜牧的《读韩杜集》、李商隐的《漫成五章》。到宋代的诗坛，以论诗绝
句形式论诗者更多于唐代，如韩驹、赵蕃、龚相的《学诗诗》，戴复古的
《论诗十绝》，等等。在金代也有王若虚论苏、黄的绝句 8 首。论诗绝句自
杜甫而下形成了两种路数：一是以作家作品批评为主，即以杜甫的《戏为
六绝句》为代表；另一种是以诗学原理为主，则以宋代戴复古的《论诗十
绝》为代表。而元好问的《论诗三十首》则是兼容了两种方式，以颇为宏
阔的规模、系统的诗学观念，相当完整地评述了汉魏以来，下迄宋季，一千
余年间的诗人和作品，而又贯之以自觉的、系统的诗学理念。因此，遗山的
《论诗三十首》在论诗诗的发展史上是一个高峰。

　　《中州集》也是寄寓遗山诗学思想的重要文献。《中州集》是元好问编
纂的金代诗歌总集，共收录 251 位作者 2062 首诗歌。《四库全书总目提要》
云："是集录金一代之诗，首录显宗二首，章宗一首，不入卷数。其余分为
十集，以十干纪之，辛集目录旁注'别起'二字，其人亦复始于金初，似
乎七卷以前为《正集》，七卷以后为《续集》也。"②《中州集》编纂的目的
在于保存一代诗歌文献，同时也是为了以诗存史。它的编纂起始是在遗山被
羁管于聊城之时。试读遗山自己所作的《中州鼓吹翰苑英华序》："商右司
平叔，尝手抄《国朝百家诗略》，云是魏邢州元道所集。平叔为附益之者，
然独其家有之，而世未之知也。岁壬辰，予掾东曹，冯内翰子骏、刘邓州光
甫约予为此集。时京师方受围。危急存亡之际，不暇及也。明年留滞聊城，
杜门深居。颇以翰墨为事。冯刘之言，日往来于心。亦念百余年以来，诗人
为多，苦心之士，积日力之久，故其诗往往可传。兵火散亡，计所存者，才
什一耳。不总萃之，则将遂湮灭而无闻，为可惜也。乃记忆前辈及交游诸人
之诗，随即录之，会平叔之子孟卿，携其先公手抄本来东平，因得合予所录
者为一编，目曰《中州集》。"这里可以看出，元好问编纂《中州集》，是有
着对金源文化的强烈责任感的。金亡前后，遍地干戈，诗人自己身为"南
冠"，即便获释，也在颠沛流离之中，但他却念念不忘搜集整理金源之诗，
以为未来留下金源一代的文学遗产。

---

① 　郭绍虞：《元好问论诗三十首小笺》，人民文学出版社 1978 年版，第 3 页。
② 　（清）纪昀等：《钦定四库全书总目》下，中华书局 1997 年版，第 2629 页。

　　元好问编纂《中州集》的又一个目的是"以诗存史"。我们在这里不妨引述胡传志教授的一段论述加以说明。胡传志说："众所周知，元好问不仅是金源文学巨擘，还是一位以'国亡史作'（《金史·元好问传》）自任的史学家，但人们往往忽视了他晚年历史意识逐渐加强的趋势。金末元好问曾在国史馆任职，那时，他的历史意识还不够强烈、不够自觉，很快就辞去史馆职务。金亡之初，历史意识明显加强，主要致力于《南冠录》和《中州集》前七卷的编写。《南冠录》是家史一类的著作，其中包括'百年以来明君贤相可传后世之事'，但该部分内容与元氏千秋录并列，篇幅估计不会太大。《中州集》也不是严格意义上的史书。这说明，当时元好问还没有着手编纂如《金史》本传所说的内容详赡、洋洋百万言的历史著作。元好问移居冠氏之后，构筑野史亭，至此才潜心撰述《壬辰杂编》这一历史巨著。此后，元氏著史态度更加执著、专注，自称'虽溘死道边无恨矣'。这种渐趋强烈的史学意识，影响到《中州集》的后期编纂，就突出了后三卷的史学特征，导致了不尽一致的体例。"① 胡传志先生这里非常客观地指出了元好问编纂《中州集》的史学意识，颇有借鉴价值。一方面保存金源诗歌文献，一方面通过编纂金源诗歌总集来为金代历史存照。元好问在《自题〈中州集〉后》以诗言志："平世何曾有稗官，乱来史笔亦烧残。百年遗稿天留在，抱向空山掩泪看。"遗山将自己编纂《中州集》的动机及其历史价值在这里业已和盘托出。

　　在《中州集》里体现的诗学思想，主要存在于遗山为诗人作的小传中。为诗人作小传，这是《中州集》作为诗歌总集在体例上的重要特征．胡传志先生于此亦有较为全面的论述，他说："《中州集》体例上的另一个特点是为入选作者立传。全书除卷首章宗、显宗之外，每位作者均有小传。为入选作者立传，完善了中国古代总集体例。从知人论世的传统观念出发，诗歌总集应该具有诗人小传，为理解诗歌、理解诗人提供必要的参考资料。前代总集中，《楚辞》、《文选》没有小传，唐代殷璠《河岳英灵集》仿照钟嵘《诗品》的体例，'姓名之下各著品题'（《四库全书总目提要》卷一百八十六），主要是些诗歌评论，很少有作者的生平介绍，如卷上岑参名下曰：'参语奇体峻，意亦造奇，至如"长风吹白茅，野火烧枯桑"，可谓逸矣，又"山风吹空林，飒飒如有人"，宜称幽致也。'这当然不是小传。晚唐姚合《极玄集》开始为作者立传，在所选21人中，'惟僧灵一、法振、皎然、

清江四人不著始末……其余则凡字及爵里与登科之年，一一详载'（《四库全书总目提要》卷一百八十六），但其小传较为简单，又无诗歌评论，其体例仍不完善。南宋曾慥纂《宋百家诗选》，为诗人立传，'诗引所载，多者数百言，少者数十言，其人出处大致，词格高下，盛德之士，高风绝尘，师表一世；放臣逐客，兴微托远，属思千里；与夫山巉冢刻，方言地志，怪奇可喜之词，群嘲聚讪，戏笑之谈，靡不毕载'（赵与时《宾退录》卷六），似已将生平资料与诗歌评论结合起来。但由于曾慥水平有限，所作小传'略无义类，议论亦凡鄙'（《直斋书录解题》卷十五），质量不高，因而影响不大。《中州集》大多数作者小传较全面地介绍了作者的生平、爵里、著述等方面的情况，继承和完善了前代总集的体例，对后代影响较大。钱谦益《列朝诗集》、吴之振《宋诗钞》等总集都模仿《中州集》的体例，为作者立传，这说明《中州集》的作者小传是相当成功的。"① 胡传志先生这里已经把《中州集》的作者小传的价值讲得相当清楚了。我们看到，《中州集》中的作者小传有多重的作用与功能。从史学的意义上，它们为《金史》的人物传记部分和其他历史典籍提供了金源人物的原始资料。《金史》的许多人物传记不仅是文苑人物，很多也是金代的重要历史人物。他们也因其有选入《中州集》而由遗山为作颇为详尽的小传，因而留下了非常珍贵的史学资料。

　　《中州集》里的小传，有对入选作者生平仕履的记载，也有对作者性格特征的刻写，有对作者一些名句的摘录，更有对作者诗歌风格特征的精要点评。这些要素未必都同时出现于一个小传之中，但却尽可能完整地勾勒出某位诗人的生平、性格及诗歌的主要特点。这对于以"知人论世"角度来认识、了解某位诗人，是极有益处的。略举一二例，如甲集中的"蔡松年小传"：

　　　　松年字伯坚，父靖，宋季守燕山，仕国朝为翰林学士。伯坚行台尚书省令史出身，官至尚书右丞相，镇阳别业有萧闲堂，自号萧闲老人，薨谥文简。百年以来，乐府推伯坚与吴颜高，号"吴蔡体"。有集行于世。其一自序云："王夷甫神情高秀，宅心物外，为天下称首。言少无宦情，使其雅咏玄虚，不经世务，超然遂终其身。则亦何必减嵇阮辈，而当衰世颓俗，力不可为之时，不能远引高蹈，颠危之祸，卒与晋俱，

---

①　胡传志：《金代文学研究》，安徽大学出版社 2000 年版，第 128—129 页。

为千古名士之恨。又尝读山阴诗引，考其论古今感慨事物之变，既言修短随化，期于共尽，而世殊事异，兴怀一致，则死生终始，物理之常，正当乘化归尽，何足深叹。乃区区列叙一时述作，刊纪岁月，岂逸少之清真简裁，亦未尽忘情于此耶？故因作歌并及之。"好问按：此歌以离骚痛饮为首句，公乐府中最得意者，读之则其平生自处，为可见矣。二子，珪字正甫，璋字特甫，俱第进士，号称文章家。正甫遂为国朝文宗，特甫非其比也。自大学至正甫，皆有书名，其笔法如出一手，前辈之贵家学，盖如此。

丙集中的"刘龙山仲尹小传"：

　　仲尹字致君，盖州人，后迁沃州，正隆二年进士，以潞州节度副使，召为都水监承卒。致君家世豪侈，而能折节读书。诗乐府俱有蕴藉，有《龙山集》，尝于其外孙钦叔处见之，参涪翁而得法者也。

戊集"愚轩居士赵元小传"：

　　元字宜之，定襄人，经童出身，举进士不中，以年及调巩西簿，未几失明。自少日博通书传，作诗有规矩。泰和以后，有诗名。河东李屏山为赋愚轩，有落笔突兀无黄初之句，愚轩，宜之自号也。用是名益重。南渡以后，往来洛西山中。闲闲公、雷御史、王子文、许至忠、崔怀祖皆爱之。所至必虚左以待。为人有才干，处事详雅。既病废，无所营为，万虑一归于诗，故诗益工。若其五言平淡处，他人未易造也。宜之之父名淑，字清臣，由门资叙，与先陇城为莫逆交，故好问交游间，得宜之之诗为多。子顺，有隐节，今居乡里。

　　上举这几个略有不同特点的作者小传，都可作为诗歌史的重要资料，而且都是原始性的，非常珍贵。作者生平事略的简要概括和关于诗歌创作的评价，构成了有机的内在联系，可以说是文学批评史所最需要的材料。金源一代诗史，赖此以成。还有一些关于文学史的重要资料仅存于《中州集·蔡珪小传》中，如关于"国朝文派"的记述："国初文士如宇文大学、蔡丞相吴深州之等，不可不谓之豪杰之士，然皆宋儒，难以国朝文派论之。故断自正甫为正传之宗，党竹溪次之，礼部闲闲公又次之。自萧户部真卿倡此论，天下迄今无异议云。"这是关于"国朝文派"一说最主要的一条。

还有一些序引文章相当集中地体现元好问的诗学思想，如《杜诗学引》、《东坡诗雅引》、《东坡乐府集选引》、《锦机引》、《双溪集序》《鸠水集引》、《杨叔能小亨集引》、《新轩乐府引》、《逃空丝竹集引》、《张仲经诗集序》、《陶然集诗序》、《木庵诗集序》等。这些文章颇为明确地阐述了元好问的诗学观点，如"以诚为本"说等。

第二节　诗歌本原论

元好问的诗学思想，有以下这样一些主要之点，其一是他的诗歌本原论，可以用"以诚为本"的命题概括之。

在《杨叔能小亨集引》这篇文章中，遗山提出这个诗学命题：

> 诗与文，特言语之别称耳；有所记述之谓文，吟咏情性之谓诗，其为言语则一也。唐诗所以绝出于《三百篇》之后者，知本焉尔矣！何谓本？诚是也。古圣贤道德言语，布在方册者多矣，且以"弗虑胡获？弗为胡成""无有作好，无有作恶""朴虽小，天下莫敢臣"较之，与"祈年孔夙，方社不莫""敬共明神，宜无悔怒"何异？但篇题句读不同而已。故由心而诚，由诚而言，由言而诗也，三者相为一。情动于中而形于言，言发乎迩而见乎远。同声相应，同气相求，虽小夫贱妇、孤臣孽子之感讽，皆可以厚人伦、美教化，无它道也。故曰不诚无物。夫惟不诚，故言无所主，心口别为二物，物我邈其千里。漠然而往，悠然而来，人之听之，若春风之过马耳。其欲动天地，感神鬼，难矣！其是之谓本。唐人之诗，其知本乎？何温柔敦厚、蔼然仁义之言之多也！幽忧憔悴，寒饥困惫，一寓于诗，而其厄穷而不悯，遗佚而不怨者，故在也。至于伤谗疾恶，不平之气不能自掩，责之愈深，其旨愈婉；怨之愈深，其辞愈缓；优柔厌饫，使人涵泳于先王之泽，情性之外，不知有文字。

《杨叔能小亨集引》作于己酉秋八月，即蒙古海迷失后元年（1249），此时遗山已是晚年，其诗学观点已颇为成熟。正如狄宝心先生所指出的："先生（指元好问）在此文中提出一个十分重要的诗学观点——以诚为本。遗山向来重视诗论方面的问题。'以诚为本'的提出，是先生在诗歌创作上取得辉煌成就、成为一代宗师后的基础上，对诗歌自身发展中所面临的问题和社会发展的迫切要求而作出的抉择。"①"以诚为本"，源于儒家思想的基本概念"诚"，而且遗山也主张儒家"温柔敦厚"的诗教。但是"以诚为本"的命题有着更为丰富的内涵，且不无内在的矛盾，它被明确提出，是有着较为重要的诗学史的价值的。

　　我们不妨先看一下"诚"的哲学渊源。《说文》："诚，信也，从言，成声。""信，诚也，从人言。"似指语言的真实无欺，从某种意义上说，"诚"一开始就是一个语言哲学的问题。"诚"是儒家哲学的基本范畴之一，《中庸》、《孟子》中都以"诚"为其重要思想。《孟子·离娄上》云："悦亲有道，反身不诚，不悦于亲矣。诚身有道，不明乎善，不诚其身矣。是故诚者，天之道也；思诚者，人之道也。至诚而不动者，未之有也；不诚，未有能动者也。"②意思是："要使父母高兴有方法，首先要诚心诚意，若是反躬自问，心意不诚，也就不能使父母高兴了。要使自己诚心诚意也有方法，首先要明白什么是善，若是不明白什么是善，也就不能诚心诚意了。所以诚是自然的规律；追求诚是做人的规律。极端诚心而不能使别人感动，是天下不会有的事，不诚心没有能感动别人的。"③"诚"与"伪"相对立，也就是真实无妄，直心而言，自然流出，这是做人的基本道理。张岱年先生指出："孟子所谓诚，大概即是真实不欺之意。天是真实不欺的，人则思求真实不欺。至诚则能感动，不诚便不能感动了。"④《中庸》里的中心观念其实不是"中庸"，而是"诚"。《中庸》云："诚者，天之道也，诚之者，人之道也。诚者不勉而中，不思而得，从容中道，圣人也。诚之者，择善而固执之者也。……惟天下至诚，为能尽其性；能尽其性，则能尽人之性；能尽人之性，则能尽物之性；能尽物之性，则可以赞天地之化育；可以赞天地之化育，则可以与天地参矣。"⑤《中庸》认为，诚是人生的最高境界，是人生的第一原则。只有"至诚"，方能尽人之性，尽物之性，可以赞天地化育。荀子对"诚"也进行了讨论，作为对《中庸》、《孟子》中有关"诚"的命题的延续，荀子将"诚"作为一种道德境界，他说："君子养心莫善于诚，致诚则无它事矣。唯仁之为守，唯义之为行。诚心守仁则形，形则神，神则能

①　狄宝心：《元好问年谱新编》，中国文联出版社 2000 年版，第 295 页。
②　杨伯峻：《孟子译注》，中华书局 1960 年版，第 173 页。
③　同上书，第 174 页。
④　张岱年：《中国哲学大纲》，中国社会科学出版社 1982 年版，第 329 页。
⑤　（宋）朱熹：《四书章句集注》，中华书局 1983 年版，第 32 页。

化矣；诚心行义则理，理则明，明则能变矣。变化代兴，谓之天德。天不言而人推高焉，地不言而人推厚焉，四时不言而百姓期焉，夫此有常以至其诚者也。君子至德，嘿然而喻，未施而亲，不怒而威，夫此顺命以慎其独者也。善之为道者，不诚则不独，不独则不形。……天地为大矣，不诚则不能化万物；圣人为知矣，不诚则不能化万民；父子为亲矣，不诚则疏；君上为尊矣，不诚则卑。夫诚者，君子之所守也，而政事之本也。"①"诚"的本来意义就是真实无欺，荀子明确提出心诚或诚心说，可说是恢复了"诚"的本来意义。张岱年先生阐释荀子论"诚"说："此以诚为德行之基础，致诚则众德自备。唯诚然后能使人化，使人变。天地之能化万物，以诚；圣人之能化万民，亦以诚。荀子谓天地四时有常而极其诚，亦即孟子所谓'诚者天之道也'之意；荀子谓'君子顺命以慎其独'，'诚者君子之所守'，亦即孟子所谓'思诚者人之道也'之意。孟子与荀子的思想相反之点甚多，而言诚则大同小异。"② 在《中庸》之后，以"诚"为人生之至道的，有唐代的李翱和北宋的周敦颐。李翱的思想，以"复性"为其基本点。倘能复其性，便达到了"诚"的境界。他说："诚者，圣人性之也，寂然不动，广大清明，照乎天地，感而遂通天下之故，行止语默，无不处于极也。复其性者，贤人循之而不已者也；不已则能归其源矣。"③ 李翱认为，圣贤作复性的工夫，用力既久，终能达到诚的境界。宋代的理学开山人物周敦颐亦以诚为作圣之基本。他说："诚者，圣人之本。大哉乾元，万物资始。诚之源也。乾道变化，各正性命，诚斯立焉。纯粹至善者也。"④ 又云："圣，诚而已矣。诚，五常之本，百行之源也，静无而动有，至正而明达也。五常百行，非诚非也，邪暗塞也。故诚无事矣。至易而行难，果而确，无难焉。"⑤ 张岱年先生从而阐释道："圣人之所以圣，在于诚而已。仁义礼智信五常及一切德行，皆以诚为基础。诚之体寂然而用无穷，至极中正而无所不通。不诚则一切德行皆属虚伪而无其实，诚则众德圆满，更无余事了。"⑥ 可见，自《中庸》至周敦颐及后面的理学家，都把诚作为一种最高的人生境界。

---

① （清）王先谦：《荀子集解》，中华书局 1988 年版，第 46 页。

② 张岱年：《中国哲学大纲》，中国社会科学出版社 1982 年版，第 329 页。

③ （唐）李翱：《复性书》上，见周绍良主编《全唐文新编》第 3 部第 3 册，吉林文史出版社 2000 年版，第 7192 页。

④ （宋）周敦颐：《通书·诚上》第 1 章，见傅云龙、吴可主编《唐宋明清文集》第 1 辑《宋人文集》卷 1，天津古籍出版社 2000 年版，第 639 页。

⑤ 同上。

⑥ 张岱年：《中国哲学大纲》，中国社会科学出版社 1982 年版，第 336 页。

作为儒家哲学的一个基本观念，"诚"的内涵一是与语言相关，即是话语的真实无妄；二是与心灵相关，即心灵的真实无欺。而这二者又是互相贯通的。蒙培元教授关于"诚"的语言性质这样说明："诚的本义是信，诚与信是可以互释的。《说文》：'诚，信也，从言，成声。''信，诚也，从人言。'这里的信，不是指信仰，而是指信实，即真实的意思。值得指出的是，诚与信，都与言字有关，也就是与语言、话语有关。言又与心有关，'言，心声也。'这样看来，诚就是从心中发出的真实的声音，也就是真实可信的语言。"① 蒙培元的阐释是言之有理的。"诚"是一个语言问题，同时也是一个心灵哲学问题。

元好问所提出的"以诚为本"，与传统的中国"诚"的哲学思想有深厚的渊源关系，但又将其引入到诗歌美学领域，使之有了新的内蕴，有了新的时代意义。"以诚为本"既是对中国传统哲学中"诚"的内涵的继承和延伸，又是在诗歌美学领域的发挥与创造。

"诚"在遗山诗学思想中的最基本的意义，当然首先是诗人情感的真诚无欺，在遗山看来，这是诗歌创作的根本。不能表现出诗人的真情实感的作品，是缺乏或没有审美价值的，虚假的情感，更是令人可憎。而且，遗山是将"诚"的语言哲学意义和心灵哲学意义密切联系在一起的，如说"故由心而诚，由诚而言，由言而诗，三者相为一。情动于中而形于言，言发乎迩而见乎远"，逻辑严密地说明了情感的真诚与诗歌创作的关系。遗山认为情感的虚伪在诗歌创作中的负面效果，即"不诚无物"。这种"心口别为二物"的虚假之作，欲其动人，是不可能的。在中国诗学中，"动天地，感鬼神"，是一个非常高的价值尺度，也是诗人们所向往的诗歌境界。而"不诚之物"是不可能产生这种审美效果的。

"诚"在遗山诗学中，又是和温柔敦厚的儒家诗学传统联系着的。遗山以唐人之诗为诚的典范，同时他又认为，"唐人之诗，其知本乎？何温柔敦厚、蔼然仁义之言之多也！"这是对儒家中庸思想的发挥。《中庸》把"诚"作为圣人修养的至高境界："诚者，天之道也；诚之者，人之道也。诚者不勉而中，不思而得，从容中道，圣人也。诚之者，择善而固执之者也。"朱熹从而阐发说："诚者，真实无妄之谓，天理之本然也。诚之者，未能真实无妄而欲其真实无妄之谓，人事之当然也。圣人之德，浑然天理，真实无

---

① 蒙培元：《心灵超越与境界》，人民出版社 1998 年版，第 148 页。

妄，不待思勉而从容中道，则亦天之道也。"① 汉儒的"温柔敦厚"的诗教，与"中庸"的思想是有直接的承继关系的。遗山又有"自警"十几条云："初予学诗，以十数条自警云：无怨怼，无谴浪，无鸷狠，无崖异，无狡讦，无妍阿，无傅会，无笼络，无衔鬻，无矫饰，无为坚白辨，无为贤圣癫，无为妾妇妒，无为仇敌谤伤，无为聋俗哄传，无为瞽师皮相，无为黥卒醉横，无为黠儿白捻，无为田舍翁木强，无为法家丑诋，无为牙郎转贩，无为市倡怨恩，无为琵琶娘人魂韵词，无为村夫子兔园策，无为算沙僧困义学，无为稠梗治禁词，无为天地一我，今古一我，无为薄恶所移，无为正人端士所不道。信斯言也，予诗其庶几乎？"② 这些"自警"的诗学戒律，任谁也做不到的，遗山自己也无法践履，但它们无疑是"温柔敦厚"的诗教的具体阐释。

在《论诗三十首》中，遗山相当鲜明地表达了"以诚为本"的诗学观念。其中第六首、第七首、第九首都在其诗歌批评中运用着这种尺度。第六首云：

> 纵横诗笔见高情，何物能浇块垒平？
> 老阮不狂谁会得，"出门一笑大江横"。

郭绍虞先生按："此亦元好问论诗宗旨也。元氏论诗宗旨，重在诚与雅二字。此首论诚。"③ 魏晋时期的著名诗人阮籍的《咏怀诗》，表达诗人在当时司马氏集团统治下的幽愤之情，虽是蕴藉含蓄，却出于诚恺，因此，读之令人感喟不已。钟嵘评阮籍诗云："其源出于小雅。无雕虫之功。而《咏怀》之作，可以陶性灵，发幽思。言在耳目之内，情寄八荒之表。洋洋乎会于风雅，使人忘其鄙近，自致远大，颇多感慨之词。厥旨渊放，归趣难求。"④ 郭绍虞先生指出："若引此语（指《小亨集引》中'至于伤谗疾恶不平之气不能自掩，责之愈深，其旨愈婉，怨之愈深，其辞愈缓。优柔厌饫，使人涵咏于先生之泽，情性之外，不知有文字。'）以论阮籍咏怀之作，则其掩抑

---

① （宋）朱熹：《四书章句集注》，中华书局1983版，第31页。
② （金）元好问：《杨叔能小亨集引》，见李修生主编《全元文》第1册卷19，江苏古籍出版社1998年版，第309页。
③ 郭绍虞：《元好问论诗三十首小笺》，人民文学出版社1978年版，第62页。
④ （南朝·梁）钟嵘：《诗品》，文学古籍刊行社1954年版，第4页。

隐避之处，在在见其真情之流露，亦所谓怨之愈深，其辞愈婉者邪?"① 所论颇为中肯。

第七首：

> 心画心声总失真，文章宁复见为人。
> 高情千古闲居赋，争信安仁拜路尘。

这首诗是对不诚之诗赋的批评，"言为心声"，文学作品应是作者的心声，但却有一些人的诗赋是违心之辞。"文如其人"是中国古代文论中的一个重要命题，但它未必适合于所有的作家。"文章宁复见为人"，提出了一个与"文如其人"相对的反命题，并举潘岳的《闲居赋》为例。潘岳是魏晋时期的著名诗人、作家，素有"潘江陆（机）海"的美誉。《晋书》云："潘岳，字安仁，荥阳中牟人。举秀才，为郎，迁河阳、怀二县令，入补尚书郎，累迁给事黄门郎。素与孙秀有隙，及赵王伦辅政，秀遂诬岳与石崇为乱，诛之。"潘岳的文学创作文采焕然，情思绮丽。诸家论潘，如钟嵘："其源出于仲宣。翰林叹其翩翩然如翔禽之有羽毛，衣服之有绮绉，犹浅于陆机。谢混云：'潘诗烂若舒锦，无处不佳；陆文如披沙简金，往往见宝。'嵘谓益寿轻华，故以潘为胜；翰林笃论，故叹陆为深。余常言：陆才如海，潘才如江。"② 沈约《宋书·谢灵运传论》中说："潘、陆特秀，体变曹、王。"明代著名诗论家胡应麟说："潘陆俱词胜者也，陆之才富，而潘气稍雄也。"③《何义门读书记》对潘岳评价更高："安仁气质，高于士衡数倍，陆芜潘净，故是定论。"都以潘、陆齐名，并加比较。多认为，潘诗更为省净清绮，而陆诗则较为繁芜。但是潘岳后期趋炎附势，谄事权贵，替权贵作诗作文，充当枪手，为一般正直文士所不屑为。其人品为人所诟病，但他的作品却时时以清高恬淡的面目出现。即以遗山所讽之《闲居赋》，俨然"千古高情"，试读《闲居赋》中的序文：

> 岳尝读《汲黯传》，至司马安四至九卿，而良史书之，题以巧宦之目，未尝不慨然废书而叹。……昔通人和长舆之论余也，固谓拙于用

---

① 郭绍虞：《元好问论诗三十首小笺》，人民文学出版社 1978 年版，第 62 页。
② （南朝·梁）钟嵘：《诗品》，文学古籍刊行社 1954 年版，第 5 页。
③ （明）胡应麟：《诗薮》，上海古籍出版社 1958 年版，第 147 页。

多，称多则吾岂敢，言拙则信而有征。方今俊义在官，百工惟时，绝意乎宠荣之事矣。太夫人在堂，有羸老之疾，尚能违膝下色养，而屑屑从斗筲之役乎？于是览止足之分，庶浮云之志，筑室种树，逍遥自得。池沼足以渔钓，春税足以代耕。灌园鬻蔬，以供朝夕之膳。牧羊酤酪，以俟伏腊之费。孝乎惟孝，友于兄弟，此亦拙者之为政也。乃作《闲居赋》，以歌事遂情焉。

仅从《闲居赋》的字面上看，作者该是何等的超脱于尘俗之外呵！隐迹于渔樵，忘怀乎轩冕，有着颇为高尚的精神境界。然而，现实生活中的潘岳，却是一个谄事权贵、望尘而拜的势利之徒。在遗山看来，诗赋自当"以诚为本"，心声心画不应"失真"，而从创作实践中观察，文品却未必能见出人品。郭绍虞先生按曰："此则又就不诚言之也。心画心声二语，盖慨乎其言之。都穆《南濠诗话》谓'世之偏人曲士，其言其字未必皆偏曲，则言与书又似不足以观人者'。潘德舆《养一斋诗话》复据刘豫诗，以为其诗'清光鉴人，诗竟不可以定人品耶'，则又文章人品显分两途，固不能以言取人矣。"① 揭示了遗山这首绝句的理论取向。

从"以诚为本"的诗学观念出发，遗山对出自于民间百姓的诗歌创作的审美价值高度肯定。既然诗是"吟咏情性"的，那么，发自于"小夫贱妇"的内心世界的声音，也就有了与经典同样的重要价值。而且，如《诗三百》本身也即出自于民间之作。遗山屡次谈及："所以然者，《诗三百》所载，小夫贱妇幽忧无聊赖之语，特猝为外物感触，满心而发，肆口而成者尔；其初果欲被管弦、谐金石，经圣人手，以与《六经》并传乎？"② "诗之极致，可以动天地、感鬼神，故传之师，本之经、真积之力久而有不能复古者……何古今难易不相伴之如是邪！盖秦以前，民俗醇厚，去先王之泽未远，质胜则野，故肆口成文，不害为合理。"③ 遗山又从而提出了"情性之外不知有文字"的命题，这是他对诗歌创作的很高价值的认可。他论苏轼词云："唐歌词多宫体，又皆极力为之，自东坡一出，情性之外不知有文字，真有'一洗万古凡马空'气象；虽时作宫体，亦岂可以宫体概之？人

①　郭绍虞：《元好问论诗三十首小笺》，人民文学出版社 1978 年版，第 62 页。

②　（金）元好问：《新轩乐府引》，见李修生主编《全元文》第 1 册，江苏古籍出版社 1998 年版，第 310 页。

③　（金）元好问：《陶然集诗序》，同上书，第 315 页。

有言乐府本不难作，从东坡放笔后便难作。"①"情性之外不知有文字"是遗山对东坡乐府的最高肯定。那么，"情性之外，不知有文字"的含义何在呢？是不是诗歌创作只要抒发诗人情性就无须考究诗的语言艺术了呢？其实，遗山的意思绝非如此简单。遗山并非是否定诗歌创作中的语言创造的重要性，恰恰相反，是要达到诗的词语创造自然高妙地吟咏情性的境界，无疑，这是一种更高的境界，它对语言创造的要求是超乎于一般的规矩法度的，而是技进乎道，盐溶于水，从必然而进入自由。它的根基则是诗人的真情实感。遗山在《陶然集诗序》中说：

> 故文字以来，诗为难；魏晋以来，复古为难；唐以来，合规矩准绳尤难。夫因事以陈辞，辞不迫切而意独至，初不为难；后世以不得不难为难耳！古律、歌行、篇章、操引、吟咏、讴谣、词调、怨叹，诗之目既广，而诗评、诗品、诗说、诗式，亦不可胜读。大概以脱弃凡近、澡雪尘翳、驱驾声势、破碎阵敌、囚锁怪变、轩豁幽秘、笼络今古、移夺造化为工，钝滞僻涩、浅露浮躁、狂纵淫靡、诡诞琐碎、陈腐为病。"毫发无遗恨"、"老去渐于诗律细"、"佳句法如何"、"新诗改罢自长吟"、"语不惊人死不休"，杜少陵语也；"好句似仙堪换骨，陈言如贼莫经心"，薛许昌语也；"乾坤有清气，散入诗人脾。千人万人中，一人两人知"，贯休师语也；"看似寻常最奇崛，成如容易却艰辛"，半山翁语也；"诗律伤严近寡恩"，唐子西语也。子西又言："吾于它文不至蹇涩，惟作诗极艰苦。悲吟累日，仅自成篇。初读时未见可羞处，姑置之；后数日取读，便觉瑕衅百出。辄复悲吟累日，反复改定，比之前作稍有加焉；后数日复取读，疵病复出。凡如此数四，乃敢示人。然终不能工。"李贺母谓贺必欲呕出心乃已，非过论也。今就子美而下论之，后世果以诗为专门之学，求追配古人，欲不死生于诗，其可已乎？虽然，方外之学有"为道日损"之说，又有"学至于无学"之说；诗家亦有之。子美夔州以后，乐天香山以后，东坡海南以后，皆不烦绳削而自合，非技进于道者能之乎？诗家所以异于方外者，渠辈谈道，不在文字，不离文字。诗家圣处，不离文字，不在文字；唐贤所谓"情性之外，不知有文字"云耳。

---

① （金）元好问：《新轩乐府引》，见李修生主编《全元文》第 1 册，江苏古籍出版社 1998 年版，第 310 页。

　　遗山在这里其实从一个方面阐释了"情性之外，不知有文字"的含义，也深刻地揭示了诗歌创作在语言创造上的精审与艰辛。遗山引用了杜甫、王安石等著名诗人在诗艺上的夫子自道之语，如说"语不惊人死不休"、"成如容易却艰辛"等，旨在说明诗语创造的卓绝与艰苦。但是遗山认为由此生发的诗境，却应该是"技进于道"的产物，达到"不烦绳削而自合"的境界。在遗山看来，要成为"追配古人"的杰出诗人，就应该有"死生于诗"的执着态度，致力于诗歌语言艺术的精心锤炼。道家哲学和佛家哲学都主张对语言的超越。《庄子》云："夫知者不言，言者不知，故圣人行不言之教。"① 庄子还把言意关系比作捕鱼的筌与鱼的关系、捕兔的蹄与兔的关系："筌者所以在鱼，得鱼而忘筌；蹄者所以在兔，得兔而忘蹄；言者所以在意，得意而忘言。吾安得夫忘言之人而与之言哉！"② 佛教哲学中尤以禅宗重视对语言的超越。"不立文字"是禅宗的主要教义之一。禅宗的"悟道"是一种超越名言概念的直觉体悟。禅宗经典《坛经》说："若大乘者，闻说《金刚经》，心开悟解。故知本性自有般若之智，自用智慧观照，不假文字。"③ 李泽厚先生从而阐释云："慧能是不识文字却能'悟道'的开山典范。他的主要教义之一便是'不立文字'即不在思辨推理中却作'知解宗徒'。因为在他看来，任何语言、文字，只是人为的枷锁，它不仅有限的、片面的、僵死的、外在的东西，不能使人真正把握那真实的本体，而且正是由于执着于这种思辨、认识、语言，反而束缚了、阻碍了人们去把握。……禅宗讲求的'悟'并非理智认识，又不是不认识，而只是一种不可言说的领悟、感受. 所以禅宗公案充满了那么多的拳打脚踢。但是，传教又总不能完全逃避言语文字，否则毕竟很难交通传递，禅宗作为教派也不能存在和延续。'不立文字'却仍然需要依靠文字（语言），于是在'立'了许多文字、讲了许多'道理'之后，便特别需要用种种方式来不断指出它的本身不在文字，不断地揭示、提醒、指出人为的语言文字并不是真实本身，不能用它们去真正言说、思议和接近那真实的本体。"④ 应该说，李泽厚先生的论述是较为深刻的。

　　这种超越语言文字的性质，使得诗与禅有了一致之处，有了可以相互沟

---

　　① 郭庆藩：《庄子集释》，中华书局 1961 年版，第 731 页。

　　② 同上书，第 944 页。

　　③ 郭朋：《坛经校释》，中华书局 1983 年版，第 54 页。

　　④ 李泽厚：《中国古代思想史论》，人民出版社 1986 年版，第 199—200 页。

通、相互比较的可能。宋代的诗论家，多有"以禅喻诗"者，也即以佛禅的思维特点和对待语言文字的态度来比拟诗的思维特点，严羽即是其中最卓越者。严羽在其论诗名著《沧浪诗话》中说：

> 大抵禅道惟在妙悟，诗道亦在妙悟。且孟襄阳学力下韩退之远甚，而其诗独出退之之上者，一味妙悟而已。惟悟乃为当行，乃为本色。然悟有浅深，有分限。有透彻之悟，有但得一知半解之悟。汉魏尚矣，不假悟也。……夫诗有别材，非关书也；诗有别趣，非关理也。然非多读书，多穷理，则不能极其至。所谓不涉理路，不落言筌者，上也。诗者，吟咏情性也。盛唐诸人惟在兴趣，羚羊挂角，无迹可求。故其妙处透彻玲珑，不可凑泊，如空中之音，相中之色，水中之月，镜中之象，言有尽而意无穷。

这段广为人知的名言，正是以"妙悟"作为联结诗与禅的纽带、津梁，来揭示诗的内在审美特性。所谓"不涉理路，不落言筌"者，是指诗歌创作的那种超越于一般的语言文字的外在意义的性质。这一点，无疑是对遗山产生了很大的启示作用的。但是诗与禅之间又是有着很大差异的。"诗道妙悟"是为了审美，"禅道妙悟"是为了体悟佛教的所谓"终极真理"。禅虽然还是以文字为其载体，那些"公案"都还是以文字的形式留存下来；然而对它们的理解必须是超越其文字表层的，至少是不能以一般的逻辑来理解它们的。诗的意境是以文字构画出来的，它作为审美对象是须以语言文字作为其基础框架的，欣赏者所晤对的审美对象是由诗人的文字在欣赏者头脑中生成的内视图像，离开了对文字的阅读，是难以产生对诗的审美感受的。正是在这个意义上，遗山颇为精辟地指出："诗家所以异于方外者，渠辈谈道，不在文字，不离文字；诗家圣处，不离文字，不在文字。"[①]

关于中国诗学的传统，这是遗山诗论中所要辨析与阐扬的。《论诗三十首》即云：

> 汉谣魏什久纷纭，正体无人与细论。
> 谁是诗中疏凿手？暂教泾渭各清浑。

---

① （金）元好问：《元好问全集》下，山西人民出版社1990年版，第45页。

此诗是《论诗三十首》开宗明义的第一篇，阐明了诗人论诗的宗旨，即是辨析正体伪体，发挥风雅传统。宗廷辅云："此自申论诗之旨也。"（《古今论诗绝句》）郭绍虞先生谓："此开宗明义第一章也。下所论量，正可窥其疏凿宗旨。此与杜甫《戏为六绝句》泛论诗理者虽不同轨，但于衡量作家之中，自有其论诗标准，与一般论诗绝句之任意雌黄，妄施疏凿者不同。"①遗山以"诗中疏凿手"自任，乃是要辨析正体，别裁伪体，使之泾渭分明。《论诗三十首》虽是对中国诗史上的一些诗人进行批评，但并非随意雌黄，信手评点，而是有着系统的指导思想，即是辨析阐扬风雅传统。这一点，受杜甫《戏为六绝句》的诗学批评观的深刻影响自当无疑。杜甫的《戏为六绝句》作为元好问《论诗三十首》的先导，其"别裁伪体"的诗学观念对遗山诗学的开启作用是整体性的。作为《戏为六绝句》的总括者，其六云：

> 未及前贤更勿疑，递相祖述复先谁？
> 别裁伪体亲风雅，转益多师是汝师。

　　"六绝句"虽称"戏作"，其实作者的主旨是颇为严肃认真的。正如郭绍虞先生所说："杜甫《戏为六绝句》，开论诗绝句之端，亦后世诗话所宗。论其体则创，语其义则精。盖其一生诗学所诣，与论诗主旨所在，悉萃于是，非可以偶尔游戏视之也。"②"伪体"是与"正体"相对的浮薄之体，远离风雅传统。杜甫作"戏为六绝句"的宗旨，也就是祖述诗的风雅传统，裁抑伪体。黄生《杜工部诗说》云："言自屈、宋以来，作者皆相祖述，以流传于后，然则言祖述于今日，不先齐梁，将谁先乎？但其中有真有伪，作者须鉴风雅者，真也；其悖于风雅者，伪也。"③郭绍虞先生对此诗及其中"伪体"说法解释云："'伪体'云者，不真之谓。其沿流失源，甘作齐、梁后尘者，固不免于伪；即放言高论，不能虚心以集益者，亦何莫非伪体乎？'好古者遗近，务华者去实'，各执一端，两无是处。于是指示正鹄，而以'转益多师'为宗旨。杜甫至是，盖已将其论诗主旨和盘托出，无余蕴矣。"④遗山的"细论正体"正是与杜甫的"别裁伪体"是一体两面的。遗

---

①　郭绍虞：《论诗三十首小笺》，人民文学出版社 1978 年版，第 58 页。
②　郭绍虞：《杜甫戏为六绝句集解·序》，人民文学出版社 1978 年版，第 3 页。
③　同上书，第 47 页。
④　同上书，第 54 页。

山所要做的"疏凿"工作，也就是阐扬正体、别裁伪体．所谓"暂教泾渭各清浑"，也即是要将汉魏以来的诗歌创作孰为正体，孰为伪体，加以厘清，如同泾渭分明。辨明正伪，发扬风雅传统，遗山以此为论诗的宗旨。这种诗学观念，在他的其他诗文中也多有表述，如《赠答杨焕然》中说："诗亡又已久，雅道不复陈。人人握和璧，燕石谁当分。"他对杨焕然的褒扬，也是从其能够甘于"长贫"，而发扬风雅传统的。"关中杨夫子，高谊世所闻。十年玄尚白，藜藿甘长贫。有来河水篇，四海付斯文。斯文有定在，桓生知子云。古来知己难，万里犹比邻。……"《别李周卿三首》第二首中则说："风雅久不作，日觉元气死。诗中柱天手，功自断鳌始。古诗十九首，建安六七子。中间陶与谢，下逮韦柳止。诗人玉为骨，往往堕尘滓。衣冠语俳优，正可作婢使。望君清庙瑟，一洗筝笛耳。"这首诗对于风雅传统作了一个大致的勾勒，即是从汉代的《古诗十九首》、建安七子，南北朝时期的陶渊明和谢灵运，下至唐代的韦应物和柳宗元，这当然只是其中的一些诗人，但却都属于风雅一线。而在诗史上的那些"优孟衣冠"、辞采华靡却无真诚可言的作品，则只可作为奴婢役使。这里可以见出遗山对中华诗歌发展的一种批判精神。而《赠祖唐臣》一诗则以更犀利的思想锋芒，冷峻地审视诗歌历程："诗道坏复坏，知言能几人。陵夷随世变，巧伪失天真。鬼蜮奸无尽，优伶伎毕陈。谤伤应眦裂，淫亵亦肌沦。珉玉何曾辨，风花只自新。怜君有幽意，老矣欲谁亲。""巧伪失天真"，即是所谓"伪体"，指那些"不诚之作"。这是遗山所针砭的。遗山在《中州集》卷十"辛愿小传"中论及诗坛说："南渡以来，诗学为盛。后生辈一弄笔墨，岸然以风雅自名，高自标置，转相贩卖；少遭指摘，终死为敌。一时主文盟者，又皆泛爱多可，坐受愚弄，不为裁抑，且以激昂张大之语从臾之，至比曹、刘、沈、谢者，肩摩而踵接，李、杜而下不论也。敬之业专而心通，敢以是非黑白自任。"这段文字指出了当时文坛真伪不辨、纷纭混乱的情况，而且还表明了除元好问之外，辛愿等诗人也都以强烈的责任感议论诗界现状，甄别正伪。辛愿尤严于论诗，"发凡例，解络脉，审音节，辨清浊，权轻重，片善不掩，微纇必指，如老吏断狱，文峻网密，丝毫不相贷"①。这与元好问的态度是一致的。

---

① （金）元好问：《溪南诗老辛愿小传》，见李修生主编《全元文》第 1 册，江苏古籍出版社 1998 年版，第 440 页。

第三节　诗歌风格境界论

关于诗的风格与境界，遗山推崇豪放、雄浑、清刚的风格，赞许壮美高朗的境界，而对那种枯涩、柔弱的诗格是大为不满的。他还尤为喜欢天然而清新的诗风，对矫揉伪饰、斗靡夸多的倾向非常鄙薄。在《论诗三十首》的第二首中，遗山云：

> 曹刘坐啸虎生风，四海无人角两雄。
> 可惜并州刘越石，不教横槊建安中。

这首诗以称赞建安诗人曹植、刘桢来衬托西晋诗人刘琨诗的雄浑悲壮，充溢着一种北方歌诗的刚健之气。建安之诗，是中国诗歌史上一个独特的时代，其诗风被称之为"建安风骨"。刘勰在《文心雕龙》中论及建安文学时谓："……观其时文，雅好慷慨，良由世积乱离，风衰俗怨，并志深而笔长，故梗概而多气也。"[①] 这种"多气"，主要是慷慨之气。曹植、刘桢，是建安文学的代表诗人。钟嵘在《诗品》中最为推崇的诗人，首先是"曹刘"，将他们置于"上品"。钟嵘对曹植的评价是："其源出于《国风》。骨气奇高，词采华茂，情兼雅怨，体被文质。粲溢千古，卓尔不群。嗟乎！陈思之于文章也，譬人伦之有周、孔，鳞羽之有龙凤，音乐之有琴笙，女工之有黼黻。俾尔怀铅吮墨者，抱篇章而景慕，映余晖以自烛。故孔氏之门如用诗，则公干升堂，思王入室，景阳潘陆，自可坐于廊庑之间矣。"[②] 在全书所评的诗人中，对曹植的评价是最高的。评刘桢云："其源出于古诗。仗气爱奇，动多振绝。真骨凌霜，高风跨俗。但气过其文，雕润恨少。然自陈思以下，桢称独步。"[③] 遗山认为，如果刘琨生于建安时代，其诗风影响决不在曹刘之下。刘琨生逢西晋末年，志在挽救国家危亡，然而，时运不济，英雄末路，今存之诗均为后期所作，充满一种慷慨悲壮的悲剧美感。如《重赠卢谌》中所吟："握中有玄璧，本自荆山璆。惟彼太公望，昔在渭滨叟。邓生何感激，千里来相求。白登幸曲逆，鸿门赖留侯。重耳任五贤，小白相射钩。苟能隆

---

① 范文澜：《文心雕龙注》，人民文学出版社1962年版，第674页。
② （南朝·梁）钟嵘：《诗品》，文学古籍刊行社1954年版，第4页。
③ 陈延杰：《诗品注》，人民文学出版社1961年版，第21页。

二伯，安问党与雠？中夜抚枕叹，相与数子游。吾衰久矣夫，何其不梦周？谁云圣达节，知命故不忧。宣尼悲获麟，西狩涕孔丘。功业未及建，夕阳忽西流。时哉不我与，去乎若云浮。朱实陨劲风，繁英落素秋。狭路倾华盖，骇驷摧双辀。何意百炼刚，化为绕指柔。"此诗苍凉悲慨，在魏晋诗中十分特出。钟嵘评其诗云："其源出于王粲。善为凄戾之词，自有清拔之气。琨既体良才，又罹厄运，故善叙丧乱，多感恨之词。"①"刘越石仗清刚之气，赞成厥美。"②（《诗品·总论》）"横槊"意谓既有诗才，又有武略。唐代诗人元稹所作《唐工部员外郎杜君墓系铭》云："建安之后……曹氏父子鞍马间为文，往往横槊赋诗。""横槊"一语，曹植亦可当之，不独曹操。遗山之意，如果刘琨是在建安时代，其诗歌气势成就会不下于曹刘。

第三首云：

> 邺下风流在晋多，壮怀犹见缺壶歌。
> 风云若恨张华少，温李新声奈尔何！

遗山在此诗中也是倡导诗的阳刚豪放之美，他认为建安风骨在晋诗犹有余韵，而并非如南朝诗多是柔靡之语。"邺下风流"指的是建安诗人的流风余韵，那种慷慨沉雄的气骨，即"建安风骨"。这里也涉及对诗歌史上一些重要时期的认识与评价。在遗山看来，"建安风骨"下延到晋诗，与齐梁诗相比，晋诗则更多风云之气。"缺壶歌"本是指西晋大将军王敦的佚事。《世说新语》载："王处仲（王敦字）每酒后，辄咏'老骥伏枥，志在千里。烈士暮年，壮心不已'。以如意打唾壶，壶口尽缺。"（《豪爽》）遗山用此以指魏晋士族的"壮怀"。张华是西晋的著名诗人，钟嵘在其《诗品》中对其评价是"儿女情多，风云气少"。这个评价在很大程度上业已成为定评，甚至于成为一个时代诗歌风气的概括。但在遗山看来，张华诗并非仅是"儿女情多"，也还是有着风云之气的。这一点，笔者认为是看得较为客观的。张华诗中不乏"儿女情多"之作，如《情诗五首》、《感婚诗》等，这类作品确乎是开南朝诗歌之先河；但其集中也颇多风云之气，不少篇什是有建安诗歌那种慷慨跌宕的风骨的，如《门有车马客行》、《游侠篇》、《壮士篇》、

---

① 周振甫：《诗品译注》，中华书局1998年版，第62页。
② 同上书，第17页。

《博陵王宫侠篇》等，可举《壮士篇》① 以见其风貌：

天地相震荡，回薄不知穷。人物禀常格，有始必有终。
年时俯仰过，功名宜速崇。壮士怀愤激，安能守虚冲。
乘我大宛马，抚我繁弱弓。长剑横九野，高冠拂玄穹。
慷慨成素霓，啸叱起清风。震响骇八荒，奋威曜四戎。
濯鳞沧海畔，驰骋大漠中。独步圣明世，四海称英雄。

这样的诗作，无论如何也不能以“儿女情多”来形容的，而这类诗什在张华集中并非是绝无仅有的，而是占有相当大的比重。由此可见元好问的评价是较为客观的，对两晋诗歌的认识也颇有益于诗史的建构。笔者同意香港学者方满锦先生对此诗的理解，他说：“元好问的诗论观当然是不满‘鞶帨为工’及反对‘女郎诗’，也是主张诗歌应该具有风云气势的。他认为张华诗的风云气势犹存，不满钟嵘对张华诗的评价过苛。他虽曾说：‘前贤议论，或有未尽者，以己见商略之。’（《诗文自警·先东岩读书十法》）但却很少对前贤意见表示赞同。就对儿女情与风云气的态度而言，元好问与钟嵘应该是基本一致的，但具体到对张华的评价，两人就颇有分歧。”②

第四首云：

慷慨歌谣绝不传，穹庐一曲本天然。
中州万古英雄气，也到阴山敕勒川。

这首诗是通过对《敕勒歌》的赞颂，表达了遗山的美学观念。《敕勒歌》为北方游牧民族鲜卑族的民歌，展现了阴山下辽阔草原的雄伟气象，同时，也表现了北人的豪犷情怀。《敕勒歌》属北朝乐府民歌传统，也即“北歌”。“北歌”有着豪放清新、质朴粗犷之风，是与南朝民歌，如《子夜吴歌》、《子夜秋歌》等判然不同的。所谓“北歌”，主要是指北方游牧民族的土风歌诗，在南北朝乐府中是个特定的称谓，亦即“北狄乐”。《古今乐录》云：“《企喻歌》四曲，或云后又有二句，‘头毛堕落魄，飞扬百草头。’最后‘男儿可怜虫’一曲是符融诗，本云‘深山解谷口，把骨无人收’。”宋人郭

① 逯钦立：《先秦汉魏晋南北朝诗》，中华书局1983年版，第613页。
② 方满锦：《元好问〈论诗三十首〉研究》，万卷楼图书股份有限公司2002年版，第166页。

茂倩指出《企喻歌》本是"北歌"。"北歌"包括"虏歌"、"汉歌"两类。虏歌是指以少数民族语言所唱之歌，汉歌是指译为汉语所唱之曲。但根本的一点，"北歌"都是鲜卑、吐谷浑等游牧民族的土乐。《唐书·乐志》曰："北狄乐其可知者鲜卑、吐谷浑、部落稽三国，皆马上乐也。后魏乐府始有北歌，即所谓《真人代歌》是也。大都时，命掖庭宫女晨夕职之。周、隋世与西凉乐杂奏，今存五十三首，其名可解者六章，《慕容可汗》、《吐谷浑》、《部落稽》、《钜鹿公主》、《白净皇太子》、《企喻》也。其不可解者，咸多'可汗'之辞。北虏。北虏之俗呼主为可汗。吐谷浑又慕容别种，知此歌是燕、魏之际鲜卑歌也。"北歌，是以豪放刚健而著称的。遗山对《敕勒歌》的称赏，在其为"慷慨歌谣"，在其"天然"，在其有"英雄气"。也因其是"北歌"的代表。宗廷辅评其诗云："北齐斛律金《敕勒歌》，极豪莽，且本是北音，故先生深取之。"（《古今论诗绝句》）郭绍虞先生认为"此亦论诗主壮美之旨"①，对此诗的宗旨是一语中的的。

　　崇尚壮美、刚健、高华的境界，对于抑郁、蹇厄、悲苦、柔媚的诗风，遗山是颇为不满的。在《论诗三十首》中，遗山多是通过诗境的对比，表明他的轩轾态度的。

　　第十五首云：

　　　　笔底银河落九天，何曾憔悴饭山前！
　　　　世间东抹西涂手，枉著书生待鲁连。

"笔底银河落九天"句，是隐括李白诗句以标明壮美诗境。"憔悴饭山前"则是借用李白《戏赠杜甫》中的诗意："饭颗山前逢杜甫，头戴笠子日卓午。借问别来太瘦生，总为从前作诗苦。"但遗山决无褒贬李杜之意，而是以"银河九天"来呈现自己的诗学志趣，而不是如"饭颗山前"那样憔悴苦吟。郭绍虞先生按："元好问才气奔放，殆亦近是。'笔底银河落九天'云云，亦近自咏，固宜其论诗之重壮美与自然矣。"②

　　第十六首云：

　　　　切切秋虫万古情，灯前山鬼泪纵横。

---

① 郭绍虞：《元好问论诗三十首小笺》，人民文学出版社 1978 年版，第 63 页。
② 同上。

　　　　鉴湖春好无人赋，"岸夹桃花锦浪生"。

　　"切切秋虫"是形容那种悲苦如秋虫的诗风，而"灯前山鬼"则是对中唐诗人李贺的诗境的概括。这都是遗山所不喜欢的。"鉴湖春好"两句明丽美好的意境，是遗山所深为赏爱的，在这里是用以反衬前者的。"岸夹桃花锦浪生"，是盛唐诗人李白的诗句，出处是李白的《鹦鹉洲》诗。李白诗云："鹦鹉来过吴江水，江上洲传鹦鹉名。鹦鹉西飞陇山去，芳洲之树何青青。烟开兰叶香风暖，岸夹桃花锦浪生。迁客此时徒极目，长洲孤月向谁明。"这首诗是代表了李白诗的某类意境特征的。充满生机，鲜美盛丽，与李贺诗相比，自然是有着明显的不同的。宋代诗论家严羽评李杜诗境云："李杜数公，如金翅擘海，香象渡河。下视郊岛辈，直虫吟草间耳。"[1] 遗山所举李白诗境，正是与此相类。宗廷辅谓此诗"此当指长吉。下二句亦就诗境言之"（《古今论诗绝句》），所言不谬。
　　第十八首云：

　　　　东野穷愁死不休，高天厚地一诗囚。
　　　　江山万古潮阳笔，合在元龙百尺楼。

　　这首诗通过中唐诗人韩愈与孟郊的比较，表达了遗山崇尚豪放刚健之美、而颇为不满于孟郊的"穷愁死不休"的诗歌风貌。遗山对韩孟的轩轾是非常分明的。他认为韩诗当在百尺楼上。"江山万古潮阳笔"，以充满激情的笔调，高度肯定了韩诗的审美价值。它是壮伟的，高朗的，而孟郊诗则穷愁苦吟，自述寒苦，因而，在诗史上被人称为"诗囚"。在诗歌批评史上，人们对孟郊、贾岛这样寒瘦凄苦的诗，多有不甚喜欢者，以其诗格卑下。如欧阳修《太白戏圣俞》一诗中云："下视区区郊与岛，萤飞露湿吟秋草。"以一种俯视的角度来评价孟郊诗。苏轼也对孟诗有类似的感觉："夜读孟郊诗，细字如牛毛。寒灯照昏花，佳处时一遭。孤芳擢荒秽，苦语余诗骚。水清石凿凿，湍激不受篙。初如食小鱼，所得不偿劳。又似煮彭越，竟日持空螯。要当斗僧清，未足当韩豪。人生如朝露，日夜火烧膏。何苦将两耳，听此寒虫号。"（《读孟郊诗二首》之一）又云："我憎孟郊诗，复作孟郊语。饥肠自鸣唤，空壁转饥鼠。诗从肺腑出，出辄愁肺腑。"（其二）很明显，苏轼

　　────────────

　　① 郭绍虞：《沧浪诗话校释》，人民文学出版社 1961 年版，第 177 页。

对孟郊诗在感情上是不喜欢的。也是因其悲苦愁厄，如秋虫草根，而远不及韩退之诗那样豪放刚健。宋代诗论家严羽也非常推崇那种高朗壮美的境界而对孟郊诗颇有微词。他将李杜与孟郊、贾岛相比较："李杜诸公，如金翅擘海，香象渡河，下视郊岛辈，直虫吟草间耳。"① 又云："孟郊诗，憔悴枯槁，其局促不伸，退之许之如此，何耶？诗道本正大，孟郊自为之艰阻耳。"② "金翅擘海，香象渡河"的比喻是形容那种壮美豪放的境界，在严羽看来，孟郊、贾岛与之相比，如同在其俯视下的"虫吟草间"。其价值判断也是高下鲜明的。遗山推崇豪放健爽、壮美高华的诗境，对"虫吟草间"式的寒苦悲吟，是不以为然的。因此，他以高度形象化的诗句来肯定韩诗的价值，认为其与孟郊诗相比，韩诗当在百尺楼上。这种看法，也不仅是遗山一个人的，宋人魏泰在其《临汉隐居诗话》中也说："孟郊诗寒涩穷僻，琢削不假，真苦吟而成。观其句法、格力可见矣。"明人瞿佑论遗山此诗云："推尊退之而鄙薄东野至矣。东坡亦有'未足当韩豪'之句。又云：'我厌孟郊诗，复作孟郊语。'盖不为所取也。东野诗如'食荠肠亦苦，强歌声无欢。出门即有碍，谁云天地宽？'又云：'夜吟晓不休，苦吟鬼神愁。如何不自闲，心与身为仇。'气象如此，宜其一生踽瘠也。"③ 郭绍虞先生说："元好问尚迈往，尚自然，故不满孟郊诗。此意与苏轼相近。"④ 遗山的诗论倾向是非常鲜明的，但对孟郊诗的贬抑，也引起一些学者的不满，如清人沈德潜认为："孟东野诗，亦从风骚中出，特意象孤峻，元气不无斫削耳。以郊岛并称，诛两未敌也。元遗山云：'东野穷愁死不休，高天厚地一诗囚；江山万古潮阳笔，合在元龙百尺楼。'扬韩抑孟，毋乃太过？"⑤ 清人潘德舆也为孟郊鸣不平，他说："郊、岛并称，岛非郊匹。人谓寒瘦，郊并不寒也。如'天地入胸臆，吁嗟生风雷。文章得其微，物象由我裁。'论诗至此，胚胎造化矣，寒乎哉？东坡云：'要当斗僧清，未足当韩豪。'不足令东野心服。遗山云：'东野穷愁死不休，高天厚地一诗囚。'抑又甚矣！"⑥

① 郭绍虞：《沧浪诗话校释》，人民文学出版社 1961 年版，第 177 页。

② 同上书，第 195 页。

③ （明）瞿佑：《归田诗话》卷上，见丁福保辑《历代诗话续编》，中华书局 1983 年版，第 1243 页。

④ 郭绍虞：《元好问论诗三十首小笺》，人民文学出版社 1978 年版，第 71 页。

⑤ 霍松林、杜维沫校注：《原诗·一瓢诗话·说诗晬语》，人民文学出版社 1979 年版，第 207—208 页。

⑥ （清）潘德舆：《养一斋诗话》卷 1，见《清诗话续编》，上海古籍出版社 1983 年版，第 2015 页。

对遗山的观点提出了反面的意见。我们认为，元好问对孟郊诗的评价也许较为偏激，但在这里其实是在与韩愈诗的比较中体现了自己的审美标准而已。

第二十四首云：

> "有情芍药含春泪，无力蔷薇卧晚枝。"
> 拈出退之《山石》句，始知渠是女郎诗。

这首诗则是将秦观有代表性的诗句与韩愈的诗风相比较，对于淮海诗的柔弱无骨，讥笑其为"女郎诗"，而对韩愈的《山石》那样意象刚方、风格遒健之作，则是非常心仪的。"有情"两句，是出自于秦观的《春日五首》诗，某种意义上，可以代表淮海诗的风格。秦观是北宋婉约词的名家，词风柔婉细腻，在北宋词坛上卓然大家；而他的诗亦如其词，风格柔丽，偏于阴柔之美，不免为人所讥。如北宋著名诗人陈师道便说："苏子瞻词似诗，秦少游诗如词。"① 因为词在初起的阶段上，以柔婉为其本色当行，喻其诗如词，无非是指其柔弱清丽。当然，遗山所举《春日五首》诗中的这两句，无疑也是淮海诗中最具"女郎诗"风格的篇什. 韩愈的《山石》诗的意象劲健刚方，其云："山石荦确行径微，黄昏至寺蝙蝠飞。升堂坐阶新雨足，芭蕉叶大栀子肥。僧言古壁佛画好，以火来照所见稀。铺床拂席置羹饭，疏粝亦足饱我饥。夜深静卧百虫绝，清月出岭光入扉。天明独去无道路，出入高下穷烟霏。山红涧碧纷烂漫，时见松枥皆十围。当流赤足踏涧石，水声激激风吹衣。人生如此自可乐，岂必局促为人羁。嗟哉吾党二三子，安得至老不更归。"可谓"盘空硬语"，气象雄奇。清人翁方纲称此诗"全以劲笔撑空而出，若句句提笔者"②，刘熙载则云"昌黎诗陈言务去，故有倚天拔地之意。《山石》一作，辞奇意幽，可为《楚辞》招隐士对"，都谓其雄奇不凡。

遗山的这种观点是有所秉承的。在诗学上，他曾师从一位"异人"王中立。王中立为人豪爽不羁，为诗亦粗犷雄放，"先生平生诗甚多，有'醉袖舞嫌天地窄，诗情狂压海山平'之句，他亦称此"③。以秦观诗为"女郎诗"，即是王中立的说法。遗山云："予尝从先生学，问作诗究竟当如何，

---

① （宋）陈师道：《后山诗话》，（清）何文焕辑《历代诗话》，中华书局 1981 年版，第312 页。

② 陈伯海：《唐诗汇评》中，浙江教育出版社 1995 年版，第 1650 页。

③ （金）元好问：《中州集》卷9《拟栩先生王中立传》，中华书局 1959 年版，第 473 页。

先生举秦少游《春雨》诗云：'有情芍药含春泪，无力蔷薇卧晚枝。' 此诗非不工，若以退之'芭蕉叶大栀子肥'之句校之，则《春雨》为妇人语矣。破却工夫，何至学妇人。"① 遗山此诗自然是直接受王中立的影响而致。

对于遗山此诗，后世诗论家有不同看法，其实也是对淮海诗的不同评价。不同意遗山观点的论者认为"有情芍药"这类诗格亦是一种境界，自有其合理性存在，不应是此非彼。如瞿佑认为："遗山论诗，有'有情芍药'云云，初不晓所谓，后见《诗文自警》一编，所谓'有情'二句，少游《春雨》诗也。非不工巧，然以退之《山石》观之，渠乃女郎诗也。然诗亦相题而作，又不可拘一律。如老杜云：'香雾云鬟湿，清辉玉臂寒。''俱飞峡蝶原相逐，并蒂芙蓉本自双。'亦可谓女郎诗耶？"② 清人袁枚赞成这种意见，他说："芍药、蔷薇，原近女郎，不近山石，二者不可相提而并论。诗题各有境界，各有宜称。"并举韩愈诗云："韩退之诗云：'韩退之诗，横空盘硬语，然'银烛未销窗送曙，金钗半醉坐添春。'又何尝不是女郎诗耶？"③ 而另有一些诗论家则赞成遗山的观点，讥淮海诗为"女郎诗"，也即是与遗山的论诗标准相一致的。如清人吴景旭指出："遗山论诗，直以诗作论也。抑扬讽叹，往往破敌。读者悉心静气以求之，得其肯会，大是谈诗一助。少游乃填词当家，其于诗场，未免踏入软红尘去，故遗山所咏，切中其病。"④ 清人杨绳武也说："元遗山'有情芍药含春泪'云云，呜呼！此古人所以必严于文章流别也。大抵文章之道，未论妍媸，先别高下。果其根抵盘深，气骨厚重，笔力坚刚，虽间有未纯，无伤大雅；若骨少而肉多，词丰而意弱，力量既薄，根柢亦浮，纵完好可观，不登上乘。"⑤ 清代著名诗论家顾嗣立更为明确地说："七言古诗易入整丽，而亦近平熟。自老杜始为拗体，如《杜鹃行》之类。公之七言，而中间偏有极鲜丽处，不事雕琢，更见精彩，有声有色，自是大家。元遗山《论诗绝句》云：'有情芍药含春泪，无力蔷薇卧晚枝。拈出退之《山石》句，始知渠是女郎诗'，真笃论也。"⑥ 关于遗山的这首评秦观诗的绝句，众说纷纭。笔者则以为，元好问

① （金）元好问：《中州集》卷9《拟栩先生王中立传》，中华书局1959年版，第473页。

② （元）元好问：《元好问全集》下，山西人民出版社1990年版，第39页。

③ （清）袁枚：《随园诗话》，吉林文史出版社2004年版，第103页。

④ （清）吴景旭：《历代诗话》卷64，中华书局1958年版，第967页。

⑤ （清）杨绳武：《论文四则》，见《丛书集成续编》，第157册，新文丰出版公司1989年版，第205页。

⑥ （清）顾嗣立：《寒厅诗话》，见（清）爱新觉罗·弘历《唐宋诗醇》卷29，中国文学出版社2000年版，第764页。

的这首诗，出于其深受北方民族文化滋育的心态，对于那种豪放刚健、壮美高华的诗歌境界情有独钟，而对柔弱纤丽之诗风不以为然，乃至于讥为"女郎诗"，认为其缺少阳刚之气，也是自然而然的事情。遗山并非是对淮海诗的全面评价，而只是拈出具有代表性的诗句来表达自己的观点而已。

元好问论诗崇尚自然，倡导"天然本色"，而对于过分雕琢、诡异怪奇以及斗靡夸多等倾向，都十分不满。这在其对陶渊明、陆机、卢仝等人的评价中都有表现。如第四首：

> 一语天然万古新，豪华落尽见真淳。
> 南窗白日羲皇上，未害渊明是晋人。

这是对陶诗风格特征的准确概括。陶诗天然真淳，远远超越南北朝时期一般诗人的雕琢藻饰。遗山认为，只有这样的自然诗风方能有万古常新的艺术魅力。"白日羲皇"，是以上古先民的天然浑朴来形容渊明之诗。方满锦先生评此诗云："陶渊明虽然身处晋代，但并不妨碍他怀有羲皇上人般的高远心态和生活境界。'羲皇上人'是一种超越时代的社会理想，是陶渊明'心远时怀古'的人格精神，有这样的人格和理想，因而能写出具有永恒艺术魅力的诗歌。陶氏虽是晋人，也不妨碍其存有'羲皇上人'的心态和生活态度。"[①]"天然"即直写诗人胸中所感，眼中所见，是与雕琢藻饰相对的。元好问另有《继愚轩和党承旨雪诗四首》可为互证：

> 愚轩具诗眼，论文贵天然。颇怪今时人，雕镌穷岁年。君看陶集中，饮酒与归田。此翁岂作诗，直写胸中天。天然对雕饰，真赝殊相悬。乃知时世妆，粉绿徒争怜。枯淡足自乐，勿为虚名牵。

此诗足可说明"天然"的含义所系。"真淳"是指情感真诚，风格淳朴。宋人葛立方云："陶潜谢朓诗皆平淡有思致，非后来诗人怵心刿目雕琢者所为也。老杜云：'陶谢不枝梧，风骚共推激。紫燕自超诣，翠驳谁剪剔'是也。大抵欲造平淡，当从组丽中来，落其华芬，然后可造平淡之境，如此则陶谢不足进矣。"[②]也正可作为"豪华落尽见真淳"的注脚。

---

① 方满锦：《元好问〈论诗三十首〉研究》，万卷楼图书股份有限公司 2002 年版，第 169 页。
② （宋）葛立方：《韵语阳秋》卷 1，中华书局 1985 年版，第 1 页。

　　遗山虽主豪放刚健，但却反对作诗粗疏不葺，亦不满于邪曲诡激。而以"古雅"为其审美旨趣。这一点，对近代王国维的"古雅"美学思想，是有直接的影响的。遗山《论诗三十首》的第十三首云：

> 万古文章有坦途，纵横谁似玉川卢！
> 真书不入今人眼，儿辈从教鬼画符。

郭绍虞先生案云："此即元好问论诗尚雅之旨。"[①] 这是颇为中肯的。此诗是从对卢仝的评价中，阐发诗人的尚雅之旨。所谓"坦途"，指创作风格的平易畅达，这在遗山看来，是"文章坦途"，也是创作正路。晚唐诗人卢仝诗风险怪，如《月蚀诗》即为显例。"纵横"于此处并非褒语，而是谓其诗纵横怪奇，诡异无常，毫无雅致可言。遗山以"鬼画符"譬之。清人宗廷辅云："卢诗险怪，溺之者皆入于邪径。"[②] 郭绍虞更是指责卢仝诗说："则知其于卢仝、马异鬼怪一派，固应深恶痛绝矣。查慎行《初白庵诗评》谓'扫尽鬼怪一派'，甚是。"[③] 遗山此诗是批判卢仝一派"鬼怪"诗风，而提倡"文章坦途"，这是很显然的。

　　第二十八首云：

> 古雅难将子美亲，精纯全失义山真。
> 论诗宁下涪翁拜，未作江西社里人。

遗山此诗内容丰富，但落脚点则在黄庭坚和江西诗派。唐代诗人李商隐、宋代诗人黄庭坚，都是出自杜甫诗法。遗山又以"古雅"论杜甫，以"精纯"评义山，所论非常精到。遗山将山谷与江西派区别对待，宁向山谷下拜，却不肯做江西社中人。清人翁方纲指出："唐之李义山，宋之黄涪翁，皆杜法也。先生撮在此一首中，真得其精微矣。放翁、道园，皆未尝有此等议论，已自可以独有千古矣。"[④] 以"古雅"来概括杜甫的风格特征，在文学批评史上元好问是第一个。遗山认为，山谷之诗固然自有其特色，但在"古雅"

---

① 郭绍虞：《元好问论诗三十首小笺》，人民文学出版社 1978 年版，第 69 页。
② 同上。
③ 同上书，第 68 页。
④ （清）翁方纲：《石洲诗话》卷 7，中华书局 1985 年版，第 237 页。

方面难以追步杜甫，在精纯方面亦不及义山，但是与一般的江西诗派相比，遗山还是宁可向山谷下拜。遗山对山谷还是相当折服的。这里体现出遗山诗歌批评的辩证态度。方满锦先生则认为："元好问虽对黄庭坚的诗作有所批评，也不满他所创立的江西诗派，但是对他的诗论却非常推崇。"① 此说不无道理。元好问曾在《杜诗学引》中引述其父元德明的话，"先东岩君有言：近世惟山谷最知子美，以为今人读杜诗，至谓草木虫鱼皆有比兴，如试世间商度隐语然者，此最学者之病。山谷之不注杜诗，度取《大雅堂记》，读之，则知此公注杜诗已竟。可为知者道，难为俗人言也。"② 而遗山诗论中的有关命题和观点，颇有从山谷诗论中禀受者。如遗山多次提出的"学至于无学"，即从山谷诗论而来。山谷《大雅堂记》云："子美诗妙处，乃在无意为文。夫无意而意已至，非广之以《国风》、《雅》、《颂》，深之以《离骚》、《九歌》，安能咀嚼其意味、闯然入其门邪！"③ 遗山在《杜诗学引》中亦言："窃尝谓子美之妙，释氏所谓学至于无学者耳。"④ 可见其渊源所在。

　　遗山在这首诗中论诗所表现出的分寸感颇强，同时也是有着针对性的。朱弁在《风月堂诗话》中说："李义山拟老杜诗云：'岁月行如此，江湖坐渺然。'真是老杜语也。其他句'苍梧应露下，白阁自云深'、'天意怜幽草，人间重晚晴'之类，置杜集中亦无愧矣。然未似老杜沉涵汪洋笔力有余也。义山亦自觉，故别立门户成一家。后人挹其余波，号西昆体，句律太严，无自然态度。黄鲁直深悟此理，乃独用昆体工夫，而造老杜浑成之地，今之诗人少有及者。此禅家所谓更高一着也。"⑤ 这其实是遗山所针对的观点。

　　"古雅"作为一个审美范畴，是由遗山开其端绪，而由近代王国维衍述之，升华之。王国维专有《古雅之在美学上之位置》，阐述"古雅"作为美学范畴的重要内涵。王国维接受了西方的康德、叔本华等著名美学家的思想，认为"一切之美，皆形式之美也"，并把美分为美的第一形式和第二形式。第一形式里"又有优美与壮美之别"。优美与壮美（宏壮）的范畴，皆

---

① 方满锦：《元好问〈论诗三十首〉研究》，万卷楼图书股份有限公司 2002 年版，第 279 页。

② （金）元好问：《元好问全集》下，山西人民出版社 1990 年版，第 24 页。

③ 刘琳等校点：《黄庭坚全集》，四川大学出版社 2001 年版，第 437—438 页。

④ （元）元好问：《元好问全集》下，山西人民出版社 1990 年版，第 24 页。

⑤ （宋）惠洪，朱弁，吴沆：《冷斋夜话·风月堂诗话·环溪诗话》，中华书局 1988 年版，第 112 页。

出于西方美学，王国维称："就美之自身言之，则一切优美皆存于形式之对称变化之调和。至宏壮之对象，汗德（按：即康德）虽谓之无形式，然以此种无形式之形式能唤起宏壮之还必须，故谓之形式之一种，无不可也。"此即"第一形式"。而王国维拈出"古雅"作为美的第二形式，并认为是艺术创作所独有的。王国维说："凡属于美之对象者，皆形式而非材质也。而一切形式之美，又不可无他形式以表之，惟经过此第二之形式，斯美者愈增其美，而吾人之所谓古雅，即此第二种之形式。即形式之无优美与宏壮之属性者，亦因此第二形式故，而得一种独立之价值，故古雅者，可谓之形式之美之形式之美也。"王国维所说的"古雅"即第二种"美的形式"，只存在于艺术创作之中也即艺术品的形式。他指出："夫然故古雅之致存于艺术而不存于自然。以自然但经过第一形式，而艺术则必就自然中固有之某形式，或所自创造之新形式，而以第二形式表出之。"这即是王国维所说的"古雅"作为美学范畴的意义，无疑，在王国维美学中，这是个非常重要的范畴。而它的来源，则就是元遗山的《论诗三十首》。

第二十三首云：

> 曲学虚荒小说欺，俳优怒骂岂诗宜？
> 今人合笑古人拙，除却雅言都不知。

这首诗是指责那些"曲学虚荒"、"俳谐怒骂"的诗风，而提倡"雅言"。诗学中的"雅正"观念，一直是占有主导地位的，也是儒家诗学的基本观念。但在诗歌的发展史上，有很多诗人并不恪守这种观念，而是以离奇虚荒或俳谐怒骂的形态出现的。这是元好问所大为不满的。遗山论诗尚雅，他推尊豪爽刚健的诗风和壮美的境界，但却不喜粗疏怪戾。他对雅正诗格的追求是一以贯之的。清人宗廷辅认为"此首专诋东坡"（《古今论诗绝句》）。这当然未必全然如此，但苏轼的确在"好骂"方面是有代表性的。宋代诗人黄庭坚对苏轼非常敬服，被称为"苏门四学士"之一，而且"苏黄"并称，作为宋代诗歌时代风格的代表。但黄庭坚论诗却不满于苏轼的"好骂"。他说："东坡文章妙天下，其短处在好骂，慎勿袭其轨也。"[①] 这是黄庭坚对苏诗唯一指责的地方。黄庭坚还有一段有名的话："诗者，人之情性也，非强

---

① （宋）黄庭坚：《答洪驹父书》，见傅云龙、吴可主编《唐宋明清文集》第 1 辑《宋人文集》卷 3，天津古籍出版社 2000 年版，第 1795 页。

谏争于廷，怨愤诟于道，怒邻骂坐之为也。"① 正面表达了黄庭坚本人反对
"怒邻骂坐"的诗风观点。宋代诗论家严羽对宋诗的批评，在很大程度上也
是针对于此的，他说："近代诸公乃作奇特解会，遂以文字为诗，以才学为
诗，以议论为诗。夫岂不工，终非古人之诗也。盖于一唱三叹之间，有所歉
焉。且其作多务使事，不问兴致；用字必有来历，押韵必有出处，读之反复
终篇，不知着到何在。其末流甚者，叫噪怒张，殊乖忠厚之风，殆以骂詈为
诗。诗而至此可谓一厄也。"② 也是提倡雅正淳厚，而反对叫噪怒骂。金源
南渡之后，诗坛上如李纯甫等诗人为诗诡激，喜欢以俳谐怒骂入诗，这正是
元好问所批评的。

第四节　诗歌创作论

元好问关于诗歌创作方面的认识是非常精辟的，这表现在他的《论诗
三十首》和其他文章及论诗诗中。有关创作论，是与其对于诗歌本原的认
识紧密联系的。他认为诗歌应是内心情感勃发的自然流溢，而不应把创作的
重心放在外在形式工巧上。这便是他说的"情性之外，不知有文字"。他赞
苏轼词云："东坡圣处，非有意于文字之为工；不得不然之为工也。"③ 从这
个意义上，他反对诗人创作中的"苦吟力索"，对于"闭门觅句"的创作方
式予以讥刺，而认为好诗是在与客观事物的直接接触中感发出来的。如第十
一首云：

> 眼处心生句自神，暗中摸索总非真。
> 画图临出秦川景，亲到长安有几人！

这首诗认为作诗应该在直接与景物接触中产生审美感兴，而"暗中摸索"
则无法得到充满真实感的艺术境界。而以绘画为例，"画图"两句，对杜甫
的长安诗大加赞赏，即是从"亲到长安"角度。"眼处心生"是说诗人在眼
睛与外物的直接观感中产生审美感兴，而其诗句自然便极富神韵。宗廷辅

---

① （宋）黄庭坚：《书王知载朐山杂咏后》，见傅云龙、吴可主编《唐宋明清文集》第1辑
《宋人文集》卷3，天津古籍出版社2000年版，第1794页。

② 郭绍虞：《沧浪诗话校释》，人民文学出版社1961年版，第58页。

③ （金）元好问：《元好问全集》下，山西人民出版社1990年版，第39页。

云："景物兴会，无端凑泊，取之即是，自然入妙。若移时易地，则情随景迁，哀乐不同，而命亦异矣。少陵十载长安，皆即事抒怀之作也。"① 遗山认为诗人只有在现实生活和自然景物的直接触遇中方能写出好诗，而"闭门造车"式的创作方式，则是无法写出好的作品的。郭绍虞先生则认为："此亦尚悟之说。悟非脱离实际之谓，故尚'眼处心生'。'眼处心生'，自然兴会超妙，接近神韵。盖元好问所谓'亲到长安'，与近人所谓'体验生活'，大有不同。近人所指，重在社会生活之现实生活，而元氏所言，只是自然界之景色而已。故其所论与主张模拟，仅能暗中摸索者相较固高一着，而由于脱离社会生活，亦只能走上神韵一路而已。"② 我们觉得，郭绍虞先生所论所指固确，然其实遗山此诗的精神实质并非如此狭窄，而是指审美创造的主体与客体的直接交融触遇，当然并不一定仅是指自然景物。中国古代美学中的"感兴"，建立在"心物交融"的基础上，如《礼记·乐记》中即云："凡音之起，由人心生也。人心之动，物使之然也。感于物而动故形于声。乐者，音之所由生也。人心之动，其本在人心之感于物也。"③ 明确论述了音、心、物三者之间的关系，认为音乐的产生在心（即人的情感世界）的波动变化，而人心的波动变化则是外物引起的。魏晋时期的文艺理论颇多感兴之论，如陆机所说的："遵四时以叹逝，瞻万物而思纷。悲落叶于劲秋，喜柔条于芳春。"刘勰在《物色》篇中也有对"感兴"的系统论述，如说："春秋代序，阴阳惨舒，物色之动，心亦摇焉。盖阳气萌而玄驹步，阴律凝而丹鸟羞，微虫犹或入感，四时之动物深矣。若夫圭璋挺其惠心，英华秀其清气，物色相召，人谁获安？是以献岁发春，悦豫之情畅；滔滔孟夏，郁陶之心凝。天高气清，阴沉之志远，霰雪无垠，矜肃之虑深。岁有其物，物有其容；情以物迁，辞以情发。"④ 这里的"感兴"，是诗人之心与自然景物的感发，这是没有问题的。但是"感兴"论在其发展过程中，客体一方除了自然景物之外，还加入了社会事物的内涵。这一点，可以从钟嵘《诗品》为其开端。《诗品序》中说："气之动物，物之感人。故摇荡性情，形诸舞咏。……若乃春风春鸟，秋月秋蝉，夏云暑雨，冬月祁寒，斯四候之感诸诗者也。嘉会寄诗以亲，离群托诗以怨。至于楚臣去境，汉妾辞

---

① 郭绍虞：《元好问论诗三十首小笺》，人民文学出版社 1978 年版，第 67 页。
② 同上。
③ 王云五、朱经农主编：《礼记·乐记》，商务印书馆 1947 年版，第 83 页。
④ 范文澜：《文心雕龙注》，人民文学出版社 1962 年版，第 693 页。

宫，或骨横朔野，魂逐飞蓬；或负戈外戍，杀气雄边；塞客衣单，孀闺泪尽；或士有解佩出朝，一去忘返；女有扬蛾入宠，再盼倾国，凡斯种种，感荡心灵，非陈诗何以展其义？非长歌何以骋其情？"钟嵘的"物"的概念，其实就已经包括了社会事物在内。而元好问所说的"眼处心生"，是并不局限于自然事物的。遗山诗有着十分深厚的社会内容，这在中国诗歌史上是人所共知的。他强调在创作中诗人在主客体的直接感兴中获得诗的灵感，写出好的篇什，是指包括自然景物和社会事物都在内的。

第二十九首云：

> 池塘春草谢家春，万古千秋五字新。
> 传语闭门陈正字，"可怜无补费精神"。

此诗称许谢灵运"池塘生春草"的艺术生命力，万古千秋，五字常新；而不满于北宋江西派诗人陈师道"闭门觅句"、苦吟力索的作诗方法。一扬一抑，在创作方法上的态度是非常鲜明的。诗中举谢灵运"池塘生春草"这样以情景之间偶然触遇的创作方式和陈师道的苦吟方式相对照，对江西诗风多有批评。

南朝著名诗人谢灵运以山水诗而著称，《登池上楼》是其代表作之一。"池塘生春草，园柳变鸣禽"，是其中的名句，其艺术魅力是千古常新的。王夫之曾评价此诗云："始终五转折，融成一片，天与造之，神与运之。鸣呼，不可知已。'池塘生春草'，且从上下前后左右看取，风日云物，气序怀抱，无不显者，较'蝴蝶飞南园'之仅为透脱语，尤广远而微至。"① 指出其中的艺术特点。而宋人叶梦得对此诗的评价则是最能上升到理论高度的。叶梦得在《石林诗话》中说："'池塘生春草，园柳变鸣禽。'世多不解此语为工，盖欲以奇求之耳。此语为工，正在无所用意，猝然与景相遇，借以成章，不假绳削，故非常情所能到。诗家妙处，当须以此为根本，而思苦言难者，往往不悟。"② 这段话可以视为叶梦得诗歌创作论最集中的表述。遗山的创作观正是与此相通的。叶氏借对谢灵运《登池上楼》中的名句"池塘生春草，园柳变鸣禽"的评析上升到对诗歌创作构思方法的根本观

---

① （明）王夫之：《船山全集》第 14 册，《古诗评选》卷五，岳麓书社 1996 年版，第 732 页。
② （宋）叶梦得：《石林诗话》卷中，见何文焕辑《历代诗话》，中华书局 1981 年版。第 426 页。

念。这两句究竟妙在何处？"工"在哪里？论者于此聚讼纷纭，从各个角度论证它是何等奇特。叶梦得则提出了不同寻常的独创性解释，认为这两句名诗的妙处并不在于"奇"，而在于诗人并无预先的立意，而是情与景之间猝然相遇而生成的"天籁"。叶氏不仅是在评论谢灵运诗，更重要的是揭开了文学作品独具的艺术魅力的奥秘所在。同时，也指出了一些佳作不可重复的原因。这种随机感兴的创作思想，在后来明代诗论家谢榛的论述中得到了进一步的发挥，谢榛对诗歌创作中情景关系有着深刻的、更具有美学高度的建构。他说："作诗本乎情景，孤不自成，两不相背。凡登高致思，则神交古人，穷乎遐迩，系乎忧乐，此相因偶然，著形于绝迹，振响于无声也。夫情景有异同，模写有难易，诗有二要，莫切于斯者。观则同于外，感则异于内，当自用其力，使内外如一，出入此心而无间也。景乃诗之媒，情乃诗之胚，合而为诗，以数言而统万形，元气浑成，其浩无涯矣。"① 谢榛将诗歌创作中的情景关系给予了前所未有的理论阐释，指出情景之间直接触遇和偶然感兴是最佳的创作方式。谢榛认为作诗以不事先立意而是在随机感兴中方能使诗境出神入化，他说："诗有不立意造句，以兴为主，漫然成篇，此诗之入化也。"② 他又指出："诗有天机，待时而发，触物而成，虽幽寻苦索，不易得也。如戴石屏'春水渡旁渡，夕阳山外山'，属对精确，工非一朝，所谓'尽日觅不得，有时还自来'。"③ 这正是对叶梦得的诗歌创作的感兴思想的推阐。元好问以论绝句的形式同样是表达了这种见解。遗山对谢灵运的名句也是非常推崇的，而且，并非局限于诗的个案判断，而是上升到创作规律的层面认识，认为这样的诗句有"万古千秋"的艺术魅力。"池塘生春草"，是诗人"无所用意，猝然与景相遇"的产物，它是何等的自然清新呵！这是与陈师道等诗人的闭门苦吟大异其趣的。说陈师道的诗歌创作是"闭门觅句"，源出于江西诗派的代表人物黄庭坚。黄庭坚的《病起荆江亭即事十首之八》中写道："闭门觅句陈无己，对客挥毫秦少游。正字不知温饱未？西风吹泪古藤州。"这是对陈师道和秦观的怀念。"无己"是陈师道的字。陈师道是江西派的"一祖三宗"之"一宗"，也是江西诗派的代表人物之一。他作诗以苦吟的方式而著称。宋人徐度在《却扫编》中记载："陈

---

① （明）谢榛：《四溟诗话》，见丁福保辑《历代诗话续编》，中华书局 1983 年版，第 1180 页。

② 同上书，第 1152 页。

③ （明）谢榛：《四溟诗话》，中华书局 1985 年版，第 23 页。

正字无己，世家彭城，后生从其游者常十数人。所居近城有隙地林木，闲则与诸生徜徉林下。或愀然而归，径登榻，引被自覆，呻吟久之，蹙然而兴，取笔疾书，则一诗成矣。"据说陈师道作诗时怕声音扰乱，把孩子和猫狗都赶出门，闭门苦思，然后而成。山谷此诗，也是将陈师道的刻苦吟诗和秦观的对客挥毫的不同创作方式加以对举，以凸显其各自的特点。明人瞿佑《归田诗话》云："'闭门觅句陈无己，对客挥毫秦少游'，山谷诗喻二人才思迟速之异也。后山诗如'坏墙得雨蜗成字，古屋无人燕做家'。寥落之状可想。淮海诗如'翡翠侧身窥绿酒，蜻蜓偷眼避红妆'。艳冶之情可见。二人他作亦多类此。"山谷对陈师道的诗歌方式是褒奖而非批评的，而遗山则不同，对陈师道的作诗方式，是持讥讽态度的。"可怜无补费精神"一语，出自王安石的《韩子》诗："纷纷易尽百年身，举世何人识道真。力去陈言夸未俗，可怜无补费精神。"王安石是感慨世俗力量太大，韩愈力主陈言务去，却是收效甚微。对韩愈决无贬义。陈师道引此诗评价王安石本人的诗歌创作，"荆公诗云：'力去陈言夸未俗，可怜无补费精神。'而公文体数变，暮年诗益工，用意益苦，故知言不可不慎也"[1]，已有讽意。遗山则又引同一诗句，贬损之意则昭然可见。

元好问主张作诗应该含蓄蕴藉，有言外之意，虽主豪放，却不粗疏。他认为诗歌的要义是传写心声，而不满于斗靡夸多。第九首诗云：

> 斗靡夸多费览观，陆文犹恨冗于潘。
> 心声只要传心了，布谷澜翻可是难。

元好问论诗不喜铺排，主张含蓄蕴藉，对于诗歌创作中的繁复冗杂，是不以为然的。他是借对晋诗中的陆机和潘岳诗的比较，来表达自己的看法的。但遗山并非仅仅评论晋诗，而是以此针砭宋人之诗。遗山对此诗自注云："陆芜而潘净，语见《世说》。"《世说新语》中《文学》篇云："孙兴公云：'潘文烂若云锦，无处不善；陆文若排沙简金，往往见宝。'"徐震堮先生所作《校笺》引《续文章志》论潘岳诗云："岳为文，选言简章，清绮绝伦。"又引《文章传》评陆机诗文云："机善属文，司空张华见其文章，篇篇称善，犹讥其大治。谓曰：'人之作文，患于不才；至子为文，乃患太

---

[1] （明）陶宗仪：《说郛》第11册，中国书店1986年版，第222页。

多也。"① 陆机、潘岳都是当时最有名的诗人，二人齐名，故文坛有"潘江陆海"之称。相比较之下，潘岳诗较为省净，而陆机诗文则较繁冗。钟嵘在《诗品》中在评价潘岳时将他与陆机联在一起论述："其源出于仲宣。翰林叹其翩翩然如翔禽之有羽毛，衣服之有绡縠，犹浅于陆机。谢混云：'潘诗烂若舒锦，无处不佳；陆文如披沙简金，往往见宝。'嵘谓益寿轻华，故以潘为胜；翰林笃论，故叹陆为深。余常言：陆才如海，潘才如江。"陆机诗文较为深芜，而潘岳诗文较为省净，这似乎已成定论。但遗山在此并非一般评论潘陆优劣，也不是对潘诗的简单肯定，前面所举之第六首"心画心声总失真，文章宁复见为人。高情千古闲居赋，争信安仁拜路尘"，对潘岳文品与人品不一的情形加以批评，似乎与此首相矛盾，其实遗山论诗往往是在对某一创作现象的评论中表达他自己的诗学观点。因此，同在《论诗三十首》中就有多处对同一诗人评价不一之处，如对潘岳、李商隐的评价皆是如此。其实这正说明遗山诗论的辩证思维特点。第九首中对潘陆的评价正可作如是观。遗山在《诗文自警》中有一段与此密切相关的话："《世说》：陆文深而芜，潘文浅而净。予为之说云：'深不免芜，简故能净。'牧之《献诗启》云：'牧苦心为诗，本求高绝，不务奇丽，不涉习俗，不今不古，处于中间。既无其才，徒有其志，篇成在纸，多自焚之。'"方满锦先生对此的理解颇得遗山之心，他说："从这段话可以看出，元好问并不满意孙兴公评潘陆之语。他认为'简故能净'，只有行文简练方能做到文字清净。他将原文的'浅'字改成'简'字，饶有深意，说明他对潘岳之'浅'并不赞成，他提倡的是'简练'而不是'浅俗'。浅薄、浅显、浅俗之类文笔，并不能文章产生'净'的效果。他赞成杜牧所说的，作诗作文当以'高绝'为标准，既'不务奇丽'（防止求深之弊），又'不涉习俗'（防止涉'浅'之病），而采取'中和'的审美态度，使自己的作品'不今不古，处于中间'。……我以为元好问的真正用意，是主张融合潘陆，兼取二人所长，克服二人所短，以形成一种深切、简练、洗净的文风。"② 方满锦先生的分析是颇为深入细致的，而在此处主要是提倡一种简洁省净的诗风，反对斗靡夸多的做法，其实是有着现实的所指的。宋人诗词多有次韵之风，往复唱酬，连篇累牍，逞才使气，徒费读者观览。南宋著名诗论家严羽就曾对和韵诗进行指责，他说："和韵最害人诗。古人酬唱不次韵，此风始盛于元白皮陆。

---

① 徐震堮：《世说新语校笺》，中华书局 1984 年版，第 143 页。
② 方满锦：《元好问〈论诗三十首〉研究》，万卷楼图书股份有限公司 2002 年版，第 193 页。

本朝诸贤，乃以此而斗工，遂至往复有八九和者。"① 其实亦是对苏黄而发。清人宗廷辅论此诗云："先生固不满晋人者，此则借论潘、陆，经箴宋人也。夫诗以言志，志尽则言竭，自苏、黄创为长篇次韵，于是牵于韵脚，不得不借端生议勾连比附，而辞费矣。'口角澜翻如布谷'，东坡句矣。"② 虽说不免有些深文周纳，但却有得于遗山诗心。

与第九首主旨相近、又对杜诗学有独到之见的是第十首，诗云：

> 排比铺张特一途，藩篱如此亦区区。
> 少陵自有连城璧，争奈微之识碔砆。

这首诗是不满于"排比铺张"的作诗法，认为这在杜甫诗中仅仅是其中一类，而且并非最佳的诗作。中唐诗人元稹评价杜诗，最为推崇的便是这类篇什，而遗山之见则全然与此不同。元稹论杜诗云：

> 至于子美，盖所谓上薄风骚，下该沈宋，古傍苏李，气夺曹刘，掩颜谢之孤高，杂徐庾之流丽，尽得古今之体势，而兼人人之所独专矣。使仲尼考锻其旨要，尚不知贵，其多乎哉！苟以为能所不能，无可不可，则诗人以来，未有如子美者。时山东人李白，亦以奇文取称，时人谓之李、杜。予观其壮浪纵恣，摆去拘束，模写物象及乐府歌诗，诚亦差肩于子美类。至若铺陈终始，排比声韵，大或千言，次犹数百，词气豪迈而风调清深，属对律切而脱弃凡近，则李尚不能历其藩翰，况堂奥乎！③

元稹对杜诗的这段论述，是非常有名的。元稹对杜诗的高度评价，主要在于长篇大韵的铺陈之作，也就是那些排律。从这个方面来说，元稹认为李白远远不及杜甫。元稹论诗的标准亦见于此。这是与白居易和元稹所代表的"元和体"诗风有密切关系的。唐诗发展到中唐元和年间，诗风发生一大转掉，即元白"元和体"的出现。清人冯班论"元和体"云："东坡云：'诗

---

① 郭绍虞：《沧浪诗话校释》，人民文学出版社 1961 年版，第 193—194 页。

② 转引自林从龙、侯孝琼、田培杰《遗山诗词注析》，中州古籍出版社 1991 年版，第 65 页。

③ （唐）元稹：《唐故工部员外郎杜君墓系铭》，见傅云龙、吴可主编《唐宋明清文集》第 1 辑《唐人文集》卷 2，天津古籍出版社 2000 年版，第 1199 页。

到杜子美一变。'按大历之时，李杜诗格未行，至元和长庆始变，此亦文字一大关也。然当时以和韵长篇为元和体。"① 即指"和韵长篇"为"元和体"的标志。白居易自己在诗中说："诗到元和体变新。"并加注释："众称元、白为千字律诗，或号元和体。"（《余思未尽加为六韵重寄微之》）陈寅恪先生就元和体诗有自己的精辟之见，他说：

> 关于元和体诗，自来多所误会，兹就唐时之论此体诗及元白二公本身所言此体步之界说，略论之，庶能得其真解也。《旧唐书》壹陆陆《元稹传》（参元氏长庆集集外文章上令狐相公诗启）略云：'稹聪警绝人，年少有才名。与太原白居易友善。工为诗，善状咏风态物色。当时言诗者，称元白焉。自衣冠士子，至闾阎下俚，悉传讽之，号为元和体。……稹与同门生白居易友善，居易雅能诗，就中爱驱驾文字，穷极声韵，或为千言或五百言律诗，以相投寄。——寅恪案：此为微之自下之［元和体诗］定义，自应依以为说。据此，则［元和体诗］可分为二类，其一为次韵相酬之长篇排律，如《白氏长庆集》壹叁《代书诗一百韵寄微之》，及《元氏长庆集》拾《酬翰林白学士代书一百韵》，《白氏长庆集》壹陆《东南行一百韵》及《元氏长庆集》壹贰《酬乐天东南行一百韵》等，即是其例。元白此类诗于当时文坛影响之大，则元氏长庆集贰贰《酬乐天余思不尽加为六韵》之作诗《次韵千言曾报答》句自注云："乐天曾寄予千字律诗数首，予皆次用本韵酬和，后来遂以成风耳。"《全唐诗》第壹陆函白居易贰叁《余思未尽加为六韵重寄微之诗》"诗到元和体变新"句自注云："众称元白为千字律诗，或号元和体。"俱足与微之《上令狐楚启》相参证也。其二为杯酒光景间之小碎篇章，此类实亦包括微之所谓艳体诗中之短篇在内。②

元稹、白居易所创之"元和体"，即是此种赓和次韵、动辄千言之作。而在元好问看来，这类篇什并非杜甫诗中之上乘，如似玉之石（碔砆）并非真玉。在遗山看来，杜甫诗自有其妙处所在，这在其《杜诗学引》中说得很清楚："窃尝谓子美之妙，释氏所谓学至于无学者耳。今观其诗，如元

① （清）冯班：《严氏纠谬》，见郭绍虞《沧浪诗话校释》附辑，人民文学出版社1961年版，第286页。

② 陈寅恪：《元白诗笺证稿》，古典文学出版社1958年版，第336页。

气淋漓，随物赋形，如三江五湖，合而为海，浩浩瀚瀚，无有涯涘；如祥光庆云，千变万化，不可名状。固学者之所以动心而骇目。及读之熟、求之深、含咀之久，则九经、百氏古人之精髓，所以膏润其笔端者，犹可仿佛其余韵也。夫金屑丹砂、芝术参桂，识者例能指名之……有不可复以金屑丹砂、芝术参桂而名之者矣。故谓杜诗为无一字无来处亦可也，谓不从古人中来亦可也。前人论子美用故事，有'着盐水中'之喻，固善矣；但未知九方皋之相马，得天机于灭没存亡之间，物色牝牡，人所共知者为可略耳。"①遗山非常推崇杜诗，他自己的诗歌创作也颇得杜诗之精髓，又曾撰《杜诗学》一书，为以杜诗为专门之学的首创之举。但他不同意元稹所取杜诗之处，认为"排比铺张"只为诗之一途，且非最佳之处。遗山所谓杜诗之"连城璧"，乃是其《杜诗学引》中所称。清人翁方纲评此诗云："此首与上章一义。'排比铺张'，即所云'布谷澜翻'也。然正须合前后章推柳继谢之能知孟诗，此方是上下原流、表里一贯之旨也。其实元微之所云'铺陈终始'、'排比声韵'与所谓'浑涵汪茫，千汇万状'者，事同一撲。而渔洋顾欲删去'相如''子云'一联，与其论谢诗欲删'广平''茂陵'一联者正同。然则遗山虽若与元微之之异说，而其识力则超于渔洋远矣！"② 又说："元相作杜公墓系，有铺陈排比、藩翰堂奥之说，盖以铺陈终始、排比声韵之中，有藩篱焉，有堂奥焉。语本极明。至元遗山作论诗绝句，乃曰'排比铺张特一途，藩篱如此亦区区。少陵自有连城璧，争奈微之识碔砆'，则以为非特堂奥，即藩翰亦不止此。所谓'连城璧'者，盖即《杜诗学引》所谓参苓桂术，君臣佐使之说，是固然矣。然而微之之论，有未可厚非者。诗家之难，转不难于妙悟，而实难于铺陈排比……而杜公所以为高曾规矩者，又别有在耳。此仍是妙悟之说也。遗山之妙悟，不减杜、苏，而所作或转未能肩视元、白，则铺陈排比之论，未易轻视矣。"③ 翁氏对遗山的理解较为中肯，而他又认为元稹所推崇的"铺陈终始，排比声韵"，仍是一种难臻之境，这一点，是与遗山观点不同的。

与此种观点相近的还有第十七首：

切响浮声发巧深，研摩虽苦果何心？

---

① （金）元好问：《元好问全集》下，山西人民出版社1990年版，第24页。
② （清）翁方纲：《石洲诗话》，中华书局1985年版，第125页。
③ 同上书，第9—10页。

浪翁水乐无宫徵，自是云山韶濩音。

此诗是借对唐代著名诗人元结的评价而主张自然天籁，而批评那种专注于声律为诗的现象。遗山于此诗自注云："水乐，次山事。又其《欸乃曲》云：'停桡静听曲中意，好是云山韶濩音。'"元结为诗，不尚声律，多任纯真自然之音。元结编《箧中集》，即以倡导古雅质朴、清新自然、针砭拘限声病为主旨，其《箧中集序》中云："元结作《箧中集》，或问曰：'公所集之诗，何以订之？'对曰：'风雅不兴，几及千岁，溺于时者，世无人哉！呜呼！有名位不显，年寿不将，独无知音，不见称显，死而已矣，谁云无之？近世作者，更相沿袭，拘限声病，喜尚形似，且以流易为词，不知丧于雅正，然哉！彼则指咏时物，会谐丝竹，与歌儿舞女生污惑之声于私室可矣。若令方直之士，大雅君子，听而诵之，则未见其可矣。"《箧中集》所选，在样式上都是五言古诗，语言风格都比较古雅淡泊，《四库全书总目提要》评其云："淳古淡泊，绝去雕饰，与当时作者，门径迥殊。"① 元结自己所作的诗，也不是以声律为尚，而是天籁为音的。如遗山所隐括的《欸乃曲》，即是类于民歌之作。略举二首以见之："千里枫林烟雨深，无朝无暮有猿吟。停桡静听曲中意，好是云山韶濩音。"（其三）"零陵郡北湘水东，浯溪形胜满湘中。溪口石颠堪自逸，谁能相伴作渔翁。"（其四）一派民歌风情，不以声律为务，却天机自合。翁方纲云："此皆弦外之旨，亦须善会之。犹夫'排比铺陈'一章，非必吐弃一切之谓也。"② 遗山举元结诗为例，表达其崇尚自然天籁之意，而批评拘限声病、切响浮声的诗歌作法。

第二十一首也是批评诗中次韵之风：

窘步相仍死不前，唱酬无复见前贤。
纵横正有凌云笔，俯仰随人亦可怜。

宗廷辅论此诗云："此殆讥好次韵者。"（《古今论诗绝句》）这是没有疑义的。宋诗中多有唱酬次韵之风，一题往复多篇。此类诗在苏黄诗中时有所见。遗山不满于次韵诗，是前后一贯的。次韵诗词就某一题目反复唱和，韵脚相随，看似展才炫学，然则窘步不前，缺少艺术个性，"俯仰随人"。遗

---

① （清）纪昀等：《钦定四库全书总目》下，中华书局1997年版，第2602页。
② （清）翁方纲：《石洲诗话》卷7，中华书局1985年版，第126页。

山认为诗人应有"凌云健笔"，纵横诗坛，而次韵诗则是与此相去甚远的。郭绍虞先生案："薛雪《一瓢诗话》之论此诗谓：'作诗非应举，何必就程式，热赶名利之人，岂有真诗好文哉！'顾奎光《金诗选》谓：'此亦摹拟步骤之失。'此二说似嫌太泛，非元好问意。都穆《南濠诗话》云：'东坡云："诗须有为而作。"山谷云："诗文惟不造空强作，待境而生，便自工耳。"予谓今人之诗惟务应酬，皆无层其语之不工。遗山云："纵横自有凌云笔，俯仰随人亦可怜。"知其病者也。'宗氏说似本此。苏、黄论诗虽亦知有为而作，待境而生，然次韵之作，实以苏、黄为多。此诗列在苏黄诗前，故宗氏谓'讥好次韵者'，近是。诗中言'唱酬'，言'窘步相仍'，言'俯仰随人'，其意甚明。"① 郭绍虞先生的辨析是较为符合遗山本意的。

第五节　历史意识、辩证精神和北方文化意识

遗山论诗，常常将不同时期的诗人加以联系或比较，见出诗歌史上的内在渊源与精神的、艺术的递嬗。如第二首中将晋朝的刘琨与建安诗坛的曹植和刘桢比较，第三首中认为张华犹有"邺下风流"，并非"儿女情多，风云气少"。第二十首中将柳宗元和谢灵运联系起来："谢客风容映古今，发源谁似柳州深？朱弦一拂遗音在，却是当年寂寞心。"遗山论诗虽主豪放，但对陶、柳之诗却非常推许。以柳宗元上承谢灵运，被清人查慎行视为"千古特识"。遗山在此诗自注中说："柳子厚，宋之谢灵运。"认为柳诗是发源于谢灵运的，这个渊源即是风雅传统。遗山在《别李周卿三首》诗中亦云："风雅久不作，日觉元气死。诗中柱天手，功自断鳌始。古诗十九首，建安六七子。中间陶与谢，下逮韦柳止。诗人玉为骨，往往坠尘滓。衣冠语俳优，正可作婢使。望君清庙瑟，一洗筝笛耳。"此诗是从风雅诗的角度，将韦、柳与陶、谢联系起来，正如方满锦先生所阐释的："元好问认为柳宗元诗发源于谢灵运，其深层用意并不在于这两位诗人的比较，更重要的是揭示谢柳在五言诗风雅正脉上的承传关系。这条风雅正脉在风格上的特征是清新雅正，如朱弦遗音，如清庙之瑟，都是风雅诗人寂寞的心境写照。"② 遗山还指出这不同时代的两位名诗人的共同之处是"寂寞之心"，这是别具慧眼的。谢灵运与柳宗元都在其人生的后一阶段政治失意，心情寥落寂寞，放怀

---

① 郭绍虞：《元好问论诗三十首小笺》，人民文学出版社 1978 年版，第 73 页。
② 方满锦：《元好问〈论诗三十首〉研究》，万卷楼图书股份有限公司 2002 年版，第 240 页。

山水，因而形成了清新骚怨的风格。如这样的篇什："危桥属幽径，缭绕穿疏林。迸箨分苦节，轻筠抱虚心。俯瞰涓涓流，仰聆萧萧吟。差池下烟日，嘲哳鸣山禽。谅无要津用，栖息有余荫。"（《苦竹桥》）则可作为"寂寞心"的表征。元好问在《中州集》里为金代中期的著名诗人王庭筠的《狱中赋萱》一诗作注中有对柳诗的评价："柳州《戏题阶前芍药》、东坡《长春如稚女》及《赋王伯昜所藏赵昌画梅花、黄葵、芙蓉、山茶四诗》，党承旨世杰《西湖芙蓉》、《晚菊》，王内翰子端《狱中赋萱》，凡九首，予请闲闲公共作一轴写。因题其后云：'柳州怨之愈深，其辞愈缓，得古诗之正，其清新婉丽，六朝辞人少有及者。'"①颇为深刻地道出了柳诗的特点。

元好问论诗多从辩证的观点出发，对某一诗人不是全面地肯定，也非全面地否定，而是就某一个问题作出具体的评价。看起来似乎常常显得自相矛盾，实则恰恰显示出遗山论诗的精微之处。最明显的当推对李商隐（义山）和苏轼（东坡）的评价。

在《论诗三十首》第三首中，遗山将西晋诗人张华和晚唐诗人温庭筠、李商隐相比："风云若恨张华少，温李新声奈尔何！"很明显，这里是认为与"温李新声"相比，张华还是颇有"风云之气"的，言下之意，"温李新声"自然是绮丽柔靡之诗，其中的贬义是不难体会的。但这决非遗山对义山的全部认识。其实，遗山对义山是相当敬佩的。在第二十九首中所说的"古雅难将子美亲，精纯全失义山真"，即以"精纯"和"真"来概括义山诗的品格。第十二首"望帝春心托杜鹃，佳人锦瑟怨华年。诗家总爱西昆好，独恨无人作郑笺"，实际上是抉发了李商隐《锦瑟》诗的意旨。刘学锴、余恕诚二位先生指出："此诗（指《锦瑟》诗）底蕴，遗山《论诗绝句》实首发之。'望帝春心托杜鹃，佳人锦瑟怨华年'二语，人但以转述义山语视之，不知其实藉以发明诗旨也。'望帝'、'佳人'，均指义山。二语盖谓：义山一生心事均托之于如杜鹃啼血之哀婉悲戚诗作，而引《锦瑟》一首，又正指出写其美人迟暮之者也。遗山实已揭集《郑笺》之纲要矣。"②笔者以为刘、李二位先生的阐释是对的，此诗非是对义山诗有所贬薄，而是慨叹义山诗意旨深微，无人可为确解。而依遗山之见，《锦瑟》一诗，即是自伤华年之作。翁方纲对遗山诗的这种辩证态度有很深的理解，他说："拈

① （金）元好问：《赵闲闲书柳柳州苏东坡党世杰王内翰诗跋》，见李修生主编《全元文》第1册，江苏古籍出版社1998年版，第341页。

② 刘学锴、余恕诚：《李商隐诗歌集解》，中华书局1988年版，第1438页。

此二句，非第趁其韵也。正以先提唱'杜鹃'句于上，却押'华年'于下，乃是此篇回复幽咽之旨也。遗山当日必有神会，惜未见其所述也。渔洋以释道安当之，岂其然乎！遗山于初唐举射洪，于晚唐举玉溪，识力高绝。知世传《唐诗鼓吹》非出遗山也。然而遗山云'精纯全失义山真'，拈出'精''真'分际。有此二语，岂不可抵得一部郑氏笺耶！……宋初杨大年、钱惟演诸人馆阁之作，曰《西昆酬唱集》，其诗效'温李体'，故曰'西昆'。西昆者，宋初翰苑也。是宋初馆阁效'温李体'，乃有'西昆'之目。而晚唐温、李时，初无'西昆'之目也。遗山沿习此称之误，不知始于何时耳？然遗山论诗，既知义山之精真，而又薄温李为新声者，盖义山之精微，自能上追杜法，而其以绮丽为体者，则斥为'新声'，但以其声言之。此亦所谓各有当尔。"① 翁氏认为遗山义山之诗既推崇其能上追杜法，精微之至，又对其以绮丽为体者斥为"新声"，所谓"言各有当"。

　　遗山对苏黄等北宋诗人的评价更见精微卓绝之识。遗山推崇苏轼，深受其诗词创作的影响，这是为人所熟知的。遗山论东坡诗云："五言以来，六朝之谢、陶，唐之陈子昂、韦应物、柳子厚最近风雅，自余多以杂体为之。诗之亡久矣，杂体愈备，则去风雅愈远，其理然也。近世苏子瞻，绝去陶、柳二家，极其诗之所至，诚亦陶柳之亚；然评者尚以其能似陶、柳而不为风俗所移为可恨耳。夫诗至于子瞻，而且有不能近古之恨，后人无所望矣！"② 遗山将苏诗纳入五言风雅传统中进行评价，认为苏诗承绪陶柳诗风，能极诗之所至，但又有所遗憾，即所谓"不能近古"。《论诗三十首》中的第二十二首云：

　　　　奇外无奇更出奇，一波才动万波随。
　　　　只知诗到苏黄尽，沧海横流却是谁？

这首诗是对苏黄诗的评价自无疑义，但究竟是褒是贬，众说纷纭。然笔者以为，此诗未必要从褒贬上来分个皂白，而是指出了苏黄诗的风貌特征及在宋诗发展中的地位。"奇外无奇更出奇"，正是对苏黄诗以奇制胜、开创宋诗时代特征的概括。诗歌史乃是一个通变的历程。只有不断创化，方能具有生命活力。"奇"是中国古典诗学的一个重要范畴，指从立意、意象到词语表

---

① （清）翁方纲：《石洲诗话》卷7，中华书局1985年版，第125页。
② （金）元好问：《元好问全集》（下册），山西人民出版社1990年版，第25页。

现的不同凡响、出人意料。苏黄诗以"奇"著称，引领宋诗潮流。故遗山云："一波才动万波随。"宋代著名诗人吕本中评苏黄诗云："自古以来语文章之妙，广被众体，出奇无穷，惟东坡一人；极风雅之变，尽比兴之体，包括众作，本以新意者，惟豫章一人。此二者，当永以为法。"① 这里可以看到，东坡诗是以"出奇无穷"为其创新特征的。今人陈湛铨认为："此为东坡、山谷及己而发，非讥弹苏黄也。'奇外无奇'，谓诗至杜工部、韩昌黎已极古今天下之变，似无复能开生面者矣。'更出奇'，谓至坡、谷又另辟一境也。'一波才动万波随'，谓南宋人群相师效苏黄也。末句，以苏黄而外别树一帜自任也。"② 此言较近遗山之旨。"出奇"非是讥弹苏黄之语，而是指出其开创宋诗新境。关于"沧海横流"指的是谁，各家论者见仁见智。一种是认为指苏黄本人。如宗廷辅说："自苏黄更出新意，一洗唐调。后遂随风而靡，生硬放佚，靡恶不臻，变本加厉，咎在作俑，先生慨之，故责之如此。"③ 另一种看法认为指苏黄的追随者包括江西诗派。如今人刘泽认为："后两句说苏黄虽融合百家，能出新意，各种体制，发挥殆尽，为时人称道，争相效法，于是诗人们一味追求新奇变异，以致千奇百怪，泛滥成灾。"④ 还有一种看法是认为遗山以"沧海横流"自任。方满锦先生即持此种看法，他说："按'沧海横流却是谁'这句诗出自晋范宁《穀梁传序》云：'天下荡荡，王道尽矣。孔子睹沧海之横流，乃喟然叹曰："文王既没，文不在兹乎？"言文王之道貌岸然丧，兴之者在己。'遗山这句诗，也有孔子之气概。盖苏黄登峰造极之后，诗道散漫，沧海横流，作中流砥柱，力挽狂澜，舍我其谁？所以翁方纲'乃知遗山之力争上游'的说法，是颇有道理的。"⑤ 笔者认为从全诗的语气来看，这种理解是较为中肯的。

第二十五首是专论苏诗的：

> 金入洪炉不厌频，精真那计受纤尘。
> 苏门果有忠臣在，肯放坡诗百态新！

---

① （宋）吕本中：《童蒙诗训》，见郭绍虞辑《宋诗话辑佚》，中华书局1980年版，第604页。
② 陈湛铨：《元遗山论诗绝句讲疏》，见方满锦《元好问〈论诗三十首〉研究》，万卷楼图书公司2002年版，第251页。
③ 郭绍虞：《元好问论诗三十首小笺》，人民文学出版社1978年版，第73页。
④ 刘泽：《元好问论诗三十首集说》，山西人民出版社1992年版，第195页。
⑤ 方满锦：《元好问〈论诗三十首〉研究》，万卷楼图书股份有限公司2002年版，第253页。

遗山推重苏诗，在其豪放壮美，翁方纲认为遗山是追步东坡的，因说："苏学盛于北，景行遗山师。"① 又云："遗山接眉山，浩乎海波翻。"② 遗山自己的风格也多类此。而遗山论诗又崇尚雅致精纯，从这个角度又对东坡诗略致微词。"金人洪炉不厌频"，是谓真诗百炼乃纯，言下之意苏诗略显于杂。"精真"是遗山论诗之价值标准所系，此处也是以之衡坡诗。陈湛铨先生认为，"金人洪炉不厌频，喻诗贵锻炼，愈炼乃愈工，嫌坡诗得之太易也。精真那许受纤尘，谓佳制应无疵累，要须使人无懈可击也"③，此说较为中肯。遗山认为坡诗尚有不够精真之处。关于"肯放坡诗百态新"，历来有不同的解释，有人认为是赞赏坡诗之新，有人则认为对其"百态新"颇致微词。认为是褒词者如续琨说："惜苏门中人，株守门阀，不知创新，果有一二忠臣，定能继踵苏诗，出奇创新，呈现异彩。"④ 龚鹏程先生也认为："故能于古人奇创之境以外，似无可为奇之处，不断出奇制胜。……苏门若果有忠臣，肯悟守旧家矩；不于坡诗新创之境外更为创新乎？"⑤ 认为是贬词者如潘德舆认为："明言苏门无忠直之言，故致坡诗竞出新态。"⑥ 清人吴景旭云："元遗山论诗'苏门果有忠臣在，肯放坡诗百态新'。惜其肆笔成章，不受炉冶也。"⑦ 而笔者认为，从诗的整体语气来看，苏诗的翻新出奇，并非为遗山所赞赏。遗山论诗，本主豪放壮美，此与苏轼颇为同调；但对苏诗的踔厉出奇，不以为然，又以"精纯"为尺度，以风雅为取尚，不免对苏黄诗开创的"以文字为诗，以才学为诗，以议论为诗"的宋诗风气略致讥弹。在这方面，又与严羽相近。郭绍虞先生则言："苏诗正以熔铸百家，神明变化，不免有'以文字为诗，以才学为诗，以议论为诗'之病。故元氏之所谓新，义重在变，言其变古太甚，不免离本太甚，破坏唐体，并失风雅古意耳。"⑧ 此说较近遗山之意。由这些诗论最可见出遗山论诗的辩证态度。

---

①　（清）翁方纲《斋中与友人论诗》，转引自郭绍虞《中国文学批评史》，百花文艺出版社1999年版，第334页。

②　（清）翁方纲：《读元遗山诗》，转引自郭绍虞《中国文学批评史》，百花文艺出版社1999年版，第334页。

③　陈湛铨：《元好问论诗绝句讲疏》，见胡传志《金代文学研究》，安徽大学出版社2000年版，第93页。

④　见方满锦《元好问〈论诗三十首〉研究》，万卷楼图书公司2002年版，第271页。

⑤　同上。

⑥　（清）潘德舆：《养一斋诗话》卷1，见《清诗话续编》，上海古籍出版社1983年版，第2012页。

⑦　（清）吴景旭：《历代诗话》卷64，中华书局1958年版，第967页。

⑧　郭绍虞：《元好问论诗三十首小笺》，人民文学出版社1978年版，第78页。

不是全盘肯定，也少全盘否定。而是将其诗置于诗歌史的发展之中见其特征所在。即使是对苏轼这样他非常敬仰的诗人也是如此，瑕者见其瑕，疵者见其疵。

元好问系鲜卑拓跋氏后裔，生长于幽并之地，尽管他深受汉文化的诗书礼乐的浸染熏陶，对于中原的文化传统承绪良多，但他对于北方民族的文化心态还是相当认同的。元代著名文学家郝经评遗山诗云："歌谣跌宕，挟幽、并之气，高视一世。"① 这个"挟幽、并之气"不可小觑，颇可说明遗山诗风与北方文化土壤的关系。古代幽州、并州一带，即今河北、山西一带，民风淳朴勇武，素来多出豪侠英雄。建安时期的大诗人曹植有名诗《白马篇》，诗中的那个"控弦破左的，右发摧月支。仰手接飞猱，俯身散马蹄"的白马英雄，就是"幽并游侠儿"。其人虽属虚构，却说明了幽并之地乃是以豪侠刚勇见称。清人赵翼谈及遗山诗风的地缘因素时说："元遗山才不甚大，书卷亦不甚多，较之苏、陆，自有大小之别。然正惟才不大、书不多，而专以精思锐笔，清炼而出，故其廉悍沉挚处，较胜于苏、陆。盖生长云、朔，其天禀本多豪健英杰之气；又值金源亡国，以宗社丘墟之感，发为慷慨悲歌，有不求工而自工者：此固地为之也，时为之也。"② 此言也颇为精辟地道出了遗山创作的北方文化特质。

元好问的诗歌批评，有很强烈的北方文化意识。他编纂金诗总集《中州集》，其目的便是为金源保存一代诗歌文献。在这方面，遗山是有着深刻的历史责任感的。元好问在《中州集》完成之后，曾作《自题中州集后》五首，可以说是在"北人"的文化立场上的"夫子自道"。其一云：

> 邺下曹刘气尽豪，江东诸谢韵尤高。
>
> 若从华实评诗品，未便吴侬得锦袍。

其二云：

> 陶谢风流到百家，半山老眼净无花。
>
> 北人不拾江西唾，未要曾郎借齿牙。

---

① 秦雪清点校：《郝文忠公陵川文集》卷35《遗山先生墓铭》，山西人民出版社2006年版，第478页。

② （清）赵翼：《瓯北诗话》卷8，人民文学出版社1963年版，第117页。

其三云：

> 万古骚人呕肺肝，乾坤清气得来难。
> 诗家亦有长沙帖，莫作宣和阁本看。

这组诗正是诗人以诗的形式透露出其穷数年之力编纂《中州集》的动机，同时，也体现出遗山的论诗宗旨所系。第一首中提出了一个论诗的角度或者说是价值尺度，那就是"华实"。从这个角度出发，遗山认为北方诗歌不让于"吴侬"，即如"江东诸谢"这样的南方诗歌传统。这是遗山对《中州集》里所收金源诗作的高度评价，同时，也是对《中州集》的文学成就的衡定。其间不可掩抑是的"北人"的自信与自豪感。第二首更突出地张扬了"北人"的诗学立场。"陶谢风流"指诗史上如陶渊明、谢灵运那样的清新自然的诗风，遗山认为陶谢之风是在金源"百家"中是随处可见的。遗山宣称不拾江西诗派的余唾，就是要与之分庭抗礼，创造出独具北方气派的一代诗风，而无须受南宋江西派大家曾几（茶山）的影响。以《中州集》的创作实绩为深厚的基础，诗人公开以"北人"的名义来扬弃江西诗风。在这方面，遗山是与王若虚的观点非常一致的。遗山所举扬的是自然浑朴的诗风，江西诗派更多的是以句法诗眼等诲人，这是遗山所难以接受的。第三首中的"万古骚人呕肺肝，乾坤清气得来难"则以"乾坤清气"为金源诗词的最高概括。无数诗人呕心沥血，雕肝镂肾，但与金源诗词的"乾坤清气"相比，后者则更是难能可贵。以"乾坤清气"来评价金源诗词，是无以过之的。这是一种总体性的品格，非枝枝叶叶可为之。与"万古骚人呕肺肝"相比，"乾坤清气"又有钟天地之气的意思，禀赋着自然的赐予。近代况周颐论宋金词之不同时说："南宋佳词能浑，至金源佳词近刚方。宋词深致能入骨，如清真、梦窗是；金词清劲能树骨，如萧闲、遁庵是。南人得江山之秀，北人得风霜为清。"① 看来，"清"的确是金源诗词的总体风格特征，也可以说是遗山的审美理想所在吧！

　　元好问是金代最杰出的诗人，同时也是最为重要的诗论家。他的诗学思想是非常丰富而深刻的。作为一个诗人，他的意义不限于金代，从某个角度说，遗山在中国诗歌史是一流的大诗人。尤其是对律诗的贡献，他是超过了

---

① （清）况周颐，王国维：《蕙风词话·人间词话》卷3，人民文学出版社1960年版，第57页。

宋人的。作为一个诗论家，遗山更远非金源一代所能限定的。就论诗绝句这种形式而言，《论诗三十首》更是无以过之的高峰。他对魏晋至宋的诗史的批判与疏凿，有犀利的目光和辩证的精神，产生着非常深远的影响。他对一些诗人和诗歌创作现象的评价，如对陶诗、苏诗等，都具有经典的价值。在中国诗学史上，元好问有着非常重要的地位，对元明清的诗学思想发展，遗山诗论提出的一些问题，引起了颇为广泛的关注。对于《论诗三十首》和《中州集》，都不乏学者进行专门研究，尤其是对《论诗三十首》其中一些篇章的不同阐释，形成了诗学研究中的"公案"，也是值得我们深思的。纵观论诗诗的脉络，除杜甫的《戏为六绝句》以外，还没有谁引起如此广泛的争议。这也正说明了元好问诗学思想的丰富性和复杂性。